Pia Rosenberger

# Das Geheimnis der Venus

atb aufbau taschenbuch

Pia Rosenberger wurde in der Nähe von Osnabrück geboren und studierte nach einer Ausbildung zur Handweberin Kunstgeschichte, Literaturwissenschaft und Pädagogik. Seit über 20 Jahren lebt sie mit ihrer Familie in Esslingen und arbeitet als Autorin, Journalistin, Museumspädagogin und Stadtführerin. Im Aufbau Taschenbuch sind bereits ihre Romane »Die Bildhauerin«, »Die Künstlerin der Frauen«, »Colette« sowie »Wir Frauen aus der Villa Hermann« erschienen.

Vier Jahre hat Mira in einem Dominikanerinnenkloster in der Maremma verbracht. Als Lorenzo de Medici sie zurück nach Florenz ruft, fürchtet Mira, dass die Ereignisse jenes Tages sie einholen, der ihr Leben für immer verändert hat. Doch ihre Erinnerungen an das Pazzi-Attentat auf die Familie der Medici bleiben wie vernebelt. Und viel lieber, als sich ihrer bevorstehenden Vermählung mit Enzo di Pierfrancesco de Medici zu widmen, verbringt sie Zeit in Sandro Botticellis Werkstatt. Mit ihren Pflanzenstudien unterstützt sie den Maler bei seinem Gemälde »Primavera«, wobei sie immer wieder dem gut aussehenden Gardisten Riccardo begegnet. Und sie steht Botticelli auch selbst Modell. Als aber eine der drei Grazien tot aufgefunden wird und ein weiteres Modell verschwindet, muss Mira sich fragen, was die wahre Bedeutung der »Primavera« ist und ob sie nun ebenfalls in Gefahr schwebt ...

Pia Rosenberger

# Das Geheimnis der Venus

Historischer Roman

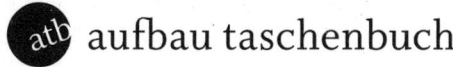

aufbau taschenbuch

**MIX**
Papier | Fördert
gute Waldnutzung
**FSC® C083411**

ISBN 978-3-7466-4042-6

Aufbau Taschenbuch ist eine Marke
der Aufbau Verlage GmbH & Co. KG

1. Auflage 2024
© Aufbau Verlage GmbH & Co. KG, Berlin 2024
www.aufbau-verlage.de
10969 Berlin, Prinzenstraße 85
Der Verlag behält sich das Text- und Data-Mining
nach § 44b UrhG vor, was hiermit Dritten ohne
Zustimmung des Verlages untersagt ist.
Umschlaggestaltung www.buerosued.de, München
unter Verwendung des Gemäldes »Primavera«
von Sandro Botticelli / gemeinfrei und
einem Motiv von © www.buerosued.de
Satz Greiner & Reichel, Köln
Druck und Binden CPI books GmbH, Leck, Germany

Printed in Germany

# Prolog

Florenz, Sommer 1481

Sandro Botticelli stand in der Tür seines Hauses in der Via Nuova und sah Enzo di Pierfrancesco de Medici nach, der sich in angeregtem Gespräch mit seinen gelehrten Freunden Marsilio Ficino und Angelo Poliziano in Richtung des Domplatzes entfernte. Der Borgo nahe der Porta Prato und des Klosters Ognissanti wurde von den bescheidenen Werkstätten der Handwerker geprägt. Vom nahen Kanal her klang Sandro das Schlagen einer Walkmühle entgegen, in der frisch gewebtes Tuch in Filz verwandelt wurde. Ein paar Jungen kickten beim Calcio einen Ball vor sich her. Als er Enzo di Pierfrancesco vor die Füße rollte, ließ dieser sich kurz entschlossen auf ihr Spiel ein. Nur seine edle Kleidung wies darauf hin, dass Enzo zu den mächtigsten Kaufleuten von Florenz gehörte. Der blutjunge Mann aus der herrschenden Familie der Medici schoss den Ball zurück zu den Jungen. Er wünschte sich ein Bild, wie es die Welt noch nicht gesehen hatte. Botticelli, der gerade im Vatikan eine Kapelle mit Wandbildern ausstattete, weilte nur kurz in Florenz, aber die Zeit musste reichen, um den neuen Auftrag zu beginnen. Enzos große Bildtafel sollte den Frühling, die »Primavera«, darstellen. Das war kein Zufall, denn der Name der stolzen

Stadt Florenz berief sich auf Florentia, die römische Göttin der Blumen.

Sandro kehrte in seine Werkstatt zurück und ließ seinen Blick über die Säcke voller Pigmente schweifen, die sich an den Wänden stapelten. Weil er den Aufenthalt in Florenz lediglich als Intermezzo betrachtete, hatten seine Gehilfen Corinno, Raffaele und Giovanni nur provisorisch ausgepackt. Neben dem neuen Auftrag von Enzo di Pierfrancesco war das kleine Tafelbild mit der Madonna und dem Christuskind die einzige Arbeit, die er bewältigen musste. Es roch nach dem roten Ocker, den sein Lehrling Nardo gerade mit Feuereifer anrieb. Ein Napf, ein Holzmörser und ein paar Brocken Erdpigment, mehr brauchte er nicht, um sein Gesicht und seine Arme vollkommen damit einzufärben. Sandro warf dem Jungen, der aussah, als sei er der Hölle mit dreitausend Teufeln entsprungen, ein Leintuch zu.

»Enzos Bild wird uns eine Menge Zeit kosten«, sagte Sandro. Mehr noch, er wusste, dass es seine ganze Kraft fordern würde.

»Wir erfüllen nun einmal die Wünsche der Mächtigen«, erwiderte Filippino Lippi gleichmütig. »Und das werden wir auch weiterhin so gut wie möglich tun. Voller Leidenschaft, Sandro.«

Der dunkelhaarige Filippino gehörte zu den wenigen, die nachvollziehen konnten, wie tief Sandro sich in der Arbeit an jedem seiner Kunstwerke verlor.

»Besser, ich beginne sofort.« Er legte einen großen Karton und seine Rötelstifte auf dem Arbeitstisch bereit. Enzo di Pierfrancesco hätte sich auf ein konventionelles Thema beschränken können, die »Heiligen Drei Könige« beispielsweise, wie Sandro sie schon mehrfach ins Bild gesetzt hatte, einmal gar mit den Portraits der Medici in ihren Rollen. Aber nein, Enzo wünschte sich den Frühling, den sie durch Figuren aus der Mythologie darstellen sollten. Dem Bild würden Texte von Ovid, Seneca und Poliziano zugrunde liegen, und natürlich würde es von Symbolen und Doppeldeutigkeiten nur so strotzen.

Sandro breitete den Karton aus, spitzte seinen Rötelstift und fing an zu zeichnen. Die Figuren und ihre Reihenfolge hatten sie heute Morgen festgelegt. Ihre Dynamik würde den Blick des Betrachters von rechts nach links über die Bildfläche geleiten.

Er legte sie eine nach der anderen mit schnellem Strich an. Ganz rechts begann er mit dem Westwind Zephyr, der die fliehende Nymphe Chloris verfolgte. Sie verwandelte sich in die schöne Flora, unter deren energischem Schritt die Erde grünte und die Pflanzen sprossen. Ein Schelm, der bei Flora an Florentia, die blühende Stadt Florenz, dachte. Auf der linken Seite würden sich die drei Grazien in ihrem gemessenen Tanz wiegen, jede Einzelne in einer vollendeten Eleganz der Linie. Ihre Gewänder und Haare würden aussehen, wie vom Wind bewegt. Ihre Namen lauteten Euphrosyne, Thalia und Aglaia, und sie verkörperten die Liebe in all ihren Aspekten.

Am linken Bildrand würde Sandro Merkur platzieren, den Boten der Venus, der mit seinem Stab die Wolken vertrieb. Mit ihm konnte das Bild ausklingen wie ein Musikstück. Doch wer würde den Göttern und Personifikationen als Vorbild dienen?

»Wir werden Modelle brauchen«, sagte er, während er zeichnete. »Für die Götter.«

Sie würden zart und sanft und kraftvoll sein müssen. Auf dem Bild würden sie bis in alle Ewigkeit weiterleben, außer Enzo brannte seinen Palazzo nieder, was durchaus im Rahmen des Möglichen lag.

»Du hast eine wesentliche Figur vergessen.«

Sandro fuhr herum. Filippino Lippi stand hinter ihm und sah ihm über die Schulter. »Wen meinst du?«

»Venus selbst natürlich.«

Sandro schüttelte tadelnd den Kopf. »Wie könnte ich sie außer Acht lassen, wo sich doch der gesamte Reigen um sie dreht?«

Vor Kurzem hatte der Philosoph Marsilio Ficino ihm das Konzept der Himmlischen und der Irdischen Venus erklärt. Venus caelestis und Venus genetrix. Die eine leitete die Seele bei ihrem Aufstieg zu Gott, die andere war für die irdischen Leidenschaften und das Gedeihen der Natur zuständig.

»Wir werden die Irdische Venus darstellen«, bestimmte er.

»Wer geht über die irdischen Leidenschaften hinaus und wendet sich der Himmlischen Venus zu, wenn er die Wunder der Welt haben kann?«, fragte Filippino.

»Meinst du?« Sandro skizzierte mit schnellem Strich die Silhouette der Göttin, die im Zentrum des Bildes stehen würde, leicht zurückgesetzt zwischen den Bäumen, die den Garten der Hesperiden repräsentierten. »Die anderen Figuren sind nur ihr Hofstaat. Es ist klar, dass die Schönheit der Göttin sie überstrahlen wird.«

»Hast du da schon ein Vorbild im Kopf?«, fragte Filippino.

»Wird es ein solches geben?« Sandro neigte den Kopf. »Das Geheimnis der Venus sollte uns alle vor ein Rätsel stellen, meinst du nicht?«

Filippino nickte nachdenklich. »Und Cupido?«

»Der kommt über ihren Kopf.« Sandro zeichnete die Umrisse eines rundlichen Puttos, der über Venus schwebte und seinen Bogen spannte. »Jetzt stellt sich noch die Frage, auf wen er anlegen soll. Was denkst du, Filippino?«

»Er könnte Chloris wählen, die sich in Flora verwandelt, weil sie heiratet. Denn schließlich geht es in dem Bild auch konkret um die Ehe und die Liebe«, erklärte Filippino, nachdem er ausführlich die Komposition betrachtet hatte. »Soll es nicht zu Enzos Hochzeit entstehen?«

Sandro nickte nachdenklich. »Wer ist noch mal Enzo di Pierfrancescos Braut?«

Filippino neigte sich vor und flüsterte: »Ihr Name lautet Semiramide d'Appiano d'Aragona. Sie ist eine Prinzessin von Piombino aus dem Hause Appiano, und sie wäre, wenn das Schicksal es nicht anders gewollt hätte, Giuliano de Medicis Gemahlin geworden.«

# 1.

Maremma, Frühjahr 1482

Den Namen Semiramide fand Mira d'Appiano viel zu hochtrabend für sich. Sie stand auf einem der grünen Hügel der Maremma, die zum Horizont in Wellen aus Schatten und Nebel ausliefen wie das Meer, an dessen Ufer sie geboren war. In der Nähe arbeiteten Bauern auf den Feldern, und in der Luft lag der Duft nach schwerer roter Erde. Selbst die Lerche, die im Blau des Himmels vom Sommer sang, war ein Teil der Stille.

Mira atmete tief durch und spürte dem Gefühl der Freiheit nach. Auf dem Hügel hinter ihr lag der Konvent der Santa Maria Annunziata, in dem sie die letzten vier Jahre verbracht hatte. Das Kloster war nicht mehr als eine Ansammlung von Steinbauten. Ohne die kleine Kirche mit dem Kreuz auf dem Turm konnte man es leicht mit einem Bauerngut verwechseln. Niemand sah ihm an, dass es ein Ableger der stolzen Abtei San Sisto Vecchio bei Rom war, des ersten Nonnenklosters, das der heilige Domingo de Guzmán im 13. Jahrhundert auf italienischem Boden gegründet hatte. Hierher hatte ihr Bruder, Fürst Jacopo IV. von Piombino, sie nach dem Attentat der Pazzi gebracht. Er hatte das Kloster der Dominikanerinnen gerade wegen seiner Abgeschiedenheit ausgesucht. Zuerst hatte sie sich wie lebendig begraben gefühlt, aber dann hatte ihre Seele an diesem Ort der Stille Kraft geschöpft.

Mira setzte sich ins Gras und legte die Arme um ihre angezogenen Knie. Wie gern würde sie bleiben. Das Kloster war der beste Platz für eine gelehrte Frau wie sie. Niemand nahm Anstoß daran, wenn sie ihre Zeit damit zubrachte, in die Natur zu gehen und die Pflanzen in der kargen Landschaft zu studieren. Anmutig ließ sie sich auf ihren Fersen nieder. Die Wiese strotzte nur so von Blumen und Kräutern, und Mira war gekommen, um eines davon abzubilden. Es war ein Löwenzahn, dessen Geschwister das Gras mit Tausenden von leuchtend gelben Farbtupfern sprenkelten. Salve, mein Schöner, dachte sie, du bist blutreinigend und aufheiternd und als Sirup nicht zu unterschätzen.

Ihre Zeichenutensilien hatte Mira in einem Deckelkorb mitgebracht. Sie nahm das Holzbrett mit dem Blatt, legte es auf ihre Knie und hielt die Form der Pflanze mit Feder und Tinte fest. Kolorieren würde sie ihre Zeichnung heute Nacht beim Schein einer Öllampe, das Sonnengelb ihres Herzens, das Smaragdgrün der Blätter.

»Mira!« Mühelos durchschnitt die helle Kinderstimme die Stille.

Mira richtete sich auf und beobachtete, wie eine kleine Gestalt sich schnaufend den Hügel hinaufkämpfte. Es war Anna Santori, die Tochter einer Adelsfamilie aus der Gegend, die im Kloster erzogen wurde.

»Puh, hab ich mich beeilt!« Sie stöhnte und fiel Mira in die Arme.

»Du glühst ja.« Mira hatte die Kleine erst heute Morgen unterrichtet. Sie strich ihr die wirren Haare aus dem Gesicht und goss ihr Saft aus ihrer Flasche ein.

Anna trank durstig. »Die Mutter Oberin sagte, ich solle dich so schnell wie möglich holen. Es sind Boten aus Florenz gekommen.«

»Für mich?« Mira runzelte die Stirn.

»Ja, und sie haben einen weißen Zelter mitgebracht wie für eine Dame, die zur Falkenjagd geht.« Anna seufzte sehnsüchtig. »Extra für dich, aber du bist ja auch eine Prinzessin.«

Diese unbestreitbare Tatsache würde Mira am liebsten vergessen. Sie packte ihre Zeichensachen zusammen, nahm Anna bei der Hand und machte sich mit ihr auf den Heimweg. Das Mädchen an ihrer Seite sang und hüpfte die ganze Zeit und merkte nicht, dass Mira tief in Gedanken versunken war. Eine Abordnung Lorenzo de Medicis – das klang nach Aufbruch und dem Ende ihres ruhigen Lebens.

Sie liefen hügelabwärts, banden sich die Röcke hoch, um einen eiskalten Bach zu durchqueren, und stiegen zum Kloster hinauf, dessen Steinmauern die Wärme des Frühlingstags gespeichert hatten. Die alte Pförtnerin Bernarda ließ sie ein. Wen störte es, dass sie fast blind war? Das Kloster lag so abgelegen, dass sie sich um seine Sicherheit keine Sorgen zu machen brauchten.

Im Hof herrschte Stille. Die Schwestern hatten sich zum Stundengebet in der Kirche versammelt. An der Mauer standen sechs Pferde, die die Stallburschen gerade mit Hafer versorgten. Unter ihnen war tatsächlich ein weißer Zelter mit melancholischen Augen. Anna bückte sich und pflückte ein Büschel Gras für ihn. »Guck mal, er knabbert an meinen Fingern«, rief sie entzückt. Nachdenklich strich Mira über seine warmen Nüstern.

Die Boten spielten im Schatten der Mauer Karten und ließen eine Korbflasche mit Wein kreisen. Sie trugen den Wappenrock mit den Palle, den sechs Kugeln, die die Medici repräsentierten. Mira unterdrückte die aufkommende Panik. Lorenzo schien daran zu liegen, dass sein kleines Unterpfand Florenz unbeschadet erreichte. Sonst hätte er ihr nicht seine persönliche Leibgarde auf den Hals gehetzt.

Kühle senkte sich über sie, als sie aus der prallen Sonne in den Schatten trat. »Wer ist euer Anführer?«

Ein knorriger Graubart hob den Kopf und musterte sie abschätzig. »Der schlägt sich gerade im Refektorium den Bauch voll. Ihr seid also die Kleine, die wir abholen sollen? Die Braut von Enzo di Pierfrancesco, dem grünen Jungen?«

Mira beantworte seine Frage nicht, sondern machte auf dem Absatz kehrt und ging erhobenen Hauptes davon. In diesem Moment öffnete sich die Kirchentür für die Nonnen, die aus der Kirche strömten wie ein Schwarm schwarz-weiße Elstern. Sie wartete, bis sie vorübergegangen waren. Dann stieg sie die schmale Wendeltreppe in den Turm hinauf und klopfte an die Tür der Äbtissin.

»Tretet ein!«

Mira drückte die Klinke herunter und schob sich in den kreisrunden Raum hoch über der Maremma. Wie oft hatte sie hier mit Maria Donata Schach gespielt oder über philosophische und theologische Probleme diskutiert? Die Äbtissin stand am Fenster und blickte in die weite Landschaft hinaus. Misstrauisch beäugte Mira den Brief, der ungeöffnet auf dem Tisch lag.

Maria Donata wandte sich ihr zu. »Da seid Ihr ja, Prinzessin Semiramide. Er ist für Euch bestimmt. Also zögert nicht, ihn zu öffnen.«

Die Äbtissin entstammte der mächtigen Familie Colonna und zählte noch keine dreißig Jahre. Böse Zungen behaupteten, ein Kloster sei ein guter Ort, um überzählige Töchter loszuwerden. Doch Maria Donata war so erfüllt von ihrer Liebe zu Gott und den

Menschen, dass Mira sich keinen besseren Platz für sie vorstellen konnte.

»Setzt Euch, Semiramide, ich bitte Euch.«

Sie nahm zögernd Platz, während die Äbtissin Wein aus einer Karaffe in zwei Becher füllte. Mira trank einen Schluck, bevor sie das Siegel brach, den Brief auffaltete und las. Danach ließ sie den Bogen sinken und starrte in die Weite. »Hier ist man dem Himmel so nah.«

»Schreibt er, was ich denke?«, fragte Maria Donata.

Mira nickte. »Lorenzo il Magnifico selbst ruft mich in höflichen, aber bestimmten Worten zurück nach Florenz. Die Hochzeit ist für Juli angesetzt, aber er erwartet mich schon jetzt in der Stadt.« Sie zögerte. Hatte die Äbtissin ihr nicht erst gestern zu verstehen gegeben, wie sehr sie sie schätzte? »Könntet Ihr Euch nicht für einen Aufschub einsetzen?«

Maria Donata seufzte. »Ihr wisst, dass das nicht im Rahmen meiner Möglichkeiten liegt. Das Kloster ist ein Refugium für Frauen, manche sind für immer hier, andere auf Zeit. Die Welt ruft Euch zurück. Ihr seid hochgeboren und mit einem jungen Mann aus bester Familie verlobt.«

»Warum nur müssen Frauen sich immer fügen?« Mira seufzte. »Ihr könntet Einspruch einlegen, sagen, dass ich unentbehrlich bin.« Sie kannte die Antwort, bevor Maria Donata sie aussprach.

»Einem Lorenzo de Medici widerspricht man nicht.« Die Äbtissin schob zwei Finger unter den Rand ihres Schleiers, der so fest saß, dass sich an ihrem Haaransatz ein roter Streifen gebildet hatte. »Aber sagt …« Maria Donata sah sich um und flüsterte. »Seid Ihr überhaupt in der Lage, Euch dem zu stellen, was Euch erwartet?«

Mira schluckte unbehaglich. Es war Maria Donata nicht entgangen, dass sie Florenz nicht ohne Grund verlassen hatte.

»Ich werde es versuchen. Danke, Mutter Oberin. Danke für alles.« Sie stand auf. Es gab nichts mehr zu sagen. Frauen wurden als Unterpfand der Macht verheiratet und hatten Gehorsam zu leisten, ob es ihnen passte oder nicht. Mira würde in die mächtigste Familie Mittelitaliens einheiraten, die Medici.

Lorenzo, dem Herrscher von Florenz, war ebenso an einer Verbindung mit dem Fürstenhaus der Appiano gelegen wie ihrem Bruder Jacopo. Zuerst hatte man sie für seinen Bruder Giuliano vorgesehen. Nach seiner Ermordung wurde sie mit Enzo di Pierfrancesco, dem Sohn von Lorenzos verstorbenem Onkel, verlobt. Eigentlich hätte die Hochzeit schon in diesem Frühjahr stattfinden sollen, doch der Tod von Lorenzos Mutter Lucrezia hatte Mira einen Aufschub verschafft.

Lorenzo de Medici selbst hatte Miras Mitgift von viertausendfünfhundert Goldflorin übernommen. Sie war eine gute Partie, denn sie brachte den Medici die Nutzungsrechte für den Hafen von Piombino ebenso ein wie einige Erzminen auf Elba und mehrere Alaunminen, deren Rohstoff unentbehrlich für die Färberei war. Sie konnte stolz sein, dachte sie spöttisch. Allein mit ihrer Anwesenheit auf Erden sorgte sie dafür, dass das Tuchgewerbe in Florenz fortbestand.

Überraschend trat Maria Donata auf Mira zu und schloss sie in die Arme. »Ich kann gar nicht sagen, wie sehr ich Euren Abschied bedaure. Ihr seid meine beste Illustratorin und eine begnadete Lehrerin. Die Mädchen hängen Euch an den Lippen. Selbst als Cellerarin hätte ich Euch einsetzen können.«

Mira nickte unwillig. Was spielte es für eine Rolle, dass sie den

Brennholzvorrat für den Winter berechnen konnte? In Gedanken war sie schon weit fort.

Die Äbtissin sah sie forschend an. »Aber seid Ihr nicht gespannt? Ihr heiratet, und das Leben öffnet seine Tore weit für Euch.«

Mira wurde schwindlig. »Ja, natürlich.« Dafür war sie geboren worden. Sie würde ein Haus einrichten müssen und Ende des Jahres vielleicht sogar schon mit ihrem ersten Kind schwanger sein. Wenn sie diesen Enzo nur besser kennen würde. In ihrer Erinnerung war er ein missmutiger Junge mit Pickeln am Kinn, der sie übersah.

»So schlimm?«, fragte die Äbtissin. »Gottes Segen sei mit Euch, Semiramide. Euer Leben wartet auf Euch. Solltet Ihr eines Tages zurückkehren, bin ich die Erste, die Euch willkommen heißt. Geht mit Gott. Und geht in Frieden.«

Die Tür fiel hinter Mira ins Schloss, und sie stand im Gang. So schnell konnte man aus seinem Leben fallen. Ein »Geht mit Gott«, und nichts war mehr wie zuvor.

Auf der Wendeltreppe zog sie sich den Schleier vom Kopf und schüttelte ihre wilden roten Locken aus, die Farbe in die grauen Steingänge brachten.

Sie fand den Anführer der Garde im Refektorium. Er saß breitbeinig an einem der langen Holztische und ließ sich von der Küchenschwester Francesca mit Wein, Oliven, Brot und Schinken versorgen.

»Da bin ich«, sagte Mira mürrisch.

Lorenzos Bote hob den Kopf und musterte sie aus überraschend blauen Augen. Seine Haare lagen dunkel wie Rabenfedern auf seinen Schultern. Ein freches Grinsen zog über sein Gesicht. »Ich dachte, ich sollte eine Prinzessin abholen und kein Leuchtfeuer.«

Mira blieb der Mund offen stehen. Was dachte sich der Kerl dabei, sich über ihre Haare lustig zu machen, als sei sie eine gewöhnliche Gassendirne?

Empört drehte sie sich auf dem Absatz um, doch an der Tür holte seine spöttische Stimme sie ein. »Seid pünktlich. Wir reiten bei Sonnenaufgang.«

Jetzt maßregelte sie der Kerl auch noch! Mira lief in den Zellentrakt, knallte die Tür hinter sich zu und begann zu packen. Der selbst gebundene Kodex mit den Zeichnungen der Pflanzenwelt der Maremma musste mit, außerdem das kostbare Papier sowie ihre Stifte und Farben. Kleider besaß sie kaum. Das Grüne mit dem Granatapfelmuster und dem Schnürverschluss stammte noch aus ihrer Zeit in Florenz. Sie hatte es im Palazzo Medici getragen und würde das nun wieder tun, vorausgesetzt, es passte noch. Mit Bedauern dachte sie an das weiße Samtkleid von jenem Sonntag im Dom Santa Maria del Fiore. Es war so voller Blut gewesen, dass sie es nicht mehr verwenden konnte. Seitdem hasste sie weiße Kleider. Mira war mit leichtem Gepäck gekommen und würde ebenso wieder gehen.

Ein letztes Mal ließ sie sich im Refektorium das einfache, von Bibelworten begleitete Mahl schmecken. Dann verabschiedete sie sich von ihren Mitschwestern und den Schülerinnen. Anna weinte untröstlich, und Francesca drängte ihr eine Tasche voller Proviant auf, der für mindestens eine Woche reichen würde, vorausgesetzt Lorenzos hungriger Gardist fraß sie nicht vorher leer.

Wo steckten die Kerle überhaupt? Mira sah sich unauffällig um, doch Lorenzos Abordnung mitsamt ihrem unverschämten Anführer blieb verschwunden. Wahrscheinlich teilten sie sich den Stall mit den Pferden.

Nach dem Essen nutzte Mira das letzte Tageslicht, um noch einmal ins Skriptorium zu gehen. Der Raum, in dem tagsüber fünf Nonnen schrieben und zeichneten, lag wie ausgestorben da. Auf Miras Pult stand noch der Psalter, den sie für die Frau eines vornehmen Kaufmanns aus Siena gestaltet hatte. Eine Mitschwester würde ihn nun vollenden. Auch wenn der Buchdruck nach Art dieses Gutenberg vor dreißig Jahren seinen Weg über die Alpen gefunden hatte und nach und nach die Kunst der handgeschriebenen Codices ersetzen würde, fand Mira, dass kein gedrucktes Buch es mit einem handgemalten Kodex aufnehmen konnte.

Sie ließ ihre Hände über eine feine Blütenranke gleiten, die sie erst gestern gezeichnet hatte. Nachdem die oberste Schreiberin Miras Talent entdeckt hatte, hatte sie sie zur Illustratorin ausgebildet. Wie gut, dass sie dabei auf die Vielzahl ihrer Pflanzendarstellungen zurückgreifen konnte. Zu gern hätte sie ebenfalls gelernt, wie man den Anfang jeder Seite mit kleinen Szenen voller Figuren verschönerte, aber das würde ihr nun nicht mehr vergönnt sein. Als Ehefrau eines mächtigen Kaufmanns würde sie viel zu tun haben. Schade, dachte sie.

# 2.

In dieser Nacht wälzte sie sich schlaflos von einer Seite zur anderen. Schließlich stand sie auf und trat ans Fenster. Noch lastete Dunkelheit über dem weiten Land, doch im Osten wurde der Himmel bereits durchsichtig wie Glas. Heute würde sie nach Florenz aufbrechen, auch wenn sie dort jeder Stein und jede Blume an die Geschehnisse erinnerte, denen sie entfliehen wollte.

Wehmütig erinnerte sie sich an die Sommer in der Landvilla von Careggi. In den Laubengängen hatten die humanistischen Gelehrten disputiert und ihre Ideen gesponnen. Der Philosoph Marsilio Ficino hatte die Schriften Platons und Plotins aus dem Griechischen ins Lateinische übersetzt, und der junge Dichter Angelo Poliziano hatte, wenn er nicht gerade Lorenzos Söhne unterrichtete, seine Texte zum Abendessen vorgetragen. Auch Lucrezia de Medici war eine begabte Dichterin gewesen. Sie hatte der verwaisten Mira erlaubt, am Unterricht der Jungen teilzunehmen. Marsilio Ficino staunte, wie schnell sie begriff. Bei der Aussicht, ihn und Poliziano wiederzusehen, erwachte ein Funke der Freude in Mira. Entschlossen stand sie auf und setzte ihre Füße auf den Kachelboden.

Als die Sonne wie ein roter Ball über die Hügel glitt, trat sie mit ihrem Bündel in den Klosterhof. Die Gardisten sattelten gerade die Pferde.

»Wo werden wir übernachten?« Der Ritt von der Maremma bis Florenz dauerte mehrere Tage.

»Lasst Euch überraschen.« Der Anführer hatte dunkle Schatten unter den Augen, als habe die Nacht im Stall ihm zugesetzt.

»Hat Euch das Stroh gepikst?«

»Wie bitte?«

»Ihr seht aus, als hättet Ihr im Stall nicht gut geschlafen.« Sie legte ihm ihr Bündel in die Arme. »Bitte seid vorsichtig damit. Es besteht zwar nicht aus Glas, aber ...«

»Du lieber Himmel.« Er tat so, als ginge er unter dem Gewicht in die Knie. »Habt Ihr Wackersteine eingepackt?«

»Da drin sind mehrere Bücher und ein Holzkasten mit ein paar hundert losen Blättern. Passt bitte gut auf.«

Achselzuckend verstaute er das Bündel auf dem Packpferd, trat seitlich an den Zelter heran, der brav am Gras im Klosterhof knabberte, und faltete seine Hände.

»Was soll das denn?«, fragte sie ungehalten.

Er verdrehte die Augen. »Ist Euch die gute, alte Räuberleiter nicht vertraut?«

Mira errötete und ließ sich in den Damensattel helfen. Hitze überströmte sie, als seine Hand ein wenig zu lange auf ihrem Knöchel ruhte. Der Blick seiner stahlblauen Augen traf sie wie ein Blitz. Was wäre, wenn sie mit ihm bis ans Ende der Welt reiten würde? Mühsam rief sie sich zur Ordnung. Sie war verlobt und durfte sich nicht einmal in ihren Träumen etwas anderes wünschen.

Der Zug aus Reitern und Pferden wand sich im Schritttempo

ins Tal, wo ein Chor von Vogelstimmen den Tag begrüßte. In der Ferne krähte ein Hahn, und auf den Feldern stand hellgrün der Weizen. Geruhsam ritten sie nach Norden. Vor ihnen erstreckte sich die Maremma mit ihren weiten Ebenen und den Hügeln voller Olivenhaine. Mira versuchte, den Tag nach Kräften zu genießen, der einer ihrer letzten in Freiheit sein würde.

Die Männer ritten schweigend voran, so dass sie den sanften Zelter kennenlernen konnte, den Lorenzo ihr geschickt hatte. Sie ritt im Seitsattel in seiner typischen Gangart, dem Tölt. Sicher erinnerte sich der Magnifico an ihre miserablen Reitkünste, sonst hätte er ihr nicht das besonnenste Pferd aus seinem Reitstall geschickt.

»Wäre Angelo nicht ein passender Name für dich, mein Braver?« Sie strich dem Zelter über die Ohren. »Er würde zu dir passen, und ich könnte einen Engel an meiner Seite gut gebrauchen.«

Der Anführer setzte sich neben sie. »Lorenzo de Medici hat ihn Herkules getauft.« Seine Fuchsstute erschien ihr erheblich feuriger.

»Ach, wirklich? Räumt Angelo hin und wieder den Augiasstall auf? Vielleicht verwandelt er sich ja in einen Kentaur, der die Mistgabel schwingt?«

»Keine schlechte Idee«, gab er spöttisch zurück. »Es spart Stallburschen, wenn die Gäule das selbst erledigen.«

Sie ritten einträchtig nebeneinanderher.

»Wie heißt Eure Stute?«, fragte Mira.

»Das ist meine stolze Adelina. Eine echte Füchsin mit heißem Blut.« Er tätschelte der Stute den Hals, die nervös tänzelte, als hätte sie ihn verstanden. »Nicht immer entspricht der Name dem Temperament.«

»Aber Herkules?« Mira rümpfte die Nase. »Nein danke, ich bleibe bei Angelo.«

»Wenn wir schon bei Namen sind. Wie lautet der Eure vollständig?«

Sie zögerte. »Ich bin Semiramide d'Appiano d'Aragona.« Sie wusste, was jetzt kommen würde. Wie konnte es anders sein bei diesem ungehobelten Klotz?

Der Anführer pfiff durch die Zähne und grinste wölfisch. »Ihr seid also eine waschechte Prinzessin und außerdem die Braut meines Freundes Enzo di Pierfrancesco. Findet Ihr nicht, dass der Name etwas zu groß für Euch zierliche Person ist?«

Mira schnaubte entrüstet. Sollte sie in die Luft gehen oder lachen? Während er seiner Stute die Sporen gab und an die Spitze des Zuges zurückkehrte, entschied sie sich für die zweite Möglichkeit. Was ging es sie an, wenn er sich nicht zu benehmen wusste? Und wann schaffte sie es endlich, damenhaft über den Dingen zu stehen?

Mittags rasteten sie im Schatten einer Ruine, die von Terrassen voller silbrig grüner Olivenbäume umgeben war. Kaum hatte sie sich auf eine Mauer gesetzt, nahm der Anführer im Gras neben ihr Platz. »Ich muss mich bei Euch entschuldigen, Principessa. Manchmal geht mein Temperament mit mir durch.«

»Wenn das so ist, solltet Ihr besser auf Eure Worte achtgeben«, erwiderte sie spröde. »In Zukunft stehe ich den Medici nahe. Vielleicht seid Ihr irgendwann auf meine Fürsprache angewiesen.«

»Um mich zum Schweigen zu bringen, müsstet Ihr mich leider knebeln«, sagte er achselzuckend und grinste breit.

»So schlimm?«, fragte sie spöttisch.

»Ich sage nur gern die Wahrheit«, erwiderte er. »Was seid Ihr?

Ein fetter Fang an Lorenzo de Medicis Angel?« Er öffnete seinen Rucksack, holte zwei Äpfel heraus und bot ihr einen an.

Mira zögerte, nahm ihn dann aber doch. »Es scheint Eure Art zu sein, Grenzen zu übertreten.«

»Vielleicht habe ich nur nicht viel zu verlieren, kleine Betschwester.« Er holte tief Luft. »Mein Name ist Riccardo Vespucci, und meine Abstammung ist alles andere als vornehm, was Lorenzo nicht davon abgehalten hat, mich zum stellvertretenden Anführer seiner Garde zu erklären.«

»Wirklich? Seid Ihr mit den Vespuccis in der Via Nuova verwandt? Aber dann habt Ihr sicher meine Tante, die schöne Simonetta, kennengelernt.« Ganz Florenz war untröstlich gewesen, als Simonetta Vespucci, geborene Cattaneo, mit nur dreiundzwanzig Jahren an der Schwindsucht starb. Mira hatte wenig Kontakt zu ihr gehabt. Sie zog ihre Schuhe aus und stellte ihre Füße ins kühle Gras.

»Ich bin ein Bastard des Notars Nastagio Vespucci«, erklärte Riccardo.

Mira zog die Augenbrauen hoch. »In der Tat? Ich kenne viele Leute in Florenz. Aber Euch bin ich nie zuvor begegnet.«

»Das könnt Ihr auch gar nicht.« Riccardo grinste ertappt. »Simonetta war die Frau meines Cousins Marco, aber ich habe sie kaum kennengelernt. Ich war zehn Jahre in Mailand, denn Lorenzo de Medici hat mich am Hof der Sforza für den Kriegsdienst ausbilden lassen. Da ist die höfische Erziehung wohl zu kurz gekommen.«

Mira nickte. Die Medici waren enge Verbündete des Herzogtums Mailand und mit der regierenden Familie der Sforza befreundet. Schon Francesco, der Großvater des jetzigen Herzogs, hatte Lorenzo beigestanden, als die Florentiner nach dem Tode seines Vaters Piero gegen ihn rebellierten. Die Freundschaft wurde von seinem Nachfolger Galeazzo Maria weitergepflegt, der vor einigen Jahren im Mailänder Dom ermordet worden war, als hätten die Attentäter die Verschwörung der Pazzi vorweggenommen.

»Und weshalb lässt Euch Lorenzo zurückholen?«, fragte Riccardo. »Die Hochzeit ist doch erst für Juli angesetzt.«

»Ich weiß es nicht«, gestand sie und ignorierte das ungute Gefühl, das sich in ihr breitmachte. »Sicher hat er seine Gründe.«

»Wann wäre das je anders gewesen?«, raunte Riccardo.

Lorenzo tat nichts ohne Hintergedanken. Seit vier Jahren jagte er mit bemerkenswerter Finesse die Mörder seines Bruders und nahm blutige Rache an ihnen.

Mira biss in den Apfel. Er war saftig, obwohl er vom letzten Herbst stammte.

»Fällt es Euch schwer, das Kloster hinter Euch zu lassen?«, fragte Riccardo.

Sie hob eigensinnig ihr Kinn. »Mein Leben liegt vor mir. Das sagt zumindest die Äbtissin. Wieso sollte ich mich da beschweren?«

Riccardo stand auf und streckte sich. »Ihr hättet es schlechter treffen können als mit Enzo di Pierfrancesco.«

»Wer weiß schon, was die Zukunft bringt?« Mira fütterte Angelo mit dem halb gegessenen Apfel. Besser Riccardo merkte nicht, wie mulmig ihr wurde, wenn die Rede auf ihren Bräutigam kam.

Als sie den Weg nach Norden einschlugen, machten die Olivenbäume bewaldeten Hängen und Weinbergen Platz, zwischen denen von Zeit zu Zeit ein Kastell aufragte. Die erste Nacht verbrachten sie in Massa Marittima, die zweite in einem Gasthaus in Colle di Val d'Elsa, die dritte auf einem Weingut im Chianti.

Gegen Mittag des vierten Tages ritten sie ins Arnotal hinab, überquerten den Fluss und tauchten in die Menschenmenge ein, die die Gassen füllte. Aufgeregt hielt Mira nach bekannten Gesichtern Ausschau. Es fühlte sich an, als sei sie niemals fortgewesen.

Sie schloss zu Riccardo auf. »Ich würde mich gern frisch machen, bevor ich Lorenzo de Medici entgegentrete.«

»Das geht nicht. Er will Euch unverzüglich sehen.«

»Wie bitte? Ich rieche nach Pferd!«

Doch Riccardo ließ sich nicht erweichen. Genervt folgte Mira ihm über den Domplatz in die Via Larga, wo das beeindruckende Stadthaus der Medici lag. Den mächtigen Palazzo hatte sich die Familie direkt neben ihrem kleineren Stammhaus bauen lassen. Mira fühlte sich, als würde sie eine Trutzburg betreten. Lorenzo de Medicis Großvater Cosimo hatte das neue Stadthaus in den vierziger Jahren von dem Architekten Michelozzo gestalten lassen. Es fügte sich hoch, aber nicht zu protzig in die Häuser an der Via Larga ein, als wollten die Medici damit ausdrücken, dass sie mächtig aber nicht zu mächtig waren.

Im Innenhof, der von einer geschmackvollen Säulengalerie umgeben wurde, stieg sie ab, übergab die Zügel einem heraneilenden Stallburschen und flocht sich die Haare zu einem unordentlichen Zopf.

Im Haus, das weitaus prächtiger ausgestattet war, als das Äußere vermuten ließ, lief ihr als Erstes Angelo Poliziano über den Weg. Er riss verdutzt die Augen auf, als er sie erkannte. »Willkommen, Prinzessin Semiramide. Wir hatten Euch gar nicht so früh erwartet. Tretet ein, tretet ein!« Der schwarzhaarige Mann in dem dunklen Talar verbeugte sich mit der Hand vor der Brust.

»Grazie, Messer Poliziano.« Während sie die langen Flure entlanggingen, überschlug sie die Anzahl der Söhne und Töchter, die es inzwischen im Haus geben musste. »Sagt, wie viele Kinder hat Lorenzo mittlerweile?«

»Es sind sieben. Clarice hat noch einen Jungen geboren, Giuliano. Dazu kommt Giulio, der Sohn von Lorenzos Bruder, der bei dem Architekten Angelo da Sangallo aufwächst. Man munkelt, Giuliano habe Giulios Mutter zur linken Hand geheiratet. Sie ist ebenfalls tot ...«

Mira ignorierte den Stich in ihrem Herzen. Wenn alles glattgegangen wäre, hätte sie die Mutter von Giulianos erstem nach geltendem Recht ehelich geborenen Kindes werden können. Aber was vergangen war, war vergangen.

Poliziano begleitete sie in den ersten Stock, wo ihnen Kinderlärm entgegenschallte. Eine Tür sprang auf. Vier Mädchen stürmten in den Gang und rangelten um einen Ball, den die Älteste über ihren Kopf hielt, während ihre Schwestern kreischend an ihr hochsprangen. Poliziano hob die Hände und verschwand ohne ein weiteres Wort.

»Gib ihn mir!«, rief die Mittlere. Ihr Name war Maddalena, erinnerte sich Mira. Lorenzos zweitälteste Tochter musste jetzt ungefähr neun Jahre alt sein. Lucrezia war mit ihren zwölf Jahren schon fast erwachsen. Die beiden Jüngsten, Luisa und Contessina, hatte Mira das letzte Mal im Säuglingszimmer gesehen. Aus den pummeligen Kleinkindern waren zwei bezaubernde kleine Mädchen mit dunkelblonden Locken geworden.

»Salve.« Mira konnte sich der Rasselbande gegenüber ein Grinsen nicht verkneifen.

Die vier fuhren herum. Während Lucrezia den Ball sinken ließ, blickte Mira in erhitzte Gesichter und blitzende Augen.

»Mira? Wir haben dich so sehr vermisst!«, rief Maddalena.

Sogleich flogen sie Mira in die Arme, die Kinderschweiß und Milch roch und eine Reihe weicher Bäckchen küsste.

»Da bist du ja wieder. Das ist sooo schön«, sagte Maddalena. »Aber den Ball will ich trotzdem haben, Lucrezia.«

Mira drückte die vier noch an sich, als vor ihr eine Tür aufsprang und Lorenzo de Medici selbst in den Gang trat. »Was ist das für ein Tumult? Wie soll man denn da arbeiten? Ah, Semiramide. Ihr seid schon da. Ich grüße Euch.«

»Entschuldigt, Vater.« Während Lucrezia ihre Schwestern zurück ins Kinderzimmer bugsierte, hielt er Mira die Tür zu seinem Arbeitszimmer auf. »Tretet ein.«

Mit den Truhen voller Bücher und den Gemälden, die in die holzvertäfelten Wände eingelassen waren, war der Raum repräsentativ und behaglich zugleich eingerichtet. Der oberste Medici war nicht nur das ungekrönte Oberhaupt von Florenz, sondern auch ein begabter Dichter und Gelehrter. Mira setzte sich befangen an die Längsseite des großen Tisches. Lorenzo schenkte ihr Wein ein, bevor er ihr gegenüber Platz nahm. Sie trank durstig und spülte sich den Reisestaub aus der Kehle.

»Ihr seid eine große Schönheit geworden, Prinzessin. Mein Kompliment. Belassen wir es vorläufig bei der förmlichen Anrede, obwohl Ihr bald meine Cousine sein werdet?«

Sie nickte zögernd und strich sich eine widerspenstige Locke aus dem Gesicht.

»Sicher wundert Ihr Euch, warum ich Euch so abrupt nach Florenz zurückbeordert habe«, fuhr Lorenzo fort.

»In der Tat.« Mira warf ihm einen verstohlenen Blick zu. Der

Herrscher von Florenz war kein attraktiver Mann im landläufigen Sinne. Er hatte breite Schultern, braune Haare und ein Gesicht, das mit dem Erbe seiner Familie – der eingedellten Nase und der ausgeprägten Kinnpartie – eher gestraft als gesegnet war. Vielleicht ließ ihn seine Aura von Macht und Tatkraft ja so beeindruckend erscheinen? Er hatte mit zwanzig Jahren die größte Bank der Welt und ein Handelsimperium geerbt, das auf der Textilindustrie gründete. Durch geschicktes Taktieren hatte seine Familie noch dazu die Herrschaft in Florenz übernommen. Auch wenn Lorenzo sich im Grunde seines Herzens als Schöngeist und Dichter fühlte, musste er für seine Vormachtstellung tagtäglich kämpfen.

Sie räusperte sich. »Ich muss mich für meine Aufmachung entschuldigen. Ich hatte bisher noch keine Gelegenheit, mich zurechtzumachen.«

Lorenzo zog die Augenbrauen hoch. »Verzeiht bitte meine Unverschämtheit, aber ich wollte Euch unverzüglich sehen.«

Von draußen ertönte wieder Kindergeschrei. Eins der kleineren Mädchen kreischte zum Gotterbarmen. Mira sprang auf. »Sollten wir nicht nachschauen, was sie treiben?«

Er hob beschwichtigend die Hände. »Nein, nein. Das erledigt hoffentlich die Kinderfrau. Aber da hört Ihr mein häusliches Chaos. Also ist es besser, ich spanne Euch nicht länger auf die Folter. Ich brauche Hilfe mit den Rangen. Die Mädchen sind nach dem Tod ihrer Großmutter schwerer zu hüten als ein Sack Flöhe.«

»Mein Beileid, Messer Lorenzo. Aber ist es nicht die Aufgabe Eurer Gemahlin, die vier im Zaum zu halten?«

Lorenzo schlug die Beine übereinander. »Clarice ist mit Giuliano, unserem Jüngsten, nach Rom gereist. Ihre Mutter ist erkrankt.

Die älteren Jungen sind bei ihren Lehrern in den besten Händen, aber die Mädchen haben Bildung und Erziehung dringend nötig.«

Die Medici waren Kindernarren. Schon Lorenzos Großvater Cosimo de Medici hatte den neuen Palazzo mit etlichen Nachkommen bevölkern wollen. Eine große Familie brachte Stärke mit sich, vor allem, wenn vielen Mitgliedern kein langes Leben beschieden war. Zahlreiche Medici teilten das grausame Vermächtnis der Gicht, an der Lorenzos Vater Piero viel zu früh gestorben war.

»Meine Mädchen sollten besser beaufsichtigt werden.«

»Ich bin keine Kinderfrau«, stellte Mira klar. »Ich werde keine Säume flicken und keine Zöpfe flechten.«

»Aber eine solche suche ich auch gar nicht.« Lorenzo erhob sich und begann, mit auf dem Rücken gekreuzten Händen auf und ab zu gehen. »Verzeiht meine Respektlosigkeit, die Eurem Rang entgegensteht. Aber vielleicht kann Euch diese Aufgabe die Zeit bis zu Eurer Hochzeit verkürzen? Und meinen jungen Cousin und Ziehsohn Enzo würdet Ihr auf diese Weise unverbindlich kennenlernen.«

Hitze stieg Mira ins Gesicht.

»Meine Töchter sind so schön und klug wie ihre Mutter«, fuhr Lorenzo fort. »Sie sollen gebildet in die Ehe gehen und Sprachkenntnisse haben, sogar im Lateinischen. Wenn sie einmal heiraten, werden sie einen großen Haushalt zu führen haben. Deshalb müssen sie auch die Grundlagen der Buchhaltung beherrschen, sonst betrügt sie ihr Verwalter nach Strich und Faden.« Er blieb stehen und musterte Mira. »Ich wünsche, dass Ihr den Unterricht weiterführt, den meine Mutter, Gott sei ihrer Seele gnädig, so qualifiziert begonnen hat.«

Mira trank einen weiteren Schluck Wein von bester Qualität aus einem Becher aus Muranoglas. »Ihr habt ehrgeizige Pläne mit Euren Töchtern.«

»Ich träume gern groß.« Das Grinsen, das er mit ihr teilte, hatte fast etwas Lausbubenhaftes. Mira hatte Lorenzos geschickte Heiratspolitik selbst zu spüren bekommen.

Seine Söhne würden eines Tages die Geschicke der Bank und des Handelshauses leiten. Seine Töchter aber waren sein wichtigstes Kapital, um Allianzen zu schaffen. Vielleicht gelang es ihm ja, sie nach Mailand in die herzogliche Familie Sforza oder in das Königreich Neapel zu verheiraten? Auch Lorenzos Frau Clarice Orsini entstammte einer Familie von einflussreichem Adel. Oder – und das war die schlimmste Alternative – Lorenzo kannte keine Skrupel und verkuppelte seine Töchter mit den Söhnen des jeweiligen Papstes.

»Ich brauche Eure Unterstützung als Lehrerin, verehrte Prinzessin Semiramide.«

Hatte sie überhaupt eine Wahl? »Also gut. Ich nehme das Angebot an, wenn es um die Bildung der Mädchen geht. Aber ich sehe mich nicht in der Lage, ihnen gesellschaftlichen Schliff zu verleihen. Singen, Tanzen und eine gerade Haltung – das müssen sie von jemand anderem lernen. Und ich wünsche mir ein eigenes Schulzimmer für sie, damit sie den Unterricht ernst nehmen.«

Lorenzo rieb sich zufrieden die Hände. »Ich wusste, dass Ihr zustimmen würdet. Vorerst setzt Euch das Ziel, sie bis zu Eurer Hochzeit im Juli zu zähmen, damit sie nicht wie ein Schwarm Tauben im Dom herumflattern.« Lorenzo zwinkerte ihr zu. »Das kriegt Ihr hin, oder? Den Zelter Herkules schenke ich Euch übrigens. Zum Ausgleich für den plötzlichen Aufbruch.« Er ließ sich auf seinen Stuhl fallen und trank einen Schluck Wein. »Es soll Euer Schaden nicht sein, wenn Ihr Euch an die Familie Medici bindet, Semiramide.«

»Ich danke Euch, Messer Lorenzo.« Als Mira aufstand, wurde sie von einer tiefen Erschöpfung überwältigt. »Es wird mir eine Freude sein, Eure Töchter zu unterrichten.«

Während sie in Lorenzos Begleitung zur Tür ging, fragte sie sich, ob das wirklich der alleinige Grund war, warum er sie nach Florenz zurückbeordert hatte. Tat er je etwas ohne Hintergedanken?

Und in der Tat. Als er die Tür öffnete, ähnelte er einem Kater, der mit seiner Jagdbeute spielte. »Sagt, Semiramide. Ihr wart doch an jenem unseligen Sonntag im Dom Santa Maria del Fiore zugegen? Was habt Ihr gesehen? Ihr versteht sicher, dass ich das unbedingt wissen muss.«

Nebel flutete ihr Blickfeld, und ihr Hals wurde eng. Seit vier Jahren verfolgte Lorenzo die Verschwörer der Pazzi und ihre Unterstützer mit aller Härte. Viele Mittelsmänner hatte er ihrer gerechten Strafe zugeführt, aber vielleicht nicht alle.

»Ich weiß es nicht. Es ist, als läge ein Schleier über den Geschehnissen«, sagte sie mit heiserer Stimme.

Seine schwielige Hand legte sich auf ihre Schulter. »Ich möchte Euch nicht behelligen, aber Ihr versteht, dass das letzte Wort in dieser Sache noch nicht gesprochen ist. Geht jetzt und ruht Euch aus! Und dann versucht Ihr, Euch zu erinnern. Mit aller Kraft, ich bitte Euch.« Er öffnete die Tür und entließ sie in den Gang.

Alles drehte sich. Mira lehnte sich an die Wand, um den Schwindel zu bekämpfen, der sie aus heiterem Himmel überfallen hatte. Sie atmete langsam und wartete, bis die Welt zur Ruhe kam. Lorenzo wollte die Wahrheit wissen. Das verbarg sich hinter seinem Wunsch, sie möge seine Töchter unterrichten. Aber da war nichts als grauer Nebel, und wenn sich der Schleier auch nur einen Zipfel hob, machte ihr das, was sie sah, Todesangst. Ja, sie war sich nicht einmal sicher, ob ihre Wahrnehmung sie nicht trog.

Mira verstand, dass Lorenzo auch den letzten Verschwörer von der Erde tilgen wollte. Vor hundert Jahren hatte niemand ahnen können, dass seine Familie eines Tages das größte Bankhaus der Welt führen würde. Cosimo der Ältere hatte seine Macht gefestigt, bis er in Florenz über ein Netz aus Allianzen verfügte, das viele wichtige Familien an ihn band. Die Pazzi, ebenfalls mächtige Bankiers, hatten die Vorherrschaft der Medici nicht akzeptieren wollen und schließlich Gewalt angewendet. Am 26. April 1478 waren die Medici-Brüder bei einem Hochamt im Dom überfallen und Giuliano, der Jüngere der beiden, ermordet worden. Lorenzo hatte sich bei dem Attentat in die Sakristei retten können. Später hatte er erfahren, dass Papst Sixtus IV. höchstpersönlich sowie der Erzbischof von Pisa, Francesco Salviati, Drahtzieher der Tat gewesen waren. Den Papst konnte Lorenzo nicht entmachten, alle anderen Verschwörer aber jagte er gnadenlos. Nachdem man den Erzbischof mit weiteren Verschwörern in den Fenstern der Signoria aufgehängt hatte, hatte Sixtus IV. nicht gezögert, die Medici und mit ihnen ganz Florenz zu exkommunizieren. Ich war dabei, dachte Mira traurig, und ich konnte nichts tun. Giulianos Blut hatte ihr weißes Kleid getränkt.

In diesem Moment öffnete sich die Tür zum Kinderzimmer. Maddalena stahl sich in den Gang und griff nach dem Ball, den Lucrezia liegen gelassen hatte.

»Macht mein Vater dir Angst, Mira?«, fragte sie hellsichtig. »Du bist so blass.«

»Nein, nein! Aber nicht doch.« Mira rang nach Luft.

»Mir schon«, gab die Kleine zu. »Er ist immer so einsam und verbittert. Wann kommst du denn? Vater hat uns gesagt, dass du uns unterrichten sollst.«

»Morgen.« Mira zwang sich ein Lächeln ab.

Maddalena schlang ihr die Arme um die Taille. »Wir freuen uns so sehr, dass du wieder da bist! Und im Sommer wirst du unsere Verwandte.« Sie stellte sich auf die Zehenspitzen, drückte Mira einen sanften Kuss auf die Wange und verschwand im Kinderzimmer.

# 3.

Am Treppenabsatz wartete ein Diener, der Mira zu ihren Räumen geleitete. Erstaunt bemerkte sie, dass es sich um die Gemächer Lucrezia de Medicis handelte, die seit ihrem Tod leer gestanden hatten.

»Seid Ihr Euch sicher?«, fragte sie beklommen.

»Messer Lorenzo hat es so bestimmt«, erwiderte der Diener. »Natürlich nur bis zu Eurer Hochzeit.« Er schloss auf und ließ sie allein.

Mira blinzelte gegen die letzten Sonnenstrahlen an, die den Raum erfüllten. In seiner Mitte stand ein breites Paradebett mit grünen Vorhängen und einem Betthimmel. Sie strich über die Decke und glättete das Leintuch. Dann sah sie sich um. Zwischen den Fenstern hing ein bezauberndes Bild, das die Madonna mit dem Jesuskind und dem Johannesknaben darstellte. Der kleine Jesus hielt einen Granatapfel in der Hand, der auf seinen Kreuzestod hinwies. Memento mori. Mitten im Leben sind wir vom Tod umgeben, dachte sie.

An den Wänden reihten sich Truhen voller Bücher, und auf einem kleinen Tisch am Fenster lag Lucrezias letztes Gedicht, ein Sonett, das die Erlebnisse des kleinen Tobias aus dem Alten Testament schilderte. Als Mira es las, verging das Gefühl, ein ungebetener Gast zu sein.

»Danke!«, murmelte sie. Lucrezia war die Freundin ihrer verstorbenen Mutter Battistina gewesen und hatte sie nach deren Tod unter ihre Fittiche genommen. Vielleicht hatte sie sogar in Mira die Leidenschaft für die Bildung geweckt?

Mira wusste, was sie ablenken würde. Auf dem Bücherstapel in der vordersten Truhe fand sie den *Rosenroman*, als hätte Lucrezia ihn für sie bereitgelegt. Doch bevor sie sich zum Lesen ins Bett zurückziehen konnte, sprang die Tür auf. Eine kräftig gebaute Person zwängte sich mit einem Wäschestapel auf dem Arm ins Zimmer.

»Seraphina?«

»Wer denn sonst?«, brummte es hinter dem Stapel hervor.

Kaum hatte Seraphina die Wäsche auf der Kommode deponiert, warf sich Mira in ihre Arme. Sie war Lucrezias Zofe und Hausdrache gewesen. Mira hatte sie geliebt und hoffte, dass das auch umgekehrt galt.

»Da seid Ihr ja endlich wieder, Kleine.« Seraphina tätschelte ihr den Rücken.

Tränen stiegen in Mira auf, die sie seit Stunden, ach was, seit Ewigkeiten zurückgehalten hatte. Endlich konnte sie ihnen freien Lauf lassen. Sie schluchzte laut und tropfte der Zofe das Kleid nass.

»Heult nur, Kleine, aber dann hört Ihr wieder auf, und wir schmieden Pläne.« Seraphina zog sie neben sich auf den Bettrand.

»Ich will das alles nicht«, stieß Mira hervor. »Ich will überhaupt nicht heiraten.« Wann hatte sie je über ihr Leben bestimmen können? »Und wenn ich an Enzo denke, wird mir ganz schummerig zumute.«

»Das ist normal so kurz vor der Hochzeit.« Seraphina legte ihr den Arm um die Schultern. »Es ist Frauenschicksal. Entweder wir werden verheiratet, oder wir kommen ins Kloster. Ihr habt mit Enzo noch Glück. Er ist zumindest jung und ansehnlich.«

»Aber ich kenne ihn überhaupt nicht.« Mira schniefte kläglich.

Seraphina strich ihr eine Locke aus dem Gesicht. »Glaubt mir, Ihr hättet es schlechter treffen können. Also bemüht Euch um ein bisschen Haltung, Principessa.«

Mira blinzelte durch ihren dichten Tränenschleier. Seraphina war mindestens vierzig Jahre alt und dunkelhaarig und behände trotz ihrer Körperfülle. Nachdem die Pest vor einigen Jahren das Leben ihres Mannes und ihrer beiden Kinder gefordert hatte, war sie in Lucrezias Dienste getreten. Zusätzlich arbeitete sie im wohlhabenden Viertel San Giovanni als Hebamme.

»Ihr habt keinen Grund, Euch zu beklagen«, ermahnte Seraphina sie. »Und seht mal, das hat Riccardo Euch bringen lassen, das Großmaul. Da ist doch sicher ein Buch drin, oder?«

Auf dem Tisch lag das Paket mit Miras Pflanzenzeichnungen und ihren Büchern. Sie wusste nicht, ob sie sich mehr über ihre Zeichnungen freute oder über die Tatsache, dass Riccardo sie nicht vergessen hatte. »Immerhin etwas.«

»Das finde ich auch. Man muss die guten Seiten des Lebens zu schätzen wissen, und das nicht nur, weil es überraschend schnell zu Ende gehen kann.« Seraphina stand auf, strich sich den Rock glatt und musterte sie. »Ist das Euer einziges Kleid? Es ist nicht nur schäbig, sondern auch zu eng. Und seht mal da, gibt es im Kloster etwa Motten?« Ihr Zeigefinger grub sich missbilligend in ein kleines Loch an Miras Ärmel.

»Ich habe in der Maremma immer Ordenstracht getragen. Das Kleid stammt aus meiner Zeit in Florenz.«

»Ach, du meine Güte!« Seraphina schüttelte den Kopf. »Um Eure Garderobe werde ich mich morgen kümmern. Aber zuerst lasse ich Euch ein Bad richten. Ihr riecht nämlich nach Pferd.«

Eine halbe Stunde später lag Mira zufrieden im Bottich, blies träge über den Dunst hinweg und nahm sich vor, immer nur an einen Schritt nach dem anderen zu denken. Gelassenheit war das Gebot der Stunde. Eine Weile genoss sie das heiße Wasser, dann schrubbte Seraphina sie gründlich mit Lucrezias Badezusatz ab und wusch ihr die Haare. »Mein Gott, seid Ihr mager! Hat man Euch im Kloster nicht richtig gefüttert?«

Mira tauchte unter und wieder auf. »Schlemmen ist Völlerei und damit eine Todsünde.«

»Aber die feinen Damen aus Florenz sind allesamt naschsüchtig. Sie genehmigen sich hier ein kandiertes Veilchen und da ein paar Cantuccini mit Zucker. Sie haben ordentlich Pfunde auf den Rippen.«

»Das müsst Ihr gerade sagen.« Sie kicherten einträchtig.

Später half Seraphina Mira aus der Wanne, hüllte sie in ein Leintuch und rubbelte ihr den Rücken. »Hat Lorenzo Euch eigentlich gesagt, warum er Euch so früh aus dem Kloster geholt hat?«

»Ich soll seine Töchter unterrichten.«

»Die Rasselbande hat das auch bitter nötig.« Nachdem sie Mira in das bereitgelegte frische Hemd geholfen war, machte sich Seraphina daran, ihre Haare mit einem Hornkamm auszukämmen, was bei ihren taillenlangen Locken keine leichte Aufgabe war. »Mein Gott, was für ein Vogelnest! Sind da etwa Kletten drin?«

Es ziepte, als Seraphina missbilligend einen Strohhalm aus dem

Stall des Gasthauses von letzter Nacht herauszupfte, der selbst die Haarwäsche überstanden hatte.

»Um noch mal auf Lorenzos Töchter zurückzukommen: Er sollte die eine mit der anderen verhauen, weil sie ihm so auf der Nase herumtanzen. Aber Euch den Unterricht halten zu lassen, finde ich nicht standesgemäß.«

»Poliziano kann es ja wohl kaum übernehmen. Er ist ein Mann.«

Seraphina schnaubte, offenbar fiel ihr keine gepfefferte Entgegnung ein. Eine halbe Stunde später saß Mira bei einem Imbiss aus Brot, Käse, Oliven und Wein, als es erneut klopfte.

»Hier geht es ja zu wie in einem Taubenschlag.« Seraphina eilte zur Tür und kam mit einem Billett zurück, bei dessen Lektüre es Mira ganz mulmig wurde. Lorenzo lud sie gemeinsam mit ihrem Verlobten zu einem zwanglosen Abendessen in seine Räume ein. Heute, jetzt gleich!

»Du lieber Himmel. Ich habe wirklich nichts anzuziehen außer meinem Reitkleid, und das riecht immer noch nach Pferd.«

»Porca miseria.« Seraphina war weder um einen Fluch noch um eine Lösung verlegen. Sie eilte aus dem Zimmer und kehrte mit einer granatapfelroten Festtagsrobe zurück. »Die gehörte Lucrezias Tochter Bianca. Sie hat sie zurückgelassen, als sie heiratete. Das Kleid entspricht nicht der neuesten Mode, aber für den Anlass dürfte es reichen.«

Mira seufzte. »Die Farbe wird sich mit meinen Haaren beißen, aber das ist leider nicht zu ändern.«

Seraphina strich über den Seidensatin, der kaum Flecken aufwies. »Versprecht mir, dass Ihr morgen bei Maestro Gianluca vorstellig werdet und neue Kleider in Auftrag gebt.«

Mira verdrehte die Augen. Gianluca war der renommierteste Schneider im Viertel San Giovanni. Auch Clarice de Medici bestellte bei ihm. Aber die Zeit, die sie das kosten würde, empfand Mira als reine Verschwendung.

Eine Viertelstunde später saß sie mit zitternden Händen am Tisch und wartete. Die Robe passte nicht und roch nach fremdem Schweiß, aber immerhin war es Seraphina gelungen, Miras Lockenpracht zu bändigen und ein Diadem hineinzuschieben. »Das wird Eurem Bräutigam gefallen. Nicht rot werden. Das passt nicht zu dem Kleid und noch weniger zu den Haaren.«

Mira nippte nervös an einem Glas Wein, als es klopfte.

»Es ist so weit«, verkündete Seraphina.

Mira holte tief Luft und zog das Kleid zusammen, das ihr von den Schultern zu rutschen drohte.

»Viel Glück, Kleine«, raunte ihr Seraphina zu, doch da stand Mira ihm schon gegenüber: Enzo di Pierfrancesco de Medici, Cousin des Magnifico und Erbe eines beträchtlichen Vermögens. Sie musste zu ihm aufsehen, da er einen Kopf größer als sie war.

»Semiramide d'Appiano?« Er schluckte, so dass sein Adamsapfel auf und ab hüpfte, und verbeugte sich knapp.

»Ja, das bin ich.«

Sie waren beide achtzehn Jahre alt. Enzo hatte ein schmales Gesicht und grünbraune Augen. Dunkelbraune lockige Haare fielen ihm bis auf die Schultern. Mira musste Seraphina recht geben. Er sah nicht schlecht aus, und jung war er auch. Aber genau das machte sie misstrauisch. Es musste gravierende Gründe geben, warum Lorenzo seinen Cousin so früh in den Ehestand drängte und sich die mächtige Familie Appiano an die Seite holte.

»Es tut mir leid«, sagte er.

Mir auch, hätte sie fast geantwortet, konnte sich aber gerade noch beherrschen. Niemand hatte sie nach ihrer Meinung gefragt.

»Ich grüße Euch, verehrter Enzo«, brachte sie stattdessen hervor.

Er nahm ihren Arm, und so durchquerten sie fast den ganzen Palazzo.

Da Enzo größere Schritte machte als sie, musste Mira ein Kichern unterdrücken, als er über seine Füße und sie über den Rocksaum stolperte. Enzo schaute finster drein und gab sich mehr Mühe, so dass es ihnen gelang, im Gleichschritt zu laufen, wobei Biancas Robe über den Boden schleifte, weil sie Mira viel zu lang war.

Es stellte sich heraus, dass Lorenzo sie in seinem Arbeitszimmer erwartete. Befangen setzten sie sich an den gleichen Tisch, an dem er Mira mittags seine Wünsche kundgetan hatte, und ließen sich Wein eingießen. Lorenzo begrüßte sie überaus freundlich.

Mira trank und stellte fest, dass ihr schon vom ersten Schluck schwindlig wurde. Sie musste vorsichtig sein.

Ein Diener servierte ihnen Pasteten mit Rebhuhnfleisch, Gemüse und frisch geröstetes Brot mit Knoblauch und Olivenöl. Danach gab es einen Kalbsbraten in Wein. Obwohl das Mahl so exquisit wie erwartet war, verknotete sich ihr Magen vor Aufregung.

»Ich hoffe, du hast deine junge Braut mit gebührender Höflichkeit begrüßt, Enzo«, sagte Lorenzo mahnend.

»Aber natürlich.«

Mira beobachtete verstohlen, wie ihr Bräutigam linkisch errötete. Wie mochte es sich anfühlen, eine Schachfigur auf Lorenzos Spielfeld zu sein? Ein Läufer, Turm oder Springer, den Lorenzo nach Belieben herumschieben konnte? Vielleicht schaffte es ja einer seiner Gegner, ihn vom Brett zu schubsen?

Enzos Gesicht nahm wieder seine normale Farbe an, aber seine Lippen blieben fest zusammengepresst. Er war zweifellos attraktiv, auch wenn sein Kinn eine Spur zurückwich und seine Nase etwas zu knochig war. Seine Augen drückten verhaltene Klugheit aus, aber auch Distanz und Vorsicht. Enzo war auf der Hut. Dich hat man auch nicht gefragt, dachte sie. Und diese Tatsache wirst du mich jeden Tag spüren lassen.

Sie beendeten das Mahl mit einer Käseplatte und einer Süßspeise aus Milch mit karamellisiertem Zucker. Danach stand Lorenzo auf und goss ihnen Portwein ein. »Danken wir Gott für dieses Glück, unsere Familie auf so vorteilhafte Weise vergrößern zu dürfen.« Er reichte Mira ein Glas, das sie höflich ablehnte.

»Wir wollen Eure Ankunft in Florenz doch gebührend feiern, verehrte Semiramide.« Lorenzo drückte es ihr in die Hand. Enzo verdrehte die Augen, als sie einen Schluck trank.

»Sicher sehnt ihr euch beide nach der Hochzeit«, vermutete Lorenzo. »Sie bringt einige neue Erfahrungen mit sich, die euch Angst machen. Das ist so bei jungen Leuten, glaubt mir.«

Mira verschluckte sich, und Enzo druckste herum.

Lorenzo grinste. »Du und deine kleine Prinzessin ...« Er neigte den Kopf in ihre Richtung. »Ihr werdet ja mit eurer jungen Familie das Stammhaus der Medici neben unserem Palazzo beziehen. Enzo lässt es gerade renovieren. Wie gefällt Euch das, Semiramide?«

»Es gehört mir ohnehin schon, wie so vieles hier«, warf Enzo rebellisch ein. »Meine Großmutter und mein Bruder haben bereits ihre Räume bezogen.«

Miras Augen wurden groß. Sie war davon ausgegangen, dass sie nach der Hochzeit im hauseigenen Palazzo leben würden, wie es der jüngeren Generation in den Florentiner Familien zukam. Aber ein eigenes Haus, und noch dazu dieser alte Kasten? Das Stammhaus war in ihren Augen allzu groß und unpraktisch, und sie würde ganz allein für den Haushalt verantwortlich sein.

»Wir haben zu danken«, stammelte sie, um die Spannung aus der Situation zu nehmen.

»Die Renovierung wird mich eine Menge Geld kosten«, stieß Enzo hervor.

Mira hatte genug von Überraschungen aller Art. Abgesehen davon, dass die beiden Lorenzos alles andere als Zuneigung zu verbinden schien, standen auch noch die Finanzen zwischen ihnen.

Der ältere Lorenzo schwieg, ging zum Fenster und starrte in die Dunkelheit hinaus. »Wie geht es eigentlich mit deinem Bild voran, Enzo?«

»Welchem Bild?« Da war eine bange Vorahnung in ihr, die Mira sich nicht erklären konnte.

»Meister Sandro Botticelli ist aus Rom zurück«, erläuterte der Magnifico. »Er wird ein großes Werk für Enzo ausführen. Es soll ein Teil der Ausstattung eures Empfangszimmers werden.«

»O ja.« Ein Lächeln schlich sich auf Enzos Lippen. »Der Auftrag wurde schon vor einem Jahr erteilt.«

»Was stellt es denn dar?«, fragte Mira.

»Allerlei Geschichten aus der Mythologie. Es muss Euch nicht kümmern«, erwiderte Enzo leichthin. »Hab Dank, verehrter Cousin. Für deine Förderung meiner Person.« Sein finsterer Gesichtsausdruck strafte seine Worte Lügen. Er verbeugte sich zum Abschied und hielt ihr die Tür auf. Mira folgte ihm wie ein vergessenes Geschenk.

An der Tür holte der Magnifico sie ein und küsste ihre Hand. »Geht jetzt und ruht Euch aus, verehrte Semiramide. Die Zukunft wird Euch einiges abverlangen, ebenso wie meine Töchter, diese ungezogene Rasselbande. Und vergesst nicht, was ich Euch nahegelegt habe.«

Die Tür fiel hinter ihnen ins Schloss. Sie traten in den Gang hinaus, der von lodernden Fackeln erhellt wurde.

»Das könnte ihm so passen.« Enzo ging Mira so schnell voran, dass sie ihm kaum folgen konnte.

»Aber es ist doch wunderbar, dass er an die Ausstattung unseres Hauses denkt.«

»Aber versteht Ihr denn nicht? Ihr liegt falsch, wenn Ihr glaubt, dass er etwas ohne Hintergedanken tut.« Enzos Blick traf sie abschätzig, als würde er überlegen, wie viel er ihr zumuten konnte. »Aber wie solltet Ihr das auch wissen, habt Ihr doch die Schlangengrube, die Florenz heißt, seit Jahren nicht betreten.«

Er dirigierte sie durch den Gang bis zur Tür von Lucrezias Gemächern. »Da sind wir.«

Mira legte ihm die Hand auf den Arm. Seine Haut war heiß, und die hellen Haare darauf sträubten sich unter ihren Fingern. »Was versucht Ihr mir zu sagen?«

Er holte tief Luft. »Mein Vetter übergibt uns zwar den Palazzo, aber zu welchen Konditionen? Für die Kosten der Renovierung wird er sicher nicht aufkommen.«

Mira riss die Augen auf. »Aber Lorenzo ist doch unermesslich reich. Genauso wie Ihr.«

»Ja, sicher.« Enzo holte tief Luft. »Und das Bild? Es handelt sich um einen großen Auftrag an Meister Sandro. Lorenzo hat Ende der siebziger Jahre schon einmal mit dem Gedanken gespielt, ihn zu erteilen. Damals war das Bild für Giuliano gedacht. Aber jetzt ist es alles andere als ein Hochzeitsgeschenk. Sicher rechnet Lorenzo damit, dass die Kosten an mir hängen bleiben, denn der Auftraggeber trägt nicht nur das Honorar, sondern auch die Auslagen für Pigmente, Malgrund und alles andere.« Er schüttelte den Kopf und lachte. »Aber wisst Ihr was? Wenn ich es schon fertigstellen lassen muss, dann soll das Bild ein Kunstwerk werden, wie es die Welt noch nicht gesehen hat. Und es soll ganz und gar mir gehören.«

Er öffnete die Tür, schob Mira ins Zimmer und zog sie nach einem kurzen Nicken hinter ihr zu.

Der Raum lag im Dunkeln, nur vom Fenster drang ein schwacher Schein hinein. Mira war wie betäubt. Sie ließ die Robe zu Boden gleiten und kroch unter das saubere Laken des Himmelbetts. Sie hatte nicht den Eindruck, Enzo an diesem Abend nähergekommen zu sein. Im Gegenteil, es fühlte sich an, als sei sie in einen Konflikt geraten, von dem sie nicht einmal gewusst hatte, dass er existierte. Wenn Enzo der Turm war, war sie der Bauer auf dem Schachbrett. Und mehr noch. Es schien ihr, als sei Enzo niemandes Freund – Lorenzos nicht, ihrer noch weniger, ja, vielleicht nicht einmal sein eigener.

# 4.

Als Mira am nächsten Morgen ins Kinderzimmer des Palazzo Medici kam, erwartete sie ein wildes Durcheinander. Die vier Schwestern tobten über Tische, Betten und Bänke und bewarfen sich kreischend mit Kissen und Spielsachen.

»Ruhe!« Sie klatschte in die Hände. »Silentio. Selbst in Dantes *Inferno* herrscht kein solch durchdringender Lärm.«

»Das kannst du doch gar nicht wissen«, rief Maddalena ausgelassen. »Oder warst du schon mal da?« Sie sprang vom Bett und trat sich auf den Saum, so dass ihr Kleid an der Taille aufriss. Luisa schubste die kleine Contessina, die hinfiel und augenblicklich zu heulen begann.

»Jetzt reicht's!«

Schlagartig wurde es still. Contessina war wahrscheinlich vor Schreck verstummt. Wie wohltuend! Mira nahm sie auf den Arm und strich ihr das verschwitzte Haar aus der Stirn.

Lucrezia ließ sich atemlos auf einen Stuhl fallen. »Ach, Mira, du bist schon da? Wir hatten noch gar nicht mit dir gerechnet.«

Luisa nahm Anlauf und flog auf Mira zu wie eine Kanonenkugel. »Will auch Arm!«

Mira verlor die Balance und kippte mit den beiden Mädchen hintenüber auf das breite Bett. Sie schob eine der beiden nach rechts und die andere nach links, setzte sich auf und holte tief Luft. »Wo steckt Giulietta?« So hieß jedenfalls die Kinderfrau, die sich vor Jahren um die Mädchen gekümmert hatte. Die beiden Älteren warfen sich verschwörerische Blicke zu.

»Wahrscheinlich in der Küche«, sagte Lucrezia schulterzuckend. »Da ist sie meistens, oder Maddi?« Ihre jüngere Schwester verbarg ein Kichern und nickte.

»Also gut.« Entschlossen setzte Mira die Kleinen auf den Bettrand, stand auf und deutete auf den Boden, auf dem sich Kleiderhaufen und zerrissene Bücher zusammen mit halb leer gegessenen Tellern türmten. »Ich hole Giulietta, und ihr vier räumt derweil auf. Wenn ich zurück bin, will ich keine Unordnung mehr sehen.«

»Viel Glück!«, sagte Lucrezia verschnupft. »Aber wir freuen uns wirklich, dass du wieder da bist. Dann ist es hier nicht mehr so langweilig.«

»Das will ich hoffen.« Mira zwinkerte ihnen zu. »An die Arbeit, Mädchen!« Zu ihrer Überraschung gehorchten Lorenzos Töchter ihr aufs Wort.

Maddalena stand auf, wobei sie das Loch an ihrer Taille noch größer zog. »Und was machen wir dann?«

»Dann ...« Mira hob ihre Nase. »... folgt eure erste Lateinstunde. Damit ich sehe, was ihr könnt.«

Sie trat vor die Tür und atmete tief durch. Drei Jahre lang hatte sie die Mädchen im Kloster unterrichtet, aber die waren erheblich braver gewesen als diese unerzogene Bande. Wenn sie sich mit den Mädchen beschäftigte, musste sie wenigstens nicht über Enzo nachdenken. Sie strich ihr grünes Kleid glatt, das Seraphina über Nacht gelüftet hatte, und machte sich auf den Weg zur Küche. Mit Giulietta, die ihre Aufgaben vernachlässigte, würde sie ein ernstes Wörtchen zu reden haben.

Es war später Vormittag. Auf der breiten Steintreppe ins Erdgeschoss schlug ihr der Duft nach gebratenem Fleisch und frisch gebackenem Brot entgegen.

Mira schob sich in den düsteren Raum. Es herrschte Gedränge, und es war so heiß, dass sich der Dunst auf ihrem Gesicht absetzte. Lorenzos Leibkoch stand an der offenen Feuerstelle und briet eine Ochsenhälfte am Spieß. Fett tropfte zischend ins Feuer. Eine Magd knetete blasig weißen Brotteig. Zwei weitere schnitten Zwiebeln, Karotten und Rosmarin. Ein Küchenjunge mischte kandierte Früchte unter eine Süßspeise.

Mira hatte den Raum schon fast durchquert, als sie Lorenzos Garde am großen Tisch sitzen sah. Mira drängte sich an den Männern vorbei und streifte dabei Riccardo, der an der Schmalseite saß.

»He!« Er hob seinen leeren Becher und grinste sie herausfordernd an. »Mehr Wein, kleine Betschwester!«

Mira fuhr herum. Die Tatsache, dass Lorenzo sie als Lehrerin angestellt hatte, machte sie noch lange nicht zur Küchenmagd. Sie zögerte nur einen Moment, dann griff sie nach dem Becher, füllte ihn mit Rotwein aus der Korbflasche und schüttete ihn ihm über den Kopf. »Bitte sehr!«

Die Gardisten brüllten vor Lachen.

»Das hast du davon, Riccardo, wenn du einer Dame nicht mit Respekt begegnest«, brummte ein Graubart mit bandagiertem Knie.

Riccardo wischte sich die Tropfen aus den Augen. Seine lockigen dunklen Haare waren ebenso nass wie sein Wams. »Scusi, Gherardo. Aber Semiramide, wofür war das?«

Sie stemmte die Hände in die Hüften. »Ihr solltet mich weder mit einer Betschwester noch mit einer Küchenhilfe verwechseln, *Ser Vespucci.*«

Er wurde rot wie ein gekochter Hummer, während sie sich unter dem grölenden Gelächter seiner Kumpane den Weg zu einer Magd bahnte, die gerade ein Huhn rupfte. »Hast du Giulietta gesehen?«

Das Küchenmädchen deutete mit dem Kinn zur Ofenbank, wo die Kinderfrau lang ausgestreckt lag, lautstark schnarchte und Schnaps ausdünstete.

»Ach, du meine Güte!« Mira stolperte über eine leere Flasche zu ihren Füßen und rüttelte Giulietta an der Schulter. »Wach auf! Die Mädchen brauchen dich. Es geht nicht an, dass du hier deinen Rausch auskurierst.« Doch Giulietta schlief in aller Ruhe weiter.

»Merda!« Der Fluch war ihr entschlüpft, bevor Mira einfiel, dass er der zukünftigen Gattin eines Medici nicht angemessen war. »Nun steh doch auf, Giulietta!« Vergeblich versuchte sie, die Kinderfrau auf die Beine zu ziehen. »Kann mir mal jemand helfen?«

Schlagartig kehrte Stille ein. Mira errötete unter zwanzig forschenden Blicken, während Riccardo sich ihr unter dem Johlen und Pfeifen seiner Kameraden näherte.

Er roch nach billigem Rotwein. »Steh auf«, sagte er mit überraschender Sanftheit zu Giulietta. Und siehe da, die Kinderfrau regte sich murmelnd und ließ sich zuerst in die Senkrechte und dann auf die Füße ziehen.

Riccardo stützte sie, während die Küchenbelegschaft ihnen Platz machte. »Wo soll sie denn hin?«

»Ins Kinderzimmer. Die Mädchen zerlegen gerade den Palazzo.«

Er lachte. »Ich glaube nicht, dass Giulietta Euch da eine große Hilfe sein wird.« Er stieß mit dem Fuß die Küchentür auf und zog die torkelnde Kinderfrau in den Gang. An der Treppe biss Riccardo die Zähne zusammen, weil er sie fast tragen musste. Mira schien es wie eine Ewigkeit, bis sie im Kinderzimmer ankamen, wo Giulietta sich sofort auf dem Bett der älteren Mädchen zusammenrollte und weiterschlief. Mira seufzte. Lorenzos Töchter hatten derweil aufgeräumt und stürzten sich kichernd auf den Gardisten.

»Riccardo! Du riechst ja ganz schön nach Rotwein. Igitt!«, rief Maddalena.

»Man hat mich ja auch damit übergossen.« Er zwinkerte Mira zu, hob seine Hände in einer Geste, die zugleich Abwehr und Beschwichtigung bedeutete, und verschwand.

»Ach, wie schade«, schmollte Maddalena. »Riccardo Vespucci ist der Hübscheste der ganzen Garde. Sonst macht er immer Späße mit uns. Hast du ihn verschreckt, Mira?«

»Das kann gut sein.«

»Du sollst keinen Streit mit ihm haben. Küss ihn lieber.« Maddalena stieß Lucrezia in die Seite und kicherte. »Nicht wahr, Lucré? Da würden wir gern zuschauen.«

Wenn Mira ehrlich war, hatte sie überhaupt noch niemanden geküsst, nicht einmal Enzo. Sie fächelte sich Luft zu und verschob die Lateinstunde kurzerhand. »Hat jemand Lust, mir stattdessen eine Geschichte zu erzählen? Ihr dürft sie auch spielen. Danach lese ich euch eine Fabel von Äsop vor.«

Die Mädchen übertönten Giuliettas lautes Schnarchen mit ihrem Jubel.

»Ihr habt gewusst, dass Giulietta trinkt, oder?«, fragte Mira.

Lucrezia ließ sich neben ihr auf das Bett fallen. »Klar. Sie versteckt ihre Flaschen sogar in unseren Truhen.«

»Geht euch das jeden Morgen so?«

»Meistens.« Maddalena unterdrückte ein Kichern.

Mira nickte. »Wenn die Katze aus dem Haus ist ...«

»... tanzen die Mäuse auf dem Tisch«, vollendete Maddalena.

»Aber ihr wisst schon, dass ein solches Betragen eurer vornehmen Herkunft nicht angemessen ist? Vor allem, wenn euer Vater bald eine vielversprechende Verlobung für euch erwirken will.«

Maddalena prustete los. »Aber Lucrezia ist doch schon seit einem Jahr verlobt.«

Mira war für einen Moment sprachlos. »Sie ist was?« Lucrezia war gerade mal zwölf Jahre alt.

»Verlobt«, sagte Maddalena.

»Mit wem?«

»Mit Jacopo Salviati.« Lucrezia hob so stolz ihren Kopf, dass Mira sich vorstellen konnte, wie sie mit zwanzig aussehen würde. Sie war bildhübsch und Lorenzos Lieblingstochter. Mit diesem Schachzug wollte er sicher auf eine Versöhnung mit der Familie Salviati hinarbeiten. Der reichen Florentiner Kaufmannssippe entstammte mit dem Erzbischof Francesco Salviati einer der Drahtzieher der Pazzi-Verschwörung. Vielleicht mussten Herrscher ihre Fahnen ja bei Bedarf nach dem Wind hängen?

»Wenigstens hat er mich nicht mit einem Verwandten des Papstes verlobt«, kommentierte Lucrezia. »Die bleiben dann für dich, Maddalena.«

»Ganz sicher nicht«, protestierte die Jüngere. Zum Glück kam in diesem Moment eine Abordnung aus der Küche, die sie mit Brot, Käse und Schinken versorgte.

Als Mira am späten Nachmittag auf die Via Larga hinaustrat, sehnte sie sich nach Luft und Weite. Wenn sie es täglich mit den Rangen aufnehmen wollte, brauchte sie dringend einen Ausgleich für die Nerven.

Sie hatte ihre Zeichensachen dabei und stieg zum Kloster San Miniato al Monte empor, das hoch am Hang oberhalb des Arno lag. Dort oben setzte sie sich auf die weiße Marmortreppe, die zur Kirche der Olivetaner-Mönche hinaufführte, und packte ihre Blätter und Stifte aus. Der Garten war bei den Florentinern als Rückzugsort beliebt. Zwei junge Männer rangelten sich mit nacktem Oberkörper um einen Lederball. Ein Pärchen suchte Hand in Hand ein verschwiegenes Plätzchen. Zumindest die junge Dame überschritt die Grenzen der Schicklichkeit dadurch gewaltig. Fast so wie Mira, die nicht auf ihren einsamen Spaziergang verzichten wollte. Er bedeutete ein Stück Freiheit für sie.

Von hier oben öffnete sich der Blick über die ganze Stadt bis zu den Bergen im Norden, die in bläulichem Dunst verschwammen. Die Kuppel des Doms und der Turm der Signoria hoben sich markant aus dem Häusermeer. Die Brücken spannten sich in festlichen Arkaden über den Arno, der sich tiefgrün durchs Tal schlängelte. Mira wischte sich verstohlen den Schweiß von der Stirn. Es war überraschend schwül für die Jahreszeit, doch weit im Westen ballte sich eine Wolkenfront zusammen. Vielleicht würde es heute Abend noch gewittern.

Der Hang war mit blühenden Blumen übersät. Gedankenverloren

legte Mira ein Zeichenblatt auf ihre Knie, doch statt eine Pflanze zu studieren, skizzierte ihre Feder wie von selbst ein Gesicht mit einer breiten Kinnlade und einer etwas zu kurzen Nase. Den Augen gab sie einen ebenso aufmerksamen wie spöttischen Ausdruck. Die Lippen waren voll und konnten sicher gut küssen. Ihr Stift stockte. Sie verschwendete doch wohl nicht ihre Zeit mit Riccardo Vespuccis hübscher Visage?

Schnell versteckte sie die Zeichnung unter ihrem Stapel Papiere. Der Kerl hatte sich nicht bei ihr entschuldigt, aber sie sich auch nicht für den Rotwein. Also waren sie quitt.

Schließlich wandte sie sich dem Rosenstrauch an ihrer Seite zu, der in der sonnigen Lage zu blühen begonnen hatte. Sie setzte sich auf ihre Fersen und zeichnete eine Knospe samt Stiel, Dornen und Blättern. Es handelte sich um eine ungefüllte Heckenrose, deren rosafarbene Blüten an zerknittertes Papier erinnerten. Rosa Canina, etwas Profaneres als eine Heckenrose gab es nicht. Sie hatte nichts mit den edel gezüchteten Damaszenerrosen in den Gärten der Medici gemein. Ihre Hand fuhr über den Stiel, und sie stach sich in den Finger. »Autsch!«

Sie leckte gerade einen Blutstropfen ab, als ein junger Mann sich in respektvollem Abstand zu ihr auf der Treppe niederließ. Mira rückte ein Stück zur Seite, der Schicklichkeit halber. Mit seinen langen Armen und Beinen, den schwarzen Haaren und der großen Nase glich er einem Raben.

»Entschuldigt meine Aufdringlichkeit«, begann er. »Aber ich habe gesehen, dass Ihr zeichnet. Da ich selbst ein Künstler bin, macht mich das neugierig.«

»Ach, wirklich?« Mira hob die Augen.

»Mein Name ist Filippino Lippi, wenn ich mich vorstellen darf.«

Sie musterte ihn von oben bis unten. »Aber dann kenne ich Euch. Wir haben vor einigen Jahren sogar zusammen die Schulbank gedrückt. In Careggi. Erinnert Ihr Euch?« Filippinos Augen weiteten sich. »Ihr seid Prinzessin Semiramide d'Appiano, Enzo di Pierfrancescos Braut. Verzeiht, dass ich Euch so respektlos angesprochen habe.«

»Das sehe ich Euch gern nach, Filippino.«

Er war der Sohn des Mönchskünstlers Fra Filippo Lippi. Da dieser die wunderbarsten Madonnenbilder malte, war man geneigt, ihm zu vergeben, dass er sein Keuschheitsgelübde gleich mit zwei Frauen gebrochen und mit der ersten, einer entlaufenen Nonne, einen Sohn und zwei Töchter gezeugt hatte. Filippino schien bestrebt, seine skandalöse Herkunft durch besondere Freundlichkeit und Höflichkeit wettzumachen.

»Ihr seid also Maler geworden wie Euer Vater?«

»Was blieb mir anderes übrig?« Er streckte seine langen Beine. »Sandro Botticelli hat mich bestens ausgebildet. Jetzt erinnere ich mich an Euch. Ficino hat alle Kinder und Jugendlichen zusammengetrommelt, um sie zu unterrichten. Sogar mich.«

»Und mich.« Mira lachte.

»Schon damals habt Ihr in jeder freien Minute gezeichnet. Und Ihr wart gut.«

»Ich habe inzwischen einen Kodex mit über fünfhundert Pflanzenbildern angelegt«, erklärte sie stolz und legte das Blatt mit der Rose neben sich auf die Stufe.

Filippino betrachtete es eingehend. »Habt Ihr nicht die letzten Jahre in einem Kloster auf dem Land verbracht? Das erzählt man sich zumindest.«

»Ich bin erst seit gestern wieder in Florenz.«

»Und wann soll Eure Hochzeit mit Enzo di Pierfrancesco statt-finden?« Er zog seine Beine an und umfasste seine knochigen Knie.

»Im Sommer, wenn die Trauerzeit für Lucrezia de Medici vorbei ist.«

Er betrachtete ihre Zeichnung genauer. »Das ist wunderschön. Die Rose scheint zu atmen, so lebendig wirkt sie.« Er zögerte. »Ich zweifle, ob ich Euch diese Frage stellen darf, aber ich wage es den-noch. Seht mir nach, wenn ich die Grenzen der Höflichkeit über-schreite.«

»Tut Euch keinen Zwang an.« Das ausgelassene Geschrei der Ju-gendlichen kam näher, und schließlich landete der Lederball auf der Treppe. Mira warf ihn zurück.

Filippino zögerte. »Euer Bild – ich meine, das Werk, das Enzo in Auftrag gegeben hat. Es wird den Frühling darstellen, die Prima-vera.«

»Das weiß ich. Es passt zu Florenz.«

»Genau«, bestätigte Filippino. »Da wir den Garten der Hesperi-den zu gestalten haben, würden wir uns über Anregungen für Blu-men freuen, die in Florenz im Frühling blühen. Dafür fehlen uns aber leider die Vorlagen.«

Mira staunte. »Und da denkt Ihr an meine Sammlung mit Pflan-zenzeichnungen?«

»Nicht nur.« Filippino stand auf. »Wie wäre es, wenn Ihr uns mit Euren Kenntnissen persönlich beraten würdet?«

Wilde Freude stieg in Mira auf. Alles war besser, als tatenlos auf die Hochzeit mit Enzo zu warten, der sich ja doch nicht für sie inte-ressierte. »Ich werde sehen, was sich machen lässt.«

»Überlegt es Euch und fragt vor allem Euren Verlobten, was er davon denkt.«

Das gewiss nicht, dachte Mira. Filippino winkte ihr noch einmal zu, bevor er die Treppe hinabstakste. Sie blieb mit angezogenen Beinen auf der Stufe sitzen. Im Kloster glich jeder Tag dem anderen, aber in Florenz gab es Möglichkeiten, die Welt neu zu entdecken. Die Zukunft öffnete weit ihre Tore für sie.

Was konnte sie in Botticellis Werkstatt nicht alles beobachten? Wie man Pigmente rieb und Farben mit Eigelb und Öl anmischte, wie man Holztafeln grundierte und schließlich das, was sie sich am meisten wünschte: die Gestaltung einer lebensnahen Figur. Ob sie es wagen durfte, Filippinos Einladung anzunehmen?

Mira nahm sich vor, einen Weg zu finden. Sie packte ihre Zeichensachen zusammen und lief die Treppe hinab in Richtung der Brücke. Hoffentlich hatte im Palazzo niemand ihre Abwesenheit bemerkt.

# 5.

### Einige Stunden zuvor

Florenz lag wie ausgestorben in der Mittagssonne. Über der Stadt dehnte sich ein dunstig blauer Himmel, und der Arno floss durch sein Bett wie geschmolzenes Blei. Orazio streifte missmutig durch die Gassen und versuchte, seinen leeren Magen zu vergessen. Auch wenn es ihm hin und wieder gelang, einen reichen Bürger um seine Börse zu erleichtern, reichte seine Beute nicht.

Fast hätte er die hoch gewachsene Gestalt übersehen, die ihm aus einem Hauseingang entgegentrat, doch dann erfüllte ihn tiefes Grauen. Sie war in einen bodenlangen Mantel gehüllt und verbarg ihr Gesicht unter einer dunklen Kapuze. Der Tod, dachte Orazio. Der Tod ging um in Florenz und verbreitete Schatten um sich. Orazio hatte ihn seit der Pest vor zwei Jahren nicht mehr gesehen. Da hatte er die Seele seines Großvaters, des alten Buchhändlers Bartolomeo, geholt. Orazio hatte ihn aus ihrem Haus an der Stadtmauer kommen sehen, und danach war Bartolomeo tot gewesen. Wenn er daran dachte, trieb es ihm einen eisigen Schauder über den Rücken.

Der Tod drehte sich um und ging zielbewusst auf die Brücke zu. Wegen seines langen Mantels sah es aus, als würde er schweben. Orazio folgte ihm, was gar nicht so einfach war, weil der Tod viel größere Schritte machte als er. Was, wenn er ihn bemerken und in die finstersten Kreise der Hölle verbannen würde? Großvater hatte ein Exemplar von Dantes *Inferno* besessen. Orazio hatte es oft durchgeblättert und wusste deshalb, wie es dort aussah. Lasst alle Hoffnung fahren, dachte er und machte sich keine Illusionen. Niemand würde einen halb verhungerten Straßenjungen vermissen, außer vielleicht Stella und die kleineren Kinder. In diesem Moment betrat der Tod die Brücke und verlor sich zwischen den eng stehenden Häusern der Gerber.

Die Werkstätten waren über Mittag geschlossen. Vielleicht hatte sich ja auch der Tod in sein finsteres Reich davongemacht? Orazio wusste, dass er sich nicht mit übernatürlichen Wesen einlassen sollte. Früher hätte er eine solche Begegnung sogar beichten müssen. Aber dann entdeckte er ihn erneut und ging trotz seines heftig klopfenden Herzens auf ihn zu.

Die Kapuze tief ins Gesicht gezogen, stand der Tod am anderen Ende der Brücke und blickte auf den Fluss hinaus. Diesmal würde er mutig sein, nahm sich Orazio vor, und wenn es nur darum ging, Stella davon zu erzählen. Also stellte er sich in vier Schritten Entfernung neben den Sensenmann. Der Fluss war so seicht, dass man die Wassergräser darin wogen sah. Träge floss er durch sein weites Tal und schnitt die Stadt in zwei Teile. »Hast du meinen Großvater mitgenommen?«

Orazios Herz setzte einen Schlag lang aus, als der Tod ihm antwortete. »Wenn du meinst.« Seine Stimme war leise und ein wenig heiser. »Dass du mich ansprichst, beweist Mut, Orazio. Gratuliere. Findest du nicht, dass Florenz eine Stadt ist, die in Luxus und Wonne nur so schwelgt?«

Woher kannte der Tod seinen Namen? Orazio war so verblüfft, dass ihm keine Erwiderung einfiel. Er schluckte trocken.

»Und dann die Umzüge und die Feste voller lebensfroher Lieder. Sogar Lorenzo il Magnifico selbst ist ein Dichter, nicht wahr?« Der Tod hob den Kopf, sein Gesicht noch immer unter der Kapuze verborgen. »Die Bürger, diese Prahlhänse, stecken ihr Geld in die schönsten Bauten. Filippo Brunelleschi hat mit der Kuppel des Domes Santa Maria del Fiore ein Meisterwerk geschaffen und Gott selbst versucht.« Für einen Moment wurde es still. Orazio lauschte schweigend, als der Tod weitersprach. »Dort ist Blut geflossen, weißt du noch?«

Orazio erstarrte. Die Verschwörung der Pazzi war fast auf den Tag genau vier Jahre her. Lorenzo de Medici hatte überlebt und blutige Rache an allen Tätern geschworen, deren er habhaft werden konnte. Die Hauptschuldigen hatte er an der Mauer der Signoria aufknüpfen lassen und einen der Mörder seines Bruders bis ins Osmanische Reich verfolgt.

Vorsichtig hob Orazio den Blick und sah, dass der Sensenmann das Geländer mit seinen bleichen Spinnenfingern umklammerte. »Bist du der Tod?«

Der Sensenmann trat einen Schritt zurück, ballte die Fäuste und begann, heiser zu lachen. »Das kann man so sagen.« Er machte eine Pause. »Irgendwann, das verspreche ich dir, werden die Schuldigen für alles bezahlen, was geschehen ist. Und dann, ja dann wird in diesem Fluss Blut statt Wasser fließen.«

Orazio wurde von Entsetzen gepackt. Er drehte sich um, setzte sich stolpernd in Bewegung und rannte davon, bis das ausgelassene Gelächter in seinem Rücken verklang. Da wusste er noch nicht, dass der Tag weiteres Unheil für ihn bereithielt.

Am frühen Abend versammelten sich die Straßenkinder von Florenz verstohlen auf einem Stück Brachland am Ufer des Arno. Wegen des aufziehenden Gewitters setzte die Dämmerung an diesem Tag früher ein. Orazio blickte zum Himmel, an dem ein Fischreiher majestätisch seine Bahn zog, und stellte sich neben Stella und die anderen Kinder.

Waisenkinder ohne Verwandte fanden normalerweise Aufnahme in den Spitälern, doch Orazios Gruppe schlug sich mit Betteln durch. Wie die Diebe, die Hehler und die Huren gehörten sie zum Bodensatz, den die stolzen Bürger von Florenz nicht wahrhaben wollten. Bevor Luigi kam, war es ihnen mehr schlecht als recht gelungen, zu überleben. Doch mit ihm war alles anders geworden.

Der gnadenlose Peiniger der Kinder saß auf einem Felsblock vor dem dahinströmenden Fluss. Orazio ertappte sich bei dem Wunsch, er möge anschwellen und Luigi verschlingen, aber leider passierte so etwas nicht auf Kommando.

Vor einigen Monaten hatte sich Luigi zu ihrem König und Alleinherrscher aufgeschwungen und verlangte Tribut von jedem Einzelnen, was bedeutete, dass sie ihm die Hälfte ihrer wöchentlichen Einnahmen abtreten mussten. Im Austausch gegen seinen Schutz. Niemand wagte, offen gegen ihn zu rebellieren.

Welchen Schutz?, fragte sich Orazio, wo ihnen doch von Luigis Seite die größte Gefahr drohte. Außer vom Tod selbst natürlich, der reiche Beute machte, was die Ertrunkenen zeigten, die Lorenzos Garde hin und wieder aus dem Arno fischte. Aber das kümmerte Orazio nicht.

Luigi war älter als die Kinder vor ihm, aber noch lange nicht erwachsen. Seine strähnigen blonden Haare reichten ihm bis zu den

Schultern, auf seinen Wangen breitete sich ein leichter Bartschatten aus, und sein Wams zeugte von Wohlstand. Seine Herrschaft wäre nichts als ein schlechter Witz gewesen, wenn hinter ihm nicht seine Helfershelfer gestanden hätten. Sie passten auf wie ein Rudel Wölfe, als Luigi nach und nach die Anführer der Kindergruppen aufrief und den Tribut kassierte, den sie ihm mit verkniffenen Gesichtern überreichten.

Umberto, der Chef einer Bande von kleinen Dieben, legte ein paar Münzen und einen Haufen Obst und Gemüse vor Luigi ab und erntete Spott und Hohn wegen der geringen Ausbeute. Als er zurücktrat, spuckte er vor Stella auf den Boden, die neben Orazio aufgeregt auf ihren Fußballen wippte. Die Banden schenkten sich nichts, warum auch?

Außer Stella und Orazio bestand ihre Gruppe aus zwei kleinen Jungen und einem winzigen Mädchen, Maria, das vertrauensvoll ihre Hand in Orazios legte. Den Winter hatten sie nur knapp überlebt, hatten in einer baufälligen Gartenhütte gehaust und erbärmlich gefroren. In den Spitälern hätte es Almosen für sie gegeben, vielleicht sogar eine warme Suppe, aber darauf griffen Stella und Orazio nur im Notfall zurück. Sie waren so stolz, dass sie den Tod riskierten, der am Ende des Winters seinen Tribut forderte, als der kleine Antonio an einem Husten starb. Niemand nahm Anstoß daran, wenn hin und wieder ein Kind verschwand, als hätte der Wind es davongetragen.

Im Sommer wurde es leichter. Dann erbettelten die Kleinen auf dem Wochenmarkt eine Menge Obst- und Gemüseabfälle. Im Garten rund um ihre Hütte reiften Himbeeren, Trauben, Aprikosen und Äpfel, und hin und wieder schenkten ihnen die Fischer ein wenig glibberiges Flussgetier, das sich nicht verkaufen ließ. Aber Orazio machte sich keine Illusionen. Er war der Einzige, der mit seinen Diebestouren ihren Unterhalt sicherte. Schnell und furchtlos, wie er war, gelang es ihm oft, eine Börse oder ein paar Soldi Wechselgeld zu erbeuten. Sie waren zurechtgekommen, bis Luigi ihnen ihre magere Ausbeute streitig machte. Und nun standen sie vor ihm wie arme Sünder.

»Ihr da, was habt ihr mir mitgebracht?« Luigi wirkte gelangweilt.

Stella hob den Kopf und schwieg. Sie hätte hübsch sein können mit ihren braunen Augen und den langen Armen und Beinen. Aber ihre Haare waren verfilzt, ihr Gesicht schmutzig, und ihre Augen drückten nichts als Misstrauen aus. »Ich hab nichts für dich.«

»Ganz schön verstockt!« Er nickte einem seiner Helfershelfer zu, der vortrat und ihr einen Stoß versetzte. Sie sahen zu, wie Stella auf die Knie fiel. Orazio verspürte einen wilden Stolz, wagte Stella es doch als Erste, gegen den selbsternannten Tyrannen aufzubegehren. Dann aber erinnerte er sich voller Schrecken, dass Luigi in dem geflochtenen Korb hinter sich eine Peitsche versteckte.

Luigi trat auf Stella zu und klatschte spöttisch in die Hände. Bei dem Geräusch lief es Orazio kalt über den Rücken. »Hast du wirklich gerade versucht, mir meinen Tribut vorzuenthalten, Ragazza? Du traust dich was.«

Resigniert rückte Stella ein paar Soldi und Quaternionen raus, die Orazio diese Woche erbeutet hatte, und warf sie vor Luigi auf den Boden. Seine Helfershelfer lachten und steckten das Kleingeld in eine prall gefüllte Geldkatze.

»Wer gibt dir überhaupt das Recht ...?« Stellas hohe Stimme gellte über den Platz und ließ die anderen Kinder aufhorchen. Orazio stockte der Atem.

»Hast du was gesagt?«, fragte Luigi lauernd.

Stella holte tief Luft. »Wer gibt dir das Recht, uns bis aufs Blut auszupressen?«

Luigi trat auf sie zu und hob ihr Kinn. »Jedes Mal bringst du mir so eine geringe Ausbeute. Kannst du deine Gören nicht effektiver einsetzen? Die Kleine da ...« Maria erstarrte vor Schreck. »Lässt du sie auf der Wiese sitzen und Blumenkränze flechten wie die Prinzessinnen der Medici? Warum stellst du sie nicht vor den Dom, um in die Taschen der Bürger zu greifen? Und deine Buben? Sie sind klein genug, um in die Palazzi der Reichen einzusteigen.«

»So etwas tun wir nicht«, erwiderte Stella.

Maria ließ Orazios Hand erschrocken los und schluchzte auf. »Was für eine Heulsuse du da durchfütterst.« Luigi schüttelte tadelnd den Kopf, was Maria dazu brachte, noch lauter zu weinen.

Stella wartete reglos ab, aber Luigi verdrehte nur die Augen gen Himmel und vertrieb sie mit einem Schwenk seiner Hand. Orazio wollte Stella und den kleineren Kindern gerade folgen, als Luigis Stimme ihn stocken ließ. »Du bleibst da, Schwarzlocke! Ihr anderen könnt gehen.«

Es gab ein großes Durcheinander, als alle Straßenkinder den Platz verließen. Orazio sah sich nach Stella um, aber sie war bereits weg. Sie hatte ihn zurückgelassen, allein.

Im Westen erklang ein Donnerschlag, und vom Himmel gingen die ersten dicken Tropfen nieder. Luigi riss mit den Zähnen einen Korken aus einer Rotweinflasche und trank einen Schluck. »Willst du auch?«

Orazio schüttelte den Kopf.

»Komm näher.«

Orazio ignorierte sein klopfendes Herz und ging auf ihn zu.

Luigi verdrehte die Augen. »Noch näher, damit ich dich richtig anschauen kann.«

Orazio nahm seinen ganzen Mut zusammen und trat heran, bis er Luigis Knoblauchatem riechen und den dicken Pickel an seinem Kinn sehen konnte. Sein leerer Magen krampfte sich zusammen. »Was willst du von mir?«

Luigi neigte sich vor. »Ich hab läuten hören, dass du der beste Taschendieb von ganz Florenz sein sollst. Du hast es bisher noch jedes Mal geschafft zu entkommen. Gratulation.«

Orazio stand stocksteif da. »Und warum erzählst du mir das?«

»Gute Frage, Kleiner.« Luigi lachte leise. »Als ich so jung war wie du, bin ich in die Palazzi der Reichen eingestiegen und habe gerafft, was das Zeug hielt.« Seine Gefolgsleute lachten anerkennend, während der Regen auf die Erde prasselte und sie in Schlamm verwandelte.

Luigi schlug gelassen seine Beine übereinander. »Früher gebührte mir die Ehre, der beste Dieb weit und breit zu sein. Aber weißt du, Prioritäten verschieben sich. Heute habe ich eine bessere Idee, wie ich mir meinen Lebensunterhalt verdiene und vielleicht noch mehr ... Aber das bedeutet nicht, dass ich mir nicht vorstellen kann, einen begabten Dieb zu unterstützen.«

Orazio wurde schlecht, als er begriff, was Luigi von ihm wollte. »Ich soll für dich arbeiten.«

Luigi nickte langsam in die Runde seiner feixenden Helfershelfer. »Gar nicht so dumm, der Kleine. Es würde dein Schaden nicht sein. Wir könnten teilen.«

Orazio war nicht aus freien Stücken zum Dieb geworden, sondern weil ihm nach dem Tod seines Großvaters nichts anderes übrig geblieben war. Tief in sich glaubte er noch immer, dass ein besseres Leben auf ihn wartete. Doch wenn er sich auf Luigis Angebot einließ, würde er mit Sicherheit am Galgen enden.

»Nein«, erwiderte er standhaft.

»Ach wirklich?«, fragte Luigi lauernd. »Du kleiner Niemand wagst es, mir zu widersprechen? Ich hätte anders mit dieser Göre umgehen können, dieser Stella. Wie du weißt, bin ich nicht zimperlich. Beim nächsten Mal werde ich keine Gnade vor Recht walten lassen. Vielleicht halte ich mich sogar an den kleineren Kindern schadlos. Wie heißt der Winzling noch mal? Maria? Aber ich denke, da dir etwas an ihnen liegt ...«

Orazio begriff. »Du erpresst mich.«

Luigi zuckte mit den Schultern. »Wie du dich entscheidest, liegt ganz bei dir. Aber ich rate dir, überleg es dir gut.«

Orazio drehte sich auf dem Absatz um, drängte sich durch die Horde der Jungen und rannte am Fluss entlang davon, schnell wie eine Windböe unter einem Himmel voller schwarzer Wolken. Über den nördlichen Höhen zuckte ein Blitz, Donner krachte auf die Stadt hernieder wie am Tag des Jüngsten Gerichts. Doch Orazio lief, ohne sich umzudrehen, und spürte nicht einmal, dass er sich an einer Scherbe den Fuß aufschnitt. Er rannte und rannte und hielt erst inne, als er den Garten mit der Hütte erreicht hatte. Die Olivenbäume und der große Walnussbaum verschwammen im Regen.

»Stella?« Er zog an der Tür, die windschief im Rahmen hing. In diesem Moment brach das Unwetter richtig los. Ein Blitz erhellte den Raum, als er eintrat, und Orazio sah, dass ihre spärlichen Habseligkeiten verschwunden waren, die Körbe mit den Lebensmitteln, die dünnen Decken, der löchrige Schuh, den er letztens aus dem Arno gefischt hatte, und sogar Marias geflochtene Strohpuppe. Stella und die Kinder mussten in Panik geflohen sein, und Orazio fühlte sich zum ersten Mal seit Langem vollkommen allein auf der Welt. Der rauschende Regen übertönte das Flüstern der Schatten in den Ecken.

Er dachte an das Herz aus Stein, das er sich nach dem Tod seines Großvaters zugelegt hatte. Oft stellte er sich vor, es sei ein Kiesel, den er in den Fluss schleuderte, damit er in den Fluten versank. Nur die Kinder hatten es zeitweise aus den Tiefen hervorholen können.

»Porca miseria!« Sein rechter Fuß blutete, so dass ihm nur sein linker blieb, um gegen die Wand zu treten. »Au verdammt!« Jetzt hatte er sich zu allem Überfluss auch noch den Zeh gestoßen.

In diesem Moment hörte er die Stimme, die durch die offene Fensterluke in den Raum drang. »Buona notte, Orazio.«

Er fuhr herum und hob den Blick. Was er sah, ließ ihm das Blut in den Adern gefrieren. Im strömenden Regen ragte vor dem Fenster eine hohe Gestalt in einem dunklen Mantel auf, deren Gesicht unter der Kapuze ihm verborgen blieb.

»Du bist der Tod«, wisperte er. »Ich habe dich heute Nachmittag getroffen.«

Die Gestalt lachte leise. »Wenn du meinst ... Du könntest mit mir kommen. Ich kann alles für dich tun. Du musst dich nur entscheiden, ob du dich mit dem Tod oder dem Teufel verbünden willst.«

Orazio hatte schon immer gewusst, dass ihn nur ein einziger Schritt vom Reich der Finsternis trennte. Lass all deine Hoffnung fahren, Orazio!, durchfuhr es ihn, und er trat über die Schwelle. Doch als der Tod seine Knochenhand nach ihm ausstreckte, schlug er nicht ein, sondern rannte durch den Regen zurück zum Fluss, bis ihm die Brust stach und die Häuser vor seinen Augen verschwammen.

Der Platz am Ufer lag wie ausgestorben da. Orazio strich sich seine klatschnassen Locken aus dem Gesicht. Er war nicht dumm und hatte längst ausgekundschaftet, wo sich Luigis Hauptquartier befand.

Das Haus lag an der Stadtmauer, gar nicht weit weg von Bartolomeos einstigem Buchladen. Flackernder Lichtschein drang aus den Fensterluken. Orazio schob verstohlen die Tür auf. Doch kaum war er drin, packte ihn jemand am Kragen und boxte ihn in den Bauch, bis ihm die Luft wegblieb. Klar, dass Luigi die Tür nicht unbewacht ließ. »Du bist es, du kleine Zecke.«

»He!« Er strampelte wie wild, doch es nutzte nichts. Sein Gegner schleppte ihn in die Küche und ließ ihn so abrupt los, dass Orazio direkt auf Luigi zustolperte, der am Tisch saß und eine Suppe schlürfte.

Luigi aß in Ruhe zu Ende und legte den Löffel mit Bedacht auf den Tisch. »Du bist ja doch noch gekommen. Ich hatte schon gar nicht mehr mit dir gerechnet.«

Orazio nickte unwillig. Alles war besser, als sich dem Tod anzuschließen. Sein Magen knurrte, und Spucke sammelte sich in seinem Mund, weil die Suppe so gut duftete.

Luigi hob sein Kinn. »Gebt ihm zu essen. Ich bin ja kein Unmensch und lasse Kinder hungern.«

Einer der Jungen stellte einen Zinnteller vor Orazio ab und füllte ihn mit Suppe. Er aß gierig.

Als er fertig war, stand Luigi auf und trat heran. »Aber, Kleiner, du irrst dich, wenn du glaubst, dass ich dir deine Flucht einfach so vergebe. Du musst schon beweisen, dass ich dir vertrauen kann.«

Orazio lehnte sich zurück. »Was soll ich tun?«

»Nur eine winzige Kleinigkeit. Hol mir etwas aus dem bestgesicherten Haus von Florenz, dem Palazzo Medici.«

Orazio sah ihn mit großen Augen an. Sein Magen begann zu rumoren. Luigi trat näher und legte ihm seine Hand in den Nacken. Sie war so kalt und klebrig, dass Orazio sich am liebsten weggeduckt hätte.

»Irgendeinen Gegenstand, damit ich sehe, dass du es kannst. Das wird dir doch wohl gelingen.«

# 6.

Der Frühling schritt voran, Miras Hochzeit rückte näher, und sie hatte noch immer keine Garderobe. Seraphina schlug die Hände über dem Kopf zusammen, weil Mira sich noch immer mit ihrem grünen Reitkleid und Biancas abgetragener Festtagsrobe zufriedengab. Schließlich nahm die Zofe die Dinge selbst in die Hand.

Es war frühmorgens. Mira aß gerade etwas Brot und Käse, als es leise klopfte. Seraphina ging zur Tür und öffnete.

»Da seid Ihr ja«, sagte sie und wandte sich an Mira. »Seht mal, wen ich Euch herbestellt habe.«

Eine junge Frau trat in den Raum. Mit ihrer hohen Gestalt, den blauen Augen und den blonden Haaren war sie ausgesprochen hübsch.

»Signorina Gianna arbeitet für Meister Gianluca«, erklärte Seraphina. »Sie wird Eure Maße nehmen und Eure neue Garderobe mit Euch besprechen.«

Die junge Frau lächelte Mira schelmisch an. »Mein Name ist Gianna Soderini.«

»Willkommen, Signorina Gianna.« Mira stand auf und begrüßte sie mit der gebotenen Höflichkeit.

»Habt Ihr geklärt, wer die Kosten trägt?«, fragte Gianna.

»Enzo di Pierfrancesco wird das schon erledigen«, brummte Seraphina. »Das ist wohl das Mindeste, was er für seine junge Braut tun kann. Wir schicken ihm eine gepfefferte Rechnung, so dass er aus allen Wolken fällt.«

Mira seufzte. Wenn sogar ihre Zofe bemerkte, dass ihr Verlobter ihr zu wenig Aufmerksamkeit schenkte, musste es ja stimmen. Ihre Rolle als glückliche Braut hatte sie trotzdem zu spielen. »Wie kann ich Euch die Arbeit erleichtern?«

»Dazu kommen wir gleich.« Gianna musterte sie vom Scheitel bis zu den Zehenspitzen. »Ihr tragt ja ein Leinenhemd.«

»Was ist damit?« Mira zupfte an dem ausgefransten Träger.

Gianna seufzte. »Ihr werdet bald heiraten, oder?«

»Aber das wisst Ihr doch schon«, mischte sich Seraphina ein. »Enzo ist einer der reichsten und bedeutendsten Männer von Florenz.«

Gianna verdrehte die Augen. »Das pfeifen die Spatzen von den Dächern. Was ich sagen will, ist, dass Ihr Eurem Verlobten begreiflich machen solltet, wie kostspielig Ihr seid.« Sie ließ sich auf einen Stuhl fallen und goss sich ein Glas Wein ein. »Wenn Ihr Seidenhemden wählt, hat Euer Ehemann oder Euer Liebhaber ...«

Mira errötete flammend, und Seraphina schlug sich die Hand vor den Mund.

»... besondere Freude daran, sie Euch abzustreifen«, vollendete Gianna augenzwinkernd. »Und der Ausschnitt sollte mit Perlen verziert sein. Erzählt, was schoss Euch gerade durch den Kopf? Oder wer?« Gianna zwinkerte Mira zu.

Konnte sie Gedanken lesen? Mira hatte an Riccardo gedacht. Überhaupt ließ sich sein Bild nur schwer aus ihrem Kopf verbannen.

»Nichts Besonderes.« Mira trank ebenfalls einen großen Schluck Wein.

Gianna räkelte sich wie eine Katze. »Über solche Schliche solltet Ihr Bescheid wissen. Oder sehnt Ihr Euch etwa ins Kloster zurück?«

Tat sie das? Trotz allem hatte das Leben in Florenz seine Reize und war erheblich spannender als das im Kloster.

»Nein, wirklich nicht. Also lasst uns anfangen.« Mira streifte ihr Hemd ab und ließ sich das Maßband an ihren schlanken Arm legen.

Gianna schüttelte den Kopf. »Ich nehme meine Worte zurück. Warum solltet Ihr überhaupt ein Hemd tragen, wo Eure Haut so glatt und zart wie Wasser ist?«

»Schmiert ihr nur Honig um den Bart«, unkte Seraphina.

Während die Zofe die Wäsche faltete, nahm Gianna schnell und geschickt Maß an Miras Armen und Beinen, bestimmte ihre Größe, ihre Schulterbreite und Rückenlänge und schließlich ihren Kopf- und Brustumfang. »Ich gebe alles an Meister Gianluca weiter. Ihr seid eine sehr schöne Frau, Prinzessin.«

Gianluca war der Hausschneider der Medici-Damen, der Beste in der Stadt. Mira streifte ihr Hemd wieder über.

»Was für Kleider benötigt Ihr denn?«, fragte Gianna.

»Von allem etwas«, brummte Seraphina. »Eine vollständige Garderobe.«

»Das könnte in der Tat zutreffen.« Mira erinnerte sich an ihre vornehme Herkunft. »Hemden, Unterkleider, ein paar Hauskleider aus Leinen von guter Qualität, zwei aus Wolle und einen Umhang aus geschorenem Samt mit Mustern, gern in Blau.« Ihre Mutter hatte so einen getragen. Den besten Samt gab es in Venedig, also würde Enzo tief in die Tasche greifen müssen. »Außerdem zwei Festkleider mit bodenlanger Weste.«

Gianna nickte und schrieb mit. »Dafür nehme ich noch einmal extra Maß. Ich würde Euch zu Brokat raten. Der macht Euch seriöser, auch wenn er manchmal unverhältnismäßig schwer ist. Und die Farbe?« Ihre Augen blieben an Miras roten Locken hängen. »Nehmt eine, die Euren Haaren schmeichelt, und nicht nur Grün, sondern vielleicht Petrol, ein dunkles Ockergelb oder ein Meeresblau. Und dann noch ein Kleid in Violett, das sich mit Euren Haaren sticht, damit sich die Damen darüber das Maul zerreißen – nur der Provokation halber.«

Mira legte sich die Hand vor den Mund und kicherte. Mit ihrem Witz und Charme eroberte die Gehilfin des Schneiders ihr Herz im Sturm.

»Und natürlich Kappen, Tücher und Kopfschmuck. Und dann noch das Geschmeide, das Enzo Euch schuldig ist. Ich würde sagen, Perlen oder Smaragde, und ja, dunkle Granate.«

»Aber Euer Hochzeitskleid dürft Ihr ebenfalls nicht vergessen«, fügte Seraphina hinzu. »Das sollten wir auch bei Gianluca nähen lassen.«

Mira zuckte zusammen.

Gianna lächelte. »Der Maestro selbst wird die Stoffauswahl mit Euch besprechen.«

Gianna war schon auf dem Weg zur Tür, als ihr Blick auf Bianca de Medicis Robe fiel, die Mira gestern nachlässig über eine Truhe geworfen hatte. »Was ist denn das für ein Sack?« Sie hob das Kleid in die Höhe. »Tragt Ihr das, Seraphina?« Die Zofe lachte und verließ mit einem Bündel Schmutzwäsche den Raum.

Gianna trat mit dem Kleid auf Mira zu. »Gebt es zu. Ihr seid es, an der das Gewand so traurig hängt, wie ein Schwan sein gebrochenes Flügelkleid trägt. Legt Ihr denn wirklich keinerlei Wert auf Eure Erscheinung, Prinzessin Semiramide?«

»Ich habe Besseres zu tun.« Mira bemühte sich um einen Anflug von Hochnäsigkeit.

Gianna schüttelte den Kopf. »Wenn Ihr in Florenz zur besseren Gesellschaft gehören wollt, solltet Ihr Euch dementsprechend kleiden. Vor allem als Teil der Familie Medici.«

»Es ist das einzige Kleid, das Seraphina auf die Schnelle auftreiben konnte.«

»Beim nächsten Mal fragt Ihr mich.« Gianna runzelte die Stirn. »Ihr habt beide keinerlei Sinn für Stil. So darf es nicht weitergehen, wenn Ihr etwas darstellen wollt, Prinzessin.« Mira errötete flammend, während Gianna das Kleid vor sie hielt. »Es ist zu lang, zu weit und dazu noch diese Farbe! Das ist das Schlimmste, was Ihr Euren schönen roten Locken antun könnt.«

»Ich habe außer diesem hier nur mein Reitkleid«, gab Mira zu.

Gianna holte tief Luft. »Bald habt Ihr reichlich Auswahl, das verspreche ich Euch. Und bis dahin …« Sie ließ sich mit dem Kleid auf einen Stuhl fallen und zog ihr Nähzeug aus ihrem Beutel. »… ändere ich Euch das Scheusal, bis Ihr wenigstens nicht mehr über den Saum stolpert.«

Mira setzte sich an ihre Seite und leistete ihr Gesellschaft. Sie erfuhr, dass Gianna die Nichte von Lorenzos angeheiratetem Onkel und Berater Tommaso Soderini war.

»Dann seid Ihr ja hochgeboren«, kommentierte Seraphina, die gerade ins Zimmer trat.

»Im Gegenteil. Ich bin eine Bastardtochter von seinem Bruder Niccolò, dem Verbannten«, erklärte Gianna mit einem wehmütigen Lächeln. »Ich habe nicht die geringste Chance auf eine standesgemäße Heirat. Und meine Verwandten würden sich eher den Kopf abreißen, als für mich die Mitgift für das Kloster zusammenzukratzen. Also muss ich sehen, wo ich bleibe.«

Es gab Frauen, die durch alle Netze fielen. Somit fristete Gianna in der Familie ihres Onkels ein Dasein als ungeliebte Verwandte, die vor allem für die Betreuung der Kinder zuständig war.

»Und wie haltet Ihr Euch dann aufrecht?« Mira biss sich auf die Lippe.

Gianna hob trotzig ihr Kinn. »Ich hüte nicht nur die Kinder meiner Cousins, sondern arbeite auch für Meister Gianluca. Der kann sich auf meinen sicheren Geschmack verlassen.« Sie hatte das Kleid inzwischen fertig gesäumt und stichelte zornig auf die Abnäher unter der Brust ein, die sie gerade anbrachte. »Ich kenne jede vornehme Familie in Florenz und einige der weniger vornehmen. Ihr glaubt gar nicht, wie viele Geheimnisse ich erfahre und wie viele Kleider ich heimlich erweitern muss, weil sich der Bauch der Besitzerin nicht durch den Ehemann, sondern durch den Liebhaber rundet.«

»Signorina Gianna!«, tönte es tadelnd von Seraphina.

»Ich sage nur die Wahrheit.« Gianna warf das Kleid aufs Bett. »So, der Hummer ist fertig und müsste jetzt besser passen.« Sie trat auf Mira zu. »Ihr seid hübsch, Prinzessin, auch wenn Ihr nicht blond seid. Lasst Euch nie etwas anderes einreden und belasst die Farbe Eurer Haare so, wie sie ist.«

Die Mode schrieb blonde Haare vor, und die Florentinerinnen taten alles, um sich dem Diktat zu fügen. Um ihre Haarpracht aufzuhellen, setzten sie sich stundenlang in die Sonne oder bleichten sie mit zweifelhaften Mitteln. Auch Mira hatte es schon versucht. Die Tinktur, die sie aus Milch, Sonnenblumenkernen und Blattgold gemischt hatte, hatte nicht geholfen. Also hatte sie auf ihr Auripigment zurückgegriffen, das auf Papier ein helles Gelb ergab, und dabei buchstäblich Haare gelassen. Ihre Mutter hatte ihr die Haare auf Schulterlänge abschneiden müssen.

»Das werde ich«, versprach sie ehrlich.

»Das heißt nicht, dass Ihr nicht etwas tun könnt, um Eurer Erscheinung ... auf die Sprünge zu helfen.« Gianna holte einen Stift aus ihrem Beutel und zog Miras Augenbrauen nach. »So. Das macht den Blick gleich ausdrucksvoller.«

»Solches Zeug habt Ihr dabei?«, fragte Seraphina entgeistert.

Gianna lachte. »Und dazu etwas Puder und ein Fläschchen mit Duftwasser. Denn auch wenn Gott mich begünstigt hat, ganz ohne Hilfsmittel geht es nicht.«

Als Nächstes zog sie ein Döschen aus ihrem Vorrat, tunkte ihren Finger in eine rote Masse und fuhr Miras Lippen nach. »Das ist aus Bienenwachs und Läuseblut und lässt die zarte Rothaarige erstrahlen. Gefällt es Euch?«

Mira betrachtete sich staunend im Spiegel und nickte. Als sie Gianna zur Tür brachte, fühlte sie sich, als hätte sie eine Freundin gewonnen. Giannas Eigensinn war erfrischend. »Wann kommt Ihr wieder?«

»Das weiß ich noch nicht. In nächster Zeit werde ich mich oft in Botticellis Werkstatt aufhalten.« Sie beugte sich vor. »Er hat mich eingeladen, ihm für ein Bild Modell zu stehen. Es heißt ›Der Frühling‹.«

Mira lachte. »Das ist Enzos Auftrag. Ficino entwickelt zusammen mit Poliziano das Programm dafür.«

Gianna flüsterte: »Ich würde mich sehr freuen, Euch dort zu sehen. Und stellt Euch vor: Botticelli hat mich für die Rolle der Flora auserkoren, der Göttin des Frühlings.«

Mira seufzte. »Ich würde auch gern mitwirken, sonst ist mein Leben vorbei, ehe es begonnen hat.« Sie berichtete Gianna von ihrer Begegnung mit Filippino Lippi.

»Dann müsst Ihr darum kämpfen, Carissima.« Gianna drückte ihr einen sanften Kuss auf die Stirn, winkte ihr noch einmal zu und ging davon.

Als Mira in ihr Zimmer zurückkam, blickte ihr Seraphina düster entgegen.

Mira ließ sich auf einen Stuhl fallen. »Ihr seht ja aus wie drei Tage Regenwetter.«

Seraphina schnaubte empört. »Dieses Luder hatte wirklich Schminke dabei. Und sie roch, als hätte sie sich eine ganze Flasche Rosenwasser über den Kopf gekippt.«

»Aber Gianna ist doch kein Luder«, erwiderte Mira. »Habt Ihr mir nicht immer vorgebetet, dass ich mehr für meine Schönheit tun soll?«

»So jedenfalls nicht.« Seraphina griff nach einem Lappen und wischte Mira entschlossen das Rot von den Lippen.

Mira warf sich mit Schwung auf den Bettrand. »Frauen haben keine Wahl, und Gianna schon gar nicht. Sie ist eine Bastardtochter, und ihr Vater gehört zu den Verbannten. Wie soll sie da standesgemäß heiraten?«

»Dann muss sie eben nehmen, was sie kriegen kann.«

»Pah! Einen Großvater oder einen Angehörigen anderer Verbannter, dessen Schicksal ungewiss ist. Fürs Kloster ist sie zu arm – und auf jeden Fall nicht fromm genug.«

»Da sagt Ihr ein wahres Wort.« Seraphina löste Miras Zopf und begann verbissen, ihr die Haare auszukämmen.

»Was soll sie also mit ihrem Leben anfangen?«, fragte Mira rebellisch.

»Neben der Heirat oder dem Kloster gibt es noch eine dritte Möglichkeit«, flüsterte Seraphina ihr ins Ohr. »Sie birgt ein großes Risiko, und das Seelenheil gerät dabei in Gefahr.«

»Wovon sprecht Ihr, dass Ihr es nicht laut zu sagen wagt?«

»Ach, Semiramide. Mir scheint, Euch fehlt es an Erfahrung, so mutterlos, wie Ihr aufgewachsen seid.« Verbissen zog Seraphina den Kamm durch Miras Ringellocken. »Ich meine natürlich eine Laufbahn als Kurtisane. Was, wenn diese Gianna das für sich in Betracht zieht? Passt nur auf, eines Tages läuft sie mit einem gelben Schleier durch die Stadt und macht allen Männern schöne Augen.«

Die Gelegenheit, eine standesgemäße Begleitung zu finden, um endlich Botticellis Werkstatt zu besuchen und Gianna wiederzusehen, ergab sich für Mira wenige Tage später, als Poliziano sie und die Mädchen spontan zu einem Ausflug einlud. Sie brachen in Richtung der Frühlingswiesen unterhalb des Klosters San Miniato al Monte auf. Der unerwartete Festtag sorgte für Jubel und aufgeregtes Geplapper. Mira nahm die beiden Kleinen an der Hand und folgte Poliziano, der ihnen mit den Jungen und den älteren Mädchen vorausging. Während sich die Lehrer auf einer Decke niederließen, spielten die Kinder Fangen und zankten sich wie die Kesselflicker. Mira hörte Maddalenas schrille Stimme unter den anderen heraus. »Was Maddalena nur immer zu keifen hat?«

»Lasst sie«, meinte Poliziano, als sie eingreifen wollte. »Den Streit soll Lucrezia schlichten. Schließlich ist sie die Älteste.«

Im Ernstfall wussten Lorenzos Kinder, wer das Sagen hatte. Mira betrachtete sie verstohlen. Der verschlossene und ernste Piero war der Ältere der beiden Jungen. Wenn es nach Lorenzo ging, würde er einmal die Herrschaft über das Imperium der Medici übernehmen. Für den zweitgeborenen Giovanni war eine Laufbahn als hoher Würdenträger der Kirche vorgesehen.

Poliziano setzte sich neben sie auf seinen ausgebreiteten Gelehrtentalar. »Es ist ja so schrecklich schönes Wetter, findet Ihr nicht?« Missmutig blinzelte er in die Sonne. »Ich habe Euch heute in diese Einöde entführt, weil ich Euch besser kennenlernen wollte. Eine Fürstentochter mit Herzensbildung in der Familie Medici, das ist doch wunderbar.«

Hitze überlief Mira. »Steht Ihr schon lange in den Diensten der Familie, Dottore Angelo?«

»Fast mein ganzes Leben.« Poliziano fuhr sich über seine stoppelige Wange. »Ich war ein Waisenjunge aus Montepulciano. Die Medici haben mich aufgezogen. Und als die Dichtkunst mehr als ein Zeitvertreib für mich wurde, haben sie mir die beste Bildung angedeihen lassen. Ich schulde ihnen alles, meine Priesterweihe ebenso wie meine Tätigkeit an der Universität. Das ist der Grund, warum ich ihre wilden Rangen unterrichte.«

Mira suchte in ihrem Korb nach ihren Zeichensachen. »Ihr seid mit Lorenzo il Magnifico befreundet?«

»Ich war es mit beiden, Lorenzo und Giuliano«, erläuterte Poliziano. »Ich habe meine *Stanze per la giostra*, die Botticelli jetzt als Inspiration für Euer Bild benutzt, zu Ehren von Giulianos Turnier im Jahr 1475 geschrieben. Meine Worte huldigen der Pracht des Frühlings und der Macht der Liebe.« Poliziano sah sie unter seinen langen Wimpern hinweg nachdenklich an. »Im April 1478 habe ich geholfen, Lorenzo in der Sakristei in Sicherheit zu bringen. Dann bin ich zurückgegangen und habe gesehen, dass Giuliano tot war.« Er seufzte tief. »Es macht etwas mit einem. Wie ich gehört habe, wart auch Ihr beim Attentat der Pazzi anwesend, Semiramide?«

Grauer Nebel legte sich über ihren Blick, und sie rang nach Luft. »Ich kann mich an so gut wie nichts erinnern. Was wäre gewesen, wenn er am Leben geblieben wäre?«

Poliziano zuckte traurig mit den Schultern. »Vielleicht hätte Lorenzo ihn dann mit Euch verheiratet, vielleicht hätte er ihn aber auch in den geistlichen Stand gezwungen. Der Magnifico ordnet alles den Interessen der Macht unter, und die trägt seinen Namen.«

Mira schluckte schwer. »Man munkelte, Giulianos Gunst galt meiner Tante Simonetta, aber er hat weder sie noch mich geliebt.«

»Simonetta war seine Muse, ganz platonisch, wie es sich für einen Ritter geziemt«, erläuterte Poliziano. »Er ehrte sie bei seinem Turnier, ohne dass sie ihn je erhören sollte. Aber er verehrte noch eine weitere junge Frau. Fioretta Gorini, die er schließlich geheiratet hat. Der kleine Giulio ist von ihr. Aber jetzt lasst sehen, was Ihr da mitgebracht habt.«

Mira zog das Bild der Heckenrose aus dem Korb, das sie nicht weit von hier begonnen hatte. Die wilden Rosen waren inzwischen vollständig erblüht und hüllten die Wiese in ihren süßen Duft. »Ich zeichne Blumen und Pflanzen.«

»Das ist ja zauberhaft.«

»Wenn Ihr meint. Ich habe schon mehr als fünfhundert dargestellt.«

»Ach, wirklich? Ein Kompendium dessen, was wächst und gedeiht?« Poliziano strich sich über die Augen. »Ihr erstaunt mich immer wieder neu, Semiramide. Und was kommt heute an die Reihe?«

Mira zuckte mit den Schultern. »Ein Gänseblümchen vielleicht?«

Poliziano lachte. »Dann könnt Ihr ja das alte Spiel spielen und ihm grausam alle Blütenblätter ausreißen. Er liebt mich, er liebt mich nicht ...«

Auf die Schnelle fiel Mira keine spöttische Entgegnung ein. Sie wollte gerade zu zeichnen beginnen, als Luisa und Contessina sich neben sie ins Gras fallen ließen. Also füllte sie zwei Becher mit Saft, die die beiden gierig leer tranken.

Poliziano betrachtete derweil ihr Blatt. »Ihr solltet Botticelli Eure Pflanzenstudien zur Verfügung stellen, für Enzos Bild. Umso vielfältiger kann er die grüne Wiese gestalten.«

Genau das hatte Filippino Lippi vorgeschlagen. »Aber was wird mein Bräutigam dazu sagen?«

Poliziano brauchte eine Weile, ehe er antwortete. Derweil legten die beiden kleinen Mädchen ihre Köpfe in Miras Schoß und schliefen ein.

»Ihr werdet einmal eine gute Mutter sein, Semiramide«, sagte er schließlich. »Und Enzo soll ruhig wissen, dass Ihr Ansprüche stellt. Ich hoffe, Ihr bittet ihn für Eure Garderobe und Eure persönlichen Bedürfnisse zur Kasse. Lasst Euch nicht verbieten, Botticelli Eure Kenntnisse zur Verfügung zu stellen. Lasst Euch niemals irgendetwas verbieten, wenn ich Euch einen Rat geben darf.«

»Das habe ich nicht vor«, erwiderte Mira. »Das könnt Ihr mir glauben.«

Gestern hatte Meister Gianluca persönlich mit der Stoffauswahl für ihre neue Garderobe bei ihr vorgesprochen. Mira hatte sich für feinstes Leinen, edle Seidenstoffe und nachtblauen Samt aus Venedig entschieden – wie es sich für eine Prinzessin gehörte.

Nachdenklich ließ Poliziano seine schwarzen Augen auf ihr ruhen. »Enzo ist keine schlechte Wahl. Er reflektiert sein Handeln und ist äußerst klug. Das liegt, wenn ich mich dessen rühmen darf, auch an seiner guten Erziehung durch Ficino, Giorgio Antonio Vespucci und meine Wenigkeit.«

Mira wusste nicht, was sie von Polizianos Worten halten sollte. »Er ignoriert mich«, sagte sie traurig.

»Der dumme Junge.« Poliziano seufzte. »Er merkt gar nicht, wie viel von den Freuden der Irdischen Venus ihm da entgehen. Wir werden ein ernstes Wörtchen mit ihm sprechen müssen, Ficino und ich.«

Mira lachte ungläubig. »Lasst das lieber bleiben, ich bitte Euch!« Sie vergrub ihre Zehen im frischen Gras. Was, wenn sie alles auf eine Karte setzte? »Aber ich ...«

»Was, meine Liebe? Es steht Euch übrigens, wenn Ihr zwischen dem frischen Grün errötet. So eine lebhafte Farbigkeit.«

Sie holte tief Luft. »Ich würde zu gern in Botticellis Werkstatt gehen und mir seine Fortschritte bei unserem Bild anschauen. Dann könnte ich ihm auch die eine oder andere Pflanzenstudie zeigen. Aber ...«

»Aber was?«, fragte Poliziano. »Es ist auch Euer Bild. Schließlich wird es in Euer beider Empfangszimmer hängen.«

»Ich möchte ohne Enzo gehen.«

Poliziano lachte leise. »Und warum fragt Ihr dann nicht mich, ob ich Euch begleite?«

Mira lugte hoffnungsvoll zu ihm hinüber. »Wirklich? Ich weiß, was das für eine unerhörte Bitte ist.«

Er grinste. »Als geweihter Priester bin ich über alle irdischen Versuchungen erhaben. Das denkt man zumindest von mir.«

Eine glühende Freude erfüllte sie. »Meint Ihr das wirklich ernst?«

»Aber bitte. Sehe ich so aus, als würde ich Euch Lügen auftischen?«

In diesem Moment ertönte Geschrei auf der Wiese. Es war ein durchdringendes Kreischen, bei dem Mira das Blut in den Adern gefror. Giovanni, Lorenzos Zweitgeborener, lief herbei und verkündete die Neuigkeit. »Maddalena ist auf eine Biene getreten!«

# 7.

Nach ihrer Rückkehr in den Palazzo schwoll Maddalenas Fuß auf seine doppelte Größe an und begann, heftig zu pochen. Sie weinte und ließ sich von Lucrezia kühlende Tücher auf den Knöchel legen. Doch kaum ging es ihr besser, entdeckte Lucrezia das Blatt, das Maddalena neulich aus Miras Zimmer gemopst hatte. Sie hatte nicht widerstehen können, weil darauf ein Gedicht ihrer Großmutter stand. Lucrezia griff danach und begann zu lesen.

»Lass das! Das ist meins.« Maddalena humpelte auf sie zu, um ihr das Papier zu entreißen, doch Lucrezia hielt es mit aller Kraft fest.

»Ich habe es in Miras Zimmer gefunden. Darum gehört es mir!« Maddalenas Stimme schallte so laut durch den Raum, dass die beiden Kleinen, die auf dem Boden mit ihren Holzpferdchen spielten, verdutzt aufsahen.

»Du irrst dich, es ist meins, weil ich die Älteste bin. Ich heiße sogar nach Nonna.« Lucrezias Finger waren schon ganz verkrampft. Und jetzt begann sie auch noch, nach Maddalenas schlimmem Fuß zu treten.

»Au verdammt, Lucré, lass das! Großmutter hat es *mir* geschenkt.«

»Nein, mir!«

»Hat sie nicht.«

»Du bist eine Gossenkatze und gehörst verhauen, Maddi«, stieß Lucrezia hervor, ließ aber nicht los.

Vor Zorn zog Maddalena noch ein bisschen stärker, und *ratsch* riss das Blatt in der Mitte entzwei, so dass jedes Mädchen eine Hälfte in der Hand hielt.

»O Mist!« Tränen stiegen ins Maddalenas Augen.

»Du hast es kaputtgemacht!«, kreischte Lucrezia.

»Das wollte ich nicht.« Vor Schreck vergaßen sie ihren Zwist, legten die Teile auf den Boden und knieten sich ratlos davor.

»Was sollen wir jetzt tun?«, fragte Lucrezia.

»Keine Ahnung.« Maddalena zog die Beine an. Lucrezia war nur auf den ersten Blick die Sanftere von ihnen beiden. Wenn es hart auf hart kam, kämpfte sie eisern und setzte meistens ihren Willen durch.

Maddalena machte sich keine Illusionen. Sie war nichts als ein Faustpfand, das ihr Vater irgendwann gewinnbringend verheiraten würde. Und selbst da war Lucrezia ihr voraus. Sie würde mit dem Bankierssohn Jacopo Salviati eine gute Partie machen und in Florenz bleiben. Maddalena begann zu schluchzen, und das nicht nur, weil ihr Fuß zu pochen begann.

»Nicht weinen.« Lucrezia zog sie auf den Bettrand und legte ihr den Arm um die Schultern. »So schlimm ist es nicht, Kleine.«

Maddalena zog die Nase hoch. »Aber was machen wir jetzt, Lucré? Das Gedicht ist kaputt.«

»Es hat uns beiden gehört, oder? Warum musstest du derart ziehen?«

Beschämt betrachtete Maddalena ihre Fußspitzen. »Ich weiß auch nicht. Wen fragen wir?«

Doch statt einer Antwort murmelte Lucrezia: »Ich vermisse sie.«

»Wen? Mira?«, fragte Maddalena leise. Ihre Lehrerin war schnell zu ihrer besten Freundin geworden, und das nicht nur, weil die Lateinstunden mit ihr so viel Spaß machten.

»Die auch. Sie ist lustig. Aber nein, ich meine Nonna.«

»O ja, ich auch.« Maddalena seufzte sehnsüchtig. Ihre Großmutter Lucrezia, nach der ihre Schwester hieß, war zwar streng mit den Mädchen gewesen, hatte sie aber immer ernst genommen. Auch ihre vornehme Mutter Clarice gab sich redlich Mühe, aber sie hatte zu viel zu tun, um ihre wachsende Kinderschar im Blick zu behalten. Und nun war sie bis auf Weiteres in Rom.

Maddalena schob die Papierstücke so zusammen, dass sie aussahen, als wären sie noch heil. »Wir könnten so tun, als sei nichts passiert.«

Lucrezia schüttelte den Kopf. »Jedes Kind sieht doch, dass das Gedicht zerrissen ist. Wenn Vater das erfährt ...«

Maddalena dachte sehnsüchtig an die Nachmittage im schattigen Laubengang von Careggi, an denen sie gemeinsam Gedichte gelesen hatten. Poliziano war besser als ihre Großmutter, klar, aber sie war auch keine schlechte Dichterin gewesen. Vor allem hatte sie die Dichtkunst geliebt und ihre Enkelinnen ermutigt, selbst zu schreiben.

In diesem Augenblick öffnete sich die Tür für einen Jungen, der das Tablett mit ihrem Abendessen ins Zimmer trug. Er stellte Brot, Käse, Schinken, eine Kanne Saft und eine große Schale mit Obst auf den Tisch.

Maddalena kannte ihn nicht. »Wie heißt du?«

Er hatte einen schwarzen Lockenkopf und dunkle Augen und war ungefähr so alt wie sie. »Orazio«, sagte er.

Als er sich stirnrunzelnd umschaute, sah Maddalena die zerwühlten Bettstellen, die Tische mit den vielen Büchern und Spielsachen und die Kleiderhaufen auf dem Boden plötzlich mit seinen Augen. Das Madonnenbild in der Wandverkleidung hing schief.

Lucrezia deckte den Tisch und rief die Kleinen, die sich mit baumelnden Beinen auf die Bank setzten und zu essen begannen. Ihr Geplauder klang wie Vogelgezwitscher.

»Nicht schmatzen«, ermahnte Lucrezia sie, bevor sie merkte, dass der Junge noch immer im Zimmer stand. »Was willst du denn noch hier?«

Er ging nicht, sondern bückte sich nach den Papierschnipseln auf dem Boden. »Warum habt ihr denn ein Gedicht in zwei Teile gerissen?«

Maddalena wurde flammend rot und kam nicht dazu, sich zu wundern, dass der Junge lesen konnte.

Orazio richtete seine dunklen Augen auf sie. »Du warst wohl zornig, oder? Und jetzt hast du ein schlechtes Gewissen?«

Maddalena schnappte nach Luft, weil er sie auf der Stelle durchschaut hatte.

»Ich wüsste nicht, was dich das angeht«, sagte Lucrezia eisig.

Aber der Junge trat nur noch näher. »Mein Großvater ist Buchhändler und weiß, wie man so etwas klebt. Man braucht dazu eine Unterlage.«

»Wirklich?«, fragte Maddalena hoffnungsvoll. Das war die Rettung – vorausgesetzt, der Junge log nicht.

»Natürlich. Aber umsonst mache ich das nicht.«

»Das musst du auch nicht«, versicherte Lucrezia. »Wie heißt dein Großvater denn?«

»Bartolomeo. Er hat seinen Laden an der Stadtmauer am Fluss.«

Eine steile Falte erschien zwischen Lucrezias Augenbrauen. »Und du hältst wirklich Wort?«

»Aber klar doch.«

»Also gut.« Lucrezia gab sich einen Ruck. »Nimm das Blatt und bring es uns heile zurück. Und erst dann, hörst du, erhältst du die Bezahlung.«

»Zwei Soldi«, forderte der Junge geschäftstüchtig.

»In Ordnung.« Lucrezia wandte sich wieder den Kleinen zu und goss Luigia mehr Saft ein.

Der Junge nutzte die Zeit, um die beiden Teile des Blattes aufzuheben, sich zur Tür zu stehlen und davonzuflitzen. Maddalena hatte bereits vorhin gedacht, dass etwas mit ihm nicht stimmte. Jetzt wusste sie, was es so war. So schnell sie konnte, humpelte sie ihm hinterher, die Treppe hinab und über den Hof.

»Warte!« Aber sie holte ihn erst ein, als er schon fast am Tor war, das auf die Via Larga hinausführte, und das auch nur, weil er auf sie wartete. »Du bist keiner von unseren Küchenjungen, sondern ein Betrüger. Ich könnte die Wache rufen.«

Er drehte sich um. Seine dunklen Augen drückten nichts als Verachtung aus. »Woher willst du das wissen? Oder kennst du etwa alle eure Dienstboten mit Namen?«

»Das nicht. Aber keiner von ihnen hat so schwarze Füße wie du. Unser Koch würde gar nicht zulassen, dass du seine Küche betrittst.« Triumphierend deutete sie nach unten. Viele arme Kinder liefen im Sommer barfuß, aber seine Füße hatten schon monatelang kein Wasser gesehen, die Sohlen waren schmutzig und die Zehennägel eingerissen, als hätte er auch im Winter keine Schuhe getragen.

»Dein Großvater ist sicher kein Buchhändler. Du bist ein Dieb und willst uns bestehlen. Aber das geht nicht. Das Gedicht hat mir meine Nonna geschenkt.«

»Sie wollte sicher nicht, dass ihr Mädchen es zerreißt.« Er warf die beiden Papierfetzen in die Luft.

»Nein!«, rief Maddalena, als ein leichter Windzug die Stücke erfasste und auf die Straße hinaustrug.

Gemeinsam liefen sie hinterher, der Junge fischte die Papierstücke aus dem Gassendreck und drückte sie ihr in die Hand. »Was jetzt?«

Maddalena platzte fast vor Zorn. »Jetzt übergebe ich dich unserer Wache. Riccardo wird dir mit Vergnügen das Fell über die Ohren ziehen.«

Orazio musterte sie höhnisch. »Ich kann mit Sicherheit schneller rennen als er – und als du schon lange. Mit deinem Klumpfuß.«

Maddalena hatte nicht vor, sich einschüchtern zu lassen. »Bist du wirklich ein Dieb?«

»Du hast doch deine Blätter wieder. Was willst du mehr?« Er ging ein paar Schritte voraus und setzte sich auf eine Mauer, die dem Eingang gegenüberlag. Maddalena folgte ihm, obwohl sie sich nicht vom Hof entfernen durfte.

Es war später Nachmittag. Gierig betrachtete sie die Paare, die in feinen Kleidern in Richtung des Domplatzes flanierten. Ein alter Mann in Lumpen streckte ihnen bettelnd die Hände entgegen und sammelte die Soldi ein, die sie ihm zuwarfen.

»Dein Großvater ist gar kein Buchhändler, oder?«

Orazio schlug die Arme unter. »Ich habe die Wahrheit gesagt. Er war einer, und er hieß wirklich Bartolomeo. Aber jetzt ist er tot.«

»Meine Nonna ist auch tot«, sagte Maddalena traurig.

»Aber du bist eine Medici. Du bist reich. Und du hast eine Familie, die für dich sorgt.«

Das ist nicht genug, dachte Maddalena. Sie hatte keine Worte für das Gefühl von Leere, das sie manchmal erfasste. Und wenn doch, hätte er es bestimmt trotzdem nicht verstanden. Schließlich begriff sie es selbst nicht.

»Du kannst ins Ospedale degli Innocenti gehen. Da kümmern sie sich um Waisen.« Florenz hatte sowohl Spitäler, in denen Kranke Hilfe fanden, als auch ein Findelhaus für Kinder ohne Eltern.

Orazios nackte Füße klopften ungeduldig auf den Boden. »Aber ich will frei sein.«

Das war ein Grund, den Maddalena gelten ließ. »Du kannst lesen?«

Der Junge nickte, so dass seine Locken flogen. »Großvater hat mich unterrichtet. Ich sollte ja seinen Laden übernehmen. Aber dann kam der Tod und nahm ihn mit sich fort.«

»Im Ernst?«

Orazio nickte. »Ja, der echte Sensenmann. Ich habe ihn gesehen.«

»Und deine Eltern?«

»Die sind schon viel früher an der Pest gestorben.«

»Das ist übel.« Maddalena und der Dieb schwiegen einträchtig. »Und weshalb klaust du uns ausgerechnet ein zerrissenes Blatt Papier?«

Orazio zögerte. »Weil ich irgendetwas aus dem Hause Medici mitbringen soll, damit mich Luigi in seine Bande aufnimmt.«

»Welcher Luigi?«

Orazio seufzte und begann zu erzählen. Die Geschichte, die er ihr auftischte, war so ungeheuerlich, dass sie ihm glauben musste. »Und wenn der Koch dich entdeckt hätte, mit deinen schwarzen Füßen?«

»Das hat er aber nicht. Und deine Schwester hat es auch nicht gemerkt. Nur du warst misstrauisch. Manchmal muss man einfach nur dreist genug sein.« Der Junge baumelte mit den Beinen, und seine langen Zehen gruben sich in den Straßenstaub.

Maddalena dachte nach. »Ich kann dir die Blätter nicht lassen, das weißt du, oder? Sie sind eine der letzten Erinnerungen an Nonna.«

»Schon klar. Dann muss ich eben noch einmal richtig bei euch einbrechen.« Er stand auf, spähte in alle Richtungen und war schon auf dem Weg zurück in die Stadt, als sie ihn zurückrief. »Warte!«

Abwartend blieb er ein paar Schritte entfernt stehen. Sie humpelte auf ihn zu, zog sich entschlossen ihren Ring vom Finger und legte ihn in seine Hand. Es war ein schmaler goldener Reif, nicht besonders kostbar, aber er zeigte auf einer winzigen Tafel das Wappen der Medici, die Palle. Dem Jungen blieb vor Verblüffung der Mund offen stehen. Allein deshalb hatte es sich gelohnt, fand Maddalena.

»Warum tust du das?« Seine Finger schlossen sich fest um den Ring.

»Ich will, dass dieser Luigi dich nicht mehr erpressen kann. Solchen Kerlen muss man Mores lehren.« Diese Redewendung kannte sie von ihrer Großmutter. »Aber ich will auch, dass du in meiner Schuld stehst.«

Orazio riss die Augen auf, und sie fühlte sich, als sei sie blitzartig ein paar Zoll gewachsen. Endlich hatte mal nicht Lucrezia das Sagen.

»Ich will, dass du zurückkommst und mit mir durch die Stadt spazierst. Ich kenne mich ja gar nicht aus.« Außer zum Gottesdienst kamen die Mädchen kaum vor die Tür. Ihr Vater bewachte sie wie seine Augäpfel.

Er lachte leise. »Du hast ja seltsame Vorstellungen, ich bin ein Dieb und du eine gottverdammte Medici.«

»Gottgesegnet, meinst du wohl.« Maddalena hob eigensinnig ihr Kinn. »Du hast meinen Ring, also musst du tun, was ich sage.«

»Also gut. Ich gehe mit dir spazieren.« Er streckte die andere Hand aus. »Aber dann will ich auch deine Blätter mitnehmen. Ich weiß noch nicht, wie ich es anstelle, aber ich bringe sie dir repariert zurück.«

Als sie ihm das zerrissene Gedicht ein zweites Mal übergab, war es ein Zeichen von Vertrauen. Sie sah ihm hinterher, als er sich schnell und lautlos davonmachte. Und wenn es ein Fehler war und sie Großmutters Gedicht nie wiedersah? Vielleicht hatte sie das alles auch nur geträumt und würde demnächst in ihrem Bett aufwachen. Aber nein, an ihrem Ringfinger glänzte ein heller Streifen. Sie durfte nicht vergessen, einen anderen Ring aus ihrem Schmuckkästchen zu nehmen, bevor Lucré merkte, dass dieser weg war.

Das Klappern von Hufen schreckte sie aus ihren Gedanken. Riccardo und zwei weitere Gardisten näherten sich dem Eingangstor. Maddalena wich zurück, als Adelina keine zwei Schritte vor ihr zum Stehen kam.

Riccardo stieg ab und nahm das Pferd am Zügel. »Signorina Maddalena? Was führt Euch denn allein auf die Straße?«

Er sah so gut aus mit seinem breiten Lächeln und den himmelblauen Augen, dass sie ihn einen Moment lang mit offenem Mund anstarrte.

»Ich warte auf Mira.« Sie kreuzte die Finger auf dem Rücken, der Lüge wegen.

Riccardo blickte stirnrunzelnd auf sie hinab. »Was tut sie denn abends vor der Tür?«

Maddalena hob eigensinnig ihr Kinn. »Ich dachte nur, vielleicht läuft sie vorbei, so ... rein zufällig. Ich würde ihr gern etwas erzählen.«

Das stimmte sogar. Mira war die Einzige, die sie für ihr Abenteuer mit dem Dieb nicht schelten würde.

Adelina schnaubte misstrauisch, und Riccardo verschränkte die Arme unter der Brust. »Ich glaube kaum, dass sie einfach so vorbeiläuft. Also kommt Ihr am besten wieder mit ins Haus.« Er hielt ihr die Zügel hin. »Wollt Ihr?«

»Was, ich?«

Maddalena errötete vor Freude und führte Adelina in den Hof.

# 8.

Botticellis Werkstatt war voller Menschen, Bilder und Farben. Mira, die hinter Poliziano in den Raum trat, nahm sich vor, so viele Eindrücke wie möglich zu sammeln, denn vielleicht bot sich ihr diese Chance kein zweites Mal. Genießerisch sog sie den erdigen Duft der Pigmente ein.

Am Fenster stand Gianna Soderini zwischen zwei anmutigen jungen Frauen und hob die Hand, als sie Mira erkannte. Mira grüßte zurück und ging mit Poliziano auf Meister Sandro zu, der sich über eine Reihe Entwürfe beugte, die Figuren in den unterschiedlichsten Stadien der Bewegung zeigten.

Mira staunte über die naturgetreue Gestaltung der Körper. »Ihr fangt den Menschen über die Konturen ein, die Linie, die Bewegung.«

Botticelli sah verwundert auf. »Salve. Mit wem habe ich das Vergnügen?«

Er war groß, hatte ein prägnantes Gesicht mit schweren Augenlidern und kinnlange hellbraune Haare. Trotz seiner breiten Schultern passte der Spitzname »Fässchen« nicht zu ihm, seine Gestalt wirkte eher athletisch. Es ging das Gerücht, dass er den Namen von seinem Bruder übernommen hatte und mit dem Gleichmut desjenigen trug, dem Äußerlichkeiten vollkommen gleichgültig waren.

»Semiramide d'Appiano«, sagte sie leise.

»Meine Auftraggeberin!« Er verneigte sich tief. »Willkommen, hochverehrte Prinzessin Semiramide. Und Ihr habt Poliziano mitgebracht? Sicher wollt Ihr Euch von meinen Fortschritten überzeugen. Die Arbeit ist aufwendiger, als ich gedacht habe. Aber das Ergebnis wird großartig sein.« Er richtete sich auf und sah sie an.

»Wie ich gehört habe, seid Ihr eine Pflanzenmalerin. Habt Ihr zufällig Eure Studien dabei?«

Mira errötete vor Freude. »Nein, heute noch nicht, aber vielleicht ...«

»Sie wird sie beim nächsten Mal mitbringen.« Poliziano legte ihr die Hand auf den Arm.

»Sehr gut.« Der Meister ging ihnen voran. »Heute wollte ich eine Figurenstudie mit den Grazien und Merkur schaffen, aber leider ist meine Thalia bisher nicht erschienen. Genauso wie Merkur, der Bote der Venus. Also führe ich Euch vorerst durch mein Reich der Imagination.«

»Wovon spricht er?«, fragte Mira flüsternd.

Poliziano seufzte. »Er meint die drei Grazien. Seneca nennt sie Voluptas, die Wollust, Pulchritudo, die Schönheit, und Amor, die Liebe. Wie Merkur gehören sie zum Gefolge der Irdischen Venus. Aber ihre Herkunft liegt weiter zurück. Bei den Griechen heißen sie Aglaia, Thalia und Euphrosyne. Sie sind für das Glück, die Liebe und die Freude zuständig.«

»Sie haben auch eine astrologische Bedeutung«, flüsterte Mira.

Er sah sie verdutzt an. »Das Konzept ist Euch vertraut?«

»Unterschätzt mich nicht.«

»Ihr habt interessante Seiten, Semiramide.«

Poliziano dozierte unentwegt weiter, während Botticelli sie zum Fenster geleitete, wo die Modelle sich angeregt unterhielten. »Wann dürfen wir mit Nannina rechnen?«, fragte er gallig. »Sie weiß, dass ich Unpünktlichkeit hasse.«

Maria und Andreoula versicherten, dass sie vom Verbleib der dritten Grazie nichts wüssten. Gianna überstrahlte sie wie eine Königin.

Mira wandte sich dem Lehrling zu, der am Tisch ein grünes Pigment anrieb.

»Ist das Malachit?«, fragte sie.

»Das brauchen wir reichlich, wenn wir den Garten der Hesperiden darstellen wollen«, gab er zurück.

»Hast du etwas von Nannina gehört, Nardo?«, fragte Botticelli.

Der Junge zuckte mit den Schultern. »Bin ich denn der Hüter meiner Nannina?«

Die Grazien und Gianna kicherten.

»Kein Wunder, dass wir in Verzug sind, wenn ihr unsere Aufgabe nicht ernst nehmt.« Botticelli wandte sich verärgert ab.

In diesem Moment sprang die Tür auf. Riccardo trat ein und hob überrascht die Augenbrauen, als er Mira entdeckte. Eine Welle der Verlegenheit spülte über sie hinweg. Fragte er sich, was die kleine Betschwester hier verloren hatte? Oder die Braut seines Freundes?

»Endlich taucht mein Nachbar auf, der Herr Merkur.« Botticellis Stimme triefte vor Spott. »Bist du mit deinen Flügelschuhen durch Florenz geflattert und falsch abgebogen?«

»Ich wurde aufgehalten«, knurrte Riccardo.

»Dann können wir also endlich anfangen«, schloss Botticelli eisig. »Wir sind zwar nicht vollständig, aber besser als nichts.«

Riccardo deutete auf Mira. »Was tut sie hier?«

»Sie ist mit mir gekommen«, erklärte Poliziano, aber Mira sprach für sich selbst weiter: »Ich trage mit meinem Pflanzenwissen zur Entstehung des Bildes bei. Meines Bildes, wie Euch bekannt sein dürfte.«

Riccardo warf seinen Mantel lässig über eine Stuhllehne. Darunter trug er ein Leinenhemd und enge Hosen. »Dann sind die Wackersteine ja doch noch zu etwas nutze.«

»In der Tat.«

In diesem Moment spürte Mira Botticellis Blick auf sich ruhen. »Ich frage mich, ob Ihr uns nicht heute anderweitig zu Diensten sein könntet, Prinzessin. Verzeiht meine respektlose Ausdrucksweise, aber könntet Ihr nicht ausnahmsweise Nannina ersetzen, Semiramide?«

Mira sah ihn erstaunt an. Damit hatte sie nicht gerechnet.

»Die Grazien sind eine Dreiergruppe. Wenn sie nur zu zweit agieren, fehlt uns die Dritte, und Gianna ist leider zu groß, um als Thalia zu posieren«, fuhr Botticelli fort. »Was sagt Ihr dazu, verehrte Prinzessin?«

Gianna löste sich aus der Gruppe am Fenster. »Ich fände es wunderbar, wenn Semiramide einspringen würde.«

»Die dritte Grazie Thalia steht für Amor, die Liebe«, beeilte sich Poliziano zu erklären. »Sie bereitet sich darauf vor, den Jungfrauenstand zu verlassen und in die Ehe einzutreten. Das passt doch auch inhaltlich.«

»Also gut.« Wohl war Mira nicht dabei. Was würde Enzo sagen, wenn er erfuhr, dass sie Modell stand?

»Ich weiß nicht, wofür das gut sein soll«, beschwerte sich Riccardo.

Mira funkelte ihn wütend an. »Ich mache das nur ein einziges Mal. Eure Nannina kommt sicher morgen wieder.«

»Es geht lediglich um die heutige Sitzung«, sagte Gianna sanft. »Aber Eure Erscheinung, an der sollten wir arbeiten. Wartet.« Sie setzte Mira auf einen Stuhl und fuhr ihr mit einem Kamm durch ihre rotgoldenen Ringellocken. »Maria und Andreoula, was meint ihr? Soll ich ihr einen Zopf flechten?«

Maria trat heran und strich Mira über den Kopf. »Ihre Haarfarbe passt nicht. Wir sind alle blond.«

»Für ein paar Studien ist das egal«, meinte Andreoula.

Schließlich entschlossen sie sich, einen Teil von Miras Haaren am Hinterkopf zu einem Knoten zu drapieren und den Rest offen über die Schultern fallen zu lassen. Mira kam sich vor wie eine ausstaffierte Puppe.

»Wie schön Ihr seid«, sagte Gianna stolz. »Thalia ist die Jüngste und Zerbrechlichste der drei Grazien. Sie entspricht Euch, passt nur auf.«

»Endlich fertig, die Damen?«, drängte Botticelli.

Die Grazien zogen Mira in ihren Kreis, Merkur platzierte sich zu ihrer Linken und hob seine Augen.

»Es muss aussehen, als würdest du bewundernd zum Himmel aufschauen, Riccardo«, gab Nardo vorlaut von sich.

»Da ist aber nur die Decke«, sagte Riccardo störrisch. »Und die ist verdammt undurchsichtig.«

Botticelli ignorierte ihn. »Heb deinen Arm mit dem Stab, auch wenn das auf Dauer anstrengend ist.«

Riccardo fluchte leise, tat aber, was Botticelli verlangte.

»Wie wir wissen, zerstreut Merkurs schlangenbesetzter Stab – der Caduceus – die Wolken, die sich über dem Garten der Hesperiden ballen«, erläuterte Poliziano, der mit untergeschlagenen Armen am Fenster stand.

Riccardo hob widerwillig seinen Stab. »Ich frage mich nur, warum die kleine Betschwester anwesend ist. Sie kommt direkt aus dem Kloster und ist sicher entsprechend zimperlich.«

Mira überlegte, ob sie ihm mangels Rotwein den Eimer mit der Gipsgrundierung über den Kopf gießen sollte, doch Maria drückte beruhigend ihre Hand. »Er meint es nicht so. Er spielt nur darauf an, dass wir sonst leicht bekleidet posieren.«

»Ihr tut was?«, fragte Mira entgeistert.

»Wir Grazien tragen durchsichtige Schleiergewänder und Riccardo eine kurze Tunika, die seine Beine zeigt«, erklärte Andreoula. »Aber darauf scheint der Meister heute zu verzichten – sicher wegen Euch.«

Natürlich. Auf antiken Darstellungen waren die Figuren oft nackt zu sehen. Ob ihr Bräutigam solche Naturtreue genießen würde?

»Unsere Vorfahren hatten wenig Skrupel, die Schönheit ihres Körpers zu zeigen«, sagte Gianna, während sie die Hände der Grazien ineinanderlegte. Miras Linke ließ sie gesenkt, die Rechte hob sie leicht an, bevor sie sie mit dem Rücken zu Botticelli ausrichtete. Marias und Andreoulas Hände fügte sie zusammen und ließ sie wie einen Baldachin über Miras Kopf schweben. »Wie gefällt Euch das, Meister Sandro?«

Der Maler nahm mit den Augen Maß, bevor er nach einem Blatt

Papier und einem Silberstift griff. »Das ist gut so. Riccardo, du kannst so bleiben. Jetzt die Füße, Gianna.«

»Fühlt euch wie Tänzerinnen.« Als Gianna sich bückte, stieg Mira ihr Duft nach Rosen und Moschus in die Nase. »Belastet Euren linken Fuß, Semiramide, und überlasst mir den Rechten.« Vorsichtig schob Gianna Miras rechten Fuß auf die Zehen. »Fühlt Ihr Euch stabil?« Mira nickte, während Gianna die anderen Mädchen in Position stellte.

»O Mensch, lerne tanzen, sonst wissen die Engel nichts mit dir anzufangen.« Poliziano konnte es nicht lassen, den heiligen Augustinus zu zitieren.

»Wunderbar. Bleibt so!« Botticellis Stift flog nur so über das Papier. Kaum hatte er eine Studie fertiggestellt, griff er schon nach dem nächsten Blatt, während Filippino Lippi die Zeichnungen einsammelte und auf einen Stapel legte.

Zunächst war Mira zu fasziniert, um Modellstehen anstrengend zu finden. Nach einer Weile jedoch verkrampfte sich ihre linke Schulter, und ihr rechter Fuß schlief ein.

»Gut«, sagte Botticelli schließlich. »Verehrte Semiramide ...«

»Was?« Mira unterdrückte ein Stöhnen.

»Nicht umdrehen!«

»Nein«, sagte sie gequält.

»Wie wäre es, wenn Ihr Eure Augen auf Merkur richten würdet?«

Nur über meine Leiche, dachte Mira. »Aber ich stehe den Grazien zugewandt und mit dem Rücken zu Euch.«

»Dreht nur den Kopf zur Seite und seht Merkur an, so dass ich Euch im Profil zeichnen kann.«

Es war so still, dass Mira das leise Stöhnen ihrer Leidensgenossinnen hörte. Auch den anderen wurde das Modellstehen langsam zu viel. Offenbar ließ sich der Meister von nichts aufhalten, wenn er in die Welt seiner Kunst eintauchte. Es war unerheblich, ob Marias Arm sich verkrampfte, oder ob Mira die Zehen einschliefen und sie deshalb schwankte. Seine Arbeit würde immer Vorrang haben.

»Also gut.« Mira drehte ihren Kopf zur Seite, so dass sie Riccardo im Halbprofil sehen konnte, seine muskulösen Schultern, über die ein roter Soldatenmantel fiel, die dichten dunklen Locken. Wenn die Medici eine Steuer auf männliche Schönheit erheben würden, wäre er schnell pleite.

»Schön, Semiramide, sehr schön«, lobte Botticelli. »Ihr habt ein edles Profil.«

»Wenn Ihr das sagt.« Für ihr Aussehen hatte sich außer Gianna noch nie jemand interessiert, nicht einmal Enzo, und im Kloster hatte man mehr auf geistige Qualitäten gesetzt.

Bald aber konnte sie nicht mehr. Wenn sie ihre Haltung nicht änderte, würde sie umkippen wie ein nasser Sack. Mira bewegte unauffällig ihren Fuß, in dem es, wie von tausend Ameisen heimgesucht, zu kribbeln begann.

»Haltet still!«, donnerte Botticelli.

»Du musst das langsam beenden, Sandro«, drängte Riccardo.

»Gleich.«

»Man könnte beinahe meinen, sie sei in Riccardo verliebt, so wie sie ihn ansieht«, mischte sich Nardo ein.

Gianna knuffte ihn in die Seite. »Hier geht es allein um die Kunst. Außerdem ist sie mit Enzo di Pierfrancesco verlobt.«

»Ruhe da!«, knurrte Riccardo.

Sie harrten noch ein paar Minuten aus, ehe Botticelli sie entließ. Doch als Mira ihre Position zu lösen versuchte, stellte sie fest, dass ihre Füße sie nicht mehr tragen wollten.

»Hilfe!« Sie kippte um wie ein nasser Sack Sand und landete prompt in Riccardos Armen, der sich gerade noch rechtzeitig umgedreht hatte.

»Hoppla!«

Da war dieser Moment zwischen Himmel und Erde, in dem er sie fest umschlungen hielt. Eine Sekunde später saßen sie nebeneinander auf dem Boden. Miras Herz klopfte so laut, dass es das Rauschen in ihren Ohren übertönte. Riccardos Hand fühlte sich an, als setzte er die Haut unter seinen Fingern in Brand.

»Geht es Euch gut, meine Liebe?« Poliziano trat auf sie zu.

Mira ließ von Riccardo ab und ignorierte den Anflug von Bedauern, der sie dabei erfasste.

»Entschuldige, Riccardo.« Ihre Stimme klang heiser. »Das wollte ich nicht, aber meine Füße sind eingeschlafen.«

»Schon gut«, sagte er.

Während Poliziano ihr vorsichtig aufhalf, stolzierte Riccardo davon, als sei nichts geschehen.

»Ich konnte Euch doch nicht fallen lassen, kleine Betschwester«, rief er über seine Schulter zurück. Das Lächeln in seiner Stimme bildete sie sich sicher nur ein.

Poliziano führte sie zu Filippino Lippi, der ihr einen Becher Wein in die Hand drückte. »Wenn ich gewusst hätte, wie lange der Meister Euch ausharren lässt, hätte ich das nicht geduldet.«

»Ich hätte auch Nein sagen können.« Sie trank durstig, während ihre Füße heftig zu kribbeln begannen, weil das Blut in sie zurückkehrte.

Botticelli trat auf sie zu. »Verzeiht, dass ich Euch so lange posieren ließ. Wenn ich zeichne, vergesse ich alles andere.«

Mira unterdrückte ein Keuchen, als sie zu fest auftrat. »Das habe ich gemerkt.«

»Ihr habt einzigartig mit unserem Merkur harmoniert, Prinzessin. Ich frage mich ... Aber nein, Nannina kommt ja wieder. Aber dieser Blick – er war genauso, wie ich ihn mir vorgestellt habe. Eine Erleuchtung für mich.« Botticelli verbeugte sich leicht. »Ich danke Euch.«

Er nickte ihr noch einmal zu und ließ sie mit Poliziano allein. »Riccardo Vespucci sieht gut aus, das gebe ich zu«, sagte dieser.

Mira errötete bis über beide Ohren. Wie peinlich. Poliziano war überraschend klarsichtig.

»Er ist ein Kriegsmann durch und durch«, fuhr Poliziano fort. »Pflichtbewusst und heißblütig. Aber auch wenn er noch so leichtsinnig tut, würde er Enzo di Pierfrancesco niemals enttäuschen, indem er ihm die Braut ausspannt. Und eine Heirat kann er sich frühestens in zehn Jahren erlauben.«

Mira schnappte nach Luft. »Aber nein! Ihr missversteht mich.«

»Das hoffe ich.« Poliziano drückte ihren Arm. »Außerdem ist Enzo sein Freund.«

# 9.

Die Tote lag im Schilf und sah aus, als würde sie schlafen. Wassertropfen hingen in ihren Wimpern, ihre bleichen Lippen waren zu einem Lächeln verzogen, und ihre Haare glichen langen Strängen aus Seetang.

Riccardo Vespucci kniete neben ihr im Schlamm. Wie jung sie war und wie schön. Die Fischer, die sie gefunden hatten, hatten sie für ein Wesen des Meeres gehalten, eine Seejungfrau, die den Arno von seiner Mündung bis nach Florenz durchschwommen hatte, um an seinem Ufer zu sterben. Aber das stimmte nicht.

Behutsam schloss Riccardo ihr die Lider. Zu ihren Lebzeiten waren Nanninas Augen von einem klaren Grün gewesen. Jetzt glichen sie trüben Glasmurmeln, und ihr Lachen würde nie wieder erklingen.

Die Sonne schwamm als oranger Ball im Morgennebel über dem petrolfarbenen Fluss. Riccardo stand auf und gesellte sich zu den beiden Gardisten, die Ficino an diesen Ort begleitet hatten. Sie hatten den Gelehrten in aller Herrgottsfrühe aus dem Haus gezerrt, weil er neben seiner Tätigkeit als Philosoph ein studierter Medicus war. Riccardo hoffte, dass Ficinos Kenntnisse ausreichten, um Nannina zu begutachten.

Lorenzo de Medici näherte sich mit großen Schritten. Er sah müde aus und hatte einen bitteren Zug um den Mund. Kein Wunder, dachte Riccardo. Seit dem Mord an seinem Bruder beobachtete er wachsam, was in Florenz geschah. Aber es war auch die Gicht, die seine Glieder krümmte und ihm mehr als eine schlaflose Nacht bescherte. Ein Gutes hatte es, wenn der Tod einen Menschen aus der Blüte seiner Jugend riss: Lorenzos Bruder Giuliano war von dem Familienfluch verschont geblieben.

Nachdenklich blickte Lorenzo auf die Tote hinab. »Kennt Ihr sie?«

Riccardo nickte. »Sie hieß Nannina Vercelli und diente Meister Sandro als Modell für eine seiner Grazien in dem Frühlingsbild.«

»Das Werk, das er für meinen Cousin und seine Braut anfertigt?«, fragte Lorenzo nachdenklich.

Riccardo nickte bestätigend. Nannina war so lebensfroh gewesen, dass er kaum glauben konnte, was mit ihr geschehen war.

»Und Ficino, was sagt Ihr?« Lorenzos Stimme schallte über das Uferstück. »Ist sie ermordet worden?«

Ficino ging neben der Toten auf ein Knie und drehte sie behutsam zur Seite. »Daran besteht kein Zweifel. Seht Ihr das rote Mal an ihrem Hals?«

Riccardo bückte sich. Auf den ersten Blick ähnelte der Streifen einem Granathalsband. Doch wenn man genau hinsah, erkannte man, dass die Edelsteine Blutstropfen waren. »Ein wahrhaft tödlicher Schmuck.«

»Man hat sie mit einer Schnur oder einer Garotte stranguliert und ihr dabei wahrscheinlich das Zungenbein gebrochen«, fuhr Ficino fort. »Wir können davon ausgehen, dass ein Fachmann dafür verantwortlich war.«

Ein gedungener Mörder trieb sich in Florenz herum und machte Jagd auf junge Frauen. Das waren bedenkliche Informationen.

Ficino stand auf und fuhr sich durch sein graues Haar. »Kanntet Ihr sie näher, Riccardo?«

»Nicht direkt.«

Es kam vor, dass junge Frauen im Fluss den Freitod wählten, weil sie an einer ungewollten Schwangerschaft verzweifelten. Nicht aber Nannina. Riccardo wusste, dass ihr Vater Gerber war. Obwohl das Lederhandwerk nicht zu den angesehensten in Florenz gehörte, waren Nanninas Eltern respektable Leute, die auf ihre Kinder achtgaben. Andererseits hatte sie für Botticelli posiert und damit einige Grenzen überschritten.

»Ich kenne sie nur aus Sandros Werkstatt«, sagte er düster.

»Ihr selbst, Ficino, und unser geschätzter Poliziano seid für das Bildprogramm des Frühlingsbilds verantwortlich«, warf Lorenzo ein.

»Ich glaube nicht, dass ihr Tod damit in Verbindung steht.« Ficino schüttelte nachdenklich den Kopf.

Riccardo dachte an Mira – oder nein, Prinzessin Semiramide –, die so hochgeboren war, dass er ihr nicht einmal die Füße küssen durfte. Was, wenn sie hier liegen würde? Er wusste nicht, warum ihm die eigensinnige kleine Betschwester nicht aus dem Kopf ging.

»Wessen Zorn mag sie auf sich gezogen haben?«, fragte Ficino.

»Das gilt es herauszufinden«, entgegnete Lorenzo kühl. »Sagt ihren Eltern Bescheid und hört Euch in ihrem Umfeld um, Riccardo. In meiner Stadt werden keine jungen Frauen umgebracht.«

Er wandte sich dem Fluss zu, über dem sich der Morgennebel lichtete. Die Sonne hatte sich als strahlend goldener Ball über ihn erhoben. Es würde ein heißer Tag werden. »Ich beauftrage Euch persönlich, diesen Mord aufzuklären, Riccardo. Die Stadt sollte noch vor Enzos Hochzeit wieder sicher sein. Nehmt Euch alle Männer, die Ihr dazu braucht. Ihr habt meine Unterstützung.«

Riccardo nickte knapp. »Und was die genauen Umstände angeht?«

Ficino trat an ihn heran. »Am besten zieht Ihr eine kundige Frau zurate, die herausfinden kann, ob Nannina Gewalt angetan wurde. Es gibt Männer, die schrecken vor nichts zurück. Im Palazzo Medici arbeitet eine Hebamme. Ich werde ihr eine Nachricht schicken. Vielleicht lasst Ihr die Tote ins Spital Santa Maria Nuova bringen?«

»Sicher.«

Während Lorenzo an Ficinos Seite davonging, machte Riccardo sich an die Arbeit. Zunächst beauftragte er zwei seiner Männer, die Tote ins Spital zu tragen, wo die Hebamme sie untersuchen konnte. Dann schickte er zwei weitere in die Stadt, die sich nach ihren letzten Wegen erkundigen sollten. Was war Nannina zugestoßen?

Er selbst besuchte Nanninas Eltern. Eine Stunde später hatte er dem Gerber und seiner Frau das Herz gebrochen und sie weinend zurückgelassen. Es gab keine Worte, die ihr Leid lindern konnten, nur die Fürsorge ihrer Söhne und vielleicht irgendwann den Trost durch die Religion.

Betrübt machte Riccardo sich auf den Heimweg, diesmal nicht in Richtung seines Quartiers im Stadtpalast der Medici, sondern zum Haus des Notars Vespucci in der Via Nuova, das in unmittelbarer

Nachbarschaft zu Botticellis Werkstatt lag. Bevor er Meister Sandro die Nachricht überbrachte, brauchte er eine Pause.

Im Haus herrschte reges Treiben. Im Gang rannten ihn beinahe sein Neffe Ambrogio und seine Nichte Anna um. Sie waren Zwillinge und stritten sich fast so häufig wie die Medici-Schwestern.

»Onkel Riccardo, wo ist dein Pferd?«, fragte Anna atemlos.

Riccardo riss sich zusammen. »Meine Stute Adelina? Die steht im Stall des Palazzo. Gestern hat sie sich von Maddalena de Medici streicheln lassen und war ganz begeistert.«

Anna schmollte. »Sie soll sich aber in mich verlieben. Ich bin viel netter als Maddalena.«

Riccardo schmunzelte das erste Mal an diesem vermaledeiten Tag. »Adelina ist wählerisch.«

»Und du bist viel zu klein zum Reiten«, ereiferte sich ihr Bruder.

»Nein, du!«

Sie zogen von dannen, während Riccardo sich in Richtung Küche aufmachte, wo die Köchin Marina gerade einen Kuchen in den Ofen schob. Ihm war es recht, wenn er seinem Vater heute nicht über den Weg lief.

Marina schob sich eine verschwitzte Haarsträhne aus der Stirn. »Du kommst gerade richtig, Riccardo. Der Kuchen ist mit Kirschen, wie du ihn magst.«

»Ich kann warten.« Er setzte sich erschöpft auf einen Stuhl und legte seine Beine auf die Bank. Köchinnen mochten ihn, was durchaus Vorteile hatte. Seine Mutter war eine Küchenmagd gewesen, so jung und hübsch, dass der alte Ser Nastagio nicht widerstehen konnte. Manche behaupteten, sie hätte ihre Reize ausgespielt, um ihn zu verführen, aber Riccardo ließ nichts auf sie kommen. Sie starb bei seiner Geburt, so dass der kleine Riccardo ins Ospedale degli Innocenti gegeben wurde, von wo er getürmt war, sobald ihn seine Füße tragen konnten. Danach hatte er wie ein wildes Tier gelebt, in finsteren Durchgängen übernachtet, sich von den Abfällen auf dem Markt ernährt und irgendwann zu stehlen begonnen. Manchmal fragte er sich, wie er diese Zeit überlebt hatte, aber außer an seinen knurrenden Magen erinnerte er sich an keine Details.

Müdigkeit übermannte ihn, so dass er beinahe mit dem Kopf auf der Tischplatte eingeschlafen wäre. Er schrak auf, als Marina ein Stück duftend warmen Kuchen vor ihn stellte.

»Aber er ist noch heiß, Riccardo«, mahnte sie. »Nicht so eilig. Sonst verbrennst du dir den Mund.«

Riccardo betrachtete den Kuchen voller Dankbarkeit. Es war nicht selbstverständlich, dass er hier saß und sich vollstopfen konnte.

Eines Tages hatte ihn ein Fieber niedergestreckt. Ein paar Kaufleute hatten ihn gefunden und ins Spital Santa Maria Nuova verfrachtet, dem größten in Florenz, in dem auch mittellose Bürger Hilfe fanden. Dort lag nun auch die arme Nannina.

Fast wäre Riccardo damals an einer Lungenentzündung gestorben, aber man hatte um sein Leben gekämpft, so dass er sich erholte. Und schließlich war unter der Dreckschicht ein Kind hervorgekommen, das dem alten Nastagio Vespucci wie aus dem Gesicht geschnitten war. Dem Chirurgen Tommaso Tommasini war die Ähnlichkeit zuerst aufgefallen. Kurzerhand hatte er den alten Vespucci einbestellt, der bei Riccardos Anblick zu Tode erschrocken war und den Jungen prompt zu sich nach Hause geholt hatte. Da hatte er zum ersten Mal in dieser Küche am Ofen gesessen und eine Schale Suppe nach der anderen in sich hineingelöffelt, während der alte Mann laut nachdachte. »Mein Gott, diese blauen Augen ähneln denen deiner Mutter aufs Haar.« Eine schwere Hand hatte sich in Riccardos Nacken gelegt. »Du bist also der Sohn meiner armen Miranda? Und meiner, das lässt sich nicht verleugnen. Was also sollen wir mit dir anstellen?«

Riccardo hatte kein Wort hervorgebracht.

Nastagio Vespucci erwies sich als Ehrenmann und legitimierte seine Herkunft, wobei es Riccardo ihm nicht leicht machte. Er sehnte sich nach der Freiheit der Straße und prügelte sich bis aufs Blut mit den Nachbarjungen, die seine Mutter als Flittchen bezeichneten. Das ging so lange, bis sein Vater den jungen Lorenzo de Medici um Rat fragte. Riccardo solle Florenz verlassen, riet dieser.

Die Medici bürgten für ihn, als er nach Mailand in den Dienst der Sforza gegeben wurde, wo man ihn zum Soldaten ausbildete. Trotz oder gerade wegen des harten Drills verlor er nach und nach seine Scheu und legte sich eine gewisse Unverfrorenheit zu, die er wie eine Rüstung trug. Er war frech und vorlaut und verstand es schließlich, seine Worte fast so gezielt einzusetzen wie seine Waffen. Als er vor zwei Jahren seinen Dienst in Lorenzos Leibgarde antrat, wusste er, dass er den Medici unbedingte Loyalität schuldete. Vielleicht würde Lorenzo ihn eines Tages sogar zum Anführer der Wache ernennen. Aber Riccardo vergaß nie, dass er aus der Gosse kam, und dieses Bewusstsein machte ihn frei.

Er ließ sich ein weiteres Stück Kuchen auftun. Mit Süßspeisen konnte man ihn immer ködern, vor allem an diesem verflixten Tag. Doch dann fiel ihm siedend heiß ein, was er noch zu tun hatte. Er stand so schnell auf, dass er den Küchenstuhl umwarf. »Ich muss jetzt gehen.«

»Aber du hast ja nicht einmal aufgegessen«, beschwerte sich Marina.

Er bat sie, den Kuchen für ihn aufzuheben, stellte den Stuhl hin und verließ das Haus. Der Palazzo der Familie Filipepi lag nebenan in der vor Hitze glühenden Via Nuova. Zu Riccardos Überraschung stand ausgerechnet Semiramide d'Appiano vor der Tür. An ihrem Arm hing ein Korb voller Blumen und Pflanzen, die er nicht einmal dem Namen nach kannte.

»Ihr?«, fragte sie ungehalten. »Aber Botticelli arbeitet heute nur mit Gianna.«

»Ich bin nicht als Modell gekommen«, versicherte er. Niemals würde er zugeben, wie sehr ihn die Berührung ihrer Haut aufgewühlt hatte. Am liebsten hätte er sie für immer festgehalten. »Und Ihr? Was macht Ihr schon wieder hier? Müsst Ihr nicht Lorenzos Rasselbande unterrichten?«

Sie warf ihren Kopf in den Nacken. »Das habe ich bereits. Ich bin sogar mit den Mädchen auf die Frühlingswiesen gegangen und habe ihnen die Namen der Pflanzen auf Lateinisch beigebracht.«

»Da lernen sie was fürs Leben«, entgegnete er wider Willen belustigt. »Und gesammelt habt Ihr auch.«

»Seht selbst!« Sie hielt ihm den Korb hin, damit er hineinschauen konnte. Über den Rand rankte sich jede Menge buntes Grünzeug. Aber es war ihr Haar, das nach den Blumen auf der Wiese duftete.

»Ich hoffe, Ihr wisst die Vielfalt zu schätzen«, sagte sie.

»Tut mir leid. Ich kenne mich nicht aus.«

Sie verdrehte die Augen. »Ich habe eine Girlande für Gianna gepflückt. Kornblumen, Mohnblumen, Tausendschön und anderes.

Jede Pflanze hat eine besondere Bedeutung, denn Gianna soll eine Verkörperung des Frühlings werden, wenn Euch das entgangen sein sollte, *Herr* Merkur.«

Da fiel ihm wieder der Zweck seines Besuches ein. »Ich muss dringend mit Botticelli sprechen.«

# 10.

Mira trat vor Riccardo in die Werkstatt und stellte ihren Korb auf den Tisch. Heute waren nur der Meister, Gianna, Filippino Lippi und Nardo anwesend. Sie fragte sich, was Riccardo so wichtig fand, dass ein Gespräch unaufschiebbar war. Es musste etwas Gravierendes sein, denn sein Gesichtsausdruck ließ die anderen verstummen.

»Nannina ist tot«, sagte Riccardo in die Stille hinein.

Die Künstler starrten ihn entgeistert an. Gianna schlug sich die Hand vor den Mund. Mira brauchte ein paar Sekunden, bis die Information bei ihr ankam.

»Was ist passiert?«, fragte Botticelli mit tonloser Stimme.

Riccardo presste die Lippen zusammen. »Sie wurde ermordet. Wir haben ihre Leiche heute Morgen am Fluss entdeckt.«

Gianna schluchzte laut auf und krümmte sich, so dass Mira sie stützen und zu einem Stuhl führen musste. Die Männer schwiegen schockiert, ehe sie begannen, aufgeregt durcheinanderzureden.

»Wie kann das sein?«, fragte Filippino.

»Das ist nicht möglich. Das muss ein Irrtum sein, Riccardo«, stieß Nardo hervor.

»Ich fürchte, das ist es nicht.«

»Aber ...« Nardo biss sich auf die Lippe und ließ den Satz unvollendet.

Botticelli trat an einen Tisch voller Zeichnungen heran, die den Tanz der Grazien zeigten. »Mein Gott!«, sagte er, während Mira der schluchzenden Gianna den Arm um die Schultern legte.

Dabei hatte dieser Tag so gut begonnen. Kurz nach Sonnenaufgang war Mira mit den Mädchen, deren Brüdern und Poliziano auf die Frühlingswiesen gezogen. Die Kinder hatten gespielt und gelacht, während Mira zusammen mit Poliziano Blüten gesammelt hatte. Sie war glücklich gewesen, und das, obwohl er sie weiter mit Riccardo aufzog. Aber nein, sie war Enzo versprochen und nahm sich vor, alles zu tun, um ihm näherzukommen.

Nie hätte sie gedacht, dass sich dieser Tag so plötzlich verdüstern könnte. Sie drückte Giannas Schulter, die ihr Gesicht in ihren Händen verbarg und laut weinte. »Was ist geschehen?«

»Ja, was?«, fragte Filippino.

Riccardo sah sie nacheinander an. »Sie wurde erdrosselt und dann ins Wasser geworfen.« Giannas Schluchzen steigerte sich zu einem Heulen, bei dem es Mira kalt über den Rücken lief.

»Es besteht also kein Zweifel?«, fragte Botticelli finster. »Hast du schon mit ihren Eltern gesprochen? Sie hatten sie mir anvertraut.«

»Natürlich.« Riccardo hob beschwichtigend die Hände. »Bisher deutet nichts darauf hin, dass ihr Tod mit ihrer Arbeit als Modell zusammenhängt.«

Gianna löste die Hände von ihrem Gesicht. »Hat man sie ...?«

Riccardos schluckte. »Das wissen wir noch nicht. Ficino wollte eine Hebamme aus dem Palazzo Medici ins Spital Santa Maria Nuova schicken.«

»Seraphina?«, unterbrach ihn Mira überrascht. »Meine Zofe?«

Er nickte. »Ja, wahrscheinlich wird sie sie untersuchen.«

Mehr gab es im Moment nicht zu sagen. Sie schwiegen ratlos, die Stille wurde nur von Giannas Weinen unterbrochen.

»Wie sollen wir das bloß Maria und Andreoula beibringen?«, fragte Filippino fassungslos. »Die drei waren Freundinnen.«

»Nach dieser Nachricht brauche ich etwas zu trinken«, sagte Botticelli düster.

Sie setzten sich um den Tisch, während er aus der Küche einen Krug mit kühlem Landwein holte und ihnen eingoss. Mira leerte durstig ihr Glas. »Aber was genau ist geschehen?«

»Das versuchen wir herauszufinden«, antwortete Riccardo. »Was meintest du, Nardo, als du sagtest, das müsse ein Irrtum sein?«

Der Lehrling blies die Backen auf. »Ich habe sie gestern Abend gesehen. Da lief sie durch die Stadt, als sei ihr der Sensenmann persönlich auf den Fersen. Wie ein aufgescheuchtes Huhn.« Er errötete. »Entschuldigt.«

Riccardo nickte knapp. »Weißt du, was sie da wollte?«

»Nein.« Er zuckte mit den Schultern. »Es war schon fast dunkel. Zu der Zeit sollte keine Frau mehr allein unterwegs sein.«

Gianna schnaubte entrüstet. »Wir Frauen sind wohl selbst schuld, wenn uns was passiert!«

»Ach, Gianna«, stöhnte Nardo. »Darum geht es doch gar nicht.«

Riccardo ignorierte sie. »Wisst ihr zufällig, ob Nannina sich regelmäßig mit jemandem traf. Hatte sie einen Liebhaber?«

Sie schüttelten traurig die Köpfe. »Wir kannten sie nicht so gut, als dass wir uns da sicher sein könnten«, entgegnete Filippino. »Du, Gianna?«

»Bedaure«, erwiderte sie.

Riccardo seufzte. »Trotzdem danke. Deine Information hilft uns weiter, Nardo.«

»Aber was machen wir jetzt?«, fragte der Lehrling. »Was meint Ihr, Meister Sandro?«

»Wir wenden uns dem Nächstliegenden zu und arbeiten weiter«, erwiderte dieser. »Wir werden für Gianna eine Girlande flechten.«

Das war Miras Aufgabe. Als sie aufstand, fiel ihr mit Schrecken ein, dass Nannina nicht älter gewesen war als sie selbst. Wie hilflos sie doch dem Tod gegenüberstanden, wie unvermittelt er sie einholen konnte. Nichts war mehr wie zuvor.

Passend zu ihren Gedanken ließen ihre Pflanzen die Köpfe hängen. Botticelli schickte Nardo nach Wasser und Gefäßen. Mira tauchte die Stiele ein, so dass sich hellblaues Vergissmeinnicht, roter Mohn und gelber Hahnenfuß erholen konnten und die Werkstatt in ihre satten Farben tauchten.

Gianna, die noch immer um ihre Fassung rang, richtete sich zu ihrer beachtlichen Größe auf. »Wollt ihr mir wirklich allerlei Grünzeug um den Hals hängen?«

Mira drückte ihre Hand. »Du wirst eine wunderschöne Göttin des Frühlings sein, Gianna.«

»Glaubst du?« Entschlossen wischte sich Gianna die Tränen aus dem Gesicht.

»Aber ja. Ich mache dir eine Girlande, an der sich die Welt noch in hundert Jahren erfreut. Und in deinen Händen wirst du einen Korb voller Rosen tragen, die du auf den Weg vor deinen Füßen streust.« Mit geschickten Fingern begann Mira, aus Tausendschön, Nieswurz,

Mohn, Hahnenfuß, Vergissmeinnicht, Erdbeerblüten und Veilchen eine lange Halskette zu flechten. Die Blüten dufteten zart, bis auf die Maiglöckchen, deren aufdringliche Süße ihr den Atem nahm. »Es wird bunt, aber so sehen unsere Wiesen im Frühjahr nun einmal aus. Ist es recht so, Meister Sandro?«

Der Künstler saß halb auf dem Tisch, die Hände abwartend im Schoß gefaltet. »Ich überlasse das vollkommen Euch, Semiramide.«

Die Mitarbeiter beobachteten sie jetzt alle. Selbst Riccardo trat heran und sah zu, wie Mira die Girlande um Giannas Hals legte. Durch das Geschmeide aus Blumen wirkte die junge Frau noch königlicher als ohnehin schon.

»Wie schön«, bemerkte er anerkennend.

Seine Worte zauberten ein Lächeln auf Giannas Lippen. Sie berührte eine zarte Maiglöckchenblüte. »Welche verborgene Bedeutung verbirgt sich hinter diesem süßen Duft?«, fragte sie, während Botticellis den ersten Eindruck auf Papier einfing.

»Das Maiglöckchen steht für absolute Reinheit, Integrität und Glück«, erklärte Mira.

»Und das Vergissmeinnicht?« Ein trauriges Lächeln glitt über Giannas Lippen.

»Wie sein Name sagt, steht es für Erinnerung.«

Betroffen schwiegen sie einen Moment. Nanninas Name und ihr viel zu kurzes Leben standen im Raum.

»Und der Hahnenfuß?«, wollte Riccardo wissen.

»Der symbolisiert den Tod«, sagte Mira leise.

Riccardo trat einen Schritt zurück. »Leben und Tod also.«

»Der Lauf der Natur aus Werden und Vergehen.« Mira ließ die

Stängel durch ihre Finger gleiten und flocht eine Krone. Während sie sich leise unterhielten, füllte Botticelli Blatt um Blatt.

»Ich bin beides«, sagte Gianna mit einem unergründlichen Lächeln.

»Wie meinst du das?«, fragte Mira.

»Ich bin sowohl die Frühlingsgöttin Flora als auch Proserpina, die das Winterhalbjahr an der Seite von Hades in der Unterwelt verbringt. Das hat mir Poliziano mal erklärt.«

*Leben und Tod.* Mira lief es eiskalt über den Rücken. Das Bild steckte voller Rätsel. Unter jedem Schleier, den sie hoben, verbargen sich weitere Geheimnisse.

»Zu deinen Füßen erblüht die Natur«, sagte sie. »Du bist das Leben selbst, Flora, die Frühlingsgöttin.«

Gianna nahm sich die Girlande ab. »Jede Göttin hat eine dunkle Seite, Mira.« Ihr Lachen klang so glockenhell wie immer. Heiter, unbesorgt, mit der für sie typischen kleinen Prise Ironie. »Aber eins habt Ihr noch nicht bedacht, Meister Sandro.«

Botticelli sah von seinen Studien auf. »Ja?«

»Wer wird Nannina als Modell ersetzen?«, fragte Gianna. »Wie wäre es mit Semiramide?«

Botticelli wandte sich Mira zu. »Gianna hat recht. Ihr habt Euch blendend geschlagen, verehrte Principessa.«

Ein warmes Gefühl breitete sich in Mira aus. »Ich? Ihr wollt, dass ich weiterhin Modell stehe?«

Botticelli nickte. »Eure Thalia harmoniert besonders gut mit unserem Merkur, sogar besser als Nanninas.«

Mira errötete, und Riccardo verdrehte die Augen.

»Würdet Ihr es Euch überlegen, Semiramide?«, fragte Botticelli.

117

Sie schüttelte bedauernd den Kopf. »Das war eine Ausnahme. Enzo würde mir nie gestatten, weiter Modell zu stehen. Reichen Eure Studien nicht aus, um die linke Seite des Bildes zu gestalten?«

»Leider nein.« Botticelli seufzte. »Ein paar Sitzungen nach dem lebenden Vorbild müssen schon noch sein. Und wenn Ihr Enzo di Pierfrancesco einweihen würdet? Vielleicht erlaubt er es Euch ja ganz offiziell.«

»Nein«, sagte Mira traurig. Sie stand ihm zu fern, als dass sie ihn um etwas bitten könnte, mit dem sie die Grenzen der Schicklichkeit überschreiten würde.

# 11.

»Nun wartet doch, verflixt nochmal!«

Riccardo strebte so eilig in Richtung des Spitals Santa Maria Nuova, dass Mira kaum mit ihm Schritt halten konnte. Seine Locken flogen, als er sich zu ihr umwandte. »Was fällt Euch eigentlich ein, Euch an meine Hacken zu heften? Weiß Enzo bereits von Eurem hitzigen Temperament?«

Sie holte ihn ein und beschloss, nicht auf seine letzte Bemerkung einzugehen. »Ihr braucht eine Frau an Eurer Seite, die sich die Tote ansieht.«

»Das erledigt schon Eure Zofe. Wie heißt sie noch gleich?«

»Seraphina.« Mira blieb ihm trotzig auf den Fersen. Es war nicht nur dieser unerklärliche Lebenshunger, der ihr Herz zum Klopfen brachte. Sie wollte unbedingt wissen, was mit Nannina geschehen war.

»Eigentlich schade, dass Ihr nicht weiter Modell stehen wollt«, sagte Riccardo, während er sich unaufhaltsam einen Weg durch die Menschenmenge bahnte. »Mal davon abgesehen, dass Ihr nicht den Blick von mir lassen konntet ...«

Hitze schoss Mira in die Wangen. »Aber bitte! Ich musste Euch laut Botticellis Weisung anstarren.«

Er grinste breit. »Euer Blick sah aber verflixt verträumt aus. Und Ihr habt gar keine schlechte Figur gemacht, als Ihr mir in die Arme gefallen seid.«

Er nahm keinerlei Rücksicht darauf, dass ihr vor Empörung der Mund aufklappte, sondern überquerte schnellen Schrittes den Domplatz. Über dem Dom Santa Maria del Fiore wölbte sich Brunelleschis frei stehende Kuppel gen Himmel wie eine Versuchung Gottes. Die Florentiner Kaufleute hatten den prächtigen Kirchenbau als Wiedergutmachung für ihre Sünden errichten lassen, weil niemand Reichtum erwarb, ohne den Preis dafür zu bezahlen. Mira bezweifelte, dass Gott den Versuch, ihn zu übertreffen, als Beschwichtigung anerkannte, erfüllte er doch alle Voraussetzungen des Hochmuts. Besser, sie zerbrach sich darüber nicht ausgerechnet jetzt den Kopf. Ein Schwarm Tauben flog rauschend auf, als sie Riccardo eilig folgte. »Jetzt rennt mir doch nicht davon, Madre Mia!«

Er drehte sich feixend um.

»Was würde Eure Priorin sagen, wenn sie Euch fluchen hört? Und Enzo? Außerdem ... solltet Ihr nicht schon längst zu Hause sein?«

»Das hier ist wichtiger«, sagte sie störrisch.

»Wenn Ihr meint.« Er wartete auf sie und blieb ab jetzt an ihrer Seite.

Sie war ein wenig außer Atem. »Warum vertraut Euch Lorenzo de Medici diese Untersuchung an?«

»Keine Ahnung.«

»Aber ich habe eine Idee.«

Riccardo grinste. »Wann hättet Ihr keine?«

Mira beschloss, diese Bemerkung zu überhören. »Weil er sich auf

Eure Treue verlassen kann. Nichts schätzt Lorenzo mehr, als dass man ihm unbegrenzte Loyalität entgegenbringt.«

»Er hat das Gegenteil erlebt«, merkte Riccardo an. »Verrat, Verschwörungen und Anschläge auf sein Leben, die ihm den Glauben an die Menschen geraubt haben.«

Wer wüsste das besser als Mira.

Vom Domplatz aus war es nicht mehr weit bis zum Spital Santa Maria Nuova. Es war das Größte unter vielen ähnlichen Einrichtungen in Florenz, die sich der Kranken- und Armenpflege widmeten.

Sie traten ein und durchquerten einige hallende Gänge, von denen Krankensäle abzweigten. Mira wusste, dass hier auch besitzlose Florentiner gepflegt wurden. Immer zwei Patienten mussten sich ein Bett teilen. Sorgfältig vermied sie den Blick in die Räume. Kranke und ihre Bedürfnisse waren ihr nicht geheuer. Und als ihnen ein paar Pflegerinnen mit Turbanen auf dem Kopf und Spucknäpfen in den Händen entgegenkamen, wich sie ihren Blicken aus.

Vor einer Tür am Ende eines weiteren Ganges erwarteten sie zwei Gardisten und ein Arzt in langem Talar mit einem wirren grauen Haarschopf, vor dem sich Riccardo überraschend ehrerbietig verbeugte. »Dottore Tommasini. Es ist mir eine Ehre, dass Ihr Euch selbst um diese Sache kümmert.«

Tommasini? Mira wusste, dass diese Familie ein erfolgreiches flämisch-florentinisches Handelshaus führte.

»Riccardo. So sieht man sich wieder, mein Junge.« Der Arzt umfasste Riccardos muskulösen Arm und drückte seinen Ellenbogen. Fast hätte Mira den Ausdruck in seinen Augen für Stolz gehalten. Aber weshalb sollte ein Doktor aus dem Spital Santa Maria Nuova dem jüngsten Spross der Familie Vespucci Interesse oder gar Wertschätzung entgegenbringen?

»Wie ich sehe, hast du dich zu einem geachteten Mitglied von Lorenzos Garde gemausert.« Tommasini wandte Mira den Blick zu. »Und wen hast du mir da mitgebracht?«

»Mein Name ist Semiramide d'Appiano. Ich bin Enzo di Pierfrancescos Verlobte.« Besser, sie stellte sich selbst vor, bevor Riccardo wieder in das dickste aller Fettnäpfchen treten konnte.

»Es ist mir ein Vergnügen, Principessa.« Der Arzt verbeugte sich und öffnete die Tür. Ein Operationssaal, stellte Mira mit Schaudern fest. Innen war es kühl und geräumig. Blitzsaubere Fliesen aus Terrakotta bedeckten den Boden. Die Wände waren weiß gekalkt.

Nannina lag auf einer Bahre. Sie trug ein langes Leinenhemd, ihre blonden Haare waren zu Zöpfen geflochten, die Hände um ein silbernes Kreuz gefaltet. Sie sah aus, als würde sie schlafen. Obwohl Mira sie nicht gekannt hatte, erschrak sie vor der Endgültigkeit des Todes. Nie wieder würde Nannina barfuß über eine Frühlingswiese laufen, sich nie wieder verlieben, niemals mehr für Botticelli Modell stehen.

Miras Herz wurde schwer, als sie die Würgemale an ihrem Hals und die blauroten Streifen bemerkte, die sich in die zarte Haut ihrer Handgelenke fraßen. Hatte man sie gefesselt und dann erdrosselt?

»Wer hat ihr das angetan und warum?« Ihre Stimme klang schrill angesichts des Todes.

»Um das herauszufinden, sind wir da«, sagte Riccardo kurz angebunden.

Schweigen setzte ein, das Mira nutzte, um sich zu bekreuzigen. Nannina brauchte Gottes Segen mehr als alle anderen, und sie, Mira d'Appiano, würde alles dafür tun, damit ihr Mörder gefasst wurde.

In diesem Moment öffnete sich die Tür für Seraphina. Sie trug ihr bestes schwarzes Witwengewand, grüßte die Anwesenden mit einem Nicken und zog bei Miras Anblick die Augenbrauen hoch. »Buona sera, Principessa.«

»Ihr seid die Hebamme?«, fragte der Arzt.

Seraphina nickte. »Ficino schickt mich.«

Dottore Tommasini trat beiseite. »Eure Mitwirkung ist etwas unorthodox, aber warum nicht.«

»Unorthodox also?« Seraphina verschränkte kampflustig ihre Arme vor der Brust. »Nur eine Frau meines Berufsstands ist in der Lage, herauszufinden, ob dem armen Mädchen Gewalt angetan wurde. Das dürfte wichtig für Eure Ermittlungen sein.« Nach diesen Worten scheuchte sie alle Männer vor die Tür. Nur Mira durfte bleiben.

»Was tut Ihr hier?«, zischte Seraphina, als sie allein waren.

»Ich will wissen, was geschehen ist.« Sie wandte den Blick ab, als Seraphina Nanninas Unterleib aufdeckte.

»Für Eure ausgeprägte Neugier seid Ihr bemerkenswert feige«, schnaubte Seraphina. »Aber wenn Ihr schon mal da seid, könntet Ihr das Hemd hochhalten.«

Mira gehorchte und sah inständig zur Decke, als Seraphina Nanninas Knie anwinkelte und die Hand zwischen ihren Beinen verschwinden ließ. Schließlich tauchte sie mit hochrotem Gesicht wieder auf, bedeckte die Blöße der Toten und hieß Mira, die Männer hereinzurufen, die sich rund um die Bahre versammelten. Riccardo war sehr blass.

»Nannina war unberührt«, erläuterte Seraphina. »Der Mörder hat sich zumindest nicht an ihr vergangen.«

»Aber was für ein Monstrum tut so etwas?« Mira deutete auf die Würgemale an Nanninas Hals und die Fesselspuren an ihren Handgelenken.

»Und dieses Monstrum läuft frei in Florenz herum und kann sich jederzeit an einer anderen jungen Frau vergreifen«, setzte der Arzt hinzu.

Nach getaner Arbeit schickte Riccardo die beiden Gardisten zum Palazzo Medici. Mira, Riccardo, Seraphina und der Chirurg Tommasini traten auf den kleinen Platz hinaus, der das Spital begrenzte. Mira holte tief Luft. Selbst der Gassenodem von Florenz war besser als die abgestandene Luft in dem Operationssaal.

»Dass sie nicht vergewaltigt wurde, macht unsere Arbeit nicht leichter«, sagte Riccardo nachdenklich. »Der Mord muss aus einem anderen Grund geschehen sein. Wem ist sie zu nahegekommen?«

»Jemandem, der auch Lorenzo de Medici in Unruhe versetzt«, stellte der Arzt scharfsinnig fest.

»Wenn der sich für alle Morde interessieren würde, die in Florenz geschehen, hätte er viel zu tun.« Seraphina wandte sich an Mira. »Gehen wir heim. Der Koch hat Schmorfleisch angesetzt.«

Mira wollte der Zofe gerade folgen, als aus der Gasse gegenüber ein halbwüchsiger Junge hervorschoss und ein Messer zog. Damit schnitt er ihr blitzschnell den Beutel vom Gürtel, in dem sie ihre spärliche Barschaft aufbewahrte, und versetzte ihr einen Stoß, der sie taumeln und mit den Knien voran im Gassendreck landen ließ. Der Dieb rannte davon, bevor sie auch nur schreien konnte, und ebenso flink setzte Riccardo ihm nach.

Mira sah ihm verdutzt hinterher.

»Was war das denn?«, fragte Seraphina.

»Ein kleiner Straßendieb, wie es sie in Florenz zu Dutzenden gibt.« Der Arzt half Mira auf die Füße, und Seraphina klopfte ihr den Staub vom Rock. »Riccardo ist schnell. Aber der kleine Teufel entkommt ihm sicher. Das gelingt diesem Gesindel immer.«

»Warten wir es ab«, erwiderte Dottore Tommasini gelassen. »Vespucci kennt in Florenz jeden Schlupfwinkel. Auch wenn er sich offiziell nicht an alle erinnert.«

Schon tauchte Riccardo wieder auf. Er schob den Dieb am Kragen seines zerschlissenen Hemdes vor sich her, der mit aller Kraft zappelte und strampelte. Die Angst in seinen Augen glich der eines wilden Tieres, was kein Wunder war, denn der Gardist bugsierte ihn vorwärts, indem er ihm in die Kniekehlen trat.

»Nein!«, rief Mira, doch er hörte nicht auf sie. So zornig hatte sie ihn noch nie erlebt.

»Porca miseria!«, donnerte er. »Was soll das, eine Dame zu bestehlen?« Der Junge starrte verstockt zu Boden.

»Los, gib es ihr zurück!« Ein weiterer Tritt ließ ihn stolpern. Mit zusammengepressten Lippen zog er Miras Beutel aus seiner Hosentasche und warf ihn auf den Boden. Einige Münzen rutschten heraus und rollten in den Rinnstein. Sie bückte sich und sammelte ein, was zu retten war.

»Was sollte das, verdammt nochmal?« Riccardo schüttelte den Dieb wie ein nasses Kaninchen, woraufhin dieser etwas Unverständliches nuschelte.

»Lauter!«, rief Riccardo.

»Das ist halt mein Beruf«, sagte der kleine Dieb.

»Wirklich?«, fragte Riccardo. »Bravo. Ich hoffe, du weißt, was mit Dieben geschieht?«

Der Junge schauderte. Er hatte dunkle Locken, Augen so schwarz wie Obsidian und musste ungefähr zehn Jahre alt sein. Außerdem starrte er vor Schmutz und war zum Gotterbarmen mager.

»Lasst ihn los!«, befahl Mira.

Riccardo aber dachte gar nicht daran, sondern drehte ihm den Arm auf den Rücken. »Ich werde dich der Stadtwache übergeben, damit sie dich in den Kerker wirft.«

Der Junge zuckte zusammen, als ihm aufging, was ihm blühte. Das Gefängnis Le Stinche war ein Ort, an dem auch Erwachsene grundlos ihr Leben ließen. Der Henker kannte kein Erbarmen.

»Nein«, widersprach Mira.

Riccardo drehte sich um. »Was?«

»Er ist ein Kind.«

»Aber nicht mehr lange. Aus solchen wie ihm werden Räuber und Halsabschneider. Denkt an das, was Nannina zugestoßen ist, Principessa.«

»Trotzdem«, beharrte sie. »Tut es für mich. Außerdem habe ich ja meine Münzen wieder.«

Riccardo presste die Lippen zusammen. Klar, dass er nicht auf ihre Bitte eingehen würde, wo er doch heute zum obersten Verbrecherjäger von Florenz befördert worden war. Sie seufzte resigniert. Aber sie bekam Hilfe von unerwarteter Seite.

»Du solltest Gnade vor Recht walten lassen, Riccardo«, mischte sich Dottore Tommasini ein. »Der Junge ist harmlos, und sein Schicksal liegt nicht in Lorenzo de Medicis Ermessen. Außerdem weißt du doch wie kein Zweiter ...«

Riccardos Augen flackerten blau, und sein Gesicht war so blass wie die gekalkten Wände des Spitals geworden. Mit einem Fluch auf den Lippen ließ er den Dieb frei, der Hals über Kopf davonrannte und mit den Schatten verschmolz. Mira holte tief Luft.

»Das war die richtige Entscheidung«, sagte der Arzt in Riccardos Richtung. Aber der hatte sich so schnell davongemacht, dass man nur noch seinen Rücken sah.

»Was habt Ihr damit gemeint, als Ihr sagtet, Riccardo wüsste etwas wie kein zweiter?«, fragte Mira.

»Es tut mir leid, aber das geht nur Riccardo Vespucci und mich etwas an.« Der Arzt verbeugte sich mit ausgesuchter Höflichkeit und verschwand im Innern des Spitals.

»Lasst uns nach Hause gehen«, sagte Seraphina müde. »Auch wenn Euer Blick sich kaum von Eurem hübschen Gardisten lösen wollte.«

»Er ist nicht mein Gardist.« Mira schüttelte den Kopf.

Seraphina schnaubte. »Hauptsache, Ihr seid nicht seine Semiramide, sondern Enzos. Ich werde auf Euch aufpassen, Hoheit.«

Oje! Das klang nach einer Kampfansage. Sie gingen nebeneinander durch die Straßen.

»Riccardo sagte, man habe Nannina am Sonntagabend allein in der Stadt gesehen. Was hat sie da wohl gemacht?«, fragte Seraphina.

»Ich weiß es nicht.« Mira war plötzlich zu Tode erschöpft, und ihre Füße taten weh. »Laut Botticellis Lehrling Nardo muss sie aufgebracht durch die Straßen geirrt sein.«

»Mädchen gehören nachts ins Haus zu ihrer Mutter«, sagte Seraphina. »Da sieht man, was passieren kann, wenn sie den Gehorsam verweigern.«

Mira stimmte ihr zögernd zu. Nanninas Tod zeigte, dass man sein Leben schneller verlieren konnte als seine Freiheit.

# 12.

Luigi war eine Pestbeule, an die Orazio sich nicht gewöhnen konnte. Nachdem ihn der Gardist freigelassen hatte, schlug er Haken wie ein Hase, nur um nicht zu seinem Haus an der Mauer zurückkehren zu müssen. Es war nicht ratsam, ohne Beute zu kommen. Den Ring, den Maddalena Orazio zugesteckt hatte, hatte Luigi gern genommen, aber sein Wohlwollen hatte nicht lange angedauert. Unersättlich, wie er war, drang er darauf, dass Orazio sich in andere Palazzi einschleichen und weitere Schätze besorgen sollte, am besten kostbare Geschmeide oder größere Geldbeträge. Orazio stieg in ein paar Häuser ein und klaute, was Luigi sich wünschte. Aber langfristig wollte er sein Schicksal nicht herausfordern und verlegte sich wieder auf Taschendiebstahl. Er hatte großes Glück gehabt, dass Maddalena ihn gehen ließ, genau wie eben, als die junge Dame und der Arzt sich für ihn eingesetzt hatten.

Also brauchte er schnellstens eine Ausrede. Doch als er das windschiefe Haus an der Stadtmauer erreichte, in dem Luigi mit seiner Bande hauste, war ihm noch immer keine eingefallen.

Davor floss ein schmutziger Abwasserkanal, und die Ratte, die darin verschwand, war zum Gotterbarmen mager.

Missmutig stieß Orazio die Tür auf. Kaum war er drinnen, griff einer von Luigis brutalen Helfershelfern nach ihm. Es war der dunkelhaarige Antonio, der ihm immer besonders übel mitspielte. Er zerrte ihn in die Küche und stieß ihn so hart in den Rücken, dass er zu Boden fiel.

Luigi und seine Kumpane lachten, als Orazio sich mühsam aufrappelte. Der Raum wurde nur von den flackernden Flammen des Herdfeuers erhellt. Rauch brannte in Orazios Augen, weil der Schornstein nicht richtig zog. Eine zahnlose Alte rührte im Suppentopf, während Luigi seine Zähne in eine Hühnerkeule schlug und geräuschvoll kaute. Der Duft nach gebratenem Fleisch ließ Orazios Magen knurren, doch er wäre lieber an seinem Hass erstickt, als um etwas zu bitten.

»Steh gerade«, raunte ihm Antonio zu.

Orazio richtete sich auf und wartete. Er wusste, dass er in der Hackordnung ganz unten stand. Wann er zu sprechen hatte, bestimmte Luigi.

Der aß in aller Ruhe fertig und putzte sich die fettigen Finger an seinem Wams ab. »Und? Was hast du mir mitgebracht, Kleiner?«

Orazio errötete unter dem spöttischen Lachen der drei Jungen, die sich auf der Küchenbank herumdrückten.

»Na los, sag schon! Was?«

»Ich habe nichts«, brachte Orazio mühsam hervor.

Luigis Stimme triefte vor Empörung. »Das traust du dich, mir zu sagen? Gehst auf Diebestour und bringst nichts mit?«

Antonio versetzte Orazio einen heftigen Schlag in den Rücken, der ihn erneut taumeln ließ.

»Ich musste die Börse zurück...geben«, keuchte er. »War sowieso ... nicht viel drin.«

Luigis Augen weiteten sich. »Man hat dich erwischt? Aber du hast mich doch wohl nicht verraten?«

»Auf keinen Fall, nein«, beeilte er sich zu sagen. »Ich habe einer jungen Dame den Beutel geklaut, aber ein Gardist ...«

Luigi sprang auf. »Stadtwache, oder was?«

Orazio schluckte. »Einer aus Lorenzo de Medicis Garde. Er hat mich gepackt, aber wieder freigelassen.«

Luigi blieb vor ihm stehen. »Er hat was? Er schnappt dich und lässt dich anschließend nicht in den Kerker werfen?«

Orazio senkte den Kopf. »Die junge Dame hat für mich gebeten und so ein Arzt. Ich glaube, der Arzt hat den Gardisten überzeugt, sonst hätte er mich einbuchten lassen.«

Luigi strich sich über seine stoppeligen Wangen. »Und du bist dir sicher, dass du ihm nicht den Schwanz gelutscht hast dafür?«

Orazio schüttelte entsetzt den Kopf.

»Das ist alles höchst eigenartig und verwerflich«, fuhr Luigi fort. »Du bist ein Sturkopf. Aber es sei dir vergeben, wenn du morgen Nacht in den Palazzo Medici einsteigst.«

Entsetzen packte Orazio. »Ich soll was?«

»Du hast ganz richtig gehört. Du brichst bei Lorenzo ein und raffst an dich, was du tragen kannst. Vielleicht triffst du ja wieder auf den Gardisten und kannst ihm ein zweites Mal den Schwanz lutschen. Auf dein Abendessen wirst du heute allerdings verzichten müssen, Kleiner.«

Das Gelächter der Helfershelfer schallte umso lauter, so dass niemand bemerkte, wie panisch Orazio atmete. Stattdessen wandten sich alle Blicke Luigi zu, der ein Tarotdeck hervorholte. »Lasst uns spielen, Jungs.« Flink mischte er die Karten, fächerte sie auf dem

Tisch auf und hatte Orazio und sein jämmerliches Versagen schon vergessen.

Er ging in die kleine Kammer unter der Treppe, das Loch, in dem er schlief, und zog die Papierstücke mit dem Gedicht Lucrezia de Medicis unter seinem schmutzigen Strohsack hervor. Auch wenn ihm der Magen knurrte, hatte er Maddalena versprochen, ihr die Seiten repariert zurückzubringen. Orazio las stirnrunzelnd. Da stand etwas von Tobias und seinem kleinen Hund, der auf Tobias' Vater zulief. Kopfschüttelnd fragte er sich, wie man seine Zeit mit solchen Nichtigkeiten verschwenden konnte. Aber sei's drum. Er wollte sein Versprechen halten.

Geräuschlos ließ er die Tür hinter sich ins Schloss gleiten. Heute war die letzte Gelegenheit, denn morgen würde er mit an Sicherheit grenzender Wahrscheinlichkeit sterben. Wenn man ihn im Palazzo Medici erwischte, würde der Gardist kein zweites Mal Gnade vor Recht walten lassen. Aber das kümmerte ihn nicht, denn nach Stellas Verschwinden war er so allein, dass sich die Luft, die er atmete, wie Feuer anfühlte.

Orazio rannte zum Fluss. Der Laden seines Großvaters Bartolomeo lag direkt an der Stadtmauer. Er wusste, dass ein junger Buchhändler namens Guglielmo das Haus von der Zunft zugeteilt bekommen hatte.

Hier war es heller als in der Stadt, des Halbmonds wegen, der sich wie eine bleiche Laterne im Fluss spiegelte. Orazio lief von Schatten zu Schatten, bis er vor dem Haus stand, in dem er aufgewachsen war. Unten lagen die Ladenräume mit den gedruckten Büchern und den handgeschriebenen Codices, dahinter eine bescheidene Wohnung. Sein Großvater war fortschrittlich gewesen und hatte geglaubt, dass die neue Technik des Druckens die Welt erobern würde, aber er liebte die handgemalten Schriften über alles. Orazio schluckte vor Sehnsucht nach dem alten Mann, der immer gut zu ihm gewesen war.

Die Fensterläden waren verrammelt, doch dahinter flackerte schwacher Lichtschein. Er hatte das Haus gemieden, seit er auf der Brücke den Tod getroffen hatte. Jetzt jedoch klopfte er an der Tür und wartete, bis eine junge Frau öffnete.

»Ja?«, fragte sie verwundert. Sie hatte dunkle lockige Haare und braune Augen. Ihr Bauch wölbte sich unter ihrem Kleid. »Was willst du?«

»Ich ...« Orazio wusste, dass er mit seinem wilden Haarschopf wie ein Nachtmahr aussah.

Er nahm allen Mut zusammen und hielt ihr die zerrissenen Papiere entgegen. »Das ist kaputt. Könntet Ihr es kleben, vielleicht auf eine Unterlage mit etwas Buchbinderleim? Es tut den Mädchen auch leid, dass sie es zerrissen haben.«

Sie nahm die Fragmente stirnrunzelnd entgegen. »Aber das ist doch ... ein Gedicht. Guglielmo?«

Ein hochgewachsener junger Mann mit braunem Bart trat aus dem Innern des Hauses. »Was ist denn los, Fiammetta?«

Die junge Frau lächelte. »Schau mal, was der Junge uns bringt. Hat das nicht Lucrezia de Medici geschrieben? Und der Kleine weiß sogar, wie man es kleben kann.«

Guglielmo betrachtete Orazio nachdenklich. »Bist du nicht Bartolomeos Enkel?«

»Kann sein.«

»Du bist seit Jahren Waise und lebst elend auf der Straße?«

Röte kroch in Orazios Wangen wegen dieser Peinlichkeit.

»Mein Gott. Aber weißt du nicht, dass die Zunft für dich auf-
kommt – davon abgesehen, dass es unsere Christenpflicht ist, dir zu
helfen? Wir haben uns schon gefragt, wo du steckst.«

Orazio blieb vor Verwunderung der Mund offen stehen. Er hatte
nicht gewusst, dass es Leute gab, die sich um ihn Sorgen machten.
»Ich ...«

Vielleicht wäre Orazio in Sicherheit gewesen, wenn in diesem Moment nicht das Unheil in Gestalt von Luigi und seinen Spießgesellen
über ihn hereingebrochen wäre. Sein Peiniger stand in seinem kostbaren Wams hinter ihm und schüttelte heuchlerisch den Kopf.

»Buona notte, Signore.« Er verbeugte sich galant und lächelte
schief. »Da bist du ja, du kleiner Teufel! Ihr müsst wissen, verehrter Buchhändler, mein Lehrjunge läuft immer davon, unzuverlässiges
Bürschchen, das er ist.«

»Welchen Berufstand vertretet Ihr denn?« Guglielmo schien
misstrauisch, wahrscheinlich weil Luigi torkelte und so viel Wein
ausdünstete, dass sich seine schwangere Frau mit bleichem Gesicht
abwandte.

»Ich bin Goldschmied, und der Nichtsnutz ist mein jüngster
Lehrling«, log Luigi dreist.

»Aber das Schicksal des Jungen ist Angelegenheit meiner Zunft«,
wandte Guglielmo ein. »Sein Großvater ist mein Vorgänger in diesem Laden.«

Luigi schnaubte. »O nein, der Junge hat eine Lehre bei mir, Luigi
Torrini, begonnen, und er hat seine Pflicht zu tun. Ich nehme ihn
mit, denn mir allein obliegt es, ihn zu züchtigen.«

Die Ohrfeige klatschte so überraschend in Orazios Gesicht, dass
sein Kopf zur Seite flog. Seine Wange brannte. »So macht man das

mit jungen Taugenichtsen, Messer Buchhändler. Buona notte, Signora.«

Während Luigi Orazio am Arm mit sich zog, schloss sich hinter Guglielmo und Fiammetta die Tür. Orazios Herz sank wie ein Stein auf den Grund des Flusses.

»Was bildest du dir eigentlich ein?«, zischte Luigi. »Ich reiß mir den Arsch auf für dich, und du stiehlst dich mitten in der Nacht davon, um – ja, was wolltest du überhaupt hier?«

»Nichts.« Orazios Wange brannte noch immer. Aber Torrini? Luigis Familienname spukte ihm aus irgendeinem Grund im Kopf herum. Wenn jener ihm nur nicht so wehtun würde. Seine Gedanken flogen durcheinander wie ein Schwarm Wespen.

Luigi seufzte, als hätte die Ohrfeige einem höheren Zweck gedient. »Wenn wir dir nicht gefolgt wären, hätten sich meine Aussichten auf einen schönen Raubzug bei den Medici in Luft aufgelöst. Dazu brauche ich deine geschickten kleinen Langfinger und deine gottverdammte Dreistigkeit. Und ja, du kriegst auch was zu essen, wenn wir wieder zurück sind, selbst wenn du es beileibe nicht verdient hast. Aber ich bin ja kein Unmensch.«

Er legte Orazio den Arm um die Schultern, der unter der Berührung zusammenzuckte. Mit dieser Mischung aus Zuckerbrot und Peitsche machte sich Luigi seine Leute gefügig. Orazio gab auf, sich zu wehren, und ließ sich vorwärtsziehen.

Der kleine Triumphzug hielt auf den Domplatz zu, als Orazio den Engel in einem Hauseingang stehen sah. Der Tod hatte in den Gassen sein Unwesen getrieben, klar. Aber noch mehr übernatürliche Wesen in Florenz?

Aber nein, als Orazio aufblickte, stand da ein blonder Halbwüchsiger, überirdisch schön zwar, aber zweifellos ein Mensch. Er legte verschwörerisch den Finger auf die Lippen und winkte ihn zu sich heran. Orazio begriff. Wenn er Luigi entkommen wollte, bot sich ihm hier die Gelegenheit. Er durfte keinen Fehler machen, mahnte sich zu Klugheit und Besonnenheit, was nicht einfach war, wenn einem das Herz bis zum Hals schlug.

Orazio duckte sich, so dass Luigi den Griff um seine Schultern lockern musste. Dann löste er sich mit einem Sprung und rannte auf den fremden Jungen zu, der sich geschmeidig in Bewegung setzte, während Luigi vor Zorn aufschrie und seine Gefolgsleute anwies, ihnen nachzusetzen.

Der fremde Junge lief leichtfüßig voran, als sei das alles nichts als ein großer Spaß, und Orazio folgte ihm, bis er das Blut in seinen Ohren singen hörte und die Fassaden der Häuser zu einem Meer aus Schatten verschwammen.

Orazio kannte sich gut aus in Florenz, aber der fremde Junge hatte noch weit mehr Finten drauf. Und er war schnell. Gemeinsam rasten sie in Eingänge und Höfe, setzten über Zäune und Mauern hinweg, schreckten ein gackerndes Hühnervolk auf, das panisch auseinanderstob, und liefen finstere Nebenstraßen hinab, bis die Schreie ihrer Verfolger in ihrem Rücken verklangen.

Schließlich landeten sie unter einem Brückenbogen am Fluss und rangen beide nach Luft. Orazio sah, dass der fremde Junge einen Kopf größer war als er und feine Kleidung trug.

»Die haben wir abgehängt«, sagte er. »Wir müssen nur noch abwarten, bis diese Cretinos endgültig klein beigeben, dann gehen wir heim.«

Orazio wunderte sich. »Bist du vielleicht doch ein Engel?«

»Ich? Wohl kaum.« Der Junge sah ihn aus blauen Augen an und lachte so unbändig, dass er sich mit den Fäusten auf die Schenkel schlug. »Nein, ganz und gar nicht. Eher das Gegenteil.« Er wischte sich ein paar Tränen aus den Augenwinkeln. »Man nennt mich Cupido.«

Orazio staunte mit offenem Mund. Er kannte Cupido aus den Geschichten seines Großvaters. Er war der Sohn der Göttin Venus und beschoss die Leute mit Pfeilen, so dass sie unweigerlich der Liebe verfielen. »Und wohin bringst du mich?«

Der Junge verdrehte die Augen. »Zu Venus natürlich, wohin sonst? Sie wartet auf dich.«

# 13.

Es war ein heißer Sonntag im Frühsommer, doch die Mauern der Kirche Santa Maria Novella sorgten für eine angenehme Kühle. Mira stand neben ihrem Verlobten und lauschte der Predigt Fra Giovannis, der seinen Zuhörern ewiges Höllenfeuer verhieß, wenn sie ihrem sündigen Treiben nicht schleunigst entsagten. Das Leben war für die meisten Leute schwer genug, musste man ihnen noch zusätzlich Angst machen? Sie hob ihre Augen zum Lettner, wo der Dominikaner mit seinem weißen Gewand und dem schwarzen Mantel die Hände rang, aber sie konnte sich immer weniger auf seine Worte konzentrieren. Dafür war ihr Traum zu gegenwärtig.

Heute war sie zum ersten Mal seit langer Zeit wieder mit seinem Namen auf den Lippen aufgewacht. Giuliano. Er schmeckte nach Sehnsucht, Blut und Schmerz, und sein Klang war kein bisschen verblasst, als sie ihre Augen öffnete und ins helle Morgenlicht blinzelte.

Im Traum war sie in der Villa Careggi gewesen, an jenem sonnigen Nachmittag, an dem sie zum ersten Mal mit ihm gesprochen hatte. Sie hatte lesend auf einer Bank im Laubengang gesessen, als er auf sie zutrat. Er hatte breite Schultern und kräftige Schenkel, vielleicht vom Reiten, und seine dunklen Augen sahen sie nachdenklich an. Der Rosenbusch hinter ihr duftete nach seinen reinweißen Blüten.

»Du bist das Mädchen, das für meine Mutter Ovids *Metamorphosen* aus dem Stehgreif übersetzt?«

Mira hob die Augen. »Woher wisst Ihr das?«

»Ich habe euch belauscht. Ich konnte nicht anders, es war zu faszinierend.«

Gestern hatte sie in fröhlicher Runde mit Lucrezia, deren Schwiegermutter Contessina und Lorenzos junger Frau Clarice die Texte Ovids gelesen und einige Szenen nachgespielt. Es hatte ihnen großen Spaß gemacht, sich in Apollo und Daphne zu verwandeln und durchs Gebüsch zu huschen. Aber wirklich würdevoll war es nicht gewesen.

»Du bist begabt, eine kleine Gelehrte, wie ich gehört habe.«

Sie konnte es kaum fassen, aber Giuliano, der Schwarm der holden Weiblichkeit von Florenz, ließ sich auf die Bank neben sie fallen.

»Ich gebe mir Mühe.«

Wie sehr er sich doch von seinem Bruder unterschied. Er war größer und attraktiver, und das nicht nur, weil er keine platte Nase hatte. Giuliano wirkte, als würde ihn niemals auch nur die kleinste Sorge niederdrücken. Er war ein strahlender Held, der sich in Waffenkünsten übte und mit vielen jungen Damen flirtete – allen voran mit Miras Verwandter, der schönen Simonetta. Obwohl sie Marco Vespucci versprochen war, hatte Giuliano ihr seine platonische Liebe geweiht.

Er streckte seine langen Beine von sich. »So gut wie du möchte ich auch Lateinisch können.«

»Aber Ihr könnt doch vieles, wozu ich nicht ansatzweise in der Lage bin«, wisperte sie.

»Was denn?«

Mira klappte ihr Buch zu. Es war eine französische Ausgabe des *Rosenromans*. »Zum Beispiel reitet Ihr wie der Teufel und seid gut im Schwertkampf. Ihr seid ein wahrer Ritter wie Sir Gawain.« Die Artusgeschichten hatte sie auch gelesen, wie alles, was ihr unter die Finger kam.

»Sir ... wer?« Giuliano wandte sich ihr zu und strich ihr eine Locke hinters Ohr. Sie erschauderte unter seiner Berührung.

»Oh, Sir Gawain ist König Artus' bester Ritter und kämpft gegen Drachen. Aber er ging nicht auf die Suche nach dem Gral. Das tat Sir Percival.«

Giuliano lachte hellauf. »Vielleicht sollte ich mich auch auf eine große Reise begeben und den Gral suchen. Dann wäre ich wenigstens raus aus dem Einflussbereich Lorenzos. Aber entschuldige bitte. Ich habe dich gar nicht nach deinem Namen gefragt.«

»Mira d'Appiano. Eigentlich Semiramide.«

Er fuhr sich hastig über die Stirn. »Dann bist du die Tochter jenes Fürsten Jacopo von Piombino, mit dem mein Bruder gern ins Geschäft kommen würde?« Er rückte ein Stück zur Seite. »Entschuldigt, dass ich Euch so plump vertraulich angesprochen habe.«

»Das macht nichts«, beeilte sie sich zu versichern. »Und Ihr dürft gern weiter Du zu mir sagen.«

Guiliano lachte. »Du dann aber auch zu mir. Stell dir vor, kleine Mira: Mein Bruder erwartet, dass ich in den geistlichen Stand eintrete, wenn er pfeift.«

»Wie bitte?« Mira war ehrlich verwundert. Obwohl die meisten Priester sich nicht um Verpflichtungen wie Armut und Keuschheit scherten, erschien ihr Giuliano zu weltlich für eine solche Laufbahn.

»Lorenzo denkt ausschließlich in den Kategorien Macht und Einfluss. Aber ich? Ein Bischof oder gar ein Würdenträger im roten Kardinalsornat?« Giuliano schüttelte lachend den Kopf. »Lorenzo ärgert sich furchtbar, dass der Papst diesen Francesco Salviati zum Erzbischof von Pisa machen will. Aber das liegt nicht in meinen Händen.«

»Aber Euer Bruder wird Euch doch nicht zu etwas zwingen, das Ihr nicht wollt?« Sie wusste genauso, dass Giuliano sich der Politik und den Interessen seiner Familie nicht entziehen konnte. Lorenzo hatte ihn schon auf diplomatische Reisen nach Mailand und Neapel geschickt. Wie es sich wohl anfühlen mochte, immer in allem der Zweite zu sein?

»Wer weiß, vielleicht zieht mein Bruder ja eine Verlobung in Richtung Piombino in Betracht?« Er stand auf, verbeugte sich galant und brach eine weiße Rose für sie, die himmlisch duftete. »Es war schön, mit dir zu plaudern, Kleine.«

Er ging davon. Mira blieb zurück, starrte auf die Vertreterin der Gattung Rosazea in ihrem Schoß und stach sich prompt in den Finger. Jede Rose hatte Dornen. Sie leckte den Blutstropfen ab und sah Giuliano nach. Wie schön er war!

»Semiramide? Seid Ihr etwa eingeschlafen? Der Gottesdienst ist zu Ende.« Sie erschrak unter Enzos Berührung und holte tief Luft.

»Hier drin ist es so stickig«, sagte er. »Lasst uns vor die Tür gehen.«

»Ich danke Euch.«

Enzo war auf unpersönliche Weise freundlich zu ihr, als hätte er sich in etwas gefügt, das er nicht abwenden konnte. Genau wie ich, dachte sie. Es gab Schlimmeres.

Der Vorplatz lag im gleißenden Sonnenlicht und füllte sich nach und nach mit den Kirchgängern, deren kostbare Gewänder aus Samt, Seide und Brokat ihn wie eine Schatzkammer glitzern ließen. Jetzt konnte die Brautschau der guten Familien beginnen. Da wurde aufgefahren, was man hatte, damit die Mütter heiratsfähiger Söhne unter den Bewerberinnen fündig wurden, die man sonst in den Palazzi versteckte. Auch Lucrezia de Medici hatte Lorenzos Ehe mit der vornehmen Römerin Clarice Orsini auf diese Weise eingefädelt. Eine Brautschau musste Mira zum Glück nicht mehr über sich ergehen lassen. Ihr Schicksal würde seinen Lauf nehmen. Warum auch nicht? Enzo war jung und klug. Was wollte sie mehr?

Sie gesellten sich zu ihren Verwandten und Verbündeten, wo Enzo ein Gespräch mit seinem jüngeren Bruder Giovanni begann. Außer ihm lebte in der engeren Familie nur noch seine Großmutter Ginevra Cavalcanti. Nachdem sie die alte Dame freundlich begrüßt hatte, stand Mira für einen Moment allein da, so dass Poliziano sie zur Seite ziehen konnte.

»Die Gesetze der Schicklichkeit scheinen für Euch nicht zu gelten«, flüsterte sie. Rasieren konnte er sich auch mal wieder, dem schwarzen Bartschatten an seinem Kinn nach zu urteilen.

Er zwinkerte ihr zu. »Dreistigkeit siegt. Das nennt sich verfeinerte Lebensart.«

Sie verdrehte die Augen. »Was wollt Ihr von mir?«

»Ist der Mörder der jungen Nannina eigentlich inzwischen gefasst worden?«

»Nicht, dass ich wüsste. Aber ich hatte auch keine Zeit nachzufragen.«

»Halten die Mädchen Euch so in Atem?«

»Sie und die Vorbereitungen für meine Hochzeit.«

»Botticelli hat noch immer keinen Ersatz für Nannina gefunden«, sagte Poliziano. »Und das, obwohl er langsam Ergebnisse abliefern sollte.«

»So eilig ist es nicht mit dem Bild«, erwiderte Mira schnell. »Unser Haus muss sowieso noch renoviert werden. Warum sagt Ihr mir das?«

Poliziano fuhr sich durch sein wirres Haar. »Ihr wart sehr gut, Semiramide. Wenn Ihr Euch bereit erklärt, Nanninas Platz einzunehmen, würde ich Euch zu Botticelli begleiten.«

»Warum sollte ich das?«

Poliziano schnaubte. »Lebendig begraben lassen, könnt Ihr Euch nach Eurer Hochzeit immer noch.«

Mira biss sich auf die Lippe. Poliziano zu vertrauen war ein Risiko. Er war für jede Schandtat zu haben und lachte schallend über die Streiche seiner Zöglinge Piero und Giovanni. In den letzten Wochen hatte sie für Botticelli weitere Vorlagen aus der Pflanzenwelt gezeichnet, seine Werkstatt aber nicht mehr betreten. Doch genau das machte Spaß. Sie würde Gianna treffen und vielleicht sogar Riccardo. »Also gut. Wann holt Ihr mich ab?«

»Wusst' ich es doch!« Poliziano grinste über sein ganzes Gesicht. »Ihr seid abenteuerlustig, meine Liebe. Heute, wann sonst? Carpe diem. Nutzt Euer Leben, denn es könnte viel zu schnell zu Ende sein.«

Als sie am frühen Nachmittag in Botticellis Werkstatt eintrafen, erwartete sie ein großer »Bozzetto«, eine Art Probebild der »Primavera«, auf zwei Staffeleien. Der Entwurf zeigte die Figurenanordnung. Venus thronte leicht erhöht im Zentrum. Sie wurde von wolkenartigen Gebilden umrahmt, die, soweit Mira wusste, Lorbeer- und Orangenbäume darstellen sollten. Sie kannte das Konzept Ficinos, in dem die bekleidete Venus für die irdische Liebe stand, so wie die Unbekleidete die Suche nach Gott und die Vereinigung mit dem Geistigen repräsentierte. In der »Primavera« verkörperte die Göttin Fruchtbarkeit und eheliche Liebe. Über ihrem Kopf schwebte der kleine Cupido und zielte mit seinem Bogen auf die mittlere Grazie, die unverkennbar Miras schlanke Silhouette zeigte. »Himmelherrgottskruzifix.«

Botticelli trat hinter sie. »Ihr habt Euch also erkannt. Es freut mich, dass Ihr wieder Modell für uns stehen werdet, Semiramide.«

»So gewiss ist das nicht.« Schließlich hatte sie Enzo nicht gefragt. Sie sah sich nach Poliziano um, der sich zu Nardo, Maria und Andreoula gesellt hatte und sie zum Lachen brachte. Gianna war ebenso wenig zu sehen wie Riccardo. Mira wusste nicht, was sie mehr enttäuschte.

»Ihr seid sehr zielbewusst, Meister Sandro.« Was wusste sie eigentlich von ihm? Dass er, wie es üblich war, mit seinen Brüdern und ihren Familien im Haus seiner Eltern lebte. Dass er nicht verheiratet war. Dass er mit seinen Fresken in der Kapelle im Vatikan den Papst zum Staunen gebracht hatte und die Florentiner sich seither in die Brust warfen, dass sie ein Genie in ihren Mauern beherbergten.

»Wenn ein Auftrag drängt, muss er fertig werden«, sagte er leise. »Dann lebe ich in der Welt meiner Kunst.«

Mira betrachtete den Bozzetto genauer. Die weibliche Figur im Zentrum sah aus, als würde sie die anderen dirigieren. »Wer ist eigentlich das Vorbild für Eure Venus, Meister Sandro?«

Er lachte leise. »Ihr seid neugierig und scharfsinnig, Semiramide. Aber den Namen meiner Göttin werde ich Euch nicht verraten. Vielleicht hat sie auch keinen.«

»So ist das also ... Aber Meister Sandro, Gianna ist ja gar nicht da.«

Botticelli blickte sich stirnrunzelnd um. »Das ist in der Tat seltsam. Gianna lässt sonst nie eine Sitzung ausfallen. Sie ist eine große Hilfe für mich.«

Schon bei ihrem ersten Besuch war Mira aufgefallen, dass Gianna die Arbeit in der Werkstatt genoss. Anders als im Hause Soderini schätzte man sie hier. Außerdem war sie als Verkörperung des Frühlings die wichtigste Person des Bildes und Botticellis Assistentin. »Sicher muss sie heute ihre Nichten und Neffen hüten. Oder sie erledigt für Gianluca einen Termin in der Stadt.«

»Auch Merkur glänzt durch Abwesenheit«, stellte Botticelli fest. »Er hat sich entschuldigen lassen. Dann müssen wir das eben ohne die beiden schaffen. Ihr Grazien stellt euch bitte zum Reigen auf. Maria und Andreoula, nehmt Semiramide in eure Mitte wie beim letzten Mal.«

Die drei Grazien verflochten ihre Hände. »Das wäre doch gelacht, wenn wir das nicht ohne Gianna hinkriegen würden«, sagte Maria.

Also gut, dachte Mira. Als Darstellung ehelicher Liebe und Fruchtbarkeit funktionierte das Bild hervorragend. Selbst wenn der Westwind Zephyr die Nymphe Chloris mit Gewalt an sich brachte, erhöhte er sie nach der Hochzeit zur Göttin Flora. Nur, dass Mira als Thalia ausgerechnet Merkur anstarren musste, störte sie. Aber das war reine Theorie und verursachte doch gewiss nicht dieses schmerzhafte Flattern in der Herzgegend, das sie beim Gedanken an Riccardo erfasste, oder?

»Euer Hals ist so nackt.« Poliziano trat an sie heran. »Soll ich Enzo sagen, dass er sich Gedanken über ein paar Geschmeide für Euch machen soll? Perlen oder Rubine? Aber wo steckt mein schöner Frühling Gianna?« Er sah sich suchend um.

»Sie hat uns heute im Stich gelassen«, mischte sich Nardo ein.

»Außerdem würde mich interessieren, wie weit Riccardo inzwischen mit seinen Ermittlungen ist.«

»Mich auch«, sagte Mira.

Sie harrten aus, bis Botticelli sie die Pose lösen ließ, hüpften auf und ab und rieben sich erleichtert die Hände, bevor ihnen Poliziano ein Glas Wein eingoss. »Meine Damen.«

Mira trank durstig, obwohl der Wein viel zu warm war. Aber wenn sie an Gianna dachte, hatte sie ein ungutes Gefühl. »Hat jemand eine Idee, wo Gianna sein könnte?«

Maria und Andreoula sahen sich stirnrunzelnd an. »Keine Ahnung.«

»Das ist seltsam«, erwiderte Mira.

»Hast du sie in letzter Zeit gesehen, Oula?«, fragte Maria.

Die Jüngere zuckte mit den Schultern. »Wenn ich es recht bedenke, nein.«

»Man sollte sich erkundigen, wo sie steckt«, sagte Maria.

Es dauerte einen Moment, bis Mira sich ihrer Angst bewusst wurde. Nannina war ermordet worden, und jetzt fehlte von Gianna jede Spur. Plötzlich hatte sie das Gefühl zu ersticken. Sie ging zum Fenster und riss es auf, doch draußen war es noch heißer als drinnen. Sie musste hier raus.

»Aber meine Liebe. Ihr seid ja ganz bleich«, stellte Poliziano fest.

»Ich würde gern gehen. Mir ist nicht gut. Die Hitze …«

Er sah sie besorgt an. »Was bin ich doch für ein Narr, dass ich Euch an diesem heißen Tag in die stickige Werkstatt schleppe.«

Eilig verabschiedeten sie sich von Botticelli und traten auf die Straße hinaus.

Mira atmete tief durch, aber ihr Unwohlsein blieb. »Was, glaubt Ihr, ist mit Gianna geschehen?«

Poliziano nahm ihren Arm. »Eure Freundin ist eine schöne junge Frau. Vielleicht trifft sie sich ja mit ihrem Geliebten, wer weiß?«

»Natürlich.« Warum sollte Gianna nicht ihre Geheimnisse haben? Warum keinen heimlichen Liebhaber?

Mira ließ sich bis zum Palazzo Medici begleiten, verabschiedete Poliziano und wartete hinter der Tür, bis seine Schritte verklungen waren. Dann schob sie sich vorsichtig auf die Via Larga hinaus, zog ihren Schleier tief ins Gesicht und eilte in Richtung des Ponte Vecchio. Niemals hätte Gianna einen Nachmittag in Botticellis Werkstatt gegen ein Stelldichein getauscht.

Mira brauchte Klarheit, und sie musste schnell sein, damit man sie nicht vermisste. Eine anständige Frau ging nicht bei Sonnenuntergang allein auf die Straße, eine hochgeborene schon gar nicht. Also überquerte sie verstohlen die Brücke und huschte durch die Gassen Oltrarnos, in denen es erstickend nach Gesottenem und Gebratenem roch, auf den Palazzo Soderini zu.

Der noble Häuserkomplex lag direkt am Fluss. Vor dem breiten Portal nahm Mira ihren ganzen Mut zusammen und klopfte. Was würden die Bewohner sagen, wenn die Braut Enzo di Pierfrancescos unverhofft vor ihrer Tür stand?

Siedend heiß fiel ihr ein, dass die Familie Soderini fast so vornehm wie die Medici war. Der alte Tommaso Soderini war Lorenzos angeheirateter Onkel. Nun, wenn verwandtschaftliche Beziehungen bestanden, würde man sie zumindest nicht abweisen. Ein Diener in der Livree eines Haushofmeisters öffnete ihr.

»Was wollt Ihr?« Er musterte sie abschätzig. Augenscheinlich erkannte er sie nicht. Wie auch, schließlich trug sie nicht ihren Sonntagsstaat. Ihre Hand wanderte an ihre Haare, die sich so eigensinnig wie immer unter ihrem Kopftuch hervorkringelten.

»Ich heiße Semiramide d'Appiano und würde gern Signorina Gianna sprechen.«

Ihr Name sorgte dafür, dass der Mann sich zumindest verneigte. »Wartet bitte hier, Herrin.«

Er führte sie in ein Empfangszimmer, in dem es überraschend kühl war, ein Wunder in Anbetracht der Hitze. Mira begann, in ihrem verschwitzten Kleid zu frösteln. Sie ließ sich auf einen Scherenstuhl fallen und versuchte, ihr klopfendes Herz zu beruhigen. Was mochten diese Leute von ihr denken, dass sie hier unangemeldet aufschlug?

Sie schluckte mühsam. Ihr Mund war trocken. Zu gern hätte sie um ein Glas Wein gebeten, aber der Haushofmeister blieb verschwunden. Es war still hier. Die Geräusche des Hauses, Kindergeschrei, Tellerklappern, Hundegebell, klangen gedämpft wie unter Wasser.

Als sie gerade wieder gehen wollte, betrat eine Dame den Raum, die ihre grauen Haare unter einem züchtigen Schleier verbarg. Um ihren Hals hing eine Kette mit einem kostbaren Goldkreuz. Mira kannte sie. Die Matrone war Soderinis Gemahlin Catarina, eine Schwester der verstorbenen Lucrezia de Medici. »Prinzessin Semiramide? Was führt Euch her? Und noch dazu ohne Anmeldung und Begleitung.«

»Entschuldigt die Störung, verehrte Signora Soderini.« Mira faltete sittsam die Hände im Schoß.

»Aber nein, meine Liebe. Ich freue mich, Euch kennenzulernen. Schließlich seid Ihr Stadtgespräch, Kind, oder wart es zumindest, als Lorenzo Euch aus dem Kloster holen ließ.«

»Ich unterrichte seine Töchter.«

»Ja, das tut Ihr, wie bemerkenswert für eine junge Edeldame. Auch wenn Euer Benehmen so unkonventionell ist wie Lorenzos Ansinnen. Setzen wir uns doch. Hat Giorgio Euch nichts zu trinken angeboten?«

»Das hat er leider versäumt.«

Die Hausherrin klingelte und ließ Wein servieren, der Mira kühl die Kehle hinunterrann.

»Stärkt Euch, und dann verratet mir bitte, was Euch herführt.«

Mira setzte ihr Glas ab. »Ich würde gern Eure Nichte Gianna sprechen. Sie ist heute nicht zur Modellsitzung in Botticellis Werkstatt erschienen. Der Künstler und ich haben sie sehr vermisst.«

Madonna Soderinis sehnige Finger verkrampften sich um ihr Glas. »Gianna ist mein Kreuz. Es ist empörend, wie das junge Ding seine Pflichten vernachlässigt, um einem Maler zu Diensten zu sein.«

Mira errötete unter der Doppeldeutigkeit dieser Worte. Das hatte Gianna ebenso wenig verdient wie Meister Sandro.

»Aber Gianna ist doch keine Gouvernante«, wagte sie einzuwenden.

Signora Soderini schnaubte. »Das glaubt Ihr, beurteilen zu können, junge Dame? Giannas Lebenszweck besteht darin, ihrer Familie zu dienen. Heute hat sie meine Schwiegertöchter vergeblich warten lassen.«

Dieser alte Drachen! Mira schluckte eine gepfefferte Antwort herunter. Sie verabschiedete sich und rang dabei ebenso um Höflichkeit wie ihre Gastgeberin. Diese verschwand umgehend im Labyrinth des Hauses, und Mira steuerte gerade auf den Ausgang zu, als eine dunkelhaarige junge Frau sie in eine Fensternische zog.

»Psst.« Sie sah sich nach allen Seiten um. »Ich bin Violetta Soderini, Pieros Frau.« Piero war Tommaso Soderinis Erstgeborener und Erbe.

»Semiramide d'Appiano«, stellte sie sich verwundert vor.

»Enzo di Pierfrancescos Braut?« Violetta sah sie mit großen Augen an. »Gianna hat manchmal von Euch erzählt – wie hübsch und klug Ihr seid. Enzo kann sich glücklich schätzen. Aber sagt, wisst Ihr, wo sie steckt?«

Mira seufzte. »Nein, leider nicht. Ich bin gekommen, um Eure Schwiegermutter das Gleiche zu fragen.«

In Violettas dunklen Augen schimmerten Tränen. »Sicher denkt Ihr, ich bin verärgert, weil sie mir als Kindermädchen fehlt. Aber nein. Gianna ist mit ihrem Humor und ihrem Lebensmut mein Lichtblick in diesem Haus. Glaubt mir, ohne sie kriegt man hier keine Luft. Ihr Onkel und ihre Tante schätzen sie nicht genug.«

»Das habe ich mir schon gedacht«, sagte Mira. »Aber wo kann sie sein?«

Violetta blickte sie prüfend an. »Ich hoffte, das könntet Ihr mir sagen. Gianna ist seit fünf Tagen verschwunden.«

# 14.

Der Magnifico stand am Fenster seines Arbeitszimmers und blickte auf die Via Larga hinaus, die in der blauen Abenddämmerung lag. Seine Stadt, dachte Riccardo. Das war Florenz jedenfalls gewesen, bevor die Pazzi seinen Bruder ermordet hatten. Die Verschwörung hatte Lorenzos Vertrauen in die Menschheit erschüttert. Seither setzte er alles daran, das Unheil mit Stumpf und Stiel auszurotten. Aber was, wenn das nicht reichte? Wie fühlte es sich an, wenn einem ein Imperium zwischen den Fingern zerrann? Die Medici-Bank steckte in finanziellen Schwierigkeiten, und ihm blieb nichts anderes übrig, als sich mit Papst Sixtus auszusöhnen. Trotz der Macht, die in Lorenzos Händen lag, wollte Riccardo auf keinen Fall mit ihm tauschen.

Am Tisch saßen auch Enzo di Pierfrancesco und ein Fremder, den Riccardo noch nie gesehen hatte. Riccardo schätzte ihn auf Ende dreißig. Er war groß, kräftig, mit dunklem Bart und aufmerksamen Augen. Ein Lederband fasste sein grau gesträhntes Haar im Nacken zusammen.

»Darf ich Euch Ettore Corleone vorstellen, Riccardo«, begann der Magnifico. »Der Condottiere ist gerade mit einigen seiner Männer in der Stadt. Ettore, Riccardo Vespucci ist der stellvertretende Anführer der Garde.«

Corleone nickte ihm lässig zu. Riccardo grüßte zurück, bevor es ihn kalt durchfuhr. Der Mann war nicht irgendein Spion Lorenzos. Er war der Bluthund, der in seinem Auftrag das Land nach den Mittelsmännern und Mitverschwörern der Pazzi durchkämmt hatte. Corleone strahlte Gefahr aus, und das nicht nur, weil er Lorenzos Vertrauen besaß.

»Ach, Riccardo?« Der Magnifico wandte sich ihm zu. »Gibt es etwas Neues zum Mord an Botticellis Modell? Wie hieß die junge Frau doch gleich?«

»Nannina.« Warum war er sich sicher, dass Lorenzo diesen Namen nicht vergessen hatte?

»Wie stehen Eure Ermittlungen, Vespucci?«

Riccardo strich sich erschöpft über die Stirn. »Ich habe bisher so gut wie nichts zutage gebracht.« Es fiel ihm schwer, das zuzugeben. Wenn er die Leute befragte, schien es, als wollten sie lieber die Erinnerung an Nannina auslöschen, als sich mit ihrem Schicksal in Verbindung zu bringen.

»Dann habt Ihr Euch wohl nicht genug bemüht«, warf Corleone ein.

Lorenzo nickte ruhig. »Ich danke Euch für Eure Offenheit, Riccardo. Wenn man so wie ich von Speichelleckern umgeben ist, weiß man diese heilsame Eigenschaft zu schätzen.«

»Riccardo ist vollkommen zuverlässig«, sprang Enzo für ihn in die Bresche. »Und er hat sein Bestes gegeben.«

Riccardo wusste nicht, wie es ihm gelungen war, Enzos Freundschaft zu erringen. Es machte sein Versagen in der Mordsache nicht wett. Selbst Nardos Aussage, die junge Frau sei am Vorabend ihres Todes durch die Stadt geirrt, half nicht weiter. Sie hatten nicht herausfinden können, wo genau sie gewesen war.

»Warum ist es Euch so wichtig, dass ihr Mörder entlarvt wird?« Riccardo richtete seine Frage an Lorenzo.

Dieser ließ sich schwer auf einen Stuhl fallen und unterdrückte ein Stöhnen. »Antworte bitte du auf diese berechtigte Frage, Enzo. Du weißt die Worte gezielter zu setzen als ich.«

Enzo nahm das Lob mit einem Nicken entgegen. »Nannina war zwar nur die Tochter eines Gerbers, aber wir wollen ihren Tod trotzdem aufklären. Und das nicht nur, weil sie eines der Modelle für mein Bild war.« Er machte eine kurze Pause. »Es ist durchaus möglich, dass sie in etwas hineingeraten ist, das sie nicht überblicken konnte.«

»Ein Komplott? Und warum verratet Ihr mir das erst jetzt?«, fragte Riccardo ungehalten.

»Entschuldige, Riccardo«, sagte Enzo. »Auch für uns fügt sich ein solcher Verdacht erst nach und nach zusammen.« Der aufmerksame Blick, dem er diesem Corleone zuwarf, sprach Bände. Lorenzo hatte seine Spione schon längst auf den Fall angesetzt.

Riccardo kämpfte einen Moment lang um seine Fassung. »Welche Informationen habt Ihr mir vorenthalten?«

»Seht selbst.« Der Magnifico legte ein farbig bemaltes Pergament auf den Tisch.

»Was soll das sein?«

»Vor zwei Tagen hat mich Nanninas Vater aufgesucht und mir dieses Blatt gebracht. Es lag auf dem Boden von Nanninas Aussteuertruhe, unter ihrer Wäsche.«

Riccardo verstand. Nach ihrem Tod hatten Nanninas Eltern keinen Grund mehr, ihre Aussteuer aufzubewahren.

»Was ist damit?« Er zog das Blatt zu sich heran, begutachtete es von hinten und vorne. Es sah kostbar aus mit seiner Bemalung aus bunten Ranken und den feinen Schichten aus Gold. Mühsam entzifferte er einige Worte auf Lateinisch. »Bedaure. Mit Buchmalerei kenne ich mich nicht aus. Und mit Latein schon gar nicht.«

»Das ist auch nicht Eure Aufgabe«, sagte Lorenzo. »Es wäre dienlich, wenn Ihr Euch darauf konzentrieren würdet, wie das Blatt in ihren Besitz geraten sein könnte.«

»Hat sie es möglicherweise gestohlen?«, fragte Riccardo. »Aber warum hätte sie das tun sollen? Das hätte sie nicht nötig gehabt.« Nanninas Familie war gut situiert, und sie selbst hatte immer einen ehrlichen Eindruck auf ihn gemacht.

»Nanninas Vater behauptet, dass sie ein solches Pergament nie besessen hat«, warf Enzo ein. »Außerdem wurde vor einigen Tagen bei ihm eingebrochen. Vielleicht haben die Diebe nach dem Blatt gesucht?«

Riccardo pfiff durch die Zähne.

»Das alles ist höchst mysteriös«, sagte Corleone mit heiserer Stimme. Es war das erste Mal, dass er sich zu Wort meldete. »Ebenso wie dass es sich um ein einzelnes Blatt handelt.«

In diesem Moment klopfte es. Lorenzo hob die Augenbrauen. »Wer stört uns denn jetzt noch? Herein.«

Die Tür sprang auf. Auf der Schwelle stand Mira. Ihr Haar war zerzaust, und auf ihren Wangen brannten rote Flecken. »Ich muss mich entschuldigen, dass ich so unangemeldet hier hereinplatze.«

»Aber nicht doch, liebe Cousine«, entgegnete der Magnifico, während Enzo aufstand und sie in den Raum führte. »Ist alles in Ordnung mit Euch? Ihr seht ein wenig mitgenommen aus.«

»Ja, natürlich«, wiegelte sie ab. »Ich bin nur zu schnell gelaufen. Ich habe ... Euch gesucht. Die Mädchen haben mir gesagt, dass Ihr im Gespräch seid.«

Riccardo ignorierte sein klopfendes Herz. Semiramide war eine Nervensäge, wie sie im Buche stand, und doch erinnerte er sich voller Sehnsucht an die Berührung ihrer Haut. Wenn sein Freund Enzo davon erfuhr, würde er ihm zu Recht das Fell über die Ohren ziehen.

Enzo, der neben ihrer zierlichen Gestalt wie ein langbeiniger Reiher wirkte, führte sie zu einem Stuhl, bevor der Magnifico das Wort an sie richtete. »Ihr kommt gerade richtig, Semiramide. Sagt, habt Ihr im Kloster Berührung mit Buchmalerei gehabt? Wenn ja, könntet Ihr uns mit Eurer Expertise zur Seite stehen.«

Sie holte tief Luft und blickte in die Runde. Und dann wurde sie von einer Sekunde auf die andere totenbleich und schwankte auf ihrem Sitz wie ein Schilfrohr im Wind.

Enzo verhinderte geistesgegenwärtig, dass sie vom Stuhl kippte. »Was ist mit Euch?«

»Nichts. Mir wurde nur ein wenig schwindlig vor Erschöpfung.« Ungefragt goss Riccardo ihr ein Glas Wein ein. Sie trank einen Schluck, rang sichtbar um Fassung. »Vielleicht habe ich zu wenig gegessen.«

»Junge Frauen haben manchmal Probleme mit dem Kreislauf«, sagte der Magnifico nachsichtig. »Wollt Ihr Euch nicht lieber zurückziehen und einen Imbiss servieren lassen, Semiramide?«

»Gleich. Fragt mich, was Ihr zu fragen habt.« Miras braune Augen blickten ihren Verlobten entschlossen an, so dass Enzo nicht umhinkonnte, das Blatt vor sie auf den Tisch zu legen. Sie runzelte die Stirn. »Woher stammt das?«

»Wie Ihr wisst, treten wir bei der Untersuchung von Nanninas Tod auf der Stelle«, erläuterte der Magnifico. »Aber vor einigen Tagen hat ihr Vater dieses Blatt auf dem Boden ihrer Aussteuertruhe gefunden. Außerdem scheint es, als sei bei ihm eingebrochen worden.«

»Ach? Und da wollt Ihr von mir wissen, um was es sich handelt. Nun ...« Sie sah genauer hin. »Es ist in der Tat per Hand auf Pergament geschrieben. Es ist vergilbt, also könnte es schon etwas älter sein. Die Bemalung und die Vergoldung deuten darauf hin, dass der Auftraggeber keine Kosten gescheut hat.«

»Das schließt aus, dass es rechtmäßig in Nanninas Besitz gekommen ist«, folgerte Lorenzo.

»Aus welchem Buch könnte es stammen?«, fragte Enzo begierig.

Mira begann zu lesen. »Der Text stammt aus dem Buch Hiob, Altes Testament.«

»Das sagt mir nichts.« Mit der Bibel war Riccardo noch weniger vertraut als mit den Schriften der Antike.

Mira lächelte. »In dieser Geschichte prüft Gott einen seiner Frömmsten härter, als er es je für möglich gehalten hätte. Hiob verliert alles, was er liebt, obwohl er Gott nie Anlass gegeben hat, an ihm zu zweifeln.«

»Aber was könnte das Blatt mit dem Mord an Nannina zu tun haben?«, fragte Enzo.

»Man wird es auf Geheimschriften und Codes untersuchen müssen«, sagte Corleone.

Mira presste die Lippen zusammen und betrachtete das Blatt genauer. »Ich sehe auf den ersten Blick keine Besonderheiten. Wendet Euch doch an Poliziano. Der ist klug und findig und kann Eure Fragen sicher besser beantworten als ich.«

Kurz darauf löste sich die Runde auf. Riccardo war noch immer ratlos, was das Blatt anging.

Nach dem Gespräch fand er sich plötzlich allein mit Mira im Gang wieder und begleitete sie zu ihren Gemächern. Die weitläufigen Korridore, die sie durchquerten, waren von rußenden Fackeln erhellt.

»Es stimmt nicht, dass ich Enzo gesucht habe«, gab Mira zu. »Ich wollte mit Euch sprechen.«

Er verbannte den hirnrissigen Anflug von Freude, der ihn erfasste, in die hinterste Ecke seines Bewusstseins. Und doch, ihre Nähe war berauschend. Ihr Duft nach Heu und Blumen stieg ihm in die Nase. In einem anderen Leben hätte er sie an die Wand gedrängt und geküsst.

»Gianna ist verschwunden.«

»Was sagt Ihr da?« Der Schreck holte ihn zurück in die Realität. Abgesehen davon, dass er Gianna wegen ihrer Willenskraft und ihrem beißenden Witz schätzte, war es bedenklich, wenn aus Botticellis Umfeld eine weitere junge Frau verschwand. »Seid Ihr Euch da sicher?«

»Ja, verflixt.« Tränen sammelten sich in Miras Augen. »Heute ist sie nicht zu einer Modellsitzung erschienen. Und als ich bei den Soderinis nachgefragt habe, erzählte mir eine der Schwiegertöchter, dass Gianna seit fünf Tagen nicht zu Hause war.«

Sie hatten Miras Gemächer erreicht. Ihre Hand lag schon auf der

Türklinke. »Wir müssen alles tun, damit sie gefunden wird. Denn sonst ...«

Riccardo schwieg nachdenklich. Vielleicht war Mira zu ängstlich und Lorenzo de Medici paranoid. Aber es bestand die Möglichkeit, dass Gianna einem Mörder in die Hände gefallen war, der es auf Botticellis Modelle abgesehen hatte.

Schließlich schüttelte Riccardo vehement den Kopf. »Nicht Ihr, sondern ich muss alles zu tun, um Gianna zu finden. Ihr solltet jetzt in Euer Baldachinbett steigen, Prinzessin, die Vorhänge schließen, damit Euch die Mosquitos nicht auffressen, und zusehen, dass Ihr Euren Schönheitsschlaf bekommt.«

»Auf keinen Fall!« Sie stampfte zornig mit dem Fuß auf.

Er zog die Tür auf. Lucrezias Gemach lag fast im Finstern. »Kann es sein, dass es Euch manchmal an Erziehung fehlt?«

Mira holte Luft, als läge ihr eine gepfefferte Antwort auf der Zunge. Dann aber drehte sie sich auf dem Absatz um und trat ein.

»Ruht Euch aus und überlasst die Suche nach Gianna mir und meinen Leuten.«

»Aber wir müssen mit Botticelli sprechen«, rief sie über ihre Schulter hinweg. »Vielleicht weiß er mehr, als er zugibt, nicht mit Absicht, aber diese Künstler ...«

»Ja, aber nicht Ihr, sondern ich.«

Riccardo warf die Tür hinter sich ins Schloss. Nach ihrem Auftritt konnte er gut nachvollziehen, dass sein Freund sich vor der Ehe fürchtete wie der Teufel vor dem Weihwasser. Enzo war manchmal nicht von dieser Welt, und er focht mit seinem Vetter endlose, zermürbende Kämpfe aus. Vergeblich. Auf Lorenzo konzentrierte sich die ganze Macht. Niemals würde der Magnifico auch nur einen

Schritt zurückweichen, um sie mit Enzo und seinem Bruder Giovanni zu teilen.

Riccardo trat auf die Via Larga hinaus und machte sich auf den Weg zur Werkstatt Botticellis. An seiner Seite spürte er beruhigend sein Schwert. Kaum jemand war noch unterwegs, aber wenn man ihm Böses wollte, würde er sich zu wehren wissen.

Das Haus der Familie Filipepi lag neben seinem Elternhaus, dessen Fenster hell erleuchtet waren, aber Riccardo hatte keine Zeit für einen Besuch. Er betätigte gerade den Löwenklopfer an Botticellis Eingangstür, als er hinter sich hastige Atemzüge hörte.

Er fuhr herum und sah in Mira d'Appianos entschlossene braune Augen. Sie trug ein Tuch über Kopf und Schultern. »Da bin ich.«

»*Ihr!*«, rief er entgeistert. »Was macht Ihr um diese Zeit allein auf der Straße? Ihr seid nicht nur eine Frau, sondern noch dazu eine verflixte Prinzessin!«

»Ich bin doch nicht allein«, sagte sie unbekümmert. »Ihr seid doch da.«

Er stemmte die Hände in seine Seiten. »Vergesst nicht, in Florenz geht ein Mörder um.«

»Unser Leben liegt in Gottes Hand.« Sie schüttelte eigensinnig den Kopf. »Es geht um Gianna. Ich bin eine Frau wie sie, also könnt Ihr nur von meiner Gegenwart profitieren.«

»Auch wenn Ihr damit Euren guten Ruf aufs Spiel setzt?« Und Enzos, fügte er in Gedanken hinzu. Die einzigen weiblichen Wesen, die sich um diese Zeit noch auf der Straße herumtrieben, waren Hebammen, Nonnen, die bei Schwerkranken wachten, und Huren. »Zieht zumindest das Tuch fester um Euer Gesicht.«

»Es ist wirklich wichtig, glaubt mir!«

In diesem Moment öffnete Botticellis Bruder Simone die Tür. Er war schon im Nachthemd. »Riccardo? Was willst du so spät noch? Und ...« Er verbeugte sich hastig, als er Mira erkannte.

»Ich muss dringend mit Sandro sprechen«, sagte Riccardo.

Simone bat sie herein. Die Werkstatt wurde vom flackernden Schein einer Öllampe erhellt. Wie erwartet, arbeitete Botticelli noch. Auf einer Staffelei stand ein kleinformatiges Bild, das zwei Frauen zeigte. Die Jüngere hielt ein gebogenes Schwert in der Hand, die Ältere trug einen Korb mit einem Kopf.

»Makaber«, kommentierte Riccardo.

»Das stellt die Geschichte von Judith und Holofernes dar«, sagte Mira altklug.

Botticelli begrüßte seine späten Gäste verwundert. »Das sieht mir ganz nach einem amtlichen Besuch aus, zumindest von deiner Seite. Und meine zauberhafte Thalia? Was treibt Euch so spätnachts vor die Tür?«

Sie nahmen an seinem großen Tisch Platz.

»Ist Nardo da?«, fragte Riccardo. »Ich muss ihn unbedingt sprechen.«

Botticelli rief den Jungen, der während seiner Lehrzeit unter seinem Dach lebte. Kurz darauf versammelten sie sich um den Tisch, und Botticelli goss ihnen Wein ein. Wenn ihr Besuch ihn beunruhigte, zeigte er es nicht, im Gegensatz zu Nardo, dessen Blick unstet von Riccardo zu Mira und zurück wanderte. Sein Wams war schief geknöpft, und er putzte sich hin und wieder die verschwitzten Hände an seinen Hosen ab. Riccardo war sich sicher, dass er etwas zu verbergen hatte.

»Es geht um den Mord an Nannina.«

Nardo wurde bleich. Riccardo wusste, dass er Botticelli für den blauen Windgott Zephyr Modell gestanden hatte. Jetzt hatte sein Gesicht die passende Farbe. »Ich glaube, dass du uns bei der letzten Befragung nicht die ganze Wahrheit gesagt hast.«

»Doch, natürlich.« Der Junge rang die Hände. »Ich hab dir alles gesagt, was ich …«

»Gianna ist verschwunden«, unterbrach ihn Mira.

»Was sagt Ihr da?« Nardo Augen wurden tellergroß. »Aber wie …?« Klar. Ihm lag etwas an Gianna. Der Junge suchte ihre Gesellschaft. Das hätte Riccardo schon eher auffallen können.

»Es besteht die Möglichkeit, dass beides zusammenhängt«, erklärte Riccardo.

Nardo sackte in sich zusammen. »Ich war an dem Abend, bevor ihr sie gefunden habt – ich meine Nannina – im Gasthaus Sole bei Vittorio.«

»Ach?«, warf Botticelli ein.

Nardo errötete bis über beide Ohren. Vittorios Spelunke hatte den Ruf, ein Treffpunkt für Hehler und Huren zu sein. Wer ins Sole ging, wollte entweder kurzfristige Bande zum anderen Geschlecht knüpfen, Diebesgut verkaufen oder sein letztes Geld beim Glücksspiel riskieren.

»Und weshalb?«, fragte Botticelli.

»Ich setze hin und wieder ein paar Soldi am Kartentisch«, murmelte Nardo.

»Damit ist jetzt Schluss«, bestimmte sein Meister sanft. »Schließlich trage ich die Verantwortung für dich.«

Nardo rang um Fassung. »Als ich kam, sah ich Nannina mit ein paar Männern am Tisch sitzen.«

»Was sagst du da?« Was auch immer Nannina dort gewollt hatte, die Trattoria Sole war kein Ort für ein anständiges Mädchen. Schon gar nicht, wenn sie sich mit fremden Männern traf. Riccardo fragte sich, warum ihre Brüder nicht besser auf sie aufgepasst hatten. »Was hat sie mit ihnen besprochen?«

»Diese Männer ...«, sagte Nardo. »Nannina schien mit ihnen zu feilschen, als hätte sie ihnen etwas zu verkaufen oder einzutauschen.«

»Etwa ein Blatt aus einer kostbar gestalteten Bibel?«, fragte Mira.

»Das weiß ich nicht«, beteuerte Nardo niedergeschlagen. »Und dann ging sie. Mehr habe ich nicht gesehen. Ich schwör's.«

Riccardo blickte ihn nachdenklich an. Wie ein Stein, der in stilles Wasser geworfen wurde, zog das Verbrechen an Nannina immer weitere Kreise. »Wie sahen sie aus, diese Männer? Wie waren sie gekleidet?«

Nardo zuckte mit den Schultern. »Ich kann mich nicht erinnern. Aber was ist mit Gianna?« Seine Augen flackerten.

»Sie ist heute nicht zu ihrer Sitzung erschienen«, sagte Botticelli. »Das hat sie sich zuvor nie erlaubt. Weißt du etwas, Nardo?«

»Nein, wirklich nicht.« Der Junge schüttelte traurig den Kopf.

»Sie war fünf Tage lang nicht zu Hause.« Mira erhob sich. »Umso wichtiger ist es, sie so schnell wie möglich zu finden. Darin stimmt Ihr doch sicher mit mir überein, meine Herren?« Sie ging zu einem Regal, auf dem mehrere Mappen lagen. »Ich möchte Studien von Gianna sehen. Vielleicht gibt uns das einen Hinweis, wo sie sein könnte.«

»Wie Ihr wünscht.« Schulterzuckend suchte Botticelli Zeichnungen zusammen, die die rechte Seite des Bildes zeigten.

Riccardo starrte regungslos darauf. Von rechts griff Zephyr, alias

Nardo, nach der leicht bekleideten Chloris. Andreoula, dachte Riccardo verwundert. Ihre Gestalt wurde von Flora selbst überschnitten, Gianna, die energisch über die vordere Bildkante zu schreiten schien. So also stellte Botticelli die Metamorphose der Nymphe in die reich beschenkte Frühlingsgöttin dar.

»Sie sieht so unbeschwert aus«, sagte Nardo wehmütig. Gianna trug auf der Zeichnung den Blumenschmuck, den Mira für sie geflochten hatte. Auch ihr Kleid war überreichlich verziert.

»Ihr habt meine Ideen eins zu eins umgesetzt«, stellte sie fest.

»Ja, Gianna war damit wunderschön«, erwiderte Botticelli.

»Fällt Euch sonst noch etwas auf, Prinzessin?«, fragte Riccardo.

Mira blinzelte. »Sie schreitet so anmutig und hoffnungsvoll daher, als würde ihr die Welt gehören ... Aber nein!«

»Was ist?«, fragte Riccardo.

Sie schüttelte den Kopf. »Ich frage mich ...? Aber nein. Ich muss mich irren.«

»Sagt schon.«

»Es ist spät, ich bin todmüde und gehöre ins Bett. Deshalb sehe ich wohl Gespenster.« Sie legte ihre schmale Hand vor den Mund und gähnte verstohlen. Dann grinste sie auf diese unglaublich charmante Weise, die Riccardo um den Verstand brachte. »Bringt Ihr mich heim, Riccardo?«

»Natürlich.« Was auch sonst, wenn die Braut seines besten Freundes bei Nacht und Nebel in der Stadt unterwegs war.

Als Botticelli sie zur Tür geleitete, hielt sie vor der Staffelei inne. »Das ist eine bemerkenswerte Darstellung von Judith und ihrer Magd, Meister Sandro.«

»Was ist das für eine Geschichte?«, fragte Riccardo.

»Eure Bildung ist in der Tat unvollständig.« Miras kritischer Blick traf ihn. »Judith war Israelitin. Sie hat ihr Volk von dem feindlichen Heerführer und Tyrannen Holofernes befreit, indem sie einfach in sein Zelt spaziert ist und ihm den Kopf abgeschlagen hat. Hier sehen wir, wie sie und ihre Magd diesen ins Heerlager der Israeliten bringen.«

»Ganz schön gewalttätig«, kommentierte Nardo aus dem Hintergrund, woraufhin ihn Botticelli umgehend ins Bett schickte.

»Die Frau auf der rechten Seite ist also Judith.« Riccardo musste anerkennen, dass Botticelli sie eindrucksvoll umgesetzt hatte. Judith hielt ein gebogenes Schwert in der Hand und sah aus, als könne sie damit umgehen. »Sie wirkt genauso wehrhaft wie Eure Fortitudo.«

Botticelli nickte. »Ich finde es immer wieder beachtlich, wie durchsetzungsfähig Frauen sind, wenn sie etwas erreichen wollen. Sie kämpfen mit allen ihnen zur Verfügung stehenden Mitteln.«

»Warum sollten Frauen den Männern da nachstehen?« Mira hob das Kinn. »Begeht nicht den Fehler, uns zu unterschätzen.«

Riccardo sah noch einmal genau hin. »Man könnte fast sagen, Judith hätte Ähnlichkeit mit Euch.«

»Auf keinen Fall!«, widersprach ihm Mira. »Nein, ich finde, sie hat Ähnlichkeit mit Gianna.«

»Alle meine weiblichen Figuren haben Ähnlichkeit miteinander, wenn dir das noch nicht aufgefallen ist, Riccardo«, sagte Botticelli gönnerhaft. »Sie sind immer ein Abbild der Schönheit.«

Sie legten den Rückweg schweigend zurück, Mira, die leichten Schrittes an Riccardos Seite ging, versteckte sich dabei hinter ihrem dunklen Schleier. Als sie sich am Eingang des Palazzo Medici noch einmal umwandte, nickte er ihr schweigend zu und ließ sie ziehen.

# 15.

Die nächsten Tage verbrachte Mira mit der Suche nach Gianna. Im Palazzo nahm niemand Anstoß daran, auch Enzo nicht, dem ihr Treiben vollkommen egal zu sein schien. Das änderte sich, sobald sie die sicheren Mauern verließ. Obwohl sie nur verhüllt ausging, das Tuch tief ins Gesicht gezogen, hatte sie das Gefühl, beobachtet zu werden. Doch wenn sie sich umsah, war da niemand. Alles war höchst mysteriös. Wer bedrohte die jungen Frauen, die für Botticelli Modell standen? Mira fand keine Antwort und fiel abends todmüde und frustriert ins Bett. Und dann dieser Mann, der in Lorenzos Arbeitszimmer gesessen hatte und einer seiner Spione war. Dieser Corleone. Ihr Körper hatte mit Entsetzen auf ihn reagiert, doch so intensiv sie sich auch zu erinnern versuchte, da war nichts als Schwärze.

Eines Nachts wälzte sie sich stundenlang in ihren verschwitzten Laken, bis der Schlaf sie in die Gefilde ihrer Träume entführte. Sie war dreizehn Jahre alt, und es war Sommer in Careggi. Die Medici hatten zu einem Maskenball geladen. Die Fenster der Villa waren hell erleuchtet. Musik schwebte über den Gärten, in denen die Gäste in ihren Festkleidern paradierten. Voller Stolz trug Mira ihre schwarze

Halbmaske aus Seide und kam sich sehr erwachsen vor. Noch immer war sie unglücklich verliebt in Giuliano. Hin und wieder begegneten sie sich in den Gärten und sprachen über Gott und die Welt. Doch wenn ihre Verlobung je im Raum gestanden hatte, ging es damit nicht voran.

»Du musst wissen, dass Lorenzo im Grunde nicht die Absicht hat, mich zu verheiraten«, erläuterte Giuliano. »Er will die Macht nicht teilen, schon gar nicht mit meinen Kindern.«

Sie verstanden sich gut, aber mehr war da nicht – wie auch, wo sie doch noch ein Kind war?

In ihrem Traum warf er ihr lachend eine Kusshand zu, bevor er in einem Labyrinth aus mannshohen Buchsbaumhecken verschwand. Mira zögerte einen Moment, dann aber folgte sie ihm ins Zwielicht. Sofort verlor sie ihn aus dem Blick, weil sich immer neue Irrwege auftaten. Sie rannte und rannte, bog mal rechts und mal links ab und kam doch immer wieder am Eingang an.

Plötzlich trat ihr Venus entgegen, wunderschön und gnadenlos. »Lass ihn ziehen, Mira! Geh zurück. Alles wird sich finden. Deine Zeit kommt noch.«

»Nein!« Tränen traten in ihre Augen. Sie wollte sich nicht fügen, sondern lief weiter, obwohl sie ahnte, was sie sehen würde.

Im Herzen des Labyrinths lichtete sich die Finsternis. Eine Fontäne prasselte in einen kunstvollen Brunnen aus Stein; ihre Tropfen funkelten im Licht. Giuliano stand unter dem Regenbogen und umarmte eine junge Frau, die seinen Kuss leidenschaftlich erwiderte.

Mira erwachte. Ja, es hatte eine andere gegeben. Ihr Name lautete nicht Simonetta, sondern Fioretta, und sie war die Mutter des kleinen Giulio.

Sie lag wach bis zum Morgengrauen und dachte über alles nach, den Traum, Giannas Verschwinden und Riccardo, der ihr nicht aus dem Kopf ging.

Schließlich stand sie auf, lief auf bloßen Füßen zum Tisch, goss sich ein Glas Wasser ein und trank durstig. Sie war aus vielen Gründen ratlos. Einmal wegen Enzo, der sie ignorierte, dabei näherte sich ihre Hochzeit mit Riesenschritten. Sollte sie versuchen, ihn für sich einzunehmen? Und wenn ja, wie? Von solchen Dingen verstand sie nichts. Resigniert setzte sie sich an den Tisch und arbeitete zuerst bei Kerzenschein und später im ersten Morgenlicht an ihren Pflanzenbildern.

Als der Palazzo zum Leben erwachte, schneite Seraphina herein. »Ihr seid ja schon aufgestanden. Aber Ihr seht mindestens so müde aus, wie ich mich fühle. Nur dass Ihr sicher keine Zwillinge auf die Welt gebracht habt.« Sie stellte ihren Korb ab. »Zwei stramme Buben, zukünftige Bürger von Florenz. Mögen sie so streitlustig werden wie ihre Vorfahren.«

Mira lachte, denn die Florentiner bewahrten diesen Ruf zu Recht. Seraphina lüftete umständlich ihr Mieder. Auf ihrer Stirn glänzten Schweißtropfen, und ihre Haube war verrutscht. »Und Ihr? Was hat Euch den Schlaf geraubt? Ich hoffe kein Liebeshändel! Was würde Enzo dazu sagen?«

Mira schüttelte verlegen den Kopf. »Nein. Es ist zu warm, um zu schlafen, und ich habe so viel nachzudenken.«

Seraphina wischte sich umständlich mit ihrem Ärmel über die Stirn. »Eure Hochzeit, natürlich. Geht die Renovierung des Palazzo voran?«

Am liebsten hätte Mira das nervtötende Projekt vergessen. »Davon bekomme ich wenig mit. Was spricht dagegen, nach der Hochzeit noch ein paar Wochen in getrennten Räumen zu leben?«

Seraphina riss ihre dunklen Augen auf. »Meint Ihr wirklich? Wie wollt Ihr dann die jüngere Medici-Linie erstarken lassen?«

Mira verschluckte sich und musste husten. Seraphina klopfte ihr auf den Rücken und nickte grimmig. »Ihr hofft auf einen Aufschub, weil Euch der Stand der Ehe nicht geheuer ist? Das geht vielen Bräuten so. Und manchem Bräutigam, vor allem, wenn er so jung ist wie Enzo di Pierfrancesco. Was meint Ihr, wie der sich fürchtet. Und leider ist sein Verhältnis zum älteren Lorenzo nicht derart, dass er ihn die Dinge fragen kann, die ein junger Mann wissen sollte.«

Mira errötete bis über beide Ohren. »Was Ihr alles redet. Was meint Ihr?«

»Was wohl, Semiramide? Tut nicht so unschuldig. Da gibt es einschlägige Bordelle, in die erwachsene Männer ihre jüngeren Verwandten mitnehmen, um sie in gewisse Abläufe einzuweihen. Vielleicht sollte ich Riccardo instruieren, wenn der ältere Lorenzo nicht will. Der ist sicher kein Kind von Traurigkeit.«

Mira schnappte nach Luft. Aber wenn das Gespräch schon in diese Richtung ging, würde auch sie Fragen stellen. »Und was kann ich tun? Enzo ist so vergeistigt.«

»Ist er das?« Seraphina holte eine Karaffe mit Süßwein aus dem Nebenzimmer und goss ihnen beiden einen Fingerbreit ein. »Daran ist der gute alte Ficino nicht ganz unschuldig. Er war Enzos Lehrer, und für ihn ist die Liebe reine Theorie. Von wegen Irdischer Venus – die muss überwunden werden, damit es in Richtung Himmel geht. Außer bei der Liebe zwischen Männern, da drückt er ein Auge zu.« Seraphina lachte. »Aber das machen die Leute nicht mit. Woher kämen sonst die kleinen Bälger, die ich dauernd auf die Welt hole? Und die Menschheit muss ja auch weiter bestehen.«

»Vielleicht wäre der geistliche Stand besser für Enzo gewesen«, wisperte Mira. »Wie kann ich …? Nun …«

Es klirrte, als Seraphina ihr Glas abstellte. »Er wird jedoch kein Pfaffe, sondern ein braver Bräutigam. Also macht Enzo den Mund wässrig nach Euch. Hier ein Augenaufschlag, da eine flüchtige Berührung mit einer zarten Hand. Werft ihm Eure feurigen Locken gekonnt ins Gesicht. Nutzt Eure weibliche Tücke.«

»Und wenn ich ihn verletze?«, fragte Mira verwundert. »Ich kann mir nicht vorstellen, dass meine Haare besonders verführerisch wirken, wenn ich sie jemand mit Absicht in die Augen schleudere.«

Seraphina räusperte sich. »Ihr sollt ihn ja nicht gleich auffressen. Oder Ihr nutzt Euer Frühlingsbild. Vielleicht hilft ihm das ja auf die Sprünge, schließlich posieren die Grazien darauf sehr leicht bekleidet.«

»Was denkt Ihr denn von mir?« Bisher wusste Enzo noch nicht einmal, dass sie posierte. Insgeheim fürchtete Mira Botticellis Ansprüche. Was, wenn er forderte, dass sie sich ebenfalls in einem durchsichtigen Gewand zeigte? Für ihn war es Kunst, für sie peinlich und nicht standesgemäß.

»Ich spreche nur aus, worüber Ihr Euch heimlich Gedanken macht. Außerdem wird das Bild bei Euch im Vorzimmer hängen.« Seraphina warf Mira einen listigen Blick zu. »Oder soll ich mich bei Riccardo erkundigen, ob er Euch in Sachen Betörung Unterricht erteilen würde, ganz diskret natürlich?«

»Auf keinen Fall!« Hitze wallte in Mira auf.

Seraphina lachte dröhnend und trank einen weiteren Schluck

Wein. »Genug mit den Peinlichkeiten. Ich lasse Euch jetzt allein, damit Ihr noch eine Mütze Schlaf nachholen könnt, und haue mich ebenfalls aufs Ohr. Die Mädchen müssen heute ohne Euch auskommen. Ich gebe ihnen Bescheid.«

Mira erwachte kurz vor Mittag. Im Zimmer war es heiß und stickig. Seraphina machte sich am Wäscheschrank zu schaffen. »Ihr seid ja wach?«

»Ja, und es geht mir viel besser.« Mira schwang ihre Beine aus dem Bett und tappte zur Waschschüssel. »Gibt es eigentlich bei einer der Medici-Villen ein Labyrinth aus Buchsbaum?«

Seraphina schloss den Schrank. »Nicht, dass ich wüsste. Warum?«

»Ich habe heute Nacht davon geträumt.«

»Ach, wirklich? Vielleicht existiert das Labyrinth ja in Eurem Innern, Semiramide. Es ist wichtig, dass man sein Herz findet, bevor man es verliert. Und vielleicht sollte man darin sogar einmal gründlich auskehren.«

»Meint Ihr?« Mira schöpfte sich kühles Wasser ins Gesicht. Sie streifte ihr Nachthemd ab und wusch sich mit einem feuchten Leintuch am ganzen Körper. »Was Ihr da über Riccardo gesagt habt ...«

»Das habe ich nicht so gemeint.« Seraphina trat heran und legte ihr den Arm um die Schultern. »Ich wollte Euch nur provozieren. Nehmt es mir bitte nicht übel. Aber gebt es zu: Er ist schon ein Hingucker, unser Junge. Aber Ihr seid ebenfalls ein schönes Mädchen.«

»Unser Junge?« Mira ließ sich auf den Rand ihres Himmelbetts fallen, das leicht nachwippte.

»Ja, halb Florenz ist in Nastagio Vespuccis Bastard verliebt. Viele Mädchen und auch ein paar junge Männer. Habt Ihr Polizianos Blicke gesehen? Aber davon scheint er nichts zu merken.« Seraphina half Mira in eins der neuen Hauskleider, ein lavendelblaues mit einem Mieder unter der Brust.

»Und er hat wirklich keine Geliebte?«

»Das bliebe mir nicht verborgen, glaubt mir. Riccardos Flamme wäre Stadtgespräch. Die Schandmäuler würden danach nur so gieren.« Seraphina drückte Mira auf einen Stuhl, löste ihren nachlässig geflochtenen Zopf und bürstete ihr die Haare, bis sie ihr wie ein rotgoldenes Fell über die Schultern fielen. Dann flocht sie die vorderen Strähnen und drehte sie zu Schnecken über ihren Ohren. Mira liebte diese Frisur.

»Gebt zu, er interessiert Euch.«

»Auf keinen Fall«, schnaubte sie. »Vergesst nicht, dass ich verlobt bin. Er ist Enzos Leibwächter und versucht, für den Magnifico den Mord an Nannina aufzuklären. Außerdem überbietet er sich selbst an Unverschämtheit, wenn er mir begegnet.« Sie musste Seraphina ja nicht erzählen, dass sie ihm Grund dafür gab, indem sie nachts allein durch die Stadt geisterte.

Seraphinas warme Hände gruben sich in ihre Schulterblätter. »Wenn aber doch, gebt acht, dass es Euch nicht so ergeht wie Gianna.«

Mira erstarrte, und ihr Herz begann zu klopfen. »Was ist mit Gianna?«

»Warum werdet Ihr denn auf einmal so blass?«

Die Wahrheit musste heraus. Vielleicht war das sogar gut so, weil Seraphina sich diskret umhören könnte. »Sie ist seit ein paar Tagen verschwunden.«

Seraphina zog die Augenbrauen hoch. »Ist sie das? Das musste ja so kommen.«

Spielte sie auf Giannas Lebenswandel an? Rote Lippenfarbe machte sie noch lange nicht zu einer Hure.

»Sie ist möglicherweise in Gefahr«, sagte Mira leise.

Seraphina ließ sich auf einen Stuhl fallen und musterte sie in düsterem Schweigen. »Ihr denkt an Nannina? Verdammt! Warum ist mir das nicht gleich eingefallen?« Sie holte tief Luft. »Kann ich mich auf Euch verlassen, Prinzessin? Was ich Euch erzähle, darf diesen Raum nicht verlassen.«

»Ich will nur verhindern, dass sie einem Mörder zum Opfer fällt«, murmelte Mira. »Lorenzo glaubt, dass etwas vorgeht in Florenz, etwas Gefährliches.«

»Das wäre ja nichts Neues«, brummte Seraphina. »Aber das meine ich nicht. Es geht das Gerücht, dass Gianna sich ein Kind hat anhängen lassen.«

Alles Blut sackte Mira in die Beine. »Aber das ... passt«, wisperte sie. »Es gibt Skizzen für unser Bild, darauf hat sie einen leicht gerundeten Bauch.«

Seraphina ging zum Fenster und riss es auf, so dass die Glocken des Domes in den Raum schallten, aber die Luft war draußen noch heißer als drinnen, also schloss sie das Fenster wieder. »Ach, Botticelli. Diese Maler müssen immer übertreiben. Wenn es stimmt, ist Gianna erst am Anfang. Da sieht man noch nicht so viel.«

»Ja, vielleicht. Womöglich hat er das auch nur dazuerfunden. Schließlich stellt er sie als Personifikation des Frühlings dar, eventuell sogar als Symbol der Fruchtbarkeit.«

»Was ich Euch erzählt habe, ist bisher auch nur ein Gerücht«, sagte Seraphina fest. »Macht Euch nicht zu viele Gedanken.«

»Das werde ich nicht.« Mira stand auf und glättete ihr Kleid. Der

Tag wartete auf sie. »Aber was, wenn es stimmt? Was würde sie in einem solchen Fall tun?«

Seraphina hob abwehrend die Hände. »Austragen kann sie es nicht, außer der Mistkerl, der sie geschwängert hat, heiratet sie. Also wird sie es wohl loswerden wollen.«

Mira setzte sich halb auf den Tisch. »Wo gehen die Mädchen hin, wenn sie ein Problem haben? Versteht mich nicht falsch. Ich will nur verstehen, was geschehen sein könnte.«

»Glaubt Ihr wirklich, dass ich Euch das verraten würde?«, fragte Seraphina ungehalten. »Ich helfe Euch gern, wenn Ihr zum ersten Mal schwanger seid und alles ausbrecht, was Ihr gegessen habt, aber die Adresse einer Engelmacherin? Die entlockt Ihr mir nicht. Niemals!«

Mit diesen Worten verabschiedete Seraphina sich und warf die Tür hinter sich ins Schloss. Mira blieb zurück und dachte nach. Ihre Zofe rechnete sicher nicht mit ihrer Hartnäckigkeit. Sie musste die Wahrheit wissen, und dazu gehörte, wer Gianna geholfen haben könnte.

Zuerst erkundigte sich Mira bei der schwatzhaften Küchenmagd Zita, die ihr oft das Essen brachte. Die verwies sie an Bella, die ein Mädchen kannte, das ein Problem gehabt haben könnte. Von Bella erfuhr Mira, was sie wissen musste. Die Engelmacherin lebte in einer verfallenen Kate an der Stadtmauer. Sie gehörte zum Florenz der Diebe, Huren und Halsabschneider, das man besser ignorierte, weil es unter der heilen Oberfläche brodelte und schwärte wie in einer Eiterbeule.

Mira machte sich keine Illusionen. Sie würde mit der Engelmacherin sprechen müssen, um Giannas willen. Aber zuerst würde sie den Schneider Gianluca besuchen, der Giannas Aufenthaltsort kennen konnte. Den Vorwand dafür hatte Lorenzo de Medici selbst ihr geliefert.

# 16.

Am späten Nachmittag standen Maddalena und Lucrezia am Tor zur Via Larga und winkten Mira nach.

»Papa ist ein Blödmann, dass er einfach weißen Stoff für dein Hochzeitskleid bestellt hat, ohne dich zu fragen, Mira. Er muss sich immer in alles einmischen. Ich würde mir das nicht gefallen lassen.«

Maddalena kassierte einen Rippenstoß von Lucrezia. »Halt den Mund, Maddi. Musst du immer eine dicke Lippe riskieren?«

»Aber es stimmt doch.« Maddalena verschränkte trotzig die Arme.

»Du solltest nicht schlecht über deinen Vater reden, Maddalena.« Mira warf den beiden noch eine Kusshand zu, bevor sie sich auf den Weg machte. Sie trug ein Kleid mit einem Granatapfelmuster und dazu einen hellen Spitzenschleier. Beide Stücke kamen direkt von Gianluca. Mit Speck fing man Mäuse und mit eleganten Kleidern den Schneider, der sie angefertigt hatte. Aber Mira suchte ihn nicht auf, um ihn zu loben. Das Problem mit dem Hochzeitskleid wollte so diplomatisch wie möglich gelöst werden. Lorenzo hatte für Mira weißen Damast ausgesucht, den sie auf keinen Fall tragen würde – egal, was Gianluca daraus machte. Mira hob das Kinn und ging eilig voran.

Zum Glück lag seine Werkstatt nicht weit vom Palazzo Medici entfernt im Viertel San Giovanni. Die Sonne stand schräg über dem Domplatz und brachte den riesigen Bau mit der prächtigen Kuppel zum Leuchten. Mira grüßte rechts und links einige Passanten, tauschte hier ein Lächeln und dort ein paar freundliche Worte und stand im Nu vor Gianlucas Tür. Die Nähwerkstatt lag im Erdgeschoss. Aus dem Obergeschoss klang ihr der Lärm der Webstühle entgegen, auf denen der Meister Brokat fertigen ließ.

Sie trat ein und hoffte, dass man ihr die Aufregung nicht ansah. Im Vorraum war es bereits dämmrig. Die Näherinnen saßen an den Fenstern und säumten mit flinken Fingern Röcke und Umhänge. Auf dem grünen Seidenstoff, den eine rundliche Brünette gerade mit Perlen bestickte, fing sich das letzte Tageslicht.

Die junge Schneiderin hob den Kopf. »Buona sera, Madonnina. Ich bin Apollonia, Gianlucas Tochter. Was wünscht Ihr?«

Mira bemühte sich um ein unbeschwertes Lächeln. »Mein Name ist Semiramide d'Appiano, und ich möchte mich nach den Fortschritten meines Hochzeitskleides erkundigen.«

»Willkommen, Principessa. Mein Vater hilft Euch sicher mit Vergnügen weiter.« Apollonia legte den Stoff zur Seite und stand auf. Mira folgte ihr in einen Nebenraum, wo Gianluca gerade einen schweren Wollstoff zuschnitt. Er begrüßte sie leutselig und senkte seine Schere. »Verehrte Principessa. Was verschafft mir die Ehre Eures Besuchs?«

Man sah Gianluca an, dass er der Völlerei nicht abgeneigt war. Sein Spitzbart saß in einem pausbäckigen Gesicht, das sich bei Aufregung rötete. Als kunstfertigster Schneider von Florenz trug er eine Schaube aus Brokatstoff bis zur Mitte der Oberschenkel und kurze, geschlitzte Pumphosen über engen Beinkleidern. Fast wie ein junger Stutzer, dachte Mira.

»Seid Ihr zufrieden mit Eurer Garderobe, Herrin?«

Mira zwang ein Lächeln in ihr Gesicht und klimperte mit den Wimpern. »Ja, sehr, Meister Gianluca. Deshalb bin ich hier. Ich ziehe weitere Bestellungen in Erwägung, denn schließlich heirate ich in die erste Familie der Stadt ein.«

Gianluca bekam große Augen und überschlug sicher schon, was sich mit noch mehr Tageskleidern von guter Qualität verdienen ließ.

Mira hob das Kinn. »Aber zuerst würde ich gern den Stoff für mein Hochzeitskleid begutachten.«

»Aber mit dem größten Vergnügen, Herrin. Ihr wisst, dass ich auch für Clarice de Medici nähe, ebenso wie ich es für die selige Madonna Lucrezia getan habe.«

Gianluca katzbuckelte diensteifrig und führte Mira zu einem Regal, in dem ein Ballen Stoff lag. Es war weißer Seidendamast. Mira seufzte unmerklich, während oben die Webstühle weiter vor sich hin ratterten. Wenn sie Enzo schon heiraten musste, dann in einem Kleid nach ihrem Geschmack.

Gianluca missverstand sie. »Es ist allerbeste Ware. Lorenzo de Medici selbst hat sie bestellt.« Er nahm den Ballen aus dem Regal und rollte ihn auf dem Zuschneidetisch ab.

Versonnen ließ Mira ihre Finger über den Stoff gleiten, der sich so glatt wie Wasser anfühlte. Warum wollte Lorenzo sie in Weiß sehen? Am Tag der Pazzi-Verschwörung hatte sie ein Kleid in dieser Farbe getragen. Als der Mörder auf Guiliano einstach, war ein blutiger Tropfenregen auf sie niedergegangen und hatte den Stoff dunkel gesprenkelt. Mira lief ein kalter Schauder über den Rücken, wenn sie daran dachte. Fast glaubte sie, den Geruch von Giulianos Blut in der Nase zu haben.

»Es ist ein wunderbarer Damast, Maestro. Mein Vetter beweist einen ausgezeichneten Geschmack ebenso wie Ihr, die Ihr den Stoff bearbeiten werdet.«

Gianluca errötete geschmeichelt. »Lorenzo hat mir zu verstehen gegeben, dass ich an nichts sparen muss. Meine Tochter wird demnächst damit beginnen, ihn mit staubfeinen Perlen zu besticken. Sie ist die Geschickteste von allen.«

Mira nickte huldvoll. »Das weiß ich zu schätzen und bedanke mich herzlich. Nur würde ich gern an der Farbe etwas ändern.«

»Aber, Herrin.« Gianluca runzelte begriffsstutzig die Stirn. »Wie soll das gehen?«

Mira bemühte sich um Geduld. »Wie wäre es, wenn Ihr mir ein leichtes blaues Überkleid nähen würdet? Denkt an die Flachspflanze auf den Feldern. Solch ein Blau würde das Weiß sehr gut ergänzen, und das Überkleid könnte man natürlich auch besticken.«

»Oh!« Sein Zeigefinger legte sich auf seine Lippen. »Es wäre machbar, wenn wir uns ranhalten. Aber die Kosten?«

Mira lächelte so scheinheilig, dass sich ihre Mundwinkel verkrampften. »Die trägt sicher der Herrscher von Florenz. Ihm ist nichts zu teuer, um seinen Cousin standesgemäß in die Ehe zu bringen.« Sie erlaubte sich einen unschuldigen Augenaufschlag. »Wie schade, dass Gianna Soderini mich gar nicht mehr besucht. Sie war eine so versierte Beraterin in allem, was kostbare Stoffe betrifft, dass ich sie wie eine Freundin vermisse.«

»Gianna?« Gianluca packte den Stoff für das Hochzeitskleid wieder ins Regal. »Die junge Soderini hat mich im Stich gelassen – und das ohne ein Wort.« Er zählte mit seinen Wurstfingern nach. »Ich habe sie seit mehr als vier Wochen nicht gesehen.«

»So ist das also.«

Gianluca nickte bekräftigend. »O ja! Wenn das unzuverlässige Ding zurückkommt, werde ich mir überlegen, ob ich sie weiterbeschäftigen kann.«

Als Mira aus der Werkstatt trat, senkte sich schon die Dämmerung über die Stadt. Was sollte sie tun? Gianna war aus ihrem Leben verschwunden, ohne eine Spur zu hinterlassen.

Es gab nur eine Möglichkeit, der Sache auf den Grund zu gehen – und zwar jetzt. Entschlossen zog Mira ihren Schleier tiefer ins Gesicht. Der Vollmond ging über dem Flusstal auf und tauchte es in sein bleiches Licht, als sie verstohlen auf die Stadtmauer zueilte, wo die Kate lag, die Bella ihr beschrieben hatte.

Nach und nach machten die Häuser kleinen Gärten, Weiden und verwilderten Wiesen voller Brombeergestrüpp Platz. Mira war allein mit ein paar Ziegen und einem Esel, die unter einer Baumgruppe weideten. Eine Bewegung ließ sie zusammenzucken. Erschrocken blickte sie sich um, entdeckte aber nur ein Schwein, das in einem Abfallhaufen wühlte und sich grunzend davonmachte.

Drei strohgedeckte Katen duckten sich unterhalb der Mauer wie Küken an den Bauch der Henne. Mira sammelte ihren ganzen Mut und klopfte an die Tür der mittleren. Es dauerte eine Weile, bis sich drinnen etwas tat.

»Ja?« Die Frau in der Tür war noch keine dreißig und trug ihr lackschwarzes Haar zu einem strengen Knoten gebunden. »Was willst du?« Ihre dunklen Augen weiteten sich, als sie Miras kostbare Aufmachung bemerkte. »Kommt herein, werte Dame.«

Mira folgte ihr in die Hütte, die vom flackernden Schein einer Öllampe erhellt wurde. Eine schwarze Katze mit einem weißen Fleck auf der Brust strich ihr um die Beine. Abwesend ließ sie ihre Hand über ihr seidenweiches Fell gleiten. Der Raum war sauber und ordentlich, der Lehmboden mit Binsen bestreut, der grobe Holztisch abgewischt. Es duftete bitter nach den Sträußen aus Beifuß, Frauenmantel, Melisse, Mönchspfeffer und getrockneten Himbeerzweigen, die von der Decke hingen. Sie waren harmlose Frauenkräuter. Wenn die Frau sich mit den schwarzen Künsten auskannte, verbarg sie es gut. Aber deswegen war Mira nicht gekommen.

»Ich bin Orla«, stellte sich die Engelmacherin vor. »Setzt Euch doch. Wollt Ihr etwas trinken? Ihr seht aus, als könntet Ihr es gebrauchen.«

Miras Nein verhinderte nicht, dass Orla ihr einen Zinnbecher mit einer rötlichen Flüssigkeit reichte. Misstrauisch schnupperte sie daran.

Orla lachte. »Das ist Saft aus Himbeeren. Und nein, er ist nicht giftig. Lebendig nutzt Ihr mir nämlich mehr. Noch jedenfalls.« Ihr Lächeln entblößte eine Reihe gelblicher Zähne.

Mira griff zögernd nach dem Becher und trank ihn leer. Der Saft schmeckte süß und frisch. Sie hatte gar nicht gewusst, wie durstig sie gewesen war. »Das ist gut. Ja, wirklich lecker.«

»Na, seht Ihr.« Orla faltete ihre Hände über ihrem mageren Bauch. »Und jetzt erzählt mir, was Euch herführt. Am besten beginnt Ihr mit Eurem Namen.«

Die Augen der Engelmacherin waren undurchdringlich wie nasse Flusskiesel. Die schwarze Katze sprang auf Miras Schoß, und sie vergrub ihre Hände in ihrem Fell. »Ich heiße Semiramide d'Appiano d'Aragona.«

»Ach!« Orla setzte sich zurück. »Hin und wieder finden hochgeborene Damen zu mir, aus verständlichen Gründen, wie Ihr Euch denken könnt, und immer inkognito. Aber eine gebürtige Prinzessin von Piombino und dazu noch eine so hübsche hatte ich noch nicht zu Gast. Außerdem seid Ihr drauf und dran, unseren kleinen Enzo zu heiraten und damit ein Teil der mächtigsten Familie zu werden, die diese Stadt zu bieten hat. Eine beispiellose Erfolgsgeschichte.« Sie beugte sich vor und griff nach Miras Händen. Ihre waren rau, mit dunklen Rändern unter den Fingernägeln. »Sagt, was ist Euch geschehen? Wenn Enzo nicht abwarten konnte und seine ehelichen Rechte vorzeitig eingefordert hat, müsst Ihr Euch keine Sorgen machen. Ihr könnt das Kind als Frühgeburt ausgeben. Sieben Monate nach der Hochzeit müssten reichen.«

Mira hob abwehrend die Hände. »Darum geht es doch gar nicht.«

»Oder ...?« Orla schlug die Hand vor den Mund. »Ihr habt Euch von einem Fremden schwängern lassen. Ja, dann steckt Ihr in Schwierigkeiten, aber auch das ist kein Beinbruch, vorausgesetzt, Ihr seid imstande, dreist zu lügen und Enzo Euren kleinen Bastard unterzuschieben. Sagt, hat er nicht einen Leibwächter, einen hübschen Gardisten? Wie heißt er noch mal?«

»Riccardo«, hauchte Mira willenlos. »Aber nein, verflixt. Ich stecke nicht in Schwierigkeiten. Weder Riccardo noch sonst jemand hat mich verführt.«

Orla griff nach einer Flasche mit einer durchsichtigen Flüssigkeit, goss sich ein und kippte sie hinunter. Grappa, dachte Mira.

»Schade eigentlich. Bei diesem Riccardo würden die wenigsten ablehnen. Aber wenn Ihr nicht in Nöten seid, warum besucht Ihr mich dann? Das könnte Eurem Ruf schaden – ach was, es könnte ihn zerstören.«

»Es hat nichts mit mir zu tun«, beteuerte Mira.

Orlas Augen weiteten sich. »Ihr seid hier, um mich zu verraten. Ich bin eine einfache Hebamme und lasse mir nichts unterstellen. Wenn das so ist, bitte ich Euch, jetzt zu gehen.«

Sie ging zur Tür und öffnete sie. Die Kühle der Nacht drang in den Raum und brachte den Geruch nach Urin und Abfall mit.

Mira stand so schnell auf, dass die Katze mit einem Satz auf den Boden sprang. »Ich will dir nicht schaden, Orla. Das musst du mir glauben.«

»Aber warum sonst sucht Ihr mich im Schutz der Dunkelheit auf?« In Orlas Stimme schwang Panik mit. Wozu wäre sie wohl fähig, wenn sie sich bedroht fühlte? Sicher kannte sie sich gut mit Giftpflanzen aus. Nahm man nicht Mutterkorn, um eine unerwünschte Schwangerschaft zu beenden?

Mira kämpfte gegen den Drang zu fliehen an, traf eine Entscheidung und setzte sich wieder. »Du bist kräuterkundig?«

»Sieht man das? Ich diene den Frauen in allen Lebenslagen«, wiegelte Orla ab. »Geht es etwa um einen Liebeszauber, mit dem Ihr Euch Enzo gewogen machen wollt?«

Mira lachte bitter auf. »Das wäre doch mal eine Idee. Aber nein, auch daran bin ich nicht interessiert.«

»Aber was führt Euch sonst her?«

Mira goss sich noch etwas Fruchtsaft ein und trank. Soweit sie gesehen hatte, war Orla nicht dazu gekommen, etwas hineinzumischen.

»Du traust mir ja«, sagte die Engelmacherin tonlos. Ohne Weiteres war sie auf die vertrauliche Anrede umgestiegen.

»Ja, ich kann es selbst kaum glauben. Aber ich weiß auch, dass deine Arbeit manchmal unentbehrlich ist. Und ob du mit der schwarzen Kunst im Bunde stehst, ist mir – in diesem Fall zumindest – egal.«

Orla lachte tonlos. »Lass das nicht deinen Beichtvater hören.«

Mira stellte ihren Becher ab. »Ich bin selbst ein wenig kräuterkundig. Ich zeichne Heilpflanzen und Blumen und bringe dabei einiges in Erfahrung. Über Schafgarbe, Melisse und Holunder.«

Orla lachte höhnisch. »Nichts Wesentliches also, solange du Bilsenkraut und Eisenhut auslässt. Und Mutterkorn und Alraune. Du imponierst mir, Principessa. Aber nun gesteh, was dich wirklich herführt. Ich wette, dass es kein Gespräch über Kräuter ist.«

Mira holte tief Luft. »Vielleicht werde ich dich eines Tages nach Giften fragen, aber nicht heute. Ich bin wegen einer Freundin gekommen. Gianna Soderini. Sie ist verschwunden.«

Orla stand auf, fachte das Feuer an und legte ein Scheit darauf. »Du interessierst dich also für Gianna? Warum, wenn ich fragen darf? Sie ist doch nur eine unbedeutende Frau ohne Aussichten.«

War sie das? Mira schluckte traurig. »Sie hat niemanden. Vielleicht bin ich ihre einzige Freundin, wenn man von ihrer Verwandten Violetta absieht.«

»Auch Gianna geht ein Ruf voran. Unterschätz sie nicht.« Orla setzte sich und zog die Katze auf ihren Schoß. »Gianna Soderini.

Eine schöne und kluge junge Frau mit dem allerbesten Geschmack, was Kleider und Schönheit angeht, sagen die einen. Eine ungehorsame Nichte mit der spitzesten Zunge unter der Sonne, sagt ihre Tante.«

»Ihr solltet Madonna Soderini nicht glauben«, wehrte Mira ab. »Gianna sprüht vor Witz und Charme und ist mir gegenüber immer freundlich gewesen.«

»Ist das so?« Orla stand auf und wies Mira endgültig die Tür. »Ich respektiere deine Freundlichkeit. Aber du musst nun gehen, Principessa, wenn du noch vor Mitternacht zurück in San Giovanni sein willst. Unser Viertel gilt als gefährliches Pflaster für Leute, die sich nicht auskennen.«

Mira stand widerstrebend auf. »Gianna ist verschwunden. Sicher weißt du, dass in Florenz ein Mörder sein Unwesen treibt. Und meine Zofe Seraphina sagte mir, es gehe das Gerücht, sie sei schwanger gewesen.«

Orla, die noch immer an der Tür stand, lachte. »Du meine Güte, kaum hat unsere rechtschaffene Seraphina etwas gehört, machst du dich auf, um mich zu treffen. Attenzione! Eine solche Hartnäckigkeit kann gefährlich werden. Pass auf, dass du nicht blind in dein Unglück rennst. Und jetzt solltest du heimgehen, Principessa. Zögere nicht länger.«

Raue Hände legten sich in Miras Rücken und schoben sie zur Tür hinaus, doch Mira war noch nicht bereit aufzugeben. »Stimmt es, oder stimmt es nicht? War Gianna schwanger? Hat sie versucht, das Kind loszuwerden?«

Sie stand draußen, inmitten des modrigen Geruchs, der sich nicht vertreiben ließ. Ihre Lederpantöffelchen drückten sich ins vertrocknete Gras, und die Katze flitzte an ihr vorbei ins Freie, wo der Vollmond wie eine weiße Laterne über dem Ödland hing.

»Du lässt also wirklich nicht locker?«, fragte Orla müde. »Ich erzähle dir das nur, weil mir dein Mut imponiert. Vielleicht bist du die Einzige, die sich für Giannas Verbleib interessiert.«

»Ich will nicht, dass man sie tot aus dem Arno fischt wie ...«

»Nannina?« In Orlas dunklen Augen stand eine Spur von Betroffenheit. »Ich kannte auch sie.« Sie zögerte. »Es muss etwas länger als zwei Wochen her sein, da besuchte mich Gianna. Es war schon beinahe zu spät, um ihre Schwangerschaft ohne Gefahr für Leib und Leben der Mutter zu beenden. Und obwohl sie zunächst felsenfest entschlossen war, es zu tun ...« Orla biss sich auf die Lippe. »Du verstehst, dass ich die Einzelheiten ungern preisgebe? Da hängt mein Ruf dran.«

»Was geschah dann, Orla?«, drängte Mira.

»Sie ging unverrichteter Dinge davon, so wie du, nur dass du nicht schwanger bist. Am besten beeilst du dich, Principessa. Die Nacht wird nicht jünger, und irgendetwas ist da draußen, das jungen Frauen nach dem Leben trachtet.« Sie musterte Mira. »Du bist seltsam. Entweder bist du eine Heldin oder ein törichtes junges Ding, das sich gern in etwas verrennt. Wahrscheinlich Letzteres.« Sie ging ins Haus.

Nachdem die Tür hinter Mira ins Schloss gefallen war, wurde sie von einer Welle der Empörung erfasst, die das Blut in ihren Ohren rauschen ließ. Nicht wegen Orla, o nein. Sicher war Gianna dem brutalen Mörder in die Hände gefallen. Oder versteckte sie sich irgendwo? Warum mussten Frauen immer die Opfer sein?

Verstohlen lief Mira durch das unwegsame Gelände an der Mauer auf die belebten Gassen zu. Sie hatte es fast geschafft, als aus dem Nichts fünf junge Burschen auftauchten und sie umstellten. Ungläubig musterte Mira die Bande aus mageren Halbwüchsigen. Sie glaubte nicht, dass sie ihr gefährlich werden konnten, bis sie die Keulen und Stöcke in ihren Händen sah. Sie schienen zu allem entschlossen, und sie befanden sich in der Überzahl. Mira blinzelte ungläubig, als einer eine Armbrust spannte und auf sie zielte.

»Was wollt ihr?«, fragte sie leise. »Ich habe euch nichts getan. Lasst mich gehen.«

Der Anführer trat aus der Reihe und musterte sie lüstern. Blonde Locken fielen ihm bis auf die Schultern, die in einem Wams aus Goldbrokat steckten. Er sah wohlhabend aus, sogar attraktiv, bis man ihm in die Augen blickte.

Bevor sie es sich versah, ließ er ein Klappmesser aufschnappen, trat hinter sie und hielt es ihr an den Hals, so dass sich die Schneide in die zarte Haut ihrer Kehle bohrte. »Wohin des Weges, Süße?«

Mira schwieg. Was hätte sie auch antworten sollen? Dass sie demnächst zur Familie Medici gehören und bei einer Entführung ein saftiges Lösegeld einbringen konnte? Aber würde Enzo sie überhaupt noch auslösen, nachdem sie ohne sein Wissen unterwegs gewesen war?

Der Junge drückte fester zu, gerade so viel, dass sie einen warmen Tropfen Blut in ihre Halsgrube rinnen fühlte. »Gib mich frei!«

Aber er lachte nur. »Wir lassen doch keinen kostbaren Käfer wie dich gehen. Was meint ihr, Jungs, können wir was mit ihr anfangen?«

Die Bande fiel höhnisch in sein Gelächter ein.

# 17.

## Eine Stunde zuvor

»Ach, diese arrangierten Ehen, Enzo.« Poliziano schüttelte spöttisch den Kopf. »Wenn man so ein Pech hat wie du, bekommt man doch glatt ein hübsches junges Ding wie Mira ins Bett gelegt. Und klug ist sie außerdem. Findest du nicht, dass ein Hauch von Dankbarkeit angebracht wäre?«

Enzo knallte seinen Becher auf den Tisch. »Abscheuliches Gesöff! Und Dankbarkeit? Wem gegenüber? Etwa meinem Cousin, der die Sache wie immer über meinen Kopf hinweg entschieden hat?«

Riccardo, Enzo und Poliziano saßen in der Trattoria Sole, weil sie den Wirt Vittorio befragen wollten. Riccardo hoffte, dass er sich an Nannina erinnern würde, das Mädchen, das hier ebenso wenig hingehörte wie ein bunter Vogel ins Gefängnis. Enzo begleitete sie bei ihren Nachforschungen, weil Nannina Botticellis Modell gewesen war, seine erste Thalia, für die er sich verantwortlich fühlte.

Vittorio aber ließ sie warten. Er unterhielt sich in aller Ruhe mit den Gästen, die an den Tischen dem Kartenspiel frönten. Also hatten sie sich darauf verlegt, Enzo ins Gewissen zu reden, der sichtlich nicht darauf eingestellt war, dass seine Freunde ihm ausgerechnet jetzt Vorhaltungen machten.

»Mira ist kein schlechter Fang«, wiederholte Poliziano. »Und du behandelst sie nicht, wie sie es verdient hat.« Riccardo wusste, dass er ebenso wie Ficino und sein eigener Onkel Giorgio Antonio Vespucci Enzos Lehrer gewesen war. Wenn ihn jemand in seiner Verstocktheit erreichen konnte, dann er.

Enzo schüttelte den Kopf. »Aber leider profitiert in erster Linie mein hochverehrter Herr Cousin von dieser Heirat. Die Kleine bringt ihm die Nutzungsrechte an Minen auf Elba ein, und er darf sich an den Alaunvorkommen ihrer Familie bedienen. Und dann der Hafen von Piombino. Außerdem ist sie sein Unterpfand für sein Verhältnis zu ihrem Bruder Jacopo.« Er trank einen weiteren Schluck sauren Wein und verzog das Gesicht. »Und nicht zuletzt ist sie Giulianos Verflossene. Ich soll sie übernehmen wie ein abgelegtes Gewand.«

»Aber diese Verlobung ist nie zustande gekommen«, wandte Poliziano ein. »Sie war erst vierzehn, als Giuliano ermordet wurde. Außerdem hat er eine andere geliebt, wie du sehr wohl weißt. Fioretta Gorini.« Er seufzte im Gedenken an Giuliano und seine große Liebe. »Und dass du mit dem älteren Lorenzo deine Probleme hast, dafür kann Semiramide ja nun wirklich nichts.«

Riccardo hob den Kopf und sah sich um. Es roch nach Schweiß und Schnaps. Weinlachen versickerten in den Fußbodenritzen, und die Suppe, die Vittorios Frau Angela aus einem Kessel über dem offenen Feuer schöpfte, war dünn. Ein Betrunkener taumelte zur Tür und wurde von Vittorios Bruder Ottavio mit einem Tritt auf die Gasse befördert. An einem Tisch spielte man um Geld, woran sich ein handfester Streit entzündete. Einer der Männer fing sich eine Maulschelle ein und kippte vom Stuhl. Riccardo dachte an Nardo und fragte sich, ob Vittorio dazwischengehen würde, aber nichts geschah.

Also wandte er sich wieder Enzo zu. Es stimmte, dass der junge Edelmann seine hochgeborene Verlobte vernachlässigte.

Enzo war klug, reich und gut aussehend. Riccardo wusste, dass er die jüngere Linie der Medici gegen den Widerstand des Magnifico erstarken lassen wollte, ja, dass er das als seine Pflicht und Schuldigkeit betrachtete. Er kämpft auf verlorenem Posten, dachte er, denn er ist seinem Gegner nicht gewachsen. Wobei der Magnifico, der es sonst verstand, die Menschen für sich einzunehmen, im Umgang mit Enzo und seinem Bruder Giovanni erstaunlich wenig Geschicklichkeit bewies. Ja, man munkelte sogar, er habe sich an ihrem Erbe vergriffen. Aber das konnte nicht stimmen.

»Liebe?« Das Wort klang aus Enzos Mund so desillusioniert, dass Riccardo ihn verwundert ansah. Schließlich hatte er den ganzen antiken Kram gelesen, Ovids *Metamorphosen*, die vor Erotik nur so strotzten und was sonst noch alles. Und dann gab es noch Botticellis Bild. Es war ein Spiegel der Sinnlichkeit, mit dessen Programm Enzo einverstanden war, ja, das er sogar mitentwickelt hatte.

Enzo goss sich den Becher voll. »Liebe spielt überhaupt keine Rolle. Das weißt du doch, Angelo. Schließlich hast du dich gegen eine Heirat entschieden.«

»Nun …« Riccardo räusperte sich. Polizianos Abstinenz in Liebesdingen hatte einen speziellen Grund. Wusste Enzo nicht, dass es seinen Freund zu hübschen, jungen Männern hinzog?

Poliziano holte tief Luft. »Die Kleine hat ein wenig Freundlichkeit von deiner Seite verdient. Schließlich ist sie ebenso unverschuldet in diese Situation geraten wie du.«

Enzo errötete bis über beide Ohren. »Und wie soll ich mit ihr umgehen? Was meinst du, Riccardo?«

Riccardo unterdrückte ein verlegenes Grinsen. Daher wehte also der Wind. Enzo hatte Angst. Anders als ihm fehlte dem Achtzehnjährigen jede Erfahrung mit Frauen. Dieser verflixte Ficino. Für Enzo gab es zwar die Irdische Venus, aber ein echter Neuplatoniker hatte sich über sinnliche Freuden zu erheben und dem Überirdischen zuzuwenden. Oder es lag an etwas anderem, über das er lieber nicht nachdenken wollte.

Riccardo war erleichtert, als Vittorio sich auf den vierten Schemel am Tisch fallen ließ. »Also, was wollt Ihr von mir, verehrte Herren?« Er sah in die Runde und ließ seinen Blick verwundert auf Enzo ruhen. Die Medici schienen sich eher selten bei ihm die Ehre zu geben.

»Es geht um Nannina«, begann Riccardo. »Du weißt, dass sie ermordet wurde?«

Vittorio biss sich auf die Unterlippe und nickte. Nannina musste ihm aufgefallen sein. Ein junge, unverheiratete Frau allein in einer Trattoria mit schlechtem Leumund. Was mochte sie hier gewollt haben? Wusste Vittorio von dem kostbaren Pergament mit dem Auszug aus dem Buch Hiob, das sich in ihrem Besitz befunden hatte?

»Wir haben von Nardo gehört, dass sie am Abend ihres Verschwindens hier gewesen sein soll.«

»Welcher Nardo?«

»Botticellis Lehrling. Sag nicht, dass du ihn nicht kennst,« drängte Riccardo. »Und an Nannina wirst du dich doch wohl auch erinnern.«

Vittorio lehnte sich zurück. »Ich sag ja gar nicht, dass ich das nicht tue.«

»Was hat sie hier gewollt?«, fragte Poliziano.

Vittorios Blick bekam etwa Lauerndes, das Enzo dazu bewegte, ein paar nicht allzu wertvolle Münzen in seine Richtung zu schieben, die der Wirt gekonnt in seiner Tasche verschwinden ließ. »Sie traf sich mit drei Fremden. Allem Anschein nach gut gekleideten, wohlhabenden Männern. Und sie waren bewaffnet.«

»Waren sie Florentiner?«, fragte Riccardo.

Weitere Münzen wechselten den Besitzer. »Ich glaube nicht.«

»Hatte sie ein Blatt wie dieses dabei?« Poliziano legte das Pergament auf den Tisch, dessen Goldschrift das flackernde Licht der Öllampe einfing.

Vittorio starrte darauf. Er konnte mit großer Wahrscheinlichkeit nicht lesen, schon gar kein Latein, erkannte aber möglicherweise die Bilder. »Es sah ähnlich aus, aber es war nicht dieses.«

»Bist du dir sicher?« Poliziano runzelte die Stirn. »Und was geschah dann?«

»Dann ist Nannina gegangen und kurz darauf die Männer. Mehr habe ich euch nicht zu sagen.« Vittorio stand demonstrativ auf und kümmerte sich weiter um seine Gäste.

»Eine Gruppe unbekannter Männer«, sinnierte Riccardo. »Noch in dieser Nacht haben sie Nannina umgebracht.«

»Aber das Blatt ... Glaubst du wirklich, dass es ein anderes war? Ein zweites?«, fragte Enzo.

»Wir können uns nicht sicher sein«, erwiderte er.

»Mit diesem oder einem anderen Blatt aus dem Kodex waren die Männer erpressbar, und wir wissen nicht, warum«, brachte Poliziano ihr Problem auf den Punkt. Er griff nach dem Pergament, hielt es über die Öllampe und näherte sich der Flamme, bis der Geruch nach schwelender Lederhaut ihnen in der Nase stach.

Riccardo griff nach Polizianos Hand und zog das Pergament vom Feuer weg. Es qualmte und stank unerträglich, weil eine Ecke angesengt war, die Poliziano kurzerhand mit einem Schluck Wein löschte.

»Wie konntest du?« Enzo, dem Bücher heilig waren, zuckte zurück.

»Ich wollte nur sehen, ob es einen Schriftzug mit einer Geheimtinte aus Zitronen- oder Zwiebelsaft gibt, die durch die Einwirkung von Hitze sichtbar wird.«

Enzo beugte sich über das Blatt. »Anscheinend nicht.« Um das Rätsel zu knacken, hatten sie alle möglichen Codes ausprobiert und waren sogar bei Ficino vorstellig geworden, der weitere Tricks kannte. Aber das Blatt gab sein Geheimnis nicht preis. Enzo hob den Kopf. »Der Kodex kann nicht so kostbar sein, dass man für ein einzelnes Blatt ...«

»Oder zwei«, unterbrach ihn Riccardo.

»... einen Menschen umbringt«, vollendete Enzo.

»Oder doch? Etwas muss sich dahinter verbergen«, schloss Poliziano. »Etwas Gravierendes, das imstande ist, unseren Staat zu erschüttern.« Sie hatten die Verschwörung der Pazzi nicht vergessen, mit der der Papst und andere Kräfte versucht hatten, die Herrschaft der Medici zu brechen.

»Aber was?«, fragte Riccardo. So intensiv sie auch nachdachten, sie kamen auf keine Lösung.

Frustriert traten sie den Heimweg an. Über den Straßen von Florenz hing ein bleicher Vollmond. Weil Enzo ein wenig schwankte, hakte Riccardo ihn unter.

»Aber was soll ich nun mit Semiramide machen?«, fragte Enzo erstickt an seiner Schulter. »Wie ist sie denn, was meinst du?«

Riccardo hielt ihn fest. »Sie ist ziemlich eigenwillig, man könnte auch starrköpfig sagen.« Das war eine gelinde Untertreibung, wenn man bedachte, dass sie sich weder an Anweisungen noch an Warnungen hielt. Vielleicht sollte er Enzo raten, sie bei der nächsten Gelegenheit übers Knie zu legen? Aber nein. »Sie ist zerbrechlich. Geh vorsichtig mit ihr um, und das nicht nur, weil sie so klug ist wie du.«

Enzo stolperte. »Ist sie das? Sie ist nicht einmal blond.«

Riccardo seufzte. Enzo wusste Mira nicht zu schätzen. Für ihn war seine Verlobung nur der Versuch seines Cousins, ihn zur Raison zu bringen. Und vielleicht ein gutes Geschäft für das Handelshaus.

Aber was war sie für ihn, Riccardo? Er machte sich keine Illusionen. Auch wenn er seine Gefühle nie jemandem gestehen konnte – am allerwenigsten ihr –, war sie alles, was er sich je ersehnt hatte: klug, wunderschön und so unerreichbar wie der Mond.

Am Palazzo Medici überließ er den unaufhörlich vor sich hin lamentierenden Enzo der Obhut Polizianos, der ihn in seine Gemächer bringen würde.

Riccardo wollte sich gerade in sein Quartier zurückziehen, als er Miras Zofe Seraphina auf sich zueilen sah.

»Was gibt es denn?«, fragte er beunruhigt.

»Die Prinzessin ist nicht nach Hause gekommen!«, rief sie atemlos.

Riccardo erschrak. »Was sagt Ihr da?«

»Ihr habt mich schon richtig verstanden«, schnaubte sie. »Sie ist irgendwo da draußen, bei Nacht in den Gassen von Florenz. So langsam glaube ich, dass ihr etwas passiert sein muss. Ich habe nicht richtig aufgepasst, und sie ist verdammt erfinderisch, wenn sie sich etwas in den Kopf gesetzt hat.«

»Das steht außer Zweifel. Wo wollte sie so spät noch hin?«

»Wenn man Lorenzos Töchtern glauben darf, ist sie heute Nachmittag nur zu ihrem Schneider gegangen. Aber danach sie ist nicht nach Hause gekommen. Diese verflixte Gianna! Die macht mein Mädchen noch völlig verrückt.« Seraphina begann zu erzählen. Die Geschichte, die sie Riccardo auftischte, war so unglaublich, dass sie wahr sein musste.

»Sie wollte wirklich eine Engelmacherin aufsuchen, um Gianna zu finden?«, fragte Riccardo.

»Wenn ich es doch sage«, rief Seraphina ungehalten. »Bella aus der Küche hat mir gestanden, dass sie ihr Orlas Adresse verraten hat, das schwatzhafte Ding. Mira ist, wenn sie sich etwas vorgenommen hat, einfach nicht zu bremsen.«

Nein, das war sie nicht. Mit einem Fluch auf den Lippen machte sich Riccardo auf die Suche nach ihr.

# 18.

Der Anführer ließ sie mit einem Ruck los. Mira taumelte und stolperte zwischen die anderen Jungen, die sie wie einen gefangenen Hasen umkreisten.

»Lasst mich gehen!« Sie sah wild in die Runde.

»Sollen wir, Luigi?«, fragte einer.

»Auf keinen Fall«, erwiderte der Anführer.

Mira begriff, dass er sich an ihrer Demütigung weidete. Gehörte er zu jenen Menschen, die sich an Leid und Schmerz ergötzten? Widerlich! Auf sein Zeichen hin griffen seine Kumpane nach ihren Schultern und schubsten sie von einem zum andern wie eine Lumpenpuppe.

»Hört auf, verdammt!« Verzweifelt versuchte sie zu entkommen, doch die Jungen schlossen die Lücken so geschickt, dass alles vergebens war. Mira kämpfte um ihr Gleichgewicht und ihre Würde, hörte ihre Peiniger lachen und sah in erbarmungslose Augen.

»Ihr werdet in Lorenzos Kerker schmoren und nie wieder Tageslicht sehen!«, rief sie. »Was nehmt ihr euch eigentlich heraus?«

»Welcher Lorenzo?«, rief Luigi höhnisch. »Der Medici schnarcht in seinem Palazzo und kommt dir sicher nicht zu Hilfe. Merk dir eins: Du bist meine Beute, und ich kann mit dir tun, was ich will.«

Tränen traten in Miras Augen. Wie konnte es sein, dass Lorenzo nicht wusste, was nachts in seiner Stadt geschah? Oder interessierten ihn die jugendlichen Banden nicht, die in ihren Straßen ihr Unwesen trieben?

»Die Stadtregierung hilft dir nicht.«

Entsetzen packte Mira, als Luigi ihr blitzschnell die Kette mit dem Goldkreuz abriss. »Nein!«

Luigi ließ das Halsband feixend in seinem Wams verschwinden. »Du hast sicher noch mehr Edelsteine und Geschmeide. Seht nur, Jungs, sie trägt eine Perlenspange in den Haaren, und der Spitzenschleier bringt sicher Geld. Lasst uns nachsehen.«

Gierige Hände griffen nach ihr, nestelten an ihren Haaren und zerrten an ihrem Schleier, der mit einem scharfen Geräusch zerriss. Mira fiel schluchzend auf die Knie. Doch der Anführer zog sie grob auf die Füße und drückte ihr seine Lippen auf den Mund. »Luigi, Luigi!«, spornten ihn die anderen an und zählten jubelnd bis zehn. Erst dann ließ er lachend von ihr ab. Mira spuckte angewidert aus.

Der Anführer lachte am lautesten. »Wir können noch andere Dinge mit dir tun, Kleine. Es kommt einer nach dem anderen dran, ja?«

Seine Schergen grölten, als er sie mit dem Rücken voran in den Straßendreck drückte.

Sie wehrte sich verzweifelt, schlug und trat um sich, bis einer der Jungen sich auf ihre Beine kniete und ein anderer ihre Arme festhielt.

»Aber mach schnell, Luigi«, rief er. »Die kleine Raubkatze kratzt.«

Luigi legte sich schwer auf sie, lockerte die Bänder, die ihr Mieder hielten, und legte seine klebrigen Hände um ihre Brüste. Seine Kumpane johlten.

»Hab ich recht, dass das noch keiner vor mir getan hat?«

Sie antwortete nicht, sondern blickte zum Himmel auf, an dem sich ein Heer erbarmungslos leuchtender Sterne drängte. Das hier würde sie nicht überleben, und wenn doch? Eine Hochzeit mit Enzo kam nicht mehr infrage. Und welches Kloster würde sie dann noch aufnehmen? Ihr Besuch bei Orla war nicht heldenhaft, sondern einfach nur schrecklich dumm gewesen.

Der Anführer lachte schallend. »Wenn du stillhältst, lassen wir dich vielleicht am Leben. Eine so reiche, junge Schönheit hatten wir noch nie, Jungs! Und du bist noch Jungfrau, oder? Nun sag schon.«

Mira schwieg und drehte ihren Kopf zur Seite, weil sein schlechter Atem ihr in die Nase stieg. In ihrem Innern war ein sicherer Ort, an den sie sich das letzte Mal an jenem Sonntag im Dom vor vier Jahren zurückgezogen hatte. Nein, dachte sie. Sie war lange genug hilflos gewesen. Diesmal nicht. Mira nutzte den Moment, als der Anführer aufstand und seine beiden Helfershelfer von ihr abließen, um sich auf die Fersen zu setzen. Die Erinnerung an den Zorn, der sie vor Orlas Hütte erfasst hatte, gab ihr Kraft. »Komm nur näher!« Hoffentlich sahen sie nicht, wie sie die Hand in ihrem Rücken in den Staub krallte.

»Die Raubkatze will es also mit uns aufnehmen. Das macht es nur noch spannender.« Der Anführer nestelte an seinen Beinlingen herum. Doch bevor er sich auf sie werfen konnte, schleuderte sie ihm eine Handvoll Straßenstaub ins Gesicht. Er hustete und war einen Moment lang blind. Wieder wollte Mira aufspringen, doch zwei der Jungen hielten sie an den Armen fest.

Luigi spuckte in den Dreck. »Verflucht! Das schreit nach Rache.«

Er schlug ihr ins Gesicht, so dass ihr Kopf zur Seite flog, warf sich auf sie und schob ihr den Rock hoch. Mira war zu benommen, um sich zu wehren, und Luigi bewies Routine. Das hier tat er nicht zum ersten Mal. Sie erwartete Schmerz und schloss die Augen.

»Nein!« Eine hohe Stimme gellte durch die Nacht.

Mira blinzelte ungläubig, als die anderen Jungen zu tuscheln begannen. »Aber das ist ... Orazio, die kleine Zecke.«

»Was sagt ihr da? Unser Meisterdieb ist zurück?« Luigi rollte sich schwer von Miras Körper und stellte sich auf die Füße. »Du bleibst liegen und rührst dich nicht vom Fleck, hörst du?«

Doch Mira dachte nicht einmal daran. Sie rappelte sich auf und sah verstohlen zu dem Neuankömmling hinüber. Inmitten des Kreises aus johlenden Unholden stand ein magerer Junge mit einem wirren schwarzen Haarschopf. Mira blinzelte, aber nein, sie irrte sich nicht. Es war der Beutelschneider, und er schlotterte vor Angst. Sie hätte ihn kaum wiedererkannt, denn anders als bei ihrer ersten Begegnung trug er ein Wams von guter Qualität.

Luigi trat an ihn heran und hob sein Kinn. »Igitt, er riecht gewaschen.«

Seine Kumpane quittierten die Bemerkung mit wieherndem Lachen. »Du bist immer für eine Überraschung gut, Kleiner. Aber was ist denn? Du machst dir ja vor Angst in die Beinkleider. Oder will unser kleiner Pisser uns diese Schönheit streitig machen?« Er begann mit auf dem Rücken gekreuzten Händen vor Orazio auf und ab zu gehen. »Es war klug, zu uns zurückzukehren, dein Auftrag gilt noch. Du weißt doch, der Palazzo Medici ...«

»Ihr sollt sie in Ruhe lassen«, unterbrach ihn der Junge mit fester Stimme.

Er ist tapfer, dachte Mira verwundert. Er stellt sich gegen die Übermacht, obwohl er jünger ist.

»Aber das können wir nicht, Kleiner.« Luigi schüttelte bedauernd den Kopf. »Sie ist Beute. Das musst du doch verstehen.« Orazio blieb stocksteif stehen, als Luigi näher trat und ihm über seinen wilden Schopf strich. »Ich tu dir nichts, Kleiner, das musst du mir glauben. Ich bin nur froh, dass du wieder da bist.«

Mira nutzte den Augenblick, um aufzuspringen. Allerdings schaffte sie nur wenige Schritte, ehe Luigi ihr ein Bein stellte. Sie fiel mit der Nase voran in den Straßendreck und schürfte sich beide Knie auf. Tränen traten ihr in die Augen, als Luigi sie auf die Beine zerrte. »So, die kleine Raubkatze ist gebändigt. Jetzt darfst du zusehen, Orazio, wie wir sie ... Vielleicht kannst du noch was lernen.«

»Das glaube ich kaum«, sagte eine ruhige Stimme. Mira riss die Augen auf, als Riccardo in den Kreis trat und sein Kurzschwert zog, dessen Klinge das Licht der Sterne einfing. Ihr wurde schwindlig vor Erleichterung.

»Was willst du?«, fragte Luigi ungehalten.

»Lorenzos Garde hat euch umstellt, ihr Pack.«

Natürlich, er trug den Wappenrock der Garde mit den Palle. Es zeigte sechs rote Kugeln, die obere war blau mit drei goldenen Lilien, aber wo steckten seine Kameraden? Mira schluckte schwer, als sie begriff. Verdammt, er war allein gekommen, was ihre einzige Chance war, wenn sie ihren Ruf wahren wollte, aber ziemlich dumm, wenn es darum ging, sie zu verteidigen.

»Und das sollen wir dir glauben?« Luigi griff nach seinem Messer, doch Riccardo schlug es ihm mit der flachen Seite des Schwertes aus der Hand.

»Versuch es besser erst gar nicht.« Grimmig verschaffte er sich Platz, indem er das Schwert im Kreis schwang. Die Jungen wichen zurück. »Wenn einer von euch ausprobieren will, wie scharf es ist, darf er gern näher kommen. Was, meint ihr, wird Lorenzo de Medici wohl sagen, wenn ihr euch an der zukünftigen Frau seines Cousins vergreift?«

»Wie bitte?« Luigi hob die Augenbrauen. »Sie ist Enzo di Pierfrancescos Braut? Diese ungezogene Göre, die sich bei Nacht allein in Florenz herumtreibt?«

»Wenn ihr sie auch nur anseht, unterschreibt ihr euer eigenes Todesurteil.« Riccardo zuckte mit den Schultern, doch Mira sah, dass eine tödliche Wut in ihm brodelte. Eine falsche Bewegung, ein unbedachtes Wort, und er würde Luigi den Kopf abschlagen. Wenn er es doch nur täte! Sie hatte gar nicht gewusst, wie rachsüchtig sie war.

»Und wer sagt mir, dass du die Wahrheit sprichst?«, fragte Luigi lauernd.

»Davon darfst du dich gern selbst überzeugen.« Riccardos Stimme war sanft, als er mit der Schwertspitze Luigis Wams aufschlitzte. Ungläubig beobachtete dieser, wie zwischen den klaffenden Streifen aus Goldbrokat vom Rippenbogen bis zum Bauchnabel eine schmale Linie aus Blut hervorquoll. Er wurde blass und schluckte, während ihn die anderen Jungen sprachlos angafften.

»Tut hübsch weh, oder?«, fragte Riccardo ruhig. »Ich kann natürlich auch tiefer schneiden. Willst du es ausprobieren?«

»Pass auf, Riccardo!«, rief Mira, denn einer der Jungen spannte seine Armbrust.

»Wer von uns ist wohl schneller?« Riccardo setzte Luigi das

Schwert an den Hals. »Pfeif deinen Hund zurück, wenn dir dein Leben lieb ist.«

Luigi gebot dem Jungen Einhalt, und Riccardo senkte seine Waffe. »Nur ein kleiner Rat meinerseits: Am besten, ihr macht euch davon, bevor das hier Wellen schlägt.«

»Ja, Gardist.« Übereilt pfiff Luigi seine Schergen zusammen. Mira überraschte es nicht, dass er sich im Ernstfall als Feigling erwies. »Wir hauen ab. Es wird mir zu heiß hier.«

»Und der da?« Einer deutete auf Orazio, dem Luigi einen bedauernden Blick zuwarf.

»Den kleinen Dieb lassen wir da, so schade es auch ist. Schnell jetzt!«

Sie setzten sich in Bewegung und verschwanden. Bevor sie endgültig um die Ecke gebogen waren, spannte der Armbrustschütze jedoch erneut seine Waffe, zielte, schoss und traf Orazio in den Rücken, der stöhnend in die Knie ging.

Mira wollte aufspringen, schließlich brauchte Orazio Hilfe, doch sie konnte nicht. Ihre Beine zitterten, und die Schürfwunden brannten. Mit einem Satz war Riccardo bei ihr, half ihr hoch und zog sie an sich. Er nahm ihr Gesicht in seine Hände und sah ihr in die Augen. Seine waren blau wie der Nachthimmel und ebenso klar.

»Du bist mir so kostbar«, flüsterte er.

Zu wissen, dass er ihre Gefühle teilte, war überwältigend. Mira glaubte, ihre Beine würden erneut unter ihr nachgeben, doch Riccardo hielt sie fest umschlungen. Sie spürte seinen pulsierenden Herzschlag an ihrer Brust und dann, es bedurfte nur einem einzigen Blick zwischen ihnen, wanderten seine Lippen vorsichtig über ihre Stirn und bis zu ihrem Mund. Die Welt explodierte in tausend Lichter, als er sie küsste, zart und vorsichtig, als sei sie ein unendlich wertvoller Schatz. Sie kostete den Moment aus, bis sie in ihrem Rücken ein Stöhnen hörte.

Riccardo löste sich. »Warte auf mich. Ich kümmere mich um den Jungen.«

Mira kauerte sich zitternd auf den Boden und schlang die Arme um die Knie. Seinen Kuss hatte sie nur geträumt, oder? Er war nicht real gewesen, sondern eine Wunschvorstellung, geschuldet dem, was sie erlebt hatte.

Riccardo bückte sich zu Orazio, der auf dem Bauch lag, drehte ihn auf die Seite und hob ihn vorsichtig auf seine Arme. Aus seinem Rücken ragte der Armbrustbolzen. »Aber das ist ja wirklich unser kleiner Straßendieb. Halte durch!«

»Du?«, murmelte Orazio. Er war kreidebleich im Gesicht, und sein Atem ging stoßweise.

»Danke!«, rief Mira ihm erstickt aus der Ferne zu.

»Schon gut. Jetzt sind wir …« Orazio erschlaffte in Riccardos Armen.

»Sollen wir den Bolzen herausziehen?«, fragte sie beunruhigt.

»Ich weiß es nicht«, gestand Riccardo. »Aber Dottore Tommasini kann ihm sicher helfen.«

»Blattschuss«, unterbrach sie eine Stimme so durchdringend wie eine Glocke.

Sie fuhren herum, als ein Junge selbstbewusst auf sie zutrat. Mit seinen blonden Locken, den leuchtend blauen Augen und dem geraden Wuchs war er zum Staunen schön.

»Bist du ein …?«

»Du darfst den Mund zuklappen«, sagte er. »Nein. Ich bin kein

Engel. Oder hast du schon mal einen gesehen, der mit einer Waffe rumläuft?« Er hob seinen Bogen.

»Doch, der Erzengel Michael trägt ein Schwert«, erwiderte Mira altklug.

Der Junge warf seinen Kopf in den Nacken und lachte. »Aber der kämpft ständig gegen den gleichen Drachen. Wie langweilig. Das habt ihr gut gemacht, es wurde Zeit, dass jemand diesem Lumpenkerl von Luigi und seinen Cretinos Einhalt gebietet.«

»Wer bist du?«, fragte Riccardo, der noch immer den bewusstlosen Orazio auf den Armen trug. Der Junge stöhnte leise und rang nach Atem.

»Man nennt mich Cupido«, sagte der Blonde leichthin. »Aber heute bin ich nicht in Liebesdingen unterwegs. Oder vielleicht doch?« Ein anzüglicher Blick traf sie. »Auf jeden Fall haben wir dich mit vereinten Kräften gerettet, Semiramide d'Appiano. Ich hoffe, du weißt das zu schätzen, auch wenn deine Erscheinung zu wünschen übrig lässt.« Eilig schloss Mira die Schnüre ihres Mieders. Er schüttelte missbilligend den Kopf, näherte sich Orazio und pfiff durch die Zähne. »Den hat's aber erwischt. Am besten, du bringst ihn ins Spital Santa Maria Nuova, Riccardo. Da kennst du doch so einen Knochenbrecher mit Namen Tommaso Tommasini.«

»Genau da wollte ich hin«, sagte Riccardo perplex. »Woher weißt du so viel über mich?«

Cupido lachte leise. »Du bist bekannter, als du denkst, Riccardo Vespucci, weil du deine Nase in zu viele Dinge steckst, die dich nichts angehen. Vielleicht bin ich aber auch nur ein versierter Spion, der sich in den Straßen von Florenz auskennt. Im Auftrag von Venus.«

»Venus?« Mira riss die Augen auf.

»Frag nicht«, sagte Cupido lässig. »Ich an deiner Stelle würde mich beeilen, Vespucci.«

Riccardo wandte sich an Mira. »Kann ich dich bei ihm zurücklassen?«

Sie nickte zögernd, woraufhin er sich mit Orazio davonmachte. Jetzt, wo die unmittelbare Gefahr vorbei war, holten Schmerz und Angst sie ein. Sie begann zu zittern. »Woher weiß ich, dass ich dir trauen kann?«

Sogar Cupidos Schulterzucken sah anmutig aus. »Wenn nicht, wärst du schon tot.«

Mira überlief ein Schauder. »Aber wie … hast du uns gefunden?«

»Venus hat einen Narren an Orazio gefressen. Sie mag es nicht, wenn er nachts allein vor die Tür geht, aber da er es nicht lassen kann, schickt sie mich ihm hinterher. Ich habe ihn beschattet und er anscheinend dich. Oder hat er dich zufällig getroffen? Was tust du überhaupt hier?«

Mira errötete bis über beide Ohren. »Ich wollte nur nach Hause.«

Cupido musterte sie. »Du siehst ganz schön mitgenommen aus, Principessa. In den Palazzo Medici zurück kannst du so nicht, außer du willst einen handfesten Skandal riskieren und die Frage deines Bräutigams beantworten, wie es um deine Ehre steht.«

Mira öffnete protestierend den Mund, doch Cupido war schneller. »Es wäre sicher das Beste, du würdest mich begleiten.«

Er hatte recht. Ihre Knie waren blutig, ihre Haare zerzaust und ihre Kleider zerrissen. »Aber wohin?«

Cupido verdrehte die Augen. »Ins Elysium natürlich. Wohin denn sonst?«

Er wandte sich um und war schon in der Dunkelheit verschwunden, als sie sich aus ihrer Erstarrung löste. Venus hatte ihr einen Boten gesandt, um ihr zu helfen. Vielleicht sollte sie ihr einfach vertrauen. Mira folgte ihm, so schnell sie konnte.

# 19.

Riccardo hastete mit dem Jungen, der knochig und schwer in seinen Armen lag, durch die nächtliche Stadt. Der Kleine rang nach Luft, sein Gesicht war blass und grau und seine Lippen bläulich angelaufen. Hin und wieder stöhnte er leise, kam aber nicht zu Bewusstsein. Riccardo machte sich keine Illusionen. Der Armbrustbolzen musste seine Lunge verletzt haben. Wenn Tommaso Tommasini kein Wunder vollbrachte, war Orazios Schicksal besiegelt.

Als Riccardo an das Portal des Spitals klopfte, war er so außer Atem, dass sich die steinerne Fassade um ihn drehte. Unwahrscheinlich, dass ihm mitten in der Nacht jemand öffnen würde. Umso überraschter war er, als ein junger Pfleger die Tür aufriss und ihn verwundert anstarrte. Aus Orazios Mund drang kaum mehr als ein Hauch. Mit jedem Atemzug zog sich ein graues Dreieck um seinen Mund zusammen, der Bote des Todes, wie Riccardo wusste, aber noch lebte er.

»Ich muss Dottore Tommasini sprechen«, brachte Riccardo hervor. »Den Chirurgen. Der Junge braucht Hilfe. Schnell!« Er schob sich durch die geöffnete Tür.

Der Pfleger entfernte sich und kehrte mit Tommasini zurück, der zu Riccardos Verwunderung von Marsilio Ficino begleitet wurde. Beide sahen übernächtigt aus.

»Und Ihr meint wirklich, dass es sich bei Eurem Fund um die Tafel des Hermes Trismegistos handelt?«, fragte Tommasini gerade ungläubig. »Ist die nicht zusammen mit der Bibliothek von Alexandria verbrannt?«

»Wenn ich es doch sage«, erwiderte Ficino mit einem Ausdruck, den Riccardo nicht von ihm kannte. Es war eine leuchtende Freude, als hätte er einen Schatz gefunden.

Tommasini wandte sich Riccardo zu. »Was ist geschehen?« Er musterte den Jungen, der mit schlenkernden Armen und Beinen in Riccardos Armen hing. »Wen bringst du mir denn da? Aber das ist doch …«

»Der Beutelschneider«, vollendete Riccardo ungeduldig. »Er hat einen Armbrustbolzen im Rücken.«

Auf Tommasos Geheiß folgte er ihm die hallenden Gänge zwischen den Krankensälen entlang, aus denen leises Raunen und Seufzen drang. Tommaso öffnete die Tür zu dem Raum, in dem die ermordete Nannina gelegen hatte, und ließ Riccardo den Jungen auf der Bahre ablegen. Auf dem Bauch, was Orazio mit einem weiteren gequälten Stöhnen quittierte. »Was wirst du jetzt tun?«

»Den Bolzen entfernen«, sagte Tommaso. »Und dann steht es bei Gott. Eine Verletzung des Torsos ist immer lebensgefährlich.«

Ein Räuspern ließ sie herumfahren. »Auf keinen Fall!« Ficino hatte seine Hände in den Ärmeln seines Gelehrtentalars vergraben. Der Philosoph musste inzwischen die fünfzig überschritten haben. Er war ein gertenschlanker Mann mit feinen grauen Haaren und einem schmalen Gesicht, in das sich eine Reihe Falten gegraben hatte.

»Was sagt Ihr da?«, fragte Tommaso irritiert.

Riccardo wusste, dass Ficino in seiner Jugend Medizin studiert hatte. Ebenso war ihm der ständige Zwist zwischen Chirurgen und Ärzten vertraut. Er selbst trat für die Praktiker am Operationstisch ein, die bei Amputationen in Blut wateten und trotzdem schlecht bezahlt wurden. Seiner Meinung nach verließen sich die studierten Ärzte zu oft allein auf die Urinbeschau, den Aderlass und sonstigen Humbug und konnten im Ernstfall nichts richten. Obwohl Tommasini und Ficino also Vertreter höchst unterschiedlicher Künste waren, schienen sie vertraute Freunde zu sein.

»Vielleicht sollten wir Gott bei seiner Entscheidung behilflich sein«, sagte Ficino sanft.

»Wie meint Ihr das?«, fragte Tommaso misstrauisch.

Gott ins Handwerk zu pfuschen stand den Ärzten trotz ihrer Profession nicht zu. Ja, es galt sogar als Ketzerei. Wenn Orazios Zeit abgelaufen war, würde er sterben.

»Die Medizin ist eine gottgegebene Kunst, um Leben zu retten«, meinte Ficino. »Sonst würde sie nicht existieren. Natürlich werden wir den Bolzen herausziehen, doch dann müssen wir noch etwas anderes tun. Ihr wisst, Tommaso, dass die Lunge eine Art Blasebalg ist, der sich mit Luft füllt, wenn man atmet. Wenn man ausatmet, fällt sie in sich zusammen.«

Riccardo runzelte die Stirn. Eine Obduktion des Thorax war verboten, egal, ob Ärzte oder Chirurgen sie versuchten.

»Erklärt das näher, Marsilio.« Tommaso wusch sich die Hände mit frischem Wasser und Seife und trocknete sie mit einem Leintuch.

»Das Geschoss hat die Lunge des Jungen zusammenfallen lassen, und mit jedem Atemzug dringt Luft in seinen Brustkorb, die verhindert, dass sie sich wieder weitet. Also müssen wir zuerst eine Vorrichtung herstellen, die die überschüssige Luft entweichen lässt, ebenso die Sekrete wie Blut und Eiter.«

Tommaso hörte aufmerksam zu. »Diese Idee stammt nicht von Euch, oder?«

Ficinos schmale Lippen verzogen sich zu einem Lächeln. »Ihr wisst, dass ich die antiken Schriften studiere. Platon, Plotin. Dabei bin ich auf Texte über die Heilkunst im antiken Griechenland gestoßen. Der große Arzt Hippokrates beschreibt in seinem *Corpus Hippocratium* ein derartiges Vorgehen. Wenn ein Lungenflügel zusammengefallen ist, nimmt er ein Zinkröhrchen und führt es in den Brustraum ein. Es kann auch ein Federkiel sein. Hauptsache, es führt die Luft ab, so dass sich die Lunge regenerieren kann.«

Tommaso nickte nachdenklich.

»Und wenn Ihr das nicht tut?«, fragte Riccardo.

»Dann wird der Junge sterben«, sagte Ficino ungerührt. Orazios Augenlider zuckten, und seine Augenbrauen zogen sich zusammen. »Aber das wird er wahrscheinlich ohnehin.«

»Also lasst es uns versuchen.« Tommaso schickte Riccardo vor die Tür.

Er stand in dem hallenden Gang und spürte, wie die Nachtkälte seine Beine hinaufkroch. Er war zum Umfallen müde, doch der Gedanke an den Jungen, der im Operationssaal nebenan um sein Leben kämpfte, hielt ihn wach. Es wäre schade um Orazio und das nicht nur, weil er Mira das Leben gerettet und Riccardo ihn durch die halbe Stadt geschleift hatte. Er hätte erfahren können, was Orazio zu einem Straßenkind gemacht hatte und was ihn mit diesem Cretino Luigi verband. Aber lebte er wirklich noch auf der Straße? Seine Kleidung sprach dagegen.

Und dann Mira. Sein schlechtes Gewissen durchzuckte ihn mit aller Macht. Wozu hatte er sich nur hinreißen lassen? Sie war die Braut seines besten Freundes. Und dennoch – Riccardo hatte die Wahrheit in ihren Augen gesehen. Wenn er daran dachte, dass sie ihn genauso begehrte wie er sie, durchströmte ihn ein unbekanntes Glücksgefühl. Er würde diese Minuten, die nur ihnen gehört hatten, nie vergessen. Aber sie durften sich nicht wiederholen. Die Schuld, sie seinem Freund auszuspannen, durfte er nicht auf sich laden. Um ihrer beider willen.

Die Tür zum Operationssaal öffnete sich schneller, als Riccardo erwartet hatte. Tommaso trat in den Gang, die Hände blutig, seine Ärmel bis zu den Ellenbogen hochgekrempelt. Er sah erschöpft, aber zufrieden aus.

»Ficino hatte recht«, raunte er Riccardo zu. Auf die Gefahr hin, dass er ihnen unter den Händen wegstarb, hatten sie ein Röhrchen in den Brustkorb des Jungen eingeführt und ihm damit sofort Erleichterung verschafft. »Vielleicht überlebt er. Auf jeden Fall ist er aufgewacht und will dich unbedingt sprechen. Versag es ihm nicht. Er ist ...«

»... so wie ich einmal war. Ich weiß.«

Entschlossen betrat Riccardo den Raum. Orazio lag auf der Seite und winkte ihn zu sich heran. Seine Wangen waren zwar immer noch bleich, aber das graue Dreieck um seinen Mund war verschwunden. Riccardo mied den Blick auf das Röhrchen, das aus seinem Rücken ragte und in eine Schüssel mündete.

»Wie geht es dir?« Seine Hand legte sich leicht auf Orazios Schulter.

»Beschissen, aber danke, Gardist.« Orazios Stimme war nur ein Wispern. »Du musst etwas für mich tun, ja?«

Flüsternd und unter Schmerzen teilte ihm Orazio mit, was er von ihm wollte. Riccardo sollte ein Gartengrundstück aufsuchen, das seine Freundin Stella mit mehreren kleineren Kindern bewohnte, und sie in Sicherheit bringen, bevor Luigi ihnen zu Leibe rücken konnte. Denn das würde er, wenn er merkte, dass er sich nur auf diese Art an Orazio rächen konnte.

»Und Mira?«, flüsterte Riccardo zuletzt. »Wo finde ich sie?«

»Ist sie mit Cupido gegangen?«, fragte Orazio erschöpft. Riccardo nickte. »Dann ist sie im Elysium und außer Gefahr.«

Orazio fiel in tiefen Schlaf. Bevor Riccardo ging, ließ er seine Hand über sein Gesicht gleiten, froh, den Hauch seines Atems zu spüren.

# 20.

Mira lag bis zum Hals im Wasser und genoss den Rosenduft, der von ihm ausging. Von dem Becken aus blau geädertem Marmor stiegen Dampfschwaden auf, und aus einer kunstvoll gestalteten Groteske in der Wand prasselte ein künstlicher Wasserfall. Hier konnte man es aushalten. Fast wären ihr die Augen zugefallen, aber das konnte sie sich nicht erlauben, dazu war dieser Ort zu mysteriös. Wo genau er in Florenz lag, wusste sie nicht, denn Cupido hatte ihr kurz vor dem Ziel eine Augenbinde angelegt. Wie konnte eine einzige Nacht gleichzeitig so furchtbar und so wunderschön sein? Auch wenn sie die Begegnung mit Luigi entsetzte, Riccardos gestohlenen Kuss würde sie nie vergessen. Aber Riccardo hatte recht. Was geschehen war, durfte sich nicht wiederholen, um ihrer aller willen nicht.

»Gefällt es Euch in unserer Grotte?«

Mira zuckte zusammen. Eine Frau war eingetreten. Sie trug ein Gewand aus safrangelber Seide, das üppig mit Blumen und schwarzen Reihern bestickt war. Mira starrte sie sprachlos an.

»Habe ich Euch einen Schrecken eingejagt? Das tut mir leid.« Die Fremde nahm elegant auf dem Beckenrand Platz und tauchte ihre Hand in das duftende Wasser.

»Ich wollte nicht unhöflich sein«, beteuerte Mira.

Die Frau lachte glockenhell. »Ich bin es gewöhnt, Aufsehen zu erregen. Mein Gewand ist etwas Besonderes. Ein Gast hat es mir eigens aus China mitbringen lassen. Wusstet Ihr, dass die Kultur dort der unsrigen weit überlegen ist?«

»Ach, wirklich?« Nie zuvor hatte Mira eine schönere Frau gesehen. Ihr Gesicht war ein vollkommenes Oval, der Mund herzförmig, die Augen blaugrün. Ihr honigfarbenes Haar fiel ihr bis auf die Schultern, und sie schien vollkommen alterslos zu sein.

»Ihr seid Venus?« Daran bestand kein Zweifel, denn Mira kannte sie aus ihren Träumen: Venus, die Göttin der Schönheit und der Liebe.

»Richtig, Semiramide. So nennt man mich.« Venus sammelte Wasser in ihrer hohlen Hand und ließ es über Miras Kopf laufen. Ihr Lachen war melodiös. »Lasst mich Euch die Haare waschen. Sie haben es bitter nötig.«

Ohne Miras Zustimmung abzuwarten, verteilte sie flüssige Seife und begann, ihr die Kopfhaut zu massieren. Die Berührung war so wohltuend, dass Mira beinahe einschlief. Erst als Venus sie bat, sich unter dem Wasserfall abzuspülen, wurde sie wieder munter.

»Herrlich«, murmelte sie.

»Kommt!«

Widerwillig stand Mira auf und ließ sich von Venus in ein großes Leintuch hüllen.

Kurze Zeit später saß sie in einem luxuriös ausgestatteten Empfangsraum und nahm aus Cupidos Händen eine Tasse chinesischen Tee in Empfang. Nur ihre schmerzenden Knie erinnerten sie daran, dass diese Nacht kein Traum war.

»Was ist Euch geschehen?« Venus musterte sie wohlwollend.
»Cupido, mein Lieber, könntest du Amina nach der Salbe aus dem
Orient fragen?«

»Ja, Herrin.« Cupido verließ den Raum.

»Legt Eure Beine hoch, meine Liebe«, sagte Venus. »Ihr müsst
todmüde sein.«

Während sich Mira auf dem Diwan austreckte, setzte sich Venus
in den Sessel ihr gegenüber. In einer Ecke stand ein Bambuskäfig, in
dem zwei blaue Papageien mit den Köpfen unter den Flügeln dösten.

»Und wenn ich einschlafe?« Mira gähnte.

»Keine Angst. Der Tee weckt Eure Lebensgeister für genau die
Zeitspanne, die unser kleines Gespräch dauern wird.«

Also trank Mira gehorsam einen Schluck. Der Tee schmeckte
frisch, blumig und ein wenig bitter.

»Auch ich habe einige Fragen an Euch«, beeilte sich Mira zu sagen.

»Dann ziehen wir das vor.« Venus nickte. »Damit Ihr Euch bei
mir sicher fühlt.«

»Kann ich das wirklich?«

Venus machte eine wegwerfende Handbewegung. »Cupido hätte
euch unterwegs meucheln können, ich hätte euch unter Wasser drücken oder ein schnell wirkendes Gift in den Tee schütten können.
Glaubt mir, wenn ich Euch ans Leben wollte, hätte ich es längst getan.«

Mira hätte fast ausgespuckt, doch Venus legte ihr die Hand auf
den Arm. »Das war ein Scherz. Warum sollte ich es mir mit Lorenzo
de Medici verderben? Also traut Euch, alle Fragen zu stellen, die
Euch auf der Seele brennen.«

»Wie lautet Euer richtiger Name?«

Venus runzelte überrascht ihre seidenglatte Stirn. Ein spitz gefeilter Fingernagel legte sich an ihre Lippen. »Ich denke, den werde ich Euch nicht verraten. Es hängen so viele Schicksale daran.«

Nun gut, dachte Mira. »Aber Ihr werdet mir doch wohl sagen können, wo ich hier gelandet bin? Was ist das für ein Ort?«

Einer der Papageien zog seinen Kopf unter dem Flügel hervor und lief auf und ab. Venus öffnete die Tür und fütterte ihn mit einem Stück Aprikose. »Zählt zwei und zwei zusammen, Semiramide. Hier werden Träume wahr.« In ihrer Stimme lag ein Hauch von Spott.

»Das Elysium ist ein Bordell?« Hitze kroch in Miras Gesicht.

»Bravo.« Venus setzte sich und zog ihr Gewand über ihren üppigen Brüsten zusammen. »Richtig geraten, meine Schöne. Das Elysium ist ein besonderer und sehr diskreter Ort. Männer von Bedeutung geben sich hier ein Stelldichein mit den schönsten Frauen der Welt. Meine Damen kommen aus dem Orient ebenso wie aus dem Norden und lesen ihnen jeden noch so speziellen Wunsch von den Lippen ab.«

Mira sah sie mit großen Augen an.

Venus lächelte spöttisch. »Aber ich wehre mich gegen die Bezeichnung ›Hure‹. Die Mädchen arbeiten als Kurtisanen, ebenso wie ich. Ich hoffe, Ihr kennt den Unterschied.«

Mira zog sich die seidene Decke bis zur Nasenspitze. »Und was ist Cupidos Aufgabe?« Der Junge schien ihr mit allen Wassern gewaschen.

Venus lachte glockenhell. »Seid Ihr wirklich so naiv? Cupido ist für andere Vorlieben zuständig. Auch Ihr dürftet gehört haben, dass manche Männer sich zum eigenen Geschlecht hingezogen fühlen. Einige mögen es jung. Auch manche Frauen lieben andere Frauen, ganz wie Gott sie geschaffen hat. Werdet bloß nicht wieder rot!«

Mira schluckte und schwieg. Sodomie. Sie hätte es sich ja denken können.

Venus seufzte tief. »Macht den Mund zu! Ich frage mich, warum man junge Frauen, die für die Ehe bestimmt sind, auf dem geistigen Stand eines Kleinkinds lässt. Was glaubt Ihr? Steckt Absicht dahinter?«

»Ich bin nicht dumm!« Mira setzte ihre Tasse klirrend auf dem Beistelltischchen ab.

»Das habe ich auch nicht gesagt. Ihr mögt gebildet im landläufigen Sinne sein und Blumen über Blumen zeichnen.« Mira zog die Augenbrauen hoch.

»O ja. Ich habe mich über Euch informiert, man will ja wissen, wer sich den begehrtesten Junggesellen von Florenz geangelt hat. Aber mit der körperlichen Seite der Liebe kennt Ihr Euch nicht aus. Glaubt mir, es würde Euer Leben erleichtern, wenn Ihr Bescheid wüsstet.« Venus öffnete den Käfig, nahm einen der Papageien heraus und kraulte ihm geistesabwesend den Hals.

»Und Orazio?«, fragte Mira.

»Ach, der Kleine. Ich stand in seiner Schuld. Deshalb habe ich ihn aus der Gewalt dieses Luigi befreit und unter meine Fittiche genommen. Ich kann nur nicht verhindern, dass er bei Tag und Nacht durch die Stadt geistert. Deshalb schickte ich ihm Cupido hinterher, was sich heute bezahlt gemacht hat.«

»Orazio ist verletzt.« Mira wunderte sich, wie sehr sie das bedauerte. Der Junge hatte sein Leben aufs Spiel gesetzt, um ihres zu retten, aber das war nicht alles. Wenn es nach ihr ging, sollte er eine Chance bekommen.

Venus setzte den Papagei wieder in seinen Käfig. »Cupido hat mir schon Bericht erstattet. Ich weiß auch, dass dieser junge Gardist – wie heißt er noch mal?«

»Riccardo«, erwiderte Mira leise.

Venus nickte wissend. »… ihn ins Spital Santa Maria Nuova gebracht hat. Der Rest liegt in Gottes Hand.« Sie setzte sich neben Mira und nahm ihre Hand. »Jetzt bin ich dran mit den Fragen. Hat Euch Luigi Gewalt angetan?«

»Es ist nicht dazu gekommen.« Miras Stimme zitterte. Entsetzen kroch über sie hinweg, wenn sie daran dachte, wie nahe sie daran gewesen war, ihre Ehre zu verlieren. »Aber es war kurz davor.«

Venus sah sie fest an. »Seid stark und versucht, es zu vergessen, Mira. Nur so könnt Ihr weiterleben. In so mancher Hinsicht müssen Frauen tapferer als Kriegshelden sein.«

Mira nickte zweifelnd. Sie hatte schon das Attentat auf Giuliano nicht richtig verkraftet. Und diesmal wäre sie selbst fast zum Opfer geworden. »Aber wie?«

»Glaubt an Eure Würde und lasst sie Euch niemals nehmen. Sie ist das Einzige, um das es sich zu kämpfen lohnt. Aber was habt Ihr mitten in der Nacht an einem so gottverlassenen Ort zu suchen gehabt? Das war äußerst leichtsinnig von Euch.«

Mira goss sich ihre Tasse voll und trank. »Ich war bei Orla, der Engelmacherin«, sagte sie mit einem Anflug von trotzigem Stolz.

Venus schwieg verblüfft. Mira hatte nicht geglaubt, dass es ihr gelingen würde, sie sprachlos zu machen. »Was habt Ihr da gewollt?

Oder ist an Cupidos Bericht etwas dran? Habt Ihr eine Affäre mit Riccardo Vespucci?«

Miras Hand begann zu zittern. Sie schaffte es gerade noch, ihre Tasse abzustellen. »Nein, ganz sicher nicht. Und nein, ich bin nicht schwanger.« Der Papagei krächzte spöttisch.

»Still, Ugo.« Venus spitzte die Lippen. »Zumindest habt Ihr Enzo di Pierfrancesco nicht schon vor der Zeit Hörner aufgesetzt. Wie löblich.«

Mira trank einen weiteren Schluck Tee. »Ich denke, Ihr habt von dem Mord an Nannina gehört?«

»Natürlich«, murmelte Venus abwesend. »Das ist Stadtgespräch.«

»Ich war wegen meiner Freundin Gianna Soderini bei Orla. Sie ist verschwunden, und ich fürchte um sie. Kennt Ihr Gianna?«

»Sicher kenne ich Gianna.« Venus sah sie mit großen Augen an. »Ihr setzt wegen einer anderen Frau Euer Leben aufs Spiel? Das ist ... «

Mira seufzte. »Entweder heldenhaft oder schrecklich dumm, ich weiß. Wahrscheinlich Letzteres.«

»Ihr erstaunt mich aufs Neue, Principessa. Habt Ihr von Christine de Pizan gehört?«

»Flüchtig. Ist sie nicht eine französische Schriftstellerin, die über eine Stadt geschrieben hat, in der die Frauen das Sagen haben?«

Venus lachte leise. »Ja, genau. Als ich Gianna das letzte Mal traf, erzählte sie mir, wie wunderbar es wäre, wenn die Hälfte des Himmels den Frauen gehören würde. Uns Frauen«, verbesserte sie sich.

»Gianna war freiheitsliebend und eigenwillig«, sagte Mira. »Das ist ein Grund, warum ich sie so mag. Aber jetzt kann es sein, dass sie tot ist.«

»Meint Ihr, dass sie deshalb sterben musste?«, fragte Venus.

Mira dachte einen Moment lang nach. »Ich glaube, dass jemand Botticellis Modelle umbringt. Aus welchem Grund weiß ich nicht.«

»Ach?« Venus zog die Augenbrauen hoch.

In diesem Moment platzte Cupido in den Raum, der die Heilsalbe brachte. »Gibt es etwas Neues?«

»Nichts, was dich angehen würde, mein Lieber«, sagte Venus. »Ihr müsst wissen, Semiramide, mein Cupido ist ein Klatschweib, schlimmer als jede Fischhändlerin.«

»Pfft!« Während Cupido beleidigt die Tür hinter sich zuzog, öffnete Venus den Tiegel, aus dem es betäubend nach ranzigem Schweineschmalz und Kräutern roch.

Mira rümpfte die Nase. »Was ist da drin?«

»Keine Ahnung, aber es ist äußerst wirksam. Vertraut Ihr mir?«

Mira seufzte. »Mir bleibt ja wohl nichts anderes übrig.«

Venus verteilte die Salbe auf Miras Knien. Überrascht stellte sie fest, dass die übel riechende Masse ihre Wunden sofort kühlte.

Venus setzte sich zurück. »Aminas Salbe wirkt Wunder. Ich glaube, sie mischt Urin hinein. Aber nun sollten wir darüber nachdenken, wie wir Euch unbemerkt in den Palazzo Medici schmuggeln. Sonst könnte diese Nacht sowohl Euch als auch dem Gardisten das Leben kosten.«

»Ich ...« Mira wurde abwechselnd heiß und kalt.

Venus legte ihre schmale Hand auf Miras. »Habt Ihr im Palazzo jemanden, dem Ihr vollständig vertrauen könnt?«

»Meine Zofe.«

Sie verließ das Elysium in der Morgendämmerung an Cupidos Seite und trug dabei neben der Augenbinde einen gelben Hurenschleier, der ihr Gesicht verbarg. Am Hintereingang des Palazzo Medici verschwand sie mühelos zwischen den Bauern, Bäckern und Metzgern, die für das leibliche Wohl der Bewohner sorgten. Vielleicht war es ja üblich, dass junge Huren frühmorgens wie Pakete angeliefert wurden?

Mira drängte das Gefühl der Demütigung zurück und wartete auf Seraphina, die sie Sekunden später erleichtert in die Arme schloss. Heiße Tränen tropften auf Miras Schultern.

»Ich wäre fast gestorben vor Angst. Tut das nie wieder, Semiramide, wenn Euch etwas an mir liegt! Und legt in Gottes Namen diesen Schleier ab.«

# 21.

Am nächsten Tag schützte Mira nach dem Unterricht eine Unpässlichkeit vor, um sich zurückziehen zu können. Klar, dass Maddalena und Lucrezia sie wegen ihres Hochzeitskleids gelöchert hatten. Bestand es wirklich aus weißer Seide? Wie stellte sie sich das blaue Übergewand vor, und würde Apollonia wirklich Tausende von staubfeinen Perlen aufsticken? Und warum noch mal wollte sie keine weiße Seide?

Mira war heilfroh, als sie endlich in ihre Räume gehen konnte, wo ihr Baldachinbett auf sie wartete. Kurz nachdem sie eingeschlafen war, klopfte es jedoch. Sie schöpfte sich eine Handvoll kaltes Wasser ins Gesicht und taumelte zur Tür, wobei sie die jähe Hoffnung zum Schweigen brachte, der unerwartete Besucher könne Riccardo sein. Er war es nicht. Als sie die Tür aufzog, stand sie Enzo di Pierfrancesco gegenüber.

»Ihr?« Nervös strich sie ihr Hauskleid glatt.

»Principessa? Ich grüße Euch.« Er trat ein, als habe er jedes Recht dazu, streifte durch den Raum und ließ seine schmalen Hände über ihre Bücher gleiten. Mira unterdrückte ein Gähnen. »Meine Tante war eine große Dichterin. Ich kann mich noch gut an die Feste erinnern, bei denen sie ihre Texte vortrug.«

Mira nickte. »Ich habe selbst einige miterlebt.«

Auch wenn Enzo sie schon damals ignoriert hatte, kannten sie sich seit dieser Zeit. Beide hatten sie zwischen den anderen Kindern gestanden und mehr oder weniger gelangweilt gelauscht. Er war nicht zu beneiden, dachte sie plötzlich. Durch den frühen Tod seiner Eltern trug er die Bürde der Verantwortung und musste der jüngeren Linie der Medici zu neuer Blüte verhelfen. Welch aussichtsloses Unterfangen. Seine einzige Unterstützung fand er in seinem Bruder Giovanni und seiner greisen Großmutter. Und in ihr, Mira. Sie war eingeplant, um den Fortbestand der Familie zu sichern. Du lieber Himmel!

»Wir hatten keinen guten Anfang, Semiramide.« Enzo ließ sich auf einen Stuhl fallen und streckte seine langen Beine aus. »Versuchen wir es einfach noch einmal? Ich würde Euch gern unser zukünftiges Haus zeigen.«

Mira zog die Augenbrauen hoch. Unterbreitete er ihr auf diese Weise etwa ein Friedensangebot? Angesichts der Tatsache, dass sie ihr Leben miteinander verbringen mussten, sollten sie sich besser zusammenraufen.

»Natürlich«, sagte sie leise.

Enzo wartete vor der Tür, bis sie sich umgezogen hatte. Sie nahm seinen Arm und verließ an seiner Seite den Raum. Obwohl sie ihm nur bis zu den Schultern reichte, fanden sie diesmal schnell einen gemeinsamen Rhythmus. Lag es daran, dass sie nicht mehr über den Saum von Biancas Robe stolperte? Nur schade, dass ihre schmerzenden Knie sie an die gestrige Nacht erinnerten. In welcher Kammer ihres Herzens sollte sie den Schrecken, aber auch die unerwartete Freude verbergen, die die Erinnerung auslöste?

Enzo merkte nicht, wie es um sie stand. Er führte sie zielstrebig zum Palazzo Vecchio, dem Stammhaus beider Linien, das sich zur Rechten des neuen Palazzo in der Via Larga erhob. Es war ein lang gestreckter Bau mit Rundbogenfenstern und einer Einfahrt auf der linken Seite. Über dem hallenartigen Erdgeschoss lag das weniger hohe Piano Nobile.

»In diesem Haus ist Cosimo der Ältere zusammen mit meinem Großvater Giovanni aufgewachsen«, erklärte Enzo. »Es ist erheblich kleiner als der Neubau. Nicht einmal halb so groß.«

»Das muss nicht von Nachteil sein«, sagte Mira.

Im Innenhof herrschte reges Treiben. Handwerker liefen mit Werkzeugen und Material hin und her und stießen fast mit den beiden Metzgern zusammen, die eine Wanne voller Fleisch ins Haus trugen. Mira atmete gegen ihre Panik an. Nach ihrer Hochzeit würde sie sich um die Organisation des Haushalts kümmern und einmal im Jahr den Umzug in eine der Landvillen und zurück organisieren müssen.

Aus dem Innern des Hauses klang ihr Baulärm entgegen, sie hörte Hammerschläge und das Geräusch einer Säge.

»Wir renovieren. Damit unser Zuhause ...« Enzo wurde rot. »Ich meine das meiner jungen Frau und das meine ...« Seine Gesichtsfarbe vertiefte sich.

»Damit ich es schön habe.« Mira griff zum ersten Mal nach seiner Hand und rang sich ein Lächeln ab. Konnte es sein, dass er genauso nervös war wie sie? »Ich danke Euch. Ich bin sehr froh, aus dem unpersönlichen Palazzo ausziehen zu dürfen.«

Sie traten ein. Aus der Küche duftete es verlockend nach Brathühnern, die der Koch Ruggiero auf einem Spieß über der offenen Feuerstelle drehte. Miras Magen begann zu knurren.

Eine Küchenmagd klatschte den Teig für das Weißbrot auf den Tisch und begann zu kneten. »Buona sera.«

Mira nickte und strich nachdenklich über ein paar polierte Kupfertöpfe. Das alles würde bald ihr gehören.

Enzos Bruder Giovanni lümmelte auf der Küchenbank und stopfte sich noch schnell ein Stück Salami in den Mund, bevor er sich wegduckte. Doch Enzo hatte ihn schon gesehen. Er zerrte ihn vor Mira. »Du verflixter Faulpelz.«

Giovanni ignorierte ihn und drehte sich zu Mira um. »Ihr solltet Euch überlegen, ob Ihr Euch wirklich mit meinem Unhold von Bruder zusammentun wollt, geschätzte Principessa. Seht nur, wie gewalttätig er ist.« Anders als sein Bruder war Giovanni untersetzt gebaut und hatte einen bronzebraunen Lockenkopf und grüne Augen.

Enzo knuffte ihn in den Rücken. »Ich habe dir doch gesagt, dass du bis Sonnenuntergang die Bücher unseres Tuchhandels durchsehen sollst. Und wo finde ich dich?«

»In der Küche, wo sonst?« Der Junge zuckte mit den Schultern. »Wie du weißt, packt mich immerzu der Hunger.« Er zwinkerte Mira dreist zu. »Dich auch, Schwägerin? Du könntest es vertragen.« Enzo versetzte ihm einen weiteren Klaps und schickte ihn ins Kontor zurück.

»Der Bengel kennt keinen Respekt. Ich werde ihm die Ohren lang ziehen.«

Trotz der Kritik hörte Mira, wie sehr Enzo seinen Bruder liebte. Auch wenn sie sich davor fürchtete, ein Teil dieser Familie zu werden, spürte sie einen Funken Freude, gepaart mit Aufregung. Sie würde wieder Menschen nahestehen. Aber was war mit Riccardo?

Sie musste sich den Gedanken an ihn verbieten, auch wenn es sich anfühlte, als würde sie sich das eigene Herz aus der Brust reißen.

Entschlossen konzentrierte sie sich auf das Naheliegende. »Ihr wolltet mir doch das Haus zeigen?«

»Lasst uns im Obergeschoss beginnen.« Enzo führte sie die Treppe hinauf und durch das Piano Nobile, wo für sie beide je ein persönliches Gemach eingerichtet worden war. Die Räume hatten eine Verbindungstür, was Enzo stottern und Mira erröten ließ.

»Einer von uns beiden sollte eigentlich wissen, um was es geht«, sagte Enzo.

Mira legte die Hand vor den Mund und unterdrückte ein Kichern. Dann aber prusteten sie beide los und lachten so laut über ihre Unerfahrenheit, dass Enzos Großmutter Ginevra Cavalcanti aus ihrem Zimmer kam, um sie zu begrüßen. Die alte Dame freute sich sichtlich, Mira zu sehen. Du meine Güte, dachte sie, ich heirate eine Familie.

»Ihr wollt sicher allein sein, meine Lieben«, sagte sie.

»Nein, nein«, beteuerte Mira.

»Doch, doch!«, sagte die alte Frau wissend.

Nachdem er seine Großmutter in ihre Gemächer gebracht hatte, führte Enzo Mira zurück ins Erdgeschoss. »Ich wollte Euch noch das Vorzimmer zeigen, wo unser Bild hängen soll. Es wird gerade renoviert.«

Der große Raum war eine Baustelle voller Holzstaub, da die Schreiner gerade die Wandverkleidung, die Spalliera, erneuerten. Mira folgte Enzo durch die Tür, während ihr die Hämmer und Sägen in den Ohren klangen.

»Seht Ihr?« Enzo hob die Stimme gegen den Lärm. »Ich lasse über dem Ruhebett einen Platz frei für unseren Frühling.«

»Ich habe gar nicht gewusst, dass das Bild so groß wird.« Mira breitete ihre Hände aus und drehte sich im Kreis wie die Grazien.

»Doch«, rief Enzo. »Zwei weitere Kunstwerke plane ich ebenfalls noch ein, damit es ein repräsentativer Empfangsraum wird.« Enzo geizte weder mit Geld noch mit ehrgeizigen Plänen, als wollte er unbedingt zeigen, dass mit der jüngeren Linie der Medici zu rechnen sei. »Lasst uns rausgehen. Hier ist es zu laut, um zu reden.«

Mira folgte ihm in einen lauschigen Innenhof, der mit einem Granatapfelbaum und ein paar Rosensträuchern bewachsen war. Ein Springbrunnen plätscherte in eine Marmorschale, in der ein paar Spatzen zwitschernd plantschten. Hier ließ es sich aushalten.

»Wartet!«

Während Mira sich auf die steinerne Bank setzte, holte Enzo eine Karaffe mit Rotwein und zwei Becher aus der Küche. Der Koch hatte ein paar frisch gebackene Kekse dazugelegt, die so köstlich dufteten, dass sie gleich zwei auf einmal nahm.

»Euer Magen knurrt.« Enzo betrachtete sie stirnrunzelnd.

»Ich habe heute noch fast nichts gegessen.« Sie würde ihm gewiss nicht auf die Nase binden, wie schwach sie sich vor Hunger, Verwirrung und Müdigkeit fühlte.

Enzo machte einen weiteren Ausflug in die Küche und besorgte ihr zwei gebratene Hühnerschenkel. »Es ist nicht so nobel wie nebenan, aber etwas zu essen gibt es immer.«

Mira nagte den ersten rasend schnell ab. »Er kann was, Euer Koch«, sagte sie mit vollem Mund.

»Ihr verfügt ja über einen gesegneten Appetit.«

»Und ob.« Mira spülte das Fleisch mit einem großen Schluck

Rotwein runter. »Warum habt Ihr Euch eigentlich für dieses komplizierte Thema entschieden?«

Enzo streckte seine langen Beine von sich. »Vielleicht, weil es mir die Möglichkeit gibt, ein prosperierendes Florenz darzustellen.«

»Flora steht für Florenz.«

»Auch.«

»Die Geschichte spielt im Frühling, der Jahreszeit des Blühens und Werdens«, fuhr Mira fort. »Vielleicht im Mai. Außerdem führt Venus Aufsicht über alle möglichen Liebesgeschichten und Tändeleien.«

Enzo musterte sie überrascht, als hätte er statt einer Raupe einen Schmetterling entdeckt. »Stimmt es eigentlich, dass Ihr fließend Lateinisch lest?«

Mira streifte ihre Schuhe ab und setzte ihre Füße ins weiche Gras. »Ich spreche es auch. Griechisch finde ich schwieriger«, sagte sie und beschloss, die Flucht nach vorn anzutreten. Wer wusste schon, wie lange Enzos plötzliches Wohlwollen andauern würde?

»Dann wisst Ihr sicher auch, dass ich ein Kompendium der Pflanzen der Toskana zeichne. Und da Meister Sandro eine Vielzahl an Vorbildern gut gebrauchen konnte ...« Sie holte tief Luft. »... habe ich ihm meine Zeichnungen zur Verfügung gestellt, damit er sie in Euer Bild integrieren kann.«

»Unser Bild«, verbesserte Enzo sie.

»Und mich selbst«, fügte sie leise hinzu.

»Ihr habt was?« Enzo blieb für einen Augenblick der Mund offen stehen. In letzter Zeit schaffte sie es mühelos, die Leute sprachlos zu machen.

»Ich ersetze Nannina als Modell für die mittlere Grazie«, gestand sie. Im Granatapfelbaum begann ein Vogel schmetternd sein Abendlied zu singen.

»Ihr steht Modell, und ich weiß nichts davon?« Enzo stand auf und baute sich mit seiner langen Gestalt vor ihr auf. Er sah furchterregend aus.

»Es war überhaupt nicht unschicklich«, verteidigte sie sich. »Poliziano hat mich begleitet, und alle Grazien waren da, bis auf Nannina, jedenfalls beim ersten Mal.«

»Ihr wart bereits mehrfach bei Sandro?« Enzo blickte stirnrunzelnd auf sie hinab. »Ich dachte, ich müsste nur auf meinen hitzköpfigen kleinen Bruder aufpassen. Ihr seid als Grazie auf dem Bild zu sehen und gleichzeitig meine Braut? Das ist ein intimes Detail. Also gut. Ich muss darüber nachdenken, ob es uns zuträglich ist oder nicht. Die mittlere Grazie steht für die junge Frau, die in das Wesen der Liebe eingeweiht wird. Da wir bald die Ehe eingehen, mag es passen.«

Er hatte zumindest nicht kategorisch Nein gesagt. Mira verbuchte das als Erfolg. »Auf der rechten Bildhälfte geht es nicht so friedlich zu. Zephyr nimmt sich sein Recht mit Gewalt. Ich hätte mein Veto geäußert bei diesem Thema.« Allein bei den Worten wurde ihr schwindlig. Oder hatte sie zu viel Wein getrunken? *Reiß dich zusammen, Mira.* Niemand durfte erfahren, was letzte Nacht geschehen war, besonders Enzo nicht.

Die plötzliche Wendung entging ihm völlig. »Das mag Chloris so erschienen sein, aber zum Glück hat sie sich ja in Flora, die Göttin des Frühlings, verwandelt, der Zephyr zum Ausgleich für seine frevelhafte Tat Land schenkt.«

»Auch noch habgierig.« Mira schnaubte. Obwohl sie die Texte über die Verwandlung von Chloris in Flora kannte, konnte sie nicht verhindern, dass der Gedanke an Nannina und Gianna sie mit Macht traf. Sie trank ihr Glas leer. »So seht Ihr das also. Zephyr vergreift sich an Chloris und erschafft Flora, und die Grazien tanzen. Aber das ist nicht alles. Ficino hat es mir erklärt. Es gibt eine tiefere Bedeutung.«

Enzo setzte sich auf die Steinmauer des Springbrunnens und tauchte seine Hand in das kühle Wasser. »Glaubt Ihr, das sei mir nicht bewusst? Das Bild zeigt Venus, Florenz und die Segnungen der Ehe.« Seine Wangen waren vom Wein gerötet. »Aber wer diese oberste Schicht verstanden hat, dem offenbart sich vielleicht auch die nächste Ebene. Und so ...«

Mira fiel ihm ins Wort. »Aber das weiß ich doch. Links suchen die Grazien sich ihren Weg. Die Mittlere wendet Merkur den Blick zu, der die Wolken mit seinem schlangenumkränzten Stab vertreibt.«

»Ihr habt das nicht verstanden.« Enzo schüttelte den Kopf. »Merkur ist der Führer der Seelen und ebnet der mittleren Grazie den Weg in die Anderswelt. Sie ist ein Sinnbild für die Seele auf der Suche nach Gott.«

Merkur war Riccardo, den sie nicht haben durfte. Die Bitterkeit, die in Mira aufstieg, konnte selbst der Wein nicht vertreiben.

Ihr Bräutigam stand auf. »Es macht Spaß, mich mit Euch zu unterhalten. Ihr seid gebildet und traut Euch, mir Paroli zu bieten, Semiramide. Das ist erfrischend.«

»Danke«, erwiderte Mira überrascht.

»Sollen wir einen Besuch bei Meister Sandro einschieben?«

»Jetzt?« Als sie aufstand, spürte sie eine tiefe Erschöpfung.

»Um uns von den Fortschritten unseres Bildes zu überzeugen, wenn Ihr nun ein Teil davon seid.« Er nickte ihr aufmunternd zu. »Carpe diem. Lasst keinen Tag Eures Lebens nutzlos verstreichen.«

»Ihr werdet Euch daran gewöhnen müssen, dass ich hin und wieder meine eigenen Wege gehe«, entgegnete sie spitz.

»Ach, wirklich?« Enzo lachte siegesgewiss. »Ich weiß übrigens, wo Ihr gestern gewesen seid.«

Miras Herz setzte aus, und das Blut sackte ihr in die Beine. Hatte er herausgefunden, was ihr gestern Nacht zugestoßen war? Selbstverschuldet, darüber machte sie sich keine Illusionen. Sie war unglaublich leichtsinnig gewesen. »Was meint Ihr?«

Der Magnifico hatte seine Spione in ganz Florenz. Was, wenn Enzo es ihm gleichtat und jeden ihrer Schritte überwachen ließ? Eine Welle des Entsetzens rollte über sie hinweg, als sie sich das Ausmaß ihrer Schande vorstellte. Was geschah mit ungehorsamen Medici-Bräuten? Würde man sie in einem fernen Kloster lebendig begraben?

»Ihr seid ja ganz blass geworden.« Enzo legte ihr seine Hand auf den Arm. »Ich habe erfahren, dass Ihr gestern ganz allein den Schneider Gianluca aufgesucht habt, um Änderungen an Eurem Hochzeitskleid zu bestellen. Beim nächsten Mal lasst Euch bitte von einem Gardisten begleiten, der Euch im Ernstfall beschützen kann.«

Mira wurde schwindlig vor Erleichterung. »Suchen wir Meister Sandro auf, jetzt sofort.«

Sie traten auf die Via Larga hinaus. Enzo hatte sie nicht auf die vergangene Nacht angesprochen. Mira fühlte sich befreit, obwohl über der Stadt dunstige Schwüle hing. Sie unterdrückte ein Gähnen, setzte Schritt vor Schritt und konzentrierte sich auf das Naheliegende. Den Besuch bei Botticelli würde sie noch hinter sich bringen. Und dann würde sie schlafen und alles Schwere vergessen.

In der Werkstatt herrschte noch reges Treiben. Filippino Lippi arbeitete an einem Tondo mit einer Madonna und dem Christuskind, während die Gehilfen durcheinanderwuselten und Nardo über einen Sack mit gelbem Ocker stolperte. Enzo ließ sich nicht aus der Ruhe bringen und bahnte ihnen den Weg zu der Staffelei, auf der der große Bozzetto der »Primavera« stand. Obwohl keine Details ausgearbeitet waren, gab die Tafel den Reigen der Figuren exakt wieder.

»Das ist der Tanz des Lebens«, sagte Enzo.

»Des Todes«, warf Mira ein.

»Was meint Ihr damit?«

»Nichts.« Dieser unangebrachte Einfall war sicher ihrer Müdigkeit geschuldet.

Botticelli kam hinzu und neigte den Kopf. »Seid gegrüßt, verehrter Enzo. Und dazu Ihre Lieblichkeit, Prinzessin Semiramide.«

»Ihr müsst mir einiges erklären«, begann Enzo. Und schon versanken sie in ein Gespräch. Niemand schien zu erwarten, dass Mira daran teilnahm. Es reichte, wenn sie hin und wieder dekorativ in die Runde lächelte. Aber hatte Meister Sandro ihr nicht gerade zugezwinkert?

»Ihr fragt Euch sicher, was uns so unvermittelt in Eure Werkstatt treibt.« Enzo wischte sich den Schweiß aus dem Gesicht.

»Das kann man wohl sagen«, erwiderte Botticelli.

Enzo griff nach Miras Hand. »Ich würde mir gern die Studien ansehen, die meine Braut zeigen.«

»Ja, sicher. Hat sie Euch also endlich die Wahrheit gesagt?«

»O ja, das hat sie.« Enzo drückte ihre Hand. Da niemand ihr auch nur einen Funken Beachtung schenkte, blieb verborgen, dass sie errötete.

»Maria und Andreoula sind heute nicht gekommen«, sagte Botticelli. »Also kann ich mich Euch in Ruhe widmen.«

Mira erschrak. Während sie noch darüber nachdachte, was die Abwesenheit der Grazien zu bedeuten haben könnte, zog Botticelli einen Stapel Studien aus dem Regal. »Die Herrin Semiramide hat mir aus großer Verlegenheit geholfen, als Nannina verschwand. Seht selbst, in welch vollkommener Harmonie sie mit den anderen Figuren steht.«

Enzo vertiefte sich in die Zeichnungen. »Ihr habt sie ja mit dem Rücken zum Betrachter dargestellt.«

Mira warf ebenfalls einen Blick auf das Blatt. So also sah sie in Botticellis Augen aus. War sie wirklich so schlank und zerbrechlich? Die Kleinste und Jüngste im Reigen der drei Grazien und die Einzige, die dem Betrachter den Rücken zuwandte. Sehnsuchtsvoll richtete ihr Abbild seine Augen auf Merkur. Cupido, der als kleiner Putto über dem Kopf der Venus schwebte, legte auf sie an. Im nächsten Moment würde sein Pfeil ihre Schulter treffen, und sie würde in Liebe entbrennen.

Plötzlich sah sie die Geschehnisse der letzten Nacht überdeutlich vor sich und bekam weiche Knie. Cupido, Venus, Flora. Das Bild entwickelte ein Eigenleben, als würden die Figuren lebendig werden. Als aus dem Nichts eine Stimme erklang, die sie mitten ins Herz traf, flutete rotschwarze Dunkelheit über sie hinweg.

»Enzo, was treibt dich her?« Riccardo klopfte seinem Freund auf die Schulter. Mira ignorierte er völlig.

»Ich habe heute erfahren, dass meine Braut Meister Sandro Modell steht«, erklärte Enzo.

»Hat sie es dir also gesagt.«

»Aber nicht leicht bekleidet«, beeilte sich Botticelli zu sagen.

»Nein.« Ein mutwilliges Schmunzeln glitt über Riccardos Lippen. »Würdest du ihr das erlauben?«

Enzo dachte nach. »Ob leicht bekleidet oder nicht. Es geht darum, ob sie überhaupt weiter posieren darf. Dafür, Meister Botticelli, würde ich gern noch andere Studien sehen. Und überhaupt Euer Bild. Es ist bemerkenswert. Hat Ovid nicht gesagt, bevor Flora erschien, sei die Welt dunkel gewesen?«

»Wer würde etwas anderes behaupten?« Die beiden Männer entfernten sich Seite an Seite.

»Enzo und seine Bildung. Nichts bedeutet ihm mehr.« Riccardo zog Mira in eine Fensternische. Mit Macht erinnerte sie sich an das Gefühl seiner Lippen auf ihren. Ihr Körper, ihre Seele, ja ihr ganzes Wesen hatte sich in seinen Armen aufgelöst wie ein tanzender Stern.

»Ich freue mich, dass es dir gut geht«, sagte er. »Wo hat Cupido dich hingeführt?«

»Das … darf ich dir nicht erzählen.« Venus hatte ihr geholfen. Sie war ihr Verschwiegenheit schuldig und würde das Elysium nicht verraten. Außerdem wusste sie ohnehin nicht, wo es sich befand.

Er nickte, als hätte er nichts anderes erwartet. »Hör mir zu, Mira. Zwischen uns darf nichts mehr vorfallen, hörst du? Gestern wusste ich noch nicht, dass Enzo es versuchen wird … Wir haben darüber gesprochen, aber es sah nicht aus, als hätte er sich meine Worte zu Herzen genommen.«

»Was?«, wisperte sie.

»Dich zu lieben.«

»Du hast ihm einen guten Rat gegeben? Er ist heute zum ersten Mal freundlich zu mir gewesen.«

»Das soll auch so bleiben«, flüsterte er. »Mehr darfst du dir nicht wünschen. Und ich mir auch nicht.«

Mira schluckte. Da war ein schmerzender Kloß in ihrer Kehle, der sich in Tränen auflösen würde, wenn sie es zuließ. »Wie geht es Orazio?«

Riccardo ließ seinen Blick über ihr Gesicht gleiten, als wollte er sich jeden ihrer Züge einprägen, hob seine Hand und strich ihr sachte übers Haar. »Er lebt.«

Dann verließ er den Raum, ohne sich umzublicken.

# 22.

Diese unheilvolle Liebe hatte in ihm Wurzeln geschlagen wie eine wilde Rose, aber er musste sie mit Stumpf und Stiel ausreißen, sonst würde sie ihrer aller Leben zerstören.

In der folgenden Nacht fand Riccardo keinen Schlaf, sondern streifte ziellos durch die Gassen. Schon gestern hatte er seine Gardisten zu Luigis Schlupfwinkel geschickt, aber die Ratten hatten ihren Bau verlassen. Gegen Morgen saß Riccardo am Ufer des Arno und schleuderte Steine auf die dunkle Wasserfläche, als ihm Orazios Anliegen einfiel.

Im Osten klarte der Himmel auf und kündigte den Sonnenaufgang an. Riccardo war zum Umfallen müde, aber diesen Wunsch wollte er dem Jungen noch erfüllen. Vielleicht war es ja sein letzter. Außerdem stieß er dabei möglicherweise auf Spuren zu Luigi.

Der Garten lag einsam am westlichen Stadtrand, wo die Bebauung in landwirtschaftlich genutztes Gelände überging. Neben Obstbäumen, ein paar knorrigen Oliven und Reben beherbergte er eine baufällige Hütte. Riccardo blieb einen Augenblick lang stehen und lauschte dem Konzert der Vögel, die lautstark den Morgen begrüßten. In der Nachbarschaft krähte ein Hahn.

Er sah sich um. An den Bäumen reiften Kirschen, und im hohen Gras lag eine goldgelbe Aprikose. Er hob sie auf und biss hinein. Sie war zuckersüß; ihr Saft rann ihm das Kinn hinunter, als er weiterging. Bis auf den Gesang der Vögel war es still, selbst die Katze, die sich ihren Weg durch das Dickicht bahnte, schlich lautlos durchs Gras.

Riccardo spähte durch die offene Fensterluke in das baufällige Haus. Seine Augen gewöhnten sich nur langsam an die Dunkelheit, aber soweit er sehen konnte, war die Hütte unbewohnt. Erleichterung erfasste ihn. Die Kinder waren früh genug entkommen.

Riccardo wollte gerade gehen, als ein Geräusch ihn aufschreckte. Er fuhr herum und lauschte. Es klang, als würde etwas im trockenen Gras rascheln. Ein Tier? Und war das nicht ein Zweig, der knackte, als würde jemand drauftreten? Und wenn es Luigi war?

Ein hohes, scharfes Sirren durchschnitt die Luft, als Riccardo sein Schwert zog. Diesmal würde er ihn nicht davonkommen lassen.

Der Großteil des Gartens lag hinter der Hütte. Riccardo sicherte die Umgebung, während er lautlos voranschritt. Das Geräusch verstummte. Auch hier strotzten die Bäume vor Obst. Johannisbeeren reiften blutrot an verwilderten Sträuchern. An den Hecken gediehen Himbeeren in Hülle und Fülle. Eine Kröte hüpfte durchs Gras, ein Rabe flog auf und protestierte lautstark gegen Riccardos Gegenwart.

Ein paar Feuerlilien lenkten seinen Blick auf einen großen Nussbaum. Sein Herz setzte einen Schlag lang aus. Da hing jemand. Es war eine Gestalt in einem langen weißen Gewand, mit dem der Morgenwind spielte wie ein abgewiesener Geliebter.

Als er zu laufen begann, schien es ihm, als hielte die Welt den Atem an. Sogar die Vögel schwiegen, als er keuchend zum Stehen kam.

Ihm wurde schwindlig. Da hing eine junge Frau, und sie war tot.

Ihr Gesicht war bläulich blass, der Mund zu einem stummen Schrei geöffnet. Was, wenn es sich um Mira handelte? Oder war es Gianna, von der noch immer jede Spur fehlte?

Riccardo wappnete sich und trat näher. Es war nicht Mira und auch nicht Gianna. Es war Andreoula, die immer heitere Grazie, die so gern lachte und sich über Merkurs Flügelschuhe lustig machte.

Sie trug ein weißes Leinenhemd, unter dem ihre Füße anmutig hervorschauten, und der Wind griff in ihre langen blonden Haare. Doch ihr letzter Tanz war vorbei. Ihre Hände waren blutig und zerschunden, als hätte sie verzweifelt versucht, das Seil zu lösen, das um ihren Hals lag.

Mit einem Schluchzen setzte sich Riccardo ins Gras, legte sein Gesicht in seine Hände und erlaubte sich einen Moment der Schwäche. Was war geschehen? Hatte Andreoula den Freitod gewählt? Warum sollte sich eine so lebensfrohe, junge Frau umbringen? Der landläufige Grund war eine Schwangerschaft. Doch dann fiel ihm Nannina ein.

Hatte der Mörder ein zweites Mal zugeschlagen? Als er taumelnd auf die Füße kam, konnte er vor Selbstvorwürfen kaum atmen – nicht nur wegen Andreoula, sondern weil es ihm nicht gelungen war, den zu finden, der den Mädchen diese schrecklichen Dinge antat. Alles würde von vorn beginnen. Er würde Ficino und seine Garde rufen und dem Magnifico und Enzo Bericht erstatten müssen. Und dann würde er Andreoulas Eltern benachrichtigen. Aber zuerst musste er sie abnehmen und auf ihr Totenbett im grünen Gras legen.

Er sah sich gerade nach einer Leiter um, als sich der Garten plötzlich mit dunklen Gestalten füllte. Schwere Schritte und vielfältiges Raunen drangen auf ihn ein, als Lorenzos Garde das verwilderte Grundstück wie ein Schwarm Heuschrecken einnahm. Riccardo traute seinen Augen nicht, denn angeführt wurden seine Männer von Lorenzos Spion Ettore Corleone, der sich schweigend vor Andreoulas totem Körper aufbaute.

»Sieh mal einer an«, sagte er schließlich und ließ seinen Blick zu Riccardo wandern.

»Was tut Ihr hier?«, fragte Riccardo ungehalten.

»Das Gleiche könnte ich Euch fragen«, gab Corleone zurück. »In Eurem Quartier habe ich Euch soeben vergeblich gesucht.«

Darauf wusste Riccardo nichts zu erwidern. Als Corleone sachte den bleichen Fuß der Toten mit seinen bläulich angelaufenen Zehennägeln berührte, kämpfte er gegen das Verlangen, ihn von ihr fortzuzerren.

Corleone sah ihn an. »Wir haben einen Hinweis erhalten, und das nicht ohne Grund, wie mir scheint. Könnt Ihr mir helfen, sie abzunehmen?«

Riccardo rief seine Männer zusammen. Zu viert schafften sie es, Andreoulas Körper vorsichtig ins Gras zu betten. Er bückte sich und lockerte das Seil um ihren Hals. Auf den Anblick des bläulich roten Streifens hätte er gern verzichtet. Aber nein, er musste sich der Wahrheit stellen, egal, was das bedeutete. Er durfte nicht zum zweiten Mal versagen.

Corleone ging neben ihm auf ein Knie. »Das Mädchen hat sicher Selbstmord begangen. Aber dass sie sich ausgerechnet aufhängen musste. Das ist nur ein leichter Tod, wenn man sich sofort das Genick bricht. Ansonsten erstickt man qualvoll.«

»Was denkt Ihr?«, fragte Riccardo, schloss Andreoula die Augen und faltete ihr die Hände auf der Brust. »Kann man jemanden auf diese Weise umbringen?«

»Das dürfte schwierig werden«, sinnierte Corleone. »Das Mädchen ...«

»Andreoula. Sie war so wie Nannina Botticellis Modell«, unterbrach ihn Riccardo. Wenn sie ihren Namen nicht nannten, war es, als hätte sie nie gelebt. Aber das hatte sie. Sie war eine fröhliche junge Frau gewesen, die ihnen mit ihrer Warmherzigkeit die Stunden in Botticellis Werkstatt versüßt hatte.

»Ihr könnt mir glauben, dass ich mit allen Wassern gewaschen bin, aber das hier?« Corleone schüttelte skeptisch den Kopf. »Sie hing ganz schön hoch. Da müsste man sie beachtlich in die Höhe gehoben haben, obwohl sie mit Sicherheit gezappelt und um sich geschlagen hätte. Diese Andreoula wiegt nicht gerade wenig. Nein, ich glaube nicht, dass einer allein das schaffen würde. Außer man hätte sie vorher betäubt. Und selbst dann.«

Sein Blick bekam etwas Lauerndes. »Habt Ihr etwas zu verbergen, Vespucci? Warum ertappe ich Euch in flagranti unter ihrer Leiche? Habt Ihr dem Mädchen aufgelauert, um sie einzufangen und umzubringen? Habt Ihr sie vorher besinnungslos gemacht, vielleicht mit Schnaps? Oder habt Ihr ihr Gift verabreicht, um sie zu betäuben?«

»Nein!«, stieß Riccardo hervor. »Warum sollte ich?« Er konnte nicht glauben, dass man ihn verdächtigte, etwas mit dem Mord zu tun zu haben.

»Doch, so muss es gewesen sein. Schließlich posiert Ihr ebenfalls für Botticelli und kanntet sowohl Nannina als auch diese Andreoula aus der Werkstatt. Vielleicht hattet Ihr was mit beiden. Vielleicht waren sie ja schwanger von Euch. Los!« Corleone wandte sich an Riccardos Männer, die entsetzt zuhörten. »Ergreift ihn!«

Ratlos und mit hängenden Armen wandten sie Riccardo den Blick zu. »Nein«, sagte einer zögernd.

»Das werdet ihr bereuen«, zischte Corleone. »Hinter mir steht der Magnifico. Wer sich mir widersetzt, den erwartet der Tod wegen Meuterei.«

Riccardo kannte sie alle: den jungen Enrico mit dem Bartschatten ebenso wie die Haudegen, die im Dienst der Medici alt geworden waren. Er hatte mit ihnen getrunken und gelacht und mehr als eine gefährliche Situation überstanden.

Corleone zog Riccardo auf die Füße und entwaffnete ihn. Als sein Schwert einige Meter entfernt im Gras landete, sah Riccardo, dass seine Männer alarmiert nach ihren Waffen griffen. Sie würden ihn mit allen Mitteln verteidigen und dabei ihr eigenes Leben verspielen. Das durfte nicht geschehen.

»Tut, was er sagt«, befahl er, und nur Gott wusste, was ihn das kostete. Sie traten zurück.

Triumph leuchtete in Corleones dunklen Augen auf. »Glaubt ja nicht, dass Ihr ungeschoren davonkommt, Vespucci. Und ihr Männer der Garde ... Dass ihr einen Mörder verteidigt, wird ein Nachspiel haben.«

In der Stadt öffneten gerade die Läden, als Corleone Riccardo zum Gefängnis Le Stinche zerrte. Der riesige, quaderförmige Bau stand als bedrohliches Mahnmal neben der Franziskanerkirche Santa Croce. Corleone klopfte an das mächtige Tor und übergab Riccardo dem glatzköpfigen Kerkermeister, der ihn in eine der Gemeinschaftszellen steckte.

In dem engen Raum saßen, hockten und lagen eng an eng über vierzig Männer, die überrascht aufsahen, als sich die Tür öffnete. Der

Kerkermeister beförderte Riccardo mit einem Tritt hinein. Er fiel unsanft zu Boden, kroch auf allen vieren bis zu der algenbewachsenen Wand und versuchte, zur Besinnung zu kommen.

*Denk nach, Riccardo.* Das hier war das mit Abstand Schlimmste, was ihm passieren konnte. Er hatte schon einige Delinquenten in Le Stinche abgegeben, kannte das berüchtigte Gefängnis von Florenz aber bisher nur von außen. Wer hier landete, den erwarteten harte Zeiten. Wenn es ganz schlecht kam, erlebten die Häftlinge niemals einen Prozess, sondern verrotteten hier. Aber das galt sicher nicht für ihn, denn schließlich war er Lorenzo de Medicis Günstling. Außerdem arbeitete sein Vater als Notar und würde ihn hier bestimmt herausholen. Verstohlen sah er sich um.

Es war eng und stickig, und der Geruch nach verschwitzten Körpern und muffigen Lumpen nahm ihm den Atem. Er hob den Kopf und bemerkte, dass das Raunen verstummt war. Argwöhnisch wandten sich ihm alle Gesichter zu. Die Augen, die ihm aus dem Halbdunkel entgegenstarrten, glitzerten tückisch. Sie waren blutunterlaufen, halb blind, entzündet und erfüllt von einem unglaublichen Zorn. Verdammt! Er war ein Vertreter der Stadt, der Ordnungsmacht und noch dazu des Magnifico.

Kaum hatte sich Riccardo klargemacht, was seine Gegenwart bedeutete, stand der Erste auf und näherte sich ihm. Er war ein wahrer Riese mit einem struppigen Bart und enormen Händen. Verächtlich spuckte er vor Riccardo auf den Boden. Aus der Nähe sah Riccardo, dass ihn seine linke Augenhöhle leer angähnte. Er sprang auf und hob seine Fäuste.

Der Einäugige lachte. »Tatsächlich, du trägst die Palle? Bist du auf einen Kampf aus? Überleg dir das gut.«

Zwei weitere Häftlinge griffen nach Riccardos Armen, während der Einäugige seine Fäuste in seinen Magen krachen ließ. Riccardo sank auf die Knie und schnappte nach Luft, doch die Angreifer waren noch lange nicht fertig. Sie stießen ihn zu Boden und traten so lange auf seinen Oberkörper und seinen Kopf ein, bis ihm das Blut über das Gesicht rann und sein Bewusstsein sich an einen sicheren Ort davonstahl.

Als er zu sich kam, saß er wieder an der Wand. Für den Moment schienen der Einäugige und seine Kumpane das Interesse an ihm verloren zu haben. Zum Glück, denn weitere Prügel würde Riccardo nicht durchstehen. Seine Rippen schmerzten, sein Kopf pochte zum Gotterbarmen, und sein linkes Auge war zugeschwollen, so dass er kaum etwas erkennen konnte, nur dass ein junger Mann vor ihm kniete, ein Tuch in einem Eimer ausdrückte und ihm damit das Blut vom Gesicht wusch.

»Ich hoffe, da ist keine Pisse drin«, brachte er hervor und strich mit der Zunge über seine Zahnreihen. Zum Glück schien nichts locker zu sein. »Ich hätte sonst zu jeder Zeit …«

»… es mit allen gleichzeitig aufgenommen?« Der Junge lachte spöttisch.

»Ich mach sonst locker drei Kerle gleichzeitig platt.« Riccardo ballte die Fäuste, nicht dass man ihn unterschätzte.

Der Junge schüttelte den Kopf. »Du hast eine Beule auf der Stirn, so groß wie ein Hühnerei, und mit deinen Augen wirst du heute nicht mehr viel sehen können. Wenn ich dir einen Rat geben darf, vor Giuseppe nimmt man sich am besten in Acht.« Er streckte ihm seine Hand entgegen. »Matteo Cecchi.«

Riccardo schlug ein. »Riccardo Vespucci. Ich bin unschuldig hier gelandet.«

»Das beteuern sie alle«, erwiderte Cecchi gleichmütig. »Sogar nach zwanzig Jahren noch.«

Sie saßen an der Wand unter einer Fensterluke, so dass Riccardo sein Gesicht sehen konnte. Matteo hatte glattes hellbraunes Haar und grüne Augen und war für einen Häftling gut genährt und passabel angezogen. Niemand, der ihm auf der Straße begegnete, würde ihn für einen Verbrecher halten. »Weshalb bist du hier?«

»Man hält mich für einen Betrüger. Und du?«

»Mord.«

»Ach, so ist das? Ich hätte ja fast gesagt, he Kumpel. Oder sollte das besser Schicksalsgefährte lauten? Mir tun sie übrigens nichts.«

»Warum?«

»Ich habe Beziehungen, ohne die überlebt man hier nicht lange.« Sein Zellenkamerad steckte ihm ein Stück Brot zu, das knochentrocken, aber immerhin nicht verschimmelt war.

Riccardo aß es bis auf den letzten Krümel und zwang seinen schmerzenden Kopf zum Nachdenken. Le Stinche wäre der passende Ort für Luigi gewesen, aber nein, es hatte ihn, Riccardo, hierher verschlagen.

# 23.

An diesem Morgen hatte Mira Orazio besucht. Es schien ihm besser zu gehen, obwohl aus seinem Rücken ein Röhrchen ragte, das sie lieber nicht zu genau betrachten wollte.

Als sie aus dem Spital auf den kleinen Platz trat, kam ihr Seraphina entgegen. »Erschreckt nicht, Prinzessin. Es gibt wieder eine Leiche.«

»Gianna?« Mira schlug die Hand vor den Mund.

»Nein.« Seraphina seufzte müde. »Es ist Andreoula. Gott sei ihrer Seele gnädig. Ich bin hier, um ihren toten Körper zu untersuchen, wie ich es bei Nannina getan habe. Stellt Euch vor, es geht das Gerücht, dass Riccardo wegen Mordes festgenommen wurde.«

»Andreoula, mein Gott!« Mira schüttelte den Kopf. »Aber Riccardo. Das ist vollkommen unsinnig.«

»Meine Rede. Aber auf uns hören die da oben sicher nicht. Man hat ihn ins Gefängnis gebracht.«

»Ins Le Stinche?« Das war der letzte Ort, an den er gehörte. Mira versuchte vergeblich, einen klaren Gedanken zu fassen. »Und wie begründet man das?«

»Dieser Spion Corleone hat ihn wohl auf frischer Tat ertappt, in einem Garten am Stadtrand, wo Andreoula ... Aber nein, darüber zu reden ziemt sich nicht, selbst wenn Ihr eine höchst eigenwillige Person seid.«

Mira ballte ihre Fäuste. Wie eigenwillig sie sein konnte, würden die Florentiner schon noch erfahren.

»Halt, wartet!«, rief Seraphina ihr hinterher, aber da hatte Mira sich schon in Bewegung gesetzt, zuerst langsam und dann immer schneller, um schließlich in Laufschritt zu fallen.

Obwohl das Spital nicht allzu weit vom Gefängnis lag, war sie völlig außer Atem, als sie dort ankam. Le Stinche war ein riesiger, ockerfarbener Quader, der unvermittelt zwischen den Häusern aufragte. Ein Wassergraben trennte ihn vom umliegenden Pflaster. Vor diesem Ort hatte Mira sich immer gefürchtet, sobald sie ihn nur aus der Ferne sah. Und jetzt saß Riccardo dort ein, unschuldig, da war sie sich sicher.

Vor dem mächtigen Tor stand Ettore Corleone und wartete auf Einlass. Seine Gegenwart jagte ihr einen Schauder über den Rücken.

»Was führt Euch her, verehrte Prinzessin?«

»Das könnte ich auch Euch fragen, Corleone.«

Ein triumphierendes Lächeln glitt über sein Gesicht. »Uns ... Oder sollte ich besser sagen, *mir* ist es heute im Morgengrauen gelungen, den Mörder der beiden Modelle Nannina und Andreoula dingfest zu machen. Es ist dieser Gardist. Jetzt fehlt mir nur noch sein Geständnis.« Er griff sich an die Stirn und tat so, als müsse er sich mühsam an seinen Namen erinnern. »Dieser Bastard der Vespucci. Wie heißt er noch gleich?«

»Riccardo. Das wisst Ihr ganz genau. Ihr überschreitet hier eindeutig Eure Befugnisse, Corleone.«

Er legte den Kopf in den Nacken und lachte. »Soso. Ihr kennt also seinen Namen. Was würde Euer Bräutigam dazu sagen?«

Hitze stieg ihr ins Gesicht.

Das Tor öffnete sich. Der Kerkermeister trat auf den Platz und verhinderte, dass Corleone ihre Verlegenheit bemerkte.

»Ihr wollt zu meinem neuen Gefangenen?«

Corleone bestätigte das.

»Dann kommt.« Eine Reihe goldglänzender Münzen wechselte von Corleones Hand in seine schwielige Pranke, bevor er dem Spion die Tür aufhielt.

»Ihr seid nicht im Auftrag des Magnifico hier«, sagte Mira hellsichtig.

Corleone wandte sich um. »Haltet Euch raus aus meinen Angelegenheiten, Principessa, ich warne Euch.« Er verschwand im Innern des Gefängnisses und ließ sie allein vor den hohen Mauern zurück. Unüberwindbar türmten sie sich vor ihr auf. Es gab jetzt nur noch einen Mann in der Stadt, der ihr helfen konnte.

Eilig drehte sie sich um und lief davon, so schnell sie konnte. Schwer atmend kam sie am Palazzo Medici an, stürmte in den ersten Stock und riss die Tür zu Lorenzo de Medicis Arbeitszimmer auf. Der Magnifico saß mit Poliziano und Enzo am Tisch und hob ungehalten den Kopf. »Was gibt es denn?«

»Andreoula ist tot.« Tränen traten in ihre Augen, als ihr bewusst wurde, was das bedeutete.

Enzo stand auf und goss ihr ein Glas Wasser ein, das sie eilig hinunterstürzte. »Das ist eine ganz schreckliche Sache«, sagte er. »Man hat sie heute bei Sonnenaufgang erhängt in einem Garten am Stadtrand gefunden.«

»Schon wieder«, kommentierte der Magnifico. »Aber Ihr seid ja ganz erhitzt, Semiramide. Hat Euch die Nachricht so erschreckt?«

Zuvorkommend rückte er ihr einen Stuhl zurecht, auf dem sie zögernd Platz nahm. Vorsicht, dachte sie. Sie musste einen kühlen Kopf bewahren. Besser, sie nahm den Namen Riccardo nicht in den Mund. Wenn sie sich für ihn einsetzte, brachte ihn das womöglich nur zusätzlich in Gefahr.

»Woher wisst Ihr davon?« Lorenzo ließ seine klugen Augen auf ihr ruhen.

»Seraphina hat es mir gesagt. Sie untersucht Andreoulas Leiche gerade.« Ihre Hand zitterte, als sie den Becher an ihre Lippen hob.

»Und einen Mordverdächtigen gibt es auch.« Polizianos dunkle Augen glitzerten empört. »Aber der ist es mit Sicherheit nicht gewesen, oder meine Menschenkenntnis kann man den Fischen geben.«

»Wer denn?« Mira räusperte sich und konnte gerade noch verhindern, dass sie sich an ihrem Wasser verschluckte.

»Man hat Riccardo Vespucci verhaftet«, erklärte Enzo. »Auf Anraten dieses Corleone. Aber das kann unmöglich stimmen. Seine Familie hat auch schon interveniert.«

»Es sollte uns um die Wahrheit gehen«, mahnte der Magnifico. »Selbst wenn wir Riccardo keinen Mord zutrauen, müssen wir in Betracht ziehen, dass Corleone recht hat.«

»Riccardo war es nicht«, stellte Enzo klar. Mira war ihm so dankbar, dass sie seine Hand drückte. »Er ist vollkommen vertrauenswürdig.«

»Aber gibt es denn überhaupt einen Beweis dafür, dass Andreoula ermordet wurde?«, fragte sie und entschied sich für Offenheit. »Vielleicht hat sie ja Selbstmord begangen. Wir wissen, dass schwangere Mädchen ihr Leben manchmal selbst beenden.«

Der Magnifico nickte ihr zu. »Danke, Semiramide. Es scheint, als hätte unsere Familie mit Euch einen weiteren klar denkenden Menschen hinzugewonnen. Das ist eine schreckliche Geschichte. Gab es Anzeichen, dass Andreoula Kummer hatte? Oder dass Riccardo und sie mehr verband als die Arbeit? Vielleicht wollte er sich ja ihrer Schwangerschaft nicht stellen und hat sie in den Freitod getrieben? Und Nannina? Wenn es hart auf hart kommt, wäre das auch ein Grund für ihren Tod.«

»Riccardo mit der Garotte in der Hand, der eine junge Frau erdrosselt?«, schnaubte Poliziano. »Das ist doch lächerlich!«

»Riccardo war in keine der beiden verliebt«, hörte sich Mira sagen. »Und glaubt mir, wenn es anders wäre, hätte man in Meister Sandros Werkstatt darüber getratscht und gelacht.«

Es blieb einen Moment still, als müssten die Männer ihre Worte erst verdauen.

»Diese Frauensachen«, seufzte Enzo dann. »Aber Riccardo ist mein Freund. Wie kann man ihn überhaupt verdächtigen?«

»Und überhaupt«, sagte Poliziano. »Ein einzelner Mann kann keine gut genährte junge Frau über seinem Kopf in einen Baum hängen.«

»Vielleicht hatte er ja Komplizen?«, vermutete Lorenzo. »Man kann nicht jedem Menschen bis auf den Grund seiner Seele blicken.«

»Fragt ihn doch selbst«, hörte Mira sich sagen. Sie wusste nicht, woher sie den Mut dafür nahm. »Riccardo, meine ich.«

Poliziano sprang auf. »Danke, Prinzessin! Das ist der erste gescheite Satz, den ich heute gehört habe. Na los, Lorenzo, gehen wir und fragen ihn.«

# 24.

Riccardo wunderte sich nicht, als der Kerkermeister ihn kurze Zeit später aus der Zelle holte und in einen Raum mit einem Tisch und ein paar Stühlen verfrachtete, wo Corleone ihn erwartete.

»Setzt Euch!«

Riccardo blieb nichts anderes übrig, als zu gehorchen. Auf dem Tisch stand ein Krug mit Wasser. Der Spion goss ihm ein. »Trinkt!«

Riccardo kippte sein Glas auf ex. Das Wasser schmeckte metallisch. Er wunderte sich, wie schnell man begann, um sein Leben zu kämpfen. Oder erinnerte er sich an seine Kindheit, in der nichts selbstverständlich gewesen war?

Er musste verheerend aussehen. Also feuchtete er seinen Hemdsärmel an und wischte sich über das Gesicht, was die Sache sicher nicht besser machte. Die Beule auf seiner Stirn pochte, und seine Rippen stachen zum Gotterbarmen.

»Wie ich sehe, ist Euch der Aufenthalt im Gefängnis bisher ausgezeichnet bekommen«, sagte Corleone gehässig. »Genau richtig, um Emporkömmlinge wie Euch in die Schranken zu weisen. Bravo!« Er klatschte langsam.

»Was wollt Ihr von mir?«

Corleone faltete seine Hände über seinem Bauch. »Könnt Ihr Euch das nicht denken? So dumm könnt selbst Ihr nicht sein.«

Dumm, das war ein Stichwort, mit dem er etwas anfangen konnte. Warum war er dem Spion in die Falle getappt? Oder handelte es sich um einen blöden Zufall? »Ihr seid hier, um ein Geständnis von mir zu erpressen.«

Corleone schüttelte missbilligend den Kopf. »Erpressen, was für ein Wort ... Zwei unschuldige junge Frauen sind durch Euch ums Leben gekommen. Wahrscheinlich habt Ihr sie vorher ausgenutzt. Waren sie vielleicht beide schwanger von Euch? Gesteht, um Eures Seelenheils willen!«

Riccardo lehnte sich zurück. »Passt auf, dass Ihr Euch an mir nicht verhebt. Ich habe mächtige Verwandte und Freunde.«

Corleone lachte gönnerhaft. »Meint Ihr Euren Vater, den Notar Vespucci? Er war eben da mit einem seiner älteren Söhne.«

»Amerigo?«, fragte Riccardo hoffnungsvoll. Amerigo war sein Lieblingsbruder und arbeitete für Enzo.

»Ja, die beiden hat der Kerkermeister soeben weggeschickt, zu ihrem allergrößten Bedauern.« Der Mann grinste und zeigte dabei eine Reihe fauliger Zahnstümpfe. Ein paar Münzen klimperten in seiner Hosentasche. Riccardo wusste, dass die Handlanger im Kerker bestechlich waren. Bei ihrer schlechten Bezahlung blieb ihnen nichts anderes übrig.

»Sie haben mir gedroht, Lorenzo de Medici Bescheid zu geben.« Corleone schüttelte lachend den Kopf. »Aber der wird sich sicher freuen, wenn endlich Bewegung in die Sache mit den toten Mädchen kommt. Und das wird es. Zügig.«

Der Spion beugte sich vor, bis Riccardo sein Geruch nach alten

Zwiebeln in die Nase stieg. »Ich habe Euch auf frischer Tat ertappt, direkt unterhalb der Leiche der jungen Andreoula. Oder was habt Ihr sonst zu dieser frühen Stunde in dem Garten gemacht?«

Nicht einen Zoll würde Riccardo ihm entgegenkommen. »Ich frage mich, warum Ihr so erpicht auf einen Schuldigen seid, Corleone. Ihr selbst habt mir gesagt, es sei schwierig, wenn nicht gar unmöglich, einen schweren Körper über dem eigenen Kopf aufzuhängen.«

»Außer Ihr habt die arme Andreoula betäubt oder Ihr hattet Komplizen. Vielleicht auch beides. Man sagt, ein Geständnis erleichtert das Gewissen immens. Aber wenn Ihr das nicht wollt ...«

Auf einen Wink Corleones trat der Kerkermeister heran und legte eine neunschwänzige Katze auf den Tisch. An den Peitschenschnüren klebte noch Blut. Angst floss über Riccardo hinweg. Die Folter war das letzte Mittel, um ein Geständnis zu erpressen. Nie wurde sie bei der ersten Befragung eingesetzt und schon gar nicht bei einer halbwegs angesehenen Person wie ihm.

»Das wagt Ihr nicht!«

»Das liegt nicht in Eurem Ermessen«, erwiderte Corleone gelassen. »Bei Gefahr in Verzug darf man zu allen Mitteln greifen. Ihr seid ein eiskalter Mörder, Vespucci. Ihr habt zwei Mädchen zuerst verführt und dann umgebracht. Also ist die Peitsche hier gerechtfertigt. Zieht schon mal Euer Hemd aus.«

Sie maßen einander mit ihren Blicken, wobei Riccardo darum kämpfte, nicht zuerst wegschauen zu müssen. In diesem Moment sprang die Tür auf.

»Ich denke, diese Entscheidung liegt nicht bei Euch, Ettore.« Lorenzo de Medici trat zuerst ein, gefolgt von Enzo und Poliziano. Riccardo war so erleichtert, dass ihm schwarz vor Augen wurde.

Corleone sprang auf und warf seinen Becher um, so dass Wasser auf Lorenzos Stiefel tropfte. »Ich selbst habe diesen Delinquenten ertappt.« Seine Stimme überschlug sich. »Er ist nicht nur des Mordes an Nannina und Andreoula verdächtig, sondern auch für das Verschwinden der jungen Gianna Soderini.«

In einem Anflug von Zynismus fragte sich Riccardo, welche Verbrechen man ihm noch anlasten wollte. »Ich habe damit nichts zu tun. Andreoula war schon tot, als ich in den Garten kam.«

»War sie das?«, fragte Lorenzo.

»Aussage steht gegen Aussage«, geiferte Corleone. »Überlasst mir das Verhör, dann gesteht der junge Mann noch heute.«

»Mit Euren Methoden sicher.« Lorenzo warf einen Blick auf die neunschwänzige Katze. Was auch immer man von ihm denken mochte, er bewahrte stets einen kühlen Kopf. »Ich denke, das bereden wir am besten im Palazzo Medici. Enzo?«

Die beiden Männer griffen nach Riccardos Armen, zogen ihn auf die Füße, nahmen ihn in die Mitte und verließen mit ihm das Gefängnis.

Der Weg durch die Stadt glich einem Spießrutenlauf, und das nicht nur, weil seine Verletzungen in der Nachmittagssonne brannten. Riccardo und seine Schandtaten waren das Gespräch des Tages, und die Florentiner standen Spalier, um dieser merkwürdigen Prozession zuzuschauen. Ratsherren auf dem Weg zur Signoria, Händler mit Gemüsekarren, Matronen, denen Dienstmädchen die Einkäufe nachtrugen, und eine Reihe Halbwüchsiger – niemand wollte sich das Spektakel entgehen lassen.

Riccardo war froh, als sie im Palazzo Medici ankamen und er sich an den großen Tisch im Arbeitszimmer des Magnifico setzen konnte.

Zu seiner Überraschung wurden sie von Miras Zofe Seraphina und Meister Botticelli höchstpersönlich empfangen.

»Ich frage mich, was diese Menschenmassen hier wollen? Und vor allem die Dienstbotin?« Corleone deutete auf Seraphina.

Diese schlug bei Riccardos Anblick die Hände über dem Kopf zusammen. »Du lieber Himmel! Was haben sie mit dir gemacht?« Sie drückte ein Tuch in einem Krug mit kaltem Wasser aus und kühlte die Beule auf seiner Stirn. »Madre Mia, dein Wappenrock, den kannst du wegwerfen.« Er zuckte mit den Schultern, dankbar für die Fürsorge, auch wenn er sie noch so peinlich fand.

Sie setzten sich rund um den Tisch und ließen sich von zwei Dienern mit Wein und Brot bewirten. Riccardo trank durstig und spürte, wie seine Kräfte zurückkehrten.

Dann übernahm der Magnifico das Wort. »Lasst uns weitermachen, wo wir aufgehört haben.« Er faltete seine Hände auf dem Tisch. »Was habt Ihr mitten in der Nacht auf diesem abgelegenen Gartengrundstück zu suchen gehabt, Riccardo?«

Was sollte er antworten? Am besten, er verschwieg Orazios Namen. »Eine Bande von jugendlichen Dieben treibt sich dort herum. Denen bin ich auf der Spur.«

»So?«, fragte Lorenzo. »Hatte ich Euch nicht beauftragt, Euch um den Mord an Nannina zu kümmern? Und unversehens findet Ihr ein weiteres totes Mädchen. Wie kann das sein?«

»Schweift nicht ab, Lorenzo«, fiel ihm Corleone begierig ins Wort. Der Magnifico brachte ihn mit einer Handbewegung zum Schweigen. Man unterbrach ihn ebenso wenig, wie man ihm widersprach.

»In Florenz gibt es zwielichtiges Gesindel genug«, fuhr Riccardo fort. »Und wir wissen immer noch nicht, wie alles zusammenhängt. Wenn man den Mörder finden will, muss man das Ganze betrachten.«

Lorenzo wandte sich an Seraphina. »Ihr habt die beiden toten Mädchen im Spital Santa Maria Nuova begutachtet. Habt Ihr etwas festgestellt, das uns weiterbringen könnte?«

Seraphina faltete ihre Hände. »Die armen Dinger wurden zumindest nicht vergewaltigt. Außerdem deutet alles darauf hin, dass sie noch Jungfrauen waren.«

»Also nicht schwanger?«, fragte Enzo.

»Eins schließt das andere aus«, brummte Seraphina. »Normalerweise jedenfalls. Also haben wir es hier, bei der heiligen Maria Magdalena, mit keiner Schwangerschaft zu tun.«

Lorenzo nickte, als hätte er nichts anderes erwartet. »Das deckt sich mit Meister Sandros Einschätzung, oder?«

Botticelli räusperte sich und fuhr sich durch seine kinnlangen Locken. Riccardo fragte sich, ob er sich ärgerte, dass ihm sein Merkur die Arbeitszeit stahl. »Es wäre mir nicht verborgen geblieben, wenn es in meiner Werkstatt Verwicklungen in Sachen Liebe gegeben hätte. Da bleibt nichts geheim. Und wenn es mir nicht aufgefallen wäre, dann meinen Gehilfen. Nardo ist ein richtiges Klatschweib.«

»Da seht Ihr«, mischte sich Riccardo ein. »Ich hatte nichts mit den Mädchen. Das würde sich auch nicht mit unserer Aufgabe als Modelle vertragen.«

»Dann ist also alles geklärt.« Lorenzo stand auf.

»Davon würde ich nicht ausgehen«, warf Corleone ein. »Was, wenn Vespucci seine Taten nur geschickt verborgen hat? Vielleicht hatte er einen anderen Grund, die Mädchen zu töten?« Aber da achtete schon niemand mehr auf ihn.

Lorenzo trat auf Riccardo zu und nahm seine Hände. »Tut Eure Pflicht, Riccardo Vespucci, und bringt mir den Mörder der Grazien möglichst bald. Meine Geduld währt nicht ewig. Euer Schwert findet Ihr in den Räumen der Garde.«

»Jawohl, Ser Lorenzo.« War er jetzt rehabilitiert oder nicht? Riccardo erhob sich mühsam und biss die Zähne zusammen, um nicht zu stöhnen. Noch setzte Lorenzo auf ihn, aber er wusste, dass er keine Zeit mehr verlieren durfte.

Die Runde löste sich auf. Schmerz durchzuckte Riccardo, als sein Widersacher ihn auf dem Weg zur Tür von der Seite anrempelte. Mörderischer Hass glitzerte in Corleones Augen. »Nimm dich in Acht, Vespucci!« Der Mann war ein schlechter Verlierer.

Riccardo verließ den Palazzo, trat auf die Via Larga hinaus und war froh, dass Mira bei der Befragung nicht dabei gewesen war. Hatte er sie wirklich erst gestern in trautem Einvernehmen mit Enzo in Botticellis Werkstatt getroffen? Wie es sich für Brautleute gehörte?

Riccardo schluckte an seiner Bitterkeit und beschloss, die Nacht im Hause seines Vaters zu verbringen und sich um seine verletzten Rippen zu kümmern.

Während er langsam zur Via Nuova ging, dachte er über Corleone nach. Nicht die Frage, warum der Mann an seinem Hass auf ihn beinahe erstickte, war wichtig, sondern das, was er gesagt hatte. Wie schaffte man es, ein Mädchen in einen Baum zu hieven und ihm ein Seil um den Hals zu legen?

Aber der Spion hatte ihm die Erklärung selbst geliefert. Man betäubte das Opfer und hob es dann mit der Hilfe eines oder mehrerer Komplizen in die Höhe. Anders war es nicht möglich. Hatte Vittorio, der Wirt des Sole, nicht Nannina mit mehreren Männern am

Tisch sitzen sehen? Was, wenn Corleone einer von ihnen gewesen war?

Gedankenversunken stand Riccardo schließlich vor seinem Elternhaus und trat ein. Drinnen roch es nach gebratenem Fleisch mit Rosmarin und Gemüse. Die Familie saß in der Küche um den Tisch: sein Vater, seine Stiefmutter, seine Brüder, Schwägerinnen, Nichten und Neffen. Seine jüngste Nichte flog ihm in die Arme, sobald er eintrat, was ihm angesichts seiner Verletzungen nur ein gequältes Grinsen entlockte. Sein Vater klopfte ihm vorsichtig auf die Schultern, und seine sonst so kühle Stiefmutter schickte nach Wasser und Leinenstreifen, um ihm die Rippen zu bandagieren.

Auch wenn er sich gern von seiner Familie umsorgen ließ, wusste Riccardo, dass er noch lange nicht am Ziel war. Morgen würde er Maria befragen und sich bei Andreoulas Eltern erkundigen müssen, ob in ihren Habseligkeiten eine weitere Seite aus dem Buch Hiob aufgetaucht war. Ihm graute vor dem Besuch, aber er ließ sich nicht vermeiden.

# 25.

### Eine Woche später

»Ich werde morgen entlassen«, verkündete Orazio hoffnungsvoll. Er saß aufrecht in seinem Bett im Spital, neben sich ein lauthals schnarchender alter Mann mit einem brandigen Bein, dessen Geruch Mira unangenehm in die Nase stieg.

»Das freut mich für dich«, erwiderte sie.

Sie wusste, dass es Orazio besser ging, da sie ihn in dieser Woche bereits zweimal besucht hatte. Zu Anfang hatte noch dieses unheimliche Röhrchen in seinem Brustkorb gesteckt, nach dessen Zweck sie sich lieber nicht zu genau erkundigte. Aber nachdem Dottore Tommaso es entfernt hatte, erholte sich Orazio überraschend schnell. Der Arzt machte so wenig Aufhebens wie möglich um seinen Patienten, denn auch wenn Florenz in den Schriften der Antike schwelgte, sah die Kirche es nicht gern, wenn man Gott ins Handwerk pfuschte. Und das hatte Dottore Tommaso ohne Zweifel getan.

Statt Fragen zu stellen, brachte Mira aus der Küche des Palazzo Vecchio Suppe und Brot mit, zuerst nur für Orazio, dem die zusätzliche Verpflegung sichtlich guttat, dann für die gesamte Krankenstube, in der sieben klapperdürre Männer verschiedenen Alters auf Genesung warteten.

»Ich möchte dir einen Vorschlag machen, Orazio.« Sie holte tief Luft. »Wie wäre es, wenn du bei mir leben würdest? Ich meine, bei uns im Palazzo Vecchio.«

Seine dunklen Augen wurden groß, als könne er sein Glück kaum fassen. »Aber, Herrin?«

»Ich weiß, dass Venus …«

»Schhh!« Er sah sich nach allen Seiten um, aber sein Bettnachbar schnarchte seelenruhig weiter. Mira vermutete, dass er ohnehin taub war.

Sie nahm Orazios Hand und drückte sie. Bisher hatte sie noch keine Erklärung für die Verbindung zwischen dem Jungen und der Kurtisane gefunden, außer der Vermutung, dass Venus ihn zum Nachfolger Cupidos ausbilden lassen wollte. Aber das durfte auf keinen Fall geschehen.

»Ihr meint das ernst?«, fragte Orazio.

»Sicher. Schließlich hast du mir das Leben gerettet, indem du dich diesem Luigi entgegengestellt hast.«

»Aber Ihr mir auch.« Hoffnung leuchtete in seinen Augen auf.

»Ich weiß, dass du dich einer gewissen Dame zu Dank verpflichtet fühlst, aber mein Angebot steht. Du könntest Unterricht nehmen, und Enzo würde anfragen lassen, ob du im Geschäft deines Großvaters eine Lehre beginnen darfst.«

»Das würdet Ihr tun?« Seine Stimme klang rau. »Ich überlege es mir, wenn Ihr Euch auch um Stella und die Kinder kümmert.«

»Wir werden sie finden und für sie sorgen«, versprach sie. Sie hatte sich erkundigt, wo die Bettelkinder stecken könnten, aber im Palazzo Medici, in der Stadt und im Ospedale degli Innocenti wusste niemand etwas von ihnen. Sie waren wie vom Erdboden verschluckt. Hauptsache, Luigi hatte sich nicht an ihnen schadlos gehalten.

»Dann denke ich darüber nach.« Orazio drückte ihre Hand, schloss die Augen, zog sich einen Zipfel des Lakens über die Nase und war im Nu eingeschlafen.

Mira stand leise auf und wies die Dienerin, die sie mit den Gefäßen für Suppe und Brot begleitet hatte, an, nach Hause zurückzukehren. Sie selbst beschloss, einen kurzen Besuch bei Meister Gianluca einzuschieben.

Als sie auf den Platz vor dem Spital trat, zogen weiße Wolken über den Himmel. Das Wetter hatte sich bei Vollmond geändert, war wechselhaft und launisch geworden und damit wenig typisch für einen Sommer in Florenz.

In vier Wochen sollte ihre Hochzeit in Enzos stadtnaher Villa Castello stattfinden. Noch war die Anzahl der Gäste überschaubar, aber Mira rechnete damit, dass sie bis zum Festtag weiter steigen würde. Das Essen musste geplant und die passenden Mengen an Brot, Kuchen, Obst und Gemüse bestellt werden. Enzo kümmerte sich um den Wein und das Fleisch und überschlug die Anzahl der Fasane, Rebhühner, Ochsen, Lämmer und Kapaune, die auf ihren Tisch wandern sollten. Mira wollte die Planung des Blumenschmucks und der Süßspeisen übernehmen.

Obwohl sie alle Hände voll zu tun hatte, hatte sie sich in den letzten Tagen weiter nach Gianna umgehört. Immer wenn sie in der Stadt nach ihr Ausschau hielt, fühlte sie sich beobachtet. Auch jetzt spürte sie dieses unangenehme Prickeln im Nacken, als ob ein fremder Blick an ihr klebte. Sie fuhr herum, doch da war niemand.

Das Bild brachte den Modellen kein Glück. Gianna blieb verschwunden, und zwei Grazien waren getötet worden. Was, wenn sie, Mira d'Appiano, dem Mörder in die Quere kam? Vielleicht wäre sie dann die Nächste. Sie fröstelte im kühlen Wind. Aber was sollte ihr am helllichten Tag mitten in Florenz schon passieren? Sie wich zwei Mitgliedern der Signoria aus, die ihr entgegenkamen, und grüßte die Damen Rucellai und Albizzi, die sie mitsamt ihren Familien zur Hochzeit eingeladen hatte.

Der Weg zu Gianlucas Laden war nicht weit. Nachdem sie unter dem Geratter der Webstühle eingetreten war, kam ihr der Meister entgegen und geleitete sie in seine Werkstatt, in der die Seiden- und Brokatstoffe der fertigen Gewänder im Schein der Kerzen leuchteten.

»Da ist es.« Stolz löste er das Prachtstück aus seiner seidenen Hülle. »Apollonia hat ein Meisterwerk geschaffen.«

»Das ist wirklich zauberhaft.« Mira ließ ihre Hand über das blaue Übergewand gleiten, auf das Hunderte von staubfeinen Perlen aufgestickt waren. Erst auf den zweiten Blick konnte man erkennen, dass sich die vielfältigen Muster zu Sonne, Mond und Sternbildern vereinten. Aber das Beste war, dass das weißseidene Unterkleid von dem blauen Stoff wirksam verdeckt wurde. »Drückt Apollonia gegenüber bitte meine allergrößte Hochachtung aus. Ich bedanke mich von Herzen.«

Gianluca nickte. Mira wusste, dass sein Ruf, vom finanziellen Aspekt einmal abgesehen, durch jeden erfolgreich ausgefüllten Auftrag der Familie Medici profitierte.

Sie verließ das Geschäft und überquerte den Domplatz, von dem rauschend ein Schwarm Tauben aufflog. Der Gedanke an ihre Hochzeit schreckte sie nicht mehr so wie früher. Klar, sie liebte Enzo nicht.

Aber wenn sie sich anstrengten, reichte es vielleicht für eine Freundschaft.

Liebe, dieser Zustand reiner Unvernunft, war ohnehin nur etwas für die Helden der Artusgeschichte. Wenn sie sich nur nicht so sehr nach Riccardo verzehren würde! Nur durch Lorenzo de Medicis Einspruch war er wieder freigekommen. Besser, sie malte sich nicht aus, was geschehen wäre, wenn er den Magnifico nicht von seiner Unschuld überzeugt hätte. Der Gedanke an ihn begleitete sie immerzu, und jeden Morgen erwachte sie mit seinem Namen auf den Lippen. Mira nahm sich vor, etwas dagegen zu unternehmen.

Aus der nächsten Seitenstraße trat ihr plötzlich Ettore Corleone in den Weg, breitschultrig, mit grau melierten Haaren und dunklem Bart.

Sie zuckte zusammen. »Müsst Ihr mir einen solchen Schrecken einjagen?«

Die Sonne stand so tief, dass sein Schatten sie vollkommen verdeckte. »Das sagt gerade Ihr, wo Euer größtes Talent darin besteht, Euch in Schwierigkeiten zu bringen.«

Er roch nach Schnaps. Mira drängte sich an ihm vorbei und beschleunigte ihre Schritte, doch er blieb mühelos neben ihr. Für Außenstehende musste es so aussehen, als hätten die Medici der Prinzessin einen Leibwächter zur Seite gestellt.

Mira ballte die Fäuste. »Was wollt Ihr von mir? Und sagt, warum verfolgt Ihr mich schon die ganze Zeit?« Das war ein Schuss ins Blaue, Giannas wegen.

»Was soll das? Ich verfolge Euch nicht.« Er drehte sich um und versperrte ihr den Weg. Fast wäre sie in ihn hineingerannt. »Sagt, kennen wir uns von irgendwoher?«

Sie rümpfte die Nase über diese plumpe Vertraulichkeit und verneinte das, obwohl sie sich nicht sicher war.

»Ihr habt die letzten Jahre hinter Klostermauern verbracht, Semiramide«, fuhr er nachdenklich fort.

»Das weiß jeder in Florenz.« Worauf wollte er hinaus? »Und jetzt geht gefälligst zur Seite!«

Er gehorchte lachend, blieb aber neben ihr, als sie eilig weiterlief. »Ihr wart vier Jahre im Kloster. Weshalb habt Ihr Euch freiwillig lebendig begraben lassen?«

»Das geht Euch nichts an!«, fauchte sie. Es gab Grenzen, die zu überschreiten er besser nicht wagen sollte. »Ich beschwere mich bei Lorenzo de Medici über Eure Zudringlichkeit. Schließlich habt Ihr Riccardo ...«

»... verprügelt?« Der Spion legte den Kopf in den Nacken und lachte. »Es gibt Emporkömmlinge, die man besser beizeiten in die Schranken weist. Aber dieses Vergnügen haben mir leider die anderen Häftlinge abgenommen.« Er trat einen Schritt näher, so dass sein schnapsgetränkter Atem sie traf. »Untersteht Euch, Enzo von diesem Gespräch zu berichten.«

»Und wenn ich es doch tue?« Störrisch hob sie ihr Kinn.

»Dann erzähle ich ihm, dass Ihr diesem Gardisten mehr als einen sehnsuchtsvollen Blick zuwerft.«

»Das wagt Ihr nicht, denn es ist eine Lüge!« Himmel! Was wenn die Gefahr sich nicht in einem unbekannten Mörder verbarg, sondern in dem, was sie dachte und fühlte?

»Wirklich?« Er taumelte ein wenig, schaffte es aber, sie an eine Hauswand zu drängen und seine Hände rechts und links von ihrem Kopf an der Mauer abzustützen.

»Werdet erst mal nüchtern, Corleone«, spuckte Mira verächtlich aus. »Und bleibt mir weg mit Eurem Schnapsatem!«

»Ihr wisst nicht, worauf ich hinauswill, oder?« Er rülpste leise. »Ihr erinnert Euch wirklich nicht?«

»Nein. Woran?«

»Ihr habt nicht den geringsten Schimmer?«

»Nein!«

»Denkt über das nach, was vor vier Jahren geschehen ist. Das Attentat der Pazzi.«

Allein das Wort reichte aus, um ein tiefes Loch in ihr Bewusstsein zu reißen. Grauer Nebel wallte in ihr auf, in dem die Umrisse der Häuser verschwammen. Die Häuserfronten und Menschen begannen, sich um sie zu drehen, schneller und schneller, bis alles zu bunten Farbschlieren verschwamm. Sie vergaß zu atmen, und ihre Beine gaben unter ihr nach.

»Was ist mit Euch?« Corleone griff nach ihrem Arm.

Sie rang nach Luft, und langsam, ganz langsam, kam die Welt zur Ruhe.

*Reiß dich zusammen, Mira!* Sie atmete, bis sie wieder klar sehen konnte. Und zusammenhängend denken. Was bildete sich dieser Kerl eigentlich ein? Sie schüttelte seine Hand ab.

»Ich glaube, ich habe meine Schwäche überwunden und kann ab jetzt allein laufen. Aber natürlich dürft Ihr mich gern bis zum Eingang des Palazzo Medici eskortieren, wie es einem Gefolgsmann der Medici zukommt.« Mira brachte ein hoheitsvolles Nicken zustande und hoffte, sich dadurch ihre Würde zu bewahren.

Corleone lachte. »Nein, Principessa, heute müsst Ihr ohne mich auskommen.«

Er verbeugte sich spöttisch und verschwand in der Menge.

Sie raffte ihr Kleid, überquerte mit weichen Knien die Via Larga, schob einige verirrte Haarsträhnen unter ihr Haarnetz und trat ein. In ihrem Gemach begrüßte sie Seraphina, die sie ausnahmsweise nicht fragte, wo sie so lange gesteckt hatte. »Schaut, was alles gekommen ist.«

Truhen voller Geschirr und Schrankkoffer voller Textilien stapelten sich im Raum. Endlich hatte Jacopo ihre lang ersehnte Aussteuer liefern lassen. Aufgeregt öffnete Mira eine Truhe und packte eine Amphore aus bunter Keramik und ein grünes Glas aus Venedig aus. »Seht mal, Seraphina.«

»Euer Bruder hat sich wirklich nicht lumpen lassen.« Die Zofe ließ sich erschöpft auf einen Stuhl fallen.

Mira hob das Kinn. »Ich bin eine Prinzessin aus dem Geschlecht der Aragonier und muss mich nicht verstecken. Aber das stammt nicht von Jacopo. Seit meiner Kindheit hat meine Mutter meine Brautausstattung zusammengetragen.«

Seraphina legte ihr den Arm um die Schultern. »Ich habe Battistina gekannt. Auch wenn Ihr eigensinnig seid, vielleicht habt Ihr ja den Adel des Geistes von ihr geerbt.«

»Danke.«

Mira packte weitere Herrlichkeiten aus, darunter feinstes Tafelgeschirr aus China, weiß, durchsichtig und in raschelndes Seidenpapier gehüllt. Sie strich Blatt um Blatt glatt, um später darauf zu zeichnen. In einer anderen Kiste versteckten sich silberne Servierplatten und Kannen aus getriebenem Kupfer. »Die können wir bei der Hochzeit benutzen.«

Sie richtete sich auf. »Morgen, gleich nach dem Unterricht der

Mädchen, richte ich den Palazzo Vecchio nach meinen Vorstellungen ein.«

Auf einmal freute sie sich unbändig darauf, das alte Haus umzugestalten. Ihr Haus. Die Familie, den halbwüchsigen Schnösel Giovanni, die alte Dame mit der spitzen Zunge und ihren zukünftigen Ehemann würde sie schon in den Griff kriegen.

»Guten Abend, verehrte Semiramide.«

Sie fuhr herum und sah Enzos hagere Gestalt in der Tür stehen. »Ihr? Gerade habe ich an Euch gedacht.« Hatte er angeklopft?

»Wenn man vom Teufel spricht ...« Er grinste schief. Während Seraphina weiter auspackte, durchstreifte er das Zimmer, ließ seine Finger über das glatte Eichenholz der Truhen gleiten und setzte sich schließlich aufs Bett, was ihm einen missbilligenden Blick von Seraphina eintrug. »Das ist ja genug Zeug, um den Palazzo Vecchio zu sprengen.«

»Das wollen wir mal sehen.« Mira konnte sich ein Lächeln nicht verkneifen. »Gleich morgen lege ich los.«

»Ich fürchte, das wird nichts, Semiramide.« Enzo stand auf und trat näher, so dass sie seine Anspannung spürte. »Mein Cousin hat entschieden, unsere Hochzeit nach Cafaggiolo zu verlegen. Wir werden nach Sonnenaufgang aufbrechen, damit wir uns die Örtlichkeiten in Ruhe ansehen können.«

»Wie bitte?«, fragte Mira entsetzt. »Aber dann müssen wir alles umplanen.«

Enzo wandte sich ihr zu. »Lorenzos Wort ist Gesetz, egal ob es Sinn macht oder nicht.«

Er nickte ihr knapp zu, verließ das Zimmer und schlug die Tür hinter sich zu.

»Was bedeutet das für uns?«, fragte Mira.

Seraphina öffnete einen Fensterladen und ließ frische Luft herein. »Wenn Enzo zornig ist, brauche ich Abkühlung.«

»Hoffentlich nicht auf mich?«, wisperte Mira.

»Aber nein, ganz gewiss nicht.« Seraphina lehnte sich aus dem Fenster und sog die Luft ein. »Ihr tragt daran keine Schuld. Nur der Magnifico schafft es, Enzo in Rage zu bringen. Was wisst Ihr über Cafaggiolo?«

»Wenig.« Mira zuckte mit den Schultern. »Es ist eine der ältesten Landvillen der Medici und liegt weit draußen im Mugello. Was bezweckt Lorenzo damit?«

Seraphina goss ihr ein Glas verdünnten Wein ein und reichte es ihr. »Vielleicht will Lorenzo seinem jungen Vetter nur zeigen, wer in dieser Familie das Sagen hat.«

Mira trank durstig. »Aber das ist sträflich dumm und überflüssig.«

»Ach, Männer. Wer soll die schon verstehen?« Seraphina öffnete eine weitere Truhe und legte einen Stapel bestickte Decken auf Miras Bett. »Auf jeden Fall wird Eure Hochzeit dadurch aufwendiger. Alles muss entweder vor Ort bestellt oder aus Florenz mitgebracht werden.«

Mira ließ sich auf den Bettrand fallen. »Darauf hätte ich gut verzichten können.«

Seraphina zog einen feinen Stoff aus der Truhe. Er war hauchdünn und in den Farben des Regenbogens gewebt. »Wie kostbar. Ist das Baumwolle?« Sie drapierte das Prachtstück über einen Stuhl. »Um noch einmal auf Cafaggiolo zurückzukommen: In diesem zugigen alten Kasten kann man viel mehr Gäste unterbringen als in Castello.

Was, wenn Lorenzo genau das will? Eine große Feier mit unzähligen Gästen und Verbündeten, die Enzo allein bezahlen muss.«

Bisher hatte Mira niemandem von ihrer Begegnung mit Corleone erzählt. Am besten, sie vergaß sie so schnell wie möglich. Und dann dieser neue Plan, ihre Hochzeit in Cafaggiolo zu feiern.

»Also reisen wir morgen ins Mugello«, sagte sie.

Sie hatten inzwischen alles ausgepackt, bis auf eine kleine Truhe, die Seraphina auf Lucrezias Tisch abgestellt hatte. »Was ist da drin?«

»Keine Ahnung. An der habe ich mir fast den Rücken verhoben«, sagte Seraphina.

Mira hob den Deckel. »Seht nur.«

In der Truhe lag ein Stapel ledergebundener Bücher. Mira hob sie nacheinander heraus und legte sie vorsichtig auf den Schreibtisch. Es waren Texte von Lukrez, Horaz und Ovid. Das Buch, das unter allen anderen lag, war auf Hadernpapier gedruckt und sah so gut wie neu aus.

»Was ist das?«, fragte Seraphina, aber da hatte sich Mira schon in die Lektüre der ersten Seite vertieft.

Als sie aufblickte, leuchteten ihre Augen. »Das Buch stammt von Ficino und heißt *Pimander*. Wenn ich richtigliege, ist es eine Übersetzung der Schriften des altägyptischen Königs Hermes Trismegistos.«

»Von solchen Dingen habe ich keine Ahnung«, erwiderte Seraphina. »Aber ich sehe, dass Eure Mutter Euch mit den Büchern eine größere Freude gemacht hat als mit dem Geschirr und den Stoffen.«

# 26.

Die Villa Cafaggiolo in San Piero a Sieve im Mugello ähnelte mit ihren Mauern, Türmen und Zinnen einem wehrhaften Kastell aus dem Mittelalter. Vor einigen Jahrzehnten hatten die Medici sie von dem Architekten Michelozzo di Bartolommeo umgestalten und modernisieren lassen, so dass sie sich als Sommerfrische eignete. Da man auf die Landwirtschaft nicht verzichten wollte, war die Villa von ausgedehnten Feldern und Gärten umgeben.

Sie ritten an einem trutzigen Wehrturm vorbei in den Innenhof. Rundum ragten Wände auf, von denen das Klappern der Hufe und die Rufe der Stallknechte widerhallten, die ihnen die Pferde abnahmen. Mira stieg mit Enzos Hilfe von ihrem Zelter Angelo, streifte ihre Reithandschuhe aus feinstem Leder ab und nahm sich vor, das Beste aus diesem Ausflug zu machen. Auf jeden Fall roch es hier frischer als in der Stadt, die auch bei windigem Wetter an ihren Miasmen erstickte.

Umgeben von seinen Gefolgsleuten, ritt auch Lorenzo de Medici in den Hof ein. Sein Freund Poliziano half ihm umsichtig von seinem edlen Ross Perseus. Der Magnifico stöhnte, als er sein Bein über den Pferderücken schwang, und verzog das Gesicht vor Schmerzen. Mira wusste, dass seine Finger rot und geschwollen waren. Auch wenn es ihm nicht gut ging, der Herrscher von Florenz bewahrte Würde und Stärke und verlor kein Wort über seine Krankheit.

Lorenzo kam auf Enzo und Mira zu. Nur seine zusammengepressten Lippen ließen erahnen, wie er sich fühlte. »Wie gefällt Euch dieser Ort, meine Lieben? Der Innenhof eignet sich perfekt für ein Bankett.«

»Es ist ein wenig rustikal«, erwiderte Enzo. »Platz gibt es in der Tat genug. Ich könnte mir vorstellen, mehrere lange Tische gleich hier im Hof aufzustellen. Nur wollten wir eigentlich bescheidener feiern. Nicht wahr, Semiramide?«

»Aber ich habe anders entschieden«, sagte Lorenzo sehr leise.

Mira holte tief Luft. »Wenn wir schon hier feiern sollen, will ich, dass es angemessen wird. Wie Ihr wisst, hat mein Bruder mir endlich meine Aussteuer schicken lassen, darunter Tischlaken in verschiedenen Größen. Ob sie sich für die langen Banketttische eignen würden? Was meint Ihr? Und Musik. Ich will Canzone und Gaukler. Aber die Musikanten müssen wir aus Florenz mitbringen, oder?«

Konnte man schlechte Laune unter einem Wortschwall ersticken, und sei er noch so töricht? Anscheinend schon. Die Männer waren mundtot gemacht, als Mira sich bei ihnen unterhakte und sie zum Haus zog.

Während die Dienerschaft das Gepäck einräumte, nahmen sie in der rot gefliesten Eingangshalle Platz und ließen sich ein leichtes Mahl servieren. Die Halle war mit Wandmalereien repräsentativ gestaltet und halbwegs komfortabel eingerichtet. Wenn es sich mit den anderen Räumen auch so verhielt, konnte man es hier aushalten, fand Mira. Der Abend verging mit Hochzeitsplanungen. Wen sollten sie zusätzlich einladen, jetzt, wo sie genug Platz hatten? Enzo dürfe nicht vergessen, Allianzen zu schmieden, ermahnte ihn sein Cousin. »Damit verpflichtet man sich die Leute.«

Enzo nickte widerwillig und versicherte, dass ihm das nicht neu sei. Mira durchbrach das unbehagliche Schweigen, das zwischen ihnen hereinbrach, mit der Frage, welche Lebensmittel sie aus Florenz bringen lassen sollten, woraufhin ihr Lorenzo von reichlich vorhandenem Wildbret und Obst und Gemüse von bester Qualität berichtete.

»Man muss nicht darben in Cafaggiolo«, verkündete Poliziano. »Bei der Unzahl von Wildschweinen in den Wäldern kann man sehr gut auf die Jagd gehen. Sie fallen einem schier vor die Armbrust. Vor allem, wenn die Esskastanien reifen.«

Lorenzo erkundigte sich, ob Enzo sich vorstellen könne, am Tag nach der Hochzeit eine Jagd zu veranstalten. Als Poliziano das mit der spöttischen Bemerkung quittierte, Enzo müsse sich da sicher erholen, konnte sich Miras Bräutigam ein Grinsen nicht verkneifen und drückte ihre Hand. Nachtragend war er zumindest nicht. Sie musste zugeben, dass ihr Lorenzos Idee, die Hochzeit hier zu feiern, immer besser gefiel.

Später geleitete Enzo sie zu ihrem Zimmer und verabschiedete sich mit einem Kuss auf die Wange. Mitten im Raum stand ein großes Himmelbett mit frischen duftenden Laken. Das Fenster ließ laue Nachtluft und den Gesang der Zikaden herein. Als sie in den von Mondlicht übergossenen Hof hinabsah, öffnete sich das Tor für fünf Reiter in den Uniformen der Garde. Mira hielt den Atem an, als sie unter ihnen Riccardo erkannte. Er stieg von seiner Stute Adelina, übergab ihre Zügel einem Stallburschen und sah an den Wänden des

Kastells hinauf, als würde er ihren Blick spüren. Mira trat zur Seite und drückte sich mit dem Rücken an die kalte Steinwand. Was war er für sie? Und wie konnte es sein, dass ihr Herz derart klopfte, wenn sie ihn nur von Weitem sah?

Am nächsten Morgen fragte sie Enzo nach dem Grund für Riccardos Kommen. »Sie suchen noch immer den Mörder der Grazien und wollen deshalb Maria befragen. Sie versteckt sich hier bei ihrem Onkel und ihrer Tante.«

Mira wusste, dass Maria nach dem Mord an Andreoula aus Florenz verschwunden war.

Am späten Vormittag führte Enzo sie durch die Gärten von Cafaggiolo, das neben seiner Funktion als Sommerresidenz noch immer als landwirtschaftliches Gut diente. Mira ließ ihren Blick über den Garten schweifen, der in weitläufigen Terrassen angelegt war. Leuchtend violette Bougainvilleen rankten sich an den Stufen und Geländern empor, und in den Beeten blühten Rosen in den Farben des Sonnenaufgangs. Zu ihren Füßen gediehen Rosmarin, Salbei und frische Minze.

Sie bückte sich und pflückte einen duftenden Strauß. Als sie sich aufrichtete, bemerkte sie in der Ferne Maria, auf deren hellen Haaren sich das Sonnenlicht fing. Sie begleitete einen Mann mittleren Alters, möglicherweise ihren Onkel, der in Cafaggiolo als Gärtner arbeitete.

Mira machte Enzo auf sie aufmerksam, der sofort Riccardo holen ging. Sie winkte Maria zu, aber die drehte sich abrupt zur Seite. Kurz darauf stieß Riccardo zu ihnen. Mira putzte sich die erdigen Finger an ihrem Rock ab und vermied es, ihn anzusehen.

»Ich habe schon mit Maria gesprochen«, sagte er. »Sie ist nicht bereit, mich anzuhören.«

»Lasst es uns noch mal versuchen.« Gemeinsam gingen sie auf

Maria zu, die ihrem Onkel in den Erdbeerbeeten zur Hand ging. Enzo sprach sie an und bat sie offiziell um ihre Hilfe. Die Bitte des hochstehenden Medici konnte sie nicht ignorieren.

»Schaffst du das, meine Liebe?«, fragte ihr Onkel.

Maria nickte. »Lasst uns zum Pavillon gehen.«

Sie machten sich zu einem Gartenhaus auf, das mit seinen Säulenarkaden einem griechischen Tempel glich. Maria lehnte sich an eine Säule und wartete schweigend ab.

»Salve«, grüßte Mira sie. »Es ist schön, dich zu sehen.«

Maria wurde flammend rot. »Lebendig, meinst du wohl? Ich habe euch nichts zu sagen. Also ist das hier ein vollkommen überflüssiges Gespräch, und das selbst, wenn Ser Enzo anwesend ist.«

Mira wunderte sich ob der barschen Worte. Die Mädchen waren immer leichtherzig und freundlich miteinander umgegangen. Sie sah aber auch, wie schlecht es Maria ging. Dunkle Schatten lagen unter ihren Augen, und blonde Strähnen krochen aus ihrem nachlässig geflochtenen Zopf.

»Wir verstehen, dass du Angst hast«, sagte Riccardo sanft. »Aber vor uns musst du dich nicht fürchten.«

»Das tue ich auch nicht.« Maria zog ihre hellen Augenbrauen zusammen. »Ihr wisst nicht, womit ihr es zu tun habt.«

»Dann sag es uns«, mischte sich Enzo ein. »Worauf habt ihr Mädchen euch eingelassen?«

Maria schüttelte den Kopf. »Das kann ich nicht, selbst wenn Ihr weit über mir steht, Ser Enzo.« Sie drehte ihren Strohhut in den Händen. In der Ferne legte ihr Onkel bedächtig seine Gartenwerkzeuge beiseite und folgte ihnen zum Pavillon.

»Aber, Maria«, versuchte es Mira erneut. »Ich bin ebenfalls betroffen, und Gianna ist noch immer verschwunden. Wir müssen dringend wissen, was geschehen ist. Vielleicht fällt dir doch etwas ein, was uns weiterbringen könnte.« In diesem Moment gestand sie sich zum ersten Mal ein, dass Gianna vermutlich tot war.

»Dann fragt, was ihr wollt«, sagte Maria spröde.

»Woher stammen die Seiten aus dem Buch Hiob?«, erkundigte sich Riccardo. »Und was hat es zum Donnerwetter nochmal damit auf sich? Ist Botticelli darin verwickelt?«

»Nein!« Maria schüttelte den Kopf. »Meister Sandro hat nichts damit zu tun.«

»Aber wer dann?« Riccardo strich sich eine schwarze Locke hinters Ohr. »Wie wäre es mit Corleone, dem Spion Lorenzo de Medicis? Steckt er dahinter?«

Maria wurde mit einem Schlag so weiß wie die Marmorsäule in ihrem Rücken. »Wie meinst du das?«

Ihr Onkel hatte den Pavillon inzwischen erreicht und sprang die drei Stufen hinauf. Als er nach Marias Arm griff, taumelte sie, als trügen ihre Beine sie nicht mehr. »Komm, Maria, wir gehen. Und Ihr, verehrte Herrschaften, fragt sie bitte nicht weiter aus. Für Meister Sandros Bild sind schon zu viele Mädchen gestorben. Wir wollen nicht, dass Maria das Gleiche passiert.«

»Aber genau deshalb muss sie reden!«, warf Mira ein. »Auch ich stehe als Grazie Modell. Die Gefahr gilt auch für mich.«

»Nicht so«, wisperte Maria. »Du weißt nicht, worum es geht, Mira.«

»Dann sag es uns, Maria, bitte«, drängte Riccardo.

Doch Maria schüttelte den Kopf und ließ sich von ihrem Onkel davonziehen.

Enzo ballte die Fäuste. »Es gibt andere Möglichkeiten, sie zum Sprechen zu bringen. Wir könnten sie in Haft nehmen. Mal schauen, ob sie dann redet.«

»Auf keinen Fall«, widersprach Mira.

»Mit Zwang erreichst du nichts, Enzo«, mischte sich Riccardo leise ein. »Maria und ihre Verwandten vergehen fast vor Angst. Aber wider Willen hat sie uns einiges mitgeteilt.«

Enzo wandte sich ihm verwundert zu. »Wie meinst du das?«

»Zum einen hat sie uns glaubhaft versichert, dass Meister Sandro nichts mit der Sache zu tun hat, was – gelinde gesagt – beruhigend ist. Und Mira weiß auch nichts. Es muss also begonnen haben, bevor sie dazugestoßen ist.«

»Können wir ihr glauben?«, fragte Mira.

»Ich denke schon. Aber ...« Riccardo klang plötzlich sehr entschlossen. »Da ist noch etwas. Habt Ihr gesehen, wie sie auf den Namen Corleone reagiert hat?«

»Sie hatte große Angst«, sagte Mira. Wenn sie etwas nachvollziehen konnte, dann das.

»Glaubst du nicht, dass du ihm gegenüber ein Vorurteil hast, wo du ...« Enzos Blick blieb an Riccardos Auge hängen, das noch immer in allen Violett- und Gelbtönen schillerte. »Nein, Corleone hat sicher nichts damit zu tun. Mein Cousin weiß, wem er vertrauen kann.«

»Und wenn nicht?«

Mira senkte den Blick. Der sommerliche Garten versank in grauem Nebel, und der Geschmack von Kupfer lag auf ihren Lippen.

»Alles in Ordnung?«, fragte Riccardo.

»Es ist nichts.« Warum verschwieg sie ihnen, dass Corleone sie bedroht hatte? In ihrer Nähe wurden Mädchen umgebracht, und sie dachte nur an jenen Sonntag im Dom, der wie ein schwarzes Loch in ihrem Innern alles zu verschlingen drohte. Sie taumelte.

»Vorsicht!« Riccardo streckte ihr seine Hand entgegen, an der sie sich festhielt wie an einem rettenden Anker. Das Gefühl, in einen Abgrund zu fallen, ließ nach, und der leuchtende Sommertag kehrte zurück.

»Ihr seid in der Tat besorgniserregend blass, meine Liebe«, merkte Enzo an. Riccardo ließ sie los, als hätte er sich an ihr verbrannt.

»Vielleicht habe ich zu wenig gegessen«, murmelte Mira.

»Ist das wirklich alles?« Enzo drückte ihre Schulter.

»Ja.« Mira nickte fest.

»Darf ich Euch dann verlassen? Ich habe noch etwas mit meinem Cousin zu bereden und werde dabei die Sache mit Corleone ansprechen. Und Riccardo, bringst du Semiramide bitte zurück und sorgst dafür, dass sie etwas in den Magen bekommt?«

Er verbeugte sich knapp und entfernte sich in Richtung des Haupthauses, so dass Mira sich allein mit Riccardo wiederfand. Das Schweigen zwischen ihnen enthielt so viel Ungesagtes, dass er einen Schritt zurücktrat. Besser so, sonst hätte sie sich in seine Arme fallen lassen.

»Was war das gerade eben?«

»Nichts«, beteuerte sie.

Riccardo musterte sie stirnrunzelnd. »Du und ich wissen genau, dass das nicht stimmt, Mira.«

»Ich bin nur hungrig wie ein Bär.« Leichtfüßig sprang sie die Treppe hinunter ins Gras. Riccardo kam ihr nach, hielt sie kurz am Arm, ließ sie aber sofort wieder los.

»Da draußen treibt sich ein Mörder herum«, sagte er leise. »Du darfst keinen Schritt ohne Begleitung tun, hörst du? Versprich es mir.«

Für einen Moment blitzte die Wahrheit in seinen Augen auf. Aber es kam nicht infrage, sie auszusprechen, auch um Enzos willen nicht.

»Du könntest die Nächste sein. Und das wäre unerträglich für mich.«

# 27.

Sie blieben noch drei weitere Tage in Cafaggiolo. Da sich Lorenzos Leiden in dieser Zeit verschlimmerte, steuerten sie danach die Thermalquellen von Petriolo an. Mira ritt an Enzos Seite.

»Ihr müsst Petriolo einfach kennenlernen«, schwärmte er. »Auch wenn Ihr nicht krank seid, Semiramide, bringen Euch die heißen Quellen auf jeden Fall auf andere Gedanken.«

Mira hätte am liebsten protestiert. Abgesehen davon, dass in Florenz ein Mörder frei herumlief, hatte sie mit ihren Hochzeitsvorbereitungen alle Hände voll zu tun. Aber Enzo hatte verdient, dass sie ihm freundlich begegnete. Er nahm sie ernst und zog sie zurate, wenn es etwas zu besprechen gab. Viele junge Frauen heirateten ältere Männer, die sie wie unmündige Kinder behandelten. Mira hatte keinen Grund, sich zu beklagen. Und dennoch dachte sie pausenlos an Riccardo. Das musste aufhören.

Die Thermalquellen der Bagni di Petriolo lagen in einem grünen Tal des Flusses Farma südlich von Siena. Es gab sowohl seichte Stellen und flache Becken mit Heilwasser als auch ein überdachtes Badehaus, das keine Wünsche offenließ. Neben dem Papst und den Kardinälen schätzten auch die herrschenden Familien des Landes die Heilkraft des Wassers von Petriolo. Der Herzog von Urbino, die Gonzaga aus Mantua, die Malatesta aus Pesaro und natürlich die Medici besuchten das Heilbad regelmäßig. Lorenzos Mutter Lucrezia hatte die Bäder sogar renovieren und nach ihren Bedürfnissen umgestalten lassen. Auch Lorenzo nutzte die Quellen ausgiebig, oft Seite an Seite mit Enzo. Mira hoffte, dass sie dabei ihren Zwist vergaßen. Schon bald ging es Lorenzo besser, und er führte sein Gefolge zur Wildschweinjagd in die umliegenden Wälder. Sein junger Cousin begleitete ihn dabei.

Mira und Poliziano machten derweil weite Spaziergänge in der Gegend, meist in Begleitung einiger Gardisten, eine Schutzmaßnahme, auf die Riccardo bestanden hatte. Die heißen Quellen nutzte Mira nur abends, zu den Badezeiten der Damen. Dann genoss sie ausgiebig das heiße Wasser, dem man wundersame Heilkräfte nachsagte, und ließ sich mit duftenden Ölen massieren.

Eines Nachts klopfte es an ihrer Tür. Wer konnte so spät noch etwas von ihr wollen? Mira, die gelesen hatte und gerade erst eingeschlafen war, räkelte sich, stand auf und öffnete. Im Schein einer Öllampe erkannte sie eine junge Bademagd mit einem blauen Kittel und einem Turban.

»Für Euch wurde ein Bad gerichtet, Herrin.« Sie knickste. »Von höchster Hand. Ich soll Euch ausrichten, dass Ihr es nicht bereuen werdet.«

Wer konnte etwas von ihr wollen? Enzo? Riccardo?

Mira errötete. »Aber es ist mitten in der Nacht? Und überhaupt. Wie ist dein Name? Ich kenne dich ja gar nicht.«

»Ich bin Cinzia.« Die Bademagd lächelte Mira zu, so dass sie die charmante kleine Lücke zwischen ihren Vorderzähnen sah. »Ich soll Euch außerdem sagen, dass Ihr dieses eine Mal gehorchen müsst.«

Mira schnaubte ungläubig. »Wer schreibt mir vor, was ich zu tun habe?«

»Schhh!« Die Bademagd legte ihren Finger auf ihre Lippen und grinste sie verschwörerisch an. »Es ist nicht zu Eurem Schaden.«

Was sollte sie tun? Die Frau mit ihrem unschicklichen Anliegen wegzuschicken wäre sicher die vernünftigste Lösung. Aber Miras Neugier und ihr Lebenshunger siegten. Also schlüpfte sie in ihr Kleid und folgte der Magd ins Freie. Die Nacht war lau, und das Licht des Vollmonds glänzte weiß über dem Hof. Eine Katze streifte mit aufgestelltem Schwanz vorbei. Nur aus den Stallungen kam schummriger Lichtschein.

»Wohin gehen wir?«

»Wir haben nicht weit zu laufen, Herrin.« Das Mädchen führte sie auf einem schmalen, gewundenen Pfad mitten in den Wald. Im Licht des Mondes erkannte Mira Schirmpinien, Oliven, Mastixbäume und Korkeichen. Ein Nachtvogel stieß einen geisterhaften Schrei aus, im Unterholz dampften und flüsterten die heißen Quellen vor sich hin, und nicht weit von ihnen rauschte der Fluss Farma in seinem Bett. Schon bald waren die Badehäuser und Quartiere nicht mehr zu sehen, und Mira beschlich langsam Unbehagen. Es war sträflich leichtsinnig gewesen, einer Fremden hierher zu folgen. Was, wenn der Mörder der Grazien ihr auflauerte? Und was würde sie tun, wenn Enzo sein Recht vor der Hochzeitsnacht einforderte?

»Cinzia, bleib stehen! Wohin bringst du mich?«

Cinzia drehte sich um und lächelte. »Keine Angst, wir sind gleich da. Die Leute wissen nicht, dass die schönsten Badeplätze weitab liegen.«

Sie traten auf eine kleine Lichtung hinaus. Da war ein Wasserfall, der sich aus einer Felswand in ein weitläufiges Becken ergoss. Das Mondlicht auf der dunklen Wasserfläche ähnelte einer Lache ausgegossener Milch, und die Silhouetten der Bäume wirkten wie lebendige Wesen. Das hier war ein unwirklicher Ort, ein Platz für Wassergeister und Feen.

»Wo bin ich?« Mira drehte sich um, doch die Bademagd war verschwunden. »Aber wie ...?«

Jemand stand mit dem Rücken zu ihr unter dem Wasserfall. Es war Riccardo.

Eine Welle reiner Freude erfasste sie. Unwillkürlich löste Mira die Schnüre, die ihr Obergewand hielten, zog es über den Kopf und legte es auf die flachen Steine neben dem Wasserbecken. Ihr Leinenhemd war so dünn, dass sie fröstelte. Die Kälte verging, als sie in das heiße Wasser des Beckens stieg. Feuchtigkeit durchnässte das Hemd und legte sich auf ihr Gesicht und ihr Haar.

Riccardo stand selbstvergessen im hüfthohen Wasser und ließ sich die Fontäne auf Brust und Schultern prasseln. Das Wasser rauschte so laut, dass er sie nicht bemerkte. Er wandte ihr den Rücken zu, so dass Mira ihn ausgiebig betrachten konnte, die muskelbepackten Schultern, die schmalen Hüften, die schwarzen Haare, die ihm klatschnass im Nacken klebten. Im Licht des Mondes erkannte sie die verblassten Blutergüsse auf seinem Oberkörper.

»Riccardo.«

Er fuhr herum. »Ich hätte es wissen müssen.«

»Die Nacht gehört uns.« Sie setzte sich an den Rand des Beckens und plätscherte mit den Beinen. »Venus führt die Liebenden zusammen. Sie tut nichts ohne Sinn und Zweck, Herr Merkur.«

»Venus? Wozu brauche ich ihre Gunst, wenn ich dich habe, Thalia.« Er war mit ein paar schnellen Schritten bei ihr, legte seine Hände um ihr Gesicht und küsste sie sanft auf den Mund.

Mira ließ sich ins warme Wasser gleiten, in vollem Bewusstsein, dass sie unter ihrem dünnen Hemd nackt war und jeder Zoll ihres Körpers sich nach seiner Berührung sehnte. Sie durften das nicht. Dennoch ertrank sie in der Süße des Kusses, freute sich an seinen warmen Lippen und fühlte sich zum ersten Mal in ihrem Leben ganz und vollständig.

»Wer hat dich hergeführt, Mira?«

»Eine Bademagd. War das nicht deine Idee?«

»Bei Gott nicht.« Obwohl er lachte, glänzten Tränen in seinen blauen Augen. »Mir hat ein Stallbursche den besten Badeplatz verraten. Nie hätte ich gedacht, dass ich dich hier treffen würde.«

Sie umfasste seinen Nacken und zog ihn zu sich heran. »Ich hab mich so nach dir gesehnt.«

Er keuchte auf, als sie sich auf den Beckenrand schob und ihre nackten Beine um seine Hüften schlang, und küsste sie voller wilder Begierde. Er wusste, was er tat. Seine Zunge drang in ihren Mund, spielte mit ihrer und erkundete jeden Winkel. Ich löse mich auf, dachte Mira. Ihre Brustwarzen wurden hart und empfindlich, und tief in ihrem Körper erwachte eine nie gekannte Lust.

Seine Hände streiften ihre Brüste, er umfasste ihren Po und drückte sie an sich. Aber dann ließ er sie plötzlich los.

»Herrgott nochmal, Mira. Weißt du eigentlich, was wir da tun?« Er ging ein paar Schritte rückwärts, taumelte, fing sich wieder und schaffte es mit knapper Not unter die prasselnde Fontäne. »Ich brauche eiskaltes Wasser und nicht diese pisswarme Brühe.«

Er prustete und tauchte in sicherer Entfernung unter. »Wenn du das mit mir machst, kann ich die Stimme der Vernunft nicht mehr hören.«

»Aber wenn ich genau das will?« Ihre Stimme ging im prasselnden Wasser unter. »Dass die blöde Stimme der Vernunft endlich schweigt?«

»Mira, nein! Was, wenn dein erstes Kind schwarze Haare und blaue Augen hat? Ich höre auf, weil ich dich liebe, aber Enzo ist auch mein Freund. Wir dürfen ihn nicht betrügen.«

Die plötzliche Distanz tat ihr fast körperlich weh. Aber er hatte recht. Sie gingen zu weit.

Der Moment zog vorüber, ohne dass sie ihn nutzten.

»Dann schau zumindest weg.« Sie stieg aus dem Wasser.

»Ja, verdammt! Oder nein ...« Er öffnete die Augen und sah sie an, seine Augen schimmerten im Mondlicht.

»Dann sieh hin.« Sie zog ihr klatschnasses Hemd über den Kopf, stellte ihren Fuß auf einen Felsen und wrang zuerst ihr langes Haar und dann ihr Hemd aus.

Seine Blicke klebten an ihr. »Du folterst mich.«

»Wirklich?« Sollte er sich ruhig mit den Reaktionen seines Körpers herumschlagen. »Dann weißt du ja jetzt, was dir entgeht.«

Sie war noch immer nass. Für das eine Mal mochte es angehen, dass sie sich ihr Obergewand ohne Hemd über den Kopf zog.

»Warte.« Riccardo verschwand, kehrte kurz darauf zurück und setzte sich neben sie auf den Felsen. Er trug ein Leinenhemd und enge Hosen. Seine langen Haare lagen auf seinen Schultern. Musste dieser Mann so viel Wärme ausstrahlen? An deiner Seite würde ich nie mehr frieren, dachte sie.

Aber statt sie zu küssen, ließ er seine Hände durch ihre Haare gleiten. »Sie fühlen sich an wie das erste Gras im Frühling bei Regen.«

»Nicht wie Stroh?« Es gab keine Zeit ihres Lebens, in der Mira nicht mit ihren roten Locken gehadert hatte.

Er lachte und schüttelte den Kopf. »Sie sind immer ein Leuchtfeuer. Wie gern hätte ich dich schon an jenem ersten Abend im Refektorium auf meine Knie gezogen und geküsst.«

Mira lachte glucksend. »Da hätte sich Schwester Francesca aber gewundert.«

Riccardo zog sie an sich. »Ach, Mira. Ich dachte immer, hochwohlgeborene Damen seien arrogante Schnepfen, aber du bist die uneitelste Person auf der Welt. Du darfst die Nase ruhig höher tragen, auch wenn ich dich heute zu meinem und deinem Bedauern nicht vernasche.« Er begann, an ihrem Ohrläppchen zu knabbern. »Du hättest dich nicht beinahe unbekleidet vor mich stellen dürfen. Das war eine riskante Provokation. Aber so bleibt mir nichts anderes übrig, als dir ein paar Dinge zu zeigen, die man miteinander tun kann, ohne dass du gleich schwanger wirst.«

»Ich bin also selbst schuld?« Sie ließ sich in seine Umarmung gleiten.

»Du bist immer und an allem schuld.« Er berührte sie sanft, und für eine Weile genossen sie das Gefühl der Nähe. Nichts und niemand vermochte, sich in diesem Augenblick zwischen sie zu drängen.

»Du lernst schnell«, bemerkte er schließlich.

»Wie kann das sein?«, fragte sie, als sie voneinander abließen.

»Was?«

»Dass wir uns lieben?«

»Keine Ahnung.« Er setzte dieses schiefe Grinsen auf, das ihr

Herz zum Schmelzen brachte. »Ich weiß nur, dass ich jeden Moment in diesem vermaledeiten Wald genieße, egal wer sich das ausgedacht hat. Ich würde nur zu gern wissen, wie wir aus diesem Labyrinth wieder herauskommen.«

Haut an Haut saßen sie auf dem Felsen und wärmten sich gegenseitig.

»Als ich klein war, hat Ficino mich hin und wieder an seinen Studien in der platonischen Akademie von Careggi teilnehmen lassen«, erzählte Mira.

»Ich weiß.« Er legte ihr den Arm um die Schultern. Im Osten legte sich ein orangefarbener Schein über den Himmel. »Und was hat er dir beigebracht?«, murmelte er in ihre Halsbeuge.

»Plato beschreibt in seinen Schriften, dass die Menschen zu Anbeginn der Zeiten eine Kugel waren, die aus zwei Hälften bestand. Irgendwann ist sie zerbrochen, und seither verbringen wir Zeitalter um Zeitalter damit, einander zu suchen, um wieder ganz zu werden.«

»Das glaubst du doch nicht wirklich?«, wollte Riccardo wissen. »Eine Kugel ist unpraktisch. Stell dir vor, ich will in die eine und du in die andere Richtung.«

»Aber sicher glaube ich das. Und was das Laufen angeht ...« Mira knuffte ihn in die Seite. »Dann musst du mir eben folgen.«

Er lachte ungläubig. »Ich bin der uneheliche Sohn eines Advokaten mit einer Magd und du eine verdammte Prinzessin. Mach dir lieber Gedanken, aus welchem Grund wir hergelockt wurden.«

»Ich weiß nicht. Jemand, der uns etwas Spaß gönnt.«

»Bevor du heiratest? Zum Glück haben wir der Versuchung nicht nachgegeben. Jedenfalls nicht so richtig. Du bist immer noch Jungfrau.«

»Wir wollten Enzo nicht hintergehen und werden das nicht wiederholen, Riccardo, oder?« Mira gähnte nach der schlaflosen Nacht.

»Nein«, bestätigte er fest. »Aber egal, was geschieht, diese Nacht kann uns niemand mehr nehmen.«

Über dem Wald graute schon der Morgen, als er sie zum Waldrand brachte. Mira fiel ins Bett und schlief noch ein paar Stunden.

Enzo hatte nicht verdient, dass sie sich heimlich mit Riccardo traf. Und dennoch. Ein rebellischer Teil von ihr fragte sich, warum sie sich ihre Gefühle aus dem Herzen reißen sollte.

In den folgenden Tagen sah sie Riccardo nur von Weitem und achtete darauf, nie allein mit ihm zu sein. Eines Tages ritt sie mit Poliziano zu der Abtei San Galgano, die mit ihrer weitläufigen gotischen Kirche in der Nähe lag. Nachdem sie in dem eindrucksvollen Bau ihre Gebete verrichtet hatten, trafen sie sich im Kreuzgang zu einem Picknick. Poliziano goss ihnen Wein ein und biss in ein Stück Räucherwurst. »Findet Ihr nicht auch, dass die Künstler der Gotik Gott auf eine besondere Weise suchen?«

»Sie bauen Spitzbögen und hohe Räume«, erwiderte Mira. »Aber ich habe zu wenig alte Bauten gesehen, um das beurteilen zu können.«

»Man sagt, in Frankreich wachsen die Kathedralen in den Himmel. Aber die Bauten unserer Zeit halten menschliches Maß und erzählen von uns Menschen. Ob das Gott nicht besser gefällt?«

Mira biss in eine Pastete. »Vielleicht vergessen wir ihn dabei. Vielleicht suchen wir nur uns selbst.«

Nachdem sie zusammengeräumt und die Gardisten die Pferde geholt hatten, half Poliziano ihr auf ihren Zelter. »Nehmt Ihr einen Rat von mir an, meine Liebe?«

»Was meint Ihr?«, wisperte sie.

»Ihr solltet Riccardo nicht ganz so auffällig anhimmeln.«

Mira schluckte trocken. Die Welt begann, sich um sie zu drehen.

Poliziano sah sich nach allen Seiten um. »Ihr heiratet bald, und Euer Bräutigam ist mein Schützling Enzo.«

»Ich weiß«, flüsterte sie.

»Ich glaube nicht, dass Euch bewusst ist, wie viel Sorgfalt Ficino und ich in seine Erziehung gesteckt haben. Hier geht es um ...«

»Dauert das noch lange, Messer Angelo?«, rief ein Gardist ihnen vom Pferderücken aus zu. Die Männer waren bereit zum Aufbruch.

»Gleich.« Poliziano wandte sich ihr wieder zu. »Hier geht es um nichts Geringeres als um die Nachfolge des Magnifico. Seht Piero, seinen Erstgeborenen, an.« Er stieg auf seinen Wallach und setzte sich neben sie und ihren Zelter. »Er wird niemals fähig sein, die Florentiner hinter sich zu vereinen. Es gibt Menschen, die zum Anführer geboren werden. Anderen wurde das nicht in die Wiege gelegt.«

»Aber woher ...?« Sie betrachtete ihn von der Seite, seine gebogene Nase, den schwarzen Bart, den er sich seit Kurzem stehen ließ. Er sah müde aus.

»Woher ich das weiß? Ich unterrichte den Jungen, seit er aus den Windeln raus ist. Glaubt mir einfach. Und Giovanni ist für eine kirchliche Laufbahn vorgesehen und wird spätestens mit vierzehn den Kardinalshut tragen. Also gebt acht, was Ihr tut, Semiramide! Enzo mag Euch ja vertrauen, aber der Magnifico tut das mit Sicherheit nicht. Und wenn er einen Grund sieht, Enzo zu entmachten, wird er sich den nicht entgehen lassen. Ein Skandal käme ihm da gerade recht.«

Damit ließ er sie stehen und ritt an die Spitze des kleinen Zuges. Mira blieb beunruhigt zurück. Während der Zelter in seinen üblichen weichen Trott fiel, klopfte ihr das Herz bis zum Hals. Wer hatte sie und Riccardo in jener Nacht zusammengebracht und weshalb?

# 28.

Es ging voran mit der »Primavera«. Während Riccardo in Botticellis Werkstatt ein weiteres Mal Modell stand, grundierten die Gehilfen sieben Tafeln aus Pappelholz, die der Künstler zu dem mehr als drei Meter breiten Bild zusammenfügen würde. Auf einer weiteren Staffelei stand der große Bozzetto, der das fertige Werk mit seiner Komposition und Farbwahl vorwegnahm. Auf der Fläche herrschte ein Maximum an Bewegung. Das Geschehen erinnerte Riccardo an einen Tanz, bei dem die Göttin im Zentrum den Takt vorgab.

Er hielt Merkurs Stab erhoben und hoffte inständig, dass ihm der Soldatenmantel nicht von den Schultern rutschte, denn darunter trug er nur ein Lendentuch.

»Heb den Caduceus ein wenig höher, Merkur, und sieh deinem Arm selbstvergessen nach.« Meister Sandros Feder kratzte über das Papier.

Riccardo runzelte die Stirn. Hatte er das nicht schon tausendmal getan?

»Und halt den Kopf gerade, Vespucci!«

Auch wenn sein Arm langsam gefühllos und sein Nacken immer steifer wurde, tat Riccardo, was sein alter Freund verlangte. Das Bild hatte seinen Modellen kein Glück gebracht. Zwei der Grazien waren ermordet worden. Gianna war verschwunden, und Maria vergrub sich in Cafaggiolo. Dennoch bereute Riccardo die Zeit nicht, die er in der Werkstatt verbracht hatte.

Hier hatte er zum ersten Mal die Anziehung zwischen sich und Mira gespürt. Mira, die ihm nie gehören würde. Eigentlich sollte er sich mit anderen Dingen beschäftigen. Er hatte einen Mörder zu entlarven, dessen Namen er zu kennen glaubte, doch seine Gedanken kreisten nur um sie.

In diesem Moment öffnete sich die Tür für Mira und Enzo. Wenn man vom Teufel sprach ... Riccardo ersetzte in Gedanken den Gottseibeiuns durch einen Engel, denn sie war so wunderschön, wie sie in ihrem taubenblauen Kleid und mit dem Perlenschmuck in den Flammenhaaren hinter ihrem Bräutigam in die Werkstatt trat.

Als Botticelli Papier und Feder zur Seite legte, um seine hochgeborenen Gäste zu begrüßen, löste Riccardo erleichtert seine Pose, ging ins Nebenzimmer und tauschte den Soldatenmantel gegen Hemd und Hosen.

Enzo schlug ihm auf die Schulter. »Riccardo, mein Freund! Was macht das Posieren?«

Er grinste schief. »Ich hoffe, ich stehe heute zum letzten Mal Modell. Meinen Arm spüre ich schon lange nicht mehr. Habe ich überhaupt einen?«

Botticelli funkelte ihn belustigt an. »Immerhin wirst du für alle Zeiten in diesem Bild verewigt sein. Das ist es doch wert, oder etwa nicht?«

Enzo lachte, während Mira Ficino und Poliziano begrüßte, die am großen Tisch einen Stapel Zeichnungen betrachteten. Riccardo verstand, warum sie ihn ignorierte. Er hatte es in Cafaggiolo nicht anders gehalten, aber es fühlte sich an, als würde die Sonne sich hinter den Wolken verstecken.

»Sieh mal, Enzo.« Sie zog ein Blatt aus dem Stapel, das eine hochgewachsene junge Frau zeigte.

Riccardo näherte sich ihr an Enzos Seite und sog den betörenden Duft nach Heu und Sommerblumen ein, der von ihren Haaren ausging. Bisher hatte er nicht herausgefunden, wer sie in Petriolo zusammengebracht hatte. Was, wenn sie dort miteinander geschlafen hätten? Nein, dachte er. Das Risiko wäre zu groß gewesen, vor allem für sie, aber auch für Enzo und ihn. Das Spiel musste ein Ende haben, und wenn es noch so bitter war.

Dann aber drehte sie sich um und schenkte ihm einen bernsteinbraunen Blick, der sein Herz zum Flattern brachte. Mein Gott. Riccardo musste heftig schlucken und starb fast an der Qual, sie nicht haben zu dürfen.

»Enzo und Riccardo, seht beide mal her. Das ist Gianna.« Die Studie zeigte die verschwundene junge Frau als stolz voranschreitende Flora. »Habt Ihr sie beim Gehen beobachtet, Meister Sandro?«

Botticelli schnaubte. »Natürlich. Was denn sonst?«

Riccardo sah genauer hin. »Giannas Schritt ist anmutig, aber überhaupt nicht damenhaft.«

Ficino und Poliziano näherten sich Seite an Seite.

»Dank Euch, Semiramide, streut sie Rosen, die Blumen der Venus«, warf Poliziano ein. »Auch dort, wo ihr Fuß seinen Schritt hinsetzt, sprießen Eure Blumen.«

»Was meint Ihr?«, fragte Enzo. »Wird Gianna Soderini wieder auftauchen?«

Schweigen breitete sich zwischen ihnen aus.

»Das weiß niemand«, sagte Mira leise. »An dem ganzen damenhaften Getue sind hauptsächlich unsere Röcke schuld. Die Säume engen uns nämlich so ein, dass wir nicht richtig ausschreiten können.«

Riccardo runzelte die Stirn und fragte sich, wo sie gelernt hatte, Enzo mit leichtherzigem Geplauder abzulenken.

»Ihr könntet ja Hosen tragen, Semiramide. Ich für meinen Teil würde Euch gern darin sehen.« Enzo zwinkerte ihr zu. Mira stieß ihn so freundschaftlich in die Seite, dass Riccardo von einer Welle schlimmster Eifersucht überrollt wurde.

Als das junge Paar sich von Botticelli in der Werkstatt herumführen ließ, trat Poliziano an Riccardos Seite.

»Seid vorsichtig, Gardist«, raunte er ihm ins Ohr. »Es ist ein Wunder, dass Enzo noch nicht gemerkt hat, was sich zwischen Euch und seiner Braut abspielt. Meister Sandro ist auch nicht dumm.«

Riccardo zuckte zusammen und tat, als habe er nichts gehört.

Zum Glück tauchte Filippino Lippi gerade eine Bürste in eine dickflüssige Masse, die wie Schlamm aussah, und verteilte sie so großzügig auf einer Tafel, dass sie im Raum herumspritzte.

»Zumindest werden die Vorarbeiten pünktlich erledigt«, knurrte Botticelli.

»Was ist das?«, fragte Mira neugierig. Filippino erklärte, dass es sich um Gipsschlämmgrund handelte.

Mira schnupperte. »Es riecht modrig.«

»Das muss so sein«, sagte Nardo wichtig, dessen Hemd von dem Zeug schon ganz durchnässt war.

Mira nickte beeindruckt. »Und wozu braucht ihr so viele Tafeln? Ich hatte gedacht, ihr würdet nur ein Bild malen und nicht sieben?«

Filippino legte die Bürste in den Eimer. »Da die ›Primavera‹ über drei Meter breit wird, setzen wir sie aus Einzeltafeln aus Pappelholz zusammen. Die grundieren wir zweimal mit Gipsschlämmgrund. Dann folgt die Unterzeichnung mit bestimmten Pigmenten. Einige sind ein idealer Grund für den Hautton der Figuren. Die anderen bilden die Trägerschicht für all das Vegetabile, die Bäume, das Gras und die Blumen, die wir mit Tempera Grassa malen werden. Und da kommen Eure Pflanzen ins Spiel, Herrin Semiramide. Sie bilden tausend kleine Farbtupfer auf dem Grün der Flächen.«

»Danke schön.« Mira neigte lächelnd ihren Kopf und spazierte an Enzos Seite weiter auf den Bozzetto zu, der auf einer großen Staffelei stand. »Das also wird unser Bild. Verehrte Herren Ficino und Poliziano, könnt Ihr uns erklären, was es bedeutet?«

»Was seht Ihr denn?«, fragte Ficino freundlich.

»Es sieht aus wie ein Tanz, und Venus ist die Tanzmeisterin«, warf Riccardo ein.

»Sehr gut«, sagte Ficino. »Alles steht unter dem Diktat der Irdischen Venus. Und was erkennt Ihr noch?«

»Es ist Frühling«, versuchte Enzo sein Glück. »Venus herrscht im Garten der Hesperiden über das blühende Florenz, das von Flora repräsentiert wird.«

Ficino nickte anerkennend. »Das ist die erste Ebene. Aber was nehmt Ihr dahinter wahr, mein lieber Junge?«

»Es geht darum, wie junge Mädchen zur Frau werden.« Enzo errötete. »Nun, Chloris ...«

Mira löste sich von seinem Arm. »Wir wissen, was mit Chloris geschieht.«

Enzos Gesichtsfarbe vertiefte sich. »Aber dann ... Zephyr verwandelt sie in die Göttin des Frühlings, unter deren leichtem Schritt die Erde erblüht.«

»Sehr gut. Es geht um die Ehe, vielmehr um ein Mädchen, das zur Frau wird«, sagte Poliziano. »Und nun die andere Seite. Was erkennt Ihr da?«

»Die drei Grazien«, sagte Riccardo. »Sowie meine Wenigkeit, vielmehr Merkur. Und Thalia wendet ihm den Blick zu.«

»Und was glaubt Ihr, bedeutet das?«, fragte Ficino.

Riccardo antwortete nicht. Es lag auf der Hand, denn der kleine Cupido, der oberhalb von Venus in der Luft schwebte, zielte mit seinem Bogen auf Thalias bloße Schulter.

Zum Glück beantwortete Ficino seine Frage selbst. »Für Eingeweihte ist Merkur weit mehr als der Götterbote. Ich weiß nicht, inwieweit ihr in die Geheimlehre des Hermes Trismegistos eingeweiht seid.«

»Überhaupt nicht.« Riccardo runzelte die Stirn. Diesen Namen hatte er bisher nur beiläufig gehört, aber Mira und Enzo nickten natürlich. Wie konnte es anders sein?

»Darf ich Euch darauf aufmerksam machen, dass Merkur der Führer der Seelen in die Anderswelt ist, verehrte Semiramide?«, sagte Ficino. »Man nennt ihn auch den Psychopompos.«

»Das darf man nicht zu ernst nehmen, oder?« Ihr Lächeln verunglückte ein wenig. »Sonst könnte man es als böses Omen sehen. Zwei unserer Grazien sind ermordet worden, und da Thalia Merkur ansieht, ist auch sie in Richtung Ewigkeit unterwegs. Ich will auf keinen Fall, dass unser Bild vom Tod erzählt.« Mira schauderte, als würde mitten in der Werkstatt ein kalter Luftzug über sie hinwegstreichen.

Enzo drückte beruhigend ihre Hand. »Das ist der Vorteil der Antike. Man kann jeder Person und jeder Geschichte eine oder mehrere Bedeutungen zuordnen. Aus der Göttin der Liebe und der Schönheit wird bei Euch, Ficino, die Irdische und die Himmlische Venus. Auch Merkur plagt sich mit mehreren Identitäten herum. Und siehe da, plötzlich steht er für den Tod.«

Ficino lachte schallend. »Wie schön, dass Ihr etwas Wesentliches begriffen habt, mein lieber Enzo. Die Welt ist vielschichtiger, als man denkt. Auf den ersten Blick ist die ›Primavera‹ ein Bild über den Frühling in Florenz unter der Ägide von Venus und ihrem Hofstaat. Aber wer in der Lage dazu ist, erkennt darin den Weg der Seele zu Gott.« Ficino legte Mira seine schmale Hand auf den Arm. »Gebt es zu. Ich langweile Euch mit meinem Philosophengeschwätz. Aber was ich sagen wollte, ist, dass sich in diesem Bild viele Schichten verbergen. Es ist wie eine Zwiebel, die man schälen muss.«

»Mit dem Umweg über die Unterwelt«, fügte Mira hinzu. »Denn Flora kann auf diese Weise problemlos Proserpina sein. Meint Ihr wirklich, ich soll mir ein Bild in mein Vorzimmer hängen, das solche Dinge zeigt? Mal davon abgesehen, was mit den Modellen geschehen ist – wer ist eigentlich das Vorbild für Eure Venus, Meister Sandro? Und weshalb veranstaltet Ihr um sie so viel Geheimniskrämerei?«

Doch Botticelli ließ sich noch immer nichts entlocken. »Lasst Euch überraschen und vergesst nicht, dass es für manche Gesichter keine Vorbilder gibt. Sie sind Idealbilder.«

Mira zog einen Schmollmund. »Das ist jammerschade.«

»Lasst es gut sein, Semiramide. Schließlich werdet Ihr auf unserem Bild verewigt«, erklärte Enzo. »Die schöne Thalia wird Eure Züge tragen.«

Und sie wird ihren Blick für alle Zeiten Merkur zuwenden, dachte Riccardo grimmig.

Mira nahm den Arm ihres Bräutigams. »Das will ich doch hoffen. Ist das nicht wunderbar, Enzo?« Sie lächelte, doch Riccardo fand, dass dem etwas Gekünsteltes anhaftete. Als ihr Blick ihn streifte, sah er die Verzweiflung darin. Mira und Enzo waren nur auf den ersten Blick ein glückliches Paar.

In diesem Augenblick sprach Ficino Enzo an und bat ihn um ein Gespräch. »Es ist wichtig und duldet keinen Aufschub.«

»Natürlich.« Enzo legte seinem alten Lehrer den Arm um die Schultern. Er war knapp einen Kopf größer als Ficino. »Könntest du Semiramide nach Hause bringen, Riccardo?«

»Natürlich.«

Poliziano wartete an der Tür auf sie und schickte sich an, sie zu begleiten. »Bevor ihr euch wundert«, raunte er ihnen zu. »Das ist nur zu eurem Besten. Wir wollen doch nicht, dass ihr uns alle ins Unglück stürzt.«

Schweigend legten sie den Weg zum Palazzo Medici zurück. Der Tag war so heiß, dass nur die Schatten der Häuser einen Hauch Kühlung brachten. Riccardo nahm Miras Gegenwart an seiner Seite überdeutlich war, ihren leichten Schritt, ihre Anmut, ihre schnellen Atemzüge. Unter der glatten Oberfläche war sie genauso aus der Fassung wie er.

Im Innenhof des Palazzo stellte sich Poliziano neben dem Eingangsportal auf und ließ ihnen einen Moment zu zweit. Rund um sie brandete das Leben. Lorenzos Söhne Piero und Giovanni spielten Fangen. Ein Sekretär lief mit einem Stapel Dokumente über den Hof, und eine Abordnung der Wollweber drängte sich vor dem Eingang.

Mira wandte sich Riccardo zu und flüsterte: »Glaubst du, dass wir noch eine Chance haben, Gianna zu finden?«

»Soll ich dich beschwichtigen, oder dir die Wahrheit sagen, so wie ich sie sehe?«

»Die Wahrheit«, wisperte sie.

Er nickte. »Ich glaube, dass Gianna tot ist. Der Mörder hat sie nur besser versteckt als die beiden Grazien.«

»Aber Gianna, sie war so ...«

»Stark?«, fragte er.

»Ja, genau. Weißt du inzwischen, wie alles zusammenhängt?«

»Nein. Nicht einmal ansatzweise.« Riccardo knirschte mit den Zähnen. Selbst wenn er einen Hauptverdächtigen hatte, um den sich die Schlinge langsam zuzog, waren ihm seine Beweggründe vollkommen unklar.

Mira nickte, als hätte sie nichts anderes erwartet. »Das Bild macht mir Angst. Ich weiß nicht, ob ich es in meinem Haus haben will.«

Am liebsten hätte Riccardo sie in seine Arme gezogen, doch Poliziano warf ihm einen warnenden Blick zu.

»Ist es wegen der toten Grazien?«, fragte Riccardo.

»Nicht nur. Auf dem Bild sehe ich dich an, aber hier, in diesem Leben, haben wir keine Zukunft.«

Für alle Zeit würde das Bild eine Liebe festhalten, die es nicht geben durfte.

Mira runzelte die Stirn und griff nach seiner Hand. »Du und ich, wir stehen in dem Bild für Liebe und Tod. Aber ich muss dir noch etwas anderes sagen, etwas Wichtiges.«

Was wollte Riccardo mehr, als dass sie ihm Vertrauen entgegenbrachte? Alles, dachte ein unbelehrbarer Teil von ihm. Alles. »Worum geht es?«

»Um diesen Corleone«, wisperte sie und sah sich nach allen Seiten um. »Er hat …« Sie schluckte, und ihre Augen flackerten. »Er hat mich neulich in der Stadt bedrängt und auf das Attentat der Pazzi angesprochen.«

Sie traten zur Seite, weil eine Abordnung der Garde einritt und Riccardo ausgelassen begrüßte. Poliziano winkte ihnen zu und bewegte lautlos die Lippen, als wollte er sie zur Eile antreiben.

»Du warst damals in der Kirche dabei, oder?«, fragte Riccardo. »Was wollte Corleone von dir?«

Mira wurde bleich wie eine frisch gekalkte Wand. »Keine Ahnung. Er fragte, woran ich mich erinnere, aber da ist nichts.«

»Dein Bruder hat dich wegen des Attentats ins Kloster bringen lassen?«

»Ja, weil ich nicht mehr essen und schlafen konnte. Ich muss etwas gesehen haben. Aber ich weiß es nicht mehr.« Mira schüttelte verzweifelt den Kopf. »Der Tag liegt hinter einer Wand, die ich nicht durchdringen kann.«

Riccardo griff nach ihrer Hand. »Vielleicht war es so schlimm, dass du es vergessen hast.«

Mira biss sich auf die Lippe und nickte.

»Ich werde mich umhören«, versprach er.

Mira sah ihn noch einmal an und ließ sich dann von Poliziano ins Haus begleiten.

Riccardo blieb allein im Hof zurück. *Corleone, ich bringe dich um!* Er war sich sicher, dass der Spion in die Morde an den Mädchen verwickelt war. Bisher hatte er gezögert, mit Lorenzo über seinen Spion zu sprechen, weil er befürchtete, der Magnifico könne ihn verdächtigen, einen Rachefeldzug gegen ihn zu führen. Jetzt jedoch hatte er Mira bedroht. Es wurde Zeit, dass Riccardo etwas unternahm.

Als er in Lorenzos Arbeitszimmer platzte, brütete dieser bei Kerzenschein über einigen Akten. Riccardo sah sofort, dass er sich für dieses Gespräch einen schlechten Zeitpunkt ausgesucht hatte. Lorenzo sah übernächtigt aus. Seine Augen waren rot gerändert, und seine dauernden Schmerzen hatten um seinen Mund ein paar tiefe Furchen hinterlassen.

»Ich hoffe, Ihr habt einen guten Grund, mich bei meinen Geschäften zu stören, junger Mann.« Der Magnifico erhob sich mit Mühe und goss ihm Wein ein. »Setzt Euch, wenn Ihr schon mal da seid.«

Befangen nahm Riccardo an der Längsseite des großen Tisches Platz.

»Was wollt Ihr von mir?«, fragte Lorenzo verdrießlich. »Gibt es Fortschritte im Fall der getöteten Mädchen?«

Riccardo nahm seinen ganzen Mut zusammen. »Habt Ihr schon in Betracht gezogen, dass Euer Spion Ettore Corleone hinter den Morden stecken könnte?«

Lorenzo setzte sich. »Es ist unklug, sich von persönlicher Feindschaft leiten zu lassen.«

»Mich treibt nicht der Durst nach Rache«, beteuerte Riccardo. »Aber es gibt Beweise. Corleone wurde im Umfeld der verstorbenen Nannina gesehen.« Das war bisher nur eine Vermutung.

»Ebenso wie Ihr.« Lorenzo brachte ihn mit einem Schwenk seiner Hand zum Schweigen. »Ihr mögt ein jugendlicher Heißsporn sein, Vespucci, aber das ist kein Grund, meine Kompetenz infrage zu stellen. Schließlich habe ich Corleone selbst in meinen Dienst genommen.«

Riccardo trank hastig. Wie immer war der Wein von guter Qualität, wenn auch zu warm für diesen heißen Tag. »Ich weiß, dass Ihr sehr genau bedenkt, was Ihr tut. Aber Mira ...«

Riccardo errötete flammend, als Lorenzos aufmerksamer Blick ihn traf. »Ihr meint meine junge Cousine Semiramide d'Appiano? Nur ihre besten Freunde nennen sie Mira.«

Riccardo schluckte nervös. Wie konnte ihm ihr Kosename rausrutschen? »Enzo, sie und ich ...«, brachte er hervor. »Wir sind inzwischen alle drei freundschaftlich verbunden.«

Diese Information hätte er dem Magnifico besser vorenthalten sollen. Was, wenn er nachforschte und auf die Spur ihrer verbotenen Liebe kam?

»Wirklich?« Lorenzos Augen blieben unergründlich. »Das freut mich für Euch. Aber dass meine junge Cousine eine Abneigung gegen Corleone hegt, weckt bei mir nicht den geringsten Zweifel an ihm. Sie ist ein zartes Geschöpf und noch sehr jung. Wie sollte ihr ein geübter Kriegsmann wie er nicht bedrohlich erscheinen?«

Riccardo stand auf und verabschiedete sich. Hier gab es nichts mehr zu sagen. Er hatte schon zu viel preisgegeben.

An der Tür holte ihn Lorenzos leise Stimme ein. »Und noch etwas, mein junger Freund. Bedenkt immer, mit wem Ihr Euch anlegt.«

# 29.

»Salve, Orazio.« Mira trat in die Küche des Palazzo Vecchio.

Orazio war gestern Abend aus dem Spital gekommen. Jetzt saß er am Tisch und löffelte gierig die Morgensuppe, die Seraphina ihm aufgetan hatte. Zwischendurch stopfte er sich große Stücke Weißbrot in den Mund, während ihn Enzos Koch Ruggiero und die Küchenhilfen misstrauisch beäugten.

»Nicht so schlingen, sonst verschluckst du dich«, ermahnte ihn Seraphina, doch er hörte nicht auf sie. Mira setzte sich an den Tisch und ließ sich von einem Küchenmädchen Brot, Käse und Obst bringen.

»Ich werde dir die Haare schneiden müssen.« Sie strich Orazio über die zerzausten schwarzen Locken, die sich inzwischen bis über seine Schultern ringelten. Als sie ihre Hand zurückzog, stieß sie einen erstickten Schrei aus, denn auf ihrem Handrücken krabbelte ein winziges Insekt. Und o weh! An Orazios Haaransatz klebten weiße Nissen. Läuse hatten ihnen gerade noch gefehlt. Zwei der Biester hatten es schon bis auf den Tisch geschafft. Mira zerdrückte sie verstohlen und putzte sich die Hand an einem Leintuch ab.

»Habt Ihr einen Läusekamm?«, raunte sie Seraphina zu.

»Porca miseria!« Seraphina schlug die Hände über dem Kopf zusammen, so dass sich zwei Küchenmädchen neugierig umsahen.

»Schhh«, machte Mira.

»Was ist los?«, fragte Orazio unschuldig.

Mira rückte zur Seite. »Du hast Läuse.«

»Im Spital hatten die alle.«

»Das kann ich mir vorstellen, aber nicht bei uns.« Mira juckte es schon beim Gedanken an die kleinen Quälgeister, doch Orazio zuckte nur gleichmütig mit den Schultern, als störe es ihn nicht, wenn es auf seinem Kopf kribbelte und krabbelte.

»Darf ich aufessen?«

Läuse hin oder her. Mira brachte es nicht übers Herz, Orazio von seinem Teller wegzuzerren. »Natürlich darfst du das.«

»Buongiorno, Schwägerin.«

Mira fuhr herum. Enzos Bruder Giovanni stand mit untergeschlagenen Armen in der Tür und spazierte dann auf sie zu. Sein Blick blieb an Orazio hängen. »Seit wann muss ich mir die Küche mit Bettelkindern teilen?«

Giovanni ging kein guter Ruf voraus. Auf keinen Fall würde sich Mira seine Frechheiten gefallen lassen. »Das ist Orazio. Ich habe ihn in unseren Haushalt aufgenommen.«

Giovanni heftete seine grünen Augen auf sie. »Orazio wer?«

»Orazio da Bartolomeo«, gab der Junge mit bemerkenswerter Selbstsicherheit zurück. Mira wunderte sich. Sie hatte nicht gewusst, dass er seine Abstammung so selbstbewusst betonte.

»Mein Großvater war der Buchhändler Bartolomeo«, sagte er.

»Orazio wird bei uns wohnen und bald eine Lehre in seinem Beruf beginnen«, fügte Mira hinzu.

Enzo hatte herausgefunden, dass dem laut den Bestimmungen der Zunft nichts im Wege stand. Ja, die Zunftoberen hatten sich sogar schon gefragt, wo der Enkel des alten Bartolomeo geblieben war.

»Und bis dahin …«, fuhr Mira sanft fort, »… haben dein Bruder und ich beschlossen, dass er zusammen mit dir die Schulbank drücken wird, Giovanni.«

Orazio verschluckte sich an seiner Suppe, und Giovanni blieb der Mund offen stehen. »Ab wann?«, fragte er heiser.

»Ab heute.« Wenn Orazio entlaust worden ist, fügte sie für sich hinzu, hütete sich aber, es auszusprechen.

»Nur über meine Leiche«, erwiderte Giovanni.

»Gib acht, dass du die Sünde des Hochmuts nicht beichten musst, Giovanni di Pierfrancesco«, warf Seraphina ein. »Der kommt sogar für junge Medici vor dem Fall.«

»Passt Ihr lieber auf, dass Euch die kleine Zecke nicht die Haare vom Kopf frisst.« Giovanni nahm sich einen Pfirsich, warf ihn in die Luft, biss hinein und verließ die Küche, ohne sie eines weiteren Blickes zu würdigen.

»Dieser kleine Wichtigtuer.« Seraphina wandte sich Orazio zu. »Und du isst auf, und zwar ein bisschen plötzlich. Die Mägde füllen schon den Zuber.«

»Ihr wollt mich doch nicht etwa …?« Panik trat in Orazios Augen, als er begriff, was ihm blühte.

Seraphina stemmte die Hände in die Hüften. »Da kannst du Gift drauf nehmen, mein Junge.«

»Wasser schadet der Gesundheit.« Orazio sprang auf und wäre zur Tür gerannt, wenn Seraphina ihn nicht am Arm festgehalten hätte.

Die nächsten zwei Stunden verbrachten Enzos Diener damit,

den Jungen, der sich nach Kräften wehrte, in den Zuber zu stecken, einzuweichen und gründlich abzuschrubben. Danach rasierten sie ihm kurzerhand den Kopf, so dass er aussah wie ein frisch geschlüpftes Küken. Seine Kleider wurden verbrannt.

»Ich hoffe, Ihr tut recht daran, den Betteljungen aufzunehmen, Prinzessin, vor allem, wenn Enzos Bruder sich querstellt«, brummte Seraphina.

Mira nickte ungehalten. Jung wie er war, galt Giovanni schon jetzt als Raufbold und Schürzenjäger. Wo käme sie hin, wenn sie sich sein Verhalten gefallen lassen würde? »Giovanni wird sich fügen. Das tut ihm nur gut.« Sie legte Beinlinge und ein abgelegtes Wams von ihm für Orazio auf den Tisch in Enzos Schlafzimmer. »Die Sachen sind für dich.«

»Mein Nacken ist so kalt«, klagte der Junge, der in ein Leintuch gehüllt auf der Bank saß und am ganzen Leibe zitterte.

»Ach, was! Das ist eine perfekte Sommerfrisur«, beteuerte Seraphina. »Heute wird es so heiß, dass die meisten Leute gern mit dir tauschen würden.«

»Wenn ihr meint ...« Aus dem Leintuch schauten nur sein kahl geschorener Schädel und seine mageren Schultern heraus. Seine schwarzen Augen glitzerten wie zwei Brombeeren. Er räusperte sich hörbar.

»Was?«, fragte Mira.

»Könntet Ihr bitte den Raum verlassen, wenn ich mich umziehe? Aus Gründen des Anstands«, fügte er so höflich hinzu, dass Mira sich ein Grinsen nicht verkneifen konnte.

Kurz darauf übergab ihn Mira, die inständig hoffte, dass alle Läuse im Zuber ertrunken waren, an Poliziano. Enzos jüngerer Bruder ließ sich an diesem Vormittag nicht mehr blicken, und das sicher nicht nur, weil alle unter der Hitze stöhnten.

Auch die Schulstube der Mädchen verwandelte sich gegen Mittag in einen Backofen. Die Karaffe Saft, die Mira für sie kommen ließ, leerte sich im Nu. Als die Mädchen von den Bächen rund um Cafaggiolo zu träumen begannen, und wie schön es wäre, mit hochgebundenen Röcken darin zu plantschen, ließ Mira sie gehen. Sie selbst machte sich zum Palazzo Vecchio auf, um nach Orazio zu sehen. Danach würde sie sich in Enzos lauschigem Innenhof in ein Buch vertiefen und ihre geschwollenen Füße im Brunnen kühlen.

Als Mira auf die Via Larga hinaustrat, traf sie die Hitze wie ein Schlag. Die Straße war menschenleer, und die Sonne brannte auf den kleinen Platz vor dem Palazzo. Nur eine hochgewachsene junge Frau kreuzte ihren Weg, deren Gesicht unter einem gelben Schleier verborgen war. Eine Hure? Mira sah ihr nach. Dieser Gang, kraftvoll und dennoch anmutig. Wenn sie es nicht besser gewusst hätte, hätte Mira sie für Gianna gehalten. Doch Gianna war tot.

Neben dem Portal des Palazzo Vecchio stand ein Junge, zog seine Mütze und verbeugte sich mit ausgesuchter Höflichkeit vor ihr. Mira blinzelte. Sein goldblondes Haar hob sich kaum von der Wand ab. Es war Cupido.

»Du?«

»Wer sonst?« Cupido war wie einer der reichen Halbwüchsigen gekleidet, die die Stadt mit ihren Banden unsicher machten.

»Was willst du?«

Cupido zog die Augenbrauen hoch. »Ich wollte sehen, wie es Orazio geht.«

»Und, was macht er?«

»Essen, was sonst? Er sitzt in eurer Küche und schlägt sich den Bauch mit Minestrone und Braten voll. Aber ich bin auch deinetwegen hier. Venus will dich sprechen.«

Mira griff sich an die Brust. »Mich? Weshalb? Wann?«

Er fuhr sich durch seine blonden Locken. »Jetzt. Weshalb weiß ich nicht. Oder soll ich zuerst diesen finsteren Corleone für dich umbringen? Dann hast du freie Bahn.«

Mira schnappte nach Luft. »Untersteh dich! Woher weißt du überhaupt von ihm?«

»Alles an dir spricht davon, dass du ihn nicht leiden kannst.« Ein mutwilliges Grinsen zog über sein Gesicht. »Außerdem habe ich gesehen, wie er sich an dich rangemacht hat. Es würde ganz schnell gehen. Ein Pfeil von hinten, und schon bist du den Kerl los. So macht man das heute, glaub mir.«

Mira schüttelte entsetzt den Kopf. »Auf keinen Fall!«

Cupido zwinkerte ihr zu. »Mein Angebot steht.«

Sie trat auf ihn zu. »Cupido, kanntest du die Frau, die eben vor mir über die Straße gegangen ist?«

»Welche Frau? Da war niemand außer einer Magd mit einem Wäschekorb. Willst du nun mitkommen oder nicht?«

Mira runzelte die Stirn. Sie hatte eine junge Hure gesehen, deren Gang dem von Gianna glich. Aber sie konnte sich auch irren. Vielleicht hatte ihr die Hitze Blendwerk vorgegaukelt? Oder war ihr Verstand in Mitleidenschaft gezogen worden? Die Möglichkeit bestand, denn schließlich hatte sie die Ereignisse an jenem Tag im Dom auch vergessen.

Verflixt nochmal! Besser, sie konzentrierte sich auf die Gegenwart. Cupido hatte sie gefragt, ob sie ihn zu Venus begleiten wollte. Eine

Kurtisane war kein Umgang für eine Edeldame wie sie, das war ihr bewusst. Aber was, wenn Venus sich nach Orazio erkundigen wollte, an dem sie ohne Zweifel die älteren Rechte hatte?

»Also gut!« Es war helllichter Tag. Was konnte ihr schon passieren?

Entschlossen folgte Mira Venus' gefallenem Engel in einen schmalen Durchgang zwischen den Häusern. Zu gern hätte sie sich den Weg gemerkt, aber dazu ging Cupido ihr zu schnell voran. Er nutzte nicht die breiten Straßen vor den Häusern, sondern stahl sich in so viele Durchgänge und Hinterhöfe, dass sie schnell die Orientierung verlor. An einer Gabelung, über die sich eine Wäscheleine spannte, legte er ihr die Augenbinde an.

»Diese Geheimniskrämerei – machst du das öfter?«, fragte sie mürrisch.

Cupido lachte. »Darin habe ich Übung. Hin und wieder bringe ich unsere Mädchen an Orte, die sie nicht erkennen dürfen.« Er nahm ihren Arm. »Das Elysium muss geheim bleiben. Das gehört zu seinem Zauber.«

»Na, wunderbar«, murrte sie.

Führte er sie in die Irre? Auf jeden Fall liefen sie noch eine Weile durch die Stadt, bevor sie ein Grundstück erreichten, das Mira am Rosenduft als Garten identifizierte. Der Untergrund wandelte sich von Pflastersteinen zu feinem Kies. Am Ende des Weges führte Cupido sie eine Treppe hinauf, über deren oberste Stufe sie prompt stolperte.

»Permesso.« Er öffnete eine Tür, führte sie ins Haus und nahm ihr die Augenbinde ab. »Wir sind da.«

Mira blinzelte. Sie standen in einer marmorgefliesten Eingangs-

halle, in der es nach dem Sandelholz duftete, das in einer Messing-
schale vor sich hin schwelte. Von hier aus führte eine breite Steintreppe auf eine Galerie. Auf den Simsen und ein paar kleinen Tischen
standen Schalen voller Kerzen und Rosen. Leise Musik und erwar-
tungsvolles Gelächter klangen in ihren Ohren, als würde irgendwo
ein Fest gefeiert.

Mira folgte Cupido die Treppe hinauf und versuchte, so viele
Eindrücke wie möglich aufzuschnappen. Von der Galerie zweigten
mehrere Korridore ab. Die meisten Türen waren verschlossen, aber
in einige Räume erhaschte sie einen schnellen Blick. Der erste war
über und über mit kostbaren Teppichen, Kissen und Tüchern ausgestattet. Auf dem Diwan räkelte sich eine Haremsdame in Schleier
und Pumphosen. An ihren Knöcheln klimperten silberne Glöck-
chen. Von ihrem Freier sah Mira nur die bleiche Kehrseite. »Aber sie
ist Muslima. Sind die nicht ... keusch?«

Cupido verdrehte die Augen. »Ist sie nicht, und wenn, spielt es
keine Rolle.«

In der Tür zum nächsten Zimmer stand eine blonde Frau und
zwinkerte Mira zu. Unter ihrem durchsichtigen Hemd trug sie eine
komplizierte Apparatur aus Eisen.

»Was ist das? Zwickt das nicht?« Am liebsten hätte Mira die Hure
selbst gefragt, aber die verschwand ohne ein Wort in ihrem Zimmer.

Cupido lachte leise. »Du hast wirklich keine Ahnung, Mira. Wie
ungeschickt, wo du doch bald heiraten wirst.«

»Das wollte ich nicht hören«, zischte sie. Nahm er sie überhaupt
ernst? Oder sollte die Frage nicht besser lauten: Nahm er irgendetwas ernst?

»Das ist ein Keuschheitsgürtel«, erklärte er widerwillig. »Wie ihn die Burgfräulein im finsteren Teutonien getragen haben, wenn der Burgherr auf Kreuzzug ging. Wenn Marguerite Besuch bekommt, muss der Freier zuerst den Gürtel knacken, wofür er richtig viel Zeit braucht, in der die beiden ... immer aufgeregter werden. Nun ja, sie vielleicht nicht. Vielleicht tut sie auch nur so als ob.«

»Aber weshalb?« Mira riss die Augen auf.

»Das gehört zum Spiel. Und wenn du jetzt fragst, was das für ein Spiel ist, knebele ich dich mit der Augenbinde.«

Mira schlug ihre Hand vor den Mund.

»Enzo di Pierfrancesco wird seine Freude an dir haben, so unbedarft, wie du bist. Aber vielleicht passt ihr ja ganz gut zusammen. Wenn ich richtigliege, war er nämlich noch nie bei uns.«

Cupido schob Mira durch die Tür in das Empfangszimmer, in dem sie vor Kurzem mit Venus Tee getrunken hatte. Die Kurtisane stand neben dem Käfig mit den Papageien und fütterte sie mit Obst. »Ugo ist ein richtiger Feinschmecker. Am liebsten würde er den ganzen Tag Pfirsiche essen. Kommt nur herein, Semiramide. Und du, mein lieber Cupido, sorgst bitte für das leibliche Wohl.«

Cupido verschwand, und Mira setzte sich auf den Rand des Diwans und faltete die Hände. »Was wollt Ihr von mir, Signora Venus?«

Venus ließ Ugo wieder auf seine Käfigstange hüpfen und setzte sich im Schneidersitz auf einen zweiten Diwan gegenüber. Sie trug ein Schleiergewand mit goldenen Bordüren. Ihr blondes Haar fiel ihr in einer komplizierten Flechtfrisur über den Rücken. Zwei dünne Zöpfe trafen sich auf ihrer Brust und trugen ein Medaillon, das die Häutung des Marsyas zeigte.

Ein Lächeln kräuselte Venus' Mundwinkel. »Ein kleiner Rat an Euch, meine junge Freundin, von einer Frau, die ein paar Lebensjahre mehr auf den Schultern hat: Fallt nicht gleich mit der Tür ins Haus. Ein wenig Konversation taut auch den widrigsten Gegner auf.«

Sosehr sie sich auch anstrengte, Mira konnte sich nicht mehr als ein widerwilliges Grinsen abringen.

»Ich sehe schon, weibliche Ränke sind Euch vollkommen fremd. Da habt Ihr etwas Wesentliches nachzuholen.«

Cupido kam zurück, goss ihnen Portwein ein und bewirtete sie mit Schalen voller Kirschen und kandierten Veilchen.

Der Portwein ließ Miras Wangen erglühen und machte sie mutig. »Sicher ist Euch zu Ohren gekommen, dass ich Orazio in mein Haus aufgenommen habe und für seine Erziehung sorgen werde.«

Venus' prüfender Blick traf sie. »Ich dachte, das sei eigentlich meine Aufgabe. Oder glaubt Ihr, mein Gewerbe disqualifiziere mich dafür?«

»Ich würde mir kein Urteil über Euch erlauben«, beteuerte Mira.

»Aber natürlich tut Ihr das.« In Venus' Augen glitzerte der Schalk. »Ich habe lange darüber nachgedacht, ob Ihr vielleicht recht habt, und bin zu dem Schluss gekommen, dass Orazio bei Euch leben darf, wenn er mich nicht ganz vergisst. Wie könnte ich ihm die Chancen missgönnen, die Ihr ihm bieten werdet? Außerdem wäre es für die Zukunft des Jungen besser, wenn man ihn nicht mit meinem Geschäft in Verbindung bringt.« Venus faltete sittsam ihre Hände im Schoß.

»Wirklich?« Freude stieg in Mira auf.

»Ich bin Euch und Riccardo zu Dank verpflichtet, weil Ihr ihn gerettet habt«, sagte Venus.

»Nachdem er sich ohne die geringste Chance für mich in den Kampf gestürzt hat,« ergänzte Mira. Sie konnte noch immer nicht fassen, wie mutig Orazio gewesen war.

»Das Glück ist mit den Törichten. Wartet nur ab, Semiramide, wie es Euch ergehen wird, wenn Ihr selbst Mutter seid. Unsere Kinder liegen uns mehr am Herzen als alles andere auf der Welt. Mehr als unser eigenes Leben. Und wie ich höre, hat Orazio im Spital sogar von einer neuen Methode profitiert.« Sie nippte an ihrem Glas mit Portwein.

»Einer geheimen Methode aus der Antike«, erläuterte Mira. Der Alkohol machte sie schwatzhaft. »Ficino selbst hat Dottore Tommasini darauf gebracht. Stellt Euch vor, Orazio hatte ein Röhrchen in der Brust.« Ein Schauder überlief sie.

»Das war Euch nicht geheuer, auch wenn es ihm wahrscheinlich das Leben gerettet hat.« Venus lachte. »Eure Gefühle stehen Euch ins Gesicht geschrieben, meine junge Freundin. Als Spionin wärt ihr ebenso ungeeignet wie als Ärztin.«

Venus hatte sicher recht, aber ob sie Miras Freundin war, musste sich noch herausstellen. Mira nahm sich vor, besser aufzupassen, was sie von sich preisgab. »Was bezweckt Ihr mit dieser Einladung?«

Venus bediente sich aus der Schale mit den Kirschen. »Wie prall sie sind. Und süß – wie das Leben selbst. In der Tat handle ich niemals ohne Absicht, und ich lasse mir ungern vorschreiben, was ich zu tun habe.« Sie spuckte einen Kern in die Handfläche und sah selbst dabei noch elegant aus.

»Wo steckt eigentlich Gianna? Stimmt es, dass sie tot ist?« Mira wusste selbst nicht, warum sie das fragte.

»Diese Frage konnte ich Euch doch schon letztes Mal nicht beantworten, Süße.« Venus klimperte mit ihren langen Wimpern.

»Meine Zofe Seraphina hat Gianna mit Eurem Gewerbe in Verbindung gebracht.«

Venus lachte glockenhell. »Ach, diese anständigen Frauen. Sie sollen sich freuen, dass meine Kurtisanen und ich ihnen die Kerle vom Hals halten. Außerdem schützen wir die Ehre der Mädchen.« Sie beugte sich vor. »Was meint Ihr, wäre in der Stadt los, wenn es für die jungen Männer keine Bordelle gäbe und die geilen, alten Säcke ihre Phantasien nicht im Elysium ausleben dürften?«

Mira hielt Venus' wissendem Blick stand. »Lenkt nicht ab. Was ist mit Gianna geschehen?«

»Ihr gebt nicht so schnell auf, Principessa. Das gefällt mir.« Venus nahm sich ein kandiertes Veilchen und knabberte daran. Dann zuckte sie mit den Schultern. »Gianna Soderini hätte, schön und geistvoll, wie sie ist, jederzeit bei mir anfangen können. Glaubt mir, das Elysium ist kein Straßenpuff, sondern ein guter Ort für meine Mädchen. Es fehlt ihnen an nichts. Ich kümmere mich um sie, lege sogar Geld für ihre Zukunft an. Aber Gianna wollte das nicht.«

»Was wollte sie dann?«, fragte Mira.

Venus nahm sich eine weitere Kirsche. Sie hatte die gleiche Farbe wie ihr sorgfältig aufgetragenes Lippenrot. »Stellt Euch vor, sie wollte das, was alle Frauen sich wünschen. Sie wollte heiraten.«

Mira war einen Moment lang sprachlos, aber dann fügten sich die Bruchstücke des Rätsels zu einer fragilen Einheit zusammen. Gianna war schwanger gewesen. »Aber dann ... Warum hat sie es nicht getan – geheiratet, meine ich?«

»Das weiß ich nicht, mein Kind.«

Mira sah ein, dass sie so nicht weiterkommen würde. »Dann sagt mir doch bitte endlich, warum Ihr mich herbestellt habt. Ich habe nicht ewig Zeit.«

Venus' Augen glitzerten vor Vergnügen. »Ich wollte Euch nur ein wenig näher kennenlernen, Principessa. Schließlich werdet Ihr durch die Heirat mit Enzo di Pierfrancesco bald zur einflussreichsten Familie der Stadt gehören. Ihr habt mein Interesse geweckt.« Sie biss eine weitere Kirsche auf und saugte an ihrem Fruchtfleisch. »Ihr könntet von meinem Fachwissen profitieren.«

»Ich wünsche, Ihr würdet nicht immer versuchen, mich abzulenken«, sagte Mira ungehalten.

Venus lachte glockenhell. »Kommt Zeit, kommt Rat, meine Liebe. Aber zuvor lasst mich wissen, was Ihr über die antike Göttin Venus wisst? Es gibt zwei.«

»Die Himmlische Venus entstieg dem Meerschaum«, sagte Mira verwirrt. Aus welchem Grund überprüfte Venus ihre Bildung? »Nachdem sie aus dem Samen des Uranos und der Gischt entstanden war, ging sie zur Zeit der Morgenröte in Kythera an Land.«

»Womit die antiken Erzähler die Insel Zypern meinen, oder?« Venus nickte. »Ihr kennt Euch gut aus, das muss ich sagen. Aber wisst Ihr auch, wie es dazu kam?«

Mira verneinte.

Venus neigte sich vor. »Bevor sein Samen einen so zauberhaften Nutzen fand, hatte Chronos seinem Vater Uranos auf Anraten seiner Mutter Gaia die besten Teile abgeschnitten. Was für eine abstruse Geschichte, findet Ihr nicht? Was wisst Ihr noch?«

Mira sah sie direkt an. »Venus ist die Göttin der Schönheit und der Liebe. Aber Ficino unterscheidet zwischen der Irdischen und der Himmlischen Venus. Erstere, die Venus Pandemos oder Naturalis, ist die Tochter von Zeus und Dione, die für die irdische Fülle und Fruchtbarkeit zuständig ist.«

»O ja!« Venus' Lippen zuckten spöttisch. »Aber die Neuplatoniker bevorzugen natürlich die Himmlische Venus, die sich nicht in irdischen Begierden verliert. Welche der Göttinnen bestimmt Euer Schicksal, Semiramide, die Himmlische oder die Irdische? Sicher würdet Ihr Euch, wenn Ihr die Wahl hättet, ebenfalls der Himmlischen zuwenden.«

»Aber natürlich«, bekräftigte Mira.

Venus nahm sich eine weitere Kirsche. »Seid Ihr wirklich vor der Irdischen Venus gefeit? Ihre Ränke sind wie süßes Gift. Begehrt Ihr Enzo oder vielleicht einen anderen Mann, der sich heimlich nach Euch verzehrt?«

Plötzlich war sich Mira sicher, dass die Kurtisane mit ihr spielte wie eine Katze mit einer Maus. »Die Ehe ist eine Institution, die mit Venus wenig zu tun hat«, sagte sie spröde.

»Gehe ich recht in der Annahme, dass Ihr die jüngere Linie der Medici fortführen sollt, Semiramide?«, fragte Venus unverblümt.

Hitze überfloss Mira, als hätte Venus einen Eimer heißes Wasser über sie ausgeschüttet.

Sie lachte. »Platon und die Neuplatoniker vergeistigen auch die wildesten Triebe. Selbst die Zeugung eines Kindes macht erheblich mehr Spaß, wenn man sich von der Irdischen Venus leiten lässt, glaubt mir. Doch was denkt Ihr, sagt Botticellis Bild über den Frühling aus? Was bedeutet der Tanz der Götter und Menschen? Zeigt die Geschichte von Chloris, die sich in Flora verwandelt, nur unser prosperierendes Florenz? Oder ist es gar ein Bild über die Liebe?«

Mira kam nicht dazu, sich Gedanken zu machen, woher Venus das Bild so gut kannte. »Ficino sagt, dass unter jeder Schicht, die man entschlüsselt, neue Geheimnisse auftauchen. Aber ...« Sie straffte sich und hob ihr Kinn. »... im Grunde zeigt das Bild den Weg der Seele zu Gott.«

Venus lachte hellauf. »Ach, Ficino. Wenn er das sagt, muss es ja stimmen.«

Mira wurde das Frage- und Antwortspiel zu bunt. Sie stand auf und strich ihr Kleid glatt. »Ich weiß nicht, was für einer Probe Ihr mich unterzieht, aber ich denke, für mich wird es Zeit zu gehen.«

»Aber nicht doch.« Venus zog einen Schmollmund. »Ihr ahnt ja nicht, wie langweilig das Leben sein kann. Auch wenn es Euch an Erfahrung fehlt, seid Ihr eine angenehme Gesprächspartnerin.«

Mira wusste nicht, ob sie sich über dieses zweifelhafte Kompliment freuen sollte.

Venus brachte sie zur Tür. »Was denkt Ihr denn, ist mit Gianna geschehen?«

»Ich glaube, dass sie tot ist«, erwiderte Mira traurig.

Venus nickte. »Wenn der Mörder es auf die Modelle der ›Primavera‹ abgesehen hat, liegt Ihr sicher richtig, so schade es auch um dieses eigenwillige Mädchen ist. Nehmt Euch in Acht. Ihr könntet die Nächste sein.«

Am Treppenabsatz huschte eine junge Frau in einem durchsichtigen Seidengewand vor ihnen über den Flur. Eine feine Röte lag auf ihren Wangen, als hätte sie zu viel Wein getrunken.

»Ach, Cinzia!«, rief Venus.

Die junge Hure drehte sich um und lächelte, was durch die Lücke in ihrer oberen Zahnreihe besonders charmant aussah.

Mira blinzelte. »Du bist es! Du bist die junge Magd, die mich ... in Petriolo ...« In die Falle gelockt hat. Warum wurde ihr erst jetzt klar, dass Cinzia mit ihren dunkelblonden Locken und den blauen Augen viel zu hübsch für eine Bademagd war?

»Nichts für ungut.« Die junge Hure wollte ihr die Hand auf die Schulter legen, doch Mira trat einen Schritt zurück, verfehlte die oberste Stufe und purzelte fast die Treppe hinab. Venus hielt sie gerade noch am Arm fest.

Während Cinzia in einem der Korridore verschwand, wandte sich Mira Venus zu. »Habt Ihr das eingefädelt?«

Die Kurtisane klimperte mit ihren langen Wimpern. »Wovon sprecht Ihr?«

»Tut nicht so unschuldig!«, rief sie empört. »Ihr wisst ganz genau, was ich meine.«

»Der tapfere Gardist und die liebliche Prinzessin.« Venus hakte sich bei Mira unter. »Ihr seid ein zu schönes Paar, die hochgeborene Dame, in deren Adern das edle Blut der Aragonesen fließt, und der zweifellos gut aussehende Niemand Riccardo, der sich – ich schwöre es – noch nie im Elysium hat blicken lassen, weil er das ohne Zweifel nicht nötig hat. Da konnte ich nicht widerstehen, ein wenig nachzuhelfen.«

Mühsam widerstand Mira der Versuchung, Venus ins Gesicht zu schlagen. Aber nein, eine solche Reaktion ziemte sich nicht für sie. Stattdessen stiegen sie Seite an Seite die Treppe hinab, als seien sie die besten Freundinnen. »Was habt Ihr damit bezweckt?«

Im Erdgeschoss qualmte das Sandelholz in seiner Schale. Sein Rauch legte sich erstickend auf Miras Atemwege. Venus öffnete die Tür, und sie traten durch einen Säulenportikus in den Garten hinaus. »Es ist ein unerträglich heißer Tag, findet Ihr nicht, Semiramide? Ich sollte mir ein Wasserspiel anschaffen und ja, ein Labyrinth, aus dem sich meine Gäste den Weg suchen müssen, wenn sie überhaupt wieder herausfinden.«

»Lenkt nicht ab!« Mira konnte nicht verhindern, dass die Bilder ihres Traumes sich in ihr Bewusstsein drängten.

Die Kurtisane hob die Achseln. »Ich musste in Petriolo Eurem Glück ein wenig nachhelfen, Semiramide. Ohne mich wärt ihr beiden vor lauter Ehrenhaftigkeit für immer aneinander vorbeigestolpert, nicht wahr? Also müsstet Ihr mir dankbar sein.« Ihr Lachen klang wie Perlen, die Mira vor die Füße rollten. »Nun, sagen wir, ich habe ein alchemistisches Interesse an Euch. Sicher kennt Ihr die Versuche, aus Legierungen Gold herzustellen? Ich jedoch bin eine Alchemistin der Gefühle. Was geschieht, wenn man zwei Elemente zusammenbringt, die sich eigentlich abstoßen sollten? Verschmelzen sie und erschaffen etwas Neues? Wird eine undefinierbare braune Masse daraus oder bringen sie einander zur Explosion? So manchem Alchemisten ist bei seinen Versuchen schon sein Labor abgebrannt.«

Venus legte ihren weißen Zeigefinger an Miras Wange. »Ihr seht unwiderstehlich aus, wenn Ihr staunt. Euer Blick ist klar wie Wasser. Aber unterlasst es bitte, Eure Stirn zu runzeln. Das gibt Falten vor der Zeit.«

»Aber wir …« Mira schluckte trocken.

Venus lächelte müde. »Ihr habt der Versuchung nicht nachgegeben, ich weiß. Cinzia hat sich im Gebüsch versteckt und Euch beobachtet. Schade eigentlich. Vielleicht hätte es sogar frisches Blut in Enzos Stammbaum gebracht? Ihr wisst, dass die Medici diese widerliche Krankheit vererben, an der Piero viel zu früh gestorben ist? Doch sagt: Wenn Ihr schwanger geworden wärt, hättet Ihr Euch dann von Orla raten lassen, dem aufrechten Enzo einen Erben unterzuschieben? Etwas weibliche Tücke würde Euch gut zu Gesicht stehen, kleine Semiramide. Ja, sie bringt Würze ins Leben.«

Mira suchte nach den richtigen Worten.

Venus nahm sie beim Arm. »Jetzt seid Ihr endgültig schockiert, was? Das müsst Ihr nicht, Kindchen. Die Irdische Venus ist die Königin der Leidenschaften, aber manchmal ist die Göttin auch mit den Liebenden.«

»Wirklich?« Mira wollte nur noch nach Hause und darüber nachdenken, was diese plötzliche Wendung für sie bedeutete.

»Ja, oder eher je nachdem auf welcher Seite die Liebenden stehen«, sagte Venus leichthin. »Und vergesst nicht, dass die Griechen Venus auch als Göttin des Krieges betrachten. Legt Euch also besser nicht mit ihr an.«

Im Garten erwartete Cupido sie mit der Augenbinde. Venus küsste Mira auf die Wange und verschwand dann ohne einen Laut.

Cupido verband ihr die Augen. »Gehen wir. Und keine Angst, du unterscheidest dich rein äußerlich kaum von den Huren, die ich sonst führe. Bis auf das Tuch.«

»Na, danke«, brummte Mira.

»Und wenn du Angst hast, dass dich jemand erkennt: Ich habe Talent und Übung, in der Menschenmenge unterzutauchen.«

Cupido führte sie zurück in die Stadt, in der am späten Nachmittag kaum ein Durchkommen war. Was, wenn Enzo sie sehen würde? Oder Riccardo? Wie sollte sie ihnen das erklären? Kurz vor dem Domplatz nahm Cupido ihr die Binde ab. Mira blinzelte, weil ihre Augen sich erst an das Licht gewöhnen mussten.

»Hast du davon gewusst?«, fragte sie.

Cupido faltete die Binde sorgfältig zusammen. »Wovon?«

»Von Petriolo?« Sie war so entrüstet, dass sie das Wort fast ausspuckte.

»Petriolo ist ein Heilbad bei Siena mit ausgezeichnetem Wasser«, erwiderte er mit unschuldigem Augenaufschlag. »Die Medici besuchen es ihrer Gelenke wegen, und Lucrezia hat es sogar ...«

»Cupido, verflixt nochmal!«

Eine leichte Röte zog über sein Gesicht. »Man könnte sagen, Venus und ich haben diese reizvolle, ja unwiderstehliche Idee gemeinsam ausgeheckt.«

Mira riss sie Augen auf. »Aber, Cupido. Ich dachte, du wärst mein Freund.«

Er zog die Augenbrauen hoch. »*Freund*. Das ist ein großes Wort, das ungeahnte Verpflichtungen mit sich bringt. Ich dachte nur, es wäre lohnend, dich und den Gardisten zusammenzubringen.«

»Lohnend für wen?«

»Lohnend für uns, aber auch für dich. Vielleicht war das deine einzige Chance auf ein kleines bisschen Glück, Mira d'Appiano. Zu schade, dass du sie ausgeschlagen hast. Geh jetzt.«

Cupido schubste sie sanft auf den Domplatz hinaus. Sie taumelte, hielt knapp das Gleichgewicht und fing sich wieder. Als sie sich umsah, war er verschwunden.

Sie kreuzte den Platz wie an jedem anderen Tag. Der Dom mit seinen Ornamenten und seiner übergroßen Kuppel ragte so prächtig wie immer vor ihr auf. Sie grüßte eine alte Dame, die entfernt mit Enzos Großmutter Ginevra Cavalcanti verwandt war. Oder war sie eine Bekannte? Mira wunderte sich, warum die Frau sie so erstaunt anblickte.

Als Mira am Palazzo Medici ankam, ritt gerade eine Gruppe Bewaffneter aus dem Hof. Riccardo war nicht dabei. Miras Fuß stockte. Sie brauchte Zeit zum Nachdenken, bevor sie in ihren Alltag zurückkehrte.

Sie machte kehrt und ging Schritt für Schritt davon, obwohl sich alles immer schneller um sie drehte. Sie konnte nicht beweisen, dass zwischen ihr und Riccardo nichts vorgefallen war.

Liebe machte töricht. Sonst wären sie nicht in Venus' Falle getappt. Durch Miras Leichtsinn verfügte die Kurtisane jetzt über die Macht, ihre Ehe mit Enzo zu zerstören, bevor sie begonnen hatte.

Mira bog in eine ruhige Seitenstraße ein, drückte sich an die aufgeheizte Wand eines herrschaftlichen Hauses und rang nach Luft. Schweiß lief ihr in Rinnsalen den Rücken hinab. Und dennoch. Auch wenn sie von den Zehenspitzen bis zum Haaransatz bebte, war es nicht Angst, die sie antrieb, sondern brennender Zorn.

Seit sie nach Florenz gekommen war, verrichtete jemand ein Werk der Zerstörung. Zwei Mädchen waren ermordet worden. Mit Gianna waren es vermutlich drei.

Riccardo und sie hatten sich in eine verbotene Liebe verstrickt, und jemand sorgte dafür, dass sie, die stolze Mira d'Appiano, den Halt verlor und von einer Falle in die nächste stolperte.

Sie musste herausfinden, wer sie verfolgte, und sie musste Stärke beweisen. Doch zuerst würde sie Enzo die Wahrheit sagen.

Sie schloss für einen Moment die Augen. Sie konnte nicht mehr, hatte ihre Grenzen überschritten.

Deshalb sah sie auch den Schlag nicht kommen, der sie seitlich an der Schläfe traf. Plötzlich wurde alles dunkel. Sie sank auf die Knie und spürte nicht, wie starke Arme sie in den Eingang des Hauses zogen, vor dem sie gestanden hatte.

# 30.

Es war gegen Mitternacht, als Enzo Riccardo in den Palazzo Vecchio rufen ließ. Er erwartete ihn im Empfangszimmer, das einmal die »Primavera« beherbergen sollte. Noch gähnte in der hölzernen Verschalung eine große, rechteckige Lücke.

»Sieht etwas unfertig aus«, kommentierte Riccardo.

»Das kann man wohl sagen.« Enzo deutete auf das Ruhebett, das direkt darunter platziert war. »Nimm Platz, mein Freund.«

Erstaunt, dass Enzo ihn wie einen Ebenbürtigen behandelte, ließ sich Riccardo auf dem gepolsterten Sitzmöbel nieder. Der Raum war hell erleuchtet. Auf den Fenstersimsen, dem Tisch, den Regalen, überall standen Leuchter mit gelben Wachskerzen, die im warmen Luftzug flackerten. Enzo goss Riccardo Wein ein und schob ihm eine Schale mit Früchten zu. Seinem glasigen Blick nach zu urteilen, hatte er dem Alkohol schon reichlich zugesprochen.

»Wie komme ich zu der Ehre?« Riccardo nahm sich eine Aprikose, aß sie und spuckte den Kern in die Hand.

»Ich brauche jemanden zum Reden«, gestand Enzo unverblümt. »Und Semiramide muss ich schonen, jedenfalls, bis unsere Ehe rechtsgültig ist.«

Riccardo schluckte an seiner rabenschwarzen Eifersucht. In ein paar Wochen würde sie Enzo gehören, Tag und Nacht und in allen Belangen. »In Ordnung.«

Enzo nahm neben ihm auf dem Ruhebett Platz, und sie tranken sich zu. Es war ein erstklassiger Tropfen aus dem Chianti, der in Riccardos Mund wie Essig schmeckte.

»Ich möchte mit dir darüber reden, was Ficino vorgestern Abend mit mir besprochen hat«, begann Enzo.

»So? Dann lüftest du dein Geheimnis eher vor mir als vor Semiramide?«

Enzo nagte an seiner Unterlippe und sah ihn an. »Ich brauche deinen Rat. Als Freund.«

Riccardo nickte. »Das klingt ja besorgniserregend. Ich werde tun, was in meiner Macht steht, um dein Vertrauen nicht zu enttäuschen.«

»Wie immer«, sagte Enzo.

Riccardo nahm das Lob dankend an. Ein größeres würde er kaum zu hören bekommen. »Also. Worum geht es?«

»Nun gut.« Enzo sprang auf und sah ihn wild an. Riccardo spürte seinen Zorn. »Ficino hat auf Meister Sandros Studien bestimmte Utensilien entdeckt, auf die er mich nun angesprochen hat.« Er trank sein Glas leer und füllte es gleich wieder auf.

Riccardo setzte sich aufrecht. »Was für Dinge meinst du, Enzo?«

Dieser ging zum Fenster und riss es auf. Ein Schwall frischer Nachtluft erfasste Riccardo und kühlte seinen verschwitzten Rücken.

»Meister Sandro wird diese Utensilien auf mein Bestreben dem Bild hinzufügen. Man könnte auch Insignien sagen, ja, vielleicht sogar Insignien der Macht.«

Riccardo wusste, dass manche Dinge den Unterschied zwischen Leben und Tod ausmachten. »Was für Insignien meinst du denn, in Dreiteufelsnamen?«

»Den Fluch wirst du beichten müssen.« Enzo ließ sich auf den Rand des Lettuccio fallen, das sanft nachwippte. »Links von Merkurs Flügelschuh soll eine Flachspflanze stehen.«

»Eine kleine Leinenpflanze?« Riccardo hatte sie auf Meister Sandros Studien erkannt, ohne sich etwas dabei zu denken. »Hat Mira das Vorbild dafür gezeichnet?«

»Ich denke schon, wer sonst?« Enzo räusperte sich. »Weiter werden auf dem Mantel des Merkur lauter kleine Flammen zu sehen sein.«

»Was bedeutet das?« Riccardo verkniff sich ein Grinsen. »Trägt Merkur Flammen, oder steht er in Flammen? Das wüsste ich aber.«

»Du hast wirklich keine Ahnung.« Enzo sah ihn prüfend an. »Du stehst schon so lange Modell und weißt immer noch nicht, um was es eigentlich geht?«

»Meine Bildung kann sich nicht ansatzweise mit deiner vergleichen.« Das war eine Tatsache, die Riccardo nicht bestritt. Er war Merkur, der die Wolken vertrieb, und Thalias Blick brannte in seinem Rücken, mehr wollte er nicht.

»Nun.« Enzo seufzte. »Das stimmt wahrscheinlich. Also lass mich dir auf die Sprünge helfen. Die Flammen sind ebenso wie der Flachs Insignien meines Namenspatrons, des heiligen Laurentius, des Märtyrers, der sein Leben auf einem Bratrost ausgehaucht hat. Diese Dinge symbolisieren meine Person.«

»Aber ich bin es, der sie trägt.« Riccardo verschluckte sich an seinem letzten Schluck Wein. »Dann willst du mir also sagen, dass wir austauschbar sind?«

Enzo ließ seine braunen Augen auf ihm ruhen. »Für Außenstehende sehen wir uns ähnlich, aber das ist hier irrelevant. Du vertrittst mich auf dem Bild, denn es ist klar, dass ich nicht selbst posieren kann.«

Riccardo nickte schwer. Von wegen Freund. »Und dass Mira es tut …?«

»… ist dem Zufall geschuldet«, vollendete Enzo. »Aber jetzt zurück zu den Insignien, die den Namen Lorenzo symbolisieren. Ficino meinte, dass ich damit meinen Anspruch auf die Vorherrschaft in Florenz verdeutli…«

»Halt!«, unterbrach ihn Riccardo. »Der Magnifico heißt ebenfalls Lorenzo.«

Enzo grinste ihn an. »Das weiß ich. Aber das Bild wird in meinem Haus hängen. Noch dazu tummeln sich Venus und ihr Gefolge im Garten der Hesperiden, deren Früchte …«

Riccardo griff sich an den Kopf. »… den Palle ähneln, den Bällen auf dem Wappen der Medici. Und da Florenz unter der Herrschaft des Frühlings und der Venus so schön blüht, kann jeder, der das Bild auf diese Weise verstehen will, deinen Herrschaftsanspruch darin erkennen. Aber warum tust du das? Lorenzo kann das als eine Art …«

»Ja, was?«

»… Provokation verstehen.« Riccardo holte tief Luft. »In deinem Empfangszimmer werden viele Leute ein und aus gehen: Pächter, Schuldner, Geschäftspartner. Nicht jeder wird das Bild so sehen.«

»Aber vielleicht diejenigen, die die Wahrheit erkennen können«, wandte Enzo ein. »Das Bild erzählt jedem das, was er zu verstehen bereit ist.«

Riccardo setzte sich aufrecht. Das Ganze erschien ihm plötzlich wie ein Spiel mit dem Feuer, dessen Flammen nicht nur Merkurs Mantel entzünden konnten. »Du meldest damit deinen Herrschaftsanspruch an. Aber der Magnifico kann das, wenn nicht als eine Kriegserklärung, so doch als Aufforderung zu einer Revolte verstehen. Warum traust du dich das?«

Enzo zog seine langen Beine an. Plötzlich wirkte er so jung, wie er war. »Ich bin dieser ganzen Spiele so müde, Riccardo.« Er legte ihm die Hand auf den Arm, und Riccardo spürte seine Präsenz so überdeutlich, dass sich ihm die Haare aufstellten.

»Du suchst einen Vertrauten und vergisst dabei, dass ich deinem Cousin gegenüber verpflichtet bin.« Riccardo sprang auf und füllte ihre Gläser neu. In der schwülen Nacht ging der Wein runter wie Wasser. »Was macht mich dir ebenbürtig, dass du mir deine Geheimnisse anvertraust?«

»Nichts«, entgegnete Enzo schlicht. »Ich brauche nur dringend jemanden zum Reden. Sicher hast du dich schon gefragt, weshalb ich meinem Cousin gegenüber so voreingenommen bin.«

»Das habe ich.« Riccardo setzte sich wieder. »Du bist ihm gegenüber immer auf der Hut. Warum?«

Enzo grinste schief. »Ich bin pleite, Riccardo.«

»Du bist was?« Ganz Florenz wusste, wie unermesslich reich die beiden Zweige der Familie Medici waren. Lorenzos Großvater, Cosimo der Ältere, hatte die Textilherstellung in der Stadt kontrolliert, sein Bankhaus zum größten der Welt ausgebaut und sein Imperium geschickt erweitert. Enzo und Giovannis Vater Pierfrancesco hatte ebenfalls Geld gescheffelt. Wenn ein Bruderpaar über ein anständiges Erbe verfügte, dann doch wohl die beiden. »Aber alle haben gedacht, dass ...«

Enzo lachte bitter. »… dass der begehrteste Junggeselle von Florenz auch der wohlhabendste ist? Die Bank steckt seit Jahren in Schwierigkeiten. Das dürftest auch du mitbekommen haben.«

Riccardo hatte davon gehört, aber nicht gedacht, dass der Besitz der Familie ernsthaft bedroht sein könnte. »Was bedeutet das?«

»Es hat für uns bittere Konsequenzen«, sagte Enzo leichthin. »Du weißt, dass Lorenzo in seiner Eigenschaft als Vormund auch auf unser Vermögen Zugriff hat. Er hat sich seit Jahren reichlich an unserem Geld bedient, um seine Gläubiger zufriedenzustellen, und jetzt ist so gut wie nichts mehr von unserem Erbe übrig. Ich weiß nicht einmal, wie ich die Hochzeit bezahlen soll, geschweige denn eine Morgengabe oder ein paar Juwelen für Semiramide. Und obendrein will Lorenzo, dass wir groß in Cafaggiolo feiern.«

»Und da hast du gedacht …«, begann Riccardo.

Enzo nickte zustimmend. »Wenn ich meine Embleme in diesem Bild unterbringe, kann Lorenzo meinen Anspruch nicht länger übersehen.«

»Und das bedeutet?«

»Die jüngere Linie der Familie Medici kann Florenz besser regieren als die ältere.«

Riccardo griff sich erschöpft an den Kopf. Nicht nur der Alkohol machte ihn schwindlig. »Aber das ist Rebellion. Hat Semiramide irgendeine Ahnung davon?«

»Nein«, erwiderte Enzo bitter. »Sie weiß von nichts und gibt das Geld nach Herzenslust aus.«

»Dann musst du es ihr schleunigst sagen«, meinte Riccardo. »Aber der Magnifico? Ahnt er, was du planst?«

»Lorenzo entgeht nichts, was in Florenz vor sich geht.«

»Lass mich das erst verdauen, ja?« Riccardo ließ sich wieder auf das Lettuccio fallen.

Er blieb noch eine Weile, plauderte mit Enzo über Unverfängliches und trank noch mehr Wein. Als er gegen Morgen zu seinem Quartier ging, erschien ihm Corleones Verwicklung in die Morde an den Grazien plötzlich in einem neuen Licht. Lorenzo de Medici hatte Enzos und Giovannis Vermögen geplündert. Das war unentschuldbar. Was aber würde der mächtige Stadtherrscher dazu sagen, wenn sein junger Cousin auf einem Bild seinen Herrschaftsanspruch verkündete, der dem des Magnifico nicht nachstand? Was, wenn er verhindern wollte, dass dieses Bild entstand und vor nichts zurückschreckte, um dieses Ziel zu erreichen?

Handelte Corleone etwa in seinem Auftrag? Hatte Lorenzo ihn, Riccardo, mit der Aufklärung der Morde beauftragt, weil er ihn für zu unbedarft hielt, um das zu schaffen? Riccardo musste diese Möglichkeit zumindest in Betracht ziehen.

Aber in diesen frühen Morgenstunden war er zu müde und zu betrunken, um einen klaren Gedanken zu fassen. Er ging in die schmale Kammer im Palazzo Medici, die er mit seinem Kameraden Diego teilte, ließ sich auf seine Pritsche fallen und schlief sofort ein.

Wenige Stunden später erwachte er von einem Tumult im Gang. Ein paar Gardisten stritten sich mit einer zeternden Frau. Seraphina, verflucht! Riccardo stöhnte, schwang seine Beine aus dem Bett und hielt sich den schmerzenden Kopf, dem weder der Lärm noch das Licht, das durch die offene Fensterluke drang, besonders guttaten.

Im nächsten Moment sprang die Tür auf, und Seraphina rauschte in sein Zimmer, während zwei seiner Gardisten ihr feixend über die Schulter linsten, einer davon Diego.

Hektisch begann Riccardo, nach seinem Hemd zu kramen. »Müsst Ihr mich aus dem Bett werfen?«

Seraphina kreuzte die Arme unter der Brust. »Meint Ihr wirklich, ich hätte noch nie einen nackten Mann gesehen?«

»Aber sicher noch keinen so hübschen.« Diego machte Kussgeräusche. Riccardo warf seinen Stiefel nach ihm und angelte mit den Zehen nach dem zweiten.

»Nichts für ungut«, schnaubte Seraphina. »Ich brauche Eure Hilfe, Riccardo. Mira ist heute Nacht nicht nach Hause gekommen.«

»Sie ist was?«, fragte er verdattert. »Aber sie hat doch versprochen, nicht mehr allein auszugehen.« Er fühlte sich, als hätte ihm jemand einen Eimer kaltes Wasser über den Kopf geschüttet. Seraphina nahm das Hemd vom Stuhl und drückte es ihm in die Hand.

Entsetzen verdrängte den Anflug von Ärger, der ihn bei dem Gedanken erfasst hatte, dass Mira sich schon wieder an keine Abmachung gehalten hatte. Corleone!, durchfuhr es ihn schlagartig. Wer auch immer ihn bezahlte, jetzt hielt er sich an ihr schadlos.

Kurz darauf stand Riccardo neben Seraphina im Palazzo Vecchio vor Enzo.

»Wo hat sie sich gestern aufgehalten, Seraphina?« Enzo hatte schwarze Schatten unter den Augen.

»Ich weiß es nicht. Semiramide hat morgens diesen kleinen Dieb in Empfang genommen, Orazio. Wir mussten ihn zuerst entlausen. Dann hat sie die Mädchen unterrichtet und danach ...« Sie seufzte unglücklich. »Danach habe ich sie nicht mehr gesehen.«

»Dann müssen wir sie suchen gehen«, bestimmte Enzo.

Riccardo alarmierte die Garde und durchkämmte Florenz mit seinen Männern in allen vier Himmelsrichtungen, erkundigte sich bei den Bekannten der Medici und in den Läden, die Mira besucht haben könnte. Doch obwohl sie jeden Stein nach einer zarten, rothaarigen jungen Frau umdrehten, fand sich nicht die geringste Spur von ihr. Es war, als hätte die Erde ihren Schlund aufgetan und sie verschlungen.

Riccardos Verzweiflung wuchs und mit ihr sein Verdacht und sein Zorn auf Corleone und Lorenzo de Medici. Gegen Abend suchte er, der sonst jede Begegnung mit Lorenzos Spion vermied, die Räume auf, die der Condottiere bewohnte.

Die Tür stand sperrangelweit offen. Riccardo trat ein. Das Zimmer war leer. Drinnen herrschte nicht das übliche Durcheinander. Es gab keine herumliegenden Waffen, zerknüllten Laken oder schmutzigen Kleidungsstücke. Nur eine leere Schnapsflasche kullerte über den Boden, die Riccardo mit einem zornigen Tritt unter das Bett beförderte. Corleone hatte sich davongemacht. Und seine Männer auch, sofern sie im Palazzo gewohnt hatten.

Im Gang lief ihm ein junger Diener über den Weg. »Wo stecken sie?«

Der junge Mann blinzelte. »Wen meinst du?«

Riccardo kannte ihn. Der Junge hieß Fausto und bediente bei Tisch. »Das weißt du genau. Wo sind Corleone und seine Spießgesellen abgeblieben?«

Fausto sah ihn unglücklich an. »Sie sind seit ein paar Tagen fort. Haben sich davongestohlen wie Diebe in der Nacht.«

Riccardo packte ihn am Kragen. »Mit dem Einverständnis des Magnifico?«

»Woher soll ich das wissen?« Der Junge rieb sich den Hals, als Riccardo ihn unvermittelt losließ. »Lorenzos Spion hat uns wie Abschaum behandelt. Ich bin froh, dass der weg ist.«

Riccardo trat zurück. »Es tut mir leid, Fausto. Ich wollte dich nicht erschrecken.«

»So kenne ich dich gar nicht, Riccardo. Deine Nerven liegen blank.«

»Da könntest du recht haben.« Er wuschelte dem Jungen durchs Haar, der ihm ein schiefes Grinsen schenkte, aber in Zukunft im Umgang mit ihm auf der Hut sein würde.

Riccardo blieb nichts anderes übrig, als den Magnifico selbst nach Corleone zu fragen. Als er in sein Arbeitszimmer platzte, saß der Herrscher von Florenz im dampfenden Badezuber und diktierte seinem Sekretär einen Brief. Enzo di Pierfrancesco stand am Fenster und sah auf die Via Larga hinaus. Riccardo fragte sich, woher er die Ruhe dafür nahm.

»Ihr kommt denkbar ungelegen, Vespucci.« Lorenzo stieg tropfend aus der Wanne und ließ sich von einem Diener ein Leintuch umlegen. Der Sekretär versiegelte den Brief, verneigte sich und verließ den Raum. »Was wollt Ihr?«

Mit seinen breiten Schultern und den muskulösen Oberarmen sah man Lorenzo nicht an, dass ihn seine Krankheit von innen auffraß.

»Ihr habt sicher gehört, dass Semiramide d'Appiano verschwunden ist.«

Enzo trat an seinen Cousin heran und trocknete ihm beiläufig den Rücken. »Über diese bedauerliche Tatsache habe ich Lorenzo bereits heute Morgen in Kenntnis gesetzt.«

Er klang, als würde ihm Miras Verschwinden weniger zusetzen als

Riccardo. Aber vielleicht hielt er sich auch nur bedeckt. Wenn die Dinge stimmten, die er ihm letzte Nacht anvertraut hatte, hatte er lebenslange Übung darin.

»Wir müssen mehr tun, um Semiramide zu finden.« Riccardo verdammte sich für den Zorn, der in seiner Stimme mitschwang.

»Gebt auf Euren Tonfall acht, Vespucci.«

Lorenzo ging zum Tisch und goss ihnen Wein aus einer Karaffe aus Kristallglas ein. Riccardo trat neben Enzo in die Fensternische und trank durstig. Draußen war es schwül und windstill. Kein Luftzug drang in den Raum. Schweiß rann Riccardo in den Nacken und stand in Perlen auf Enzos Stirn.

»Wir haben sie überall suchen lassen«, sagte Riccardo müde. »Doch sie ist wie vom Erdboden verschluckt.«

»Sicher stellt sich alles im Nachhinein als völlig harmlos heraus«, mutmaßte der Magnifico. »Sie wäre nicht die erste junge Frau, die kurz vor der Hochzeit den Kopf verliert. Vielleicht ist sie in ein Kloster gegangen und verbringt ihre Zeit im Gebet, oder sie hat bei einer Freundin übernachtet.«

»Du vergisst, dass meine Braut noch nicht lange zurück in Florenz ist, lieber Lorenzo«, erwiderte Enzo. »Gianna Soderini ist die Einzige, die sie als Freundin bezeichnet hat. Und die ist ebenfalls verschwunden.«

Riccardo nickte. Giannas Schicksal war in der Stadt wenig beachtet worden. Nur Mira hatte nach ihr gesucht.

Er trank sein Glas leer. Der Wein war dickflüssig und hinterließ an den Rändern rote Schlieren. »Da draußen läuft ein Mörder herum, der Jagd auf Botticellis Modelle macht. Auch wenn Enzos Braut nur zufällig posiert hat, könnte sie ihm in die Quere gekommen sein.«

»Semiramide hat keine der Seiten aus dem Buch Hiob besessen«, sagte Enzo. »Das glaube ich zumindest.«

Anders als Riccardo platzte er nicht mit jedem Gedanken heraus, der ihm in den Sinn kam. Die Warnung, die in Enzos Augen stand, galt ihm. Er beschloss, sie gründlich zu missachten.

»Wo steckt Corleone?«, fragte er. »In seinem Quartier ist er schon seit ein paar Tagen nicht mehr aufgetaucht.«

Der Magnifico setzte sein Glas heftig auf dem Tisch ab. »Ihr glaubt also immer noch, dass ich meinen eigenen Spion nicht unter Kontrolle habe, Vespucci? Vergesst nicht, dass Ihr selbst bereits unter Mordverdacht gestanden habt.«

Selbst wenn er sich um Kopf und Kragen reden würde, entschloss sich Riccardo, die Wahrheit zu sagen. Seine Wahrheit. »Corleone hat mich mit Absicht ins Gefängnis gebracht, damit der Mord an Andreoula nicht an ihm hängen bleibt.«

Lorenzo nahm sich ein paar Sekunden, ehe er antwortete. »Warum glaubt Ihr das? Lasst Euch nicht von Rachsucht treiben, Vespucci. Und vergesst vor allem nicht, dass ich Euch aus der Gosse geholt habe. Ich war mir Eurer Loyalität immer sicher, deshalb habe ich Euch zum stellvertretenden Leiter der Garde ernannt. Aber ich warne Euch: Kommt mir nicht in die Quere, sonst enthebe ich Euch dieser Aufgabe so schnell, wie Ihr an sie gekommen seid.«

Riccardo holte tief Luft. »Was auch immer Eure Absicht war, Ihr wolltet nie, dass ich die Mordfälle aufkläre. Jedenfalls nicht in erster Linie. Euch treibt etwas anderes an.«

Lorenzos beherrschte Fassade bekam einen Riss, und in seinen Augen glomm ein Funke widerwilliger Anerkennung auf, der jedoch sofort wieder verlosch.

Der Magnifico drängte Riccardo grob zur Seite. »Geht mir aus der Sonne! Und jetzt haut ab und traut Euch so bald nicht mehr her!«

Enzo zog Riccardo in den Gang hinaus, bevor der Magnifico seinen Unmut weiter kundtun konnte. Hinter ihnen knallte Lorenzo die Tür derart zu, dass die Wände wackelten.

»Verflucht nochmal! Was ist in dich gefahren?«

Riccardo fuhr herum. »Das fragst du noch? Siehst du nicht, dass Corleone in die Morde verwickelt ist? Dem ist alles zuzutrauen. Wenn er Mira entführt hat, dann gnade ihr Gott.«

Enzo zog ihn in eine Fensternische. »Lorenzo hat seine Leute unter Kontrolle, das kannst du mir glauben. Und wenn nicht, ist es seine Aufgabe, zu klären, was schiefläuft.«

Riccardo schnaubte. »Was, wenn Corleone auf eigene Rechnung arbeitet? Oder wenn er einen weiteren Auftraggeber hat, den wir nicht kennen?«

Enzo schüttelte den Kopf. »Glaubst du, Lorenzo und ich hätten uns nicht schon Gedanken darüber gemacht?«

»Aber Corleone ist fort.«

Enzo schüttelte den Kopf. »Lorenzo hat nicht verraten, ob er in seinem Auftrag abgereist ist. Wie konntest du ihn so angreifen? Deine Karriere, ach was, dein Leben steht auf dem Spiel.«

Riccardo blickte stur auf seine Füße. »Das ist mir egal. Ich will die Wahrheit wissen. Und ich will Mira finden. Wie glaubwürdig ist Lorenzo eigentlich? Nach dem, was du mir gestern Nacht erzählt hast, bin ich mir nicht mehr sicher, ob man ihm trauen kann.«

Enzo packte ihn bei den Oberarmen. »Du denkst, er ist in Miras Verschwinden verwickelt? Niemals, Riccardo, ganz sicher nicht.

Ich vermute, dass Corleones Verschwinden ihn ebenfalls beunruhigt. Aber du ...«

»Was?«, brachte er mühsam heraus.

Enzo holte tief Luft. »Du hast ihn gerade sehr zornig gemacht. Du solltest eine Weile nicht seine Aufmerksamkeit auf dich ziehen. Ich würde dir raten, Florenz für ein paar Tage zu verlassen.«

»Aber Mira ...«

»Du magst sie.« Enzo nickte, als hätte er etwas begriffen, was er lange nicht gesehen hatte.

Falsch, dachte Riccardo. Er würde sein Leben für sie geben.

»Wer mag sie nicht?«, fragte er erstickt.

Mit einem Ruck ließ Enzo ihn los. Riccardo rieb sich über die Oberarme, auf denen die Male von seinen Fingern noch eine Weile zu sehen sein würden.

»Wir werden Semiramide suchen«, sagte Enzo. »Mit ganzer Kraft und allen Männern, die Lorenzo entbehren kann. Das verspreche ich dir. Aber du musst so schnell wie möglich von hier verschwinden, sonst landest du wieder in Le Stinche – diesmal wahrscheinlich für länger. Ich will, dass du dich noch einmal in Cafaggiolo umhörst, Riccardo. Maria hat uns nicht alles erzählt, was sie weiß.«

»Ist das ein Befehl?« Enzo schickte ihn fort von Florenz und von Mira. Nichts tun zu können fühlte sich wie Folter an.

Enzos Augen flackerten. Er war Riccardos Freund und sprach normalerweise anders mit ihm. »Wenn du es so auffassen willst, ja.«

Riccardo drehte sich auf dem Absatz um und ging. Am nächsten Morgen sattelte er Adelina und verließ Florenz in Richtung Cafaggiolo.

# 31.

Orazio tauchte seine Arme in den Brunnen im Innenhof des Palazzo Vecchio. An einem heißen Tag wie diesem gab es in ganz Florenz keinen besseren Ort, außer man sprang in den Arno. Die hoch aufragenden Wände spendeten Schatten, das Wasser glitzerte in der Sonne, und auf der Fontäne tanzten Regenbögen.

»Bist du es wirklich, kleiner Dieb?«

Er schrak zusammen, drehte sich um und erkannte Maddalena de Medici. Lorenzos Hexentochter trat näher und fuhr ihm über den stoppeligen Kopf. »Dich hat man aber kurz geschoren. Ich hätte dich fast nicht erkannt.«

»Na, warte!«

Orazio spritzte eine Handvoll Wasser in Maddalenas Richtung. Sie kreischte auf, sprang heran und tat es ihm gleich. Orazio schnaubte und prustete sich das Wasser aus dem Gesicht.

Maddalena musterte ihn stirnrunzelnd. »Sag schon, warum hast du keine Haare?«

»Ich hatte Läuse.« Die Quälgeister gehörten zum Leben der Menschen in Florenz. Orazio fand nicht, dass diese simple Tatsache eine Lüge lohnte.

»Igitt!« Sie trat ein paar Schritte beiseite.

Orazio konnte sich zum ersten Mal seit zwei Tagen ein Grinsen nicht verkneifen. »Enzos Diener haben mich so lange eingeweicht, bis sie alle ersoffen sind.«

»Hoffentlich«, erwiderte sie skeptisch.

»Was machst du hier?«, fragte er. »Normalerweise werdet ihr nebenan doch besser bewacht als Lorenzos Schatzkammer.«

Maddalena ließ sich auf die kleine Bank neben dem Brunnen fallen. »Mira ist weg. Also fällt der Unterricht aus. Und da ich mich zuerst mit Lucré gestritten und dann gelangweilt habe, bin ich einfach rausspaziert. Riccardo ist übrigens auch fort. Man munkelt, Enzo hätte ihn nach Cafaggiolo geschickt.«

Orazio setzte sich ans andere Ende der Bank. Maddalena linste von ihrem Platz aus in seine Richtung. »Du siehst lustig aus. Wie ein Küken mit großen Augen.«

»Meine Haare wachsen schnell«, sagte Orazio so würdevoll wie möglich. »Außerdem ist es so viel praktischer für den Sommer.«

In Wirklichkeit machte ihm mehr als sein kahl rasierter Kopf zu schaffen. Heute Morgen hatte Poliziano festgestellt, dass Orazio besser Lateinisch konnte als Giovanni di Pierfrancesco. Er hatte ihm Texte von Seneca gegeben, während er Giovanni über Cäsars *Bellum Gallicum* brüten ließ. Und nicht einmal das konnte Letzterer übersetzen, so dass er seinen Ärger an Orazio ausgelassen hatte. Freunde würden sie wohl niemals werden. Außerdem saß Orazio auf heißen Kohlen, weil er unbedingt mit Venus und Cupido sprechen musste. Aber noch waren alle in heller Aufregung wegen Mira.

»Es ist bedenklich, dass es keine Spur von Mira gibt«, sagte Maddalena altklug. »Ene Prinzessin verschwindet doch nicht einfach so.«

Orazio nickte nachdenklich. Was, wenn sie nicht zurückkehren würde?

Maddalena betrachtete ihn prüfend. »Warum hat sie dich eigentlich in ihr Haus aufgenommen?«

Er hob die Hände. »Ich hab keine Ahnung.«

»So ein Unsinn. Natürlich weißt du das.« Maddalena sprang auf. »Warum denken immer alle, ich würde ihnen jede noch so blöde Lüge glauben?«

»Mädchen sind immer so schnell beleidigt.« Wie sie wohl reagieren würde, wenn Orazio ihr die Wahrheit sagte?

»Ihr haltet Mädchen für blöd, oder?«

Orazio dachte an Stella. »Wer ihr? Weder Mira noch ich glauben, dass du dumm bist.«

Maddalena hob das Kinn. »Du bist mir übrigens was schuldig, Orazio. Mal davon abgesehen, dass wir das Gedicht von Nonna noch nicht zurückhaben, hast du versprochen, mir die Stadt zu zeigen.«

»Das stimmt.« Leichtsinn erfasste Orazio. »Wir können das ganz leicht nachholen.«

Maddalenas braune Augen weiteten sich. »Wann?«

Orazio grinste. »Jetzt.« Im Palazzo herrschte wegen Miras Verschwinden so große Aufregung, dass sicher niemand ihre Abwesenheit bemerken würde.

»Komm!« Er griff nach Maddalenas kleiner rauer Hand und zog sie hoch.

Bis zur Tür gingen sie langsam und gesittet, wie es sich für zwei Kinder gehörte, die sich auf dem Weg in den Unterricht befanden. Aber dann huschten sie so flink hinaus, dass es niemand bemerkte.

Die Luft der Straße schmeckte nach Sommer und Freiheit. Sie

rannten am Dom vorbei, kreuzten die Signoria mit ihrem hoch aufragenden Turm und hielten erst am Ufer des Arno an, wo sie sich vor Lachen kaum halten konnten.

»Sie haben nichts gemerkt«, verkündete Maddalena siegessicher. »Ich wusste nicht, dass man sie so leicht reinlegen kann.«

»Vielleicht solltest du öfter abhauen«, brachte Orazio heraus.

»Mit dir?« Maddalena war ganz außer Atem vor Lachen.

»Wenn ich dann noch da bin.«

Sie querten den Fluss über die Brücke Santa Trinita und fühlten sich wie zwei Vögel, denen der Wind unter die Flügel griff. In Oltrarno kauften sie sich von den paar Scudi, die Maddalena zufällig dabeihatte, einige süße Schmalzkringel.

»Herrlich«, schwärmte Maddalena mit vollem Mund. »Die sind unglaublich lecker. Und am besten ist, dass sich keiner darum schert, wenn ich wie ein Schwein esse.« Honig tropfte auf ihr Kleid.

»Meinetwegen kannst du dich im Honig wälzen.« Orazio schob sich den letzten klebrigen Krümel in den Mund.

»Lass uns nach San Miniato hinaufsteigen«, bat Maddalena. »Da war ich letztens mit Mira, Poliziano und meinen Geschwistern. Ich mag meinen zweitältesten Bruder Giovanni am liebsten.« Sie schlugen den Weg in Richtung des Hügels ein.

»Warum?«

»Er ist lieb und lustig. Lucré will immer bestimmen, und Piero ist wetterwendisch. Ich glaube, er fürchtet Papa noch mehr als ich.«

»Und die Kleinen?«

»Luisa und Contessina sind einfach Kinder, wenn du verstehst, was ich meine. Man kann sie nicht ernst nehmen. Und Giuliano ist mit Mama in Rom.«

»Klar. Unter sieben zählen sie nicht.« Orazio zwinkerte ihr zu.

»Ich bin neun, pah!«

Maddalena rannte ihm voran den steilen Hang hinauf. Orazio, der wegen seiner Operation noch schnell erschöpft war, blieb weit zurück. »Warte auf mich!«

Sie stellte sich mit untergeschlagenen Armen unter eine Schirmpinie. »Was ist los mit dir?«

»Ich war bis gestern im Spital Santa Maria Nuova. Bin dem Tod gerade noch mal von der Schippe gesprungen.«

»Du schneidest auf.«

»Das ist die reine Wahrheit.«

Orazio war dem Glück gegenüber generell misstrauisch, am meisten seinem eigenen. Aber diesmal ließ sich nicht leugnen, dass er den Sensenmann ein weiteres Mal in die Flucht geschlagen hatte. »Wir sind gleich da.«

So hoch über der Stadt ging ein leichter Wind. Der weitläufige Garten war wegen der Hitze kahl und ausgetrocknet, das Gras gelb wie Heu. Sie setzten sich auf die weiße Marmortreppe unterhalb der Kirche der Olivetaner-Mönche und betrachteten das Häusermeer zu ihren Füßen.

»Das ist einer meiner Lieblingsplätze«, erzählte Orazio. »Hier hab ich mich immer gefühlt, als würde ich dazugehören. Als würde Bartolomeo noch leben.«

»Du warst wenigstens frei«, konterte Maddalena. »Ich darf hier gar nicht allein hin.«

»Auf diese Freiheit kann ich gut verzichten, Maddalena. Hauptsache, man hat etwas zu beißen.«

Sie stand auf, hob den Saum ihres Kleides und drehte sich im

Kreis. »Normalerweise sitzen Mädchen zu Hause und warten auf ihren Bräutigam, junger Herr Orazio.«

»Das klingt ja höchst trübsinnig.« Orazio verneigte sich und griff nach ihrer Hand. »Ich schenke Euch eine Menge gestohlene Zeit, Signorina. Also genießt sie nach Kräften.«

Sie machten ein paar unbeholfene Tanzschritte, bevor Maddalena sich kichernd auf eine Treppenstufe fallen ließ. »Es ist so anstrengend, mit dir unterwegs zu sein. Ich komme um vor Durst.«

Also rannten sie zurück ins Tal und überquerten den Fluss über den Ponte Vecchio, an dem die Häuser und Verschläge wie Schwalbennester hingen, die gleich ins Wasser purzeln könnten.

»Puh, wie das stinkt!« Maddalena hielt sich die Nase zu, denn auf der Brücke lebten die Gerber, die man schon von Weitem am Geruch erkannte. Ausgerechnet jetzt erdreistete sich einer der Handwerker, eine Küpe mit einer ekelerregend braunen Brühe ins Wasser zu leeren. Maddalena wurde ganz grün im Gesicht. »Ich glaub, ich muss mich übergeben.«

»Ohne Weißgerber gibt es keine feinen Lederhandschuhe«, unkte Orazio.

»Ich trage nie wieder welche«, beteuerte sie. »Wenn ich gewusst hätte, dass man Leder in Scheiße beizt, hätte ich das auch nie.«

Das Haus von Orazios Großvater lag direkt hinter der Stadtmauer. Er hatte es bis zu jenem Tag gemieden, an dem er Lucrezia de Medicis Gedicht zu Guglielmo gebracht hatte. Aber da war es Nacht gewesen, und er war vor Angst fast umgekommen. Jetzt stand Orazio davor und konnte kaum glauben, dass das Haus wie früher aussah. »Hier bin ich aufgewachsen. So oft ich konnte, bin ich zum Fluss gegangen und hab geangelt und gespielt.«

»Hast du keine Mutter und keinen Vater?«, fragte Maddalena verwundert.

Orazio schüttelte den Kopf. »Sie sind an der Pest gestorben, als ich noch klein war. Ich hab immer nur meinen Großvater Bartolomeo gekannt.«

Sie wandte sich ihm zu. »Hast du ihn wirklich gesehen? Den Sensenmann?«

»Klar. Er trägt einen dunklen Mantel mit Kapuze. Er ging in unser Haus, und als er rauskam, hatte er Bartolomeos Seele dabei.«

Maddalena erschauderte und bekreuzigte sich dann. »Lass uns lieber Nonnas Gedicht holen, ja?«

Auf ihr Klopfen hin öffnete ihnen die junge Frau, die Orazio von seinem ersten Besuch her kannte. Jetzt trug sie einen Säugling auf dem Arm, der so fest gewickelt war, dass nur sein Gesicht mit seiner winzigen Nase herausschaute.

Sie lächelte die Kinder an. »Willkommen. Was möchtet Ihr?«

Orazio erinnerte sich an ihren Namen, Fiammetta, und dass sie freundlich zu ihm gewesen war, als er noch Lumpen trug. »Auch wenn ich keine Haare hab, ich bin Orazio und komme bald als Lehrling zu euch.«

»Tatsächlich.« Staunend ließ Fiammetta ihren Blick über sein feines Wams und Maddalenas kostbaren Rock gleiten, der am Saum ein wenig schmutzig war. »Du hast dich aber verändert.« Orazio schwieg, während Maddalena leise kicherte.

»Ihr wollt sicher das Blatt mit dem Gedicht holen. Guglielmo hat es geklebt.«

»Ja, das wollen wir. Ich habe Durst. Hast du vielleicht etwas zu trinken für mich?«, fragte Maddalena. »Dafür gebe ich dir einen Scudi.«

Fiammetta versicherte, dass sie sie selbstverständlich einlade, und führte sie in den Laden. Orazio erkannte alles sofort wieder. Staub tanzte im Sonnenlicht, und es roch heimelig nach den ledergebundenen Folianten, die sich an den Wänden aufreihten. Bartolomeo hatte nicht alle verkauft. Die Texte von Horaz, Vergil und Homer hatte er selbst behalten und Orazio daraus vorgelesen, der von Odysseus und den Helden aus Troja träumte.

»Das sind aber viele Bücher«, staunte Maddalena.

»Wir haben nicht vergessen, dass sie dir gehören, Orazio«, versicherte Fiammetta. »Hältst du mal?«

Sie drückte der selig lächelnden Maddalena den Säugling in den Arm, goss ihnen Saft ein und verließ dann den Raum. Sie tranken durstig, bevor Fiammetta mit dem Gedicht zurückkehrte, das Guglielmo sorgfältig auf eine dünne Unterlage geklebt hatte.

»Mein Großvater hätte es nicht besser gekonnt«, sagte Orazio lobend.

»Das ist meins«, platzte Maddalena heraus und griff nach dem Blatt. »Meine Nonna hat das nämlich geschrieben.«

»Wirklich?«, fragte Fiammetta zweifelnd. »Wie war noch mal dein Name?«

Maddalena fiel in einen tiefen Hofknicks. »Verzeiht bitte. Ich hab ganz vergessen, mich vorzustellen. Das war sehr unhöflich von mir. Ich heiße Maddalena de Medici.«

Fiammetta starrte sie sprachlos an, dann aber genügte sie den Regeln der Höflichkeit und ließ sich ihre Überraschung nicht anmerken. Sie nahm Maddalena den Säugling ab und führte sie in die Werkstatt, wo Guglielmo über einigen Blättern saß, die er vorsichtig reinigte. Er begrüßte Orazio freundlich.

»Aber das ist ja unser Buch Hiob!«, rief Orazio. »Was ist mit ihm passiert? Es ist eines unserer kostbarsten.«

Die Handschrift, aus der die Seiten stammten, war mit Sorgfalt geschrieben und prächtig illuminiert gewesen. Trotz einiger herausragender Angebote hatte sich Bartolomeo geweigert, sie zu verkaufen.

Guglielmo stand auf und hielt das Blatt ins Tageslicht. Orazio erkannte die Vergoldung und die grünen Akanthusranken, mit denen die Seitenränder verziert waren. Aber am schönsten waren die Zeichnungen, die erzählten, was dem frommen Hiob zugestoßen war.

»Wir wissen, dass die Handschrift dir gehört, Orazio«, beteuerte Fiammetta. »Als wir einzogen, fanden wir im Keller ein Geheimversteck. Darin lag ein Stapel von losen Blättern aus diesem Buch, aber der Rest ist verschwunden.«

»Wie kann das sein?«, fragte Orazio.

»Ich dachte, das könntest du uns sagen.«

Doch Orazio zuckte mit den Schultern.

Als Fiammetta sie zum Essen einlud, war Maddalena sofort Feuer und Flamme, denn aus der Küche duftete es verführerisch nach frischem Kuchen. Orazio hatte zuerst Bedenken, gab aber ihretwegen nach. Maddalena beobachtete fasziniert, wie Fiammetta den kleinen Piero an ihrer Brust stillte. »Warum hast du keine Amme? Meine Mutter hat immer eine.«

Fiammettas dunkle Augen leuchteten. »Vielleicht reicht uns das Geld nicht, oder ich möchte, dass meine guten Gedanken auf meinen Sohn übergehen und nicht die tumben des Bauernweibs, das ihn nährt?«

Maddalena schlug sich die Hand vor den Mund. Doch der Mandelkuchen schmeckte köstlich, und sie aßen und tranken ausgiebig, bis die Rede auf Luigi kam. Orazio hatte in den letzten Wochen jeden Gedanken an ihn vermieden, und selbst jetzt schnürte es ihm noch immer die Kehle zu, wenn er nur seinen Namen hörte.

»Das war schon eine komische Sache mit dem Halbwüchsigen, der sagte, du seiest sein Lehrling.«

Das war gelinde untertrieben. Orazio verschluckte sich und ließ sich von Maddalena widerwillig den Rücken klopfen.

»Er ist noch einmal gekommen und hat nach dir gefragt. Er wollte unbedingt wissen, wo du steckst«, fügte Guglielmo hinzu.

»Aber er war so zornig, dass es uns nicht geheuer vorkam. Nachdem er gegangen war, haben wir uns nach einem Luigi Torrini erkundigt.« Fiammetta legte den kleinen Piero über ihre Schulter und klopfte ihm den Rücken.

»Und siehe da, er war gar kein Goldschmiedemeister«, berichtete Guglielmo.

»Ach, was?«, fragte Orazio.

»Die Torrinis haben aber wirklich eine Goldschmiedewerkstatt«, warf Maddalena ein. »Meine Mutter hat schon mal etwas bei ihnen bestellt.«

Wenn Guglielmo und Fiammetta es seltsam fanden, dass die Tochter des Stadtherrschers bei ihnen am Tisch saß, ließen sie es sich nicht anmerken. »Genau, Maddalena. Aber dieser Luigi ist wohl das schwarze Schaf der Familie und ein stadtbekannter Halunke.«

»Er ist noch viel schlimmer«, sagte Orazio. »Luigi ist ein Dieb, Erpresser und vielleicht sogar ein Mörder.«

Das junge Ehepaar schwieg betroffen, so dass Orazio sich schon fragte, ob er zu viel erzählt hatte. Würden sie ihm noch vertrauen, wenn er ihnen verriet, dass er für Luigi gearbeitet hatte? Aber dann gingen sie darüber hinweg.

»Seither haben wir nichts mehr von ihm gehört«, schloss Fiammetta.

Kurz darauf brachten sie und Guglielmo die beiden Kinder Arm in Arm zur Tür. Draußen setzte die untergehende Sonne den Arno in Brand.

»Mamma mia, der Himmel! Er leuchtet wie eine Orange.« Maddalena breitete die Arme aus.

Für Orazio, der an derselben Stelle tausend Sonnenuntergänge beobachtet hatte, war das Spektakel ganz normal.

Langsam machten sie sich auf den Heimweg. Maddalena plauderte über alles, was sie an diesem Nachmittag erlebt hatte. Piero war so süß, Fiammetta so freundlich, und der Kuchen so lecker gewesen. Doch schließlich wurde sie nachdenklich. »Dieser Luigi, von dem ihr gesprochen habt, ist das der, der dich erpresst hat?«

Orazio nickte. »Lass uns nachsehen.«

»Was?«

»Ob sie noch in dem Haus leben«, sagte er ungeduldig. »Das, wo er mich gefangen gehalten hat.«

»Meinst du, das ist klug?«

»Nein«, sagte er grimmig.

»Hast du keine Angst?« Maddalena griff nach seiner Hand. Ihre Nägel waren heruntergekaut, genau wie seine.

»Doch, aber ich muss wissen, ob Luigi und die Jungs noch da sind.«

Er lief so schnell er konnte und ohne sich umzusehen, damit die Furcht keine Macht über ihn gewinnen konnte. Nach Sonnenuntergang wurde es in den Straßen von Florenz rasch finster. Er rechnete es Maddalena hoch an, dass sie nicht darauf bestand, sich zuerst nach Hause bringen zu lassen.

Luigis Haus lag windschief und heruntergekommen an der Stadtmauer. Orazio sah sofort, dass es verlassen war. Ein Fensterladen hing mehr schlecht als recht in den Angeln. Abfall türmte sich vor der Tür, dazwischen ein paar Ziegel, die der letzte Sturm vom Dach geschlagen hatte.

Luigi und seine Spießgesellen waren schon eine ganze Weile nicht mehr da gewesen. Orazio atmete erleichtert auf. Er wollte gerade gehen, als Maddalena ihn am Ärmel zog.

»Da ist jemand«, wisperte sie.

Orazio drehte sich um. Zuerst sah er nichts, doch dann erhellte ein fahler Lichtschein das Küchenfenster, als würde jemand verstohlen ein Kochfeuer anzünden. Er drückte Maddalenas Hand. »Warte hier. Ich gehe nachsehen.«

»Aber mach schnell.«

»Keine Sorge.«

Orazio fürchtete sich genauso wie sie. Was, wenn da drin nicht Luigi, sondern Gevatter Tod selbst auf ihn lauerte? Was, wenn er es auf seine Seele abgesehen hatte, weil er ihm im Spital von der Schippe gesprungen war? Der Sensenmann ließ sicher nicht mit sich handeln.

Er schrak zusammen, als eine rot getigerte Katze seinen Weg kreuzte und im Verschlag verschwand. Sein Herz raste, und seine Knie wurden weich, als er sich der Tür näherte.

Er wollte gerade klopfen, als sie sich von innen öffnete. Ein Mädchen trat in den Durchgang, drahtig und mager, mit verfilzten braunen Haaren und dunklen Augen. An ihrer Hand hing eine kleine

Göre, die zu weinen begann, als sie ihn erkannte und sich dann in seine Arme stürzte.

Es waren Stella und Maria.

# 32.

Widerwillig öffnete Mira die Augen.

Sie lag in einem Alkoven mit mottenzerfressenen Vorhängen und einer klumpigen Strohmatratze. Der Raum, kreisrund und aus Bruchstein gemauert, musste sich hoch oben in einem Turm befinden, denn tagsüber hörte sie die Schreie der Raben, die ihn umkreisten. Es gab einen Tisch mit einer Waschschüssel sowie eine Nische mit einem Betstuhl und einem Bild der heiligen Katharina von Alexandria. Eine Kemenate, dachte Mira, die man für sie in eine Gefängniszelle verwandelt hatte. Vor hundert Jahren mochte es hier sogar komfortabel gewesen sein. Das Fenster war mit Holzbrettern vernagelt, doch knapp unterhalb der gewölbten Decke gab es einige halbrunde Lüftungsluken.

Wie lange hielt man sie hier schon gefangen? Mira zählte mithilfe ihrer Finger. Zweimal hatte die Sonne die steilen Wände des Turms erklommen und den Raum in ihr Licht getaucht. Oder war heute schon der dritte Morgen? Bisher hatten die Entführer sich nicht blicken lassen. Tagsüber drangen die Geräusche einer bewirtschafteten Burg zu ihr herauf. Pferde wieherten, Kinder lachten, Frauen schimpften. Ob die Leute wussten, dass sie hier oben war? Mira war sich nicht sicher. Das Schlimmste waren die Stunden der Nacht, in denen sie sich ausmalte, was man ihr alles antun konnte.

Zu gern hätte sie weitergeschlafen, denn ihre Träume schützten sie vor der Wirklichkeit. Aber das ging nicht. Also setzte sie ihre Füße auf den Boden aus morschen Eichenbohlen und richtete sich schwankend auf. Ihr Kopf schmerzte noch immer, und die hühnereigroße Beule erinnerte sie an das, was geschehen war. Kaum machte sie einen Schritt, drehte sich der Raum um sie, und sie musste sich an der Wand abstützen. Resigniert ließ sie sich rückwärts auf das Bett fallen und wartete, bis der Schwindel sich gelegt hatte. »Porca miseria!« Niemand hörte sie, also konnte sie nach Herzenslust fluchen.

Gestern hatte sie viel geschlafen und sich danach schon ein wenig besser gefühlt. Mira versuchte zu rekonstruieren, was geschehen sein musste.

Jemand hatte ihr in der Seitenstraße zum Palazzo Medici einen Schlag auf den Kopf versetzt und sie einfach mitgenommen. Jetzt jedenfalls befand sie sich nicht mehr in Florenz, sondern irgendwo auf dem Land. Der gemauerte Turm deutete auf eine Burg oder eine Festung hin, wie es sie in der Toskana in großer Zahl gab.

Entschlossen erhob sie sich erneut, und diesmal schaffte sie es, auf den Deckeleimer zuzuwanken, der an der Wand stand. Sie hielt sich die Nase zu, hockte sich darüber und erleichterte sich.

Daneben stand ein zweiter Eimer, der Frischwasser enthielt. Am ersten Tag hatte sie sich damit gewaschen. Gestern hatte sie es gelassen. Was, wenn die Entführer sie endgültig vergaßen und sie auf das Wasser angewiesen wäre? Dann würde das Turmzimmer zu ihrem Sarkophag werden, in dem nur ihre bleichen Knochen zurückblieben. Mira unterdrückte die aufkommende Panik und ging zurück zu ihrem Alkoven.

Draußen herrschte der Sommer in seiner ganzen Fülle, doch hier drin strahlten die Mauern Kälte aus. Ob der Turm in einem schattigen Burghof lag? Mira trug nur ihr Hemd und ein dünnes Übergewand aus feingewebtem Leinen und fröstelte so, dass sie sich die Decke um die Schultern legte. Das wollene Webstück roch zwar nach Schaf, war aber warm. Seit zwei Tagen rätselte sie nun darüber, was ihre Entführung bezwecken sollte. Wenn ihre Kopfschmerzen es zuließen, lief sie gegen die Angst an, immer im Kreis herum, bis ihre Füße sie nicht mehr tragen wollten. Manchmal schaffte sie es, sämtliche lateinischen Verse, die ihr einfielen, mehrmals aufzusagen, zu anderen Zeiten aber hatte sie alles vergessen. Dann hielten Furcht und Leere sie gefangen.

Am liebsten wäre sie einfach nach draußen spaziert. Doch die Tür, die zum Treppenhaus führte, war fest verriegelt und bestand aus dicken Eichenbohlen. Wenn sie wenigstens hinaussehen könnte! Die halbrunden Fenster lagen einfach zu weit oben. Ihre Finger langten, auch wenn sie den Schemel gegen die Wand schob, kaum an den Sims, und beim Runterklettern war der Hocker umgekippt und sie gefallen und übel auf dem Boden aufgeschlagen.

Sie seufzte frustriert. Wenn ihre Entführer sich wenigstens zu erkennen geben würden. Sicher verlangten sie Lösegeld. Mira hoffte, dass Enzo oder Lorenzo die Summe für sie aufbringen würden. Auch wenn sie als Person nicht zählte, mussten ihnen doch der Zugang zum Hafen von Piombino und die Nutzung der Erz- und Alaunminen etwas wert sein. Oder sie wandten sich an ihren Bruder Jacopo, damit der für sie zahlte.

Mira klammerte sich an diesen Zipfel Hoffnung. Ja, vielleicht hatten die Medici die notwendigen Schritte schon eingeleitet und würden sie gleich morgen auslösen. Dann konnte sie ihre Hochzeit vorbereiten und Riccardo wiedersehen, der ohnehin der Einzige war, der sie je wahrgenommen hatte.

Doch was, wenn hinter ihrer Entführung der Mörder der Grazien steckte? Corleone? Aber warum hatte er sie dann nicht schon längst umgebracht?

Nein, dachte sie. Das war nicht folgerichtig. Bis heute wusste niemand, was genau geschehen war. Vielleicht hielt er sich an Mira schadlos, weil es ihm gefiel, sie so hilflos zu sehen. Man wusste nicht, wohin der Hass die Menschen trieb.

In diesem Moment hörte sie schwere Schritte im Gang. Mira sprang auf und stolperte zur Tür.

Knapp über dem Boden öffnete sich eine Klappe für das Tablett mit Brot, Käse und einem Krug verdünntem Wein, das man ihr zweimal am Tag brachte. Mira hatte diese Begegnung bisher immer verschlafen.

»Halt!«, rief sie. »Bleib da! Bitte!«

Die schweren Schritte auf der anderen Seite der Tür hielten inne.

»Bitte«, rief Mira erstickt. »Wann wird man endlich mit mir sprechen?«

Sie legte ihre Hände an das Türblatt aus Eichenholz. Nicht einmal eine Handbreit trennte sie von ihrem Kerkermeister. Sie hörte seine schweren Atemzüge. Ihr Hals schmerzte, als sie schluckte. »Erinnere dich an deine Christenpflicht und hab Erbarmen!«

Er schien einen Moment zu zögern, dann aber entfernten sich seine schlurfenden Schritte. Mira sank zu Boden, zog ihre Knie heran und weinte bitterlich. Niemand kommt, um dich zu retten, dachte sie. Du kannst toben und schreien und weinen, bis du deine letzte Träne verbraucht hast.

Aufgeben kam trotzdem nicht infrage. Schließlich war sie eine Prinzessin aus einer Familie von Kriegern und Königen. Und auf keinen Fall würde sie die erste Medici-Braut werden, die kurz vor der Hochzeit verloren ging.

Mira wischte sich entschlossen die Tränen ab und stand auf. Sie hatte die Verschwörung der Pazzi überstanden, lädiert zwar, aber am Leben. Also würde sie auch mit dieser Herausforderung fertigwerden.

Sie griff nach dem Tablett und nahm es mit zu ihrem Bett. Ihr Magen schmerzte vor Hunger, vor allem aber hatte sie brennenden Durst. Allerdings war sie nach dem Essen immer so benommen, dass sie nicht wusste, wo die Stunden geblieben waren. Sollte sie nicht besser auf das Mahl verzichten, wenn sie sie nach und nach vergifteten?

Ihr Blick fiel auf den Krug, der randvoll mit verdünntem Wein war. Wenn sie, was Gott verhüten möge, jemals in die Versuchung käme, einen Menschen zu betäuben, wie würde sie es anstellen? Sie würde das Mittel nicht in Brot einbacken und auch nicht auf das Stück Pecorino streuen, das es dazu gab. Der Wein, verflucht! Er schmeckte nicht einmal schlecht.

Entschlossen stand Mira auf, stellte den Krug auf den Boden, füllte ihren Becher mit dem Wasser aus dem Eimer und trank. Es schmeckte so abgestanden und brackig, dass sie es fast wieder ausgespuckt hätte. Aber das musste sie aushalten. Wenn sie davon Durchfall bekäme, würde sie ihrem Entführer den Eimer mit ihrer

Notdurft über den Kopf kippen. O ja, er würde büßen für das, was er ihr angetan hatte.

Dann aber machte sie sich hungrig über das Brot und den Käse her. Sie wollte nicht sterben, und der Gedanke an Riccardo rettete sie vor der Verzweiflung.

# 33.

Das Haus von Marias Onkel lag am Rande des Weilers Barberino in der Nähe der Villa Cafaggiolo. Eine Katze räkelte sich auf der Schwelle. Riccardo stieg über sie hinweg und klopfte an die Tür.

Maria öffnete selbst und bat ihn ins Haus. Sie wirkte gefasst, als hätte sie mit seinem Besuch gerechnet. Riccardo fiel auf, wie schön sie war. Ihr langes blondes Haar fiel ihr offen über die Schultern. Aber er sah auch die schwarzen Schatten unter ihren Augen, die darauf hindeuteten, dass sie schlecht geschlafen hatte. Er folgte Maria in die Küche, wo eine Frau in einem köstlich duftenden Topf rührte, und verwünschte seinen knurrenden Magen.

»Möchtest du mitessen?«, fragte Maria. »Meine Tante Elena macht Kaninchenragout.«

Abzulehnen schickte sich schon aus Gründen der Höflichkeit nicht. Also setzte er sich mit Marias Onkel, ihrer Tante und den Cousins und Cousinen an den Tisch und vertilgte den nach Rosmarin und Thymian duftenden Hasen. Er schmeckte so köstlich, dass Riccardo nachnahm und den Teller mit einer Scheibe frischem Weißbrot auswischte, wobei Marias Verwandtschaft ihn so misstrauisch beäugte, als habe er vor, die junge Frau zum Nachtisch zu verspeisen.

Nach dem Essen bedankte er sich überschwänglich bei der Köchin. »Können wir irgendwo ungestört reden?«, fragte er Maria.

»Alles in Ordnung, Maria?«, mischte sich ihre Tante ein, die gerade die Teller abräumte.

Obwohl Maria dies bejahte, machte ihr Onkel Umberto seinem Unmut lautstark Luft. »Anstatt ein unschuldiges Mädchen zu verfolgen, sollte sich Lorenzos Garde lieber um das Nächstliegende kümmern.«

Riccardo beugte sich über den Tisch. »Und was wäre das deiner Ansicht nach?«

Umberto schnaubte. »Im Castello Galliano wimmelt es wieder von Raubrittern. Pass nur auf, demnächst werden sie reihenweise die Händler überfallen, die auf der Straße nach Bologna unterwegs sind. Dabei haben die Medici doch erst letztens mit dem Pack aufgeräumt. Aber wenn sie nichts Besseres zu tun haben, als zu heiraten ...«

»... oder Mörder zu verfolgen«, vollendete Riccardo spöttisch.

»Ja, verdammt!«, brummte Umberto.

»Ich halte Maria ganz gewiss nicht für eine heimtückische Mörderin«, stellte Riccardo klar.

Umberto nickte. »Das hoffe ich für dich.«

»Riccardo ist ein Freund aus Florenz«, nahm Maria ihn in Schutz. »Wir haben nichts von ihm zu befürchten.«

»Na!« Umberto sah Riccardo zweifelnd an, der insgeheim fand, dass das Misstrauen der Untergebenen den Herrschenden gegenüber berechtigt war. Bevor er Maria in den Garten folgte, zog er ihren Onkel beiseite. »Schick einen Boten nach Florenz wegen der Raubritter. Oder geh am besten selbst zu Lorenzo. Du kannst ihm sagen, dass ich dich schicke.«

»Aber ich bin ein einfacher Gärtner, Herr.«

»Das spielt keine Rolle.«

Umberto zögerte, stimmte dann aber zu.

Maria führte Riccardo zu einer Bank unter einer Schatten spendenden Steineiche, von der aus sich der Blick in einen Garten voller Oliven-, Zitronen- und Feigenbäume öffnete. Es war ein warmer Spätnachmittag. Über den Himmel flitzten Mauersegler. Bienen aus den hauseigenen Stöcken tummelten sich rund um Ringelblumen und Malven, aber Riccardo hatte keine Augen für die Schönheit der Natur. Wie konnte er Maria dazu bringen, ihm zu vertrauen?

»Wir hatten eine gute Zeit in Botticellis Werkstatt«, sagte sie wehmütig. »Wir haben gescherzt und gelacht, als gäbe es kein Morgen.«

Riccardo stimmte ihr zu. »Wir durften unseren Alltag für ein paar Stunden vergessen und in eine Rolle schlüpfen.«

»Du warst ein Gott.« Maria lachte leise.

»Oder der größte Narr von allen.« Riccardo hatte sich in Merkur verwandelt, den Herold der Venus, Enzos Spiegelbild und den Führer der Seelen in der Unterwelt. »Wir haben verkörpert, was andere in uns sehen wollten.« Vielleicht war Miras sehnsuchtsvoller Blick das einzig Reale gewesen.

»Ich werde nie wieder eine Grazie sein.« Maria sprach mit erstickter Stimme weiter. »Dabei hatten wir so viel Spaß. Erinnerst du dich an Andreoula? Sie war immer so lustig, und Nannina war der Inbegriff der Anmut.« Entschlossen wischte sie sich die Tränen aus den Augen. »Und Nardo. Der hat immer Späße gemacht, bis Meister Sandro ihn zur Ordnung rief.«

»Nardo kann einfach nichts ernst nehmen«, stimmte Riccardo

ihr zu. »Aber ich bin nicht wegen der alten Zeiten hier, Maria. Du musst mir sagen, was du weißt. Warum glaubst du, dass du in Gefahr bist?«

Maria bückte sich und pflückte ein Gänseblümchen. »Vielleicht ist mir erst jetzt klar geworden, wie kostbar das Leben ist. Ich würde es gern behalten.«

Riccardo verstand das. »Es ist ein weiteres Mädchen verschwunden.«

»Um wen handelt es sich?«, fragte sie erstickt.

»Es sind ja nicht mehr allzu viele übrig.« Riccardo wappnete sich vor dem Stich ins Herz, den es ihm versetzen würde, ihren Namen auszusprechen. »Es ist Mira.«

Maria zog ihre feinen blonden Augenbrauen zusammen. »Die Prinzessin? Das tut mir leid. Dann hat ihre hohe Herkunft sie nicht geschützt? Suchen die Medici nach ihr?«

»Mit ganzer Kraft.« Das hoffte er zumindest.

»Vielleicht werden Enzo und der Magnifico ja wegen eines Lösegelds erpresst?« Maria machte ein nachdenkliches Gesicht. »Semiramide ist bares Geld wert. Sie werden sie schon nicht im Stich lassen.«

Riccardo hatte diese Möglichkeit in Betracht gezogen, doch solange es keine Lösegeldforderungen gab, würde er die andere Spur verfolgen. »Aber was, wenn sie dem Mörder von Gianna, Nannina und Andreoula in die Hände gefallen ist? Du musst mir sagen, was du weißt, Maria, ich bitte dich.«

Er sah, wie sie ins Schwanken geriet. Sein Appell zeigte Wirkung.

»Mira hat mit der Sache nichts zu tun.«

»Welche Sache?«, fragte er leise. »Wo seid ihr hineingeraten?«

Eine Elster setzte sich in den Steineichenbaum, krächzte und spreizte großspurig ihr schwarz-weißes Federkleid.

Marias schmale Hände verkrampften sich, und sie knickte ein. »Da waren diese losen Blätter aus der Handschrift.« Ihre Stimme klang, als müsse sie sich Wort für Wort abringen. Sicher hatten die Mädchen sich gegenseitig Geheimhaltung gelobt, und nun brach sie dieses Versprechen.

»Du meinst die Geschichte Hiobs, von der wir eine Seite in Nanninas Aussteuertruhe gefunden haben? Wie viele Blätter gab es davon?«

»Ein paar.« Maria sah ihn mit ihren großen kornblumenblauen Augen an. »Sie enthalten eine Botschaft, die alle in Gefahr bringt, die sich für sie interessierten. Aber das ahnten wir damals noch nicht.«

»Also doch ein Komplott«, stellte Riccardo bitter fest. »Ficino und Poliziano haben sie auf geheime Codes untersucht und sind zu keinem Ergebnis gekommen.«

»Dann haben sie nicht richtig nachgeschaut«, sagte Maria.

Riccardo schüttelte den Kopf. »Poliziano kennt da nichts. Er hat sogar ein Blatt angezündet, um zu sehen, ob es nicht mit Geheimtinte beschrieben ist. Aber das war nicht der Fall. Es gibt nichts zu enträtseln, Maria. Es sind einfach Seiten aus einer Handschrift.«

»Das kann nicht stimmen«, entgegnete Maria. »Diese Blätter sind jemandem sehr kostbar. So kostbar, dass er dafür bereit ist zu töten.«

Die Elster krächzte und schwang sich entrüstet in die Luft, als Riccardo weitersprach. »Ich versuche mal, zu rekonstruieren, was ich weiß. Unterbrich mich, wenn ich etwas Falsches sage. Die Blätter enthalten Informationen, die jemandem sehr wichtig sind. Ihr habt

Wind von der Sache bekommen und diesem Jemand die Blätter abgenommen, um ihn damit zu erpressen. War es so?«

Maria knetete ihre gefalteten Hände. »Kann man für Diebstahl eigentlich auch belangt werden, wenn man Diebesgut gestohlen hat? Ich meine ... jede von uns musste eine Mitgift zusammensparen.«

»Also ist dieser Jemand unrechtmäßig in den Besitz der Blätter gekommen, oder ihr glaubt das jedenfalls.« Riccardo atmete tief durch. »Über wen reden wir hier?«

Maria hob ihr Kinn und sah sehr entschlossen aus. Die willensstarke, junge Frau war immer die Wortführerin der Grazien gewesen. Das musste nicht bedeuten, dass die Idee für die Erpressung ursprünglich von ihr stammte, aber Riccardo konnte es auch nicht ausschließen. »Ich verrate dir diese Dinge nur unter dem Siegel der Verschwiegenheit und unter der Auflage, dass du ein gutes Wort für mich einlegst, wenn die Justiz mich belangen will.«

»Wem habt ihr die Blätter abgenommen?«, wiederholte Riccardo die Frage.

Maria sah sich um. Am anderen Ende des Gartens machte sich ihr Onkel an den Bienenstöcken zu schaffen, aber er war zu weit entfernt, um sie zu belauschen. »Es war Gianna.«

Riccardo war derart überrascht, dass ihm auf Anhieb nur eine Antwort einfiel: »Aber Gianna ist tot.«

»Ja«, sagte Maria spröde. »Die Sache spielte sich weit vor ihrem Verschwinden ab, aber sie hat dafür bezahlt.«

Riccardos Hand fuhr an seine Stirn. Gianna also. Die schöne Flora aus dem Bild hatte etwas überaus Wichtiges vor ihnen verborgen. »Aber wie ist sie an die Blätter gekommen?«

Maria glättete mit zitternden Händen ihr Kleid. »Ich weiß nur, dass sie sich damit gebrüstet hat, Seiten aus einer so besonderen Handschrift zu besitzen. Sie war leichtsinnig und hat sie in Botticellis Werkstatt aufbewahrt. Dort haben wir sie einfach an uns genommen und versteckt.«

»Gestohlen würde ich eher sagen«, warf Riccardo ein.

Maria nickte widerwillig. »Zuerst war es nur ein Spaß, um Gianna zu ärgern, weil sie immer so tat, als würde die Werkstatt ihr gehören. Aber dann haben wir begriffen, wie wichtig ihr die Blätter waren. Sie war schrecklich wütend und hatte Angst. Daraufhin haben wir ihr das Angebot gemacht, dass sie sie gegen Geld zurückerhält, und sie ging darauf ein. Plötzlich jedoch mussten wir uns nicht mehr mit Gianna, sondern mit einem Haufen Bewaffneter auseinandersetzen.«

»Was waren das für Männer?«, fragte Riccardo.

»Ich weiß es nicht. Irgendwelche vollkommen skrupellosen Fremden. Nannina führte die Verhandlungen, doch dann war sie plötzlich tot.« Maria schluchzte auf und verbarg ihr Gesicht in den Händen. »O Riccardo! Ich würde alles dafür tun, wenn ich das alles rückgängig machen könnte. Hätte Gianna uns doch nie diese Blätter gezeigt!«

Riccardo ließ sich auf die Bank fallen. »Kann es sein, dass ein gewisser Corleone mit dabei war? Ein brutaler Kerl mit schulterlangen Haaren und Bart. Er steht als Spion auf Lorenzo de Medicis Lohnliste.«

»Du glaubst, dass der Magnifico darin verwickelt ist?«, fragte Maria leise.

»Das habe ich nicht gesagt.« Riccardo wusste nicht, was er für wahr halten sollte. »Nein. Aber ich halte für möglich, dass Corleone sein eigenes Spiel spielt.«

Sie sah traurig auf ihre gefalteten Hände. »Ich habe die Männer nie gesehen. Die Gespräche hat immer nur Nannina geführt.«

»Nach Nanninas Tod, habt ihr da noch einmal versucht, mit Gianna zu sprechen?«

»Ich schwöre, das wollten wir, aber wir haben Gianna nirgends gefunden.«

»Und Andreoula?«, hakte er nach. »Warum musste sie sterben? Ihr wolltet doch aufgeben.«

Maria seufzte tief. »Andreoula war tollkühn. Sie meinte, wenn den Männern die Blätter so kostbar seien, würden sie noch mehr Geld dafür berappen. Ich hatte sie gewarnt, aber sie wollte nicht auf mich hören.«

»Ein tödlicher Fehler.« Riccardo stand auf. Er war plötzlich sehr müde. »Als Andreoula gefunden wurde, war Gianna allerdings schon eine Weile verschwunden. Was meinst du, ist mit ihr geschehen?«

»Wir haben festgestellt, dass wir Gianna gar nicht richtig kannten.« Maria erhob sich ebenfalls. »Sie ist sicher in etwas hineingeraten, das sie nicht überblicken konnte und ebenfalls ermordet worden. Am besten fragst du ihre Freundin Apollonia, die Tochter des Schneiders. Vielleicht weiß sie mehr als ich.«

Diese Informationen ließen alles in einem anderen Licht erscheinen. Noch am gleichen Abend machte sich Riccardo auf den Weg zurück nach Florenz. Er musste dringend mit dem Magnifico sprechen. Dass Corleone und seine Männer in die Morde an den Grazien verwickelt waren, konnte dieser jetzt nicht länger ableugnen.

Es dämmerte schon, als Riccardo die Straße entlangtrabte, die Bologna mit Florenz verband. Er kannte die waldreiche Gegend gut, weil er mehrmals mit seinen Freunden Zeit hier verbracht hatte. Das Mugello mit seinen schattigen Tälern und bewaldeten Hügeln war ideal, um sich eine Auszeit aus dem lebhaften Stadtleben zu gönnen und zu jagen oder zu angeln.

Plötzlich hörte er Hufgeräusche auf der Straße vor sich. Ein Trupp Reiter kam ihm entgegen. Riccardo erinnerte sich an die Raubritter, die seit Kurzem wieder das Castello Galliano bevölkerten, stieg ab und führte seine Stute in ein dichtes Gebüsch am Straßenrand.

»Schh, nicht schnauben, Adelina!«

Er hielt den Atem an, als sich die Reiter in einer langen, düsteren Reihe näherten. Kein Wappen, bemerkte Riccardo. Sie trugen Brustpanzer und Helme, aber keinerlei Standarte, die sie an ein Adelshaus oder einen Auftraggeber band. Und nirgendwo waren die Palle zu sehen, die auf eine Verbindung zu den Medici hindeuteten.

Schrecken erfüllte ihn, als er Corleone an der Spitze erkannte. Eine namenlose Wut stieg in ihm auf, aber auch eine Art Jagdinstinkt regte sich in ihm. Riccardo wollte unbedingt herausfinden, was hier vor sich ging. Er versteckte sich zwischen den Bäumen und legte der unruhig tänzelnden Adelina beschwichtigend die Hand auf die Nüstern. Die Männer ritten schweigend vorüber, ohne sie zu bemerken.

Mörder!, durchfuhr es Riccardo, und er erstickte fast an seinem Hass, als sich der Zug von zehn gepanzerten Söldnern in Richtung Barberino bewegte. Das konnte nicht mit rechten Dingen zugehen.

Riccardo folgte ihnen in sicherer Entfernung, wobei er tief in die Schatten des Waldes eintauchte, der die Straße säumte. Schließlich verließen die Männer und ritten bergauf in Richtung des Castello Galliano. Riccardo hielt so viel Abstand wie nötig. Der Weg war vom Regen ausgewaschen und wand sich in weitläufigen Serpentinen durch den Buschwald den Hang hinauf.

»Danke, dass du für mich wie auf Eiern läufst«, flüsterte er und kraulte Adelina zwischen den Ohren.

Die Nacht hatte sich über das Land gesenkt, als er etwa eine halbe Meile unterhalb des Castello ankam, dessen Zinnen sich dunkel vom sternklaren Himmel abhoben. Riccardo pflockte seine Stute außer Sichtweite zwischen ein paar Bäumen an. Die Burg war also Corleones Ziel gewesen. Er würde ihm folgen, auch wenn ihm nicht klar war, wie er hineinkommen sollte. Sie war uneinnehmbar, die Tore verriegelt. Aber es handelte sich um eine Medici-Festung, gebaut, um die Straße zwischen Florenz und Bologna zu sichern. Was, wenn er im Namen des Magnifico Einlass begehrte?

Riccardo verwarf die Idee sofort. Er stand Corleones Männern allein gegenüber, denen nicht zu trauen war. Möglicherweise hielten sie dort oben sogar Mira gefangen. Über die Möglichkeit, dass Lorenzo selbst der Kopf eines Komplotts war, das sich gegen den aufmüpfigen Enzo richtete, wollte er nicht nachdenken. Nein, Riccardo war nicht bereit, die Gewissheit aufzugeben, dass sein Befehlshaber trotz alle Machtspiele zu den Guten gehörte.

Er setzte sich auf einen Baumstamm und dachte nach. Natürlich konnte er im Namen der Garde ans Tor klopfen und Einlass begehren, aber dann würde Corleone ihn mit Sicherheit festsetzen und in den Kerker werfen lassen. Also musste er einen anderen Weg finden.

Es war Neumond. Nur die Sterne erleuchteten den Himmel. Riccardo hob seinen Blick zum großen Wagen. Es war das einzige Sternbild, das er mit Namen kannte. Die Mächtigen ließen sich nicht nur zur Geburt, sondern für jeden Wendepunkt ihres Lebens ein Horoskop erstellen. Ficino hatte für Enzo sogar seinen idealen Hochzeitstermin berechnet, den er wegen der Trauerzeit um Lucrezia de Medici hatte verschieben müssen. Riccardo wusste nicht, ob seine eigenen Sterne günstig standen. Ja, er kannte nicht einmal die Stunde seiner Geburt. Den Ort ja, aber alles andere? Gemini, Sagittarius, Capricorn. Die Worte lagen ihm so fremd auf den Lippen wie die Namen der Gewürze aus dem Orient. Er wusste nicht, was sie bedeuteten. Und das hatte seine Gründe.

Tief in seinem Innern war er noch immer ein Niemand, der die Sprache der Gosse verstand und wenig darüber hinaus. Wenn Dottore Tommasini ihn nicht gerettet hätte, wäre aus ihm entweder ein Bettler oder ein Verbrecher geworden, wahrscheinlich Letzteres. Diese Wesenszüge lagen noch in ihm verborgen. Er musste sie nur hervorholen. Für Botticellis Frühlingsbild hatte er sich in Merkur verwandelt, den Götterboten mit den Flügelschuhen und dem Caduceus. Riccardo auf dem Olymp, dachte er spöttisch, zwischen Venus und den Grazien. Wer sagte, dass er nicht wieder zu dem armen Schlucker und Taugenichts werden konnte, der er als Junge gewesen war?

Riccardo rollte sich im Gebüsch zusammen und schlief ein wenig. Als der Morgen graute, versteckte er seinen Wappenrock, die Satteltasche und sein Schwert unter ein paar Zweigen und schmierte sich Dreck und Beerensaft aufs Hemd und ins Gesicht. Dann öffnete er das Lederband, das seine lockigen Haare zusammenhielt, und zerzauste sie, bis sie ihm wie eine Wolke um den Kopf standen. Welch ein Jammer, da er sonst größten Wert auf ihre Pflege legte und sie sorgfältig kämmte und ölte. Ein paar Risse in Hemd und Hosen, etwas Tierkot, den er sich des Geruchs wegen aufs Bein strich, und seine Verwandlung war perfekt. Die Sprache der Gosse hatte er nicht verlernt, ebenso wenig die Art, wie sich ihre Bewohner wegduckten, wenn ihnen jemand zu nahe trat.

Zuletzt löste er Adelinas Zügel. »Adieu, meine Schöne.« Er legte ein letztes Mal seine Wange an ihr Gesicht. »Halt dich versteckt, bis ich zurückkomme. Oder lauf zu Maria und Umberto.«

Sie sah ihn ungläubig an und trabte dann mit einem verletzten Ausdruck in den Augen bergab wie eine verstoßene Geliebte. Ob sie je zu ihm zurückfinden würde? Hoffentlich schaffte sie es bis nach Barberino.

Riccardo hatte Glück. Keine halbe Stunde später quälte sich ein Karren den Berg hinauf. Der Bäcker, der Vorräte in die Burg brachte, hielt an und erlaubte ihm, sich neben ihn auf den Kutschbock zu setzen.

»Gott zum Gruße«, brachte er nuschelnd heraus. Es schadete nicht, wenn der Fahrer des Karrens ihn nicht nur für arm, sondern auch für beschränkt hielt.

»Selbst Gott bist du im Moment zu dreckig, Junge. Und stinken tust du auch.« Der Bäcker rückte ein Stück von ihm ab. Der saure Geruch nach Fuchslosung stieg selbst Riccardo in die Nase. Er grinste in sich hinein und wusste, dass er alles richtig gemacht hatte.

»Was willst du oben auf der Burg?«

»Ich such Arbeit. Vielleicht im Stall.« Er spuckte einen großen Klumpen Rotz auf den ausgefahrenen Weg.

»Wenn du dich traust. Die neue Besatzung ist übles Pack und Raubrittergesindel.«

»Mir egal«, brachte er im Tonfall eines Bettlers heraus, so dass der Bäcker gar nicht anders konnte, als ihm ein Stück Ciabatta zuzustecken, das er wie ein echter Hungerleider hinunterschlang.

Der Karren hatte mittlerweile das Tor erreicht. Das Blut rauschte Riccardo in den Ohren, als der Bäcker mit dem Wachposten sprach, der sie aber anstandslos passieren ließ.

Eine halbe Stunde später hatte Riccardo gegen Kost und Logis eine Arbeit als Stallbursche ergattert. Er war verblüfft, wie leicht sich die Leute täuschen ließen. Der bärtige Haudegen Giacomo hatte ihn ohne Weiteres als Helfer eingestellt. Er bezeichnete sich zwar als Stallmeister, schuftete aber mutterseelenallein zwischen Boxen und Misthaufen. Die Regel, dass jeder Reiter sich um sein eigenes Pferd zu kümmern hatte, schien für Corleones Spießgesellen nicht zu gelten. Ihre Gäule standen noch so da, wie sie sie am Abend zurückgelassen hatten.

Riccardo machte sich daran, einen Apfelschimmel abzusatteln und zu striegeln. Als er ihm vorsichtig Sattel, Zaumzeug und Mundstück abnahm, bemerkte er, dass sein Maul rot und entzündet war und sich auf seiner Flanke eine Schürfwunde ausbreitete. »Der Mistkerl hat den Armen fast zuschanden geritten. Hast du Medizin dagegen?«

Der Alte zauste sich nachdenklich den Bart und suchte eine Salbe aus seinen Vorräten heraus.

Während Riccardo sie sorgfältig auftrug, berichtete Giacomo von der neuen Burgbesatzung, der die alteingesessenen Bewohner zutiefst misstrauten. »Vor allem der Anführer ist ein Saukerl. Ich frage mich, warum der Medici uns den geschickt hat.«

»Wie heißt er?«, fragte Riccardo.

»Corleone. Das Herz des Löwen.« Giacomo spuckte ins Stroh. »Wohl eher ein Verbrecher mit dem falschen Herzen eines Marders. Warum kannst du eigentlich so gut mit den Gäulen umgehen?«

Riccardo nahm sich vor, besser aufzupassen. »Zufall.«

Er musste sich vorsehen und nicht nur Giacomo gegenüber. Sollte ihm Corleone im Stall begegnen, bestand die Gefahr, dass er ihn an seinen blauen Augen erkannte. Die wichtigste Frage aber lautete, ob der Condottiere und seine Männer mit Lorenzo de Medicis Erlaubnis hier waren. Was, wenn der Magnifico doch ein falsches Spiel spielte?

Während die Sonne höher stieg und den Burghof in ihr gleißendes Licht tauchte, schichtete Riccardo in aller Ruhe dampfenden Pferdemist um und behielt dabei den Bergfried und die anderen Gebäude im Auge. Es herrschte eine trügerische Ruhe.

Hin und wieder kreuzten ein paar Bewaffnete den Platz, an der Mauer spielten ein paar kreischende Kinder, und eine Magd ging mit einem Korb Dreckwäsche auf den wiegenden Hüften vorbei, aber Corleone ließ sich nicht blicken.

»Es ist Mittag. Du solltest Pause machen.« Giacomo fuhr eine letzte Schubkarre mit Mist in den Hof.

»Ja, gleich.« Riccardo schob sich sein wildes Haar aus der Stirn und versenkte gerade seine Gabel im Misthaufen, als sich unversehens die Tür zum Turm öffnete. Ein grobschlächtiger Kerl zerrte eine junge Frau in den Burghof, deren rotes Haar in der Sonne leuchtete. Es war Mira.

Riccardo wurde schwindlig vor Entsetzen und Erleichterung. Sie lebte, aber sie befand sich in der Gewalt Corleones. Mühsam beherrschte er sich, um nicht auf den brutalen Kerkermeister loszugehen und ihm die Mistgabel in den Bauch zu stoßen. Noch nicht, dachte er grimmig.

In diesem Moment sah Mira auf. Sie blieb verblüfft stehen, bevor es ihr gelang, sich aus dem Griff des Mannes zu winden. Leichtfüßig rannte sie über den Platz auf Riccardo zu, der wie festgewachsen neben dem Misthaufen stand und mit offenem Mund staunte. Ein Schmetterling, dachte er, eine Schwalbe am Sommerhimmel. Keine andere Frau hatte sich je so anmutig bewegt. Er erstarrte, als sie ihm näher und immer näher kam. Schließlich aber stockte ihr Fuß, während sie ihn ansah, als würde sie ihren Augen nicht trauen.

Nie war ihm etwas schwerer gefallen, aber Riccardo wandte sich ab und schichtete weiter gleichmütig den Mist um, als ginge ihn das Ganze nichts an. Mira blieb mit hängenden Schultern stehen, so dass ihr Wächter sie wieder einfangen konnte. Nach einem kurzen Handgemenge zerrte er sie über den Platz und schob sie durch die Tür in das Torhaus.

Riccardo schluckte an seinen Tränen.

»Die Kleine ist ein hübscher Käfer.« Giacomo kippte die Schubkarre um und leerte ihm noch mehr Mist vor die Füße.

Riccardo sprang geistesgegenwärtig zur Seite. »Wer ist sie?«

»Man munkelt, sie sei eine Prinzessin«, sagte Giacomo. »Aber das ist sicher nur ein Gerücht. Sie haben sie vor drei Tagen gebracht, sind dann wieder verschwunden und erst heute Nacht zurückgekehrt. Vielleicht wollen sie ja Lösegeld für sie. Wir verabscheuen den Mistkerl Corleone für seine Tat. Aber das muss dich nicht kümmern.« Er rümpfte die Nase. »Besser, du hüpfst nach der Arbeit mal in den Trog, denn du stinkst bestialisch. Esmeralda hat da was gegen. Ich sag's ja nur.«

»Wer ist Esmeralda?«

»Die Köchin und meine Frau«, erklärte Giacomo mit Stolz in der Stimme.

Kurz darauf stellte eine Magd mit einem Gruß von besagter Esmeralda Riccardo zwei überschwappende Eimer vor die Füße, und dazu ein Stück Kernseife und ein Leintuch. Er wusch sich so gut er konnte und folgte dem Stallmeister tropfend in die verrauchte Burgküche, wo Esmeralda gerade mit ihren schinkengleichen Armen in einem Topf rührte, der an einem Dreizack über der offenen Feuerstelle hing. Am Tisch saßen ein paar Spießgesellen Corleones und vertrieben sich die Zeit beim Kartenspiel. Die Knechte und Mägde beäugten sie misstrauisch und hielten Abstand zu ihnen. Recht so, dachte Riccardo.

Giacomo drückte ihm ein Brot mit Zwiebeln und Oliven in die Hand. »Du hast ja geweint.«

Riccardo fragte sich, wie zum Donnerwetter er das in dem halbdunklen Raum erkannt haben konnte. »Mir ist nur ein Insekt ins Auge geflogen«, beteuerte er.

Giacomo zog zweifelnd seine buschigen Augenbrauen zusammen.

»Lass den Jungen in Ruhe!«, brummte Esmeralda und legte ihnen beiden eine Scheibe Schinken auf den Teller. »Wusste ich doch, dass unter der Dreckschicht ein passabler Kerl hervorkommt.«

Riccardo griff dankbar zu und erfuhr nebenbei, dass die beiden Alten schon seit zwanzig Jahren in der Hütte neben dem Torhaus lebten.

Während er aß, hing er seinen Gedanken nach. Erpresste Corleone den Magnifico wegen Lösegeld? Oder ging es um etwas, das er nicht durchschaute? Egal. Wichtig war, dass er Mira aus Corleones Gewalt und der schwer befestigten Burg befreien musste. Wenn er nur wüsste, wie er das anstellen sollte.

# 34.

Miras Herz schmerzte vor Enttäuschung, als der Wächter sie in die Wachstube zerrte und grob auf einen Stuhl setzte. Einen Augenblick lang hatte sie geglaubt, der abgerissene Stallbursche auf dem Burghof sei Riccardo. Doch warum sollte Lorenzos zweitwichtigster Gardist auf einer Raubritterburg Mist schaufeln? Von wegen Thalia und Merkur. Vielleicht war an Platons Theorie, dass der Mensch ohne seine zweite Hälfte nicht vollkommen war, doch weniger dran, als sie gedacht hatte.

Mira faltete ihre Hände und atmete tief durch. Statt sich Illusionen hinzugeben, sollte sie sich besser auf das Gespräch mit ihrem Entführer konzentrieren, das mit Sicherheit folgen würde. *Bewahre deine Würde und deinen Anstand, Mira!* Sie strich sich ihr wirres Haar aus dem Gesicht und drängte ihre Tränen zurück. Niemand sollte sie weinen sehen.

Der Kerkermeister ließ sie allein, so dass sie aufstehen und zur offenen Fensterluke gehen konnte. Gierig sog sie die frische Luft ein, die eine Ahnung von Nadelbäumen, Mastix, Wacholder und Pinien mitbrachte, als ob sie sich in einer waldreichen Gegend befand. Ihr Blick schweifte über den menschenleeren Burghof, der in der prallen

Mittagssonne lag. An seinem Ende erhob sich der Turm, daneben ein rechteckiges Gebäude, das vermutlich Versammlungen diente, und die Stallungen.

Um welche Burg handelte es sich wohl? Sie war noch nie hier gewesen, dessen war sie sich sicher. Aber es gab Anhaltspunkte. Hinter der Mauer hob sich eine Reihe grüner Hügel in den Himmel. Außerdem hatte die Fahrt von Florenz nicht allzu lange gedauert. Mehr als ein paar Stunden konnten nicht vergangen sein. Sie war im Mugello.

»Ihr seid ja schon da!«

Mira fuhr zusammen, als ein Mann in den Raum stürmte und seinen Mantel über eine Stuhllehne warf. Es war Corleone, der sich mit höfischer Eleganz vor ihr verbeugte. Ihre Knie wurden weich, und sie war froh, sich auf einen Stuhl fallen lassen zu können.

»Setzt Euch doch, setzt Euch. Was bin ich doch für ein schlechter Gastgeber.«

Mira traute ihren Ohren nicht. Für wen hielt sich der Kerl? »Hält man seine Gäste in einem verschlossenen Raum gefangen?«

Statt zu antworten, goss der Condottiere Wein in einen Zinnbecher und reichte ihn ihr. »Trinkt! Ihr seht aus, als könntet Ihr es gebrauchen.«

Der Wein schmeckte so süß und frisch, dass sie am liebsten den ganzen Becher geleert hätte, aber sie beherrschte sich und trank nur zwei Schlucke. Er setzte sich auf die gegenüberliegende Seite des Tisches und musterte sie aufmerksam. »Leert nur den Becher, Principessa.«

»Ihr habt den Wein in meiner Gefängniszelle mit einem Schlafmittel versetzt.«

Corleone hob abwehrend die Hände. »Das war harmlos. Wenn ich Euch vergiften wollte, hätte ich das längst getan.«

Mira schnaubte. »Aber Ihr gebt es zu.«

Corleone faltete die Hände über seinem Bauch. Wie bei ihrer letzten Begegnung roch er nach Alkohol. »Ich hatte keine Wahl. Wir mussten sichergehen, dass Ihr nicht die Contenance verliert und die gesamte Burg zusammenschreit. Das entspräche wahrhaftig nicht dem Benehmen einer hochwohlgeborenen Dame.«

Mira schnaubte. »Wer sollte mich hören? Und vor allem, wen sollte es interessieren? Eure Raubritter bestimmt nicht.« Das war ein Schuss ins Blaue gewesen, aber er stritt die Zuordnung nicht ab. Der stolze Condottiere, der für den Magnifico die Verschwörer der Pazzi aufgespürt hatte, war unter die Verbrecher gegangen. »Wenn mein Bruder Jacopo davon erfährt, wird er Euch wie einen räudigen Hund jagen.«

Und wenn Lorenzo de Medici dich in die Finger kriegt, Corleone, dann gnade dir Gott!

»Pariert nur meine Worte mit scharfer Zunge. Es wird Euch nichts nutzen, Principessa.« Corleone goss sich ein und leerte den Becher bis zum Grund. »Aber dennoch. Ich hoffe, Ihr habt während Eures Aufenthalts keine Annehmlichkeiten vermisst.«

»Ich lasse mich ungern einsperren«, zischte sie. Man hatte sie nicht hungern lassen, nein. Sie hatte ein Bett gehabt und einen stinkenden Toiletteneimer. Aber sie hatte tagelang gewartet, bis die Angst ihr Trugbilder vorgaukelte, wie zum Beispiel, dass Riccardo auf der Burg Mist schaufelte.

Corleone hob die Schultern. »Das war notwendig, da ich noch etwas Dringendes in Florenz zu erledigen hatte. Ich habe Euch zu Eurem eigenen Schutz eingeschlossen. Stellt Euch vor, Ihr wärt uns weggelaufen. Da draußen lauern Rudel von Wölfen.«

»Die Wölfe innerhalb der Mauern sind schlimmer.« Mira hob den Blick. »Aber lasst uns keine Zeit mit diesem Geplänkel verlieren. Wann wird das Lösegeld für mich bezahlt, und wie soll die Übergabe stattfinden?« Und wohin wollt Ihr fliehen, wenn Gott und die Welt Euch jagt?, setzte sie für sich hinzu, sagte es aber nicht laut.

Corleone hob die Augenbrauen. »Was gibt Euch die Sicherheit, dass es hier um Geld geht?«

»Um was denn sonst?« Sie schnappte nach Luft. »Durch mich legt Ihr Euch mit halb Italien an. Vittoria, die Frau meines Bruders, stammt aus dem einflussreichen Haus Aragon, er selbst ist der Herr über Piombino, Elba, Scarlino und Montecristo. Aber was mich noch mehr wundert: Warum riskiert Ihr, Euch mit Eurem Gönner Lorenzo de Medici zu überwerfen?«

Er musterte sie mit einem Interesse, welches man einem bunten Käfer oder einem besonderen Schmetterling entgegenbrachte. »Ihr seid kostbar, Semiramide. Hat Euch das noch niemand gesagt? Aber in diesem Fall überschätzt Ihr Eure Bedeutung gewaltig, auch wenn mit Euch wieder Feuer in dieses langweilige Geschlecht der Medici gekommen wäre.« Schwerfällig legte er seine Füße auf dem Stuhl gegenüber ab.

Mira faltete ihre Hände auf dem Tisch. Mit dem beunruhigenden Wörtchen »wäre« setzte sie sich besser nicht auseinander. »Wenn es um kein Lösegeld geht, was wollt Ihr dann von mir?«

Corleone lachte. »Zerbrecht Euch nur den Kopf, kleine, eigensinnige Semiramide. Ihr wart mutig genug, um in Florenz allein nach Gianna Soderini zu suchen, und habt dabei jede Menge Dreck aufgewirbelt.«

Mira hätte ihm sein vergnügtes Grinsen am liebsten aus dem Gesicht gewischt.

»Habt Ihr etwas mit dem Mord an den Grazien zu tun?«, fragte sie auf gut Glück. »Ihr seid Lorenzos Mann fürs Grobe. Aber das bedeutet nicht, dass Ihr nicht auch auf eigene Rechnung arbeiten könnt.« Mira rauschte das Blut in den Ohren, als sie Corleone ihren Verdacht ins Gesicht sagte. »Sind Euch die Grazien in die Quere gekommen? Wobei auch immer?«

Corleone grinste hämisch. »Und wenn es so wäre? Wer sagt, dass nicht Euer Gardist für ihren Tod verantwortlich ist.«

»Er ist nicht mein …« Mira fuhr auf, doch er brachte sie mit einer Geste zum Schweigen.

»Beantwortet lieber meine Frage.«

»Auf keinen Fall hat Riccardo mit den Morden zu tun.« Sie schnaubte entrüstet. »Warum sollte er?«

»Ich dachte, das könntet Ihr mir sagen. Die Grazien waren ein Problem, das aus der Welt geschafft werden musste, von wem auch immer. Nannina und Andreoula hatten ihre Grenzen überschritten und haben den Preis dafür bezahlt. Hybris nennt man das.«

»Also doch Ihr«, zischte sie.

»Habe ich etwas gesagt? Ihr müsst Euch verhört haben.« Corleone stand auf. Sein Stuhl kratzte über den Boden, als er ihn zurückschob. »Ich würde mich jetzt gern entschuldigen.« Er nahm seinen Mantel und ging zur Tür. »Ihr wollt wissen, weshalb ich mich für Euch interessiere, Principessa? Was ist Euch vom Attentat im Dom vor vier Jahren im Gedächtnis geblieben?«

Eisige Kälte kroch Mira in die Glieder, und von den Wänden löste sich Nebel. »Nichts. Ich erinnere mich an rein gar nichts.« Die Tür zu ihren Erinnerungen war fest verschlossen. Mehr noch: Wenn jemand an ihr rüttelte, würde Mira den Halt verlieren und fallen.

Er sah sie zweifelnd an. »Wirklich? Oder wagt Ihr etwa, mich anzulügen? Ich habe Methoden, die Wahrheit aus Euch herauszukitzeln. Versucht, Euch zu erinnern oder vergesst am besten alles und Euch selbst gleich mit.«

Corleone legte etwas vor ihr auf den Tisch. Mira blinzelte. Es war ein Halsband aus mondweißen Perlen mit einem kleinen, goldgefassten Rubin als Anhänger. Ein Schauer überlief sie.

»Vielleicht hilft Euch das ja auf die Sprünge.« Er zwinkerte ihr zu und ging zur Tür. »Und wenn Ihr Euch erinnert, überlegt Euch gut, wem in dieser Sache Eure Loyalität gilt. Mir oder den Medici? Falls Ihr Euch richtig entscheidet, lasse ich Euch möglicherweise am Leben. Dann könnt Ihr mein kleiner Dolch im Palazzo Vecchio sein. Hängt Euer Fähnchen nach dem Wind. Euer Bruder hätte sicher nichts dagegen.«

»Nie im Leben«, brachte Mira mit letzter Kraft heraus. »Für wen arbeitet Ihr? Für den Papst?«

»Wer weiß.« Corleone verließ den Raum.

Wem galt ihre Solidarität? Enzo, dachte sie und damit auch seinem Cousin und Vormund. Ihr Bruder Jacopo hatte vor vier Jahren gezögert, sich offen auf die Seite Lorenzo de Medicis zu stellen. Aber dann war ihm eine Versöhnung besser erschienen, als sich mit halb Mittelitalien zu überwerfen.

Mira starrte die Kette an, als könne sie sich daran verbrennen. Sie hatte ihrer Mutter Battistina gehört. An jenem Sonntag hatte Mira sie zu einem blütenweißen Kleid getragen. Ihre Erinnerungen setzten erst am Tag nach dem Attentat wieder ein, doch es war klar, was geschehen sein musste. Als sie in den Gemächern Lucrezia de Medicis erwacht war, zierte ein blutiger Streifen ihren Hals. Jemand musste ihr die Kette abgerissen haben, doch die kostbaren Zuchtperlen waren einzeln geknotet und hatten sich nicht über den Fliesenboden des Doms verteilt.

Zögernd ließ sie ihre Finger über die milchig weißen Perlen gleiten, die sie an das Meer erinnerten oder vielmehr an die Stunden, in denen sie am Strand Muscheln gesammelt hatte. Blutstropfen sprenkelten sie, die sich im Laufe der Jahre schwarz verfärbt hatten. Der Tag des Attentats war wie ausgelöscht. Aber warum? Mira schnappte nach Luft, ihr Hals wurde eng, und die Wände der Wachstube kamen auf sie zu.

Sie war heilfroh, als ihr Kerkermeister sie zurück in ihr Gefängnis führte. Sie rollte sich in ihrem Alkoven zusammen, steckte die Hände zwischen die Knie und kämpfte gegen den Schwindel an, der sie zu überrollen drohte, doch es nutzte nichts. Ihre Übelkeit wollte nicht weichen. Schwallartig übergab Mira sich in den Eimer, bis nur noch gelbe Galle kam.

Danach ließ sie sich auf den Bettrand fallen und wartete, bis ihr Herz sich beruhigt hatte. *Denk nach!* Corleone ging es weder um Lösegeld noch um die ermordeten Grazien, sondern um die Verschwörung der Pazzi. Er musste mit dem Attentat zu tun haben, sonst würde sie nicht dieses kalte Entsetzen spüren, wenn sie ihn nur von Weitem sah. Und Lorenzo? Sie wusste, dass er nicht ruhen würde, bis die letzten Verschwörer von der Erde getilgt waren. Als gute Schachspieler waren die Medici immer bereit, einen Bauern zu opfern. Hatte Lorenzo sie als Köder benutzt, um Corleone aus der Deckung zu locken?

Der Eimer stank zum Himmel. Sie griff danach, taumelte zur Tür und hämmerte auf sie ein. »He, mach auf!«

Corleone wollte keine Prinzessin, die aus der Haut fuhr. Doch genau die würden sie bekommen, und wenn der Berg die Burg vor Schreck verschluckte.

Mira schrie und klopfte, bis sie heiser war und ihre Finger schmerzten. Schließlich öffnete der Kerkermeister und nahm ihr mit angewidertem Gesicht den Eimer ab.

»Du schreist ja die ganze Burg zusammen«, sagte er. »Beruhige dich, sonst ...«

»Sonst was? Bringt ihr mich dann um? Du kannst Corleone sagen, dass ich ihn sprechen will, sofort!«

Er schwieg betreten und verriegelte die Tür. Mira stolperte zurück zu ihrem Bett und setzte sich mit angezogenen Beinen an die Wand. Ihr Magen schmerzte, und ihre Augen brannten vom Weinen. Sie würden sie kennenlernen, o ja. Denn ob sie sich erinnerte oder nicht, spielte im Grunde keine Rolle. Was geschehen war, ließ sich leicht erschließen. Und allein deshalb würden sie sie töten, denn sie wusste zu viel.

# 35.

Riccardo arbeitete bis zum frühen Abend mit Giacomo im Stall. Corleones Gäule taten ihm leid, denn sie waren in bemerkenswert schlechter Verfassung. Was auch immer man von Lorenzo de Medici halten mochte, seine Araberhengste bedeuteten ihm viel, und in seinem Marstall ließ er sie bestens versorgen. Also räumte Riccardo auf, kratzte den Pferden die Hufe aus, striegelte sie und fütterte sie mit Hafer, wie er es in Florenz gelernt hatte. Solange er beschäftigt war, vergaß er seine nagende Angst um Mira.

Nach Sonnenuntergang begleitete er Giacomo in Richtung Küche, wobei sein Blick immer wieder zum Bergfried wanderten, in dessen oberstem Stockwerk ein Licht flackerte. Dort also hielten sie Mira gefangen.

»Was werden sie mit der Kleinen tun?« Diese Frage brannte ihm schon seit Stunden auf der Seele.

Der Alte sah ihn aufmerksam an. »Ich weiß es nicht. Zuerst dachte ich, es ginge um Lösegeld, aber dann …«

»Was dann?«

Giacomo trat näher, so dass Riccardo die Zwiebeln in seinem Atem riechen konnte. »Dieser Corleone scheint ein echter Verbrecher zu sein, ein Halsabschneider erster Güte. Ihm liegt viel an dem Mädchen. Als könne sie ihm gefährlich werden.«

Riccardo runzelte die Stirn. Die Grazien, dachte er dann. Wusste Mira etwas, das Corleone mit den Morden in Verbindung brachte? Fürchtete er, dass sie ihre Informationen mit Lorenzo teilen würde? »Sie bewachen sie sicher gut.«

»Sie ist Corleones Augapfel«, bestätigte Giacomo.

»Das hier ist eine Medici-Festung, oder?«

»Ist sie das? Für einen Hungerleider stellst du auffallend gewiefte Fragen«, murmelte der Alte.

Riccardo zog die Schultern ein und schwieg. Nicht, dass Giacomo ihm auf die Schliche kam!

Er ließ sich von Esmeralda einen Holznapf mit Bohnensuppe füllen und setzte sich damit in den Hof auf den Rand des Brunnens. Die Dämmerung senkte sich über den Platz und brachte endlich die ersehnte Kühle mit sich. Er wollte allein sein, nicht nur, weil Giacomo viel zu scharfsinnig war, sondern weil er sich dringend ein paar Ideen zurechtlegen musste. Corleone war skrupellos, und er hasste Riccardo. Ohne mit der Wimper zu zucken, würde er Mira und ihn töten, wenn sie ihm unter die Augen kamen. Also musste sein Plan auf Anhieb klappen.

Der Brunnen, über dem eine Seilwinde mit Eimer angebracht war, reichte weit in die Tiefe. Hin und wieder plätscherte es hohl, als würde auf seinem Grund ein Bataillon Frösche hausen. Aber als Fluchtweg war er sichtlich ungeeignet.

Riccardo wollte gerade aufstehen, als sich zwei Spießgesellen Corleones auf der anderen Seite niederließen. Er entschied sich zu bleiben und kratzte in vorgetäuschter Ruhe seine Schüssel aus. Dienstboten waren für Leute höheren Standes unsichtbar, sogar für diese Cretinos von Söldnern. Für sie existierte er überhaupt nicht.

Es duftete verlockend, denn die Söldner nagten zwei knusprig gebratene Schweinshaxen ab und tranken Wein dazu. Riccardo belauschte sie ungeniert. Ihr Gespräch drehte sich zunächst um die blonde Magd, die der eine heute Nacht vernaschen wollte, dann schwenkte es zu einem interessanteren Thema um.

»Was meinst du? Wird der Condottiere sein Ziel erreichen?«, fragte der eine mit vollem Mund.

»Der ist listig wie ein Fuchs. Ich frage mich nur ...« Die Worte des Zweiten hallten über den Platz.

»Was?«

Die beiden steckten die Köpfe zusammen. Riccardo spitzte die Ohren, um den nächsten Satz mitzubekommen. »... ob man das Mädchen dafür wirklich umbringen muss.«

Entsetzen packte Riccardo mit eiserner Faust.

»Es kommt nicht mehr darauf an, sag ich dir. Du bist zu weich, hast auch schon bei den beiden anderen schlappgemacht. Diese Nannina hat der Condottiere eigenhändig mit einer Seidenschnur erwürgt.«

Riccardo verschluckte sich an seinem Brunnenwasser.

»Was kommt sie uns auch in die Quere?«

Zwei Zinnbecher klapperten aneinander, als die beiden Männer sich zutranken.

»Die andere, die war ein ganz schöner Brocken«, erinnerte sich der Zweite. »Wir hatten sie mit Alraune und Bilsenkraut betäubt. Aber trotzdem haben drei Mann es kaum geschafft, sie in den Baum zu hieven. Dann ging es aber schnell. Ihr Genick brach wie trockenes Holz.«

Riccardo hatte die Mörder der Grazien so lange gesucht. Maria hatte ihn auf die richtige Spur gebracht, doch damit, dass die beiden Männer ihm ein Geständnis frei Haus lieferten, hatte er nicht gerechnet. Am liebsten wäre er aufgestanden, um ihnen ihre Weinbecher und Haxen aus den Händen zu schlagen.

Die Männer unterhielten sich flüsternd weiter. »Die Kleine, ist die wirklich eine Prinzessin?«

»Anscheinend. Sie sollte einen Medici heiraten. Das wird jetzt wohl nichts mehr. In dieser Gegend können wir sie hoffentlich spurlos verschwinden lassen.«

»Aber dann ist uns ihre Familie auf den Fersen.«

»Keine Angst. Der Condottiere hat das schon durchdacht. Er hat einen mächtigen Beschützer.«

War das so? Riccardo hatte genug gehört. Er stand auf und torkelte in Schlangenlinien auf das Küchenhaus zu.

»He, du da! Dreckspatz?«

Er drehte sich betont langsam um. »Ja?«

Die beiden Männer waren aufgestanden und sahen ihm nach. »Hast du etwa gehört, was wir besprochen haben?«

»Wieso? Sollte ich das?« Riccardo runzelte die Stirn. »Ich hab gesoffen. Da hör ich nichts mehr.« Als Beweis drehte er bedauernd seinen Becher um, aus dem ein Rest Brunnenwasser auf den Boden tropfte, das mit etwas gutem Willen als Grappa durchging.

Der Größere der beiden kam auf ihn zu. Er war ein Schrank von einem Mann mit Pranken wie Brotlaibe. Bei dem Gedanken, dass er Mira anfassen könnte, drehte sich Riccardo der Magen um.

»Das hoffe ich für dich. Du bist ganz bleich. Kotz uns bloß nicht auf die Füße.« Der Mann baute sich bedrohlich vor ihm auf. Er überragte Riccardo um einen halben Kopf.

»Lass ihn in Ruhe, Antonio.« Der Kleinere legte begütigend seine Hand auf Antonios Arm. »Siehst du nicht, dass der Dummkopf bis oben hin abgefüllt ist?«

»Also gut.«

Nachdem sich der Grobian von seinem Kumpan hatte beschwichtigen lassen, gingen Corleones Spießgesellen auf das Gebäude mit der Halle zu. Erst als sie weg waren, setzte sich Riccardo eilig in Richtung des Bergfrieds in Bewegung. Er durfte keine Zeit verlieren, musste Mira retten, sofort.

Die Tür zum Turm war unverschlossen. Corleones Männer fühlten sich zu sicher, dachte Riccardo. Niemand ahnte, dass der Simpel von Stallknecht für die gefangene Prinzessin sein Leben riskieren würde.

Verstohlen schlich er sich die Treppe hinauf. Während seine Füße ihn hoch und immer höher trugen, gewöhnten sich seine Augen an die Dunkelheit. Auf jedem Treppenabsatz gab es eine Fensterluke, von der aus sich der Blick auf die weite Hügellandschaft öffnete, und am Himmel leuchteten die gleichen Sternbilder wie letzte Nacht. Schließlich stand er vor der obersten Tür.

»Mira?« Sie antwortete nicht. Einen schrecklichen Moment lang befürchtete er, dass Corleone seine Drohung schon wahr gemacht haben könnte, dann rief er noch einmal nach ihr. Wieder reagierte sie nicht.

Die Tür bestand aus schweren Eichenbohlen und war mit drei Riegeln gesichert, einer am oberen Ende, einer in der Mitte und der letzte auf der Höhe seiner Knie. Darunter befand sich eine Luke, durch die man ein Tablett schieben konnte, was darauf hindeutete, dass sie nicht die erste Gefangene war, die das Dachzimmer beherbergte. Riccardo stemmte sich gegen die Riegel und drückte und schob, bis sie unter seinem Gewicht nachgaben.

Er trat ein und schloss die Tür hinter sich. Die Öllampe war erloschen, doch durch die hoch gelegenen Fensterluken drang Sternenschein und tauchte den Raum in Zwielicht. Mira lag schlafend im Alkoven, ihr wildes Haar ausgebreitet auf dem Kissen, die Fäuste geballt. Tränenspuren zogen sich über ihre Wangen. Riccardo schwor sich, dass Corleone dafür bezahlen würde.

»Mira, ich bin's.« Ihr Leuchtfeuer von Haar ... Als er sie sanft an der Schulter berührte, fühlte es sich wie frisches Heidekraut an.

»Was?« Sie schlug die Augen auf und blinzelte. »Aber du ...?«

Er lachte leise. »Ich bin der Stallbursche, wer sonst?«

Sie schüttelte den Kopf. »Du musst ein Traum sein. Das alles muss ein Traum sein.«

Er wollte, es wäre so. »Ich bin wirklich hier.« Er küsste sie sanft. »Komm, wir haben keine Zeit zu verlieren.«

Er legte ihr die Hand in den Rücken und zog sie hoch. Kaum hatte sie die Füße auf den Boden gesetzt, sprang die Tür auf. Eine fahle Lichtspur fiel in den Raum, in der sich die Silhouette eines Mannes abzeichnete. Corleone.

Er zog sein Schwert. »Das ist ja unser kleiner Gardist mit dem großen Mundwerk. Es scheint, als sei mir das Glück heute besonders hold.«

In Ermangelung einer Waffe griff Riccardo nach einem Schemel und schleuderte ihn in Corleones Richtung. Der jedoch duckte sich, schlüpfte mit der Schnelligkeit einer Schlange hinter ihn, zog Mira vom Bettrand und schob sie vor sich. Riccardo erstickte fast vor Zorn, als sich Corleones Pranken in ihre Schultern bohrten und ihr Blick sich ihm voller Angst zuwandte.

»Verhalt dich ruhig, Vespucci!«, sagte Corleone. »Sonst töte ich sie gleich hier. Du weißt, wie leicht das geht, wenn man etwas Übung hat, oder?« Demonstrativ wanderten Corleones Hände höher und legten sich um Miras Kinn. Eine entschlossene Drehung nach links, und er würde ihr das Genick brechen.

Riccardo senkte die Arme. »Nehmt mich.«

»Ganz sicher nicht.« Corleone legte Mira ein Messer an den Hals, das sich in ihre zarte Haut bohrte. Sie sah Riccardo wild an, und er erstickte fast an seinem hilflosen Zorn.

»Ich schneide ihr jetzt und hier die Kehle durch, Vespucci«, sagte Corleone leise. »Glaub mir, das ist kein angenehmer Tod. Und die Sauerei willst du sicher nicht miterleben. Los, zur Tür mit dir!«

# 36.

»Aber das kann nicht sein«, sagte Enzo di Pierfrancesco.

»Ich wollte es auch nicht glauben. Aber es scheint, als würde es stimmen.« Seine Großmutter Ginevra saß kerzengerade auf einem Scherenstuhl und stützte sich auf ihren Stock. Ihr Gesicht war zerfurcht, doch ihre dunklen Augen glitzerten so klar wie immer. Enzo kannte keinen unbestechlicheren Menschen als sie. Drei Tage war seine Braut Semiramide d'Appiano jetzt schon verschwunden. Es gab keine Spur von ihr, bis auf die Informationen, über die seine Großmutter anscheinend verfügte. »Sie war wieder allein unterwegs.«

Enzo holte tief Luft. »Sie hat zugesagt, sich an unsere Abmachung zu halten. Außerdem weiß sie doch, wie gefährlich es im Moment in Florenz ist.«

Semiramides Verschwinden stellte ihn vor ein unlösbares Rätsel. Heute hatte er mit einigen Gardisten die Klöster und Bibliotheken nach ihr durchsucht und nicht den geringsten Anhaltspunkt gefunden. Eine Lösegeldforderung war auch noch nicht eingetroffen. Aber damit rechnete er auch nicht. Wehe dem Trottel, der es wagen würde, den Magnifico mit einer solchen zu behelligen.

War sie doch dem Mörder der Grazien zum Opfer gefallen?

Das Empfangszimmer, in dem er seinem Freund Riccardo vor einigen Tagen seine desolate finanzielle Situation geschildert hatte, war hell erleuchtet. Sein Bruder Giovanni lehnte mit untergeschlagenen Armen und einem gelangweilten Gesichtsausdruck an der Spalliera. Neben ihm stand Poliziano, der seine Hände auf die Schultern des jungen Orazio gelegt hatte. Er unterrichtete die beiden in Latein.

Der elfjährige Orazio war auf Miras Einwirkung hin seit Kurzem Mitglied seines Haushalts. Auch wenn sie einen zusätzlichen Esser leicht durchfüttern konnten und der Junge bald eine Lehre bei einem Buchhändler beginnen würde, durchschaute Enzo nicht, was Mira damit bezweckte. Aber er hatte überrascht zur Kenntnis genommen, dass Orazio besser Lateinisch konnte als sein zugegeben fauler Bruder, was dieser sicher nicht als Ansporn begriff.

»Meine Verwandte Alessandra hat Semiramide auf dem Domplatz gesehen. Sie war völlig entgeistert.« Ginevra lachte leise. Vielleicht nahm die Fähigkeit, absurden Situationen eine heitere Seite abgewinnen zu können, im Alter ja zu?

»Du weißt, dass Semiramide eigenmächtig nach dem Mörder der Grazien und der verschwundenen Gianna Soderini gesucht hat, oder?«, mischte sich Poliziano ein.

Enzo nickte peinlich berührt. »Ich ahnte es mehr, als dass ich es wahrhaben wollte.«

Mira hatte sich, ohne ihm Bescheid zu geben, in der Stadt herumgetrieben. Wer wusste schon, in welche Gefahr sie sich noch gebracht hatte? Eine gehorsame Ehefrau würde sicher niemals aus ihr werden. Aber wollte er eine solche denn?

Enzo glaubte nicht, dass ihm ein Mädchen gefallen würde, das seine Zeit damit vertat, sinnloses Zeug zu plappern, die Haare in der Sonne zu bleichen und kandierte Kirschen zu naschen. Mira war anders. Sie war intelligent, ja sogar gebildet. Enzo hatte festgestellt, dass er sich ohne sie langweilte, vielleicht weil ihre Geistesgaben den seinen ebenbürtig waren, was auch immer der heilige Paulus zu dieser ganz und gar unerhörten Erkenntnis sagen mochte. Er vermisste sie fast so sehr wie seinen Freund Riccardo, der es, leidenschaftlich und unüberlegt, wie er war, beinahe fertiggebracht hatte, sich mit dem Magnifico zu überwerfen. Außerdem war Semiramide mit ihrer kritischen Loyalität eine Bereicherung für die Familie, in der er sich manchmal fühlte wie ein Steuermann auf einem Segelschiff im Sturm.

»Ich schätze sie und will sie auf keinen Fall verlieren«, sagte er. Ebenso wenig wie Riccardo. Und falls der Semiramide mehr als Freundschaft entgegenbrachte, würde er sich damit auseinandersetzen, wenn er die beiden wiederhatte. Auch wenn er nie fertigbringen würde, Riccardo zu gestehen, was er wirklich für ihn fühlte. Mit einem Anflug von Scham erinnerte er sich an die Nacht, in der er ihm von seiner finanziellen Situation erzählt hatte. Seine braune seidenglatte Haut, die sich über seine festen Muskeln spannte. Sein Lachen, seine blauen Augen, seine Lippen, von denen Enzo den Blick nicht lassen konnte. Am liebsten hätte er ihm das Hemd von den Schultern gestreift.

»Aber warum? Du kennst Mira doch gar nicht«, mischte sich Giovanni ein. Orazio funkelte ihn zornig an.

»Ach, Giovanni, du doch auch nicht«, sagte Enzo müde.

Sein kleiner Bruder zuckte mit den Schultern. »Sie ist wenigstens nicht so eine Zimperliese.« Enzo nickte. Diese Art von Anerkennung musste von Giovannis Seite für den Anfang genügen.

»Na also. Dann sind wir uns ja einig.« Die alte Ginevra richtete sich auf wie ein zerbrechlicher Vogel. »Ich für meinen Teil schätze Semiramide, gerade weil sie so mutig und loyal ist. Und weil sie selbstständig denkt. Ihr Mut und ihre Unbestechlichkeit sind Eigenschaften, die uns einmal sehr nützlich sein können. Wenn wir uns in dem Punkt einig sind, sollten wir überlegen, was als Nächstes zu tun ist.«

»Biete deiner Freundin doch Geld an, damit sie nicht herumtratscht, dass sie Mira allein in der Stadt gesehen hat«, schlug Giovanni vor.

Ginevra lachte keckernd wie eine Elster. »Ach, Kleiner. Alessandra ist fast so alt wie ich. Da geht es nicht mehr um Geld und den ganzen Plunder. Ich könnte sie natürlich fragen, ob sie bereit wäre, aus alter Freundschaft zu schweigen. Aber was ist, wenn es sich schon herumgesprochen hat? Das gibt einen Skandal, der sich gewaschen hat.«

»Ich bitte dich, Nonna, setz deinen ganzen Einfluss ein, um Semiramide zu schützen.« Enzo seufzte. Seit er denken konnte, lag es an ihm, die Nebenlinie der Medici zu stärken. Eine Frau, die seinen guten Ruf besudelte, war das Letzte, was er gebrauchen konnte. Und doch, vielleicht half ihm genau das, sich seinem Cousin gegenüber zu behaupten. Er war in seinem Leben schon viel zu viele Kompromisse eingegangen. »Wir stellen uns bedingungslos hinter Semiramide, aber dafür müssen wir sie zuerst einmal finden.«

In diesem Augenblick trat Lorenzo de Medici in den Raum, hinter sich eine Reihe Gardisten, die ihn wie selbstverständlich in die Mitte nahmen.

»Gibt es eine neue Spur?« Enzo stellte sein Glas ab und nahm aus dem Augenwinkel wahr, dass der junge Orazio den Magnifico mit offenem Mund anstaunte. Er wusste sicher nicht, dass der Herrscher von Florenz kein antiker Gott, sondern ein Mensch aus Fleisch und Blut war, dem seine Gelenke zu schaffen machten. Andererseits sah Lorenzo aus, als wollte er in den Krieg ziehen. Das Licht der Kerzen fing sich auf seinem silbernen Brustpanzer, und er trug Arm- und Beinschienen. Ein Gardist hielt den Helm mit dem Federbusch für ihn bereit.

»Wir müssen sofort aufbrechen«, sagte Lorenzo. »Es gibt Neuigkeiten aus Barberino. Corleone scheint sich der Festung Galliano bemächtigt zu haben.«

# 37.

Stufe für Stufe stieß Corleone Mira vor sich die Treppe hinab. »Versuch ja nicht, mich zu Fall zu bringen, Vespucci! Unten warten meine Männer.«

Riccardo hörte Miras verzweifeltes Schluchzen. Wenn Corleone ihr den Arm noch stärker verdrehte, würde er ihr die Schulter auskugeln. Riccardo ballte die Fäuste und konnte doch nichts tun. So polterten sie abwärts, bis sie im Erdgeschoss auf einen breitschultrigen Kerl trafen, der sie blöde anstierte. Miras Kerkermeister schien der tumbste Burgbewohner von allen zu sein. Wahrscheinlich hatten sie ihn extra für diese Aufgabe abgestellt.

Corleone bugsierte Mira durch die offene Tür in den Burghof. Dort erwarteten sie Corleones Männer. Drei von ihnen trugen Fackeln, die im Nachtwind flackerten und rußten. In ihrem Schein erkannte Riccardo einige Knechte und Mägde, darunter Giacomo und seine Frau Esmeralda, die sie aus der Ferne beobachteten.

Corleone stieß Mira in den Kreis seiner Helfershelfer und brachte sie mit einem gezielten Tritt in die Kniekehlen zu Fall. Sie stützte ihre Hände in den Schmutz und versuchte aufzustehen. Riccardo wollte ihr zu Hilfe eilen, doch Corleone schlug ihm die Faust in die

Rippen, was den Schmerz seiner alten Verletzung wieder aufflammen ließ. Er rang nach Luft. Es war klar, was sie erwartete. Die Mörder von Nannina und Andreoula scheuten sicher nicht vor weiteren Taten zurück.

»Lasst die Prinzessin gehen«, brachte er heiser hervor. »Tötet mich, wenn Euch danach ist.« Er starb tausend Tode, wenn er sich vorstellte, wie sie Hand an Mira legten.

»Nein, Riccardo!«, rief Mira. »Er will mich.«

»Wo sie recht hat, hat sie recht«, frohlockte Corleone. »Ich werde sie sicher nicht freilassen, aber dich auch nicht, Vespucci. Endlich habe ich euch beide in meiner Gewalt. Das hätte gar nicht besser laufen können.«

»Verschont sie!«, bat Riccardo.

»Aber das habe ich doch schon einmal gehört«, sagte Corleone sanft. »Ihr jämmerliches kleines Leben gehört mir. Und vergesst nicht, Principessa: Ihr habt mich selbst rufen lassen.«

Mira kam stolpernd auf die Füße. »Ich wollte mit Euch reden.«

Corleone spuckte in den Staub. »Ich war noch früh genug, um euch aufzuhalten. Sonst hättet ihr zwei euch davongemacht. Nur wohin?« Er sah sich spöttisch um.

Der Burghof war von Mauern und Türmen umgeben, und das Torhaus schwer bewacht. Riccardo verdammte sich für seinen Leichtsinn.

»Vielleicht sollten alle die Wahrheit hören.« Miras Stimme gellte so laut über den Platz, dass es totenstill wurde. »Mein Gedächtnis ist nicht zurückgekehrt, aber das muss es auch nicht. Ich weiß auch so, auf welcher Seite Ihr beim Attentat der Pazzi im Dom Santa Maria del Fiore standet, Corleone.«

»Schweigt!«, brüllte Corleone.

Aber Mira warf den Kopf in den Nacken und stellte sich ihm entgegen. »Niemand verbietet einer Appiano, sich öffentlich zu äußern!«

»Haltet die Metze im Zaum!«, schrie Corleone.

Riccardo ballte die Fäuste und wartete auf den richtigen Moment. Er verging beinahe vor Hass, als der Riese mit den groben Pranken Mira am Arm riss und ihr den Mund zuhielt, woraufhin sie ihn prompt in die Hand biss. Der Mann sprang zurück. »Dieses Miststück!«

*Recht so, Mira!*

Sie sprach weiter, bevor die Männer sie aufhalten konnten, und ihre Stimme schallte über den Platz. »Ich klage Euch des Verrats an, Corleone. Es geht um die Verschwörung der Pazzi, die Giuliano de Medici das Leben kostete. Ich war im Dom und habe alles miterlebt.«

Riccardo sah, wie Miras Schultern bebten. Die Burgbewohner kamen ein paar Schritte näher.

»Ich stand bei Giuliano de Medici, als die Täter auf ihn einstachen.« Mira taumelte, und ihre Augen flackerten.

»Bringt sie zum Schweigen!« Zornentbrannt wollte Corleone sich auf sie stürzen. »Ich hätte dich gleich töten sollen, Mistgöre! Dein Leben gehört mir.« Für einen Moment flammte seine innere Finsternis in seinen Augen auf. »Aber jetzt habe ich die Gelegenheit zu vollenden, was ich damals begonnen habe.« Die Leute begannen zu raunen, während Corleones Spießgesellen sie wie eingefroren umstanden.

Riccardo nutzte ihre Verwirrung, um Corleone in den Arm zu fallen und Mira die Zeit zu verschaffen, die sie brauchte. »Lasst sie ausreden!«

Sie taumelte einige Schritte zurück, richtete sich auf, und sprach eilig weiter. »Ich wollte Giuliano helfen, aber jemand hat mich daran gehindert. Und so ist er in den Armen seiner Gemahlin Fioretta gestorben. Der Mann, der mich festhielt, war Corleone. Somit ist er ein Verräter, und jeder, der ihn unterstützt, ist auch einer.«

Die Zuhörer schwiegen schockiert. Giuliano de Medici war in Florenz allseits beliebt gewesen. Ihn und nicht den Staatsmann Lorenzo hatten die Menschen als Ritter verehrt. Miras lautstarke Rede wandelte die Stimmung. Riccardo spürte den Hass, der von den Zuhörern ausging, wie eine Welle, die sie alle mitreißen würde. Doch noch trauten sie sich nicht.

Riccardo stellte sich mit geballten Fäusten vor Mira. »Dieser Mann, Corleone ist sein Name, befehligt die Burg, hat sich gegen Lorenzo de Medici gewandt und trägt Mitschuld am Tod seines Bruders.«

»Haltet sie auf!«, brüllte Corleone.

Seine Spießgesellen kamen auf sie zu, doch als der Erste sie erreichte, krachte Riccardos Faust mit solcher Gewalt in sein Gesicht, dass sein Kiefer brach. Riccardos Zorn reichte aus, um den Riesen ebenfalls zu Boden zu werfen. Dann jedoch zogen vier der Söldner ihre Schwerter und näherten sich ihm wie eine Wand. Sie überwältigten ihn und verfrachteten ihn gemeinsam mit Mira in den Kerker unterhalb des Torturms.

»Das ist eure letzte Nacht. Genießt sie.« Die Tür fiel krachend hinter ihnen ins Schloss.

Die Treppe war so rutschig, dass Mira das Gleichgewicht verlor und zu Boden purzelte.

»Hast du dich verletzt?«

»Nein«, wisperte sie und rieb sich die schmerzenden Knie. Das Verlies war nichts als ein finsteres Kellerloch. Von den Ziegelwänden rann Feuchtigkeit, und das Stroh, in das Riccardos Hände griffen, roch nach Moder.

Er kroch auf sie zu, zog sie in seine Arme und vergrub sein Gesicht in ihrem wilden Haar. Sofort kam die Welt zur Ruhe. Angesichts ihres bevorstehenden Todes war das Gefühl durch nichts zu begründen, doch es war so. »Du hast uns das Leben gerettet. Zumindest vorerst.« Noch immer staunte er über ihren tollkühnen Mut. »Hast du bedacht ...?«

»... dass Corleone es nicht wagen würde, uns auf der Stelle umzubringen, wenn die ganzen Leute zuschauen?«, wisperte sie. »Gehofft ja. Mir ist nichts Besseres eingefallen, als ihn vor allen bloßzustellen. So haben sie gehört, was für ein Scheißkerl er ist.«

Es war kalt in dem finsteren Gemäuer, und weil sie so zitterte, zog er sie auf seinen Schoß.

»Lass mich nicht los. Am besten nie mehr.« Sie bebte so heftig, dass ihre Zähne klapperten. »Es ist seltsam. Sonst bin ich, wenn ich an den Tag der Pazzi-Verschwörung dachte, immer vor Angst fast gestorben. Aber diesmal wusste ich, dass ich diese bodenlose Furcht überwinden muss. Ich musste ihr ins Gesicht sehen, und das habe ich getan, weil mir nichts anderes übrig blieb.«

»Stimmt das, was du gesagt hast?« Es war so ungeheuerlich, dass Riccardo heftig schlucken musste. »Also dass Corleone dich damals in der Kirche festgehalten hat?«

»Ja. Und er muss dabei die hier zerrissen haben.« Mira zog etwas aus ihrer Rocktasche und legte es in Riccardos Hand. Seine Finger glitten an einer Kette entlang, die in einen geschliffenen Edelstein mündete. Das Weiß der Perlen schimmerte matt in der Dunkelheit, als trüge es eine geheime Lichtquelle in sich. »Was ist das?«

Er hörte, wie Mira tief die Luft einsog. »Die Kette gehörte meiner Mutter. Ich trug sie an jenem verhängnisvollen Tag im Dom. Corleone hat sie mir heute Nachmittag gegeben. Als ich am Tag nach dem Attentat aus meiner Ohnmacht erwachte, hatte ich einen blutigen Striemen am Hals, und meine Kette war weg.« Langsam ließ ihr Zittern nach. »Also muss er sie mir abgerissen haben. Vielleicht habe ich ihm leidgetan, so dass er mich gehen ließ.«

Riccardo zog sie näher an sich. »Bei den Grazien war er nicht so rücksichtsvoll, und uns werden sie morgen töten.«

Er machte sich keine Illusionen. Wahrscheinlich würde Corleone es eigenhändig tun, weil sie es gewagt hatten, ihn vor seinen Männern zu demütigen. Er würde sie bei Sonnenaufgang aus der Burg schleppen und ihnen irgendwo in den Bergen die Kehlen durchschneiden. »Möge er an seinem Hass verrecken.«

»Wenn das wirklich die letzte Nacht ist, die wir auf Erden verbringen ...«, wisperte sie. »... dann dürfen wir keine Zeit verlieren. Sonst hab ich, wenn ich morgen sterbe, gar nicht gelebt.«

»Meinst du wirklich, dass das ein guter Plan ist?«

Statt einer Antwort drehte sie sich um und küsste ihn sanft auf die Lippen. Als er ihren Kuss erwiderte, schmeckte ihr Mund nach reifen Pflaumen, und er spürte Lust in sich aufsteigen. Er versuchte, sie wegzuschieben, aber Mira ließ das nicht zu. Stattdessen kniete sie sich zwischen seine Beine und legte ihre Hände um sein Gesicht. »Ich habe gar nicht gewusst, dass deine Haare so aussehen, wenn du sie offen trägst.«

Sein Körper reagierte, und er begehrte sie trotz der Umgebung so heftig, dass er nicht wusste, ob er es dieses Mal schaffen würde, sie zurückzuweisen.

Etwas in ihm murmelte Enzos Namen und mahnte ihn zur Vorsicht. Verflixt nochmal, der Junge war ein anständiger Kerl und sein Freund. Aber Riccardo wollte nichts hören, denn Miras Haut war zart, und ihr Haar duftete süß nach Moschus und Gras. »Du bist so wunderschön.«

Ihr leises Seufzen brachte ihn vollends um den Verstand.

Sie waren schon einmal zu weit gegangen, aber da hatten sie sich nicht am Rande des Todes befunden. Er vergaß alles, als er sie küsste und mit seiner Zunge in ihren Mund eindrang. Und ja, wenn es geschehen sollte, würde er nichts dagegen unternehmen, selbst wenn ihr Brautbett ein feuchter Kerkerboden wäre. Das war ihre letzte Nacht, hatte Corleone gesagt. Die Irdische Venus griff mit Macht und Leidenschaft nach ihnen, denn sie hatten nichts mehr zu verlieren.

Sie fuhren auseinander, als sich oberhalb der Treppe ein Schlüssel im Schloss drehte.

»Verdammt!«, murmelte Mira.

Es war so weit. Wenn Riccardo es richtig einschätzte, hatten ihre Mörder ihnen nicht einmal eine Stunde gegönnt.

Mira setzte sich auf ihre Fersen, während Riccardo auf die Beine kam und sich schützend vor sie stellte. Er würde bis zum letzten Atemzug um sie kämpfen.

Die Tür schwang auf, flackernder Lichtschein fiel über die Stufen, und Riccardo hörte das Raunen mehrerer Stimmen. Dann polterten schwere Schritte die Treppe hinab.

»Geht es euch beiden gut?«, fragte Giacomo. Er trug eine Laterne, die Mira zum Blinzeln brachte.

»Du?« Verblüfft half Riccardo ihr auf die Füße. Im Türsturz erkannte er Esmeralda. Über ihre Schulter linsten zwei junge Kerle.

»Ja, wir. Wer denn sonst?«, brummte Giacomo. »Kommt. Wir müssen uns beeilen.«

»Aber ...?«

Giacomo schüttelte den Kopf. »Hast du wirklich geglaubt, dass wir euch hier verrecken lassen?«

Ja, das hatte er. Nie hätte er gedacht, dass die Burgbewohner wagemutig genug sein würden, sich gegen die Raubritter aufzulehnen.

»Und wenn sie sich an euch schadlos halten?«, fragte er, während er Mira die Treppe hinaufhalf.

»Das lass mal unsere Sorge sein«, erwiderte Giacomo grimmig. »Wir haben die Knechte bewaffnet und das, was von den alten Wachen noch übrig ist. Wird Zeit, dass sich jemand gegen die Saubande stellt. Aber erst morgen früh.«

Sie folgten ihm in den Burghof.

»Du zitterst ja wie Espenlaub, Kleine.« Esmeralda legte Mira einen Wollschal um Kopf und Schultern. »Nicht, dass deine Haare dich verraten.«

Mira fasste ihren Schopf zu einem Knoten zusammen und legte das Tuch darüber. »Danke, vielen, vielen Dank.«

Esmeralda flüsterte, dass das Gleichgewicht zu wahren sei und das Böse niemals gewinnen dürfe. Dem konnte Riccardo nur zustimmen. »Aber wie sollen wir hier rauskommen?«, fragte er. Die Burg stand uneinnehmbar auf ihrem Hügel.

»Über den Geheimgang natürlich«, sagte Giacomo. »Der hat uns Burgbewohnern schon gute Dienste geleistet, als wir belagert wurden.«

»Aber das ist schon einige Jahre her«, wandte Esmeralda ein. »Also wissen wir nicht, in welchem Zustand er sich befindet.«

»Und Corleone kennt ihn nicht?«, fragte Mira.

»Glaub mir, Kindchen«, zischte Esmeralda. »Den verraten wir keinen Kerlen wie ihm.«

»Unser Bote ist schon in Richtung Florenz unterwegs«, fügte Giacomo hinzu. »Denn dass die ohne Lorenzos Einverständnis hier sind, liegt auf der Hand.«

Geräuschlos überquerten sie den Burghof und hielten sich dabei im Schatten der Mauer und der Stallungen. Im Sternenheer am Himmel zeichnete sich eine kriegerische Mondsichel ab, so spitz, dass sie dem Krummschwert eines Osmanen glich.

Sie näherten sich dem Brunnen, dem gleichen, an dem Riccardo bei Sonnenuntergang das Gespräch zwischen Corleones Spießgesellen belauscht hatte.

»Und warum helft ihr uns?«, fragte Riccardo.

Giacomo kratzte sich an seinem weißen Bart. »Esmeralda und ich haben uns schon seit Tagen überlegt, wie wir das Mädchen befreien können. Es war uns klar, dass da was nicht mit rechten Dingen zugeht. Und dann kamst du. Du hast deine Rolle zwar gut gespielt, aber als du Pferdeverstand bewiesen hast, war eindeutig, dass du kein Dorftrottel sein kannst. Sag, wer bist du wirklich?«

Riccardo drückte ihm die Schulter. »Mein Name ist Riccardo Vespucci, und ich gehöre Lorenzo de Medicis Leibgarde an.«

»Ach was!« Giacomo lachte leise, als hätte er sich genau das gedacht. »Dich allein in die Burg zu schleichen ... Ich frage dich nicht, was du dir bei diesem Wahnsinn gedacht hast.«

»Schnell jetzt.« Esmeralda formte ihre Hände zur Räuberleiter.

»Sollen wir da reinspringen?«, fragte Mira entsetzt.

»Nein, nein. Nur reinklettern.« Giacomo erklärte ihnen, wie sie den Geheimgang im Brunnen finden konnten. »Es ist nicht einfach, aber es ist machbar. Der Wasserspiegel befindet sich nie so weit oben. Im Innern ist eine Leiter.«

Also kletterte Mira mit Esmeraldas Hilfe über den Brunnenrand. Giacomo drückte Riccardo noch ein Bündel mit Vorräten in die Hand, dann half er ihm in den Schacht. Keine Sekunde zu früh, denn in diesem Moment sprang die Tür des Hauptgebäudes auf. Einer von Corleones Messermännern torkelte auf den Platz hinaus und schlug an der Mauer sein Wasser ab.

So schnell er konnte, tauchte Riccardo in den Brunnenschacht, hoffend, dass die beiden Alten den Rückweg sicher schaffen würden.

Mira war derweil schon einige Meter abwärtsgeklettert. Riccardo folgte ihr. Die Leiter bestand aus rostigem Eisen, ihre Streben waren rutschig vor Feuchtigkeit. Aus großer Tiefe drang das Geräusch plätschernden Wassers zu ihm hinauf. Die Bauherren der Festung hatten den Brunnen nicht nur wegen des Grundwassers so tief gegraben, sondern auch weil er ihnen als Fluchtweg diente.

»Pass auf, dass du nicht fällst«, sagte er so leise, dass man ihn auf dem Platz hoffentlich nicht hörte.

»Ich schaff das schon.« Ihre Stimme klang wie ein Vogelruf. »Ich will hier nämlich raus.«

Mira kletterte so sicher hinab, dass Riccardo nur so staunte. Sie sollte leben, dachte er, und dann würden sie die Dinge tun, die sie bisher versäumt hatten. Oder nein, wenn ihr Leben nicht mehr in Gefahr war, musste er sich vor sich selbst und Mira vor der Versuchung schützen. Wegen Enzo, der solche Tändeleien nicht verdient hatte.

Sie kletterten tiefer und tiefer, bis das Wasser unter ihnen sich in einen dunklen Spiegel verwandelte. Schließlich erreichten sie einen umlaufenden Ring aus Stein, eine Art vorspringendes Gesims im Brunnenschacht, auf dem sie Tritt fassen konnten. So tief unten war die Luft stickig, ja, es schien, als ob es zu wenig von ihr gab. Riccardo lauschte Miras mühsamen Atemzügen, während er die feuchte Wand nach der Tür des Geheimgangs abtastete. Was, wenn Corleone ihre Abwesenheit bemerkte, zwei und zwei zusammenzählte und Esmeralda und Giacomo befragte? Die beiden Alten setzten ihr Leben aufs Spiel, um sie zu retten. Fieberhaft glitten seine Finger an der Wand entlang, bis er auf eine Platte aus Eisen stieß, die mit dem Mauerwerk abschloss.

»Da ist es«, sagte er.

Als er gegen die Platte klopfte, klang es dahinter hohl, also mussten sie sich am richtigen Ort befinden.

»Lass sehen.« Vorsichtig setzte Mira Fuß vor Fuß und erreichte ihn schließlich. »Du hast recht. Warte.« Sie versuchte, die Tür aufzustemmen, indem sie ihre Finger in den Zwischenraum zur Wand schob.

Von oben hörten sie aufgeregte Schreie und lautes Rufen. Hatte man bemerkt, dass sie fort waren?

Jetzt kam es darauf an, wie schnell Corleone sich alles zusammenreimte und im Brunnen zu suchen begann. Mira machte sich hektisch an der Eisenplatte zu schaffen, und schließlich schwang sie quietschend auf. »Am Rand ist eine Art Riegel. Ich muss zufällig darauf gestoßen sein«, sagte sie verblüfft.

In diesem Moment landete ein Stein im Wasser. Es klatschte und platschte neben ihnen, und allerlei Getier nahm Reißaus.

»Verhalt dich still!«

Bewegungslos und mit klopfendem Herzen drückten sie sich an das Mauerwerk, als ein Haufen Geröll folgte. Ein ganzes Fuder Steine ließ das Wasser aufspritzen und durchnässte sie.

»Sie versuchen herauszufinden, ob wir hier unten sind«, sagte Riccardo.

Es gab nur eine Möglichkeit: Sie mussten so schnell wie möglich verschwinden. Riccardo öffnete die Klappe, schob Mira in den Durchschlupf und kletterte hinterher.

Der Gang war so schmal und niedrig, dass sie sich nur kriechend vorwärts bewegen konnten. Hinzu kam, dass es stockfinster wurde, als es Riccardo endlich gelungen war, die Klappe hinter ihnen zu schließen. Sie mussten sich ihren Weg ertasten. Panik erfasste ihn, als er begriff, wie tief im Bauch der Erde sie gefangen waren.

»Ist das ein Gang für Zwerge, oder was?«, beschwerte er sich.

»Und eklig noch dazu«, kommentierte Mira. Der Untergrund war schmierig, und mehr als einmal griffen sie in etwas, das Tierskeletten glich.

»Ich glaube, das war ein Mäuseschädel«, wisperte sie. Aber sie arbeiteten sich weiter voran, denn die Alternative hieß Corleone. Also schoben sie sich durch den engen Schacht, wobei Mira mit ihrer zierlichen Gestalt deutlich im Vorteil war. Riccardo robbte sich auf dem Bauch voran.

»Was, wenn ich einfach stecken bleibe?«, fragte er mit Galgenhumor.

»Dann sterben wir zusammen im Berg«, sagte Mira klarsichtig. »Und irgendwann findet man unsere eng umschlungenen Skelette und dichtet ein Lied auf uns. Der Gardist und die untreue Medici-

Braut, die auf dem Weg in die Unterwelt gestorben sind.« Sie schüttelte sich von Kopf bis Fuß.

»Schöne Aussichten.« Riccardos Befürchtungen galten vor allem dem Fall, dass der Gang weiter vorn verschüttet war. Was wenn größere Steine ihn versperrten? Dann steckten sie unweigerlich fest, ohne absehen zu können, ob sie sich freischaufeln konnten. Sie krochen weiter, auf allen vieren, Elle um Elle. Aber schließlich hob sich die Decke des engen Schachts, und sie erreichten eine natürliche Höhle, in der sie aufrecht stehen konnten. Durch eine Spalte fiel graues Tageslicht. Das Jenseits hatte sie fürs Erste wieder ausgespuckt. Verdreckt und vollkommen erschöpft kletterten sie ins Freie und in den neuen Morgen.

»Waren wir wirklich die ganze Nacht unterwegs?« Mira stellte sich aufrecht, breitete die Arme aus und trat der Sonne entgegen, die sich golden über die Berggipfel im Osten schob. »Ich glaube, ich habe mich noch nie so gefreut, den Tag zu begrüßen.«

Riccardo zog sie in seine Arme, dankbar, dass sie noch am Leben waren.

»Wo sind wir eigentlich?«, wisperte Mira schließlich.

»Bei Barberino, gar nicht weit von Cafaggiolo«, sagte Riccardo leise.

Sie befanden sich am Hang unterhalb der Burg. Im Wald stimmten die Vögel ihr Morgenlied an, und eine Quelle plätscherte ins Tal, an der sie gierig ihren Durst stillten. Riccardo wusste, dass sie noch lange nicht in Sicherheit waren.

»Wir müssen in Deckung bleiben«, sagte er. »Sobald es richtig hell wird, werden sie uns suchen.« Weit über ihnen ragte drohend die Burg mit ihren Mauern, Zinnen und Türmen auf.

Mira blinzelte in ihre Richtung. »Was ist das?« Das Gelände unterhalb der Mauer glich einem wimmelnden Ameisenhaufen, der in der Festung wie in einem Trichter zu verschwinden schien.

»Wenn mich nicht alles täuscht, sind das Soldaten«, sagte Riccardo. »Giacomo hat einen Boten nach Florenz gesandt. Aber der kann unmöglich so schnell gewesen sein.« Er staunte, als er begriff, was geschehen sein musste. »Marias Onkel Umberto hat Lorenzo Bescheid gegeben.«

# 38.

## Am Tag darauf

Mira erwachte, als die Tür aufsprang. Einen Moment lang glaubte sie, noch im Castello Galliano zu sein, aber dann stellte sie fest, dass sie in ihrem eigenen Bett im Palazzo Medici lag. Auf dem Tisch stapelten sich ihre Bücher, und die Sonne zeichnete weiße Bänder aus Licht auf den Holzboden. Auf dem Tisch stand ein üppiger Strauß Damaszenerrosen. Sie blinzelte in den grün bestickten Betthimmel und wurde sich bewusst, dass sie in Sicherheit war, auch wenn sie Riccardo schrecklich vermisste.

»Aufstehen, Faulpelz!« Seraphina stürmte herein, gefolgt von einer Reihe Mägden, die Kannen mit heißem Wasser, Handtücher, Seife, Cremes und Duftöle trugen.

Mira zog die Decke über den Kopf und hätte am liebsten weitergeschlafen. Doch das ging nicht. Das Leben hatte sie wieder, und ihre Hochzeit stand bevor.

Seraphina trat näher. »Ihr solltet den Tag beginnen, Semiramide. Die Pflicht ruft.«

Mira setzte ihre Füße auf den Boden und taumelte zum Zuber. Dampf hüllte sie ein. Seraphina scheuchte die Mägde vor die Tür und schloss Mira in die Arme. »Ich freue mich so, Euch zu sehen. Aber an Eurem Äußeren müssen wir ein wenig feilen.« Ihre Hände glitten über Miras verfilzte Haare, und sie schnupperte. »Dio, was hat man Euch angetan? Ihr riecht ja, als hätte man Euch lebendig begraben.«

»Das ist auch gar nicht so verkehrt. Ich war im Kerker und danach in einem Geheimgang, in dem jede Menge Spinnen über mich gekrabbelt sind.«

Seraphina ballte die Fäuste. »Wenn Corleone mir in die Hände fällt, gnade ihm Gott. Oder nein, bei dem Mistkerl kneift sogar der Allerhöchste die Arschbacken zusammen.« Sie bekreuzigte sich wegen der unbotmäßigen Worte.

Mira schauderte, wenn sie nur an ihn dachte. »Haben sie ihn in Le Stinche eingekerkert?«

Seraphina nickte. »Er sitzt in Einzelhaft und denkt hoffentlich über seine Schandtaten nach. Aber das braucht Euch nicht mehr zu interessieren. Die Gefahr ist zum Glück vorbei. Besser, wir gehen daran, Euch herzurichten, damit Euer Verlobter nicht in Ohnmacht fällt.«

Entschlossen streifte sie Mira das zerrissene Leinenhemd über den Kopf. Mira zuckte zusammen, als die Morgenluft auf ihre Schürfwunden traf, und kreuzte die Hände über der Brust.

»Ach, du meine Güte.« Seraphina schlug die Hände über dem Kopf zusammen. »Ihr seid ja ganz blau und zerschrammt!«

»So sieht man eben aus, wenn man durch den Berg unterhalb der Festung Galliano gekrochen ist.«

Seraphina schüttelte den Kopf. »Musste das sein?«

»Dieser unwürdige Fluchtweg hat uns wohl das Leben gerettet.«

Seraphinas Augen wurden groß. »Ihr wart zu zweit? Wollt Ihr mir etwa sagen, dass Riccardo an Eurer Seite war?«

»Besser unschicklich als tot. Er hat mich gerettet.« Mira ließ sich von Seraphina in den Zuber helfen und tauchte bis zum Kinn unter. Das heiße Wasser schloss sich um ihren Körper und duftete beruhigend nach Lavendel. »Da ging es um unser nacktes Überleben.«

»Aber woher hat er gewusst, wo er Euch suchen muss?«

»Das hat er nicht«, erwiderte Mira fest.

»Es geschehen noch Zeichen und Wunder«, sagte Seraphina zweifelnd.

»Ich würde auch sagen, dass dabei die Vorsehung ihre Hände mit im Spiel gehabt haben muss.« Das Schicksal hatte Riccardo zu ihr geführt, weil es noch Pläne mit ihnen hatte. Oder weil sie nicht ohne ihn und er nicht ohne sie sein konnte. Oder wollte es sie weiter prüfen? Ihre Begegnung auf der Festung Galliano war gleichzeitig ein Abschied gewesen.

»Wo steckt Riccardo eigentlich?« Das Wasser war so heiß, dass sich auf Miras Stirn Schweißperlen bildeten.

»Das weiß ich nicht«, sagte Seraphina. »Er wird sich wohl in den Quartieren der Garde befinden, aber ich habe gehört, dass Enzo und Lorenzo ihn ehren wollen.«

Damit war noch immer nicht geklärt, ob der Magnifico Mira als Köder gegen Corleone eingesetzt hatte. Besser, sie dachte nicht darüber nach. Mira tauchte unter, atmete langsam aus und blickte den Luftblasen nach, die an die Oberfläche stiegen. Unter Wasser war es warm und sicher. Vielleicht sollte sie einfach hierbleiben. Aber dann tauchte sie doch wieder auf.

»Wir hatten großes Glück.«

»Unverschämtes Glück würde besser zutreffen«, korrigierte Seraphina und begann, Mira mit einem Leinenlappen abzurubbeln.

»Dafür solltet Ihr der Gottesmutter Euer Leben lang täglich danken. Am besten zündet Ihr gleich heute in Santa Maria Novella eine Menge Kerzen für sie an.«

Mira zuckte zusammen, denn ihre Haut war wirklich zerschunden. Aber es stimmte. Zum Dank für ihre Rettung waren nicht nur Kerzen fällig, sondern eine erkleckliche Spende an eines der Spitäler.

Nachdem sie dem Berg entkommen waren, hatte sich alles wie von selbst gefügt. Auf dem Weg nach Barberino war ihnen Riccardos Stute Adelina entgegengetrabt, so dass sie nach Cafaggiolo reiten konnten. Dort hatten sie sich mit Enzo getroffen, nachdem es den Medici gelungen war, die Festung Galliano im Handstreich einzunehmen und Corleone mit seinen Männern festzusetzen. Obwohl der Condottiere getobt und geschrien hatte, hatte sich die alte Burgbesatzung offen gegen die Raubritter gestellt und den Truppen der Medici den Weg bereitet.

Seraphina verteilte flüssige Seife auf Miras zerzauste Locken und begann, ihre Kopfhaut zu massieren. Mira seufzte vor Behagen.

»Stimmt es wirklich, dass Ihr Corleone offen der Mittäterschaft an der Pazzi-Verschwörung bezichtigt habt, Principessa?«

Mira nickte grimmig. »O ja! Ich habe das sogar laut im Burghof verkündet, so dass es alle hören konnten. Und wegen der Morde an Nannina und Andreoula wird man ihn auch zur Rechenschaft ziehen. Die hat er in meinem Beisein gestanden. Maria sagt ebenfalls gegen ihn aus. Sie ist mit uns zurück nach Florenz gekommen.«

Seraphina legte ihr die Hände auf die Schultern. »Wenn Lorenzo de Medici eines nicht leiden kann, dann ist es Verrat. Ihr habt großen Mut bewiesen, Principessa.«

Mira wunderte sich noch immer, dass sie imstande gewesen war, über das Attentat zu sprechen. Öffentlich noch dazu. Vielleicht machte sich die Angst, wenn man ihr ins Auge blickte, ja davon wie ein Dieb in der Nacht?

Seraphina spülte die Seife aus ihren Haaren und verteilte Balsam darauf. »Lorenzo de Medici will sicher mit Euch sprechen, wenn er wieder zurück ist. Er ist Euch zu großem Dank verpflichtet.«

»Damit soll er sich ruhig Zeit lassen.« Der Magnifico war noch auf der Festung Galliano, um für Ordnung zu sorgen. Wenn er zurückkam, hatte sie ein Hühnchen mit ihm zu rupfen.

Sie stieg tropfend aus dem Badezuber und ließ sich von Seraphina ankleiden und frisieren. Die morgendliche Kühle hatte der Hitze des Hochsommertages Platz gemacht. Kaum trug Mira ihr Leinenkleid, spürte sie, wie sich der Schweiß zwischen ihren Schulterblättern sammelte. Sie setzte sich auf den Stuhl an ihrem Schreibtisch und trank einen Schluck Fruchtsaft, während die Zofe geduldig Strähne für Strähne ihre Haare entwirrte. »Madre Mia. Eure schönen Locken sind ganz verfilzt. Ich möchte sie Euch nicht schneiden müssen. Schließlich soll Eure Hochzeitsfrisur Staat machen.«

»Macht nur«, sagte Mira und ließ tapfer zu, dass Seraphina den Kamm fluchend durch alle Strähnen zog.

Seraphina meinte es so gut mit ihr, dass Mira am liebsten keine Geheimnisse vor ihr gehütet hätte. Ihr Blick fiel auf den üppigen Strauß Rosen, der auf dem Tisch stand. »Wer hat mir die denn gebracht?«

»Keine Ahnung«, sagte Seraphina. Sie flocht Miras Haare zu einem lockeren Zopf, schmückte ihn mit einer der Rosen und betrachtete zufrieden ihr Werk. »So, fertig.«

»Ich möchte heute allein sein und mich ausruhen, bitte.«

»Natürlich, Principessa, aber vergesst nicht, dass Euer Verlobter

Euch seine Aufwartung machen will.« Seraphina druckste herum und kämpfte sichtlich mit ihren nächsten Worten. »Ich muss Euch etwas fragen.«

»Tut Euch keinen Zwang an.«

Seraphina holte tief Luft. »Seid Ihr noch im Besitz Eurer Ehre?«

Mira überlief ein eiskalter Schauder. Ahnte Seraphina, wie nahe sie Riccardo stand?

Sie brachte nur ein Wispern zustande. »Ich bin noch Jungfrau.« Zum Glück musste sie nicht lügen, auch wenn sie kurz davor gewesen waren, den Kerkerboden in ihr Brautbett zu verwandeln.

»Dann hat Corleone Euch also nicht angerührt?«

Das meinte Seraphina also.

»Nein«, sagte Mira erleichtert. »Und seine Männer auch nicht.« Besser, sie verbot sich, darüber nachzudenken, was das bedeutet hätte.

Seraphina hob mahnend ihren Zeigefinger. »Dennoch solltet Ihr Euch, um allen Gerüchten vorzubeugen, so oft wie möglich mit Enzo blicken lassen.«

In diesem Moment klopfte es. Drei Mägde trugen eine üppige Mahlzeit auf. Es gab Suppe, Käse, Brot, Schinken, ein gebratenes Hühnchen, süße Pasteten und Obst. »Das ist ja für eine ganze Kompanie!«

»Ihr könnt es gebrauchen«, brummte Seraphina. »Dünn wie Ihr seid.«

Mira schnitt gerade das Brot in Scheiben, als Orazio hinter den Mägden in den Raum kam und in eine ungelenke Verbeugung fiel. Sein Kopf war mit einem weichen schwarzen Flaum bedeckt. »Buongiorno, Semiramide.«

»Komm her, mein Lieber. Ich freue mich, dich zu sehen.«

Er trat zögernd auf sie zu und ließ sich mit steifen Schultern in eine Umarmung ziehen. Ihre Hände glitten über seinen Rücken. Er war noch immer mager, aber seine Knochen stachen nicht mehr ganz so hervor wie vor einer Woche. »Setz dich doch.«

Er nahm Platz, verdrückte im Handumdrehen einen Hähnchen-schenkel, das halbe Weißbrot sowie ein Stück Schinken und verließ den Raum so sang- und klanglos, wie er gekommen war.

»Der wollte nur essen.« Seraphina goss sich ein Glas Wein ein und setzte sich. »Madre Mia. Das Bürschchen frisst uns noch die Haare vom Kopf. Der Koch aus dem Palazzo Vecchio, dieser Rug-giero, hat sich auch schon über ihn beschwert.«

»Er wächst halt.« Mira biss in einen Pfirsich. Auch sie hatte or-dentlich zugelangt. Mehr konnte sie beim besten Willen nicht he-runterbringen, ohne dass ihr Mieder spannte.

Seraphina beugte sich vor. »Er isst und isst, und wenn er fertig ge-gessen hat, will er noch mehr. Und ...« Sie machte eine effektvolle Pause. »Er klaut sogar Lebensmittel. Letztens hat er ein gebratenes Huhn mitgehen lassen und einen ganzen Sack mit Brot.«

Mira kaute und schluckte. »Er hat etwas nachzuholen, mager, wie er ist.«

»Aber das ist doch nicht normal.« Seraphina schüttelte miss-billigend den Kopf. »Vielleicht hat er ja einen Bandwurm, oder er bunkert das ganze Essen für schlechte Zeiten.« Sie rückte näher an Mira heran. »Und stellt Euch vor, ich habe Maddalena de Medici mit ihm gesehen. Sie tuschelten, als heckten sie zusammen etwas aus.«

Mira zog die Augenbrauen hoch. So gut, wie die Mädchen bewacht wurden, war das fast unmöglich. »Ich werde ihn später fragen, woher er sie kennt.«

Nachdem Seraphina davongerauscht war, genoss Mira die plötzliche Stille. Wie sehr sie die Momente liebte, in denen sie allein war. Endlich konnte sie in Ruhe nachdenken. Sie trat ans Bett heran, über das die Mägde ihre Hochzeitsrobe gebreitet hatten, das Prachtstück aus weißer Seide und blauem Samt, das Apollonia mit Perlen so zahlreich wie die Sterne bestickt hatte.

Mira seufzte. Ihr Bruder hatte sein Ziel erreicht. Nichts stand ihrer Hochzeit mit einem Medici mehr im Wege. Ihr wurde schwindlig, wenn sie nur daran dachte. Nein, durchfuhr es sie. Sie sollte sich freuen, noch am Leben zu sein. Außerdem saß Corleone hinter Gittern und konnte ihr nichts mehr anhaben.

Sie hatte Grund, glücklich zu sein, aber sie war es nicht, denn die Göttin Venus hatte ihr eine Liebe geschenkt, die sich niemals erfüllen durfte. Merkur war der Führer, der den Seelen in die Unterwelt voranging. Haarscharf waren sie in den finsteren Gängen im Berg dem Tod entgangen, der mit seinen Krallenhänden nach ihnen gegriffen hatte.

Aber nein! Entschlossen verbat sich Mira alle unnützen Anwandlungen. Sie hatte mehr als genug zu tun, wenn sie in zwei Wochen heiraten wollte. Auf dem Tisch lagen die Gästelisten für die Hochzeit. Sollte sie nicht nachsehen, wer zugesagt hatte, und wer nicht? Und dann musste sie Enzo bitten, das Bankett von Cafaggiolo nach Castello zu verlegen, denn freiwillig würde sie keinen Fuß mehr ins Mugello setzen.

Plötzlich fiel ihr das Perlenhalsband ihrer Mutter ein. Hoffentlich hatten die Mägde ihr schmutziges Kleid noch nicht in die Wäsche gegeben. Aber nein, da lag es auf dem Boden. Mira bückte sich und zog die Kette aus der fleckigen Rocktasche. Sie war ein Beweisstück, wenn es in Corleones Prozess um die Pazzi-Verschwörung gehen würde.

Als Mira die Kette auf den Tisch legte, fiel ihr Blick auf eine kleine Dose, die neben dem Rosenstrauß stand. Mira blinzelte. War sie eben schon da gewesen? Kaum hatte sie den kunstvoll verzierten Tiegel geöffnet, hüllte sie der Odem bitterer Kräuter gemischt mit ranzigem Schweineschmalz ein. Ein Schauder kroch über sie hinweg, denn sie kannte die Dose aus dem Elysium. Gehörte die Salbe nicht Amina, einer Kurtisane aus dem Orient? Also waren Venus die Geschehnisse auf der Festung Galliano nicht verborgen geblieben. Mira verstand die Botschaft sofort. Venus konnte ihr Leben zerstören, so leicht, wie man eine Kerze auspustete. Und Riccardos. Und Enzos noch dazu. Wer wusste schon, ob der Magnifico die unerwartete Gelegenheit, die Seitenlinie endgültig in ihre Schranken zu weisen, nicht bereitwillig ergreifen würde? Mira musste sich dringend mit ihr auseinandersetzen.

Aber wie war die Dose in ihre Räume gelangt? Es gab nur einen Weg. Mein Gott, dachte sie, Orazio.

# 39.

Es war ein Leichtes gewesen, die Rosen in Miras Gemächer zu schmuggeln. Riccardo hatte den taunassen Strauß vor Tagesanbruch geschnitten und in einen Krug voller Wasser gestellt. Bevor er ging, hatte er nicht widerstehen können und sie betrachtet, wie sie da in ihrem Himmelbett lag und schlief. Sie war so schön gewesen mit ihrem ebenmäßigen Gesicht, der geraden Nase und dem rotblonden Haar, das sich wild auf dem Kissen ringelte. Doch ihre Augäpfel bewegten sich, und sie ballte ihre kleinen Hände zu Fäusten. Schwere Träume waren nach dem, was sie erlebt hatte, nicht verwunderlich.

Jetzt wird es leichter, dachte er. Sie waren gerettet, und auf Mira wartete ein gutes Leben an der Seite Enzos. Dann aber fand er ihre unverschlossene Tür so sträflich leichtsinnig, dass er einen seiner Gardisten dazu verdonnerte, im Gang davor zu wachen.

Als Riccardo auf die Straßen der Stadt hinaustrat, brannten seine Augen vor Müdigkeit. Trotz der Strapazen im Berg und des langen Ritts hatte er schon die zweite Nacht nicht geschlafen. Die Hügel im Norden standen blass vor dem Himmel, der sich klar und blau über der Stadt wölbte. Die Marktleute richteten ihre Stände ein und hofften auf gute Geschäfte. Er kaufte ein paar frühe Trauben und genoss ihre Süße, als sie in seinem Mund zerplatzten.

Wie sollte er ohne Mira weiterleben? Sein Strauß war der Abschiedsgruß eines liebeskranken Tölpels gewesen, denn selbst wenn die Göttin Venus Merkur und Thalia immer wieder zusammenbrachte, würde sich Riccardo in Zukunft von ihr fernhalten müssen. Um ihrer, aber auch um Enzos und seiner selbst willen. Trauer erfüllte sein Herz, und die Luft, die er atmete, schmeckte nach Rauch und Verlust.

Zum Glück hatte er zu tun. Der Magnifico selbst würde sich Corleone vornehmen. Aber auch wenn der Spion die Morde zu verantworten hatte, war der Zusammenhang mit der Geschichte Hiobs noch immer nicht geklärt.

Zuerst würde Riccardo sich mit Luigi auseinandersetzen. Der junge Mann hatte die jugendlichen Bettler, Diebe und Halsabschneider von Florenz kontrolliert und wusste, was in der Stadt vor sich ging. Außerdem hatte Riccardo noch eine Rechnung mit ihm offen. Vor einigen Wochen hatten seine Leute das Haus an der Stadtmauer durchsucht und verlassen vorgefunden. Daran schien sich nichts geändert zu haben. Kein Rauch kräuselte sich aus dem Schornstein. Ein Fensterladen hing schief in den Angeln, und der Abfall türmte sich vor der Tür, als hätte Luigis Bande sich schon vor Monaten in alle Winde zerstreut. Also musste Riccardo sich bei der angesehenen Familie von Goldschmieden erkundigen, der Luigi entstammte. Der Junge hätte problemlos diesen Beruf ergreifen und sich dann zum Meister oder Künstler weiterbilden können wie Sandro Botticelli. Aber Luigi hatte diese Laufbahn abgelehnt.

Das Geschäft der Torrinis lag in einer Seitenstraße zum Dom mitten im wohlhabenden Viertel San Giovanni. Die betuchten Florentiner hatten eine Schwäche für ausgefallenen und teuren Schmuck, was die Geschäfte der Goldschmiede sicher förderte.

Riccardo betrat den Laden am späten Vormittag. In dem niedrigen Raum staute sich die Hitze. Ein junger Mann schürte gerade ein Feuer, um eine Legierung aus Gold und Silber zu schmelzen. Ein Lehrling bediente mit gerötetem Gesicht den Blasebalg, während ein Geselle mit nervtötendem Stumpfsinn auf eine dünne Goldplatte einhämmerte. Im Hintergrund bog eine Frau mittleren Alters Drahtstücke zu Kettengliedern. Sie waren so in ihre Arbeit vertieft, dass sie Riccardo nicht bemerkten. Er nutzte die Zeit und betrachtete die prächtigen Ringe und Ketten, die auf einem Tuch aus dunkelblauem Samt ausgestellt waren. Nicht, dass er in nächster Zeit Geld für solchen Tand ausgeben konnte, aber Interesse zu heucheln, schadete sicher nicht.

»Was kann ich für Euch tun, Herr?«

Der alte Torrini saß am Arbeitstisch und passte einen edlen Smaragd in eine Goldfassung ein. Riccardo dachte, dass die grüne Farbe Mira gut stehen würde. Der Meister war ein magerer Mann mit einem grauen Bart, der eine geschliffene Linse vor seinem rechten Auge trug. Und ja, er hatte etwas zu verbergen, sonst würde er Riccardos Wappenrock mit den Palle nicht so misstrauisch beäugen.

»Riccardo Vespucci«, stellte er sich vor und rückte ohne viel Federlesens mit seinem Anliegen heraus. »Ich suche Euren Sohn Luigi.«

Aus dem Augenwinkel sah er, wie die Frau im Hintergrund aufstand und durch eine Tür ins Hinterzimmer verschwand. Der alte Torrini blinzelte Riccardo zornig durch die Glaslinse an. »Schickt Euch der Magnifico?«

Riccardo zögerte. »Ich sehe mich nach Leuten um, die mit dem Gesetz in Konflikt gekommen sind.«

»In Lorenzos Auftrag? Antwortet gefälligst auf meine Frage, Junge!«

Die anderen Torrinis spitzten sicher die Ohren, arbeiteten aber konzentriert weiter, als würden sie die Missbilligung des alten Goldschmieds lieber nicht auf sich ziehen wollen.

»Nicht direkt. Aber er hat mich schon vor längerer Zeit mit der Untersuchung der Morde an Nannina und Andreoula beauftragt. Ihr habt sicher davon gehört.«

Jetzt sah der Lehrjunge doch neugierig von seinem Blasebalg auf.

»Was gibt es da zu gaffen?« Der Alte erhob sich und schlug dem Jungen beiläufig in den Nacken, bevor er sich wieder Riccardo zuwandte und auf die Tür deutete. »Damit haben wir nichts zu tun. Wenn Ihr nicht im Auftrag des Stadtherrn kommt, bitte ich Euch, meine Werkstatt unverzüglich zu verlassen.«

Riccardo dachte gar nicht daran. »Vielleicht weiß Euer Sohn Luigi ja etwas darüber. Ich verdächtige ihn nicht, an den Morden beteiligt zu sein, sondern suche ihn als Zeugen.«

Das Geräusch des Ziselierhammers verstummte, und man hörte nur noch das Wispern der Flammen und das leise Blubbern der Legierung im Tiegel. Riccardo spürte, wie in dem Alten ein Zorn so heiß wie das geschmolzene Metall aufbrandete.

»Ich habe keinen Sohn mit dem Namen Luigi!«, donnerte er.

Riccardo verließ den Laden. Er hatte genug gehört. Luigi war sicher in seinem Elternhaus aufgetaucht. Vielleicht sogar, um Schutz zu suchen. Und mit ebenso großer Sicherheit hatte sein Vater ihm die Tür gewiesen. Dieser böse alte Mann! Die Angst der Söhne hatte in der Luft gehangen wie ein schlechter Geruch. Und so erstaunte es Riccardo nicht, als Luigis Mutter ihn an der nächsten Straßenecke erwartete und in eine Nische zog.

»Habt Ihr etwas von meinem Luigi gehört?«

Riccardo sah, dass die Frau sich Sorgen machte, und griff nach ihrer Hand. »Nein. Deshalb frage ich ja Euch.« Seine Stimme klang sanfter als beabsichtigt. »Was habt Ihr mir zu sagen?«

Sie sah sich nach allen Seiten um. »Ihr wisst sicher, dass Luigi vor ein paar Jahren ausgezogen ist und seither ...« Sie holte tief Luft, und das Seufzen, dass sich ihrem Mund entrang, war voller tiefer, alter Trauer. Wie oft hatte sie Luigi wohl gedeckt und seine Missetaten und Diebestouren vor sich und ihren anderen Kindern gerechtfertigt? »Wir saßen gerade beim Nachtessen, als er vor ein paar Wochen an unseren Fensterladen klopfte. Er hat mir immer erzählt, wie erfolgreich er war. Aber an jenem Abend wirkte er, als hätte er furchtbare Angst.«

Sie konnte nicht älter als Mitte dreißig sein, aber ihr blondes Haar war früh ergraut, und von ihren Nasenflügeln zogen sich feine Linien zu ihren Mundwinkeln. »Er sah aus, als sei der Teufel hinter ihm her.«

So war das also. Auch wenn er Luigi nicht persönlich angetroffen hatte, konnte er mit dieser Information etwas anfangen. »Und was geschah dann?«, fragte Riccardo.

»Dann hat mein Mann ihn weggejagt wie einen räudigen Hund.« Die Frau sackte in sich zusammen und begann zu weinen. »Weil er unseren guten Namen mit Dreck besudelt hätte.« Entschlossen wischte sie sich die Tränen aus dem Gesicht.

Riccardo nickte. Von Nichts kam nichts. Luigi hatte Orazio gedemütigt und Mira angegriffen, um sich stärker zu fühlen.

»Ich suche ihn ebenso wie Ihr«, sagte er.

»Lasst mich wissen, wenn Ihr etwas von ihm hört.« Die Frau zog ihr Schultertuch enger und verschwand.

Riccardo überquerte den Domplatz. Auch wenn er die kalte Pracht des Zierwerks nicht mehr bemerkte, wurde er sich im Schatten des gigantischen Bauwerks bewusst, wie klein er war. Er fragte sich, wer Luigi solche Angst eingejagt haben könnte, dass er sein Imperium aufgegeben hatte. Hatte er Florenz verlassen, oder versteckte er sich irgendwo? Vielleicht verließ er seinen Bau ja, wenn er erfuhr, dass Corleone hinter Schloss und Riegel saß.

Riccardo gestand sich ein, dass sein Besuch bei den Torrinis wenig erfolgreich gewesen war. Also nahm er sich vor, mit Apollonia, der Tochter des Schneiders Gianluca, zu sprechen. Laut Maria war sie mit Gianna Soderini befreundet gewesen.

Die Schneiderwerkstatt lag ebenfalls im Viertel San Giovanni. Riccardo trat ein und fühlte sich zwischen glänzenden Seidenballen und üppigem Goldbrokat völlig fehl am Platze. Eine junge Schneiderin schnitt gerade ein Kleidungsstück zu und gab ihm zu verstehen, dass sie demnächst über Mittag schließen würden. Die Siesta, natürlich.

So liebenswürdig wie möglich beharrte er auf seinem Ansinnen, nur eine Auskunft zu benötigen. War es sein Lächeln oder der Wappenrock, der ihn als Angehörigen der Garde auswies? Jedenfalls gab die junge Frau dem Meister Bescheid, der ihm katzbuckelnd entgegenkam. Gianluca führte ihn ins Hinterzimmer und goss ihm Wein ein.

»Was kann ich für Euch tun, Vespucci? Hat Euch der Medici geschickt?«

»Nicht direkt.« Riccardo entschied sich für Offenheit. »Ich untersuche die Morde an den Modellen Botticellis: Nannina und Andreoula. Ihr habt sicher davon gehört.«

Der Meister strich sich nachdenklich über seinen Spitzbart. »Natürlich. Diese tragischen Vorfälle waren Stadtgespräch. Ich frage mich nur, was ich damit zu tun habe.«

Riccardo trank einen Schluck Wein. »Darf ich Euch auf die Sprünge helfen? Es geht nicht direkt um die Morde, sondern um das Verschwinden von Gianna Soderini.«

Gianluca zog die Augenbrauen bis unter seinen Haaransatz. »Denkt Ihr, Gianna ist etwas zugestoßen? Natürlich. Sonst würde der Magnifico nicht seine Garde auf sie ansetzen. Ihre Familie interessiert sich nämlich keinen Deut für sie. Aber dazu kann ich nichts sagen. Die Dirne hat mich aufs Übelste im Stich gelassen.«

»Ihr wisst nicht, wo sie stecken könnte?«

»Es geht das Gerücht, sie habe sich ein Kind anhängen lassen«, sagte Gianluca leise. »Aber ich weiß nichts Näheres von ihren Liebschaften. Das schwöre ich bei Gott.«

Riccardo räusperte sich. »Es geht auch weniger um Euch als um Eure Tochter Apollonia.«

Gianluca schnaubte. »Meine Tochter hat damit nichts zu tun. Sie ist die beste Schneiderin und Perlenstickerin in Florenz und mir gegenüber vollkommen loyal. Neulich hat sie die Hochzeitsrobe der Prinzessin Appiano bestickt. Herrlich, sage ich Euch, herrlich. Ein Traum in Weiß und Blau. Apollonias Geschicklichkeit ist unentbehrlich fürs Geschäft.«

Es klirrte, als Riccardo sein Glas abstellte. »Daran hege ich nicht den geringsten Zweifel, Maestro. Aber mir geht es um etwas anderes.

Maria, die dritte Grazie, hat mir gegenüber verlautet, dass Apollonia mit Gianna befreundet war.«

»Mädchensachen.« Gianluca schüttelte den Kopf. »Wenn ja, habe ich nichts davon gewusst. Darf ich Euch noch etwas Wein eingießen?«

Riccardo lehnte dankend ab und bat stattdessen um ein Gespräch mit Apollonia, natürlich im Beisein ihres Vaters. Alles andere wäre unschicklich gewesen. Gianluca setzte gerade zu einer wortreichen Entgegnung an, als Riccardo hörte, wie ganz in der Nähe leise eine Tür ins Schloss fiel. »Wo befindet sich Eure Tochter gerade?«

Ein verschlagener Ausdruck trat in Gianlucas Augen. »Sie wird eine wohlverdiente Pause einlegen, so wie ihre Kolleginnen. Sicher ist sie auf dem Weg... Nein, Herr, Nein!« Gianluca rang die Hände, als Riccardo in den Gang und auf die Straße stürmte, die in der prallen Mittagssonne lag.

Vor ihm bog eine braunhaarige, junge Frau im Laufschritt um die Ecke. Er setzte ihr nach und hätte sie sicher eingeholt, wenn ihm nicht eine Prozession in die Quere gekommen wäre. Gefolgt von einer Reihe andächtig singender Gläubiger, trugen vier Mönche eine Sänfte mit zwei goldglänzenden Heiligenfiguren. Riccardo rasselte mitten hinein, stieß mit den vorderen Trägern zusammen und brachte sie zum Straucheln. Er griff beherzt zu und bewahrte so die beiden Figuren vor dem endgültigen Bad im Straßenstaub. Erstaunt erfuhr er, dass es sich um Petrus und Paulus handelte, deren Gedenktag wohl neulich gefeiert worden war. Mit seiner religiösen Bildung sah es fast so mau aus wie mit seiner humanistischen. Er richtete sich auf und fand sich von den zeternden und schimpfenden Mönchen umringt. Riccardo entschuldigte sich wortreich, doch sie gaben erst

Ruhe, als er ihrem Kloster zähneknirschend eine Spende versprochen hatte.

Nachdem die Prozession sich gesammelt hatte und weitergezogen war, starrte er entnervt in die Gasse vor sich. Apollonia war verschwunden.

# 40.

Mira fand erst nachmittags Zeit, um in den kleinen Garten des Palazzo Vecchio zu gehen, und goss dort die halb vertrockneten Rosenbüsche und den Granatapfelbaum, der die Blätter hängen ließ. Kaum hatte sie sich auf den Rand des Brunnens gesetzt, kam Enzo auf sie zu.

»Ich habe Euch überall gesucht. Seraphina hat mir den Hinweis gegeben, dass ich Euch hier finde.« Er blieb unschlüssig stehen, bis sie zur Seite rückte und ihm einen Platz anbot.

»Ich bin froh, dass Ihr wieder da seid.« Er legte ihr unbeholfen den Arm um die Schultern. »Es war knapp, hat mir Riccardo erzählt.«

Mira nickte, und Enzo nahm ihre Hand in seine. Seine Finger waren weich und langgliedrig, nicht schwielig und kräftig wie Riccardos.

»Ich kann Euch versichern, dass Ihr bei mir in Sicherheit seid, liebe Semiramide. Corleone sitzt im Kerker und kann Euch nichts mehr antun. Mein Cousin hat eine Schlange an seinem Busen genährt. Nur Riccardo hat geahnt, dass Lorenzos Leibspion ein Verräter ist.« Enzo schüttelte den Kopf.

»Vielleicht hätte Lorenzo ihm schon eher Glauben schenken sollen.«

»Vielleicht.«

»Hat Corleone seine Beteiligung an der Verschwörung der Pazzi und den Morden inzwischen zugegeben?«, fragte Mira.

»Nein, Lorenzo wird sich selbst um ihn kümmern, wenn er wieder in Florenz ist. Habt Ihr ihn wirklich mit seinen Taten im Dom konfrontiert, als er Euch mit dem Tode bedroht hat?«

»Ja.« Mira tauchte ihre Hand in den Brunnen. Das Wasser war wohltuend kühl. »Ich kann mich zwar immer noch nicht an das Attentat erinnern, aber Corleone muss dort gewesen sein und mir die Perlenkette meiner Mutter vom Hals gerissen haben. Denn am Tag darauf hatte ich dort einen blutigen Striemen. Er sagte, er hätte mich gerettet, und jetzt würde mein Leben ihm gehören.« Mira schauderte.

»Unser Leben liegt in Gottes Hand.« Enzo strich überraschend zärtlich über ihren Daumen. »Ihr habt ihm das wirklich mitten im Burghof ins Gesicht gesagt? Das war todesmutig von Euch.«

»Corleone tat so, als könne er nach Gutdünken über unser Leben verfügen«, sagte Mira leise. »Riccardo und ich dachten, dass er uns ohnehin umbringen würde. Also hatte ich keine Wahl.«

»Welch unfassbares Glück Ihr gehabt habt.« Enzo schluckte schwer. »Ich selbst hatte Riccardo nach Cafaggiolo geschickt, um ihn vor Lorenzos Zorn zu bewahren, als er ihn mit seinem Verdacht konfrontierte. Mein Cousin wollte nicht wahrhaben, dass Corleone etwas mit Eurem Verschwinden zu tun hat.«

Miras Magen machte einen Satz. »Aber was, wenn der Magnifico das in Kauf genommen hat?«

»Was meint Ihr?« Enzo runzelte die Stirn. »Ihr wollt damit doch wohl nicht sagen, dass der Magnifico Euch bewusst diesem Risiko ausgesetzt hat? Dass er … Euch als Köder benutzt hat, um den Feind aus der Deckung zu locken?«

Mira stand auf und sah ihn an. »Ich glaube, dass Euer Cousin Lorenzo nichts ohne Sinn und Verstand tut. Schon als ich aus dem Kloster kam, drängte er darauf, dass ich mich erinnere. Er will alle Mitverschwörer von der Erde tilgen. Seid Ihr Euch wirklich sicher, dass ihm dafür nicht jedes Mittel recht ist?«

Enzo sah sie erstarrt an. »Aber meine Braut den Wölfen zum Fraß vorzuwerfen? Nein. Ich glaube nicht, dass er dazu in der Lage wäre.«

»Schließlich würde ihm da ja auch ein gutes Geschäft entgehen – von wegen der Nutzungsrechte am Hafen von Piombino und diversen Minen.« Sie hörte selbst, wie bitter sie klang. »Ich heirate Euch. Es bleibt mir gar nichts anderes übrig, aber nicht in Cafaggiolo. Die Festung Galliano will ich nicht mal mehr von Weitem sehen.«

Enzo schien zu zögern, gab sich schließlich aber einen Ruck. »Das werden wir auch nicht. Wir heiraten in Castello. Außerdem plane ich das Bankett sehr viel kleiner. Aus Kostengründen.«

»Wirklich?«

Er holte tief Luft. »In Zukunft werden wir Euch besser beschützen. Aber da das nur mit Eurer Mithilfe geht, müsst Ihr mir versprechen, dass Eure Alleingänge aufhören. Die ehrenwerte Alessandra Strozzi hat Euch allein in der Stadt gesehen und es brühwarm meiner Großmutter erzählt.«

Madonna Strozzi. War das nicht die Dame, die ihr an jenem

schicksalhaften Tag auf dem Domplatz entgegengekommen war? Diese alten Klatschweiber! »Ich treffe mich nicht hinter Eurem Rücken mit anderen Männern.«

»Das habe ich auch nicht behauptet. Aber was habt Ihr an dem Tag gemacht?«, fragte Enzo misstrauisch. »Ihr müsst verzeihen, aber in meinen schwachen Momenten dachte ich, meine Zurückweisung hätte Euch dazu gebracht, mir wehtun zu wollen und Euch anderswo schadlos zu halten.«

Mira öffnete ihren Mund und schloss ihn wieder. Enzo ahnte nicht, wie nahe er der Wahrheit kam. »Es ist nicht so, wie Ihr denkt. Ich habe selbst nach Gianna Soderini und dem Mörder der Grazien geforscht. An jenem Tag war ich aus diesem Grund unterwegs.« Das war zumindest nicht gelogen, auch wenn sie Enzo nicht erzählen konnte, dass sie in einem Bordell gewesen war. »Ich bitte Euch, habt Vertrauen zu mir und fragt nicht weiter. Vorläufig jedenfalls. Ich habe nichts Unrechtes getan.« Wenn sie das nur selbst glauben könnte.

Sie sah, wie Enzo mit sich rang. Er klopfte sich mit beiden Händen auf die Schenkel. »Meine Großmutter setzt sich ebenso für Euch ein wie mein nichtsnutziger Bruder. Also treffe ich die Entscheidung, Euch noch einmal zu vertrauen. Aber reizt meine Geduld nicht weiter aus, Semiramide. Und wenn Ihr so weit seid, erzählt mir bitte, was wirklich geschehen ist. Versprecht Ihr mir das?«

Mira versprach es, bevor sie schnellen Schrittes dem Garten entfloh. Enzo war so viel klüger, als sie gedacht hatte, und ein erheblich besserer Mensch als sie. Ihr Verhalten hatte er nicht verdient. Am liebsten hätte sie sich vor Scham in ihr Bett verkrochen und die Vorhänge zugezogen.

Doch schon im Gang vor ihren Gemächern schallte ihr Kinderlärm entgegen. Die Mädchen lungerten vor ihrer Tür herum und rannten auf sie zu, als sie sie erkannten.

»Mira!« Contessina und Luigia fielen ihr in die Arme. Lorenzos Töchter hatten sie lange entbehren müssen.

Trotz der Einwände des Gardisten, den Riccardo vor ihrer Tür abgestellt hatte, ließ Mira sie ein. Luigia und Contessina kletterten johlend auf das Himmelbett und hüpften darauf herum, während Maddalena und Lucrezia auf Miras Bücher zustürmten und sie durchblätterten. Es herrschte ein ähnliches Chaos wie an ihrem erstem Tag im Palazzo Medici.

Sie klatschte in die Hände. »Silentio!«

Sofort kehrte Stille ein, die nur von Maddalenas leisem Kichern durchbrochen wurde. Mira setzte sich auf den Bettrand und tat, als hätte sie es nicht gehört. »Guten Abend, die Damen.«

Die beiden Kleinen sprangen vom Bett und rangelten sich um den besten Platz auf ihrem Schoß. Mira legte ihre Arme um sie und sog ihren süßen Duft nach Milch und Kinderschweiß ein.

Maddalena ließ sich neben sie fallen, während Lucrezia in Windeseile die Bücher wegräumte. »Geht es dir gut?«

»Ich bin unversehrt.«

»Das ist so schön.« Maddalena sprang auf und umarmte sie leicht wie ein Vogel. »Ohne dich war es unfassbar langweilig hier. Wir wollen wieder in die Schule gehen.«

»Ich habe euch ebenfalls vermisst.«

Das war die Wahrheit, obwohl sie eben noch mit dem Gedanken gespielt hatte, die beiden Großen an den Ohren von ihren Büchern wegzuzerren. Sie erhob sich und hob seufzend ihr Hochzeitskleid auf, das bei dem Tumult auf den Boden gefallen war. »Wartet hier, aber fasst nichts mehr an!«

Sie holte ein Tablett voller Leckereien aus der Küche. Hungrig machten sich die Mädchen über die Pasteten, den Kuchen und das Obst her.

»Essen kommt bei euch wohl gleich nach lernen«, sagte Mira. »Es wird Zeit, dass Eure Mutter sich wieder um euch kümmert.«

»Das wird sie«, versicherte ihr Maddalena mit vollem Mund. »Unsere Mama kommt zurück. Sie will sich deine und Enzos Hochzeit nicht entgehen lassen.«

Das war eine gute Nachricht. Als Kind war Mira Lorenzos vornehme Gattin Clarice sehr respekteinflößend erschienen, doch heute stand sie mit ihr auf einer Stufe. »Aber wie seid ihr überhaupt hierhergekommen? Hat eure Kinderfrau nicht auf euch aufgepasst?«

Maddalena warf Lucrezia einen verschwörerischen Blick zu.

»Papa hat Giulietta von ihrer Aufgabe entbunden«, erklärte Lucrezia altklug. »Wegen ihrer Trunksucht.«

»Sehr gut.« Das hatte Mira ihm mehrmals ans Herz gelegt. »Und wen hat er als Ersatz gefunden?«

»Es ist Bella. Sie ist eine richtige Plaudertasche«, ließ Maddalena sie wissen.

»Bella?« Mira bezweifelte, dass die schwatzhafte Magd der Rasselbande gewachsen war. »Seid anständig zu ihr, ich bitte euch.«

»Das sind wir doch immer«, versicherte Maddalena.

Bevor die Mädchen zurückgingen, nahm Mira sie beiseite. »Maddalena, meine Liebe, hast du eigentlich während meiner Abwesenheit meinen Pflegesohn Orazio näher kennengelernt?«

»Den Gassenbub? Auf keinen Fall!« Maddalena riss sich los und rannte Lucrezia und den Kleinen so flink hinterher, dass Mira nicht anders konnte, als zu vermuten, dass an Seraphinas Behauptung etwas dran sein musste. Nur was das sein könnte, war ihr völlig schleierhaft.

# 41.

An einem heißen Tag Mitte Juli betraten Mira und Enzo das Haus der Familie Filipepi in der Via Nuova. Meister Sandro kam ihnen entgegen und begrüßte sie. »Da seid Ihr ja. Ich freue mich, dass Ihr es einrichten konntet.«

So kurz vor der Hochzeit hätte Mira den Besuch am liebsten abgesagt, aber Enzo hatte darauf bestanden. Also folgte sie Botticelli in seine Werkstatt, in der so vieles begonnen hatte. Hier hatte sie ihre große Liebe gefunden, war aber auch mit einem Verbrechen konfrontiert worden, das sie bis heute nicht verstand. Mira atmete tief durch. Sie musste nur noch einmal Modell stehen. Dann war es vorbei.

Auf den ersten Blick war alles wie immer. Es roch modrig und metallisch nach Pigmenten und Grundierung. Am Fenster vertieften sich Poliziano und Ficino in einige Studien. Nardo zwinkerte ihr frech zu, während er einen Sack Bindemittel in den Raum schleppte, und Filippino Lippi legte die Umrisse zweier schlanker Hände an, die sich anmutig miteinander verschlangen. Die Hände der Grazien, dachte Mira. Wie Lilien im Wind.

Auf einer weiteren Staffelei stand noch immer der große Bozzetto, den sie bei ihrem letzten Besuch betrachtet hatten. Venus, die ihr Gefolge von ihrem Platz unter einem Baldachin von Orangen- und Lorbeerbäumen aus dirigierte, war noch immer ohne Gesicht. Überrascht bemerkte Mira, dass auch Maria anwesend war. Sie kam auf Mira zu und zog sie in die Arme. »Ich freue mich so, dass du wieder da bist, meine Liebe.«

»Ich hab es überstanden«, erwiderte Mira mit einer Leichtigkeit, die sie nicht empfand. »Und wie geht es dir?« Ohne Nannina und Andreoula, hatte sie eigentlich fragen wollen, schaffte es aber nicht, ihre Namen auszusprechen – ebenso wenig wie Giannas, deren Leichnam man wohl niemals finden würde.

Maria nickte fest. »Das Leben muss weitergehen, Mira. Komm, ich frisiere dich.«

Sie zog sie zu einem Stuhl, bürstete ihre langen Locken und steckte sie ihr kunstvoll auf. Enzo näherte sich in Begleitung der beiden Gelehrten.

»Da ist unsere kleine Thalia ja wieder«, sagte Poliziano. »Die einzig Ledige unter den Grazien. Helft mir auf die Sprünge, Ficino! Ist nicht Aglaia mit dem düsteren Gott der Schmiede Hephaistos liiert und Euphrosyne mit Morpheus, dem Gott des Schlafes?«

»Und Thalia mit dem Gott des Todes, Thanatos?«, warf Mira ein.

Betretenes Schweigen senkte sich über sie alle. Poliziano räusperte sich. »Es wäre schön, wenn wir Euch mit Perlen schmücken dürften, Principessa.«

»Wie eine Puppe?«, fragte Mira scharf.

»Eher als Symbol der Reinheit und Unschuld«, betonte Ficino. »Thalia ist nicht nur die Jüngste der Schwestern, sondern schlägt einen vollkommen anderen Weg ein, indem sie Merkur in unbekannte Gefilde folgt.«

»In die Unterwelt und damit in Richtung des Todes?«, wollte Mira wissen.

Ficino schüttelte den Kopf. »Thalia richtet ihre Augen in vollkommener Liebe auf Merkur wie die Seele, die sich Gott zuwendet. Sie durchschreitet die Unterwelt und folgt ihm in die Gefilde der Venus Caelestis, der himmlischen Venus, wo ihre suchenden Augen das Licht selbst erblicken.«

»Nun ...« Sie holte tief Luft. »Was ich erlebt habe, war keine Theorie, sondern bittere Realität.«

»Verzeiht!«, sagte Ficino betroffen.

Poliziano schlug die Hand vor den Mund, und Enzo legte ihr den Arm um die Schultern. Die Stille war so vollkommen, dass Mira Meister Sandros leises Räuspern hörte. Er stand mit einem Schleiergewand über dem Arm hinter ihnen. »Ich möchte, dass Ihr heute diesen Chiton tragt, Semiramide.«

Als er den Stoff auffaltete, sah sie, dass er beinahe durchsichtig war.

»Nein! Auf keinen Fall!«, rief sie entsetzt. Heute schienen sich alle gegen sie verschworen zu haben.

»Ich wünsche es aber so«, mischte sich Enzo ein. »Wie Ihr wisst, wurde die Schönheit des Körpers in der Antike mehr gewürdigt als heute. Außerdem tragen die anderen Grazien auf dem Bild auch solche Gewänder.«

Mira funkelte ihn an, doch er war bei seinen Worten nicht einmal errötet.

»Unsere Stadt ist freizügig und orientiert sich an den Maßstäben der Antike«, bestärkte ihn Poliziano. »Eure Schönheit zeigt sich ja auch und gerade in Euren körperlichen Vorzügen.«

»Die künftig jeder sehen kann«, fuhr Mira auf. »Raus! Ich will, dass alle, die nichts mit dem Bild zu tun haben, verschwinden, bis ich dieses ...« Sie griff mit spitzen Fingern nach dem Schleiergewand. »... Ding da angezogen habe.«

»Wie Ihr wünscht, Prinzessin.« Botticelli scheuchte alle Anwesenden vor die Tür, nur Enzo, der in Kürze mehr als genug von Miras Körper zu sehen bekommen würde, und Maria nicht, die ihr beim Umkleiden half.

»Wir haben ebenfalls in solchen Gewändern posiert, Mira«, versicherte sie. »Es ist halb so schlimm.«

Botticelli und Enzo drehten sich respektvoll um, als sie Mira aus ihrem Kleid half und den Chiton überstreifte, der jeden Zoll ihres schlanken Körpers betonte. Er war aus so zartem Stoff gewebt, dass sie jeden noch so leichten Luftzug spürte.

»Deine Haut ist weich wie Seide«, flüsterte Maria.

»Dank Aminas Salbe«, sagte Mira. »Eigentlich bräuchte ich gar kein Gewand.«

»Was hast du gesagt?«

»Nichts.«

Als Botticelli den Chiton über ihre linke Schulter drapierte, verharrten seine rauen Finger einen Moment lang auf ihrer Haut. »Cupido wird auf Euch zielen, Principessa. Die Kompositionslinien im Bild müssen vollkommen stimmen. Cupidos Pfeil würde Thalia schwer verletzen. Da stellt sich nicht nur mir die Frage, ob die Liebe den Tod bedeuten kann.« Er sah sich stirnrunzelnd um. »Jetzt fehlt uns nur noch unser Merkur. Sicher verspätet er sich wie üblich.«

»Riccardo kommt?« Miras Blut rauschte so laut in ihren Ohren, dass sie seine nächsten Worte nicht verstand. Wie konnten sie ihr das antun?

Schon hörte sie seine Stimme im Gang. Einen Augenblick später platzte er in den Raum und blieb stocksteif stehen. Seine Augen flammten so blau wie das Herz des Feuers. »Was tut sie hier? Das war so nicht abgemacht.«

Mira errötete. Wie Botticelli das wohl gefallen würde? Musste er das Inkarnat anders mischen, wenn ihre Gesichtsfarbe ins Scharlachrote tendierte?

»Das ist die letzte Sitzung, Riccardo«, brummte der Meister. »Danach musst du keinen Fuß mehr in diese Werkstatt setzen. Kleidest du dich bitte um? Beschweren kannst du dich später.«

Riccardo nickte knapp und verließ den Raum.

»Ich wusste gar nicht, dass Riccardo Vespucci auch kommen würde, Meister Sandro«, wisperte Mira.

»Merkur ist unentbehrlich für unsere Zwecke.« Ungerührt legte Botticelli Papier und Stifte bereit.

»Enzo? Sagt doch was, ich bitte Euch! Ich bin halb nackt.«

Er stand mit untergeschlagenen Armen da. »Botticelli hat recht. Fügt Euch in die Notwendigkeit, meine Liebe. Außerdem wendet sich Merkur ja von Euch ab.«

Eine solche unnachgiebige Härte hatte er ihr gegenüber bisher nicht an den Tag gelegt. Mira senkte die Schultern.

Riccardo kehrte in einem roten Soldatenmantel mit Flammenmuster zurück, den er locker um die Schultern geschlungen hatte. »Mach schnell, Sandro. Ich hab nicht ewig Zeit.«

Mira widerstand der Versuchung, ihre Hände über ihrer Brust zu kreuzen. Wenn sie das hier unbeschadet überstehen wollte, musste sie sich zusammenreißen.

Maria posierte selbst als Grazie zu ihrer Rechten. Riccardo stellte sich weit links auf und drehte sich nach außen, wie es die Komposition des Bildes vorsah. Wenigstens war er auf diese Weise nicht gezwungen, sie anzusehen.

»Und jetzt hebt den Blick, verehrte Thalia, und wendet ihn dem Gott Merkur zu«, sagte Botticelli überraschend sanft.

»Ja, seht ihn an!«, echote Enzo.

Mira schluckte trocken. Ihre Beine zitterten, und ihre Kehle wurde eng. Sie hätte etwas trinken sollen, bevor sie sich auf diese Scharade einließ. Weil es dazu keine Gelegenheit mehr gab, ließ sie den Blick so unverbindlich wie möglich auf Riccardo ruhen.

Botticellis Stift kratzte über das Papier. »Ihr seid sehr schön und sehr traurig, Semiramide d'Appiano. Nie habe ich eine solche Sehnsucht gesehen.«

»Ich auch nicht«, sagte Enzo.

Sie zuckte in ihrem Chiton zusammen, doch Riccardo bemerkte nichts und vertrieb weiterhin mit stoischem Gleichmut die Wolken.

Hinterher wusste Mira nicht, wie sie die folgende Stunde überstanden hatte. Riccardo verschwand so schnell, wie er gekommen war, und ließ sie mit Botticelli, Maria und ihrem Bräutigam in der Werkstatt zurück. Miras Arme und Beine waren ausgekühlt und verkrampft, und ihr Rücken schmerzte.

»Ich habe Euch zu viel zugemutet.« Enzo führte sie zu einem Stuhl und goss ihr ein Glas Saft ein. Sie trank durstig. Ahnte er, was sie für Riccardo empfand? Hatte er sie mit Absicht auf die Probe gestellt? Am besten fragte sie ihn selbst. Aber da sie in drei Tagen heiraten würden, konnte sie nicht riskieren, sich mit ihm zu überwerfen.

Die Gesellen gingen wieder an die Arbeit, und die Gelehrten widmeten sich erneut den Studien auf dem Arbeitstisch. Mira trat hinter die beiden, um zu schauen, was sie so faszinierte. Ein Schauder überlief sie, als sie erkannte, dass es sich um die Blätter aus dem Buch mit der Geschichte Hiobs handelte.

»Die Gefahr ist vorbei«, sagte Poliziano. »Ihr müsst Euch nicht mehr fürchten, Mira.«

»Aber wir wissen noch immer nicht, was das alles zu bedeuten hat.« Überrascht bemerkte sie, dass es sich um fünf und nicht nur um vier Seiten handelte.

Maria trat auf sie zu. »Das fünfte Blatt ist von mir. Hat Riccardo dir erzählt, dass wir die Seiten Gianna weggenommen haben?«

»Bisher nicht.« Gianna also. Wieder liefen die Fäden bei Botticellis schöner Flora zusammen. »Riccardo war wohl zu beschäftigt damit, mir das Leben zu retten. Aber wie soll sie daran gekommen sein? Und weshalb waren sie ihr wichtig?«

»Das wissen wir nicht«, sagte Poliziano.

Mira beugte sich über die Blätter und bewunderte die Kunstfertigkeit des Buchmalers. Die Seitenränder waren mit Blattranken verziert, die Anfangsbuchstaben kunstvoll verschnörkelt. Doch am erstaunlichsten waren die Bilder, die Szenen aus der biblischen Geschichte von Hiob darstellten.

»Hiob verliert alles«, sagte sie nachdenklich. »Seinen Besitz, seine Familie, sich selbst, Gott.«

»Das wissen wir«, sagte Poliziano nachdenklich »Nur was machte diese Blätter so interessant für Corleone, dass er bereit war, seine sichere Stellung und sein Leben dafür aufs Spiel zu setzen? Es muss einen Geheimcode geben. Oder eine tiefere Bedeutung wie in der ›Primavera‹.«

Marsilio Ficino stimmte ihm zu. »Wir haben sie nur noch nicht entdeckt.«

»Was sagt die Geschichte Hiobs Eurer Meinung nach aus?«, fragte Mira die Gelehrten.

»Der Mensch ist nicht der Herrscher seines Lebens«, erklärte Ficino. »Bedenke, dass du sterblich bist. Alle irdischen Güter und Gaben sind flüchtig.«

Kaum hatte Mira sich in ihren Gemächern die Schuhe von ihren schmerzenden Füßen gestreift, brachte ein junger Diener ein Billett des Magnifico, der sie zu einem Abendessen in kleinem Kreis einlud. Seine Gemahlin Clarice sei gekommen und würde das junge Paar gern begrüßen. »Da kann man nichts machen, oder?«

Seraphina schüttelte den Kopf. »Lasst mich Euch beim Umkleiden helfen.«

Kurz darauf folgte Mira Enzo eilig durch den Palazzo zu Lorenzos Arbeitszimmer. Es war ein lauer Sommerabend, den die Jugend von Florenz nutzen würde, um mit ein paar Flaschen Wein zum Fluss zu ziehen und das Leben zu feiern. Auf der Via Larga sang ein junger Mann eine Canzone voller Liebe und Schmerz. Die Klänge drangen durch die offenen Fenster.

»Semiramide? Endlich!« Clarice de Medici negli Orsini zog sie in eine lavendelduftende Umarmung. Vor vielen Jahren war Lucrezia de Medicis Wahl auf die Römerin aus bester Familie gefallen. Sie besaß eine königliche Haltung und war ihrem Gatten vollkommen ergeben.

»Eure Töchter haben Euch vermisst«, sagte Mira.

Clarice lächelte und ordnete ihr kastanienbraunes Haar, das Maddalenas ähnelte. »Wie gut, dass Ihr sie während meiner Abwesenheit im Zaum gehalten habt.«

»Mit dem größten Vergnügen. Sie sind sehr wissbegierig.«

»Niemand sollte behaupten, Mädchen seien das nicht.« Sie tauschten ein verschwörerisches Lächeln. »Zum Glück werden wir uns demnächst zu zweit in dieser Männerwelt behaupten, liebe Semiramide.« Clarice schob sie von sich. »Aber sagt, Ihr habt ja schon einige Abenteuer erlebt, bevor Ihr unseren Enzo heiraten werdet?«

»Das kann man wohl sagen.«

»Erzählt Ihr es mir demnächst?«

Mira versprach es, bevor sie sich von Enzo an den Tisch führen ließ, den mehrere Diener mit exquisiten Köstlichkeiten deckten. Lorenzo de Medici war in ein Gespräch mit Poliziano vertieft. Mira wunderte sich über seine Anwesenheit, denn sie hatte von dem Zerwürfnis zwischen Clarice und dem Dichter gehört. Vor einigen Jahren hatte sie ihm die Unterrichtsbefugnis für ihren zweiten Sohn Giovanni entzogen, weil ein zukünftiger Kardinal sich besser mit theologischen statt mit antiken Texten beschäftigen sollte. Während ihrer Abwesenheit hatte er ihre Anweisungen ignoriert. Aber jetzt würde er wohl nur noch Piero unterrichten dürfen.

Wie immer war das Essen vorzüglich. Nach dem Käse und den Trauben wandte sich der Magnifico an sie. »Ich hoffe, es hat Euch geschmeckt, kleine Cousine.«

»Aber sicher.« Mira war auf der Hut.

»Ich bin sehr froh, dass es Riccardo Vespucci gelungen ist, Euch zu befreien. Aber ...« Er ließ seinen Blick in die Runde schweifen.

»Corleone hat sein Geständnis zurückgenommen, er sei am Attentat der Pazzi beteiligt gewesen.«

»Er hat was?«, fragte Mira verdattert.

Enzo griff nach ihrer Hand. »Das war zu erwarten.«

Lorenzo ignorierte ihn. »Er sagt, Eure Beschuldigungen seien einer schwachen und verwirrten Frauenseele entsprungen, Semiramide. Den gesamten Burghof hättet Ihr mit diesem Unsinn zusammengeschrien. Außerdem habe er mit den Morden an den Grazien nichts zu tun.«

»Es war die Wahrheit!«, rief sie entrüstet. »Er hat sie mir gestanden. Alles hat mit der Pazzi-Verschwörung angefangen.« Sie holte tief Luft. »Und wie rechtfertigt er, dass er im Besitz der Kette meiner Mutter war?«

»Er sagt, ein Unbekannter habe sie ihm verkauft.«

»Das ist gelogen.«

»Das wissen wir«, sagte Lorenzo. »Aber es hindert ihn nicht an seinen Lügen. Darum wäre es wichtig, dass Ihr Euch erinnert.«

»Ich kann nichts erzwingen«, sagte sie ernüchtert. In den letzten Tagen hatte sie vergeblich versucht, die Mauer zu durchdringen, hinter der sich die Geschehnisse im Dom verbargen.

»So wichtig ist es nun auch wieder nicht.« Clarice sah von dem Stickrahmen mit dem Altartuch auf, an dem sie gerade arbeitete. »Allein der Vorwurf des Hochverrats und Semiramides Entführung reichen für eine Verurteilung aus. Und was die Morde an den Grazien angeht – Riccardo hat die Geständnisse seiner beiden Spießgesellen gehört.«

»Wir mussten damit rechnen, dass Corleone leugnen wird«, fuhr der Magnifico fort. »Das ändert nichts an der Notwendigkeit, auch den letzten Verschwörer seiner gerechten Strafe zuzuführen.« Mira runzelte die Stirn. »Den Erzbischof Francesco Salviati habt Ihr auf frischer Tat ertappt und auf der Stelle richten lassen. Um den Papst aber, mit dessen Billigung alles geschehen ist, macht Ihr einen großen Bogen.«

»Es gibt mächtige Gegenspieler, die man nicht unterschätzen darf«, entgegnete Lorenzo. »Aber zum Glück regiert ein Papst ja nicht ewig.«

Clarice lächelte. »Bald werden wir mit unserem kleinen Giovanni einen Fuß in der Tür des Vatikans haben.«

So wurde also Politik gemacht, dachte Mira. Man wartete ab und besetzte Schlüsselpositionen mit der eigenen Familie.

Sie holte tief Luft und wusste nicht, woher sie den Mut für ihre nächsten Worte nahm. »Ich muss Euch noch etwas Wichtiges fragen, verehrter Lorenzo. Habt Ihr mich als Köder benutzt, um Euren Leibspion aus der Deckung zu locken?«

Clarice schnappte nach Luft. Enzo drückte warnend Miras Hand, doch in Lorenzos dunklen Augen schien ein Funke auf, den Mira, wenn sie es nicht besser gewusst hätte, als Anerkennung deuten würde.

Poliziano lachte. »Man hat deine Mutter Lucrezia nicht umsonst den einzigen Mann im Hause Medici genannt, Lorenzo. Vielleicht hat sie in Enzos Braut ja eine würdige Nachfolgerin gefunden?«

Lorenzo dachte nach. »Ihr vermutet also, dass ich Verrat an einer Schutzbefohlenen begangen hätte, an Euch, meiner Cousine Semiramide, der Braut meines geliebten Neffen? Mir war nicht klar, dass Corleone Euch kannte. Aber ich muss zugeben, dass ich Eure Anwesenheit nützlich fand, als ich die Zusammenhänge nach und nach durchschaute. Ihr habt Corleone so verunsichert, dass er einige Fehler begangen hat. Aber nie – das schwöre ich Euch – hätte ich erwartet, dass er Euch entführt.«

Mira nickte. »So war das also.« Sie glaubte ihm nicht ganz. Der Magnifico wusste, wann sich eine Gelegenheit bot. Und wenn das Lamm dem Wolf vors Maul sprang, warum sollte man es dann aufhalten?

Lorenzo stand auf und goss ihnen allen Süßwein ein: Amaretto, der nach Mandeln schmeckte und ein wenig im Hals kratzte. Nach dem ersten Schluck entspannte sich Mira etwas.

»Verzeiht mir bitte, Semiramide«, begann Lorenzo. »Aber manchmal verlangt die Macht, dass man sich zweifelhafter Methoden bedient.«

»... denen ich fast zum Opfer gefallen wäre, verehrter Lorenzo«, erwiderte Mira sanft. »Ich hoffe, Ihr spendet reichlich für die Kirche. Sonst sehe ich schwarz für Euer Seelenheil.«

»Ihr redet in der Tat so klar wie ein Mann.« Ein bitteres Grinsen zog über Lorenzos Gesicht. Unbehagliche Stille breitete sich zwischen ihnen aus. Jeder im Raum ahnte, dass Lorenzo kein langes Leben beschieden sein würde. »Eure Zunge kann ein Dolch sein, Semiramide. Gebt acht, was Ihr sagt. Vielleicht seid Ihr mir darin ja ebenbürtig wie in so vielem.«

»Cousin«, mischte sich Enzo begütigend ein.

Aber Lorenzo brachte ihn mit einer Bewegung seiner Hand zum Schweigen. »Ich will meinen Acker für meine Nachfolger bestellen, ja, auch für dich, Enzo. Also ist es unabdingbar, dass Ihr versucht, Euch zu erinnern, Semiramide.«

»Ich werde mir Mühe geben«, versprach sie.

Kurz darauf brachte Enzo sie zu ihren Räumen. »Darf ich kurz mit reinkommen?«

»Bitte.«

Er ließ sich auf den Stuhl am Fenster fallen. »Ich muss mit Euch reden.«

Mira biss sich auf die Unterlippe. Ihr wurde zuerst heiß und dann kalt. Was, wenn ihm ihre Gefühle für Riccardo nicht verborgen geblieben waren?

»Es geht um unsere Hochzeit. Sicher habt Ihr Euch schon gefragt, warum ich Eurem Wunsch so schnell entsprochen habe, sie nach Castello zu verlegen.«

In ihre Erleichterung mischte sich Besorgnis. »Warum wart Ihr so schnell bereit dazu?«

»Mein Geld reicht nicht aus für Cafaggiolo.« Enzo lachte bitter auf. »Ihr wisst, dass Lorenzo Giovannis und mein Vormund ist, oder? Und da er auch unser Vermögen verwaltet, hat er sich das Recht genommen, sich daran zu bereichern.«

Mira blieb der Mund offen stehen. »Er hat was getan?«

»Ihr habt ganz richtig gehört. Immer wenn die Medici-Bank in Schwierigkeiten war, hat er sich an unserem Erbe bedient. Mein Geld ist so gut wie aufgebraucht.« Er wischte sich fahrig über die Augen, als sei ihm ein Insekt hineingeflogen.

Sie reichte ihm ein sauberes Tuch. »Ich bin an Eurer Seite, Enzo. Wir feiern unsere Hochzeit kleiner in Castello und dann ...«

»Was dann?« Er blinzelte.

»Dann werden wir gegen Lorenzo prozessieren, damit er Euch Euer Erbe ersetzt.«

Enzo riss die Augen auf. »Das würdet Ihr unterstützen?«

»Natürlich. Weshalb soll man sich ausplündern lassen und einen Frieden bewahren, der nicht existiert?« Sie drückte seine Hand. »Aber nach außen hin wird man davon nichts bemerken, denn wir werden weiterhin zuckersüß im Umgang mit Lorenzo sein, wie es sich für die ergebene junge Generation der Medici gehört.«

»Ihr seid ja richtig durchtrieben, Semiramide.«

Sie lächelte verschmitzt. »Passt nur auf, wie sehr!«

# 42.

In der Nacht vor der Hochzeit lag die Hitze wie eine Glocke über der Stadt. Riccardo streifte durch die Straßen und fragte sich, wohin er gehen konnte, wenn er Florenz verließ. Die Sforza suchten immer nach geschickten Kämpfern wie ihm. Es war im Grunde egal, solange er nur Mira nicht begegnete.

Riccardo trauerte nicht nur um sie und die Liebe, die ihnen das Schicksal nicht gönnte, sondern auch um seine Freundschaft zu Enzo. Warum hatte er Mira an jenem letzten Tag in der Werkstatt auch genau zwischen sich und Riccardo platzieren müssen? Enzo hätte ihr den Schmerz ersparen sollen, den Riccardo in ihren Augen gesehen hatte.

Er durchquerte die Stadtmauer durch eine geheime Pforte. Am Flussufer setzte er sich ins Gras und sah zu, wie der Arno, schwarz und schwer wie Tränen, durch sein Bett rollte. Morgen würde Mira heiraten und für immer im Palazzo Vecchio verschwinden. So war der Lauf der Dinge. Niemand konnte etwas daran ändern, schon gar nicht er.

Es war nicht die erste Nacht, die er seit ihrer Rückkehr aus dem Mugello im Freien verbrachte. Statt zu schlafen, durchstreifte er die

Stadt, schickte Banden betrunkener Halbstarker nach Hause, machte Diebe dingfest und wies standhaft die Huren ab, die meinten, ihm Trost spenden zu müssen. Von Luigi gab es noch immer keine Spur. Vielleicht hatte er es ja geschafft, sich früh genug abzusetzen?

Riccardo warf Kiesel in den Fluss und trauerte um etwas, das ihm nie gehört hatte. Weit nach Mitternacht rollte er sich im Ufergras zusammen und schlief ein. In der Morgenkühle erwachte er vom Gesang der Vögel und betrat die Stadt bei Öffnung der Tore. Die Hochzeit würde in Enzos Villa Castello stattfinden. Riccardo schnupperte an sich und strich sich über das stoppelige Kinn. Wenn er da auftauchen wollte, kam er um einen Besuch im Badehaus nicht herum.

Zwei Stunden später befand er sich zumindest äußerlich in einem passablen Zustand. Ein neuer Tag begann, die Läden wurden geöffnet, und die Menschen gingen ihrer Arbeit nach.

Riccardo war auf dem Weg zum Palazzo Medici, um Adelina zu holen, als auf dem Domplatz eine junge Frau seinen Weg kreuzte. Überrascht erkannte er Apollonia, die Tochter des Schneiders Gianluca, der es neulich gelungen war, ihn abzuhängen. Nicht noch einmal, dachte er und folgte ihr. Sie sah sich nicht um, sondern eilte stur geradeaus. So bemerkte sie nicht, dass Riccardo sich hinter ihr von Schatten zu Schatten schlich.

Im Nordosten der Stadt lichteten sich die Häuser für Weingärten und Olivenhaine. Fast hätte er Apollonia aus den Augen verloren, aber dann sah er, wie sie in eine einsame Gasse bog, die in einen Zugangsweg mündete. Riccardo folgte ihr, schritt unter einem blühenden Baldachin aus verflochtenen Oleanderzweigen hindurch und stand plötzlich vor einem umzäunten Garten. Das Tor war verriegelt, so dass ihm nichts anderes übrig blieb, als über die lanzettförmigen Eisenstäbe zu klettern. Er landete auf leisen Sohlen im Gras und machte sich daran, den Garten zu durchqueren, der auf ein herrschaftliches Haus zuführte. Apollonia hatte er aus den Augen verloren. Während er vorsichtig voranschritt, sah er, dass der Garten in gepflegtem Zustand war. Am Zaun standen einige majestätische Schirmpinien, deren dunkelgrüne Kronen sich gegen den leuchtenden Morgenhimmel abhoben. Sie wurden von Zypressen, Oliven und Esskastanienbäumen abgelöst, die sich zum Haus hin für einen Orangenhain voller rotgelber Früchte lichteten.

In diesem Moment sprang ihm mit katzenhafter Geschmeidigkeit eine schlanke Gestalt in den Weg. »Keine Bewegung, wenn dir dein Leben lieb ist!« Auf Cupidos blonden Haaren glänzte die Morgensonne. Er spannte seinen Bogen und zielte auf Riccardos Herz.

»Du? Dich hätte ich hier nicht erwartet.«

»Was willst du hier? Müsstest du nicht deiner Principessa nachweinen, anstatt dich bei uns herumzutreiben? Glaub mir, heute ist kein günstiger Tag dafür!«

»Sachte, sachte.« Riccardo hob begütigend die Hände. »Hier wohnst du also. Ich bin nur einer jungen Frau gefolgt ...«

»Wen meinst du?« Cupido schien nicht gewillt, seinen Bogen zu senken.

»Sie hat braune Haare und ist in diesem Garten verschwunden.«

»Ich weiß nicht, ob ich bereit bin, dir zu glauben, Gardist.« Cupido musterte ihn misstrauisch.

»Was ist hier los?«

Riccardo fuhr herum. Eine hochgewachsene Dame, die einen Korb mit Rosenblüten auf der Hüfte trug, trat auf sie zu. Die schöne Gärtnerin ging barfuß im weichen, blumenbesetzten Gras, schützte ihre milchfarbene Haut mit einem Strohhut vor der Sonne und blickte erstaunt von einem zum anderen.

Riccardo konnte seine widerwillige Bewunderung kaum verbergen. »Ihr seid Venus?«

Sie lachte glockenhell. »Da habt Ihr aber schnell zwei und zwei zusammengezählt. Und Ihr seid der Gardist, der halb Florenz den Kopf verdreht, aber noch nie bei uns im Elysium war. Lasst uns das nachholen. Kommt!«

»Aber ...« Cupido sah sehr aufgebracht aus.

Venus lächelte. »Überlass ihn nur mir, mein Lieber. Ich habe mit jugendlichen Heißspornen Erfahrung.«

Riccardo blieb nichts anderes übrig, als ihr zu folgen. Venus ging ihm leichtfüßig in Richtung des Palazzo voran und führte ihn in ein Empfangszimmer im ersten Stock. Es war still in den langen Gängen und Sälen. Die Bewohnerinnen des Bordells schienen sich nach einer langen Nacht Ruhe zu gönnen. Irritiert betrachtete Riccardo einen Bambuskäfig mit zwei blauen Papageien, die mit dem Kopf unter den Flügeln schliefen.

»Ugo und Ida sind Langschläfer wie meine Mädchen.« Nachdem Venus ihre Rosen in Glasschalen arrangiert hatte, bot sie ihm einen Platz auf dem Diwan an. »Cinzia wird uns gleich aufwarten.«

»Das ist also das Elysium, dieser geheimnisumwitterte Ort.« Riccardo setzte sich und sah sich um. Alles sprach von Luxus und Komfort. Die Wandbespannung bestand aus blauem Damast, und das Holz der Möbel war teilweise vergoldet. Die lanzettförmigen Fenster öffneten sich zum sonnenbeschienenen Garten und ließen frische Luft und den Gesang der Vögel in den Raum.

»Endlich habt Ihr hergefunden. Ich hatte gar nicht mit Euch gerechnet. Vor allem nicht heute. Müsstet Ihr nicht bei der Hochzeit sein, als Freund des Bräutigams?« Venus goss blutroten Wein in zwei Pokale und reichte ihm einen. Sie setzte sich ihm gegenüber, strich sich das honigblonde Haar über die Schultern und zog die Beine an. Riccardos Blick fiel auf ihre bloßen Füße mit den langen eleganten Zehen.

»Aber wenn Ihr schon mal da seid. Auf Euch und auf die Zukunft!«

Sie tranken sich zu. Der Wein war süß und wohlschmeckend.

»Ihr seid ein angenehmer Anblick, Riccardo, mit diesen leuchtend blauen Augen. Ich frage mich nur, was Euch zu solch früher Stunde zu mir führt. Ich denke nicht, dass wir Euer Bedürfnis nach Liebe stillen sollen. Außerdem ist dieser Ort geheim oder sollte es zumindest sein.«

Er stellte seinen Pokal ab. »Ich wusste nicht, dass sich Euer Haus hier befindet. Ich bin Apollonia gefolgt.«

Venus sah ihn mit ihren grünblauen Augen an. »Welcher Apollonia?«

»Sie ist die Tochter des Schneiders Gianluca und eine versierte Perlenstickerin. Ich frage mich, ob sie ... ihre Profession ändern will?«

Venus legte den Kopf in den Nacken und lachte. »Wisst Ihr nicht, dass nur eine Notlage eine Frau dazu bringt, in meine Dienste zu treten? Sie haben keinen Ort, an den sie gehen können. Darum lege ich für meine Mädchen ein wenig Vermögen an.«

Dann war Apollonia also aus einem anderen Grund gekommen. Maria hatte gesagt, dass sie mit Gianna befreundet gewesen war. Riccardo wusste nicht, was ihn davon abhielt, Venus direkt nach ihr zu fragen. Trotz ihres Liebreizes war er auf der Hut.

Venus blinzelte ihn lasziv unter ihren langen Wimpern an und taxierte ihn vom Scheitel bis zur Sohle. »Schade, dass Ihr uns nie zuvor beehrt habt, Riccardo Vespucci. Sagt, warum habt Ihr den Versuchungen des Elysiums bisher widerstanden?«

Diese Frage hatte sich ihm nie gestellt. Die Dinge, nach denen sein Körper verlangte, hatte er bisher immer ohne Bezahlung bekommen, wobei die Mädchen genauso sicher wussten, was sie wollten, wie er. Aber seit ein paar Monaten lebte er wie ein Eremit.

»Weil ich jemand anderen liebe.« Zumindest dessen war sich Riccardo sicher.

Venus streckte sich wie eine Katze. »Die schöne Mira d'Appiano könnt Ihr nicht haben, auch wenn Eure tragische Verbindung mich und meinesgleichen zum Seufzen bringt. Aber habt Ihr kein Mitleid mit dem armen Enzo? Ahnt Ihr nicht, wem seine Liebe wirklich gilt?«

»Ich verstehe nicht.« Riccardo hatte bisher immer gedacht, Enzo liebe im Grunde nur seine Bücher und die neuplatonische Philosophie, die ihm sein Lehrer Marsilio Ficino nahegebracht hatte.

Die Papageien erwachten, krächzten und trippelten auf ihren Stangen hin und her. Venus stand auf und fütterte sie mit Obststückchen.

Riccardo schüttelte den Kopf. »Auch wenn er die Himmlische Venus bevorzugt – er ist anständig und wird sie glücklich machen.«

Venus seufzte. »Die beiden heiraten heute. Und damit wird Euch dreien das Herz gebrochen. Welche Verschwendung.«

»Warum ist Apollonia zu Euch gekommen?«

Venus wurde der Antwort enthoben, weil eine schöne junge Frau mit einem Tablett eintrat, das sie vor ihnen auf einen kleinen Tisch stellte.

»Danke, Cinzia!« Venus erhob sich. »Entschuldigt mich, aber ich habe Vorbereitungen zu treffen – an diesem ganz besonderen Tag. Seht Cinzias Gegenwart als kleinen Ausgleich für Euren Kummer an.«

Sie zwinkerte ihm zu und ließ ihn mit der jungen Hure allein. Riccardos Mund wurde trocken, als er sah, dass sie ein durchsichtiges Schleiergewand trug wie Mira an jenem letzten Tag in Botticellis Werkstatt. Cinzia war üppiger als die grazile Mira, ihr Haar war dunkelblond, und zwischen ihren beiden Vorderzähnen klaffte eine kleine verführerische Lücke. Riccardo bemerkte, dass er sie angaffte und sah zur Seite.

Cinzia belegte seelenruhig ein Stück Ciabatta mit Schinken, Käse und einer Olive und steckte es ihm in den Mund. »Schön brav essen, das gibt Kraft.«

Riccardo war so perplex, dass er ihr gehorchte. Danach reichte sie ihm den gut gefüllten Pokal. »Trinkt nur, trinkt! Das ist Muskateller. Venus sorgt immer für die besten Weine im Haus.«

Sie setzte sich lächelnd auf seine Knie. Er wollte sie wegschieben, aber sie verschloss ihm die Lippen mit einem Kuss. Cinzia wusste, was sie tat. Ihre vorwitzige Zunge schlich sich in seinen Mund und erkundete ihn sorgfältig. Als dabei ihr Hemd aufklaffte, legte sie seine Hand beiläufig auf ihre vollen Brüste, bis ihre Brustwarzen unter seiner Berührung hart wurden und sie aufstöhnte. Etwas in ihm regte sich heftig, etwas Heißes, Blutrotes, das ihn mit Verlangen erfüllte, sie auf den Rücken zu werfen und gleich hier auf dem Diwan zu nehmen.

»Langsam, mein Schöner.« Sie legte eine Olive auf ihre Zunge und küsste ihn wieder. Die Frucht zerplatzte in seinem Mund und schmeckte salzig, als sie sie gemeinsam aßen. »Weißt du eigentlich, wie attraktiv du bist, Riccardo Vespucci? Welche Freude, dich berühren zu dürfen. Glaub mir, ich habe den Vergleich.«

»Du verstehst etwas von deinem ...« Beruf, hatte er sagen wollen, aber seltsam, das Wort wollte ihm nicht über die Lippen kommen. »Ich darf nicht ...«

»... eine andere küssen?« Sie strich ihm sanft über den Mund. »Du meinst, dann wirst du deiner Liebsten untreu, die heute einen anderen heiratet.« Sie lachte über den gelungenen Spaß. »Das sollte keine Rolle spielen. Trink noch einen Schluck, Riccardo.«

Als er den Pokal von Neuem leerte, hatte der Wein einen bitteren Nachgeschmack.

»Was ...?«, wollte er fragen, aber sein Verstand setzte aus.

Cinzia stand auf und ordnete ihr Gewand. »Glaub mir, ich wäre gern bei dir geblieben. Aber wir Dienerinnen der Venus sind vor allem ihr verpflichtet. Heute helfe ich ihr bei ihrer Rache.«

Riccardo wollte nach Apollonia fragen, nach Venus, Gianna und Cupido, aber er stellte fest, dass die Namen ihm wie Vögel davongeflogen waren. »Was ...?«

»... war in dem Wein?«, vollendete sie mit einem Anflug von Mitgefühl. »Eine Mixtur aus Mohnsaft und ein paar geheimen Ingredienzen. Wir pflegen enge Beziehungen zum Orient. Da kennt man sich mit solchen Dingen aus. Keine Angst, du wirst nur schlafen. Außer es waren ein paar Tropfen zu viel. So etwas geschieht manchmal ganz ohne Absicht, glaub mir. Wie heißt das noch mal? Eros und ... ups!« Sie schlug die Hand vor den Mund. »Ich weiß gar nicht, ob Venus auch ein wenig in den Wein getan hat. Dann hattest du die doppelte Dosis. Aber glaub mir, es ist ein schöner Tod. Wie heißt das noch mal? Eros und ...?«

Thanatos, wollte er sagen, aber konnte es nicht mehr. Hatte Apollonia ihn an den Ort geführt, an dem er sterben würde? Er wollte aufspringen und davonrennen, aber sein Körper gehorchte ihm nicht.

Bevor Cinzia ging, hob sie seine Beine auf den Diwan und deckte ihn mit einer leichten Decke zu. »Bist du schwer. Aber glaub mir, das ist bei muskulösen Kerlen wie dir so.«

Riccardo lag da und spürte, wie die Lähmung höher kroch und seine Beine, seinen Rumpf und seinen Kopf erfasste. Das Einzige, was er bewegen konnte, waren seine Augäpfel.

»Schlaf gut.«

Während Cinzia die Tür hinter sich ins Schloss fallen ließ, wanderte sein Blick zum Papageienkäfig. Ugo und Ida betrachteten ihn mit Interesse, bevor sie sich über ihre Schale mit Körnern hermachten. Dann legte sich die Finsternis vollständig über ihn.

# 43.

Während Riccardo in den Schlaf glitt, saß Orazio in der Küche des Elysiums vor einem Glas Milch. Heute war Miras Hochzeitstag, und in zwei Wochen würde er seine Lehre bei dem Buchhändler Guglielmo antreten.

»Dann kann ich nicht mehr so oft herkommen«, sagte er.

Für die Mädchen im Elysium war er schnell zu einer Art Maskottchen geworden. Kurz nachdem er aus dem Spital entlassen worden war, hatte er wieder begonnen, sie zu besuchen. Ebenso wie seine Wohltäterin Venus. Nur Cupido begegnete er mit Misstrauen. Heute hatte er, wie an jedem anderen Tag auch, die Kinder in Luigis Haus mit Lebensmitteln versorgt. Unter dem Tisch stand der Korb, den er mit allerlei Vorräten aus dem Elysium gefüllt hatte, denn Venus war sehr viel großzügiger als der Koch im Palazzo Vecchio.

»Wir werden dich vermissen, Kleiner«, sagte Amira mit ihrem schweren arabischen Akzent und strich sich ihr dunkles Haar hinter die Ohren.

Inzwischen kannte er sie alle mit Namen: Amira, die aus der Wüste stammte, Margarete aus Tirol, Anna aus Sizilien und Georgia aus Griechenland sowie Maja und Cinzia, die Venus wegen ihrer Kaltblütigkeit für besondere Aufgaben auswählte. Keine von ihnen hatte sich ein solches Leben freiwillig ausgesucht. Orazio wusste, dass mindestens zwei der jungen Frauen Kinder hatten, die im Ospedale degli Innocenti aufwuchsen. Eine Schwangerschaft war für die meisten Familien Grund genug, sie rauszuwerfen. Sein Blick wanderte von einem braunhaarigen Mädchen, das mit Sicherheit keine Hure war, zu Gianna, deren Bauch sich inzwischen über die Tischkante wölbte. Sie aß einen Apfel und lächelte ihm verstohlen zu. Nie wäre er auf den Gedanken gekommen, sie zu verraten. Außerdem stand sie in einer Verbindung zu Venus, die ihn nichts anging.

Die Herrin der Kurtisanen betrat den Raum. »Orazio? Was führt dich denn her?« Sie strich ihm liebkosend über den Kopf. Immer gegen den Strich, weil sie es lustig fand, wie sich die Stoppeln aufstellten. Orazio fragte sich nicht zum ersten Mal, ob er sie eigentlich mochte oder nicht.

»Ich wollte euch nur die hier zurückgeben.« Er stellte Amiras Salbendose auf den Tisch, die diese sofort in ihrer Rocktasche verschwinden ließ.

Venus goss sich ebenfalls ein Glas Milch ein und trank. Als sie es abstellte, blieb ein weißer Rand auf ihrer Oberlippe zurück wie bei einer naschhaften Katze. »Hat die Salbe deiner kleinen Herrin gute Dienste geleistet?«

»Ihre Haut sieht wieder aus wie Seide.« Nicht, dass Orazio etwas davon verstehen würde, aber Seraphina hatte sich so geäußert.

Venus nickte zufrieden. »Nun, meine Lieben. Ihr wisst, welcher Tag heute ist.« Sie machte eine kleine, effektvolle Pause. »Es ist der Tag der Vergeltung, der uns von allen Fesseln befreien wird. Morgen wird mein Herz endlich satt vor Rache sein. Ihr haltet euch an das, was wir besprochen haben, und versteckt euch in der Stadt.«

Orazio blickte erstaunt auf, als die Mädchen aufgeregt plappernd den Raum verließen. Er wunderte sich, dass ihn die drei verbliebenen Frauen nicht beachteten. Lag es daran, dass Kinder für manche Leute einfach nicht existierten?

»Ich frage mich, wann Orla kommt.« Auf Giannas Oberlippe stand eine Reihe kleiner Schweißtropfen.

»Sie wird sich dieses Geschäft schon nicht entgehen lassen. Schließlich bezahlen wir sie großzügig.« Venus half Gianna vom Stuhl, die sich den Bauch hielt und ihren Rücken durchdrückte. »Und morgen, meine Liebe, ist es so oder so vorbei.«

»Wer soll kommen?«, fragte Orazio.

Venus blinzelte und ließ ihren Blick auf ihm ruhen, als bemerke sie erst jetzt, dass er noch da war. »Es ist besser, du gehst jetzt nach Hause, mein Lieber. Deine Herrin wartet sicher schon auf dich. Und bleib heute schön im Palazzo Vecchio. Die Hochzeit ist ja nur für Hochgeborene und nicht für arme Schlucker, wie du einer bist.«

In diesem Moment betrat Cupido die Küche, gefolgt von einer Frau mit lackschwarzen Haaren. Orazio schauderte, denn in ihren dunkel glühenden Augen lag ein Abgrund aus Leere und Trostlosigkeit. Und diese Augen blieben ausgerechnet an ihm haften. Er fröstelte unter ihrem Blick.

»Was macht der Junge hier? Ist er nicht ein wenig zu jung für dein Gewerbe, Venus?«

»Ich habe so früh angefangen«, sagte Cupido leise.

Venus beachtete ihn nicht. »Nein, Orla. Orazio teilt nicht das Bett mit meiner Kundschaft, obwohl der eine oder andere bereits

Interesse bekundet hat. Mir liegt aus persönlichen Gründen an ihm. Aber jetzt ... Orazio, es ist Zeit zu gehen!«

Widerwillig stand er auf, verließ die Küche und blieb im Gang stehen. Was sollte er tun? Er wollte unbedingt wissen, was die Frauen ausbrüteten. Also versteckte er sich in einer Fensternische, verschmolz mit den Schatten und lauschte.

»Es ist sicher besser, wenn uns keine Kinder zuhören«, sagte die fremde Frau düster.

»Cupido, kannst du nachsehen, ob er wirklich weg ist?«, fragte Venus.

Als sich die Tür öffnete, drückte sich Orazio mit klopfendem Herzen gegen die Wand und hoffte, dass er ihn nicht bemerken würde. Cupido spähte den Gang entlang. »Er ist fort. Warum sollte er bleiben?« Die Tür klappte hinter ihm zu.

Orazio hielt den Atem an, als er die Frauen in der Küche rumoren hörte. »Lass sehen, was du für mich hast, Orla«, sagte Venus begierig.

»Das hier ist eine Zubereitung aus Eisenhut, dem giftigsten Kraut in den nördlichen Ländern.« Stolz klang in Orlas Stimme mit.

Eine Giftmischerin! Orazio schlug sich die Hand vor den Mund. Er kannte den Namen. Orla half den Mädchen, wenn sie in Nöte gerieten. Sie war eine Engelmacherin und die Herrin über Leben und Tod.

»Noch wirksamer als Mohnsaft?«, fragte Gianna.

»Mohnsaft ist nicht tödlich, außer du dosierst ihn zu stark. Eisenhut wirkt zuverlässig in der Mischung, die ich euch verkaufe. Also sei vorsichtig damit, Gianna, und nimm ihn nicht versehentlich selbst.«

Venus schnaubte. »Meine Schwiegertochter weiß, was sie zu tun hat. Außerdem ist ihr ihre Freundin Apollonia behilflich.«

Schwiegertochter? Orazio hatte die Information noch nicht verdaut, als eine der Huren auf leisen Sohlen durch den Gang huschte. Cinzia, von der er wusste, dass ihr nicht zu trauen war. Die junge Frau betrat die Küche.

»Ah, Cinzia. Was macht unser ungebetener Gast? Hast du ihn gut betreut?«

Cinzia kicherte. »Er hat seinen Mohnsaft bereitwillig getrunken. Also war es leider zu spät, um ihn zu verführen. Hattest du ihm eigentlich auch schon ein paar Tropfen in den Wein gemischt, Venus?«

»Natürlich. Und du?«

»Ich auch. Also hatte er die doppelte Dosis.«

Orazio erstarrte und fragte sich, wen sie meinen könnten. Wer hatte sich zu diesem unheilvollen Zeitpunkt ins Elysium verirrt?

»Das lag nicht in meiner Absicht«, sagte Venus bedauernd. »Aber wahrscheinlich macht es ihm gar nicht so viel aus. Er hat eine Konstitution wie ein Ochse.«

»Auf jeden Fall wird er tief schlafen und uns nicht stören«, mischte sich Gianna ein. »Unser Vorhaben ist wichtiger als unser attraktiver Merkur.«

Es war Riccardo! Orazio biss sich auf die Lippe.

»Ihr wisst, was zu tun ist?«, fragte Orla.

»Diesen Tag habe ich mir seit vier Jahren jede Nacht ausgemalt.« Venus' Stimme war voller Hass. »Morgen, wenn ich Rache an ihrem Mörder genommen habe, werden die bleiblauen Gesichter meiner toten Herzenskinder nicht mehr durch meine Träume spuken. Die

Freundin meiner Schwiegertochter Gianna wird Lorenzos Brut das Gift ins Essen mischen, und dann ... Danke, Apollonia, für deinen Einsatz.«

»Aber immer gerne«, wisperte das Mädchen, das bisher geschwiegen hatte. »Sicher schöpft niemand Verdacht, denn man kennt mich als Schneiderin.«

Sie wollten die Kinder vergiften. Maddalena! Orazios Knie gaben unter ihm nach. Er keuchte auf und schlüpfte in ein benachbartes Zimmer. Keinen Moment zu früh, denn in diesem Moment hörte er Cupido im Gang. »Da ist niemand.«

»Ich dachte, da war ein Geräusch«, sagte Venus. »Aber wenn die Luft rein ist, können wir gehen.«

Nachdem die schwere Eingangstür hinter den Verschwörerinnen ins Schloss gefallen war, wartete Orazio, bis die Stille vollkommen war. Der Tod ging um in Florenz, aber diesmal würde er nicht vor ihm fliehen, sondern ihm mutig entgegentreten.

# 44.

Die Braut selbst führte den Triumphzug von der Piazza della Signoria nach Castello an, wo das Hochzeitsbankett stattfinden sollte. Herolde in den Farben der Medici verkündeten mit lauten Fanfaren ihr Kommen, das von den Menschen in den Straßen begeistert bejubelt wurde. Mira folgte ein Zug von Jungfrauen aus den besten Familien – den Tornabuoni, den Soderini, den Rucellai – und anderen Gefolgsleuten der Medici. Sie ritt auf Angelo, der zierlich wie immer seine Hufe aufsetzte. Ihr Haar wurde von einem Perlendiadem geschmückt, und ihr blau-weißes Brautkleid spiegelte den Himmel. Sie war eine Braut, schön wie der Frühling selbst, der mit seinem Gefolge über Florenz herrschte. Von den Fenstern der Häuser jubelten die Menschen ihr zu. »Viva Medici, Salve Appiano. Salve Semiramide.«

Dafür war sie vor achtzehn Jahren geboren worden, auch wenn der Jubel der Menschen in Wahrheit der Familie galt, in die sie einheiraten würde. Mira klopfte Angelo den Hals und lächelte unverzagt weiter. Sein Fell glänzte in der Sonne, und seine Mähne war seidenweich. Maddalena und Lucrezia, die bei den Jungfrauen mitliefen, hatten sie gestern hingebungsvoll gebürstet und bunte Bänder hineingeflochten.

Bei Tagesanbruch war Clarice mit ihren Töchtern in Miras Räume gestürmt. Aufgeregt hatten sie ihr beim Ankleiden und Frisieren geholfen. Zuletzt hatte Clarice ihr das Perlenhalsband ihrer Mutter umgelegt, das sie hatte reinigen und reparieren lassen. Jetzt lagen die Perlen so heil und ganz um ihren Hals, als sei niemals etwas Unheilvolles geschehen. Die Kette, das weiße Untergewand, ja sogar der Segen, der ihnen als Brautpaar heute in aller Frühe im Dom gespendet worden war – Mira war stark genug gewesen, um die Schrecken der Vergangenheit zu ertragen. Aber galt das auch für ihre Zukunft?

In Castello würden sie den Ehevertrag unterzeichnen und danach beim ersten von mehreren Banketten ausgelassen feiern. Nur an die Hochzeitsnacht wollte sie nicht denken.

Die Villa Castello war reich geschmückt. Von den Fenstern und Balustraden hingen Banner mit den Emblemen der Medici und den rot-weißen Rauten Piombinos und flatterten im Wind. Die Gärten blühten in allen Farben. Auf der Terrasse hatten sich die Gäste in Gruppen versammelt und tranken auf das Wohl des jungen Paares, während die Diener die langen Tische deckten. Sie hatten vierhundert Leute eingeladen, die Hälfte der Besucher, die zur Hochzeit von Lorenzo mit Clarice erschienen waren, aber immer noch mehr, als Mira um sich haben wollte.

Unter dem Jubel der Anwesenden ließ sie sich vom Pferd helfen und ging auf Enzo zu, der sie am Fuß der Treppe erwartete. In seinem blauen Wams und dem silberbesetzten Umhang bot er einen prächtigen Anblick, doch seine Hand war schweißnass, als er sie zu dem reich geschmückten Tisch geleitete, an dem sie unter der Aufsicht des Notars Nastagio Vespucci den Ehevertrag unterzeichnen würden. Miras Bruder Jacopo und Lorenzo de Medici standen als Zeugen bereit. Hinter ihnen hatten sich die treuesten Parteigänger der Medici versammelt, darunter Amerigo Vespucci und sein Onkel, Enzos Lehrer Giorgio Antonio Vespucci, die gesamte Familie Soderini und die Gelehrten Ficino und Poliziano. Von Riccardo gab es keine Spur.

Enzo war sehr blass, unterschrieb aber mit sicherer Hand und schob die Urkunde dann in Miras Richtung. Als sie ihren Namen unter den Vertrag setzte, spürte sie nur Leere. Trotz der Pracht des Festes und Enzos aufmunterndem Lächeln verzehrte sich Miras Herz nur nach dem einen, den sie nicht haben durfte.

Der Magnifico und ihr Bruder sahen zufrieden aus, kein Wunder, angesichts des guten Geschäfts, das sie gerade gemacht hatten. Mira nahm an Enzos Seite ihre Glückwünsche entgegen und begrüßte herzlich die Abordnung aus Piombino und ihre Schwägerin Vittoria. Dann wandten sie sich den anderen Gästen zu und machten als hoffungsvolles junges Paar Stimmung für die Medici und ihre Herrschaft. Dass Enzo nicht im Reinen mit seinem Cousin war, spielte keine Rolle.

Eine halbe Stunde später fand Mira endlich Zeit für eine kleine Ruhepause. Sie gesellte sich zu Ficino und Poliziano, die ins Gespräch vertieft neben einem weiß blühenden Rosenbusch standen.

»Benedictus, meine Liebe, Benedictus. Gott segne Euch und die Verbindung, die Ihr mit unserem Schützling Enzo eingegangen seid.« Poliziano zog sie unbeholfen in seine Arme, und Ficino drückte ihr die Hand. »Ich hoffe, es geht Euch gut. Ihr seht mitgenommen aus.«

»Mir ist ein wenig zu warm.« Mira strich sich über die Stirn.

»Ihr müsst trinken, trinken, und wenn es geht, nicht immer nur Wein«, sagte Ficino. »Wasser ist gut für den Kreislauf.«

»Ein wunderschöner Tag für eine Hochzeit«, bemerkte Poliziano. »Als hätte Botticelli ihn gemalt.«

»O ja, auch wenn ich als idealen Zeitpunkt das Frühjahr errechnet hatte«, wandte Ficino säuerlich ein. »Die Zeit der Ankunft der Irdischen Venus.«

»Aber das Schicksal wollte es anders«, sagte Poliziano.

Mira sah, dass er ein Blatt aus dem Buch mit der Geschichte Hiobs in der Hand hielt. »Nicht zu fassen. Nicht einmal an unserem Hochzeitstag könnt Ihr davon lassen.«

»Wir diskutieren nur über die verborgene Bedeutung der Handschrift, liebe Semiramide«, warf Ficino ein. »Und wir tauschen Erkenntnisse aus. Vielleicht finden wir ja die Lösung des Rätsels.«

Poliziano strich sich über seine dunklen Bartstoppeln. »Wir warten darauf, dass sie uns wie ein Blitz aus heiterem Himmel überfällt.«

»Aber, mein lieber Freund«, sagte Ficino. »Wie Euch inzwischen klar sein müsste, sollten wir dafür in die Tiefe gehen. Das Geheimnis verbirgt sich unter den Schichten doppelter und dreifacher Bedeutungen und muss durch langwierige Exegese entdeckt werden. Ich frage mich nur, inwieweit ein biblischer Text dafür taugt. Nichtsdestotrotz hilft da nur sinnieren. Vielleicht weiß ja Hermes Trismegistos Genaueres.«

»Darf ich das Blatt einmal sehen?«, bat Mira.

Poliziano reichte es ihr. Das Pergament knisterte zwischen ihren Fingern. Das Sonnenlicht brachte die Pigmente zum Leuchten, blaues Ultramarin, Krapprot, giftig gelbes Auripigment. Da waren die meisterhaft geschriebenen Zeilen, die grünen Ranken an den Seitenrändern, der in Rot gehaltene Anfangsbuchstabe. Die Illumination zeigte den Sturm, der Hiobs Kinder hinwegtrug wie Herbstblätter im Wind.

Mira hielt inne und las. Hiob hatte drei Töchter und sieben Söhne. »›Deine Söhne und Töchter waren beisammen und aßen und tranken Wein im Haus ihres ältesten Bruders. Da brauste ein Sturm aus der Wüste heran. Der packte das Haus an den vier Ecken. Es stürzte über den jungen Leuten zusammen. Alle kamen dabei ums Leben. Nur ich allein bin entkommen, um dir die Botschaft zu bringen.‹ Da stand Hiob auf, zerriss sein Gewand und schor sich den Kopf kahl. Dann sank er nieder auf die Knie, beugte sich tief zur Erde und sagte: ›Nackt kam ich aus dem Leib meiner Mutter, und nackt gehe ich wieder aus dem Leben dahin. Der Herr hat's gegeben, der Herr hat's genommen. Der Name des Herrn sei gelobt!‹«

Mira hob den Kopf. Gott prüfte Hiob, seinen Gerechten, indem er ihm das Liebste nahm, seine Zukunft, seinen ganzen Stolz, den Sinn seines Lebens. »Was wenn es anders wäre?«, fragte sie nachdenklich.

»Was meint Ihr, meine Liebe?« Poliziano sah sie besorgt an. »Ihr seid ganz blass. Ist Euch nicht gut? Ihr müsst mehr trinken, wie Ficino gesagt hat.«

»Es ist nichts.« Sie rang sich ein Lächeln ab, gab Poliziano das Blatt zurück und ging zu ihren Gästen. Was, wenn Ficino und Poliziano sich irrten? Wenn es ausnahmsweise keinen verborgenen Sinn gab und das Blatt genau das bedeutete, was es darstellte? Waren Lorenzos Kinder in Gefahr? Ihr Verlust würde den Magnifico bis ins Mark treffen, denn ihnen galt seine ganze Liebe. Während sie von allen Seiten Glückwünsche entgegennahm, dachte Mira fieberhaft nach.

Einem Mörder bot das Fest einen perfekten Rahmen. Wie würde er es anstellen? Gift, dachte sie. Er konnte es unerkannt in ein Gericht mischen, das beim Festmahl serviert wurde. Außerdem würden die Kinder gemeinsam essen, was im Alltag selten vorkam. Noch rannten sie mit ihren Cousinen und Cousins durch den Garten und spielten Verstecken. Zwischen ihnen hüpfte bellend und mit fliegenden Ohren der entzückende kleine Hund von Anna Rucellai.

»Vito, Vito, komm zu mir!«, rief sie.

»Vito will zu mir.« Maddalenas Stimme klang in Miras Ohren. »Hab ich dich, Contessina. Warum musst du dich auch hinter einem Baumstamm verstecken, wo du doch dicker bist als er? Und ihr Jungs traut euch wohl nicht, weil ihr wisst, dass wir euch sofort finden.«

Der stolze Piero und der freundliche, kleine Giovanni beobachteten die Mädchen mit verschränkten Armen, als seien sie zu groß für solche wilden Spiele. Die Kinderfrau Bella war nirgends zu sehen. Marianna, die Amme, saß derweil am Tisch und ließ den dreijährigen Giuliano, Lorenzos und Clarices Jüngsten, auf ihren Knien reiten.

»Wo sollen die Kinder essen?«, fragte Mira.

Marianna sah auf. »Seht, da vorne wird etwas für sie vorbereitet, Herrin Semiramide.«

Unter einer Pergola mit einem Weinstrauch voller blauer Trauben deckten ein paar Diener einen Tisch für sie. Was, wenn jemand einen Giftanschlag auf ihre Mahlzeit plante?

Sicher irrte Mira sich, denn wer sollte Lorenzos Familie etwas so Perfides antun wollen? Sie musste sich nur überzeugen, dass die Kinder in Sicherheit waren. Danach würde sie sich wieder auf ihre Gäste konzentrieren.

Während die Musiker ihre Instrumente stimmten, ging sie zum

Haus. Sie öffnete die Küchentür und schrak zurück, als ihr Kochdünste und dichter Rauch entgegenschlugen, so dass ihr die Luft wegblieb. Über den Kochtöpfen waberte Dampf. Fett tropfte zischend ins Feuer. Der Raum war voller Menschen, auf den Tischen standen Platten mit Geflügel bereit. Es duftete nach geschmortem Lammrücken, glaciert mit Honig und Granatapfelsaft. Das Glanzstück bildeten die gefüllten Kapaune und Schwäne, denen man ihr Federkleid wieder angesteckt und mit Gold überzogen hatte.

Mira drängte sich zu dem Koch durch, den sie aus dem Palazzo Vecchio kannte. Ruggiero hob überrascht die Augenbrauen. »Ist etwas nicht zu Eurer Zufriedenheit, Herrin?«

»Aber sicher, natürlich«, sagte Mira beschwichtigend. »Ich möchte nur wissen, wo das Essen für die Kinder zubereitet wird.«

Er sah sie misstrauisch an. Schweiß rann über sein Gesicht. »Den jüngsten Gästen wird das gleiche Festmahl wie den Erwachsenen serviert«, sagte er verschnupft. »Wobei, der erste Gang ist eine Minestrone mit Gemüse und gesunden Kräutern. Darauf hat Lorenzos Gemahlin bestanden.« Die Schüssel stand auf dem Tisch und verbreitete einen verlockenden Duft.

Mira nahm ihren ganzen Mut zusammen. Der Koch genoss Enzos Vertrauen. »Habt Ihr gesehen, dass sich jemand Unbekanntes an dem Topf zu schaffen gemacht hat, Ruggiero? Oder irgendwo sonst am Essen?«

Er war sofort auf der Hut. Wenn Miras Verdacht sich bestätigte, würde er seine Unaufmerksamkeit mit dem Leben bezahlen. »Wie meint Ihr das?«

Mira straffte sich und kämpfte um ihre Selbstbeherrschung. »So, wie ich es gesagt habe.«

Ruggiero schnaubte. »Auf keinen Fall! Das ist für mich Ehrensache.«

Er drehte sich demonstrativ zur Seite, während Mira das Durcheinander aus Köchen und Küchenhilfen beäugte. »Es geht um Gift, Ruggiero. Wie wollt Ihr das bei dem Trubel sicher sagen?«

Ruggieros Gesicht färbte sich langsam hochrot. »Nein, Herrin. Wenn ich es Euch doch versichere. Niemand hat sich an dem Topf zu schaffen gemacht. Und jetzt lasst uns unsere Arbeit tun, ich bitte Euch mit allem gebotenen Respekt.«

»Das wird Folgen haben, Ruggiero!«

»Nicht heute«, sagte er verbissen. »Heute habe ich ein Festmahl vorzubereiten.«

Puh, dachte Mira und wischte sich den Schweiß von der Stirn. Sie musste einen Moment verschnaufen und das möglichst ohne diese vielen Menschen. Sie verließ die Küche nicht in Richtung des Gartens, sondern wandte sich dem ruhigeren Hauptportal zu. An der Frontseite des riegelförmigen Baus lag ein großer Hof, in dem die Wagen und Kutschen der Gäste standen. Die Pferde hatte man in den Ställen untergebracht. Der Platz war menschenleer.

Mira trat vor die Tür, zog sich die Schuhe von den Füßen und sog gierig die Luft ein, die unter dem Vordach nach Rauch und Rosen schmeckte. Ruggiero irrte sich. Natürlich konnte sich ein Giftmischer in der Küche zu schaffen machen. Aber wer wollte Lorenzos und Clarices Kindern ans Leben? Es ergab alles keinen Sinn. Mira atmete hastig gegen das Gefühl der Hilflosigkeit an, das sie zu überwältigen drohte. Sie würde mit Enzo und Lorenzo sprechen müssen, selbst wenn das ihr Hochzeitsfest sprengte und die Klatschmäuler bestätigte, die die Appiano-Prinzessin für eine überspannte und eigensinnige Person hielten. Verdammt! Sie durfte das nicht weiter hinauszögern. Sie hatte sich gerade umgedreht, als sie in der Tür mit einer braunhaarigen jungen Frau zusammenstieß. »Apollonia?«

Sie starrten einander in die Augen – Mira erstaunt, Apollonia fassungslos –, ehe Letztere hastig die Stufen zum Vorplatz hinablief. Von dort hielt sie sich in Richtung des abseits gelegenen Kräutergartens.

»Halt!« Mira raffte ihr Kleid und folgte ihr eilig. »So warte doch! Ich muss dir noch danken. Das Kleid mit der Perlenstickerei ist wunderschön geworden.«

Aber Apollonia reagierte nicht, sondern lief auf die hohe Gestalt zu, die am Ende des Gartens auf sie wartete. Mira blinzelte ungläubig. Es war Gianna. Mit ihrem Schwangerschaftsbauch wirkte sie schwerfälliger als früher, Sonnenlicht fing sich in ihren blonden Haaren. Doch als sie sich in Bewegung setzte, tat sie es mit dem gleichen energischen Schritt, der auch ihr Abbild auf der ›Primavera‹ kennzeichnete. Sie war es ohne jeden Zweifel.

Zögernd ging Mira auf sie zu. Gianna blickte ihr herausfordernd entgegen.

»Ich dachte, Botticellis Flora wäre tot«, sagte Mira. »Erinnerst du dich an die Blumengirlande und den Kranz, den ich dir geflochten habe?«

Gianna lachte leise. »Ich lebe, obwohl Botticellis Flora nur ein Traumgespinst ist. Oder bin ich Proserpina, die der Unterwelt entstiegen ist. Wer weiß? Aber wenigstens hast du dank meiner Freundin Apollonia begriffen, wie ein elegantes Kleid aussehen muss. Kompliment.«

Mira dachte fieberhaft nach. Etwas stimmte nicht, aber sie war nicht imstande, die richtigen Schlüsse zu ziehen. Sie hob einladend ihre Hand. »Kommt doch mit. Das Bankett beginnt gerade.« Aus der Ferne drang der Klang von Flöten, Lauten und Gamben herüber. Sicher hatten die Diener mit dem Auftragen begonnen, und Enzo vermisste sie schon.

Gianna warf ihr blondes Haar über die Schulter. »Beim besten Willen nicht. Interessierst du dich gar nicht dafür, wo ich die ganze Zeit gewesen bin und warum?«

»Doch«, sagte Mira. Siedend heiß fiel ihr ein, dass sich die Blätter mit der Geschichte Hiobs in Giannas Besitz befunden hatten. »Ich habe dich so lange gesucht. Und dann dachte ich, du seiest tot.«

Gianna biss sich auf die Lippe. »Du hast mich nicht aufgegeben, und dafür danke ich dir. Dennoch kann ich darauf keine Rücksicht nehmen. Was geschehen muss, muss geschehen. Nachdem ich mich für das hier entschieden habe ...« Wie von selbst wanderte ihre Hand an ihren Bauch, der sich unter ihrem Gewand wölbte. »... lebte ich für einige Zeit im Haus meiner Schwiegermutter.«

»Aber dann hast du doch geheiratet.« Mira riss die Augen auf. »Sag, ist die Verbindung nicht standesgemäß für die Soderinis?«

Gianna lachte höhnisch. »Ein Mann, der im Kerker sitzt, kann sie nicht zufriedenstellen, egal, wie hochgeboren er sein mag. Aber meine Familie hätte meine Geburt ohnehin am liebsten verleugnet, und mit meinem Kind wird es nicht anders sein.«

Da war so viel Bitterkeit in Gianna. »Das tut mir leid«, sagte Mira.

»Das muss es nicht. Du trägst keine Schuld an meinem Elend, Mira.«

»Was sollen wir tun, Gianna?«, mischte sich Apollonia ein. Gianna strich ihr mit bemerkenswerter Zärtlichkeit über die braunen

Locken. »Ich danke dir, Liebes. Geh schon mal voran. Wir treffen uns wie vereinbart.«

Mira stemmte ihre Hände in die Hüften. »Was wird hier gespielt? Was haben die Seiten des Buches Hiob zu bedeuten?«

Gianna lachte höhnisch. »Sie sind mein Geschenk an Lorenzo anlässlich der Hochzeit. Poliziano und Ficino zerbrechen sich seit Monaten den Kopf über ihre verborgene Bedeutung, nicht wahr?«

Miras Knie gaben unter ihr nach. »Sie stehen für das, was sie darstellen. Tod und Verderben.«

Gianna nickte. »Sie enthalten eine sonnenklare Anweisung. Das reicht vollkommen, glaub mir.«

Mira schluckte trocken. Ihre Kehle wurde eng. »Aber warum? Was haben Lorenzos Kinder dir getan?«

Gianna schnaubte. »Venus und mir, meinst du wohl.«

Mira runzelte die Stirn. »Venus? Ich verstehe nicht.«

Gianna hob ihr Kinn. Wie sie so da stand, war sie einen guten halben Kopf größer als Mira. »Du kennst Venus doch, Mira. Sie selbst hat mir von deinen Besuchen erzählt. Die Kinder haben uns nichts getan. Aber der Magnifico. Er hat unser Leben zerstört, beiläufig, mit einem Schwenk seiner Hand. Das hier ist unsere Rache, und die lassen wir uns auch von dir nicht verderben, tapfere kleine Appiano-Prinzessin.«

»Ich erkenne dich nicht wieder, Gianna«, sagte Mira leise.

»Vielleicht hast du mich nie gekannt.«

Gianna war Nemesis, die Rachegöttin. Venus war die Göttin die Krieges, und sie, Mira, war nur ein Mädchen, das sich ihnen in den Weg stellte. »Aber die Kinder. Sie sind unschuldig. Du bist selbst schwanger. Wie kannst du auch nur in Erwägung ziehen, sie zu töten?«

Gianna maß sie mit ihren blauen Augen, und ihr Schweigen ersetzte tausend Worte. »Weil Lorenzos Schuld unermesslich ist«, sagte sie schließlich leise. »Sie muss beglichen werden, und wenn es nicht anders geht, dann durch seine eigene Brut.«

Cupido trat aus der Tür des Pferdestalls, schön wie ein blonder Engel, bis auf das Blut, das an seinen Händen klebte. Er riss die Augen auf, als er sie sah. »Wo kommt Mira so plötzlich her? Sie sollte bei Enzo sein.«

»Sie weiß alles«, sagte Gianna düster.

Viel zu langsam setzten sich Miras Gedanken in Bewegung. »Auf meiner Hochzeit werden keine Kinder sterben, weder Lorenzos noch irgendwelche anderen.« Sie drehte sich um und lief so schnell sie konnte auf den Eingang des Haupthauses zu. Das Blut rauschte in ihren Ohren.

»Halt sie auf!«, kreischte Gianna.

Mit einem Fluch auf den Lippen setzte Cupido ihr nach. »Sie ist schnell, verdammt! Aber ich ... ich will das nicht tun.«

»Du musst!«, schrie Gianna.

Mira hörte ein Sirren in ihrem Rücken, und die Wucht des Pfeils, der sie in der Schulter traf, riss sie von den Füßen. Schmerz brauste in ihr auf, und ihr Gesichtsfeld wurde von Rot überschwemmt – Krapprot, Cochenille, Purpur. Botticelli hätte seine Freude daran gehabt. Sie keuchte auf. »Ich dachte, du wärst mein ...«

»... Freund?«, fragte Cupido. »Ich kann mir nicht erlauben, jemandes Freund zu sein. Das weißt du doch. Es tut mir leid, Prinzessin. Du darfst uns nicht in die Quere kommen. Venus ist ... alles für mich.«

Sie ging in die Knie, fiel bäuchlings zu Boden und krümmte sich zusammen.

»Schade um das schöne Kleid«, hörte sie Gianna sagen. »Bring sie zu der anderen.«

Als Cupido Mira an den Füßen in die Räucherkammer zog, bohrte sich der Pfeil tiefer in ihre Schulter. Eine Tür sprang auf, und Mira fiel beinahe in Ohnmacht, als Cupido sie über die Schwelle hob. Hier drin roch es nach Speck, Würsten und seltsamerweise nach Kupfer. Bevor Mira in der Bewusstlosigkeit versank, öffnete sie die Augen und bemerkte, dass sie in einer Blutlache lag, zusammen mit Bella, der Kinderfrau, die sie aus blicklosen Augen anstarrte. Mira wollte entsetzt aufschreien, doch das Nichts griff mit seinen sanften Händen nach ihr wie ein wohltuend kühles Meer, in dem sich der Schmerz wie eine Welle verlief.

# 45.

Orazio kniete vor Riccardo und rüttelte ihn an der Schulter. »Du musst aufwachen, Gardist, verdammt nochmal!«

Aber Riccardo rührte sich nicht, sein Gesicht war starr und bleich. Warum hatte es ausgerechnet Riccardo Vespucci erwischen müssen? Orazio konnte ihn nicht hierlassen. Was, wenn Cupido zurückkam und ihm die Kehle durchschnitt? Er dachte an die Kinder, die Venus' finsteren Plänen nicht zum Opfer fallen durften. Maddalena war eine Nervensäge, aber sie war seine Freundin.

Verflucht! Es musste doch eine Möglichkeit geben, den Gardisten zu wecken und mit nach Castello zu nehmen. Orazio stand auf und öffnete den Käfig der Blaupapageien, die auf ihrer Stange saßen und ihn misstrauisch beäugten. Seit seinem ersten Tag im Elysium verabscheute er die Viecher, die keine Gelegenheit ausließen, ihn zu zwicken und zu beißen, wahrscheinlich, weil sie spürten, dass Venus etwas an ihm lag. Diesmal ließen sie ihn ausnahmsweise in Ruhe, so dass er eine prächtige blau-weiße Schwanzfeder vom Käfigboden aufheben konnte. »Grazie.«

Orazio kniete sich vor Riccardo, der mit offenem Mund über der Lehne des Diwans lag, und steckte ihm die Feder tief in den Hals.

Ein Schauder rann über Riccardos Körper hinweg. Er schüttelte sich, setzte sich auf, würgte zum Gotterbarmen und brach einen Schwall Wein aus.

»Porca ...«, brachte er heraus. Orazio trieb ihn weiter an, so dass er nach und nach seinen ganzen Mageninhalt von sich gab. Wein, Brotstückchen, vermischt mit gelber Galle. Venus' Diwan stank entsetzlich, und ja, auch Orazio kriegte ein paar Spritzer ab. Aber zumindest war Riccardo wieder ansprechbar.

Er setzte sich an den Rand des Diwans und legte stöhnend den Kopf in die Hände. »Wo bin ich?«

»Im Elysium.« Orazio wischte notdürftig über sein Wams. »Aber wir müssen sofort nach Castello zur Hochzeit. Venus und Konsorten wollen Lorenzos Kinder vergiften.«

Riccardo wurde noch bleicher, ja geradezu grün im Gesicht. »Bist du dir sicher?«

»Aber ja, wenn ich es doch sage.«

»Dann los.« Riccardo stand auf, wankte zum Tisch und kippte eine Menge Wasser aus einer Karaffe in sich hinein.

Im Stall stellten sie fest, dass Venus und die Verschwörer die drei besseren Pferde mitgenommen hatten. Es dauerte, bis sie mit dem verbliebenen Klepper unterwegs nach Castello waren. Riccardo saß hinter Orazio im Sattel und schlief immer wieder ein.

»Fall bloß nicht runter«, zischte Letzterer und spürte eine gewisse Genugtuung, als sich über ihnen zwei Blaupapageien in den Himmel schwangen. Zum Dank für ihre Hilfe hatte Orazio die Käfigtür offen gelassen. Er drückte dem Klepper seine Fersen in die Seiten, der einen Schritt zulegte, was Riccardo bedenklich hin und her schwanken ließ. »Und schlaf ja nicht ein, Mann!«

Als sie endlich in Castello ankamen, rutschte Riccardo unversehens über die mageren Hinterbacken der Schindmähre zu Boden. Zwei Wachen rannten auf ihn zu und zogen ihn auf die Füße. Zwei weitere zerrten Orazio in den Garten, wo gerade die Tische für das Festmahl gedeckt wurden. Der Magnifico, Enzo und sein Bruder Giovanni standen am Tisch der Brautleute. Rund um sie hatten sich die Parteigänger der Medici versammelt, darunter Amerigo Vespucci, Poliziano, Ficino und Tommaso Tommasini. Ein luxuriös gekleideter Mann näherte sich ihnen. Orazio fragte sich, ob das Miras Bruder Jacopo sein konnte.

»Was geht hier vor?«, fragte er.

Der Soldat stieß Orazio vor Enzo auf die Knie, der ihm mit einem ratlosen Ausdruck im Gesicht hoch half. »Was ist los, Orazio?«

»Ich bin mit Riccardo gekommen.«

»Riccardo! Ich hatte ihn schon vermisst.«

»Der ist stockbesoffen vom Pferd gekippt und schläft gerade seinen Rausch aus«, mischte sich der Wachmann ein. Enzo verdrehte die Augen, während Amerigo Vespucci alarmiert aufsprang, um nach seinem jüngeren Bruder zu sehen.

»Ausgerechnet heute. Was ist passiert?«

Orazio holte tief Luft. »Venus will Lorenzos Kinder vergiften.«

Giovanni rümpfte die Nase. »Du willst dich nur wichtigmachen. Und wer ist überhaupt Venus? Bist du nicht zu jung, um dich erst zu besaufen und dann vollzukotzen?«

»Das machst ja sonst auch nur du«, stieß Orazio hasserfüllt hervor. Giovanni wollte sich auf ihn stürzen, doch Enzo hielt ihn am Wams fest.

»Lass ihn ausreden!«, herrschte er ihn an. »Welche Venus?«

»Die Kurtisane Aurelia Cecchi. Wir müssen ihr zuvorkommen.« Statt dass die Leute reagierten, trafen ihn hundert misstrauische Blicke. »Warum hört ihr nicht auf mich?«

Sie schwiegen betreten. Orazio stöhnte frustriert. Kein Wunder, wo er doch nur ein Junge war, der nach Erbrochenem stank.

Er riss sich los, tauchte unter den Armen der Wachen hindurch und rannte über die Wiese, die voller Gäste war, Herren mit Schwertern an der Hüfte und Damen in bestickten Kleidern. Überall Brokat und blitzende Edelsteine und dazu dieser Geruch nach schweren Duftwässern, Moschus und Schweiß. Er rempelte die Leute an, trat ihnen auf die Füße und kassierte Stöße von allen Seiten. Wo steckten die Kinder, wo Maddalena, damit er sie warnen konnte?

»Orazio.« Sie stand unter einem Baum und winkte ihm zu. Ein kleiner Hund sprang bellend und schwanzwedelnd vor ihr auf und ab und schnappte nach den Leckereien, die sie ihm zuwarf.

Orazio kam neben ihr zum Stehen. »Wo werdet ihr essen?«

Maddalena deutete auf einen Tisch, der unter einer Pergola mit einem Weinstock stand. Ihre Geschwister hatten schon Platz genommen und warteten auf Lucrezia, die aus einer großen Terrine Suppe in ihre Teller schöpfte. Der kleine Giuliano klopfte ungeduldig mit seinem Löffel gegen seinen Becher.

»Nein!« Mit einem Satz hechtete Orazio quer über den Tisch und riss die Schüssel mit sich zu Boden. Minestrone mit Bohnen und Gemüsestückchen ergoss sich in einem dampfenden Schwall ins Gras. Die Kinder kreischten erschrocken auf, und Maddalena schlug sich die Hand vor den Mund.

In diesem Moment erreichten Enzo und Giovanni die Pergola.

Der Mann, den Orazio für Jacopo hielt, folgte ihnen. Giovanni zog Orazio grob auf die Füße und ohrfeigte ihn. »Was hast du dir dabei gedacht, Nichtsnutz? Bist du von Sinnen?«

»Ich ...« Orazio biss sich auf die Lippe. »Ihr dürft nichts essen, hört ihr? Was, wenn sie das Brot vergiftet haben?«

Verwundert registrierte er, dass Riccardo Vespucci sich zu ihnen gesellt hatte, in halbwegs passablem Zustand sogar, wenn man davon absah, dass er sich auf seinen Bruder stützte. »Lasst Orazio ausreden.«

Orazio holte tief Luft, und dann brach die Geschichte aus ihm hervor, holprig und durcheinander zwar, aber doch so, dass seine Zuhörer ihn verstanden. Lorenzo und Clarice de Medici wurden sehr blass und hielten sich an den Händen, bevor Clarice sich löste und nach ihren Kindern sah.

»Wo steckt eigentlich die Braut?«, fragte Poliziano. »Hat sie etwa schon vor Schreck das Weite gesucht, Enzo?«

»Ja, wo ist Semiramide?« Enzo wischte sich fahrig den Schweiß von der Stirn. »Sie machte einen mitgenommenen Eindruck. Vielleicht hat sie sich kurz hingelegt. Aber ... Verflucht! Was, wenn sich die Attentäter an ihr schadlos gehalten haben?«

»Dafür habe ich meine Schwester nicht Eurer Obhut anvertraut«, sagte Jacopo düster.

Betroffenes Schweigen senkte sich über sie, das von einem gellenden Schrei durchschnitten wurde. Anna Rucellai begann untröstlich zu weinen. »Vito, mein Vito!«

Das niedliche Hündchen, die Freude der Kinder, lag in Krämpfen im Gras, hechelte nach Luft und erstarrte schließlich mit Schaum vor dem Mund.

»Er wird von der Suppe gefressen haben«, sagte Lorenzo tonlos. »Wir müssen Semiramide suchen, schnell! Und Enzo. Sag das Fest ab und warne die Gäste. Niemand darf hier auch nur eine Kleinigkeit zu sich nehmen.«

So verließen die Gäste das Fest in Scharen, bevor es überhaupt begonnen hatte. Die Musiker packten ihre Instrumente zusammen. Kutschen wurden angeschirrt, Pferdehufe klapperten über den Vorplatz. Schließlich legte sich eine gespenstische Stille über Castello.

Orazio schloss sich wie Riccardo dem Suchtrupp an, der das Haus vom Keller bis zum Speicher durchkämmte und sich danach die Hütten des Gesindes und die Vorratskammern vornahm. Nirgendwo fand sich auch nur die geringste Spur von Mira.

»Und wenn sie sie mitgenommen haben?«, fragte Enzo.

»Lass uns weitersuchen«, sagte Riccardo verbissen. »Wir geben nicht auf.«

Also wandten sie sich den Küchengärten zu. Hinter dem Rosmarin und den summenden Bienenstöcken stand ein unscheinbares Steinhaus mit einem Rauchabzug. Orazio erkundigte sich nach seinem Zweck.

»Die Räucherkammer«, sagte Poliziano. »Für Speck, Schinken und Würste.«

Riccardo steuerte auf den Eingang zu und verschwand in der Finsternis. Sekunden später hörten sie seine Stimme. »Hier ist sie. Bringt Dottore Tommasini her, schnell!«

Orazio rannte los, holte den Chirurgen, der ihm das Leben gerettet hatte, und folgte ihm in den dämmrigen Raum. Mira lag blass und schmal neben der toten Bella auf dem nackten Lehmboden. Rund um sie hatte sich ein See aus Blut ausgebreitet, der Orazio zum Würgen brachte. Riccardo saß auf seinen Fersen und hatte ihren Kopf auf seine Knie gebettet, damit sich der Pfeil nicht tiefer in ihre Schulter bohren konnte.

# 46.

Der Dom Santa Maria del Fiore war innen so prächtig ausgestattet wie außen. Mira staunte bei jedem Gottesdienst über das Ebenmaß seiner Arkaden und seines Gewölbes. An diesem Sonntag Ende April 1478 hatten die Medici selbst zur Messe geladen. Während sich die Besucher versammelten, fing Mira ein Lächeln ihre Wohltäterin Lucrezia auf, die sie nach dem Tod ihrer Mutter unter ihre Fittiche genommen hatte. Der stolze Stadtherr Lorenzo de Medici stand neben seinem gut aussehenden Bruder Giuliano in der Nähe des Altars.

Miras Herz klopfte aufgeregt. Wenn es nach ihrem Bruder Jacopo, dem Fürsten von Piombino, ging, sollte sie Giuliano heiraten und ein Teil dieser mächtigen Familie werden. Sieh auf, dachte sie beschwörend. Als er ihr das ersehnte Lächeln schenkte, sank sie in ihrem neuen weißen Kleid in einen tiefen Hofknicks. Als einzigen Schmuck trug sie die Perlenkette mit dem Granatanhänger ihrer Mutter.

Als der Gottesdienst begann, hatte Mira nur Augen für Giuliano und schwelgte in ihren Träumen vom Eheglück. Wie schön er war, wie stattlich, wie ritterlich, wie charmant, auch wenn sein Blick in der Menge eine andere Frau suchte.

Es geschah, als der Priester die Hostie zur Wandlung hob und die heiligen Worte sprach. Das Portal sprang auf, und eine Horde Bewaffnete überschwemmte den Dom mit gezogenen Schwertern. Panik brach unter den Kirchenbesuchern aus, die schreiend zum Ausgang liefen.

Das konnte nicht sein. Nein, es durfte nicht. Voller Entsetzen drängte sich Mira in Richtung der Medici-Brüder, die heftig attackiert wurden. Doch es war zu spät. Während Lorenzo von seinen Gefolgsleuten in Sicherheit gebracht wurde, warfen sich die Angreifer über Giuliano und stachen so rücksichtslos auf ihn ein wie auf ein Stück Schlachtvieh. Mira näherte sich, bis ein blutiger Tropfenregen auf sie niederging.

»Giuliano!« Sie kreischte auf und hätte sich auf die Angreifer gestürzt, wenn ihr nicht ein Finsterling in den Rücken gefallen wäre, der seine Arme um sie schlang und sie von Giuliano wegzerrte. »Du willst uns doch wohl nicht in die Quere kommen, kleine Principessa.«

»Lasst mich los!« Sie trat um sich, aber er lachte nur und presste sie an seine Brust, so dass sein Atem sie ekelerregend heiß im Nacken traf. Mira wandte ihre Augen wieder Giuliano zu, sah ein Messer aufblitzen, das ihn mehrmals traf, und hörte ihren eigenen hilflosen Schrei. Sie erkannte Francesco de Pazzi, aber da war auch ein Mann, den sie noch nie gesehen hatte. Die Mörder machten sich davon, und jemand anderes fiel an ihrer Stelle an Giulianos Seite auf die Knie. Fioretta. Mira hasste sich für ihre Eifersucht.

»Sei doch still. Mir gellt es ja schon in den Ohren.« Ihr Peiniger brachte sie zum Schweigen, indem er sich ihre Kette ums Handgelenk schlang und spielerisch daran zog. Das Halsband schnitt ihr den Atem ab, ihre Kehle wurde eng, bis die Welt sich um sie zu drehen begann.

»Hast du endlich genug?« Der Fremde ließ sie los. Sie landete auf ihren Füßen, rang schmerzhaft nach Luft und hörte einen seiner Komplizen lachen. »Hast du wirklich die ganze Zeit ein Mädchen festgehalten, Ettore?«

»Halt dein Maul, Pazzi!« Zornig griff er erneut nach ihrer Kette und zog fester denn je, bis sich das Band um ihren Kehlkopf spannte. Diesmal würde sie ersticken. Da war nur noch Angst, die sie einhüllte und den Blick auf die Schwelle freigab, die ihr Erlösung versprach. Wenn sie sie nur überschreiten dürfte.

Aber die Kette riss und gab sie frei. Erleichtert schnappte sie nach Luft. Doch als sie sich ihren Peinigern zuwenden wollte, verschwamm die Kirche vor ihren Augen.

»Komm!«, sagte der schöne Merkur mit den dunklen Haaren und griff nach ihrer Hand. Mira verwandelte sich in eine weiße Taube und flatterte ins Gewölbe, das sich durch einen Schwenk des Caduceus zum blauen Sommerhimmel öffnete. »Kannst du mich begleiten?«

»Ich bin immer da.« Er lachte und stieg mit seinen Flügelschuhen zum Himmel auf.

Sie flogen in den Garten der Hesperiden, in dessen Mitte die Göttin Venus sie erwartete, und landeten zu ihren Füßen.

»Salve«, sagte die Göttin munter und verwandelte die Taube zurück in ihr menschliches Ich.

Mira strich sich den Rock glatt. »Du bist nicht die Venus aus dem Elysium?«

»Was habe ich mit einer hasserfüllten Kurtisane gemein? Ich bin eine Göttin, Venus genetrix und caelestis in einem. Die Unterscheidung existiert nur in den Schriften gelehrter Männer. Und jetzt ruh dich aus, Kleine, bevor du deine Entscheidung triffst.«

Mira ließ sich zu ihren Füßen nieder und strich über die gelbe Blüte eines Löwenzahns. »Ist meine Eifersucht schuld an Giulianos Tod?«

Venus lachte. »Überschätz dich nicht. Dafür sind allein die Pazzi verantwortlich und dieser Bernardo Baroncelli. Frag du dich lieber, kleine Thalia, jüngste Schwester der drei Grazien, auch Amor genannt, ob du deine Lektion gelernt hast.«

Mira schüttelte den Kopf. »Ich weiß nicht. Was sollte ich lernen?«

»Hast du begriffen, dass die Liebe stärker ist als der Tod?«

»Ist sie das?«, fragte Mira leise. »Ich war mit Merkur in der Unterwelt. Wir haben uns gegenseitig den Weg gewiesen, aber jetzt stecke ich in meiner eigenen Nacht fest.«

»Das war dein Labyrinth.« Venus schüttelte den Kopf. »Merkur kann dir immer den Weg weisen, egal wo du bist. Und du ihm. Schau nur, da ist er.«

Wie auf Botticellis Bild stand er an der Grenze des Gartens und vertrieb mit seinem Caduceus die Wolken. »Dann bin ich nie mehr allein?«

»Wenn du bereit bist, deine Liebe zu teilen, wirst du nie allein sein«, sagte Venus. »Aber dafür brauchst du Mut und Klugheit und die Kühnheit, deinen eigenen Weg zu gehen. Du hast die Wahl. Es lohnt sich. Liebe wächst, wenn man sie großzügig weitergibt.«

»Und wenn ich das nicht kann?«

»Entweder du stellst dich deinem Schicksal, oder du gehst ins Licht wie Giuliano und Fioretta.«

Das Leben hatte sich als harte Prüfung erwiesen, aber das Jenseits war keine Alternative für Mira. Noch nicht. »Meine Freunde warten auf mich.«

»Schlaf, und dann erwache!« Venus blies gelben Blütenstaub auf Miras Augenlider. »Und vergiss nicht, bei der Liebe geht es nicht darum, den Einen zu finden, sondern eins mit allem zu werden.«

Mira war plötzlich unendlich müde. Sie legte sich auf die blumenbestandene Wiese und schlief inmitten von Löwenzahn, Elfenschuh, Portulakröschen, Gänseblümchen und blau blühenden Schwertlilien ein.

Im Garten der Hesperiden herrschte immerwährender Frühling, und es gab keinen Schmerz. Als Mira in die wirkliche Welt zurückkehrte, tauchte sie durch eine Feuerwand. Ihre Schulter schmerzte so stark, dass sie stöhnte. Doch da war ein Strom aus Lebenskraft, der sie unerbittlich zurückzog.

# 47.

Die Fenster des Schlafzimmers standen weit offen und ließen die milde Sommerluft und das warme Licht des Spätnachmittags herein. Sieben Tage und Nächte durchwanderte Mira nun schon das Reich der Finsternis.

Riccardo saß auf dem Bettrand und hielt ihre Hand, wie er es schon die ganze Woche tat. Er würde sie niemals loslassen, auch wenn sie für immer in diesem Zustand blieb: die Nase spitz in ihrem blassen Gesicht, die Lippen wächsern und blutleer. Doch was war das? Er sah sie ungläubig an. Ihre Brust hob und senkte sich, als würde sie tiefer atmen, und ihre Wangen färbten sich langsam rosa. Und dann seufzte sie leise.

»Sie wacht auf.« Er konnte es kaum glauben.

»Und wenn das wieder ein Trugschluss ist?« Enzo saß mit angezogenen Beinen auf dem Fensterbrett und starrte in den Garten hinaus.

»Diesmal nicht«, sagte Riccardo.

Die Pfeilwunde sei nicht lebensgefährlich, hatte ihnen Dottore Tommaso versichert. Es schien, als hätte der Meisterschütze sie nicht töten wollen. Dennoch war Mira immer tiefer in ihrer eigenen Welt versunken, so dass man bald munkelte, aus Enzo könne der jüngste Witwer werden, den die Stadt je gesehen hatte. Ja, Ficino hatte sogar behauptet, Miras Seele hätte ihren irdischen Körper verlassen und sich auf den Weg ins Licht gemacht. Aber das wollten weder Riccardo noch Enzo glauben. Sie hatten ihr verdünnten Wein eingeflößt, ihr Gesicht gewaschen und sich bereitwillig von Seraphina vor die Tür scheuchen lassen, wenn sie ihr die Bettpfanne reichen wollte.

Riccardo staunte, denn Miras Wimpern begannen zu flattern. »Komm her, Enzo!«, flüsterte er. Besser, er beschwor die Hoffnung nicht zu laut, bevor sie sich davonmachte wie ein Dieb in der Nacht.

Enzo sprang auf, stürzte an den Bettrand und fiel beinahe über sie, was wegen ihrer bandagierten Schulter keine gute Idee war.

»Pass doch auf!«, rief Riccardo.

In diesem Moment schlug sie ihre haselnussbraunen Augen auf. Nie hatte Riccardo etwas Schöneres gesehen. Er drückte ihre Hand. »Da bist du ja wieder. Willkommen zurück.«

»Und da seid ihr ja beide.«

Mira bedachte sie nacheinander mit einem schiefen Lächeln. Dieser verdammte Funke Eifersucht, der immer in ihm aufloderte, wenn Riccardo bewusst wurde, dass sie den Falschen geheiratet hatte. Aber dann stöhnte sie leise, und alles war vergessen. »Meine Schulter tut weh.«

Riccardo ging Seraphina holen und sagte dem Arzt Bescheid, die beide im Laufschritt kamen. Die Zofe beförderte die beiden jungen Männer wenig nachsichtig vor die Tür. »Dieses ungehörige Betragen muss aufhören.«

Da standen sie nun nebeneinander im sonnendurchfluteten Gang vor ihrem Zimmer und warteten.

»Was nun?«, fragte Enzo.

»Was meinst du?«

»Was wird aus uns dreien?«

»Aus euch beiden, willst du wohl sagen.«

»Du hast mich ganz richtig verstanden.« Als Enzo ihm federleicht über den Arm strich, stellten sich Riccardos Härchen auf. Da war etwas zwischen ihnen, das er nicht verstand.

»Lorenzo sagt, ich muss die Ehe noch vollziehen, sonst kann man uns unsere Verbindung jederzeit streitig machen«, sagte Enzo. »Ich weiß nicht, ob ich das schaffe.«

»Das, mein Freund, ist dein Problem«, erwiderte Riccardo bitter. Enzo durfte Mira haben und sogar mit ihr eine Familie gründen. Was wollte er mehr?

Um Abstand zu gewinnen, ritt Riccardo nach Florenz, das noch unter der Schockstarre des versuchten Attentats auf Lorenzos Kinder lag. In seinem Quartier schlief er die nächste Nacht durch, bis ihn am nächsten Morgen zwei Gardisten und ein Stadtwächter unsanft weckten, weil man an einem Wehr an einem Nebenlauf des Arno einen männlichen Leichnam gefunden hatte. Riccardo erkannte Luigi an seinen strohblonden Haaren und den Resten seines Wamses aus Goldbrokat. Die arme Signora Torrini! Riccardo erinnerte sich an die Nacht, in der ihm Corleone und seine Männer auf der Straße bei Barberino entgegengekommen waren. Er war sich sicher, dass der Condottiere Luigi bei seinem letzten Aufenthalt in Florenz beseitigt haben musste, in Venus Auftrag, aus welchen Gründen auch immer.

Riccardo kehrte nach Castello zurück, als Enzo ihn zwei Tage später als Leibwächter an seine Seite rief. Als Riccardo das Paar aus der

Terrassentür in den Garten treten sah – Mira zart und schmal an Enzos Seite, der fürsorglich ihre gesunde Hand in seine Armbeuge gelegt hatte, durchströmte ihn eine solche Fülle reiner Liebe, dass er ganz erstaunt war. Ihre Schulter war noch bandagiert, ihr Gang unsicher, aber sie schenkte Riccardo ein strahlendes Lächeln, das er wie ein unerwartetes Geschenk in sein Herz ließ. Er folgte ihnen in den Garten, entschlossen, sie nach allem, was geschehen war, mit aller Kraft zu beschützen.

Lorenzo de Medici erwartete das junge Paar im Schatten einer Schirmpinie. Auf einem steinernen Tisch war ein Imbiss angerichtet: Brot, Oliven, Käse und ein paar blaue Trauben. Daneben lagen die Blätter aus der Handschrift.

Mira und Enzo nahmen auf einer Bank Platz. Riccardo stellte sich hinter sie und ließ seinen Blick wachsam über das Gelände schweifen. Auf der Wiese erklang Kinderlachen. Maddalena, Contessina und Luigia spielten Fangen mit Orazio, der sich bereitwillig fesseln ließ. »Ich hab den Dieb!«, rief Maddalena siegesgewiss.

Lorenzo goss Portwein in drei Gläser. »Meine jüngeren Töchter haben es sich nicht nehmen lassen, Euch zu begrüßen, Semiramide.«

»Und Orazio?«, fragte sie leise.

»Der war die ganze Zeit in Castello«, berichtete Lorenzo. »Er wollte nicht von Eurer Seite weichen. Ein bemerkenswerter Junge. Ich stehe auf ewig in seiner Schuld, aber alles, was er sich wünscht, ist eine Lehre bei diesem Guglielmo und dass ich mich um ein paar Bettelkinder kümmere, die in einem halb verfallenen Haus an der Stadtmauer untergekommen sind.«

Er hob sein Glas und sprach einen Trinkspruch auf die Rettung seiner Kinder und das junge Ehepaar aus. »Ihr wart es, Semiramide, die die Bedeutung der Handschrift als Erste durchschaut hat, auch wenn Euer Scharfsinn Euch beinahe das Leben gekostet hätte.«

»Kaum zu glauben, dass es Texte gibt, die ohne eine verborgene Ebene auskommen«, sagte sie leise und hob ihr Glas. Sie tranken sich zu.

Lorenzo tauschte einen Blick mit Enzo. »Wir haben Euch etwas zu sagen, liebe Semiramide.«

»Was denn?«, wisperte Mira. Sie klang nicht so, als könne sie noch viel verkraften.

»Lorenzo will mich als Gesandten der Stadt Florenz an den französischen Hof schicken«, fuhr Enzo fort. »Kronprinz Karl erwartet mich schon. Ich werde also einige Monate nicht vor Ort sein.«

Mira nickte gefasst. »Ich kümmere mich solange um alles, natürlich.«

»Danke.« Enzo drehte sich um und nahm Riccardo in den Blick. Pass auf meine Frau auf, hieß das. Das Blut rauschte in Riccardos Ohren. Er durfte nicht einmal daran denken, dass er allein mit Mira sein würde. Wie sollte er dieser Versuchung widerstehen?

»Aber zuerst das Naheliegende«, fuhr Enzo fort. »Mein Koch Ruggiero sitzt im Kerker, ebenso wie Apollonia und die Giftmischerin Orla. Gianluca heult sich die Augen aus und versichert, von nichts gewusst zu haben. Und Lorenzo beschäftigt seither wieder einen Vorkoster.«

Der Magnifico schlug die Beine übereinander. »Er frisst sich in meiner Küche durch, denn einen Giftanschlag auf meine Kinder, das schwöre ich bei meinem Seelenheil, werde ich kein zweites Mal dulden. Ansonsten schweigt diese Apollonia ebenso eisern wie Corleone. Aber zumindest haben wir das Elysium gefunden. Das Bordell war in wohlhabenden Kreisen eine Art Geheimtipp für besondere Vorlieben, wenn ich das so sagen darf. Jetzt liegt es da wie ausgestorben.«

Enzo nickte nachdenklich.

»Was ist mit Gianna, Venus und Cupido?«, wisperte Mira.

»Sie sind uns entkommen, bisher.« Lorenzo blickte auf seine Hände, deren Gelenke nur leicht geschwollen waren. Die trockene Wärme des Sommers tat ihm gut. »Ich lasse nach ihnen fahnden. Und wie Ihr wisst, kann ich sehr hartnäckig sein.«

»Ich erinnere mich wieder, was im Dom geschah«, sagte Mira unvermittelt. »Ich habe es im Traum gesehen, aber es war, als hätte sich ein Schleier gehoben, der über der Wirklichkeit lag. Corleone hat mich in der Tat festgehalten.«

»Aber die Zusammenhänge sind noch immer unklar«, schob Enzo ein. »Was hatte Venus mit Corleone zu schaffen? Und was bedeutet die Handschrift in diesem Zusammenhang?«

Auf der Wiese beendeten die Kinder ihr Spiel und rannten auf sie zu.

»Vorsicht!« Riccardos Warnung verklang folgenlos, weil sich drei kleine Mädchen gleichzeitig in Miras Arme warfen. Sie sog scharf die Luft ein, strich Maddalena, Contessina und Luigia aber mit ihrer gesunden Hand sanft über die Köpfe. »Ich bin so froh, dass es euch gut geht.«

»Und wir erst!«, rief Maddalena. »Orazio hat uns das Leben gerettet und ein bisschen auch du, Mira. Nicht wahr, Orazio?«

Orazio trat heran und verbeugte sich linkisch. Seine kurzen schwarzen Haare lockten sich wie Schaffell. »Schön, dass es Euch wieder besser geht, Herrin.«

Mira schenkte ihm ein Lächeln, aber da hatte Orazio bereits die Pergamente entdeckt. »Was ist das?« Er hob das oberste Blatt. Es zeigte den Sturm, der Hiob seine Kinder entriss.

»Einige Blätter aus einem Buch mit der Geschichte Hiobs.« Lorenzo de Medici stand auf und trat hinter Orazio. »Venus hat geplant, dass meine Kinder sterben sollten, so wie es Hiobs Kindern geschah.«

»Die Seiten gehörten meinem Großvater!«, rief Orazio. »Maddalena, erinnerst du dich? Wir kennen sie.«

Lorenzos vorwitzige Zweitälteste trat an seine Seite. »Aber klar. Davon gibt es in Guglielmos Laden noch mehr.«

Sie erreichten das Haus des Buchhändlers bei Sonnenuntergang. Obwohl Riccardo den Jungen vor sich auf Adelina reiten ließ, was einer Gunstbezeugung erster Güte gleichkam, hatte er auf dem gesamten Weg nach Florenz geschwiegen. Auch als Orazio sein Bein über Adelinas Kruppe schwang und vom Pferd sprang, wollte die senkrechte Falte zwischen seinen Augenbrauen nicht verschwinden.

Sie warteten, bis es im Gang zu rumoren begann. Guglielmo selbst öffnete die Tür. »Orazio? Und …« Seine Augen blieben misstrauisch an Riccardos Wappenrock hängen. »Wen darf ich begrüßen?«

»Riccardo Vespucci aus Lorenzo de Medicis Leibgarde.«

»Tretet ein und seid willkommen.« Wenn es Guglielmo überraschte, dass sie so spät noch bei ihm aufschlugen, zeigte er es nicht. »Attenzione!« Er trat beiseite, aber da hatte sich sein zukünftiger Lehrling schon an ihm vorbeigedrängt und dabei fast die junge Frau umgerannt, die mit ihrem Kind auf dem Arm in der Tür zum Hinterzimmer stand.

Kopfschüttelnd folgte Riccardo dem Buchhändler in den Ladenraum, in dem es nach Staub und alten Pergamenten roch. Orazio hatte schon begonnen, die Regale zu durchwühlen.

»He, halt dich zurück!« Riccardo legte ihm die Hand auf die Schulter, doch der Junge ignorierte ihn.

»Wo sind die Blätter, die Ihr neulich gereinigt habt?«, fragte er begierig.

»Warte. Ich hole sie dir. Sie gehörten ja deinem Großvater.« Guglielmo breitete die restaurierten Pergamente auf dem Arbeitstisch aus.

Riccardo betrachtete sie nachdenklich und setzte den Buchhändler über ihre Rolle beim Attentat auf Lorenzos Kinder ins Bild. »Wir wissen nur nicht, wie alles genau zusammenhängt.«

»Das Buch mit der Geschichte Hiobs hat Orazios Großvater gehört«, erläuterte Guglielmo. »Der Gerechte Gottes verliert alles, was er auf Erden sein Eigen genannt hat. Wie es bei Lorenzo der Fall gewesen wäre.«

»So weit haben wir es auch verstanden«, bestätigte Riccardo. »Eure Blätter unterscheiden sich nicht wesentlich von unseren.«

»Und ob es uns weiterhilft«, widersprach ihm Orazio. »Alle Seiten befanden sich im Haus meines Großvaters. Als Bartolomeo starb, hat Venus einige davon mitgenommen.«

»Venus?«, fragte Riccardo ungläubig.

»Wenn ich es doch sage, ja!«, rief Orazio. »Ich habe sie auf der Brücke gesehen. In ihrem schwarzen Umhang sah sie aus wie der Sensenmann höchstpersönlich. Und dann war Großvater plötzlich tot. Ich dachte, der Tod hätte seine Seele geholt. Vielleicht hat sie ihn ja ermordet.«

»Nein, nein.« Fiammetta legte ihre Hand auf Orazios Arm. »Innerhalb der Zunft geht man davon aus, dass Bartolomeo an einer Herzschwäche gestorben ist. Nichts deutet darauf hin, dass Gewalt im Spiel war.«

Orazio senkte den Kopf. Riccardo verstand ihn. Hier ging es um sein Leben, seine Vergangenheit und seine Zukunft. Und es ging um das Vertrauen, das er in Venus gesetzt und das sie maßlos enttäuscht hatte.

»Aber es muss eine Verbindung zwischen euch geben, Orazio«, sagte Riccardo. »Sonst hätte sie dich nicht bei sich aufgenommen. Wo habt Ihr die Blätter gefunden, Guglielmo?«

»In einem Versteck in der Kellerwand.«

»Zeigt es mir!«, befahl Orazio wild.

»Aber wir haben es vollständig ausgeräumt. Da war nichts mehr. Ich schwöre es dir.«

»Bitte!« Nie zuvor hatte Orazio in Riccardos Gegenwart so flehentlich um etwas gebeten.

»Wie sollen wir dir das verweigern?« Kopfschüttelnd führte Guglielmo sie in den Keller. Das Licht seiner Öllampe flackerte über feuchte Treppenstufen, und es roch nach Moder.

»Bücher aufbewahren könnt Ihr hier nicht«, stellte Riccardo fest, als Guglielmo sie an den Regalen mit dem Eingemachten und den schrumpeligen Äpfeln vom Vorjahr vorbei in einen abseits gelegenen Raum führte.

»Das ziehen wir auch nicht in Erwägung«, sagte Guglielmo.

Der Raum war dunkel und leer. Spinnweben breiteten sich an der Decke aus, und in der rückwärtigen Wand klaffte ein Loch.

Orazio stürzte darauf zu und steckte hoffnungsvoll seine Hand hinein. »Es ist tatsächlich leer.« Tränen der Enttäuschung traten ihm in die Augen.

»Nun heul doch nicht!« Riccardo nahm dem Buchhändler die Öllampe ab und leuchtete das Versteck aus. »Da drin sind noch mehr neue Ziegel. Sie haben ein frischeres Rot. Gebt mir Hammer und Meißel.«

Verbissen klopfte er Stein um Stein heraus und entdeckte unter Mörtel und Bruchstein zwei weitere Blätter. »Na, bitte.«

Das erste war auf Pergament geschrieben. Sie entrollten es in der Küche im Schein einer Kerze. Riccardo pfiff durch die Zähne. »Das da gehört zu dem Buch. Und auf der Rückseite, seht Ihr das?«

Guglielmo hielt das Blatt ins Licht. »Das ist eine Namensliste der Täter der Pazzi-Verschwörung! Na, dann ist klar, warum Bartolomeo die Seiten so gut versteckt hat.«

»Die wird uns Lorenzo de Medici aus den Händen reißen«, sagte Riccardo grimmig. »Und sieh mal an. Auf der Liste steht auch der Name von Lorenzos Meisterspion Ettore Corleone. Dein Großvater hat ganze Arbeit geleistet, Orazio. Das erklärt, warum Corleone so erpicht darauf war, die Blätter in die Hände zu kriegen. Wahrscheinlich hat Venus ihn wissen lassen, dass es diese Liste gibt, auch wenn sie sie nicht erbeuten konnte. Das hat ihn ihr gegenüber willenlos gemacht. Die armen Grazien mussten es büßen. Aber was steht auf dem letzten Blatt?«

Er strich das unscheinbare Hadernpapier glatt, dem man seinen Aufenthalt in der Wand ansah. Es war feucht und fleckig. »Das scheint ein Brief an dich zu sein, Orazio.«

Der Junge riss das Papier an sich und las. Danach reichte er es Guglielmo, der es ihnen laut vortrug. »Wenn Du das liest, mein geliebter Enkel Orazio, Glück meiner späten Tage, habe ich vielleicht schon das Zeitliche gesegnet. Sicher hast Du die Liste entdeckt, auf der ich die Namen der Verschwörer des Pazzi-Attentats zusammengetragen habe. Dabei konnte ich auf die Expertise meiner jüngsten Tochter Aurelia vertrauen, die mir stolz von dem Coup berichtete, mit dem sie und weitere Verschwörer das tyrannische Regime der Medici zu beenden trachteten. Ich habe sie in dem Glauben gelassen, ich sei auf ihrer Seite, aber Mord kann keine Lösung sein, Orazio, verstehst Du? Niemals. Aurelia war schon immer klug, schön und über alle Maßen stolz. Vielleicht hat sie sich deshalb nach dem Tod ihres Ehemannes, des Händlers Angelo Cecchi, entschlossen, die Geliebte eines bedeutenden Kirchenfürsten, des Erzbischofs von Pisa, Francesco Salviati zu werden. Er war es, der zusammen mit den Pazzi den Plan fasste, die Medici-Brüder zu töten. Aurelia gebar ihm einen Sohn, meinen Enkel Matteo Cecchi, um den ich mich, und das ist eine Schuld, die für immer auf mir lasten wird, zu wenig gekümmert habe.« Guglielmo machte eine Pause.

Riccardo runzelte die Stirn und dachte nach. Der Name kam ihm bekannt vor. »Lies weiter!«

Guglielmo fuhr fort. »Zum Zeitpunkt der Pazzi-Verschwörung war Aurelia wieder schwanger. Sie verlor ihre Zwillinge, ihren Geliebten und beinahe ihr Leben. Deshalb hat sie sich dazu entschlossen, ihre Ehre aufzugeben und eine Kurtisane zu werden. Sie nannte sich Venus, und wie alles, was sie anpackte, war ihr Vorhaben von Erfolg gekrönt. Erst nach dem Tode Giuliano de Medicis und der Hinrichtung so vieler Verschwörer, darunter Salviati, erkannte ich, wie stark meine Tochter in das Attentat verwickelt war. Ich deponierte die Handschrift, die aus dem Besitz der Familie Salviati stammt, bei mir und habe selbst die Liste der Verschwörer erstellt. Dass ich Aurelia davon berichtete, war eine große Torheit, die meinem Alter zuzuschreiben ist, und der Hoffnung, dass sie sich wieder auf die Seite des Rechts stellen möge. Diese Hoffnung trog. Aurelia ist voller Hass, doch wenn ich einmal sterbe, ist sie Deine einzige Verwandte in Florenz, mein über alles geliebter Enkel Orazio.«

Guglielmo ließ das Blatt sinken. »Venus ist deine Tante, Orazio«, sagte er heiser. »Was auch immer daraus folgen mag.«

»Sie hat mir nie Böses gewollt«, flüsterte Orazio. »Im Gegenteil. Sie hat sich um mich gekümmert, obwohl sie den Tod brachte.«

Soweit hatte er recht, dachte Riccardo. Venus hatte ihren Neffen Orazio zu sich genommen, dabei aber niemals ihre Pläne aufgegeben, sich an den Medici zu rächen, die ihr alles genommen hatten.

»Aber der Name Matteo Cecchi?«, rätselte Riccardo. »Kennst du ihn?«

Orazio beteuerte, ihn nie zuvor gehört zu haben.

Noch an diesem Abend erkundigte sich Riccardo im Gefängnis Le Stinche nach Matteo Cecchi und erfuhr, dass er der junge Mann gewesen war, der ihm im Kerker beigestanden hatte, – und Giannas angetrauter Gatte war. Vor einer guten Woche habe man ihn wegen Betrugs auf eine Galeere verbannt, doch aus unerfindlichen Gründen sei er auf dem Weg dorthin entkommen. Riccardo atmete tief durch. Es lief gut für Venus und ihre Komplizen, wenn man davon absah, dass es ihnen misslungen war, Lorenzos Kinder zu vergiften.

Am nächsten Tag ritt Riccardo zurück nach Castello und erstattete dem Magnifico, Mira und Enzo Bericht, bevor er in sein Quartier im Palazzo Medici zurückkehrte.

Eines Abends ließ Enzo Riccardo nach Castello rufen. Ihm schwante Schlimmes, doch er konnte sich dieser Bitte nicht entziehen. Also platzierte er sich im Gang vor Miras Schlafzimmer und wartete, bis die Dunkelheit sich über die ausgedehnten Gärten gelegt hatte und der Mond Bahnen aus Licht auf den Boden zeichnete. Von draußen drangen die Rufe der Nachtvögel und die hohen, heiseren Schreie der Fledermäuse durch die Fenster.

Enzo kam mit Verspätung und zog ihn kurz an sich. »Da bist du ja, mein Freund.«

»Fast wäre ich wieder gegangen«, sagte Riccardo ungehalten.

Enzo schüttelte den Kopf. »Ach, Riccardo. Glaubst du, ich weiß nicht, dass du die ganze Nacht über bleiben wirst, um Mira zu beschützen?«

Riccardo fühlte sich ertappt. »Geht es um das, was ich denke?«

Enzo strich sich sein schulterlanges Haar zurück. In seinen dunklen Augen stand nackte Angst. »Lorenzo hat mir zu verstehen gegeben, dass unsere Ehe erst rechtsgültig ist, wenn wir sie vollzogen haben. Aber wie soll ich das nur schaffen?«

Riccardo begriff. »Du hast noch nie mit einer Frau geschlafen?«

»Nicht so«, gab er zu.

Riccardo ging auf, dass sein Freund ihm noch nie von Schwärmereien oder Liebeskummer berichtet hatte. Hatte er sich von Ficinos Texten so beeinflussen lassen, dass er der körperlichen Seite der Liebe entsagte?

»Hör zu«, sagte Riccardo. »Du gehst da jetzt rein. Mira ist wunderschön, und sie hat dich sehr gern. Also hörst du am besten darauf, was dein Körper dir zu sagen hat.«

Enzo sah ihn von unten herauf an und lachte. »Du denkst wirklich, ich würde einen Rat von dir wollen?«

»Was denn sonst?«, fragte Riccardo verdutzt.

Enzo zog ihn in eine Umarmung und legte für einen Augenblick seine Stirn an Riccardos. »Manchmal bist du wirklich erstaunlich schwer von Begriff, Vespucci. Ich will nur, dass du hier stehen bleibst, bis ich wieder zurück bin. Als mein Freund.«

Er ließ ihn los und klopfte an Miras Tür. Riccardo hörte, wie sie ihn mit leiser Stimme hereinbat. Sie war mutig, das hatte sie immer wieder bewiesen, aber jetzt klang Scheu in ihrer Stimme mit. Riccardo schluckte trocken, und sein Herz schmerzte, als Enzo die Tür öffnete und in ihrem Zimmer verschwand.

# Epilog
### Frühjahr 1483

Botticelli brauchte geraume Zeit für Enzos großen Auftrag. Nach Abschluss der Vorarbeiten hatte er die Tafeln grundieren lassen. Danach begann die eigentliche Malerei, bei der die Motive in dünnen Schichten aufgetragen wurden. Eine jede musste vollständig getrocknet sein, bevor es weitergehen konnte. Diese Arbeiten nahmen über ein Jahr in Anspruch. Doch schließlich war es so weit.

Der Tag, an dem die »Primavera« im Empfangszimmer des Palazzo Vecchio einziehen sollte, brachte auch draußen den Frühling nach Florenz. Unter einem blassblauen Himmel streckten die ersten Blumen vertrauensvoll ihre Köpfe der Sonne entgegen.

Botticelli und seine Gehilfen hatten stundenlang gearbeitet, um die große Tafel in die Spalliera des Empfangszimmers einzufügen. Als das Meisterwerk endlich an seinem Platz hing, öffneten Enzo und Mira ihre Tore, um es ihren engsten Freunden und der Familie zu präsentieren. Während Enzo die Gäste begrüßte, ließ Mira sich von Seraphina ein Glas Portwein einschenken und vertiefte sich in das Bild.

»Salve«, sagte sie leise. »Da seid ihr ja.«

Botticelli hatte die Figuren für immer in einen Reigen gebannt,

Zephyr und Chloris, die sich in Flora verwandelte, die drei Grazien und Merkur. Im Hintergrund gab Venus den Takt vor, während Cupido mit seinem Bogen auf die mittlere Grazie zielte. Auf mich, dachte Mira. Und dann auch wieder nicht. Nie mehr würde ihre Schulter so makellos aussehen wie die der schlanken Thalia, die ihren Blick Merkur zuwandte.

Botticelli trat auf sie zu. »Da ist ja meine zauberhafte Grazie Thalia.«

Mira fuhr herum. »Ich bin weit mehr als eine mythologische Gestalt in einem Bild über die Liebe.«

Meister Sandro verbeugte sich und schenkte ihr sein rätselhaftes Lächeln. »Das stellt niemand infrage, Principessa. Ohne Eure Expertise als Pflanzenmalerin wäre mein Bild nicht halb so schön geworden. Und dennoch darf jeder Betrachter Euer Ebenbild deuten, wie er will. Die Kunst bedeutet Freiheit.«

»Ich sehe meinem Abbild zwar ähnlich, aber dennoch bin das nicht ich.« Sie schaute genauer hin. »Und auch bei den anderen habt Ihr gemogelt. Eure Flora ist zwar blond, hat aber nicht mehr Giannas Gesicht. Andreoula ebenso. Nur Maria, Riccardo und ich sind noch zu erkennen.«

»Dieses Bild soll das Leben und nicht den Tod spiegeln«, erwiderte Botticelli nachdenklich.

Mira nickte. »Und Venus? Ich dachte zwischendurch, Ihr hättet Euch von einer gewissen Kurtisane inspirieren lassen. Aber Venus ist mit ihrem ovalen Gesicht schön, aber nichtssagend.«

»Ich kannte die andere Venus gar nicht«, gestand Botticelli. »Meine Göttin ist ein Idealportrait. Eine schöne Frau gleicht der anderen, weil Ebenmaß ihr Antlitz bestimmt.«

Mira seufzte. »Wenn Aurelia Cecchi mir jeden Tag entgegenblicken würde, wäre die ›Primavera‹ mir nicht ins Haus gekommen. Aber so ist sie eine schöne Darstellung des Frühlings in Florenz geworden.«

Poliziano stellte sich lautlos an ihre Seite. »Und noch viel mehr.«

»Ich weigere mich, eine Allegorie zu sein«, stellte Mira klar, bevor er zu dozieren beginnen konnte. »Egal, was Ihr mir einreden wollt.«

Poliziano nickte. »Euer Weg war weit, Semiramide, aber Ihr habt ihn mit Bravour gemeistert und dabei auf geheimnisvolle Weise das Bild zum Leben erweckt.«

»Reine Theorie wäre mir lieber gewesen.« Mira schenkte ihm ein Lächeln, das sie durchaus aufrichtig meinte. Was vergangen war, war vergangen. »Ich habe den Preis dafür bezahlt, wenn man es so nennen kann, dass ich mit Merkur an meiner Seite in die Unterwelt und zurück gereist bin.«

War sie glücklich? So weit wie möglich, ja. Auch wenn das Verbrechen noch immer nicht gesühnt war. Weiterhin gab es von den Attentätern keine Spur, Corleone aber hatte die Anschuldigungen endlich zugegeben und war in der Woche zuvor hingerichtet worden. Das Gefühl der Befreiung, das Mira erwartet hatte, war jedoch ausgeblieben. Stattdessen spürte sie nur eine vage Erleichterung.

Sie ließ sich gerade von Seraphina mit einem kleinen Imbiss versorgen, als Clarice de Medici mit dem kleinen Giuliano auf der Hüfte auf sie zutrat. Mira begrüßte sie freundlich. Auch wenn sie seit Kurzem gegen Lorenzo prozessierten, war ihr Verhältnis zur älteren Linie der Medici nach außen hin ungetrübt.

Clarice legte Mira den Arm um die Taille. »Und? Bist du endlich schwanger, Cousine? Ich würde mich so über Familienzuwachs freuen.«

»Nein, leider immer noch nicht.« Hitze stieg Mira in die Wangen. Gestern hatte ihre Blutung eingesetzt und ihrer Hoffnung für diesen Monat ein Ende gesetzt.

Clarice sah sie mitfühlend an. »Ach, das kommt schon noch, Süße. Der liebe Gott lässt sich ungern in die Karten gucken. Denk an mich. Ich habe meine erstgeborenen Zwillinge verloren. Glaub ja nicht, dass das einfach war.« Sie drückte Miras Schulter und verließ sie, um die Gäste zu begrüßen und nach ihren Kindern zu sehen. Mira blickte ihr nachdenklich hinterher. Sie hatte nicht gewusst, dass Clarice einen ähnlichen Schicksalsschlag wie Venus erlitten hatte.

»Lasst Euch nicht verunsichern«, raunte ihr Seraphina zu. »Lorenzos Gemahlin tut zwar freundlich, aber sie weiß ganz genau, wie sie den Finger in die Wunde legen kann.«

Mira seufzte. Sie verstand sich gut mit Enzo, was mehr war, als die meisten Eheleute verband. Doch obwohl sie die Ehe vollzogen hatten, sobald ihre Pfeilwunde es zuließ, wurde sie einfach nicht schwanger. Mira hatte große Angst, die Erwartungen der Familie zu enttäuschen. »Was, wenn ich Enzo nicht den Erben schenken kann, den er sich über alles wünscht? Und den er dringend braucht, um seine Linie zu fortzusetzen.«

Seraphina neigte sich über den Tisch. »Vielleicht sollte Enzo Euch etwas öfter in Eurer Kammer besuchen. Einmal im Monat reicht eventuell nicht aus, oder was meint Ihr?«

Hitze floss über Mira hinweg. »Er scheint an diesen Dingen nicht viel Freude zu haben. Und außerdem bricht er in einer Woche nach Frankreich auf.«

Seraphina nickte grimmig. »Sehr gut. Dann lastet dieser Druck nicht mehr auf Euch. Wenn er zurück ist, überlegt Ihr Euch weitere Maßnahmen, wie Ihr ihn ins Schlafzimmer locken könnt. Es sei denn …«

In diesem Moment kam Maddalena mit ihren kleinen Schwestern auf sie zu. Lucrezia verbrachte immer mehr Zeit mit ihrem Verlobten. »Seraphina, wir haben Hunger.«

»Aber ja, natürlich. Kommt alle her.« Sie zwinkerte Mira konspirativ zu und verteilte Pasteten an Lorenzos Töchter.

Mira ging mit ihrem Glas zum Fenster. Sie hatte sich mehr von der körperlichen Seite der Liebe versprochen. Enzo kam in ihr Bett, nahm ihren Körper in Besitz, und verschwand danach so schnell wie möglich, um in seinem eigenen Zimmer zu schlafen. Sie seufzte und sah sich unauffällig nach Riccardo um, der an der Tür stand und die Menge im Blick behielt. Manchmal vergaß sie, wie sie sich vor Begehren aufgelöst hatte, wenn sie ihn nur ansah.

Mira fühlte sich sicher und geborgen, wann immer er seine blauen Augen auf sie richtete. Da war ein Strom aus Licht und Liebe, der Merkur und Thalia miteinander verband.

Riccardo drängte sich durch die Menschenmenge und kam auf sie zu. Mira wappnete sich. Es war gefährlich, mit dem Feuer zu spielen. »Ein Glas Wein?«

»Gern.«

Sie tranken sich zu, bevor sie Seite an Seite vor ihr Bild traten.

»Sandro hat ein Meisterwerk geschaffen«, sagte er leise. »Und wir sind mittendrin.«

»Wir durften eine Rolle spielen. Botticelli hat uns als Allegorie der Seele und ihres Leitsterns verewigt. Thalia und Merkur.«

Riccardo lachte leise. »Findest du nicht, dass es umgekehrt ist? Mein Leitstern bist du.«

»Nein, das bist du! Du hast mich zweimal gerettet.«

Er lachte leise. »Ich bin nicht Merkur, sondern Riccardo. Außerdem haben wir uns in der Festung Galliano gegenseitig gerettet. Ohne dein Gezeter hätte ich es nie aus Corleones Gewalt geschafft.«

»Aber ...« Mira schluckte nervös. »Als ich schlief ...«

»Ja?« Riccardo sah sie wachsam an. Sie sprach nicht oft von der Zeit, in der sie dem Tod nahe gewesen war. »Du warst bei mir, als ich in meinen Träumen das Attentat erlebt habe, und später im Garten der Hesperiden.«

Er setzte gerade zu einer Antwort an, als Enzo zwischen sie trat und ihnen seine kühlen Hände in den Nacken legte. Sie fuhren erschrocken auseinander. »Wie gefällt euch das Bild? Ich finde, Sandro hat euch gut getroffen, wobei Semiramide besser wegkommt als du, Riccardo.«

»Diese Portraits haben wenig mit uns zu tun«, sagte sie.

In diesem Moment näherte sich Lorenzo de Medici. »Könnt Ihr Enzo für einen Moment entbehren, werte Semiramide?«

»Natürlich, lieber Cousin.«

Die Gäste hoben irritiert die Köpfe, als Lorenzo seinen jungen Verwandten am Kragen packte und in eine Fensternische zog. Was war geschehen?

Enzo akzeptierte den Angriff klaglos. Ja, es schien ihr sogar, als habe er auf diese Konfrontation gewartet.

»Da hast du ein bemerkenswertes Bild in Auftrag gegeben, Cousin«, sagte Lorenzo laut.

»Das finde ich auch«, erwiderte Enzo triumphierend.

Eben hatten ihre Besucher noch gut gelaunt geredet und Wein aus kostbaren Pokalen getrunken. Jetzt legte sich Totenstille über den Raum. Alle lauschten ungeniert, was die Medici miteinander zu besprechen hatten.

Lorenzo zog Enzo näher. »Wir wissen, dass das Bild von verborgenen Bedeutungen nur so strotzt. Das zeigt deine Bildung und ist lobenswert. Aber dass du, mein lieber Ziehsohn, es benutzt, um deine Insignien zu verbreiten, werde ich nicht dulden.«

Die Menge hielt den Atem an. Ficino schüttelte warnend den Kopf, und Giovanni, der mit der alten Ginevra einige Meter entfernt am Fenster stand, lauschte mit offenem Mund.

»Was meint er damit?«, flüsterte Mira.

»Sieh genauer hin«, raunte ihr Riccardo zu. »Und vergiss nicht, dass Enzo eigentlich auch Lorenzo heißt. Mit dem Bild bietet er sich als Nachfolger des Magnifico an.«

Mira ließ ihren Blick über das Bild wandern. »Du hast recht.« Merkurs Mantel zierten Flammen, die auf das Martyrium des heiligen Laurentius hinwiesen, ebenso wie die leicht entzündliche Flachspflanze zu seinen Füßen und die reich belaubten Lorbeerbäume Symbole dafür waren. Die Orangen an den Bäumen ähnelten den Palle der Medici. Sie schlug sich die Hand vor den Mund.

»Mit diesem Werk preise ich die Würde eines Lorenzo,« erklärte Enzo. »Des Herrschers über Florenz.«

»Es fragt sich nur, welchen du meinst«, sagte der Magnifico.

Einen Moment lang herrschte verdutztes Schweigen, dann begannen die Gäste laut durcheinanderzusprechen. Der Magnifico ließ Enzo mit einem Ruck los, sah aber so aus, als hätte er ihn am liebsten links und rechts geohrfeigt.

Sein Gesicht war aschfahl, als er gemeinsam mit Clarice und seinem Freund Poliziano den Raum verließ, gefolgt von den Kindern und den Besuchern, die eilig aufbrachen. Nur Enzo sah äußerst zufrieden aus.

»Eins muss man euch beiden lassen«, kommentierte Riccardo trocken. »Feste ruinieren könnt ihr.«

Als alle gegangen waren, trafen sie sich zu dritt im lauschigen Innenhof, wo die Fontäne so munter in ihr Becken plätscherte, als hätte Enzo nicht vor einer halben Stunde die Machtverhältnisse in Florenz infrage gestellt.

»Ich kann es immer noch nicht glauben«, sagte Riccardo.

»Was?«, fragte Enzo unschuldig.

»Wie konntest du riskieren, Lorenzo gegen dich aufzubringen?«

»Wie meinst du das?«

Mira setzte sich neben Riccardo. »Du hast in aller Öffentlichkeit deinen Herrschaftsanspruch angemeldet, und die Primavera wird es in Zukunft jeden Tag tun.«

»Nur für die, die imstande sind, es zu begreifen.« Ein spitzbübisches Lächeln stahl sich in Enzos Mundwinkel. »Einer muss doch mal die Wahrheit sagen. Lorenzos Imperium ist am Ende. Ohne Giovannis und mein Vermögen wäre er schon vor Jahren pleitegegangen.«

Mira schüttelte den Kopf. »Er hat versucht, dich einzubinden. Er sagt, er vertritt auch deine Interessen.« Sie wusste selbst nicht, warum sie Lorenzo in Schutz nahm.

»Das hat man ja gesehen.« Enzo schlug mit der Hand ins Wasser der Fontäne und ließ einen Tropfenregen über sie spritzen. »Solange ich alle seine Entscheidungen mittrage, stimmt das auch. Aber

Lorenzo handelt immer zu seinem Vorteil. Auch was dich betrifft, Semiramide. Vergiss das nicht.«

Mira nickte. »Die Sache mit Corleone wird immer zwischen uns stehen. Aber ich riskiere zumindest nicht mein Leben, indem ich ihn mit einem Bild konfrontiere, das ihn quasi entmachtet.«

»Lorenzo schätzt Loyalität über alles«, sagte Riccardo. »Dein Auftritt eben war ...«

»... Verrat?« Enzo zuckte mit den Schultern. »Aus den Augen, aus dem Sinn. Vergesst nicht, er schickt mich an den französischen Hof. Dadurch haben wir Zeit genug, um unsere kleine Fehde zu vergessen.«

»Aber du reist erst nächste Woche ab«, warf Riccardo ein. »Ist dir überhaupt klar, mit wem du dich da anlegst?«

Enzo legte den Kopf in den Nacken und lachte. »Ich werde den großartigen Lorenzo morgen um Verzeihung bitten. Aber falls er doch auf dumme Gedanken kommen sollte, verlasse ich Florenz bereits einen Tag später. Keine Sorge, ich werde am französischen Hof ein würdiger Gesandter sein, mit diplomatischem Geschick und bestem Benehmen. Vielleicht kann ich mich dann ja auch als der zu erkennen geben, der ich sein will. Ein Bürger von Florenz, ein Popolano, nicht mehr und nicht weniger. Dann wächst Gras über die Sache, und Lorenzo kann unseren Streit auf meinen jugendlichen Leichtsinn schieben. Und ein Bild ist eben doch nur ein Bild. Man sollte es nicht überbewerten.«

»Aber dann können wir uns gar nicht richtig verabschieden«, sagte Mira. Sie mochte Enzo. Er war der Mittelpunkt ihrer Familie, klug, witzig und auf seine Weise fürsorglich.

Enzo blickte sie nacheinander an. »Menschen wie ich sind von

Speichelleckern umgeben. Ihr zwei seid vielleicht die einzigen Freunde, die ich je haben werde, egal, was euch verbindet.«

Mira schluckte, und Riccardo lief scharlachrot an. Klug, wie Enzo war, hatte er sie durchschaut.

Er nahm Miras Hand. »Ich weiß, dass du Riccardo liebst, Semiramide, aber ich akzeptiere es, weil meine Liebe für ihn mindestens ebenso stark ist. Du darfst ihn nicht lieben, ich darf es nicht, und dich liebe ich vielleicht nicht so, wie du es verdienst.«

»Ich brauche eine Atempause«, stammelte sie. »Ich muss nachdenken.« Ihr Mund wurde trocken.

»Nimm dir die Zeit, die du brauchst.«

Plötzlich ergab alles einen Sinn. Mira staunte, wie die fehlenden Glieder der Kette an ihren Platz rutschten, als hätten sie nur darauf gewartet. Enzo liebte Riccardo. Auch wenn die Kirche es als Sodomie verdammte, gab es Männer, die andere Männer liebten. Ficino hatte diese Form in seinem Text »De Amore« beschrieben und ihr sogar den Vorzug vor der Liebe zwischen Männern und Frauen gegeben.

»Aber dann ist es kein Wunder, dass du mich nicht begehrst,« sagte Mira traurig und erleichtert zugleich.

»Es tut mir leid«, erwiderte Enzo. »Vielleicht werde ich es eines Tages können. Ich werde in Frankreich üben. Und du, Riccardo? Was hältst du von meinem unwürdigen Geständnis?«

Riccardo hatte es gewusst. Das sah Mira ihm an. »Du wirst immer mein Freund sein, egal, was du für mich empfindest, Enzo.«

»Ich weiß, dass ich nichts von dir erwarten kann«, erwiderte Enzo. »Ich habe lange darüber nachgedacht, aber ich will euch beide auf keinen Fall verlieren. Es ist kompliziert, aber wir können es schaffen.«

»Meinst du wirklich?«, fragte Mira.

»Ja«, sagte Enzo. »Wenn ich gehe, will ich, dass ihr aufeinander aufpasst und du, Riccardo, Mira beschützt.«

»Das schwöre ich dir, Enzo«, sagte Riccardo. »Und dir genauso, Mira. Bei meinem Leben.«

Der Blick aus seinen blauen Augen war ein Versprechen, das nur ihr galt. Aber wie sie auseinandergingen, betraf sie alle drei.

Mira stand auf, setzte sich demonstrativ zwischen die beiden jungen Männer und verflocht die Finger ihrer rechten Hand mit Enzos und die ihrer linken mit Riccardos. »Das ist ein Versprechen auf ewig.«

# Nachwort

Sandro Botticellis Gemälde »Primavera« gehört zu den rätselhaftesten Bildern der Kunstgeschichte. Bis heute streiten sich die Fachleute über sein Entstehungsdatum und seine Bedeutung. Und das, obwohl die Identität der Figuren ebenso geklärt ist, wie die antiken und zeitgenössischen Texte, die ihm zugrunde liegen.

Die Handlung ist im Garten der Hesperiden angesiedelt. Von rechts bricht der Windgott Zephyr ins Bild, der die Nymphe Chloris verfolgt, die sich in die Blumengöttin Flora verwandelt. Links wiegen sich die drei Grazien in ihrem Reigen, und ganz außen vertreibt Merkur mit seinem Stab die Wolken. Die Göttin Venus wacht im Hintergrund über das Geschehen, während der kleine Cupido mit seinem Bogen auf die mittlere Grazie anlegt. Über die Bedeutung dieser bunt zusammengewürfelten Figurenkonstellation haben sich seit Aby Warburg Kunsthistoriker aller Couleur Gedanken gemacht. Sicher ist nur, dass die Figuren die vertiefte Bildung des Auftraggebers und/oder seiner Ratgeber spiegeln. Die Antike war in dieser Zeit »In«.

Während meines Studiums der Kunstgeschichte habe ich mich mit den verschiedenen Interpretationen der mythologischen Bilder

Botticellis beschäftigt und sie vor allem auf ihre neoplatonischen Wurzeln in den Texten des Philosophen Marsilio Ficino abgeklopft, der in einem regen Briefwechsel mit dem Auftraggeber Lorenzo di Pierfrancesco de Medici stand. Sicher ist, dass die Himmlische und die Irdische Venus in den Bildern eine Rolle spielen. Aber es gibt noch viele weitere Deutungsmöglichkeiten, die nicht so leicht von der Hand zu weisen sind. Ist die »Primavera« ein Bild über den Frühling? Stellt sie die blühende Stadt Florenz unter den Medici dar? Ist sie gar ein Bild über die Liebe und Ehe, das sich der junge Lorenzo di Pierfrancesco de Medici anlässlich seiner Hochzeit mit der adligen Semiramide d'Appiano hat malen lassen? Oder zeigt das Bild den Weg der Seele zu Gott, der von der Irdischen Venus bewacht wird?

Sicher ist, dass das Gemälde 1499 in einem Inventar des Stadthauses der jüngeren Linie der Medici verzeichnet ist. Lorenzo di Pierfrancesco, im Buch der Einfachheit halber Enzo genannt, ließ es in seinem Empfangszimmer über einer Art Tagesbett platzieren. Ich setze die Entstehungszeit des Bildes in Übereinstimmung mit den meisten Kunsthistorikern um das Jahr 1482 herum an, nach Botticellis Rückkehr aus Rom und passend zu Lorenzos Hochzeit mit Semiramide d'Appiano im Juli des gleichen Jahres.

Schon immer hat mich besonders die mittlere Grazie fasziniert, die ihren Blick sehnsuchtsvoll Merkur zuwendet, während der kleine Cupido über Venus' Haupt mit Pfeil und Bogen auf sie anlegt. Diese spannende Konstellation bildet die Grundlage der fiktiven Handlung des Buches, in der das Geschehen im Bild ein Stück weit zum Leben erwacht. Die zierliche Rothaarige wirkt realistischer als die anderen Figuren, in denen man Botticellis Idealportraits zu erkennen glaubt. Ich deute sie als Portrait von Lorenzo di Pierfrancescos Braut Semiramide. Die vielen Pflanzen, die ich ihr als Zeichnerin zuordne, sind von Mirella Levi d'Anconas Untersuchung »Botticelli's Primavera – A botanical interpretation« inspiriert. Klar, dass in einer Zeit der mehr oder weniger subtilen Andeutungen keine einzige ohne doppelte Bedeutung auskommt.

Im Roman beruhen die Figuren von Lorenzo di Pierfrancesco, Semiramide d'Appiano, Lorenzo de Medici sowie seiner Frau Clarice und ihren Kindern auf historischen Vorbildern. Besonders Lorenzos zweitälteste Tochter Maddalena ist mir ans Herz gewachsen. Ohne mit der Wimper zu zucken, hat ihr Vater sie einige Jahre später an Franceschetto Cybo, den Sohn des Papstes Innozenz VIII., verheiratet, um seine Versöhnung mit dem Vatikan voranzutreiben. Dabei war ihm egal, dass Cybo in Rom als Wüstling bekannt war.

Auch die beiden im Buch erwähnten Gelehrten Angelo Poliziano und Marsilio Ficino sind historische Persönlichkeiten, ebenso wie Botticellis Gehilfen (außer Nardo). Ihnen voran steht Filippino Lippi, der zur Entstehungszeit des Bildes schon ein eigenständiger Meister war.

Die Figuren Riccardo Vespucci, Orazio, Gianna Soderini und Aurelia Cecchi sind hingegen fiktiv, ebenso wie die Identität der Grazien, von denen meines Wissens auch keine ermordet wurde. Die Familie Vespucci, der auch der berühmte Entdecker Amerigo Vespucci entstammte, lebte wirklich in Botticellis Nachbarhaus.

Auf realen Geschehnissen beruht die Verschwörung der Pazzi, deren Mittäter Lorenzo de Medici gnadenlos verfolgt, ja vom Angesicht der Erde getilgt hat. Historisch belegt ist auch, dass sich der Magnifico des Vermögens seiner jungen Cousins Lorenzo und

Giovanni di Pierfrancesco bemächtigt hat, ebenso wie der darauffolgende Prozess, in dem er zu Ersatzzahlungen verurteilt wurde. Möglicherweise hat Lorenzos Vorgehen seinen jungen Cousin Lorenzo di Pierfrancesco dazu bewogen, einige der Zeichen und Embleme seines Namens im Bild unterzubringen, wie es Horst Bredekamp in seiner Untersuchung bewiesen hat. Die Lorbeerbäume und die Flammen, die allerorten auftauchen, symbolisieren das Martyrium des heiligen Laurentius. Für Bredekamp sind das Zeichen, dass er sich und seine Linie als bessere Herrscher von Florenz empfiehlt. Klar, dass die beiden Lorenzos ihren Namenspatron teilten, aber da das Bild im Haus des jüngeren Lorenzo hing, ist ein Zusammenhang vorstellbar.

Ob Lorenzo di Pierfrancesco homosexuelle Neigungen hatte, ist nicht bekannt. Anders als die Kirche sanktionierte die neoplatonische Philosophie, zu der er tendierte, diese Art der Liebe nicht. Semiramide und Lorenzo mochten sich, und Semiramides Befürchtungen im Buch waren gänzlich unbegründet, denn ihre Ehe wurde mit fünf Kindern gesegnet. 1485 wurde der älteste Sohn Pierfrancesco geboren. Lorenzos Aufenthalt in Frankreich habe ich der Handlung des Buches entsprechend vorverlegt.

Zu Beginn des 16. Jahrhunderts waren die »Popolani«, wie sich die Söhne Pierfrancescos später nannten, nach dem Scheitern der Regierung von Lorenzos Sohn Piero nahe daran, die Macht in Florenz zu übernehmen. Giovanni verliebte sich in die Gräfin von Forli, Caterina Sforza, auch »La Tigressa« genannt, und hatte mit ihr den Sohn »Giovanni dalle Bande Nere«, der wiederum der Stammvater des Geschlechts der Herzöge der Toskana wurde. Aber das ist eine andere Geschichte.